Le goût secret du passé

Rosanna Ley

Traduit de l'anglais
par Jocelyne Barsse

City
Poche

© **City Editions 2016** pour la traduction française
© 2015 by Rosanna Ley
Publié en Grande-Bretagne par Quercus
sous le titre *The saffron trail*.
Publié avec l'autorisation de Louisa Pritchard & Associates
Couverture : Quercus / Studio City

ISBN : 978-2-8246-1201-0
Code Hachette : 85 6376 4

Collection dirigée par Christian English & Frédéric Thibaud.
Catalogue et manuscrits : city-editions.com

Dépôt légal : Avril 2018
Achevé d'imprimer en Italie par 🦌 Grafica Veneta SpA

À Luke et Agata

Il était une fois une jeune fille qui aimait le safran. Elle aimait ses secrets, son mystère, sa fleur qui s'épanouit en novembre, à une période où la flore fait profil bas. Elle aimait les taches mauves et vertes ondoyant dans les champs, les pétales aussi délicats que les ailes d'un papillon. Elle aimait la course contre le temps, contre le jour au moment de la récolte, la séparation des filaments rouges poussiéreux de l'enveloppe florale dans des pièces à l'abri de la lumière, le murmure des voix, les chants entonnés doucement, tandis que la pile de filaments croît. Elle aimait l'arôme du safran qui sèche ; son odeur amère et surprenante. Elle aimait le parfum spécial qu'il apporte à un plat, réchauffant le cœur comme un rayon de soleil. Et par-dessus tout, elle aimait ce soupçon de magie.

Prologue

Laissant la brume du village derrière elle, elle commença à gravir la colline. C'était l'une de ces longues journées de fin de printemps porteuses d'un immense espoir, quand on attend l'été avec impatience plutôt que l'on ne le redoute. À cette heure, le soleil se couchait enfin, et il lui faudrait parcourir une partie du chemin dans la nuit.

Peu importe ! Elle connaissait ce sentier depuis bien longtemps. Il lui était aussi cher et précieux qu'un amant que l'on chérit encore. Elle le sentait. Elle savait exactement où poser les pieds.

« Prends soin de toi, avait dit Tania en levant la main pour lui faire signe. Tu es sûre que tu ne veux pas que j'appelle un taxi ? »

Elle avait secoué la tête. « Je préfère marcher. » En marchant, elle pouvait réfléchir et depuis quelque temps, elle pensait beaucoup. Ce soir, elle avait bu deux verres de vin aussi, ce qui n'était plus dans ses habitudes. Peut-être avait-elle trop parlé ? Elle avait tendance à garder ses pensées pour elle et cela ne lui ressemblait pas de s'épancher ainsi. Elle grimaça. Non pas qu'elle ait tout dévoilé.

Le sentier qui longeait la falaise était pentu et l'ascension n'était pas aisée. Elle s'arrêta pour reprendre son souffle. Au-dessous d'elle, les derniers rayons de soleil illuminèrent un petit banc de maquereaux sautant dans les vagues, elle vit leurs dos lisses briller. Elle regarda le soleil décliner dans le ciel jusqu'à l'horizon, ses ombres orange assombrissant l'eau. Elle prendrait son temps, décida-t-elle, sur le chemin qui la ramenait chez elle.

Elle franchit l'échalier pour traverser la prairie. L'année précédente, elle avait vu un groupe d'élèves de primaire en sortie éducative. Pendant qu'ils ramassaient des mûres, leurs doigts couverts de taches rouges et bleues, leur maîtresse leur parlait des insectes et des oiseaux. Quel réconfort de les voir ! Elle avait presque eu envie de féliciter l'institutrice qui avait eu l'idée de faire goûter à ces enfants les joies de la nature, de les encourager à aimer la campagne dans un monde où les gens passaient le plus clair de leur temps entre quatre murs à apprivoiser les dernières technologies.

Sornettes ! Attention de ne pas devenir une vieille ronchon ! Peut-être l'était-elle déjà ? Mais les choses changeaient. Et maintenant ça... Elle frissonna, bien qu'il ne fît pas froid.

Elle passa devant les haies d'églantiers et de mûriers sauvages. Et repensa au passé. Mieux valait éviter en général. Ce qui avait été fait ne pouvait pas être défait. Il y eut une époque où elle avait cru que ce serait différent. Mais peut-être en allait-il de même pour tout le monde. Chacun pouvait penser à « une époque. » *Si j'avais fait ça autrement ou ça...* Le cours des événements aurait changé, peut-être pour toujours. Sauf que c'était impossible parce que l'on ne pouvait pas s'aventurer sur ce terrain-là. C'était complètement vain.

Elle n'avait pas replanté les bulbes de safran et avait reconnu l'irrévocabilité de cette décision. Nell avait compris, elle aussi. Elle l'avait vu dans les yeux de sa fille. Elle ne savait même pas pourquoi elle avait eu un geste si évident ; après tout, elle aurait tout simplement pu laisser le champ comme il était. Mais c'était la quatrième année. C'était une compulsion. Et elle avait agi comme elle avait toujours agi. Elle avait laissé Nell tirer ses propres conclusions. Elle avait envoyé un message à sa fille ; elle n'en ferait pas davantage pour le moment. Nell devait apprendre à interpréter les signes toute seule.

Arrivée à l'autre bout de la prairie, elle franchit le deuxième échalier. Le jour touchait à sa fin ; baisser de rideau. Le soleil s'était couché, la rougeur dans le ciel se mélangeait avec le gris et toutes les formes qu'elle connaissait si bien – le bord de la falaise, les haies, les portails en bois et les murets en pierre sèche – s'estompaient dans le flou du crépuscule. Les oiseaux avaient cessé leurs va-et-vient et leurs pépiements. Et le paysage autour d'elle, le paysage de la péninsule de Roseland, Cornouailles, qu'elle aimait tant, se préparait au calme de la nuit où le bruissement d'une créature dans les broussailles et le chuintement de la mer étaient les seuls sons qu'elle pouvait entendre.

Nell, plus que quiconque, était parfaitement innocente dans tout ça. Qu'importe. Et si *elle* n'avait pas besoin de connaître la vérité, alors Nell non plus. Quelle importance après tout ! On se fichait de savoir qui appartenait à qui et qui avait fait quoi ! Tout enfant qui vient au monde est innocent.

Le sentier était étroit ici et proche du bord de la falaise. Au-dessous, dans une minuscule baie rocheuse, l'eau se faufilait jusqu'à la crique, éclaboussant les galets et les rochers plus gros puis se retirant vers la masse sombre de l'océan et la lueur douce de la lune à son déclin. Elle retint presque son souffle. Y avait-il vue plus éblouissante ?

Quand elle découvre qu'elle est enceinte, se surprit-elle à penser, *une femme doit ressentir une immense joie.*

Elle posa les mains sur son ventre comme si elle pouvait se rappeler ce qu'elle avait ressenti plus de trente ans auparavant quand elle attendait Nell. *Joie immense…* Dans un monde idéal. Son monde n'était pas idéal. Même à l'époque.

Elle soupira et se remit à marcher. Et maintenant ? Autour d'elle, l'obscurité semblait envelopper l'herbe, les arbres et les sous-bois ; l'océan et les roches au-dessous.

La vérité avait toujours été un fardeau – même ce qu'elle en savait. Et elle ne savait pas tout. Mais cela ne donnait à personne le droit de se délester de ce fardeau. Et elle n'allait pas le faire maintenant. Ce n'était pas dans ses habitudes. Nell méritait mieux.

Elle n'avait pas toujours agi comme il le fallait avec Nell. Elle l'avait trop protégée, elle en était consciente. Au bout du compte, il faut laisser son enfant voler de ses propres ailes, malgré le souci que l'on se fait pour lui. Et c'est tout ce qu'elle pouvait faire pour Nell à présent.

Elle poursuivit sa marche, à l'instinct. Le sentier était tellement familier qu'elle savait exactement où elle était. Puis, il s'élargit et elle sentit plus qu'elle ne la vit, la petite route au loin, une faible lueur provenant d'un cottage lui montrant le chemin. *Un* chemin. La vie n'était qu'une succession de choix. Elle n'était plus très loin à présent. Et pourtant…

Elle s'approcha un peu plus du bord de la falaise, attirée par l'eau ridée, le miroitement de la lune, le sifflement et le claquement des vagues sur la plage en contrebas. Elle le voyait, elle le sentait. Elle n'était plus très loin à présent.

I

Cinq mois plus tard

Elle avait encore rêvé d'elle. Et ce n'était pas tout. Durant les dernières secondes, juste avant le réveil, durant ces brefs instants où l'on ne sait plus très bien où l'on est, ni même parfois qui l'on est, quand un rêve se confond avec la réalité, Nell avait vu le champ de safran. Les fleurs du bulbe de crocus avaient tout juste commencé à s'épanouir – c'était cette pause précieuse et provisoire avant la récolte quand une couverture mauve semble avoir été étalée sur la terre sous le ciel bleu métallique d'octobre. Il remplissait sa vision, paraissait remplir son univers comme il l'avait toujours fait. Le safran mauve. Pourtant, avant qu'elle puisse s'en emparer, avant qu'elle puisse le garder, il y avait eu un bruissement de rideau et la vision avait disparu. C'était le matin. La fin du mois d'octobre. Mais il n'y avait pas de safran. Non, il y avait son mari, Callum, qui avait ouvert les rideaux et qui se tenait à présent près du lit, portant un plateau et affichant un sourire contraint, peut-être parce qu'il n'avait pas souri depuis longtemps.

Nell se crispa mais elle n'aurait pas su dire si c'était à cause de son rêve, de Callum ou du chagrin planant au-dessus d'elle comme un nuage noir. Sa mère était morte cinq mois auparavant alors qu'elle marchait le long

11

de la falaise vers minuit. Elle n'était plus là, le safran non plus. Et Nell s'était perdue.

« Réveille-toi, petite marmotte. »

Nell ouvrit un peu plus les yeux et tenta de lui adresser un sourire rassurant. *Je vais bien vraiment.* Elle ne faisait plus que ça à présent. Pourtant, à la vérité, elle n'allait pas bien. Eux non plus d'ailleurs.

« Et voilà ! Petit déjeuner au lit pour la star du jour. Bon anniversaire ! »

Les cheveux noirs de son mari étaient encore ébouriffés ; elle vit l'ombre d'une barbe de plusieurs jours sur sa mâchoire. Il ne ménageait pas ses efforts pour faire comme si tout allait bien.

« Merci. » Son anniversaire. Elle avait presque oublié. Elle avait trente-quatre ans aujourd'hui et c'était son premier anniversaire de femme mariée. Son premier anniversaire depuis la mort de la mère qu'elle adorait… mieux valait ne pas y penser.

Ainsi, Nell se mit en position assise et prit un oreiller pour s'y adosser.

« Comme c'est gentil ! Je suis vraiment gâtée. »

Les mots semblèrent résonner dans la pièce. Nell se demanda si Callum les trouvait aussi vides qu'elle. Mais comment ne pas jouer le jeu ? Il se donnait tellement de mal. Sur le plateau en bois, trônaient une tasse de thé, un croissant sur une assiette, une grosse cuillérée de confiture d'abricot à côté, un couteau à beurre, une anémone du Japon dans un vase et une épaisse enveloppe couleur crème. Elle ressentit une certaine appréhension.

« Bon anniversaire, Nell ! »

Callum déposa le plateau sur ses genoux avec beaucoup de précautions (comme si elle était invalide, se surprit-elle à penser) et se pencha par-dessus pour l'embrasser délicatement sur la joue. Quand avaient-ils cessé de s'embrasser sur la bouche ? se demanda-t-elle.

Était-ce avant la mort de sa mère ou après ? Et cela avait-il de l'importance ? Il sentait le dentifrice à la menthe et les feuilles d'automne.

« Tu as fait de beaux rêves ? »

Il repoussa doucement les mèches de cheveux qui tombaient sur son visage et Nell ferma les yeux une seconde, pensant à une autre main, une main plus douce.

« Oui, je pense. » Elle décida de ne pas lui parler du safran.

C'était difficile pour tous les deux depuis la mort de sa mère. *Pourquoi ?* se demanda-t-elle comme elle se l'était si souvent demandé depuis. *Pourquoi a-t-il fallu que ça se passe comme ça ?* Et que s'était-il passé exactement ? Elle n'en avait aucune idée. Sa mère était seule, elle marchait sur le sentier qui longeait la falaise en plein milieu de la nuit, bon sang ! Et ensuite… ? Ainsi, Nell ne savait pas comment elle était morte, cette incertitude venait s'ajouter à la longue liste des choses qu'elle ignorait, les autres choses que sa mère avait décidé, dans son infinie sagesse, de ne pas lui dire.

Nell réalisa qu'elle serrait les poings et qu'elle avait remonté ses épaules jusqu'aux oreilles. Elle fit un gros effort pour détendre ses muscles. C'était déjà suffisamment difficile de savoir que sa mère lui cachait des choses pendant qu'elle était en vie, mais maintenant qu'elle était partie… elle ne pouvait même plus espérer qu'elle les lui dirait un jour. Nell ne saurait jamais. Ainsi, la colère était venue se mêler à l'immense chagrin qu'elle ressentait. Elle en voulait à sa mère de ne pas lui avoir parlé.

Callum avait fait de son mieux pour la soutenir. Il l'avait tenue dans ses bras pendant qu'elle pleurait – elle n'aurait jamais pensé avoir toutes ces larmes en elle –, il l'avait écoutée évoquer les bons souvenirs. Il avait caressé ses cheveux, tenu sa main, lissé son front, massé ses épaules, fait tout ce qu'il pouvait. Il s'était même

13

occupé des sinistres démarches administratives qui suivent la mort d'un être cher. Pendant ce temps, Nell essayait de comprendre. En mars, elle l'avait épousé et sa mère était encore en vie. À la fin du mois de mai, sa mère était morte, et mi-octobre, elle n'était même plus certaine que Callum et elle seraient encore mariés à Noël. Qu'est-ce qui se passait ? Il était censé être son mari et pourtant... le monde de Nell s'articulait autour de sa mère, c'était elle le pilier. Sans elle, tout, y compris son mariage avec Callum, chancelait.

« Tu ferais bien de boire ton thé avant qu'il ne refroidisse, dit Callum d'un ton plutôt bourru.

– Désolée. » Nell inspira profondément. Elle devait faire plus d'efforts, c'était tout. Elle ne pouvait pas faire une croix sur leur mariage sans même avoir essayé de le sauver.

Callum en valait la peine, non ? Dans le monde bien ordonné de Callum – à des années-lumière de la planète chaotique sur laquelle Nell avait grandi –, il fallait faire les choses comme il faut. On rencontrait une fille et on l'invitait à boire un verre. Cette partie-là avait été facile. Il avait tout de suite plu à Nell dès qu'elle l'avait vu dans le café où elle préparait des sandwichs et des baguettes à midi et cuisinait le soir, éreintée par le rythme infernal imposé par Johnson, le chef de cuisine. Chef tout court. Elle avait tout de suite eu envie de mieux connaître cet homme grand aux yeux noisette, dont le teint et la stature indiquaient qu'il passait beaucoup de temps dehors. Dans le monde de Callum, si tout se passait bien, on enchaînait avec un dîner (tout s'était bien passé et ils avaient enchaîné) ; un cinéma (une comédie romantique ; il avait encore plus ri qu'elle) ; un concert au centre artistique (un groupe qui savait comment entraîner tout le monde sur la piste de danse) ; une promenade de St Mawes à St Just et un déjeuner au pub. Ensuite, on en viendrait au sexe. À vrai dire, Nell voyait Callum depuis un mois quand le sujet fut enfin abordé, par Nell, qui commençait à se demander ce qui clochait avec elle.

Callum lui avait souri, un mélange de force et de tendresse, d'une beauté à vous faire fondre, avait pensé Nell à l'époque, et il avait répondu : « Je voulais juste qu'on prenne notre temps. » Ce qui était à la fois adorable et franchement rafraîchissant pour Nell : la plupart des hommes qu'elle avait connus attendaient la « totale » après un ou deux rancards. Pourtant, quand il s'était penché pour l'embrasser – ils étaient assis dans un bar bondé de Truro –, elle avait pleinement senti sa force, comme si l'intensité était montée de plusieurs crans d'un coup, et elle avait pensé : *Je n'ai pas besoin de plus de temps.* À la façon dont il lui avait fait l'amour cette nuit-là dans son appartement de deux pièces près du fleuve, doucement mais avec une passion croissante à laquelle elle n'avait pas pu résister, elle avait compris que lui non plus n'avait pas besoin de plus de temps.

Avec les autres hommes, Nell n'était guère allée plus loin. Parfois, c'était elle qui rompait, parfois c'étaient eux ; d'autres fois, la relation s'épuisait d'elle-même ou ne décollait pas vraiment. Mais avec Callum, c'était différent. Ils passaient de plus en plus de temps ensemble. Ils aimaient tous les deux marcher et faire du vélo dans la campagne, être dehors par tous les temps. Nell adorait cuisiner et Callum adorait goûter le résultat. Leur passion grandit et ils tombèrent amoureux. Pour Callum, la prochaine étape se profilait déjà, ils devaient emménager ensemble. Se marier.

« Je ne sais pas », avait-elle dit quand il avait abordé le sujet pour la première fois. Ils mangeaient des pâtes et buvaient du vin rouge dans leur restaurant italien préféré et, comme d'habitude, Callum avait réussi à réserver une table près de la fenêtre. Ils étaient ensemble depuis deux ans.

« Qu'est-ce que tu ne sais pas ? » Il la regardait avec attention. Elle le sentait. « Tu ne sais pas si tu es prête ? Si tu m'aimes…

– Je t'aime. » Elle avait posé la main sur la sienne. Elle en était certaine.

« C'est parce que tu ne veux pas quitter ta mère ? » avait-il demandé.

Elle n'aurait pas forcément formulé la chose de cette façon. Elle aurait dit peut-être qu'elle ne voulait pas laisser sa mère seule, qu'elle préférait que sa mère s'habitue tout doucement à l'idée, qu'elle ne savait pas comment elle allait réagir.

« Pas exactement, avait-elle esquivé.

– Tous les enfants quittent leurs parents un jour, avait fait remarquer Callum à juste titre. C'est dans l'ordre des choses. »

Nell le savait. Les mots « malsain » et « anormal » planaient au-dessus d'eux. Personne ne les avait prononcés, mais ne risquaient-ils pas de s'échapper de la bouche de Callum lors d'une dispute, à l'avenir ? C'est pourquoi elle voulait qu'il comprenne. Il ne s'agissait pas uniquement pour elle d'économiser de l'argent afin de constituer un apport en vue d'acheter un appartement, même si cet élément faisait aussi partie de l'équation. Il n'était pas uniquement question de leur entente : ils s'entendaient à merveille la plupart du temps. Les conventions ne s'appliquaient pas à sa famille. Et il n'y avait que sa mère ; il en avait toujours été ainsi. Ce qui signifiait que Nell se sentait responsable d'elle. Même ainsi…

« Tu as raison, avait-elle dit.

– Mais tu ne sais pas comment elle va se débrouiller sans toi, avait-il insisté.

– En quelque sorte. »

À vrai dire, sa mère était parfaitement capable de s'en sortir toute seule. Mais elles avaient toujours formé une équipe. Toutes les deux contre le reste du monde ; oui, c'est ainsi que sa mère avait toujours fonctionné. Et c'était vrai, jusqu'à un certain point. Alors pourquoi sa mère avait-elle toujours refusé de parler du passé ? Des origines de Nell ? De l'endroit d'où elle venait ? De qui elle était vraiment ? Quand on a l'esprit d'équipe, on ne reste pas obstinément silencieux lorsque l'un des membres a besoin de savoir quelque chose.

« Tu as peur, c'est ça ? » L'expression de Callum s'était radoucie. « Ne t'inquiète pas Nell, je veillerai sur toi. »

Mais elle n'était plus une enfant… Pendant quelques secondes, elle avait regardé par la fenêtre, dans la rue, où il avait plu. Les pavés étaient graisseux et glissants et un groupe de jeunes types traînait : ils fumaient, riaient, buvaient des cannettes de bière. « Je devrais peut-être vivre un peu toute seule. » Elle n'avait pas réalisé qu'elle avait parlé à voix haute puis elle avait vu son expression blessée.

« Tu n'es pas sûre pour nous ? » avait-il demandé. Il avait repoussé son assiette, bien qu'il n'eût pas fini ses pâtes, ce qui ne lui ressemblait pas du tout.

« Ce n'est pas ce que je voulais dire. » Et elle s'était sentie mal. « Je pense juste qu'on devrait attendre un peu. On est encore jeunes.

– Très bien. » Il avait frotté sa mâchoire, un geste bien à lui, et avait froncé les sourcils. « Mais il faudra bien que tu la laisses un jour, tu sais. »

Nell savait.

« Tu n'ouvres pas ? » Callum regagna son côté du lit et, bien qu'il fût déjà habillé, il était vêtu d'un jean et d'une chemise à carreaux rouge et gris, il s'installa à côté d'elle et prit son thé sur sa table de nuit. Elle buvait du thé vert au jasmin. Il buvait du Clipper Gold – fort et bien infusé. Nell sentait qu'il était impatient. Son appréhension monta d'un cran.

« Tu as prévu quelque chose aujourd'hui ? » tergiversa-t-elle, sirotant son thé, partageant avec les doigts son croissant friable et encore chaud puis étalant un peu de confiture d'abricot dessus.

« Bien sûr que non, dit-il, c'est ton anniversaire. Et c'est dimanche. C'est à toi de choisir. »

Hum. Nell était prête à parier qu'il avait déjà décidé quel serait son choix. Elle souleva le vase contenant l'anémone blanche, renifla le parfum de la fleur, hivernal et délicat. Elle n'avait pas vraiment pu capturer le parfum du safran ce matin bien qu'elle le connût si bien. Des pétales fragiles protégeant les stigmates rouge feu. Le parfum était séduisant et presque impossible à définir ; un mélange de fumée, de miel et de foin fraîchement coupé. Pouvait-on sentir un parfum dans un rêve ? Nell n'en était pas certaine. Elle aurait pu ouvrir le bocal dans le placard de la cuisine et humer les filaments rouges de safran à n'importe quel moment. Savourer leur aura exotique, une bouffée furtive des routes des épices marocaines et des palais persans. Mais pas les fleurs : les fleurs de safran étaient beaucoup trop éphémères.

Elle repensa au safran avec lequel elle avait grandi. Elles cueillaient chaque fleur quand elle était prête, et la posaient avec les autres dans un panier. Nell, sa mère et une ou deux amies s'asseyaient autour de la vieille table piquetée de la ferme. Elles écartaient les pétales de chaque fleur encore fermée sur ses stigmates comme s'il s'agissait d'une huître abritant une perle, puis doucement, habilement, elles coupaient les filaments rouges et précieux. La main ouvrant les pétales se parait d'une couleur bleu ardoise, celle retirant les stigmates prenait une couleur ocre. Les pétales recouvraient progressivement la table pendant que la pile de précieux filaments montait doucement.

C'était une tâche délicate. Les filaments étaient fragiles ; il fallait prendre soin de les couper juste avant la base jaune qui dépréciait le safran. Les pétales couleur lavande collaient aux doigts, les stigmates se cassaient, les yeux s'irritaient. Et la pile grandissait si doucement ! Pourtant, cette pièce à l'abri du soleil, l'esprit de camaraderie entre les femmes, l'odeur forte du safran d'abord proche du miel puis évoluant vers une senteur plus puissante, plus musquée, rendaient ces instants précieux pour Nell même quand elle était encore petite fille.

Les filaments séchaient en tas sur la cuisinière ; la mère de Nell avait installé un grand plateau dessus. Il fallait qu'ils sèchent rapidement, avant de moisir et de pourrir. La mère de Nell veillait sur eux comme une maman oiseau veillerait sur ses oisillons, elle les étalait doucement avec les doigts, puis quand elle jugeait qu'ils étaient suffisamment secs, elle les stockait. L'odeur âcre de foin flottait dans la cuisine et ne tardait pas à gagner les autres pièces, à imprégner les vêtements. Des taches jaunes et poudreuses apparaissaient sur les fauteuils, les serviettes, les oreillers, à l'époque de l'année où le safran prenait toute la place dans leur vie. Puis, c'était fini. La mère de Nell rassemblait les brins éphémères des fleurs mauves dans sa bannette, les mettait dans une boîte qu'elle rangeait dans le placard séchoir, un pot-pourri de souvenirs disait-elle, pour les mois d'hiver. Comme si elles pouvaient oublier !

Nell avait grandi avec le safran dans son champ de vision. La fenêtre de sa chambre, dans la ferme de la péninsule de Roseland, en Cornouailles, donnait sur la safranière. Tous les quatre ans, sa mère arrachait les bulbes et les plantait dans un autre champ pour respecter la tradition de la rotation des cultures. Ainsi la terre pouvait se reposer et les bulbilles filles qui apparaissaient à la surface pouvaient être divisées avant d'être replantées. Malgré cette rotation des cultures, Nell voyait toujours la safranière depuis sa chambre. Sans doute sa mère l'avait-elle voulu ainsi. Et elle regardait les premières fleurs sortir de terre, protégées par une gaine blanche aussi fine que du papier. Les feuilles poussaient petit à petit. Si le temps était favorable, un bourgeon pouvait se transformer en fleur dans la nuit. Et puis il y avait le moment de gloire, quand la température était parfaite : les fleurs se déployaient, les longs filaments émergeaient et se balançaient, prêts pour la récolte. Dans sa famille, on cultivait le safran depuis des générations ; sa mère n'avait cessé de le lui dire. « Il faut que nous respections la tradition. » Elle prononçait ces mots avec une certaine véhémence, ses yeux si sombres qu'ils étaient presque indigo brûlaient de la passion qu'elle mettait dans ses paroles ; ses mains, enfarinées à force de malaxer la pâte du pain au safran qu'elle préparait, repoussant ses mèches noires qui tombaient devant ses yeux. Fidèle à la tradition, elle utilisait l'infusion de safran telle quelle, sans la filtrer pour obtenir le meilleur parfum. Plus tard, elle ajoutait des groseilles, des zestes de différents agrumes, de la noix de muscade et de la cannelle. « Inutile d'en faire des tonnes », disait-elle. Juste une tranche de rayon de soleil doré et un peu de crème fraîche épaisse. Cette mie jaune et parfumée. L'arôme du safran si difficile à définir. Divin ! Nell salivait en y pensant.

« C'est ton héritage à toi aussi, Nell. » Et elle se tournait d'un mouvement vif, ses cheveux dégoulinant sur son dos fin, sa jupe à motifs colorés virevoltant autour d'elle tandis qu'elle allait chercher des ingrédients dans le garde-manger. « Il faut que tu reprennes le flambeau, toi aussi. »

Cet héritage était une lourde responsabilité, pensait Nell à présent, en buvant son thé. Sa mère n'aurait pas dû mourir, pas si soudainement, et certainement pas comme ça. Nell n'était pas du tout préparée ! Elle prit l'enveloppe épaisse, couleur crème.

« C'est mon cadeau ou… une carte ? » demanda-t-elle d'un ton qu'elle voulait taquin.

Callum haussa un sourcil. « Ouvre, tu verras. »

Ce serait les deux, elle le savait, elle avait deviné. Il avait fallu quelque temps à Nell pour comprendre son mari, la façon dont il ordonnait sa vie comme il ordonnait les jardins de ses clients. Il était jardinier-paysagiste et travaillait à l'ancienne. Il aimait par-dessus tout dessiner l'espace à aménager sur une feuille, sur sa planche à dessin, avec une règle, un crayon, et ce froncement de sourcils qu'elle avait toujours envie de faire disparaître. Il aménageait le jardin avec de la pelouse, des pierres locales, des pavés, des lattes en bois et des plantes. Et même si Nell souhaitait parfois qu'il change spontanément d'avis, que ses plans sombrent dans le chaos, qu'un élément vienne compromettre ce qu'il avait prévu, elle était consciente que c'était sans doute ce goût de l'ordre qui l'avait séduite d'abord chez lui. Callum était l'opposé de sa mère.

Nell soupesa l'enveloppe dans sa paume. Callum avait fait de son mieux pour la soutenir dans son chagrin et sa colère. Il lui avait fait aussi comprendre qu'elle devait à présent passer à autre chose, avancer. Comment pouvait-on avancer, pensa-t-elle, quand quelque chose en soi était mort ?

« Il faut que tu mettes la ferme en vente », lui avait-il dit deux mois auparavant, alors qu'ils étaient assis dans leur jardinet exigu par un après-midi ensoleillé. « C'est ridicule.

– Ridicule. » Nell n'avait pas aimé ce mot. Elle avait

grandi dans cette ferme, y avait passé la majeure partie de sa vie. Elle n'était pas certaine de pouvoir supporter l'idée de la vendre.

« Ça fait trois mois. » Il s'était levé du banc, s'était mis à arpenter la cour, comme s'il était pris au piège. « Elle est vide, elle ne sert à rien. Il faut que tu voies la réalité en face. Ta mère ne reviendra pas, Nell. »

Nell avait senti les larmes lui monter aux yeux. Même trois mois après, elles n'étaient jamais bien loin.

« Non, avait-elle dit doucement, elle ne reviendra pas.

– Et nous aurions bien besoin de cet argent. »

Nell aurait aimé ne jamais l'avoir entendu prononcer ces mots. Mais bien sûr qu'elle l'avait entendu.

Il était revenu vers le banc et s'était rassis à côté d'elle.

« On pourrait s'acheter une plus grande maison. Je pourrais investir un peu d'argent pour mon entreprise. Tu pourrais même envisager d'ouvrir ton propre restaurant. C'est ce que tu veux, non ? Ce que nous voulons tous les deux ? »

Nell ne dit rien. Sa gorge semblait bloquée par une émotion qu'elle ne pouvait pas identifier. En cet instant, elle n'aurait pas su dire ce qu'elle voulait.

« Il est temps, Nell. » Il passa un bras autour d'elle.

Elle voulait poser sa tête sur son épaule. Elle ne voulait rien de plus. Elle voulait fermer les yeux et le laisser prendre les choses en main. « Je ne sais pas. » Cette conversation ressemblait à s'y méprendre à celles qu'ils avaient eues au moment d'emménager ensemble. Sauf que cette fois, elle ne semblait pas avoir la force de se battre pour ce qu'elle voulait réellement. C'était son héritage. La ferme. Le safran.

« Tu n'es pas ta mère, dit-il. Tu ne veux pas t'occuper d'une petite ferme, si ? Moi, non, en tout cas. Je ne peux pas. Tu ne veux pas mener une vie pareille ? »

Sauf que c'était ça sa vie. « Non », avait dit Nell en secouant tristement la tête. Mais... Sa mère avait travaillé dur pour cultiver les terres même si, quand elle pouvait se le permettre, elle engageait un peu de main-d'œuvre. Et il y avait eu des hommes. Souvent, un homme vivait avec elle pendant plusieurs mois, travaillant avec sa mère en échange du gîte et du couvert. Ces hommes ne restaient jamais. En automne, une fois les pommes, les poires et les prunes ramassées, quand tous les fruits avaient été récoltés, que la mère de Nell faisait de la confiture, mettait les fruits en conserve et préparait les mois d'hiver, ils partaient. Parfois avant, parfois après le safran. Enfant, Nell n'avait jamais su vraiment pourquoi. Un jour, ils étaient là, le lendemain ils étaient partis. Et ça n'était jamais grave. Sa mère continuait à sourire et à chanter et elles n'étaient que toutes les deux, comme depuis toujours.

Mais plus maintenant. Callum avait raison. Ce n'étaient que deux hectares et demi et une ferme ; il fallait qu'elle voie les choses sous cet angle. Il y avait la chèvre – déjà donnée à une famille du village qui pensait que c'était une bonne idée de prendre une chèvre comme animal de compagnie ; la famille venait de Londres, qu'en savait-elle ? Et les poules, vendues à une fermière du coin qui vivait en bas de la rue. Et il y avait le safran.

« Cet endroit, cette maison, la terre... C'était le monde de maman », essayait-elle d'expliquer. *Et mon monde*, pensa-t-elle. Pendant des années, enfant, elle n'avait connu que ça. Préservée des réalités du monde extérieur par sa mère qui craignait qu'elles ne la blessent. *Prise au piège*, pensa-t-elle coupablement. Ou protégée. La marge était étroite. Et elle n'avait jamais su pourquoi sa mère avait voulu la protéger à ce point, ce qui lui était arrivé pour qu'elle pense que le monde était mauvais. Parce qu'elle ne le lui avait jamais dit.

« Je sais, dit-il. Je comprends ce que tu ressens et je réalise combien c'est difficile. » Mais en parlant, il s'éloignait d'elle et elle le sentait. « Laisse-moi m'en occuper. »

Et elle reconnut le ton de sa voix. C'était le ton qu'il utilisait avec des clients quand il commençait à réfléchir à l'aménagement de leurs jardins. « Je vais m'occuper de tout. Vous n'aurez rien à faire. »

Nell passa le doigt sous le cachet de l'enveloppe. Ils n'avaient pas encore vendu la ferme, c'était le principal. Elle était en vente mais elle lui appartenait encore. Pour le moment. Elle sortit la carte. On y voyait un bonhomme bâton agenouillé devant une dame, lui offrant son cœur. Le bonhomme avait des cheveux noirs et des yeux noisette, comme Callum ; la dame, des boucles blondes et des yeux bleus comme Nell. Elle se demanda combien de carteries il avait écumées pour dénicher la carte. Elle eut envie de pleurer, encore.

« Callum, je sais que ça n'a pas été… » *facile entre nous ces derniers temps*, allait-elle dire. La mort de sa mère les avait éloignés l'un de l'autre, ils n'étaient plus sur la même longueur d'onde, et soudain elle voulait reconnaître cette vérité entre eux, elle avait besoin qu'il la reconnaisse aussi.

Mais il l'interrompit. Il l'arrêta en secouant la tête. « Non, Nell. Pas aujourd'hui. »

Elle hésita.

Un petit carton tomba de la carte. Son présent. Nell lut les mots sur la carte – *Bon anniversaire à ma chef préférée*. Elle n'allait quand même pas se remettre à pleurer. Elle déposa un baiser sur sa joue chaude et mal rasée. Si ce n'était pas le moment aujourd'hui, alors quand ?

« Et… ? » Callum attendait avec impatience.

Nell avait presque peur de prendre le carton. Et si ça ne lui plaisait pas ? Et s'il s'était affreusement trompé ?

C'était déjà suffisamment difficile de passer son premier anniversaire sans sa mère – personne ne chantait à tue-tête dans la cuisine, n'entrechoquait les saladiers et les casseroles pour préparer les pancakes d'anniversaire, ne marchait à pas lourds dans ses bottes en caoutchouc parce qu'elle venait de nourrir les poulets, ne parlait à une poule égarée qui s'était aventurée dans la maison ou à la chèvre attachée dans la cour. *Bon anniversaire, ma Nelly !* Le rire grave de sa mère. *Mon rayon de soleil.* Sa mère l'avait appelée Nell parce que c'était ce que signifiait son nom en vieil anglais – lumière, rayon de soleil. Comme le safran.

Nell renifla.

« Allez, Nell. » Callum lui pressa l'épaule.

« D'accord. » Il fallait vraiment qu'elle arrête. Fichu rêve ! Elle ouvrit la carte cartonnée. Un billet. Un vol. Elle fronça les sourcils. À destination de Marrakech.

« Pourquoi… ?

– Et… » dit Callum.

Nell réalisa qu'il y avait un autre bout de papier. Une sorte de reçu. Elle le prit. *Pour un cours de cuisine,* lut-elle. Au « Riad Lazuli ». À Marrakech. Un stage de cinq jours permettant d'apprendre les bases de la cuisine marocaine.

« Qu'est-ce que c'est ? » demanda-t-elle. Sauf que bien sûr, elle savait parfaitement ce que c'était. Callum lui avait offert un cours de cuisine dans un riad à Marrakech. Ce qu'elle voulait dire, c'était : pourquoi ? Et comment pouvaient-ils se payer une telle extravagance ?

« Ça ne te plaît pas ? » Le sourire déterminé de Callum s'effaça. « Moi qui pensais que ça serait le cadeau parfait. Tu disais que tu avais grand besoin de vacances. J'ai tout arrangé avec le café. » Ses yeux noisette étaient toujours pleins d'espoir. « Je me suis dit que c'était une forme d'investissement pour ton avenir. Notre avenir. Tu as toujours dit que tu voulais en savoir plus sur… » Il n'acheva pas sa phrase.

« La cuisine marocaine, oui c'est vrai. » Nell prit une profonde inspiration. « C'est un cadeau magnifique. » C'est vrai qu'en présentant les choses ainsi, c'était presque le seul présent qu'il aurait pu lui faire.

Son visage s'illumina.

« Tu es sûre ? Il lui prit la main. Tu veux y aller ? Ça te fait plaisir ?

– Bien sûr que je veux y aller. » Il n'était pas censé savoir que depuis la mort de sa mère, Nell était plus vulnérable que jamais. Il n'était pas censé savoir que c'était dur de se lever le matin, dur d'aller au travail, dur même de rentrer à la maison auprès de son mari sans entendre la voix de sa mère. Tout le monde perd sa mère un jour. On pleure, on fait son deuil, on se remet peu à peu. C'est la vie – et la mort. On ne se morfond pas en pensant aux poulets, aux femmes en bottes en caoutchouc et au parfum insaisissable du safran. On continue à vivre. S'il y a un trou béant, on le contourne, on ne tombe pas dedans. On ne garde pas les cartes de tarot de sa mère enveloppées dans son foulard en soie préféré, on ne les consulte pas tous les jours pour savoir que faire et comment poursuivre. On sourit, on repousse les souvenirs et l'on va de l'avant. Callum n'était pas censé savoir parce qu'elle ne lui avait pas dit que c'était grave à ce point. Et il lui avait bien fait comprendre qu'il était temps pour elle d'essayer de passer à autre chose.

Nell ne savait pas ce qui l'intimidait le plus : le cours de cuisine ou le séjour dans un riad de Marrakech.

« N'était-ce pas affreusement cher ? » demanda-t-elle.

Il sourit.

« Pour le vol, j'ai fait une affaire. Quant au stage de cuisine, en fait il leur restait une place alors ils ont cassé les prix. Dernière minute, tu sais. Ce n'est pas un riad de luxe. Plutôt un endroit… pour… les routards. »

Un endroit pour les routards. Elle hocha la tête. Avec un nom pareil, « Riad Lazuli », voilà qui l'étonnerait !

« Tu ne viens pas avec moi alors ? » demanda-t-elle à Callum.

Pendant une seconde, il regarda ailleurs, vers le jardin à l'arrière de la maison. Mais elle savait qu'il pensait aux jardins de ses clients.

« J'ai trop de choses à faire », dit-il.

L'espace d'un instant, il lui parut différent, insaisissable. Il revint vers elle et ébouriffa ses cheveux bouclés. Il n'avait pas fait ça depuis longtemps.

« C'est pour toi, Nell, juste pour toi.

– Super. » Nell eut le sentiment que le mot, plutôt que d'exprimer l'enthousiasme, trahissait sa tristesse et sa mélancolie. Mais Callum ne parut pas le remarquer. Elle regarda la date sur le billet. Elle refoula la panique. Elle devait partir dans trois jours.

« Merci, Callum.

– Alors… » Callum semblait encore inquiet.

Nell réalisa que, jusqu'à présent, dans leur relation, elle lui avait donné beaucoup trop de soucis. Elle lui adressa son plus beau sourire, celui qu'elle gardait dans le tiroir du haut. Comment pouvait-il savoir ce qu'elle ressentait si elle se sentait incapable de le lui dire ?

« C'est parfait », conclut-elle.

2

« Qu'est-ce qu'il t'a offert ? »
Nell regarda Sharon.

« Deux baguettes au surimi, dit-elle. Un stage de cuisine. À Marrakech.

– Oh ! Génial. » Sharon prit les baguettes et avança d'un pas léger jusqu'à la table au coin de la pièce.

Nell s'essuya les mains sur son tablier et regarda la commande suivante. Toast aux haricots blancs. Beurk ! Quand elle avait passé sa première National Vocational Qualification en cuisine à l'université de Cornouailles, elle n'aurait jamais cru qu'elle atterrirait ici. Et quand elle avait obtenu son diplôme au terme du cursus, on lui avait dit qu'elle aurait désormais accès aux établissements haut de gamme, qu'elle pourrait gravir progressivement les échelons pour devenir chef cuisinière. Elle regarda autour d'elle les tables en Formica et les chaises en plastique. Pas vraiment un établissement prestigieux. C'était bien joli de décrocher son diplôme. Encore fallait-il trouver un travail ensuite.

« Tu trouves ? » demanda-t-elle quand Sharon revint, s'appuyant sur le passe-plat. Elle repensa au regard insaisissable de Callum. « Tu trouves que c'est bon signe quand ton mari t'offre un cadeau impliquant que tu partes cinq jours sans lui ? »

Sharon rit. « Dans ton cas et dans celui de Callum, oui.

– Et pourquoi ? » Nell prit deux tranches de pain et les enfourna dans le grille-pain géant. Quand elle aurait son restaurant, les toasts aux haricots blancs ne figureraient pas sur la carte.

« Parce qu'il t'adore, c'est évident ». Sharon mit les mains sur les hanches. « Et tu ne sais pas la chance que tu as. »

Nell réfléchit deux secondes. Ce n'était pas vrai. Elle savait qu'elle avait de la chance d'avoir Callum. Elle n'osait même pas imaginer comment elle aurait supporté le choc de la disparition de sa mère sans lui. Mais il s'était passé beaucoup de choses dont Sharon n'avait aucune idée. De plus, Sharon était une incorrigible romantique.

« C'est un cadeau merveilleux. » Sharon était lancée. « Imagine, le Maroc… le soleil éclatant, les marchés fabuleux, je te vois déjà te prélasser dans un riad luxueux.

– Je ne vais pas me prélasser. Je vais travailler. Cuisiner, tu te souviens ? Ce n'est pas un riad luxueux. Et c'est la fin du mois d'octobre. Il ne fera peut-être pas si chaud. »

Sharon écarta ses objections d'un geste désinvolte. Elle jeta un coup d'œil par-dessus son épaule pour s'assurer que les clients n'avaient besoin de rien.

« Tu auras plein de temps libre, affirma-t-elle. Ça sera divin. Si seulement je pouvais venir avec toi ! »

Elle fit un signe de tête à un client, griffonna sur son bloc-notes et partit lui donner l'addition.

« Si seulement », marmonna Nell. Elle ajusta le bandeau qu'elle mettait pour empêcher que ses mèches bouclées ne tombent dans ses yeux. Elle était coiffée aussi de la toque blanche que Johnson exigeait qu'elle porte.

« On sert encore des déjeuners ? » Il consulta sa montre, secoua tristement la tête en voyant les haricots blancs. « Combien de tables réservées pour ce soir, Nell ? »

Il attendait d'elle qu'elle ait toutes les informations en tête et fronça les sourcils quand elle se pencha pour regarder le cahier des réservations.

« Une table de quatre à dix-neuf heures et deux tables de deux à vingt heures », annonça-t-elle. Pas si mal pour un mardi soir, hors saison.

« Comme c'est symétrique ! » Johnson ouvrit le frigo et inspecta son contenu. « Espérons qu'ils commanderont tous un des plats du jour. »

Sharon rapporta quelques assiettes puis lança un regard éloquent à Nell.

Et bien qu'elle plaisantât avec Sharon, parce que la journée passait plus vite ainsi, Nell se surprit à se demander et pas pour la première fois : Callum et elle survivraient-ils à tout ça ? Encore fallait-il définir le « ça ». Son chagrin, sans doute. Son besoin à lui qu'elle passe à autre chose.

Ils avaient commencé à se disputer. Des disputes après lesquelles il passait les mains dans ses cheveux noirs et sortait dans le jardin d'un pas lourd avec ses bottes en caoutchouc pour couper des branches rebelles de l'épicéa ou pour balayer la cour. Des disputes au terme desquelles Nell avait aussi l'impression d'être une branche rebelle. Ils n'avaient pas fait l'amour depuis des semaines. Nell ne voulait même pas savoir combien. Callum travaillait tard, Nell aussi, et leurs horaires ne coïncidaient pas toujours. Il avait commencé à la regarder d'un air qu'elle ne pouvait qualifier que de « désespéré. » Il lui avait conseillé d'aller voir un docteur et elle avait refusé ; le deuil était un long processus et elle n'avait aucunement besoin de pilules du bonheur. Il était devenu beaucoup trop poli. Il la traitait avec trop de sollicitude. Il lui apportait le petit déjeuner au lit, bon sang !

Il avait insisté pour qu'ils mettent la ferme en vente. Et maintenant, il l'envoyait à l'étranger.

« J'attends juste que l'homme de ma vie entre au café. » Sharon observa de son œil expert de serveuse la clientèle du café en bord de mer. Nell regarda avec elle et pouffa. Deux cyclistes qui avaient dû se perdre ; un couple d'âge moyen buvant des cappuccinos, un bien grand mot puisque le café de Johnson n'avait même pas de machine à expresso ; et un randonneur grisonnant qui partait certainement à la découverte de la péninsule de Roseland.

Sharon faisait naturellement référence à la façon dont Nell et Callum s'étaient rencontrés. Il était entré dans le café, par une fraîche journée au début du printemps, avait commandé un thé accompagné d'un toast au fromage et aux oignons et il l'avait fixée. Elle l'avait vu par le grand passe-plat qui séparait la cuisine de la salle, et un quart d'heure plus tard, quand elle avait jeté un coup d'œil dans la salle, il la fixait encore. Johnson avait toujours dit qu'une grande ouverture permettant aux clients de voir ce qui se passait en cuisine inspirait confiance. Nell se demanda si elle n'inspirait pas autre chose. Le lendemain, Callum était revenu, et le surlendemain, il passa devant le café juste quand elle avait terminé son service de midi.

« Je me souviens de vous, lui dit-il, comme s'ils s'étaient rencontrés il y a longtemps. On peut aller quelque part pour parler ? »

Nell ne recherchait pas activement un petit ami. Sur la péninsule de Roseland, la plupart des gens se connaissaient au moins de vue et le reste était des touristes. Elle avait rencontré des garçons à l'école de cuisine et elle était sortie avec certains. Elle avait toujours pensé qu'un jour quelqu'un de spécial croiserait sa route. Mais il ne s'était toujours pas présenté. En attendant, elle avait le café et sa vie avec sa mère à la ferme, à seulement un kilomètre et demi de son lieu de travail. Elle avait des amies : Lucy qui avait fait les mêmes études qu'elle à l'université de Cornouailles et qui vivait et travaillait désormais à Truro ; Sharon qu'elle connaissait depuis moins longtemps. Mais elle avait surtout sa mère.

Elle sut tout de suite que Callum était différent, peut-être même spécial. Il aménageait les espaces extérieurs d'une grande maison à l'ouest de St Mawes dont le jardin en terrasses descendait jusqu'à la mer. Nell perçut la passion dans sa voix quand il parlait des idées qu'il avait pour ce jardin et, à sa grande surprise, elle constata qu'elle voulait avoir un peu de cette passion pour elle. Callum était une bouffée d'oxygène. Il posait les bonnes questions et la regardait d'une certaine façon. Une bonne façon. Mais cette époque était révolue.

Nell quitta le café, enfourcha son vélo et prit la direction de la ferme, filant sur les routes de campagne familières, longeant les arbres aux feuilles jaunissantes, les haies épaisses avec les dernières mûres qui commençaient à pourrir. Elle fonça tête baissée, le vent soufflait de face. C'était comme un test. Un jour d'octobre âpre quand l'hiver paraît soudain tout proche. L'air humide, imprégné de l'odeur des feuilles et des fruits qui se décomposaient, s'était chargé d'une certaine fraîcheur et elle dut remonter la fermeture de sa veste polaire jusqu'au menton. Pour rejoindre la maison qu'elle partageait avec Callum, il lui fallait encore parcourir plus d'un kilomètre et demi à travers la péninsule, mais elle avait pris l'habitude de s'arrêter sur le chemin du retour même si ce n'était pas vraiment sur sa route. *Une mauvaise habitude*, se dit-elle en descendant de sa bicyclette. Elle prit son sac dans la petite panière à l'avant et déverrouilla la porte d'entrée abîmée avec sa clé. Bientôt, il n'y aurait plus de ferme, du moins pas pour Nell. La pancarte « À VENDRE » clouée sur la clôture l'accueillait toujours avec un air de reproche.

Nell donna un coup de pied dans un tas de feuilles marron recroquevillées, ouvrit la porte de l'écurie, avança sur les dalles froides de la cuisine et écouta. Rien. À quoi s'attendait-elle ? À entendre la voix de sa mère ? « Salut », murmura-t-elle. Le silence était total, épais comme un brouillard à couper au couteau.

Elle se mit à fredonner avec entrain pour le rompre puis remplit la vieille bouilloire et prit un sachet de tisane dans la vieille boîte Oxo. C'était juste qu'elle n'était pas tout à fait prête pour rentrer à la maison, se dit-elle.

Quand la bouilloire eut sifflé, elle versa l'eau sur le sachet de tisane « Harmonie », posa le mug sur la vieille table de ferme et prit les cartes de tarot, rangées depuis toujours sur une étagère du buffet en pin, enveloppées dans le foulard en soie mauve. Nell fronça les sourcils, réfléchissant à sa question, puis elle battit doucement les cartes. À l'évidence, la question devrait concerner Callum, son voyage au Maroc et sa mère peut-être. Son mariage survivrait-il à son chagrin ? Était-elle suffisamment forte pour faire ça ? Pouvait-elle considérer un stage de cuisine à Marrakech comme une forme d'investissement dans leur avenir ?

Sa mère créait toujours une certaine ambiance quand elle lisait les cartes. Elle allumait une bougie, faisait brûler de l'encens à la lavande la plupart du temps mais aussi au patchouli ou à la rose. Elle tamisait les lumières (elle tirait toujours les cartes le soir), passait des vêtements amples (son cafetan ou un pyjama) et écoutait parfois de la musique douce, méditative. Nell ne faisait rien de tout ça. Elle se concentrait simplement. Elle ne ferait pas de tirage précis. Elle n'allait pas interroger les cartes sur son passé ou son avenir. Elle voulait juste entendre la voix de sa mère.

Elle cligna des yeux. Le Soleil, c'était une bonne carte quand on s'apprêtait à partir en voyage. Et puis il y avait les autres liens évidents : la chaleur du Maroc, la couleur jaune sombre du safran provenant des stigmates rouge feu et même son prénom, bien sûr. Nell tenait à être positive.

Le Soleil était un encouragement à laisser les ombres derrière soi, mais on était toujours accompagné de son ombre, non ? Elle écouta. La voix de sa mère semblait de plus en plus faible et elle paniqua. Et si elle ne parvenait plus jamais à l'entendre ? Que se passerait-il ?

Elle fut soulagée de tirer La Grande Prêtresse ensuite. C'était sa mère. La femme mystérieuse. La Grande Prêtresse symbolisait le pouvoir féminin et gardait tous ses secrets. Sa mère était la personne qu'elle connaissait le mieux au monde et pourtant, qui était-elle vraiment ? La connaissait-elle si bien que ça ? Que savait-elle de sa vie ? De son passé ? Même de sa mort ? Elle savait comment sa mère était après sa naissance, grâce à ses propres souvenirs. Mais qui était-elle avant ? Qui était la jeune femme qui avait mis Nell au monde ? Et qui était le père de Nell ?

Elle délaissa les cartes et prit le seul et unique album de photos dans le tiroir du buffet. D'une certaine façon, c'était sa mère qui lui avait forcé la main, qui l'avait finalement décidée à quitter la maison et à emménager avec Callum. Un soir, alors qu'elle dînait seule avec sa mère, elle sortit l'album. Elle ne le faisait pas souvent car sa mère n'aimait pas trop. Mais la veille, Callum lui avait dit quelque chose qui lui trottait encore dans la tête et elle était bien décidée à obtenir enfin des réponses.

« Si on se marie », avait-il dit en prenant sa main et en caressant son pouce, « ou plutôt quand on se mariera… »

Elle avait ri parce qu'il ne l'avait pas encore demandée en mariage.

« Oui ?

– Qui te conduira à l'autel ? Ta mère ?

– Je suppose, oui. »

Et depuis, elle n'arrêtait pas d'y penser. Elle n'avait rien contre le fait que sa mère la conduise à l'autel. C'était juste qu'elle n'avait pas le choix.

Il y avait beaucoup de représentations de sa mère enfant, jolie et gracieuse, sur les clichés en noir et blanc : parfois dans les champs autour de la ferme, dans la cour ou sur la plage, et une, la préférée de Nell, où elle posait devant la safranière. On la voyait rire comme si l'odeur puissante du safran l'avait rendue ivre de joie.

Et puis…

« Qu'est-ce qui t'arrive ? » Sa mère passa devant elle, débarrassant les assiettes et les couverts en même temps. « Tu es nostalgique ?

– Non, c'est juste que… » Elle tourna les pages. Elle savait déjà ce qu'elle trouverait. Rien. Comme si sa mère avait tout simplement disparu. Il y avait aussi quelques photos de Nell enfant, pas beaucoup, prises par quelqu'un d'autre probablement puisqu'elle n'avait jamais vu sa mère derrière un objectif ; un des hommes qui travaillaient quelques mois à la ferme puis repartaient ou un de ses amis du village.

« Qui était-ce ? demanda-t-elle.

– Qui était qui ? » Sa mère lui tournait le dos et faisait la vaisselle. Pas uniquement la vaisselle. Elle avait ouvert les robinets au maximum et faisait gicler du liquide vaisselle comme si sa vie en dépendait. Il n'y avait pas plus têtu qu'elle.

« Mon père. »

Elle ne répondit pas. Nell n'entendait que l'eau qui se déversait dans l'évier.

« Maman ?

– Je ne sais pas. »

L'eau éclaboussait le sol. Nell se leva d'un bond, se précipita vers l'évier et ferma les robinets. Sa mère s'agrippait au rebord et regardait droit devant elle.

« Tu ne sais pas ou tu ne veux pas me le dire ?

– Les deux. » Sa mère posa enfin les yeux sur elle. « Je ne peux pas m'aventurer sur ce terrain, Nell. Plus maintenant. Je te l'ai dit.

– Mais j'ai besoin de savoir. » Nell ne voulait pas céder. C'était une mauvaise expérience, elle en était certaine. Quelque chose qui avait blessé sa mère, qui l'avait poussée à protéger Nell, à la préserver de tout ce qu'elle ne pouvait pas contrôler, le monde extérieur. Et Nell ne voulait surtout pas faire souffrir sa mère. Mais n'avait-elle pas le droit de connaître la vérité ? Sa mère avait toujours caché quelque chose. Et c'étaient justement les pages qui manquaient dans l'album de photos.

« Je suis désolée. » Sa mère prit l'éponge et continua à faire la vaisselle. « Mais je ne peux pas. »

Nell avait envie de crier. Mais à quoi bon ? « Pourquoi tu ne peux pas ? » Elle posa la question habituelle. En vain, elle le savait. Elle connaissait déjà la réponse.

« C'est trop douloureux.

– Je suis désolée, maman, mais…

– Et tu n'as pas besoin de savoir. » Elle se tourna brusquement. « Qui t'a élevée ? Qui s'est occupée de toi ? Qui t'a mise au monde ? Qui a tout fait pour toi ? » Elle tremblait. Nell vit qu'elle tremblait.

« Là n'est pas la question. » Pourquoi ne le comprenait-elle pas ? Ce qui comptait, ce n'était pas qui avait fait quoi ni qui était la meilleure personne. Ce n'était pas une compétition et elle ne cesserait jamais d'aimer sa mère… mais elle avait besoin de savoir, bon sang ! C'était son héritage, ses racines, son commencement.

« Arrête de ressasser ce qui appartient au passé et dont tu n'as aucune idée. Il faut vivre au présent, Nell. Et regarder vers l'avenir. C'est la seule façon d'avancer. » Mais sa mère secouait la tête, puis elle se mit à pleurer et Nell s'en voulut, comme toujours. Elle quitta la pièce.

Quand elle revint une heure plus tard, sa mère, qui avait retrouvé son calme, était en train de tirer les cartes.

« Je vais m'installer avec Callum », lui annonça Nell. Elle n'allait plus ressasser le passé. Elle allait suivre les conseils de sa mère. Elle allait se tourner vers l'avenir.

Sa mère ne broncha pas. « Tu dois faire ce que tu veux vraiment, ma chérie », dit-elle.

Mais on ne changeait pas comme ça, d'un simple claquement de doigts, et Nell avait rouvert l'album de photos, prête à replonger dans les souvenirs. Elle tourna les pages, trouva la photo de ses grands-parents qu'elle n'avait pas connus. Le père de sa mère, droit comme un I, sépia et sévère avec une moustache en guidon. À côté de lui se tenait Patricia, blonde et jolie, la mère de sa mère. Ils étaient tous deux morts jeunes, son grand-père peu après la guerre et sa grand-mère juste avant la naissance de Nell. Un coup dur pour sa mère, Nell le comprenait à présent. Depuis sa mort, Nell semblait avoir enfin accepté la fragilité émotionnelle de sa mère. Elle avait compris que, tout comme elle, elle avait dû se sentir perdue parfois et qu'elle n'avait plus su quoi faire.

Nell soupira. Femme mystérieuse. En effet ! Callum lui avait dit, plus d'une fois, quel était son problème. « Tu n'as pas accepté sa mort. Tu ne peux pas accepter qu'elle soit partie. » En regardant le tas de cartes de tarot et l'album à moitié vide, Nell se dit qu'il avait sans doute raison. Elle avait toujours cru qu'un jour sa mère lui dirait simplement tout ce qu'elle voulait savoir. Mais elle n'en avait pas eu le temps… à moins qu'elle ait parfaitement su ce qu'elle faisait le soir de sa mort. Et si elle était tombée délibérément du haut de la falaise ?

Callum s'était réjoui quand Nell s'était enfin décidée à emménager avec lui et il avait immédiatement fait des projets. Elle pouvait s'installer quand elle voulait dans son deux-pièces, lui avait-il dit.

Mais elle avait quelques économies, ainsi pourraient-ils chercher une petite maison à acheter. Et ils se marieraient, n'est-ce pas ?

« C'est une demande en mariage ? » Nell était encore piquée au vif par le refus de sa mère de lui dire ce qu'elle voulait savoir.

« Oui. » Et il s'était mis à genoux devant elle, dans le bar, au milieu de toute la foule. Elle avait ri, l'avait relevé et lui avait dit : « Alors tu ferais mieux de me chercher une alliance. »

La mère de Nell avait très bien réagi. Elle semblait apprécier Callum et elle accepta leurs projets sans émettre la moindre réserve. Elle avait mis de l'argent de côté pour Nell et le leur avait donné pour les aider à financer leur mariage. Les parents de Callum, qui s'étaient installés dans le Hertfordshire quelques années auparavant, les aidèrent aussi. Nell et Callum se marièrent au printemps un an après avoir acheté leur maison.

Peu de temps après, la mère de Nell les invita à dîner.

« Je vais vendre un peu de terre », dit-elle tandis qu'elles faisaient la vaisselle. Elles avaient toutes deux insisté pour que Callum se repose dans le séjour, car il avait une dure journée de travail derrière lui et elles avaient besoin de passer un peu de temps rien que toutes les deux.

« Pourquoi ? » Nell se retourna brusquement, le torchon à la main, et fixa sa mère. Elle était la terre.

« Je ne m'en sors plus. » Leurs regards se croisèrent.

Était-ce vrai ? C'était un dur labeur, Nell le savait. Elle avait vu sa mère, le dos courbé, à force de se baisser pour planter.

« Je t'aiderai.

– Tu n'as pas le temps. » Et elle passa devant elle avec une pile d'assiettes qu'elle s'apprêtait à ranger dans le vaisselier.

« Mais… » Sa mère aurait pu faire appel à une aide extérieure. Elle l'avait toujours fait jusqu'à présent.

Elle avait raison. Nell n'avait pas le temps. Et ça ne pouvait pas être vrai. Son invincible mère devait être capable de cultiver la terre, elle l'avait toujours fait. Alors qu'est-ce qui se cachait derrière tout ça ? Parlait-elle du safran ? Le safran était censé être l'héritage de Nell. Sa mère ne cherchait quand même pas à la punir ?

Pourtant, avec le recul… Sa mère n'était peut-être pas aussi invincible que Nell l'avait pensé.

Elle avait vendu un peu de terre. Elle avait arraché les bulbes, tous, après la récolte de l'année, et aurait dû les replanter en juin, car c'était la quatrième année. Mais le moment venu, elle n'avait pas replanté le safran et c'était la première fois. Dehors, il n'y avait pas de pousses de safran, robustes et vigoureuses. Pas de pousses, pas de vie nouvelle, pas d'abeilles s'endormant sur les fleurs après en avoir collecté le nectar. Sa mère lui avait montré quand elle était petite. Elle les poussait doucement du bout des doigts pour les réveiller et elles s'envolaient. Nell avait cru que le safran fleurirait toujours. Mais pas cette année. Était-ce parce que sa mère savait qu'il n'y aurait personne pour le récolter ? Personne pour perpétuer la tradition ?

Nell reporta son attention sur les cartes. Si elle allait au Maroc, elle pourrait en apprendre plus sur cette épice secrète, si importante pour sa mère. Et peut-être qu'ainsi, elle parviendrait à découvrir un peu du passé mystérieux de sa mère. La Grande Prêtresse. « Tu crois que je dois y aller ? » murmura-t-elle. Et quand elle retourna la carte suivante, le Cinq de Coupes, elle entendit enfin la voix de sa mère. « Affranchis-toi de ton chagrin, accepte le changement. » Sur la carte, trois des coupes étaient retournées mais deux étaient encore bien droites. Yin et yang. Quand on perd quelque chose, on gagne autre chose. Et Nell sut qu'elle devait entreprendre ce voyage.

3

Amy était en train de préparer la salle principale de la galerie en vue de la prochaine exposition, « *Un moment, un temps* », rassemblant les œuvres d'un artiste local, quand elle prit conscience de la présence de quelqu'un derrière elle. Et ce n'était pas Duncan.

« Oh ! » D'où sortait-il ? « Nous sommes fermés, je suis désolée. »

Elle se tourna de nouveau vers le tableau. À vrai dire, c'était plus un graphique qu'un tableau. L'artiste avait utilisé des cartes météo, indiquant entre autres la vitesse des vents, à une heure donnée, chaque jour du mois. Amy n'était pas une artiste, elle était photographe.

Elle aimait penser qu'elle s'occupait de sujets réels et concrets. Et si elle appréciait l'art et travaillait dans cette galerie à Lyme Regis qui soutenait les artistes locaux, tout comme, fort heureusement, les photographes locaux, elle avait parfois le sentiment que certains d'entre eux étaient juste…

« Un peu complaisant, non ? »

Elle se retourna. Elle savait qu'il n'était pas parti, à cause de l'odeur. Rien de désagréable, ni de spéciale-ment envoûtant non plus ; juste une odeur de cuir et un léger parfum de pamplemousse, peut-être. Du savon, sans doute. Il était grand, comme Amy. C'était donc invariablement la première chose qu'elle remarquait chez un homme. Il avait les cheveux presque noirs, un peu hérissés, une coiffure qu'il devait sans doute plus aux caprices de la nature qu'à son gel, pensa-t-elle. Et il fronçait les sourcils, la tête inclinée sur le côté. *Comme un oiseau*, se dit-elle. Pas un oiseau craquant et mignon. Plutôt un oiseau de proie.

« Parfois, il vaut mieux garder ses opinions pour soi », avança-t-elle.

Il haussa un sourcil, l'air interrogateur. Les mains dans les poches de son jean, il semblait très à l'aise.

Trente-cinq-quarante ans, décida-t-elle. *Un électron libre.* « Et je crois vous l'avoir déjà dit, la galerie est fermée.

– Vous croyez vraiment ? » Au lieu de déguerpir, un peu penaud, et force était d'admettre qu'il n'était pas du genre penaud, il s'avança nonchalamment vers le tableau suivant.

L'œuvre ressemblait beaucoup à la précédente. Amy se demanda si elle n'avait aucune sensibilité artistique. « ... Que nous sommes fermés ? » Elle posa les mains sur les hanches et refusa de lui sourire. « Oui, bien sûr. Comme vous pouvez le constater, je suis en train de disposer les œuvres. L'exposition ouvre à dix heures, demain matin. »

« ... Que nous devons garder nos opinions pour nous-mêmes. » Il semblait très sérieux. « Vous y croyez vraiment ? »

Bien sûr que non. Amy s'était souvent attiré des ennuis en disant haut et fort ce qu'elle pensait. Au grand dam de ses parents, qui auraient préféré avoir une fille sage comme une image, les laissant se consacrer pleinement à leur hôtel, devenu grâce à leur investissement total l'un des établissements les plus populaires de Lyme Regis. De ses professeurs aussi, qui avaient espéré, en vain, qu'elle montrerait un minimum d'intérêt pour une carrière universitaire. Et bien sûr de Duncan : patron, presque ami, presque amant. Pouvait-on avoir un « presque amant » ? Sans doute. Amy soupira. Il faudrait qu'elle finisse par prendre une décision.

« Qui êtes-vous ? demanda-t-elle.

– Jake Tarrant. » Il lui adressa un bref sourire. Des fossettes. Une dent tordue à droite. L'homme était plutôt séduisant et le savait. Ce qui ne lui donnait pas le droit de se conduire comme s'il était le propriétaire de la galerie.

Était-elle censée connaître son nom ? Jake. Jake Tarrant. Un artiste local ? Un membre du conseil municipal ? Il avait l'air de penser en tout cas qu'il était attendu.

« Et… qu'est-ce que je peux faire pour vous ? » Amy décida de ne pas prendre de risques. S'il était attendu, il était peut-être important pour la galerie et son avenir. Et l'avenir de la galerie importait à Amy presque autant que son travail de photographe.

« Ah, Jake, vous voilà. » À cet instant, Duncan entra dans la salle à grandes enjambées, vêtu de son uniforme habituel : un pantalon noir, une chemise bleue et une veste de costume bleu marine. Ses cheveux blonds étaient de plus en plus clairsemés et malgré ses visites quotidiennes à la salle de sport, il avait pris de la bedaine, mais sinon, il avait toujours cette aisance et cette assurance qui lui permettaient en général d'obtenir ce qu'il voulait.

Donc Duncan le connaissait. Amy essaya de croiser le regard de son patron qui détourna sciemment les yeux. Ce qui, comme d'habitude, lui en disait long. Duncan était secret par nature. Il faisait plutôt dans la rétention d'informations et se contentait de dire le strict minimum. S'il considérait qu'Amy n'avait pas besoin de savoir ce qu'il faisait, avec qui il était, comment il fonctionnait, alors elle n'avait aucune chance de le découvrir. Pourtant, cette fois, elle avait comme l'impression qu'elle ferait mieux de tout faire pour savoir. Le regard d'Amy allait de l'un à l'autre. Elle aussi était vêtue de son « uniforme » : un pantalon noir en fuseau ou une jupe longue, un chemisier blanc avec col et une veste de tailleur. Pour rendre sa tenue moins stricte, elle portait de gros bijoux de choix – aujourd'hui, un jonc épais en cuivre incrusté de turquoise et des boucles d'oreilles, deux globes parfaits de turquoise tachetée. Duncan attendait donc ce visiteur. Elle s'abstint de tout commentaire.

« Me voilà, oui. » Jake Tarrant s'avança et ils se serrèrent la main, plutôt amicalement, quoique Duncan fût un peu plus sur la défensive que l'autre. Ce qui faisait plutôt pencher la balance du côté « conseil municipal » sauf que le jean délavé de Jake et sa veste en cuir un peu usé faisaient plutôt « artiste. » Et elle constata que le col de sa veste était relevé.

« Alors… » Amy fixa Duncan. Quand elle s'était présentée à la galerie, elle avait été flattée et séduite par ses yeux bleus innocents. « J'aime votre travail, avait-il dit. Je pourrais vous proposer une exposition occasion-nelle, bien sûr, j'aimerais… » Il se trouve que ce n'était pas la seule chose qu'il avait à lui offrir. Un coup à boire après le travail, un dîner aux chandelles, des réceptions et des vernissages, un accès privilégié au monde des artistes et des photographes qui lui donnait le sentiment d'être des leurs. Et en contrepartie ? Il était très convain-cant. Il n'avait jamais été marié et avait toujours une femme glamoureuse à son bras, ce qui tendait à prouver qu'il n'avait pas son pareil pour séduire les filles. Il lui avait donné le sentiment qu'elle était spéciale.

Pourtant, leur relation n'avait vraiment rien de spécial. Elle était commode, agréable, mais était-elle seulement justifiée ? Chacun disposait de son temps comme il l'entendait, chacun disposait de sa personne comme il l'entendait. Ils n'avaient aucun avenir ensemble. Elle ne pouvait pas faire semblant d'être amoureuse de lui et elle ne se faisait aucune illusion sur ses sentiments pour elle. Amy était amoureuse de la photographie, et plus d'un homme lui avait dit, par le passé, qu'elle était trop forte, qu'elle avait des opinions trop arrêtées et qu'elle était trop difficile. Pas Duncan, il est vrai. Peut-être était-ce pour cette raison qu'elle ne pouvait pas se résoudre à le quitter.

Quant au visiteur… En sa qualité de « bras droit » de Duncan, comme il avait la fâcheuse manie de la présenter, n'aurait-elle pas dû être informée de sa visite, de son identité ?

« Jake, je vous présente Amy Hamilton. Mon bras droit », dit Duncan avec un sourire narquois.

« Salut, Amy. » Jake serra la main d'Amy, l'englobant complètement. Sa peau était chaude, sèche, la poignée de main fut brève. *Pamplemousse*, pensa-t-elle de nouveau.

« Salut. » Elle regarda Duncan l'air interrogateur. *Dis-moi, salaud ! Ne me fais pas passer pour une idiote.*

« Jake est un organisateur d'événements culturels, l'informa Duncan.

– Ah. » *Le projet marocain*, pensa-t-elle. Et elle sentit son estomac se nouer. L'année 2013 marquait le huit centième anniversaire des liens diplomatiques entre la Grande-Bretagne et le Maroc. En effet, en 1213, le roi Jean d'Angleterre (Jean sans Terre) avait envoyé des émissaires au Maroc ce qui était considéré aujourd'hui comme le point de départ de relations fructueuses entre les deux pays. Vingt-cinq mille Marocains vivaient au Royaume-Uni, les deux pays partageaient une longue histoire, et les Britanniques soutenaient les réformes entreprises au Maroc. C'est pourquoi la galerie avait décidé d'organiser un festival autour du Maroc, ce qui lui avait permis d'obtenir des subventions. Depuis, une lueur étrange brillait dans les yeux de Duncan, une lueur qui déplaisait à Amy. Plus d'argent, des ambitions plus élevées.

« Il est là pour nous faire part de ses idées. » Duncan jeta un coup d'œil à sa montre. « Venez dans mon bureau, Jake. »

Amy fronça les sourcils. Quand Jake se retourna, elle regarda Duncan et articula en silence « Et moi ? » avec une irritation qui ne pouvait échapper à personne, même pas à elle. Ce projet marocain, c'était son bébé. C'était son idée à l'origine d'organiser une exposition de peinture et de photos dans la galerie pour célébrer la culture marocaine et pourquoi pas de mettre en place quelques ateliers. Alors que se passait-il ?

« Tu pourrais nous apporter un thé, s'il te plaît, Amy ? »

Elle le fusilla du regard mais Duncan se contenta de lui faire un clin d'œil. *Attends un peu !* pensa-t-elle. « Et peut-être qu'ensuite tu pourras te joindre à nous. »

Amy posa le plateau avec le thé et les biscuits sur le bureau de Duncan et s'assit à côté de Jake. Elle était beaucoup trop près de lui à son goût mais elle n'avait pas d'autre endroit où s'asseoir. Il avait un bloc-notes sur les genoux et griffonnait déjà quelque chose. Très bien. À l'évidence, ils avaient commencé sans elle.

« Jake me faisait part de ses premières idées, dit Duncan d'un air doucereux.

– Oh ? » Amy lui sourit mielleusement. « Et qu'avez-vous donc comme idées, Jake ?

– La projection d'un film peut-être », répondit-il en haussant les épaules. « Les Marocains sont de grands amateurs de cinéma. Il y a un festival international du film toutes les années en décembre. Vous le savez sans doute. Je pensais… à des films d'art et d'essai ? Par exemple *Les Mille et une mains* du réalisateur marocain Souheil Ben-Barka. Ou *Marock* réalisé par Laïla Marrakchi ? C'est controversé et politique.

– Et pourquoi pas *Marrakech Express* ? suggéra Amy.

– Euh oui. » Il leva les yeux peut-être pour voir si elle plaisantait. Non, ce n'était pas une blague. « On pourrait ajouter un cours de cuisine aussi, prévoir un stand d'informations sur les voyages au Maroc, les treks dans l'Atlas, etc. Et une exposition de tableaux.

– D'artistes marocains.

– Oui, ou d'artistes influencés par le Maroc. »

Il semblait savoir de quoi il parlait. Et son enthousiasme était perceptible, elle l'entendait à sa voix – un peu rauque mais agréable. Mais elle resta de marbre. Duncan lui avait-il parlé de son exposition de photos ?

« La musique aussi… » Jake Tarrant faisait tourner son stylo au-dessus de son bloc-notes.

Amy le regardait, fascinée. « La musique ? répéta-t-elle.

– Du hip-hop marocain, de la musique soufie, de la musique gnaoui… j'ai quelques contacts. »

Amy n'en doutait pas.

« Une semaine de manifestations, vous disiez ? demanda Jake à Duncan.

– Dix jours. Deux week-ends. » Duncan croisa le regard d'Amy.

« Nous avons déjà prévu une exposition de photographies qui pourrait être élargie.

– Bonne idée. Des photos de rue ? Vous avez contacté des photographes marocains ? » Jake semblait intéressé.

« Je vais à Marrakech, dit Amy. Alors oui, il y aura des photographies de rues. » Elle lui tendit sa tasse de thé. « Lait ? Sucre ?

– Spécialement pour cet événement ? » Jake paraissait surpris. Il prit du lait mais pas de sucre.

Amy se dit qu'il n'était peut-être pas habitué au mot « engagement ».

« Amy est une photographe talentueuse, intervint Duncan. Nous avons pensé qu'il serait judicieux d'aller sur place pour prendre des clichés originaux et récents des monuments les plus intéressants. Et des photos de rues aussi. La couleur, la culture. » Il fit un grand geste. « C'est un paysage riche.

– L'exposition de photographies devait être à l'origine le fil conducteur du projet », dit Amy d'un ton guindé. Elle tendit à Duncan sa tasse de thé. *Quand c'était mon projet*, ajouta-t-elle en silence.

« Un fil conducteur. Ça me plaît. Les photos pourraient illustrer tous les domaines que nous allons aborder », approuva Jake.

Les domaines. On aurait dit un prospectus pour une université. Et « nous » ?

« La cuisine marocaine, développa-t-il. Le cinéma, l'art, le tissage. » Il étendit ses longues jambes.

« Le tissage ?

– Les tapis nord-africains ont une histoire fascinante. » Jake but une gorgée de thé. Tous ses mouvements, ses gestes semblaient amples. Le bureau de Duncan n'avait jamais paru aussi petit à Amy. « Les motifs sont comme un langage rural de symboles et motifs berbères. Des histoires. »

Duncan hocha savamment la tête. Amy se vit dans un souk de Marrakech, en train de prendre des photos de tapis, poursuivie par les vendeurs lui racontant une histoire différente pour chaque tapis. Elle cligna des yeux et chassa la vision de son esprit.

« Jake a proposé un atelier de tissage, dit Duncan. Une idée brillante, tu ne trouves pas, Amy ?

– Brillante en effet, concéda-t-elle.

– Et les *zelliges* pour les enfants, ajouta Jake.

– Les *zelliges* ?

– Les petits carreaux en terre cuite émaillée avec lesquels on peut faire des mosaïques. » Il le dit très sérieusement sans détacher les yeux de son visage. Alors pourquoi Amy avait-elle l'impression en son for intérieur qu'il se moquait d'elle ?

« Vous avez donc déjà traité ce thème marocain ? » Amy recroisa les jambes et chassa une poussière imaginaire de ses bottines noires à lacets. Elle savait qu'elle aurait dû creuser le sujet beaucoup plus tôt. Elle en avait eu l'intention mais sa grand-tante Lillian avait besoin d'un peu plus d'attention depuis sa chute, sa mère lui avait demandé de l'aider à la réception parce qu'une de ses employées était malade et son amie Francine avait fait appel à ses services de baby-sitter. Et puis, il y avait Duncan… Elle avait acheté des livres et avait prévu de les lire dans l'avion, notamment ceux consacrés au design marocain. C'était un peu au dernier moment, mais c'était sa manière de fonctionner. Elle aimait la pression, l'adrénaline.

« J'ai passé pas mal de temps là-bas, dit-il en haussant les épaules. Je me suis fait quelques amis, vous voyez…

– Jake a organisé une série d'événements similaires à Londres durant l'année, expliqua Duncan. C'est comme ça que j'ai entendu parler de lui. »

Et comment se fait-il, pensa Amy, *que tu n'as pas jugé nécessaire de m'en informer ?* Mais elle se contenta de hocher la tête. « Quelle chance nous avons de profiter des conseils d'un tel expert !

– Je suis ravi que tu partages mon enthousiasme, Amy. » Duncan remua quelques papiers sur son bureau. « Parce que je veux que tu travailles avec Jake. »

Amy déglutit avec peine. « Vous ne faites pas que nous conseiller alors ?

– Ça va plus loin que ça, précisa Duncan.

– Pardon ?

– Tu ne pourras pas tout faire toute seule, Amy, dit-il. Il ne s'agit pas uniquement d'avoir des idées et de l'expérience. Il faut définir un budget, faire des recherches. Négocier avec les fournisseurs. C'est l'occasion rêvée d'atteindre un public plus large dans notre ville et les environs. Ça va nous faire de la publicité. Je veux que ce soit un événement de grande ampleur. Et tu sais très bien que j'ai beaucoup trop à faire pour m'y consacrer pleinement. »

Amy remarqua encore une fois cette lueur particulière dans ses yeux. Peut-être avait-elle toujours été là ou peut-être avait-il cherché à la cacher avant ? À moins qu'elle n'ait pas pris la peine d'ouvrir suffisamment les yeux pour la voir. Si elle avait été si spéciale à ses yeux, il l'aurait traitée avec plus de respect ; il l'aurait consultée au lieu de l'envoyer faire le thé. « Parfait », dit-elle tout en pensant le contraire. Duncan qui se chargeait de toutes les expositions et de tous les événements organisés par la galerie était débordé, elle le savait, mais ça n'avait jamais été un problème. Amy s'était réjouie à l'idée de gérer ce projet toute seule. C'était un défi, surtout depuis qu'ils avaient obtenu un financement, mais elle était parfaitement capable de se débrouiller. Et elle n'avait pas la moindre envie de travailler avec cet homme qui savait tout ou s'imaginait tout savoir. Comment Duncan avait-il pu faire appel à ce Jake sans lui en parler ? Comment pouvait-il avoir confié *son* projet à un organisateur d'événements ?

À cet instant, Jake Tarrant la regarda. Il avait les yeux de la couleur du thé rouge, sans lait. Il savait. Il savait que Duncan l'avait court-circuitée et il avait un peu pitié d'elle. Ce qui était encore pire.

« Je me réjouis de travailler avec vous », dit-il. Il semblait sincère. « Et où allez-vous loger à Marrakech ?

– Dans la médina. Au Riad Lazuli.

– Ils organisent un stage de cuisine, intervint Duncan.

– Vous allez aussi faire un stage de cuisine ?

– Non. » Sa mère se serait étranglée de rire à cette idée, pensa Amy. « Une auteure locale écrit un livre sur la cuisine marocaine. J'ai été en contact avec son éditeur et ils aimeraient que je me charge des photos. J'espérais faire concorder le stage et le projet.

– Amy va apprendre les secrets du tajine. Elle nous en fera peut-être profiter, qui sait ? » dit Duncan, riant de sa blague. Amy l'ignora.

« Quand partez-vous ? demanda Jake.

– Après-demain.

– Dans ce cas, nous pourrions peut-être nous voir demain avant que je ne retourne à Bristol, dit-il. Pour décider du genre de photos dont nous avons besoin.

– Bien sûr. » Amy se leva.

« Parfait. » Duncan se leva aussi et lui pressa l'épaule d'une manière un peu trop familière.

Si tu t'imagines que tu vas t'en sortir comme ça, pensa Amy, *tu te fourres le doigt dans l'œil.* Elle avait beaucoup de choses à lui dire mais elle attendrait qu'ils soient seuls. Quant à Jake Tarrant… En quittant la pièce, elle le regarda une dernière fois. Ses yeux couleur thé étaient pleins de curiosité, un peu pensifs aussi. Et elle sut ce qu'il avait vu en elle.

4

Amy décida de passer voir sa grand-tante Lillian. Elle était trop perturbée pour rentrer directement chez elle, dans l'appartement attenant à l'hôtel de ses parents, qui donnait sur la rade et le Cobb, la jetée en pierre délimitant le port. C'était tante Lillian qui avait financé l'aménagement de l'appartement. L'acte notarié était aux deux noms, celui d'Amy et de Lillian. Amy remboursait l'emprunt ; sa tante avait fourni l'apport. Amy n'aurait pas pu se passer de l'aide de Lillian.

Elle se dirigea vers le vieux moulin à eau de la ville qui avait fonctionné jusqu'en 1926. Il avait été restauré et l'on y avait installé un café et des ateliers pour des artistes. Certains d'entre eux avaient exposé leurs œuvres dans la galerie. Ce qui plaisait par-dessus tout à Amy dans cette ville, c'était son engagement pour les arts, de la peinture à la photo en passant par le théâtre. Elle longea le moulin, passa devant la roue et l'abée du moulin, et rejoignit le sentier qui surplombait la rivière, le cours d'eau qui alimentait la roue. Elle sentit l'odeur distinctive et automnale des plantes chargées de sève qui poussaient sur les rives. Certaines étaient encore en fleur. Elle entendit le gloussement de l'eau qui atteignait la roue.

Sa grand-tante était tombée deux semaines auparavant sur le trottoir devant son cottage et quand Amy avait entendu sa voix chevrotante au téléphone, elle avait immédiatement appelé une ambulance. Lillian avait été emmenée à l'hôpital où elle avait subi, non sans protester, deux jours d'examens avant d'être renvoyée à la maison. Amy était venue la chercher et depuis elle passait souvent la voir et veillait sur elle. Lillian se portait bien, elle était plutôt alerte pour ses quatre-vingt-cinq ans, mais sa vue avait baissé et on lui avait dit qu'une opération de la cataracte ne lui apporterait pas grand-chose. Les examens avaient montré qu'elle souffrait d'une dégénérescence maculaire liée à l'âge : la détérioration de sa vue serait lente, constante et inévitable. Amy avait insisté pour qu'elle utilise sa canne plus souvent. Elle se faisait du souci pour elle. Elle ne voulait pas qu'elle tombe à nouveau.

Amy longea la Lynch, passa devant la vieille chapelle Lepers' Well et traversa le Gosling Bridge. Sur le mur d'en face, quelqu'un, apparemment Banksy, avait représenté un héron origami avec un poisson rouge dans le bec. Était-ce une œuvre d'art ou un simple graffiti ? Le jury des résidents de Lyme n'avait pas encore tranché. Elle tourna à droite. Sa grand-tante Lillian vivait dans un joli cottage géorgien rose avec deux chambres et un toit de chaume.

Amy souleva le heurtoir en laiton et frappa un coup bref et bruyant. Lillian était son alliée de longue date dans ses combats d'adolescente avec ses parents pour les habits, les couvre-feux, les petits copains, sa consolatrice quand ses parents n'étaient pas disponibles et la plus grande admiratrice de son travail. Sa grand-tante était apparue comme par magie telle une bonne fée. Elle était arrivée d'Amérique un beau jour, Amy était alors âgée de dix ans. De retour en Angleterre après la mort de son mari, elle était venue s'occuper de la grand-mère d'Amy, Mary. Elle était plus âgée que Lillian et n'était plus autonome ; il avait même été question de l'envoyer dans une maison de retraite. Lillian n'avait pas voulu en entendre parler. Elle s'était installée dans la maison de la grand-mère d'Amy avec tout son barda et s'était occupée de sa sœur jusqu'au bout. Et ce n'était pas tout. Lillian avait aussi sauvé la famille d'Amy.

Amy regarda par la fenêtre et toqua encore une fois à la porte. Elle n'exagérait pas. Sa grand-tante avait pris soin de Mary, elle les avait tous soutenus quand les choses allaient au plus mal entre les parents d'Amy, Celia et Ralph, et les avait aidés financièrement en investissant largement dans l'hôtel à l'époque où ce n'était encore qu'un B&B miteux en difficulté. Amy lui en était infiniment reconnaissante, mais ses parents ne semblaient pas avoir le temps d'exprimer leur gratitude.

« Ils sont très occupés », les défendait Lillian. Pourtant, Amy se posait des questions. Qu'est-ce qui les retenait ? Y avait-il une raison pour expliquer la réticence de sa mère à apprécier à sa juste valeur ce que Lillian avait fait pour eux ?

« Tu n'aimes pas Lillian ? avait-elle demandé une fois à sa mère. Elle a fait quelque chose qui t'a contrariée ? »

Celia Hamilton avait haussé les épaules. « Qui sait ce qui s'est réellement passé ? Ta grand-mère n'était pas facile. Et la culpabilité est un sentiment très fort. »

Pourquoi Lillian devrait-elle se sentir coupable ? Et en quoi cela répondait-il à la question d'Amy ? Elle n'en avait aucune idée et sa mère était comme d'habitude trop occupée pour lui répondre. Tout ce qu'Amy savait, c'était que sa grand-tante lui avait offert son premier appareil photo pour son onzième anniversaire. De plus, elle l'avait soutenue sept ans plus tard quand Amy avait dit à sa mère qu'elle voulait étudier la photographie.

« Tu n'auras aucun débouché dans la photo !

– Si. Je pourrais travailler pour un journal ou un magazine ou…

– Elle pourrait même travailler en free-lance », avait dit Lillian. Elle s'était tournée vers Celia. « Pourquoi pas ? Ce n'est pas exclu ! Tout est possible si Amy le veut vraiment… »

Enfin, la porte s'ouvrit doucement.

Sa grand-tante, petit bout de femme aux cheveux blancs, apparut. « Amy, quel plaisir de te voir ! dit-elle, radieuse.

– Comment vas-tu, tatie Lil ? » Amy scruta le visage de sa tante à la recherche de signes de lassitude. Hormis ses yeux un peu bouffis, elle avait plutôt bonne mine.

« Je vais très bien. Entre. Je viens de faire le thé. Tu ne peux pas dire non à un *crumpet* beurré ? »

Amy rit. « Non, je ne pense pas. Tout dépend ce qu'il me demande de faire, naturellement. » Elle se pencha pour embrasser la joue parcheminée de sa grand-tante et son visage effleura ses cheveux clairsemés.

Lillian avait le dos un peu courbé et était si mince que ses os semblaient sur le point de transpercer sa peau fragile de vieille dame. Mais une lueur malicieuse brillait toujours dans ses yeux bleus, cette lueur qui avait frappé Amy quand sa grand-tante était arrivée à Lyme Regis. Elle avait tout de suite adoré son accent américain, la tonalité douce et légèrement interrogative de sa voix, son rire bouillonnant et les vêtements qu'elle portait. Par-dessus tout, elle avait aimé l'attention qu'elle lui accordait. Lillian lui achetait des friandises, des bandes dessinées, et très vite elle lui offrit du vernis à ongles et du maquillage. Elle la gâtait sans la moindre réserve. Elle l'encourageait à passer la voir, en sortant de l'école, dans le cottage qu'elle avait acheté après la mort de Mary. Elle voulait savoir comment s'était passée sa journée, quels livres elle lisait, quels cours elle préférait, à quoi ressemblaient ses amis. Pourtant, les questions qu'elle lui posait n'avaient rien à voir avec celles des autres adultes, qui cherchaient juste à obtenir des informations, toujours prêts à désapprouver ses choix. Elle la questionnait comme une amie, comme si elle s'intéressait vraiment à elle. Dès le départ, Amy avait perçu le voile de tristesse qui enveloppait sa grand-tante, mais elle s'était rendu compte qu'elle pouvait le faire disparaître, au moins quelques instants. Alors elle essayait. Elle passait le plus de temps possible avec Lillian.

« Pourquoi est-ce que tu es revenue ici ? lui avait-elle demandé plus d'une fois lors de leurs goûters. Pourquoi as-tu quitté l'Amérique ? » Pour Amy, c'était à l'époque l'endroit le plus merveilleux de la planète.

« C'est toujours chez moi ici », avait répondu sa Lillian, bien que, Amy le savait, elle ait vécu avec sa sœur et ses parents à Bridport à plus de quinze kilomètres à l'est. « Tu sais Amy, ce n'est pas parce que tu passes beaucoup de temps dans un endroit que tu t'y sens forcément chez toi.

– Mais tu as dû te faire des amis là-bas. C'était sûrement difficile de partir. » Amy pensait aux immenses centres commerciaux, aux délicieux hamburgers que l'on pouvait manger à tous les coins de rue, aux photos qu'elle avait vues des gratte-ciel de New York.

Mais Lillian avait secoué la tête. « Il n'y a plus rien pour moi en Amérique. »

La mère d'Amy lui avait pourtant bien dit de ne pas lui poser toutes ces questions. « Elle a traversé de terribles épreuves, expliqua-t-elle tout en faisant sa moue de femme surmenée. Elle a perdu quelqu'un de très cher. Ne lui en parle jamais. »

Mais Amy insistait. « Tu es triste à cause de la mort de ton mari ? » lui demanda-t-elle à la première occasion. Comment pouvait-elle résister à la tentation de découvrir le secret de sa grand-tante ? Elle savait que son mari s'appelait Ted mais Lillian ne semblait avoir aucune photo de lui. Pourquoi ? Que s'était-il passé entre eux ?

Sa grand-tante avait secoué la tête. « Non, avait-elle dit, du moins... » Puis son visage s'était assombri et elle avait détourné les yeux en reniflant. Et Amy s'en était voulu d'avoir posé la question.

« Tu ne peux pas arrêter de te mêler de ce qui ne te regarde pas ? » lui avait dit sa mère quand Amy avait abordé le sujet avec elle. Puis elle l'avait congédiée car elle devait nettoyer les chambres, faire les lits et acheter du bacon pour le petit déjeuner.

Pourquoi se mêlait-elle de ce qui ne la regardait pas ? se demanda-t-elle cette nuit-là ; en fait, elle y avait souvent réfléchi depuis. Sans doute parce qu'elle était curieuse. Parce qu'une porte avait été fermée devant elle et qu'elle ressentait le besoin de l'ouvrir. Parce que ses questions restaient en suspens, parce que cette histoire n'était pas terminée, pas résolue.

Enfant, déjà, Amy avait besoin de conclure.

Elle suivit Lillian dans le séjour qui donnait sur la rue. La pièce était accueillante et chaleureuse grâce à la cheminée à gaz que sa grand-tante avait fait installer quelques années auparavant quand elle avait enfin décidé qu'elle était trop vieille pour faire un vrai feu. Amy avait intérieurement poussé un soupir de soulagement : *un danger de moins*, avait-elle pensé. Le mobilier de Lillian était un peu démodé mais confortable : un canapé couvert d'une étoffe rustique et fleurie ; deux fauteuils avec des coussins rouge sombre ; un buffet sur lequel trônaient des photos encadrées et une coupelle de fruits, la carte postale coincée derrière et pratiquement hors de vue ; une table basse avec quelques carrés tricotés, le journal du jour et une loupe à côté ; une grande table avec une théière, des sandwichs, une assiette de *crum-*

pets et un *cake*. Comme si sa grand-tante attendait vingt personnes au goûter !

« On ne sait jamais, ma chérie. Je vais te chercher une assiette et une tasse. » Et elle se dirigea vers la cuisine.

Amy examina les photos sur le buffet, comme elle le faisait souvent. Elle prit celle de Lillian et Mary, jeunes femmes, posant de part et d'autre de leur mère. La photo avait été prise pendant la guerre, lui avait-on dit, d'où l'uniforme du Women's Royal Voluntary Service que portait leur mère. Sa grand-mère Mary était à l'époque la plus glamoureuse des deux sœurs, ça ne faisait aucun doute. Elle reposa la photo avec précaution et prit celle de ses parents, Celia et Ralph, d'elle (à dix ans) et de sa grand-mère Mary, le visage pâle et émacié. La photo avait été prise plus de vingt ans auparavant quand Lillian était revenue des États-Unis. Il y avait aussi diverses photos d'Amy : à l'école, debout sur le Cobb, bien droite, le regard tourné vers la mer comme *La Maîtresse du lieutenant français* (Amy ne pouvait s'empêcher de sourire chaque fois qu'elle regardait ce cliché), et une autre où elle posait devant sa première exposition à la galerie, essayant de ne pas paraître aussi fière qu'elle ne le fût alors. Une des photos immortalisait aussi une réunion de famille à l'hôtel à l'occasion du quatre-vingtième anniversaire de Lillian, une autre les noces d'or des parents d'Amy. Et bien sûr, il y avait la photo de Glenn.

Amy savait désormais pour Glenn. Elle savait que c'était sa disparition, et non celle de son mari Ted, le véritable drame dans la vie de Lillian. C'était quand elle pensait à son fils que la lueur malicieuse disparaissait de ses yeux, que la tristesse l'enveloppait comme une grande cape. Amy ne connaissait pas toute l'histoire, sa grand-tante n'aimant pas en parler, mais elle en savait assez. Elle prit la photo dans son cadre argenté. Il avait environ seize ans et incarnait l'innocence de la jeunesse.

Ses cheveux blonds touchaient le col de la chemise en jean qu'il portait. Ses yeux, sous sa frange, semblaient légèrement préoccupés, mais il souriait. Le photographe avait su saisir un instant intime et révélateur. Amy reposa la photo sur le buffet. Elle toucha le coin de la carte postale du bout des doigts. Elle aurait aimé connaître Glenn.

Lillian était revenue dans la pièce avec deux assiettes et deux tasses et l'observait. « Viens, Amy, ma chérie. Laisse-le. Je vais te servir le thé. »

Amy lui prit la vaisselle des mains. « Tu ne te demandes jamais où il est maintenant, tatie Lil ? » Bien sûr que si, évidemment. Elle s'assit à table. *Portes fermées,* pensa-t-elle. *Pourquoi faut-il toujours que tu te mêles de ce qui ne te regarde pas ?*

« Pas un jour ne passe sans que je me pose la question. » Lillian lui lança un regard triste sous ses paupières tombantes. « Non pas que ça me fasse du bien. »

Tous les jours… « Mais s'il rentrait à la maison ? » Une question qui taraudait Amy depuis longtemps et le moment était peut-être venu de la poser. Les gens revenaient, même après des années d'absence et de silence. Tel le fils prodigue, ils réapparaissaient, retournaient à leurs racines, à l'endroit où ils étaient nés. Comme sa tante l'avait dit elle-même, ce n'est pas parce qu'on reste longtemps quelque part qu'on s'y sent forcément chez soi.

« À la maison ? » Lillian regarda vaguement autour d'elle.

Il y avait des voiles devant la fenêtre, mais Amy aimait le fait qu'on pouvait voir les gens passer ; les habitants de Lyme qui vaquaient à leurs occupations, sans savoir que quelqu'un les observait. Peut-être, pensa-t-elle, était-ce parce qu'elle était photographe qu'elle voulait regarder la vie des autres. À moins qu'elle ne soit devenue photographe parce qu'elle était une voyeuse ; parce qu'elle *aimait* regarder la vie des autres. Pas d'une façon malsaine. C'était encore cette curiosité.

« En Amérique, dit Amy. Dans son ancienne maison. Ta maison.

– Les voisins savent où me trouver. J'ai laissé une adresse à toutes les personnes qu'il serait susceptible de contacter. »

Amy prit un *crumpet*. Elle le beurra et mordit dedans. Ce qui lui procura un étrange réconfort ; exactement ce dont elle avait besoin après la révélation de cet après-midi et Jake Tarrant. Après son départ, elle s'en était pris à Duncan et l'avait accusé de l'avoir court-circuitée.

« Amy, Amy, ma chère Amy, avait-il dit. Tu ne vois donc pas que c'est avant tout à toi que je pense ?

– Vraiment ? » Elle se tenait près de la porte. Elle se demandait pourquoi elle prenait encore la peine de discuter avec lui.

« Je ne veux pas que tu sois débordée. » Il fronça les sourcils. « Je te protège, tu ne comprends pas ? »

Amy ouvrit la porte. « En me laissant dans l'ignorance », dit-elle calmement. Et elle ne savait même plus si elle parlait de l'exposition ou de quelque chose de plus personnel.

« Ne te fâche pas. » Il s'avança vers elle. D'un instant à l'autre, elle se retrouverait dans ses bras et elle n'aurait plus la force de partir. Ça ne marche pas, pensa-t-elle. L'amour au travail, ce n'était pas une bonne idée. Bien que sa relation avec Duncan… La passion avait vite fait place à une routine agréable et commode. Ils étaient là l'un pour l'autre, pour aménager la galerie, pour faire le thé ou l'amour. Quelle était la différence après tout ?

Amy chassa Duncan de son esprit. « Mais tu ne crois pas que Glenn reviendra un jour dans ton ancienne maison, c'est ça ? » Amy ne voulait pas ennuyer Lillian mais ça l'inquiétait.

« Non, c'est beaucoup trop tard, ma chérie. »

Pourquoi était-ce trop tard ? Amy ne comprenait pas. Et elle n'arrivait pas à saisir pourquoi il n'était jamais revenu auprès d'une femme comme tante Lillian, d'autant plus que c'était sa mère. Elle aurait tellement aimé savoir. Et plus que tout, elle voulait faire quelque chose pour rendre sa grand-tante heureuse. N'importe quoi. Lillian avait tellement fait pour Amy, pour tous. Elle méritait d'avoir quelque chose en retour. « Il n'est jamais trop tard », dit-elle. Elle mordit dans son *crumpet*.

« Ça dépend. » Sa tante sirota son thé. Elle semblait pensive.

« De quoi ?

– Ça dépend si je suis punie ou non. Je me demande parfois si c'est pour cette raison qu'on me l'a enlevé. » Elle parlait comme si elle s'adressait à elle-même, comme si elle avait oublié qu'Amy était dans la pièce.

« Punie ? » Que voulait-elle dire ? Pourquoi serait-elle punie ?

Sa tante leva les yeux. « Il doit bien y avoir une raison pour laquelle il n'est jamais revenu, dit-elle. Mais ce n'est pas que ça, bien sûr. Il y a le reste aussi. » Elle détourna les yeux et fixa le feu.

Que voyait-elle dans ces flammes ? Le passé ? Et qu'entendait-elle par le « reste aussi » ? Amy était intriguée. Elle était tellement habituée à ce que la porte soit fermée… Mais à présent, Lillian semblait vouloir parler. « Pourquoi serais-tu punie ? » Amy repensa à ce que sa mère lui avait dit à propos de la culpabilité et de la trahison. Qu'avait fait tante Lillian ?

« Parce que je me suis vraiment mal comportée, Amy. » Elle marqua une pause, fixant toujours le feu, ses vieux doigts arthritiques remuant sur ses genoux.

« Ceux qui se conduisent mal ne peuvent pas espérer s'en sortir impunément. » Elle soupira. « C'est pourquoi nous avons les forces de l'ordre et les autorités judiciaires. Ted avait raison sur ce point. Au bout du compte, nos actes finissent toujours par nous rattraper.

– Toi ? Te conduire mal ? » Elle réalisa que Ted avait toujours été un sujet tabou lui aussi. Le mari de Lillian. « Qu'est-ce que c'est que ces bêtises ?

– Je t'assure que je me suis mal conduite. C'est d'ailleurs pour ça que je suis revenue dans le Dorset. Pour me racheter. Pour Mary. Pour tout. »

Amy la dévisagea. Plus elle en apprenait, plus ça lui paraissait compliqué. Et pourtant cette nouvelle révélation cadrait avec ce que Celia lui avait dit un jour. Alors que venait faire sa grand-mère Mary dans cette histoire ? Amy était beaucoup plus proche de sa grand-tante Lillian qu'elle ne l'avait été de sa grand-mère. Quand elle était née, Mary était déjà malade et elle n'avait jamais semblé très satisfaite non plus. Elle se plaignait de tout en général. Les enfants n'aimaient guère les personnes âgées ronchonnes, grands-parents ou non.

« Vous ne vous entendiez pas quand vous étiez enfants ? demanda-t-elle. Je suppose que vous étiez plutôt différentes. »

Sa tante laissa échapper ce petit rire chantant qui semblait la faire revenir en arrière. Pendant une seconde, Amy eut l'impression de voir la jeune fille des années trente. « On ne s'entendait pas très bien, c'est vrai, dit-elle. Et, oui, on était très différentes.

– J'aurais tellement aimé avoir une sœur. » *Ou un frère*, se dit Amy. En tout cas, elle n'avait jamais rêvé d'être fille unique. Elle n'avait pas été spécialement gâtée. Du moins jusqu'à l'arrivée de sa grand-tante. Elle avait passé trop de journées à s'ennuyer, sans avoir personne avec qui jouer.

« Mary avait quatre ans de plus que moi », dit Lillian. Ses mains blanches, parsemées de taches de vieillesse, s'agitèrent devant elle pendant quelques secondes puis elle les joignit. « C'était un écart important dans bien des domaines. Je pense qu'elle avait été habituée à être fille unique avant mon arrivée. Et ensuite, on lui a demandé de s'occuper de moi, tu vois. Elle n'en avait pas toujours envie. » Elle sourit. « Ce n'était pas son genre. »

Amy pouffa. « Je suis sûre qu'elle t'aimait pourtant.

– Je n'en suis pas certaine », répondit Lillian d'une voix mélancolique.

Était-ce pour cette raison qu'elle était revenue ? se demanda Amy. Pour essayer d'obtenir l'amour de sa sœur après toutes ces années ? « Elle t'aimait forcément », affirma Amy avec assurance. Elle était sûre que si ses parents avaient eu le temps de lui faire un petit frère ou une petite sœur, elle l'aurait adoré.

« Nous ne pensions pas à l'amour, je pense, dit sa tante en soupirant. En tout cas, pas de cette façon. Elle vivait sa vie, je vivais la mienne. Elle était plus jolie, populaire, charmante. J'étais…

– Qu'est-ce que tu étais ? » Aux yeux d'Amy, Lillian avait toujours été la plus charmante des deux sœurs. Mais peut-être était-elle injuste avec sa grand-mère, peut-être avait-elle été amèrement déçue par la vie et avait-elle des raisons de se plaindre.

« J'étais probablement terriblement casse-pieds, poursuivit Lillian en hochant la tête. Et certaines choses ne changent jamais.

– Mais pourquoi penses-tu que tu devais te racheter ? Ce n'est pas ta faute si Mary ne s'occupait pas très bien de toi », demanda Amy. Sa grand-tante allait revenir au présent d'une minute à l'autre et refermer la porte. Amy jeta un coup d'œil au buffet et à la carte postale. « Qu'est-ce que tu as fait de si terrible ? »

Pendant quelques instants, Lillian resta silencieuse et elle baissa la tête comme si elle somnolait. Pourtant, elle se redressa et regarda Amy droit dans les yeux. C'était un regard candide. « J'ai rendu ma sœur très malheureuse, dit-elle. C'était cruel de ma part. Malhonnête même. J'étais égoïste, j'étais jeune, mais j'aurais dû réfléchir avant d'agir.

« Mais qu'est-ce que… ? »

Lillian secoua sa tête blanche comme pour chasser les souvenirs. « Tout ça, c'est du passé maintenant, dit-elle d'un ton déterminé. Et je dois assumer seule mon passé. Tu reveux du thé, Amy ? Une tranche de cake ? »

Amy secoua la tête. « Non merci.

– Comment en sommes-nous venues à parler de tout ça ? » Lillian pencha la tête de côté et regarda Amy d'un air interrogateur.

Ça suffit, réalisa Amy. « Je ne sais pas, tatie Lil. » Et elle lui prit la main. Bien sûr qu'elle savait. *Glenn*, pensa-t-elle. Et son petit plan. « Je vais débarrasser, dit-elle, en serrant la main de sa tante dans la sienne. Et puis, je vais rentrer à la maison. »

Quand Amy revint de la cuisine, elle vit sa tante assise dans son fauteuil préféré, en train de somnoler. *C'est le moment*, pensa Amy. Elle s'approcha du buffet, récupéra la carte postale coincée contre le mur. Sa tante remarquerait-elle qu'elle avait disparu ? Probablement. Sa vue baissait peut-être mais elle avait l'instinct d'un chat. Amy rangea la carte dans la poche avant de son sac à main en cuir.

« Il faut que je file », dit-elle doucement. Sa tante ne méritait pas d'être punie, quoi qu'elle ait fait. C'était une bonne personne, pleine de gentillesse. Elle méritait d'être heureuse. Amy voulait faire quelque chose pour elle afin de la remercier de toute l'aide qu'elle leur avait apportée. Et si elle n'essayait pas, elle ne saurait jamais.

Toute information serait utile. Amy pouvait au moins regarder, se renseigner sur place, puisqu'elle se rendait là-bas de toute façon.

« Je ne te reverrai pas avant mon départ, tatie Lil, dit-elle. Prends soin de toi. »

Si elle remarquait que la carte avait disparu, elle comprendrait.

« Bien sûr, Amy, murmura-t-elle. Toi aussi, ma chérie. »

Amy se pencha pour déposer un baiser sur la tête de sa grand-tante. Elle savait que la carte postale portait un timbre du Maroc mais c'était là le seul indice qu'elle avait en sa possession. « Ne t'inquiète pas, murmura-t-elle. Je reviendrai auprès de toi. »

Sa grand-tante hocha la tête. « Je sais, Amy, je sais », dit-elle.

5

Essaouira, 1973

Glenn était assis sur le sable jaune-blanc devant sa tente de fortune et regardait les vagues de l'Atlantique s'échouer bruyamment sur la plage. C'était un bon spot de surf, mais le surf, ça n'était pas vraiment son truc. C'était quoi son truc ? En fait… il ne l'avait pas encore découvert. Il rompit un morceau de pain qu'il mangea avec une poignée de petites dattes très sucrées. Au loin, un chameau solitaire avançait nonchalamment sur le rivage. Glenn avait atterri à Essaouira, dans l'ouest du Maroc, et il en avait assez de voyager.

D'abord, quand il avait quitté l'Amérique et qu'il avait rejoint l'Europe, il avait pleinement savouré cette aventure. Il avait essayé de ne pas penser à la raison qui l'avait poussé à partir, à ce qui s'était passé à la maison, à ce qui risquait de se passer maintenant qu'il était parti. Il s'était concentré sur son voyage. Il avait commencé son périple en 1969. Il avait fait ce que les jeunes du monde entier rêvaient de faire. Il parcourait le monde, s'arrêtant là où l'envie lui en prenait. Il rencontrait des gens vraiment cool. C'était loin, très loin du Vietnam.

Il avait pris un vol d'Icelandic Airlines jusqu'au Luxembourg. Puis il avait voyagé un peu à travers l'Europe. À Amsterdam, il avait facilement trouvé un bus à destination d'Istanbul. Un moyen de transport bon marché. Des tas d'autres jeunes comme lui faisaient le voyage, on pouvait obtenir toutes les informations nécessaires dans la presse clandestine. Il n'avait pas l'impression d'être un touriste, bien que d'une certaine façon il en fût sans doute un, et il adorait entendre d'autres langues, voir de nouveaux endroits, apprendre à connaître d'autres cultures, se réveiller tous les matins dans une ville différente... c'était une vraie libération. Même les choses les plus familières semblaient étranges et intéressantes, comme s'il les voyait pour la toute première fois. Voyager. Il fallait être fou pour ne pas aimer voyager.

Au fameux Pudding Shop à Istanbul, on l'avait aidé à trouver un moyen de se rendre au Pakistan où les billets de train à destination de Katmandou et de Goa n'étaient pas très chers. Katmandou, c'était génial. Il y avait même une rue, Jochen Tole, qui avait été surnommée Freak Street (rue des hippies) d'après ceux qui la fréquentaient. Toutefois, les hippies marginaux n'étaient pas les seuls à entreprendre le voyage. Au début des années soixante-dix, d'autres voyageurs, venant de pays limitrophes, profitaient des frontières ouvertes et des routes mieux aménagées. Qui pouvait leur reprocher de vouloir découvrir des paysages plus exotiques ? Il faisait chaud là-bas et tout le reste était cool. Quant au Vietnam... Au Népal et en Inde, c'était facile d'oublier.

Il passa l'été dans les montagnes du Népal, où la vente de haschich était légale, un haschich de première qualité facilement accessible. L'hiver, il se rendit à Goa où il campa sur la plage. Il se laissait partir à la dérive. C'était trop facile de vivre dans la torpeur de la chaleur et du haschich et s'il finit par partir, c'était parce qu'il avait besoin de trouver un endroit où gagner de l'argent. Parmi les hippies et les freaks qu'il croisait, certains recevaient régulièrement des subsides de la part de leurs parents. Ils envoyaient des fonds à une banque et leurs enfants n'avaient pas de problèmes. Glenn ne pouvait pas prendre de tels risques. Il cachait son argent dans une bourse en cuir qu'il avait achetée en Afghanistan et qui était accrochée à sa ceinture. Contre sa peau, c'était l'endroit le plus sûr. Et il valait mieux aussi que personne ne sache où il se trouvait en cet instant et où il avait l'intention de se rendre.

Personne ne pouvait errer éternellement en Inde et au Népal. Glenn fit du stop pour regagner l'Europe et l'Espagne où il trouva un job dans un bar de plage à Torremolinos. Il y travailla tout l'été 1973. L'endroit réunissait tous les critères : une plage qui s'étendait à l'infini avec en toile de fond les montagnes, un mélange de nationalités, des Allemands, des Suédois, des Anglais, des Américains, plein de belles filles... Mais toutes les bonnes choses ont une fin. Il perdit sa place et à la fin du mois de septembre, il décida de suivre le soleil encore une fois. Ce n'était pas forcément une addiction, c'était juste plus facile ainsi. Il se joignit à un groupe de types qui partaient pour le Maroc, prit le ferry et se rendit d'abord à Casablanca puis à Marrakech. Marrakech, c'était une débauche de couleurs, de bruits, d'épices, de souks. C'était sympa mais épuisant. Glenn partit au bout de trois semaines et prit la direction de la mer.

D'Essaouira, il vit d'abord la courbe langoureuse de la plage sableuse en forme de croissant de lune par la vitre de l'autobus. Après avoir fait un plongeon dans la mer (comment résister après ce long voyage poussiéreux), il se dirigea vers le port. Il dîna devant les baraques à poisson sur une des grandes tables dressées dehors. On montrait ce que l'on voulait, on regardait le poisson cuire puis on mangeait avec les doigts. Essaouira était une ville venteuse, blanche et lumineuse. Les mouettes tournoyaient dans le ciel bleu, puis fondaient sur les restes de poisson, leurs cris stridents interrompus de temps à autre par l'appel à la prière du muezzin.

Il y avait un artiste, un jeune Allemand avec de longs cheveux blonds hirsutes, qui dessinait les bateaux de pêche au fusain et les colorait avec de l'aquarelle bleu électrique. Glenn discuta quelques instants avec lui. « C'est sympa ici, dit-il. Ça fait combien de temps que t'es là ? »

L'Allemand haussa les épaules. « Quelques mois, dit-il. Ouais, c'est cool. Jimi Hendrix est venu ici. En 1969.

– C'est vrai ?

– Bien sûr. Hendrix, c'est comme un dieu, mon pote. Tu devrais aller à Diabet, au sud sur la côte. C'est magique. »

Le type reporta son attention sur son aquarelle et Glenn se dirigea vers les ruelles pavées de la médina bleue et blanche ; il vit les nombreux disquaires, croisa des types avec des dreadlocks et des filles en sandales et en longue robe fleurie, il s'imprégna de l'ambiance chaude et relax. Personne ne semblait pressé et ça lui plut. Sous les passages voûtés, au-dessous de la Sqala (batterie) de la kasbah – les remparts avec leur chemin de ronde et leur alignement de canons le long de la falaise au nord –, des artisans travaillaient le bois de thuya. Les murs étaient blanchis à la chaux, les volets et les portes bleus : bleu outremer, indigo, azuré, toutes les nuances de bleu comme la mer et le ciel. Sur les places, des chats errants dormaient au soleil, des enfants en haillons jouaient et des hommes se tenaient sur le seuil de leur maison, chaussés de leurs babouches ; ils fumaient et buvaient du thé vert à la menthe.

Il explora les souks. Les odeurs des bazars – la menthe, les épices, le cuir des ceintures et des pantoufles marron –, et les teintes vives des dessus-de-lit et des tapis assaillaient ses sens. Il tomba sur le marché aux épices, où des femmes berbères se réunissaient timidement pour vendre ce qu'elles appelaient le *siwark*, une écorce d'arbre qu'elles utilisaient comme rouge à lèvres. Il continua à errer jusqu'au Mellah, l'ancien quartier juif : un dédale de ruelles tranquilles bordées de maisons délabrées. Il se demanda où étaient partis les juifs d'Essaouira.

Ce soir-là, il entendit la musique gnaoui pour la première fois. Un groupe d'hommes vêtus de longues tuniques multicolores jouait sur la place Moulay Hassan, la place principale de la ville, près du front de mer. Il ne tarda pas à apprendre que cette musique jouait un rôle primordial dans la culture de la ville. Les Gnaoua utilisaient des instruments traditionnels : des tambours, des castagnettes en métal, des tambourins et un instrument qu'il avait déjà vu dans les boutiques de la ville, le *guembri*, une sorte de luth. C'était le pouls hypnotique de la ville, son histoire vivante. Les hommes écoutaient en se balançant au rythme de la musique, des femmes modestes, vêtues de longues robes noires, hululaient, la main sur la bouche, leurs yeux noirs brillant dans l'obscurité.

Le lendemain, l'un des disquaires de la médina lui en apprit un peu plus. Les rythmes et les chants hypnotiques furent créés par des esclaves originaires de l'Afrique subsaharienne. « Ce son, c'est celui de leurs chaînes », dit-il en faisant claquer les castagnettes en métal. Glenn sentit un frisson remonter le long de sa colonne vertébrale. Il pouvait presque sentir le chagrin des esclaves et leur douleur. Il y avait différentes façons d'être esclave. On pouvait écouter la musique, et son rythme semblait s'infiltrer dans l'âme.

La ville n'était pas frénétique comme Marrakech. Elle était beaucoup plus paisible et Glenn n'avait pas sans cesse le sentiment que l'on essayait de l'arnaquer. Il décida d'y rester quelque temps.

Il rencontra Howard la cinquième nuit. Ils campaient tous les deux sur la plage et Glenn en avait assez. C'était l'automne et les nuits devenaient de plus en plus froides. Ce n'était pas Goa. Il était temps de trouver un abri plus confortable.

Il s'approcha d'une tente dressée à moins de quinze mètres de la sienne. « Tu connaîtrais pas un endroit où pieuter, vieux ? » demanda-t-il à Howard en lui tendant une cigarette. À l'évidence non, sinon pourquoi campe-rait-il sur la plage ?

Howard prit la cigarette et l'examina brièvement comme s'il s'attendait à ce qu'elle se transforme comme par magie en joint. Mais non. « C'est marrant, dit-il, je pensais exactement à la même chose. »

Pas si marrant que ça, songea Glenn. Les températures de la nuit étaient de plus en plus basses. « Et ? » Il attendit.

« J'ai peut-être quelque chose. » Howard lui parut méfiant, dès cette première nuit. Ses yeux pâles se plissaient quand il regardait le soleil levant apparaître au-delà des collines derrière eux.

« Ah ouais ? » Glenn se pencha vers lui et craqua une allumette, protégeant la flamme de la brise marine avec la paume de sa main.

Howard tira une longue bouffée. Il portait une chéchia rouge et jaune protégeant ses cheveux ternes et blonds, une veste en laine rêche et un jean. Et il était plus vieux que Glenn ne l'avait pensé d'abord. Il avait la peau mate et burinée. « Je connais un type. » Il leva les yeux vers Glenn et le détailla de la tête aux pieds : son chapeau safari abîmé, son T-shirt *tie and dye*, son jean coupé et ses pieds nus. Les Clarks de Glenn étaient encore mettables mais ses tennis étaient foutues et il vivait la plupart du temps en tongs. « T'es américain ?

– Ouais. » Même si parfois Glenn se serait bien passé de ses origines américaines, si étroitement liées à tout ce qui avait mal tourné dans sa vie. « Toi t'es australien, non ?

– En plein dans le mille, vieux. » Howard tira une bouffée de sa cigarette. « Le type que je connais, il est canadien. Il est complètement timbré. » Il rit. « Mais il connaît une planque pour crécher. Il est là depuis des semaines. Il est branché musique gnaoui, tu connais ? »

Glenn hocha la tête. Tous les soirs, on entendait cette musique portée par la brise marine, sa pulsation aussi puissante que le déferlement des vagues. *Musique ganja*, pensa-t-il.

« En fait, un musicien vivait à cet endroit, mais il s'en va. Trois chambres. T'as du fric ?

– Un peu. » Glenn préférait rester prudent. Sa mère avait été généreuse, Dieu sait comment elle avait pu mettre autant d'argent de côté à l'insu de son père, et il avait travaillé au cours de son périple, dès qu'il avait pu. Mais rien n'était gratuit et ses réserves s'amenuisaient. De plus, quand on baroudait d'un pays à l'autre, mieux valait ne dire à personne que l'on avait un peu d'oseille. Il n'avait aucune envie de se faire dévaliser en plein milieu de la nuit.

Howard haussa les épaules. « Je te tiendrai au courant. » Et il s'éloigna d'un pas nonchalant vers la mer.

Glenn le regarda. Howard se déshabilla, ne gardant que son slip. Il ôta sa calotte et entra dans l'eau peu profonde, aspergeant son corps, son visage, ses cheveux. Quand il revint sur la plage, il ressemblait à un rat mouillé. « T'es allé au Vietnam ? » cria-t-il.

Glenn secoua la tête.

« Insoumis ? » Le sarcasme dans sa voix n'échappa pas à Glenn. Quel était son problème ?

« Opposant à la guerre, rectifia-t-il. Pacifiste. » Il leva les deux mains. « Pas de bagarre, d'accord ? » La guerre du Vietnam était enfin terminée. En janvier, Nixon avait accepté un cessez-le-feu. Le conflit était peut-être fini, mais Glenn, lui, n'en avait pas terminé avec cette guerre, la culpabilité le rongeait encore.

« Opposant à la guerre », répéta Howard en hochant la tête. Il jaugea Glenn qui imagina le combat qu'il se livrait intérieurement. S'il avait vraiment besoin d'argent, il accepterait, c'était sans doute la clé. « Je te tiendrai au courant si le plan aboutit.

– Bien sûr. » Glenn se remit à observer les vagues. Si ça ne marchait pas cette fois, la prochaine serait la bonne.

Pourtant, la même nuit, Howard revint vers lui accompagné d'un autre type. « C'est Gizmo, dit-il.

– Gizmo ? » D'où sortait ce nom bizarre ? « Glenn, salut. » Il leva la main. « Content de faire ta connaissance. »

Gizmo était petit et trapu, coiffé de dreadlocks noires. Il portait un bandana bleu. Les pupilles de ses yeux sombres paraissaient dilatées même dans l'obscurité. Il était vêtu d'un jean délavé et d'une veste en laine comme celle d'Howard, qui sentait le cadavre d'animal. Il arborait un sourire qui semblait ne jamais quitter ses lèvres. « Tu veux pieuter dans le riad, vieux ? demanda-t-il à Glenn.

– Le riad ?

– C'est carrément délabré, précisa Gizmo. Mais c'est un abri, tu vois.

– À qui appartient le riad ? demanda Glenn.

– À un vieux Français riche. Mais il paraît qu'il ne reviendra pas. »

Glenn hocha la tête. « Ça me tente bien. »

Gizmo regarda Howard. Déjà à l'époque, il semblait être sous sa coupe.

« Tu veux voir ? » demanda Howard. Et Glenn se joignit à eux.

6

Le groupe fut accueilli au « Riad Lazuli » de Marrakech avec du thé à la menthe sucré servi dans des verres colorés et délicats. On servait le liquide chaud en tenant la théière à une hauteur considérable, sans doute pour aérer le thé, pensa Nell. Elle balaya le salon du regard. Des murs mats, bleu ciel, des carreaux à motifs géométriques bleu roi, des tentures brillantes bleu marine qui rappelaient la pierre en elle-même, le lapis-lazuli, des alcôves ornées de coussins mauves et lavande et un petit bassin au centre éclairé par une lanterne mauresque, une grande cuisine sur un des côtés... le cadre lui réchauffa immédiatement le cœur. Les portes en bois étaient dotées de serrures et de verrous délicate-ment sculptés et ornés de dorures. Le sol carrelé couleur crème était lisse comme du satin. C'était exactement le refuge dont elle avait besoin. Et ce n'était pas du tout un endroit pour les routards. Callum avait choisi ce qu'il y avait de mieux. Elle commença enfin à se détendre.

Callum l'avait emmenée à l'aéroport, affichant un entrain un peu forcé. Il lui dit qu'elle allait passer quelques jours merveilleux. Nell avait beau l'écouter, elle sentait son estomac se nouer. Dans le hall des départs, elle avait fait un détour par les toilettes pour prendre le remède miracle que son amie Lucy lui avait recommandé quand Nell lui avait fait part de ses problèmes, la dernière fois qu'elles s'étaient vues. De retour auprès de Callum, elle se cramponna à lui pendant quelques secondes. Pourquoi avait-elle le sentiment qu'ils se disaient au revoir ? Pourquoi cette impression tenace qu'elle était en train de le perdre ?

Il posa doucement les mains sur ses épaules : « Ça va aller Nell, dit-il.

– Oui. » Elle leva le visage vers lui dans l'attente de son baiser.

« Tu en es capable. » Il l'embrassa fermement sur la bouche. Sur la bouche. « Tu peux vraiment, tu sais. »

Elle se demanda s'il comprenait combien c'était dur pour elle, enfin.

« Oui. » Et il avait raison. Il fallait qu'elle agisse pour changer les choses. « Au revoir. » Elle allait le faire et elle allait profiter pleinement de ce séjour.

Une fois à l'aéroport, situé à la périphérie de Marrakech, elle se présenta au chauffeur qui brandissait une pancarte sur laquelle on pouvait lire « Riad Lazuli ». Sans plus de cérémonie, il la conduisit dans son taxi jusqu'à la médina aux murs roses. Les remparts entourant la médina étaient magnifiques. D'une hauteur de dix mètres au moins, ils semblaient s'étendre à l'infini. Ils étaient pourvus de tours et de portes percées à intervalles réguliers.

« Le Riad Lazuli se trouve au centre de la médina », lui dit le chauffeur en mauvais français. Elle avait le plus grand mal à le comprendre. « Une charrette à bras est nécessaire pour la fin du trajet.

– Je vois. » En fait non, elle ne voyait pas du tout mais elle était intriguée.

Ils sortirent de la voiture et il prit possession d'une charrette, proposée par un homme qui se tenait tout près de là, puis il déposa sa valise dedans et partit à toute allure. Nell le suivit, courant presque, pour ne pas se faire distancer. Les couleurs, le bruit et le chaos étaient déroutants. La rue était bondée, des gens vêtus de vêtements colorés s'y pressaient. Elle était bordée d'échoppes remplies de chaussures, de légumes, d'épices ; des mobylettes y croisaient des ânes ; et tout le monde parvenait à se faufiler au milieu du chaos. Elle n'avait jamais rien vu de tel.

Heureusement, quelques minutes plus tard, ils s'engagèrent dans une rue plus calme, plus étroite, puis dans une autre. Bientôt, ils atteignirent une ruelle encore plus étroite et étouffante. Elle était bordée de très hauts murs en terre rose. Les pavés étaient irréguliers et cassés. La charrette à bras cahotait et grondait. L'homme marmonna quelque chose d'inintelligible entre ses dents puis se retourna pour voir si Nell suivait. Elle suivait. Elle ne risquait pas de le quitter des yeux une seconde. Des enfants tapaient dans un ballon de foot, leurs cris rompant le silence. Nell se concentra sur sa respiration. Elle avait l'impression d'être entrée dans une zone hors du temps. Elle pressa le pas. Elle n'aurait pas su dire si les hauts murs roses étaient étouffants ou reposants après l'agitation, le bruit et la luminosité des rues. Ces murs roses et bruns qui donnaient l'impression de s'étendre à l'infini pouvaient paraître étouffants, mais ils semblaient poreux et lui procuraient bizarrement un sentiment de sécurité et presque de réconfort.

« Riad Lazuli », annonça enfin le chauffeur de taxi. Ils s'arrêtèrent devant une porte en bois quelconque, sans numéro, sans nom, dotée d'un heurtoir en forme de main de Fatma baguée. Il le souleva et le laissa retomber.

La porte s'ouvrit laissant apparaître un homme vêtu d'une tunique ample et d'un pantalon bouffant. « Je m'appelle Ahmed et je suis ravi de faire votre connaissance », dit-il. Il prit la valise des mains du chauffeur et invita Nell à le suivre. « Entrez, entrez, je vous prie. » Il lui indiqua à voix basse le montant du pourboire qu'elle devait laisser à l'homme et elle sortit quelques pièces de son porte-monnaie.

Elle regarda autour d'elle puis, un peu hébétée, elle signa le formulaire. Elle se trouvait dans un salon aux murs bleus et le décor était époustouflant. Mais elle n'eut pas le temps de s'imprégner pleinement de l'ambiance car Ahmed lui annonça qu'il allait la conduire dans sa chambre.

Elle le suivit dans l'escalier en pierre qui formait une spirale autour de la cour au centre de l'édifice. Il la conduisit dans une petite chambre, à plafond haut, richement orné. Un tapis marocain à motifs recouvrait une partie du sol. La pièce était dotée d'un immense lit en fer forgé, d'un canapé bleu nuit avec des coussins brillants mauves à motifs brodés et dorés, et d'une table basse hexagonale.

« Vous serez à l'aise ici », dit-il. Il ouvrit une porte sur le côté et lui montra la petite salle de bains. « Vous devez descendre très vite pour rejoindre les autres et prendre le thé. »

Mon Dieu ! Nell déballa quelques affaires, peigna ses cheveux et remit un peu de rouge à lèvres. Elle n'eut pas le temps d'en faire davantage. C'est tout juste si elle avait pu reprendre son souffle.

À présent, elle buvait le thé avec les autres, sans doute les participants au stage de cuisine, supposa-t-elle. Le thé à la menthe était extrêmement sucré mais il la calma.

« Anglaise ? » lui demanda une femme d'âge moyen assise à côté d'elle. Elle était mince, filiforme, avec de longs bras qui n'étaient pas loin de ressembler à des pattes d'araignée.

« Oui.

– J'en étais sûre. »

Nell se demanda brièvement ce qui l'avait trahie. Ses cheveux blonds frisés ? Son expression légèrement perdue ? La façon dont elle croisait les jambes ?

« Et qu'est-ce que vous faites ?

– Je travaille dans un café.

– Ah, une professionnelle ! » La femme lui lança un regard entendu.

« Mais je ne connais pas grand-chose à la cuisine marocaine, ajouta Nell. Je n'ai même jamais cuisiné de tajine. »

La femme se pencha vers elle. « Je ne connais strictement rien à la cuisine », avoua-t-elle.

Que faisait-elle ici alors ? Nell était déçue. Elle pensait se trouver dans un groupe de gourmets, partageant sa passion, échangeant avec elle des informations et des conseils culinaires. Elle imagina le plaisir qu'elle aurait eu si Lucy ou même Sharon avaient été avec elle. Mais elles n'étaient pas là, et Nell était seule.

« Et qu'est-ce qui a fait naître chez vous cette envie de cuisiner, insista la femme, si je peux me permettre de poser la question ? »

Nell se promit de s'asseoir à côté de quelqu'un d'autre la prochaine fois. Elle but une gorgée de thé. « C'est ma mère qui m'a encouragée », dit-elle d'une voix qui l'espérait-elle montrait que la conversation était terminée. *Pas maintenant…* Pourtant, malgré elle, elle vit la cuisine de la ferme apparaître dans son esprit. Elle vit sa mère remuer quelque chose sur le feu, tandis que, perchée sur un tabouret au bout de la vieille table immense, une version plus jeune d'elle-même étendait la pâte pour les biscuits au gingembre et formait de petites pyramides à la noix de coco sur une plaque de cuisson prête à être enfournée. Sa mère l'encourageait à goûter aussi, et c'était ce qu'il y avait de plus important dans la cuisine. Goûter et faire quelques ajustements si nécessaire.

« Qu'est-ce que tu en penses, ma chérie ? demandait sa mère en fronçant légèrement les sourcils. Tu crois qu'on devrait mettre plus de noix de coco ? Plus d'épices ? »

Sa mère était une bonne cuisinière, mais elle ne s'appliquait pas vraiment contrairement à Nell qui devint vite méticuleuse. Bientôt, elle prépara des dîners entiers et, à douze ou treize ans, elle adaptait déjà les recettes. « Ne serait-ce pas meilleur avec un peu moins de tomates et un peu plus de bouillon ? » « Un soupçon de piment pourrait relever ce plat, tu ne penses pas ? » « Pourquoi ne pas ajouter du romarin avec les pommes de terre, maman ? »

Non sans mal, elle revint à l'instant présent. On s'agitait autour d'elle.

Ahmed s'éclaircit la voix et présenta leur chef *dada*, Hassan, qui parlait français, et leur traductrice et professeure, Marion, qui parlait à la fois anglais et italien. Elle les emmènerait aussi au souk le lendemain matin, dit Ahmed, où ils apprendraient quelques mots d'arabe pour pouvoir nommer les produits de base et acheter les ingrédients pour la préparation d'un tajine.

Doucement mais sûrement, Marion prit le relais. « Le tajine désigne aussi le plat dans lequel les Marocains ont l'habitude de cuisiner », expliqua-t-elle. Elle en prit un sur la table à côté d'elle. « C'est idéal pour une cuisson lente, à l'étuvée. La vapeur monte et se condense dans le couvercle conique, ici, dit-elle en le montrant, puis retombe sur les aliments pour éviter qu'ils ne sèchent. La boule du couvercle est aussi fonctionnelle. Elle permet de soulever facilement le couvercle d'une main pour remuer de l'autre et sert également de repose-cuillère. » Elle en fit immédiatement la démonstration. « Les tajines peuvent aussi être utilisés pour conserver le pain et la base peut faire office de corbeille de fruits.

– Et si on n'a pas de tajine dans sa cuisine ? intervint la femme-araignée.

– On peut utiliser une bonne marmite, répondit Marion dont la moue en disait long sur la valeur de cet ustensile de substitution. Durant les prochains jours, nous rechercherons les ingrédients locaux, tels que le safran de Taliouine, les olives et la menthe de Meknès. Les agrumes de Fès. Et nous parlerons de l'histoire de la cuisine marocaine. » Elle observa l'assistance à travers ses lunettes à verres épais. « Ce genre de cours est parfait pour se mettre dans la peau d'un pays. La nourriture locale nous en apprend beaucoup sur une société et ses traditions. Et quel meilleur moyen pour faire revivre ses souvenirs que d'apprendre à cuisiner une spécialité locale ? Recréer les odeurs alléchantes qui flottaient dans les marchés et les restaurants fréquentés durant son séjour ? »

Quel meilleur moyen en effet ? Nell regarda les membres du groupe. Ils étaient quinze, des hommes et des femmes de tous âges et de différentes nationalités. Elle avait entendu des bribes de conversation en plusieurs langues pendant le thé dans le salon. En plus de la femme-araignée, il y avait deux Allemandes d'une trentaine d'années et à l'évidence en couple, un jeune homme d'une vingtaine d'années de type scandinave, un homme plus vieux, un couple marié, britannique, et plusieurs femmes seules dont l'une portait un appareil photo. Elle était grande et d'une beauté saisissante avec son look de garçon manqué. Calée dans son fauteuil, elle observait la scène, un léger sourire se dessinant sur ses lèvres.

« Le Maroc, Marrakech en particulier, est la destination parfaite pour les stages culinaires, poursuivit Marion. Grâce à ses origines multiples, sa cuisine propose une grande variété de plats. » Elle repoussa une mèche de cheveux grisonnants qui s'était échappée de son chignon lâche. « Et le tout avec une histoire très riche. »

– Qu'allons-nous cuisiner ? demanda l'une des Allemandes.

– Des tajines, du couscous, des pastillas.

– Pastilla ? répéta la compagne de l'Allemande.

– Un plat arabo-andalou traditionnel. Une tourte très élaborée à base de pigeon, de poulet ou de poisson. Traditionnellement, elle est servie en entrée pour des occasions spéciales. » Marion marqua une pause. « Nous ferons du pain aussi et des briouats, des pâtisseries fourrées triangulaires ou circulaires. » Elle regarda le chef, qui était dans la cuisine et n'apparaissait que de temps à autre pour hocher la tête, sourire ou brandir son couteau plutôt terrifiant. « En plus des plats classiques, tels que le tajine au poulet avec du citron et des olives, nous découvrirons d'autres recettes connues seulement des Marocains. Par exemple, le tajine makfoul avec des tomates et des oignons caramélisés ou la Tanjia Marrakchia. » Elle était vraiment lancée à présent. « Il y a aussi la soupe harira, qui est souvent servie avec des dattes durant le ramadan, et le zaalouk, une délicieuse salade marocaine avec des aubergines et des tomates. Sans oublier la fameuse b'stilla, une tourte au pigeon aux herbes, aux épices, au citron et aux amandes. Sans parler de la multitude de desserts. »

Mon Dieu ! Nell ne savait plus si elle devait écouter les gargouillis de son ventre et sa faim ou si elle devait partir immédiatement. Comment allaient-ils apprendre à cuisiner tout ça en cinq jours ?

Leur instructrice/traductrice reprit son souffle avant de poursuivre. « Les recettes marocaines sont traditionnellement transmises de mère en fille, les informa-t-elle. La cuisine marocaine est essentiellement une tradition familiale, ce qui explique comment ces plats ont conservé leur caractère authentique à travers les âges. »

De mère en fille… Nell se cala dans son fauteuil. Elles avaient partagé tellement de choses et pourtant sa mère lui en avait tu beaucoup aussi. Pourquoi avait-elle voulu vendre la terre ? Qu'avait-elle à cacher ? Et comment avait-elle trouvé la mort durant cette nuit horrible sur la falaise ?

« On trouve de multiples influences dans cette cuisine, poursuivit Marion. Une origine arabe remontant à l'époque des Abbassides, des influences mauresques pour le mélange sucré-salé dans les tajines, des traditions berbères dans le couscous, des influences juives et même indiennes dans la foule d'épices utilisées, telles que le cumin, la cannelle et le gingembre. C'est un héritage très riche. Un mariage d'influences et de parfums. »

La femme avec l'appareil photo, qui devait avoir le même âge qu'elle environ, se dit Nell, se leva d'un mouvement fluide et prit quelques clichés rapides de Marion pendant qu'elle parlait.

Marion cligna des yeux et ajusta son foulard autour de son maigre cou. « Je vous présente notre photographe, dit-elle d'un ton semblant indiquer qu'elle aurait préféré se passer de sa présence. Elle prend des photos pour une exposition sur le Maroc qui aura lieu en Angleterre. Et il y a aussi un livre de cuisine, je crois ?

– En effet. » La jeune femme sourit. Elle avait un beau sourire. Nell se dit qu'elle pourrait peut-être sympathiser avec elle. Hormis le jeune Scandinave, aucun des autres membres du groupe ne l'inspirait vraiment.

« Avec un peu de chance, vous verrez peut-être votre tajine dans un livre. » Marion rit de sa propre plaisanterie.

« Mais si vous préférez ne pas figurer dans le livre, ce n'est pas grave. » La jeune femme parlait d'une voix claire et assurée. « Il suffit de me le dire. Je demanderai de toute façon à chacun la permission.

– Nous disposons de quinze stations de travail généreuses dans notre grande cuisine. » Marion désigna la salle en question d'un mouvement de tête et le chef apparut, opinant, souriant, et haussant les sourcils de façon suggestive. « Mais quand ce sera possible, nous utiliserons aussi des méthodes et des ustensiles traditionnels. Par exemple, nous cuisinerons au feu de bois. » Elle lança un regard circulaire dans la pièce et un murmure approbateur se fit entendre dans l'assemblée. « Ainsi, nous aurons un aperçu de ce qu'était la cuisine traditionnelle marocaine, il y a des décennies. Ces méthodes sont encore utilisées dans les coins reculés, loin des grandes villes comme Marrakech. » Elle leur adressa un grand sourire, découvrant ses dents. « Nous sommes certains que quand vous quitterez ce riad dans cinq jours, vous aurez pris conscience qu'un couscous ne se prépare pas en dix minutes dans un sachet. »

Nell entendit un téléphone sonner. Elle lança un regard signifiant « Franchement, ils ne peuvent pas éteindre leur portable » avant de réaliser tardivement que c'était le sien. « Je suis vraiment désolée. » Pendant quelques secondes, elle tenta en vain de l'éteindre comme si elle avait oublié comment on faisait. Elle finit par se retirer dans la cour derrière les rideaux bleus scintillants et prit l'appel. C'était Callum.

« Salut. » Elle se retint de le réprimander pour l'avoir appelée en plein « cours. » Il n'était pas censé savoir qu'elle s'était donnée en spectacle en répondant à son appel.

« Comment ça va ? » Il semblait plutôt gai, bien que sa femme fût loin de lui, pensa Nell sombrement.

« Bien. On n'a encore rien cuisiné.

– Tu viens d'arriver sans doute.

– Mmm. » Quand ils se parlaient à présent, il y avait toujours une certaine tension, elle la sentait. Soit ils essayaient d'être polis, soit ils étaient à deux doigts de se disputer. Et pourtant, c'était si simple autrefois. Elle frissonna dans l'air du soir tombant, bien qu'il fît encore chaud pour un début novembre. Autour d'elle, les lauriers roses et le bougainvillier dans des pots en terre cuite étaient toujours en fleur, et le parfum capiteux du jasmin d'hiver flottait dans l'air. Il faisait presque nuit et les murs du riad se dressaient autour d'elle. L'été, ils devaient vivre dans la cour, pensa-t-elle. C'était le cœur du bâtiment. Malgré la voûte au-dessus, la cour était en partie ouverte et elle vit la lune lumineuse et les étoiles, si claires dans le ciel du soir.

« Écoute, Nell.

– Oui. » Elle eut soudain un pressentiment.

« L'agent immobilier a appelé. »

Nell ne voulait pas penser à la ferme, pas maintenant. Elle avait espéré pouvoir passer quelques jours rien que pour elle, sans les soucis qui la tourmentaient à la maison.

« Ils ont trouvé des acheteurs.

– Vraiment ? » Nell fronça les sourcils. Contre l'avis de Callum, elle avait insisté pour la mettre en vente au prix fort ; elle n'avait pas l'intention de la laisser partir en dessous de sa valeur. En fait, pensait-elle à présent, elle n'était même pas certaine de pouvoir la laisser partir. Ainsi, l'offre des acquéreurs était une surprise. Quant au timing, il était encore plus surprenant ! Que des acquéreurs se présentent juste le jour où elle était partie pour le Maroc… n'était-ce pas un peu étrange ?

« Tu ne trouves pas que c'est génial ? » Était-ce le fruit de son imagination ou Callum était un peu mal à l'aise ?

« Euh oui, peut-être », éluda-t-elle. Elle ne voulait pas mais elle repensa à son regard insaisissable quelques jours auparavant et à ce qu'elle avait ressenti à l'aéroport. Presque comme s'il voulait se débarrasser d'elle quelque temps…

– Peut-être ? »

Elle serra son téléphone portable un peu plus fort. Sa paume était moite. « Combien ont-ils proposé ? » On pouvait très bien refuser une offre, ça arrivait tous les jours.

« Le prix qu'on a demandé. » Callum semblait si content. Suffisant même. Elle détestait ça. Mais pourquoi ne se réjouirait-il pas ? se raisonna-t-elle. Quand on met un bien en vente, c'est qu'en général on veut le vendre.

« Je ne suis pas sûre », dit-elle. Elle jeta un coup d'œil dans le salon. À son grand soulagement, elle constata que Marion ne l'avait pas attendue et qu'elle continuait à parler inlassablement de l'histoire de la cuisine marocaine. Elle pourrait demander un « compte rendu » à un des participants plus tard. Ce qu'elle voulait réellement connaître, c'était l'histoire du safran. D'où venait-il ? Comment était-il arrivé jusqu'en Cornouailles ? Quelle mystérieuse qualité possédait-il qui le rendait si spécial ? Callum était son mari. Et elle l'aimait toujours. Alors pourquoi avait-elle le sentiment qu'il s'immisçait dans ses affaires ?

« Comment ça, tu n'es pas sûre ? » Il avait changé de ton.

« J'aimerais d'abord les rencontrer. »

Elle l'entendit soupirer. « Ce n'est pas un entretien d'embauche, Nell.

– Je sais, mais je veux quand même les rencontrer. » Elle mit mentalement un frein à son empressement. Personne ne lui forcerait la main. Tant pis si Callum ne comprenait pas. Mais il lui était impossible de laisser la ferme à quelqu'un qu'elle n'avait pas même rencontré.

« Et qu'est-ce que je vais leur dire maintenant ? » Il semblait plutôt en colère. *Eh bien, tant pis,* pensa Nell.

« Je reviens dans cinq jours. Dis-leur qu'on a besoin de réfléchir. » Elle parla d'une voix ferme. Il fallait qu'il sache qu'elle était vraiment sérieuse, quoi qu'il advienne.

« Mais Nell… si seulement tu me laissais…

– S'il te plaît.

– C'est le prix qu'on a demandé.

– Je sais.

– Ils pourraient renoncer.

– Je sais aussi. » À l'intérieur, les gens se levaient, elle sentit une odeur de nourriture, une odeur alléchante de citron, d'olives et de poulet dont Marion avait parlé plus tôt. « Écoute, il faut que j'y aille. » Elle ne voulait pas qu'ils commencent à manger sans elle. Et elle ne voulait pas avoir cette conversation. Pas maintenant.

« Très bien, je vais essayer de gagner du temps.

– Parfait. Salut ! » Nell éteignit son téléphone. Un acheteur pour la ferme. La ferme de sa mère. Déjà. Et Callum était bien décidé à vendre… Mais elle ne penserait pas à ça, pas maintenant. Elle ne penserait pas à Callum non plus, ni à ce qui se passait entre eux.

Quand elle retourna à l'intérieur, Marion la dévisagea et laissa échapper un « Ah ! » qui en disait long.

Nell croisa le regard amusé de la photographe. Elle avait l'air sympa. Peut-être qu'elle essaierait de lui parler plus tard pour en apprendre davantage sur cette exposition dont Marion avait parlé auparavant. En attendant, le dîner était servi. Un tajine de poulet au citron et aux olives vertes fumant dans son plat conique. Nell était impatiente d'y goûter.

7

Amy était ravie d'être à Marrakech. C'était si coloré, si vibrant, si animé ! Elle avait du mal à poser son appareil photo plus d'une seconde et elle ne savait plus où regarder. Il y avait tellement de choses à voir !

Dès qu'ils eurent terminé leur délicieux petit déjeuner à base de crêpes, de miel, d'œufs, de figues fraîches et de yaourt, la très compétente Marion, dont la coupe de cheveux et le style vestimentaire laissaient néanmoins à désirer, les emmena au marché pour acheter les ingrédients du jour. Les fruits, les légumes, la viande formaient un kaléidoscope de couleurs. Les étals regorgeaient de pastèques, de poivrons, d'oignons rouges qui semblaient tout juste sortis de terre, de courgettes avec leurs fleurs intactes et d'oranges à l'odeur sucrée. Des abricots secs brillaient comme des soleils miniatures. Des poulets se pavanaient dans leurs cages. Un boucher coupait des côtelettes dans un carré d'agneau frais. À Marrakech, il y avait de la place pour tout. Les artisans du cuir, au souk des Sacochiers, confectionnaient des sacs avec des peaux d'animaux ou dessinaient des patrons pour des babouches ; les forgerons avaient aussi leur marché, le souk El Haddadine. Ils étaient passés devant au trot, Marion filant en tête, telle une cheftaine scoute, l'appareil d'Amy cliquetant de tous côtés.

Marion montra les plats et les pâtisseries vendues sur le marché. L'odeur du cumin et de l'ail imprégnait l'air se mêlant à celle de friture des pâtisseries. « Ici, vous avez de la bissara, une soupe aux fèves. » Elle montra un pot en terre cuite, en forme de bulbe, rempli d'un liquide épais et jaune frémissant sur un brasier de charbon. Et des briouats. » Les membres du groupe hochèrent la tête d'un air entendu.

« Regardez le *carossa* tiré par un âne, ajouta Marion, quand une charrette chargée de feuilles de menthe passa devant eux. Au Maroc, les traditions sont respectées. Personne ne ressent le besoin de les changer. »

Amy se demanda pourquoi Marion était venue ici et pourquoi elle y était restée. Était-elle tombée amoureuse d'un acrobate marocain sur une place de la ville ? Elle observa l'instructrice qui continuait à fendre la foule. Peut-être que non après tout. Le Maroc avait un charme auquel il était difficile de résister.

Ensuite, les tempes bourdonnantes à cause de tout ce marchandage, des cris, du cliquetis des roues des charrettes sur les pavés et du braiment des ânes, les paniers remplis de produits frais, ils avaient suivi tant bien que mal Marion jusqu'au riad. Ils avaient tous l'air un peu dépassés. Amy les laissa pour se replonger dans les rues de Marrakech et essayer d'en saisir l'ambiance.

C'était une ville étourdissante. Elle vous attrapait et vous jetait dans son centre bouillonnant. On avait presque l'impression de se noyer dans le déluge des voix, les plaintes du muezzin qui appelait à la prière, la pure intensité des couleurs et les odeurs d'épices, de menthe, de musc et de rose. Il y avait juste tellement de tout ! Amy imagina ses portraits, grandeur nature, constituant la clé de voûte de son exposition. Les gens du Maroc. Autour d'eux, leur nourriture, leur architecture, leur flore et leur faune, leur culture.

Elle avait été impatiente de s'échapper du groupe et maintenant, elle était enfin libre. Elle prit quelques photos en mouvement de gamins mal fagotés, avec leurs cheveux sombres et emmêlés, leurs sourires insolents. Ils jouaient au foot dans les ruelles roses labyrinthiques de la médina, elle leur jeta quelques pièces en échange des clichés mais repoussa d'un geste de la main leurs offres : ils voulaient l'emmener sur la place, au riad, dans les jardins. De retour au souk, parmi les hommes affalés sur des nattes ou des fauteuils en rotin, elle photographia un vieillard avec un visage ridé et parcheminé à la barbe blanche comme Mathusalem. Assis sur une chaise, il trempait ses pieds dans un seau d'eau. Elle parvint même à prendre quelques photos d'un groupe de femmes timides avec leurs bras ornés de tatouages au henné, mais, contrairement aux hommes qui souriaient, faisaient des signes et qui semblaient tout à fait disposés à poser devant l'objectif, la plupart des femmes se montraient réticentes. Elles cachaient leur visage de leurs mains, secouaient la tête, détournaient les yeux. Et bien sûr, Amy devait le respecter.

Elle prit des photos époustouflantes des immenses cônes d'épices – curcuma, paprika, cumin et gingembre – qui devaient être érigés constamment pour atteindre un tel sommet de perfection. Il y avait aussi des paquets de bâtons de cannelle, des tas d'anis étoilé, des boutons de rose séchés très parfumés, de la noix de muscade et du bois de réglisse. Et plus encore. Des bols en terre cuite d'olives salées, des jarres de cristaux de menthol censés soigner les allergies, les blocs d'ambre gris richement parfumés, du musc blanc et des montagnes de thé vert à la menthe. Pour sa part, Amy aurait bien eu besoin d'une tasse de thé rouge. Marrakech, c'était une vraie explosion de sensualité. Les motifs sur les tapis, les couvertures, les couvre-lits, suspendus comme des drapeaux sur des fils devant les étals. Les couleurs, l'architecture... le soleil et les odeurs... même en novembre. Ça n'avait pas de fin. Amy ne se conformait pas à la liste que Jake Tarrant lui avait donnée. Elle suivait son instinct créateur.

Ils s'étaient retrouvés au café Town Mill pour parler de son voyage, et elle avait constaté, non sans une certaine irritation, qu'il semblait tout aussi détendu que la veille. Assis, ses longues jambes tendues devant lui, les pieds croisés, il l'attendait. *Belles chaussures*, pensa-t-elle. Chaussettes rayées sous le jean. Il était parfaitement à son aise et contrôlait la situation.

« Je voulais m'assurer que nous étions bien sur la même longueur d'onde. » De sa sacoche en cuir usé, il sortit le bloc-notes sur lequel il avait écrit la veille et le brandit.

« Ah oui ? » Amy rapprocha sa tasse du bord de la table.

Il posa le bloc-notes sur la nappe. « Une exposition sur le Maroc ne se résume pas à quelques photos des montagnes de l'Atlas et à un atelier culinaire.

– Bien sûr que non. » Amy était piquée au vif. C'est ce qu'il avait cru ?

« Il faut que ça aille plus loin. » Il se pencha vers elle. Il parlait avec une telle passion qu'elle en fut surprise. « Il y a eu un profond changement dans l'orientation culturelle du Maroc, vous savez, Amy. Ils nous regardent différemment aujourd'hui. Pour eux, l'anglais est désormais *la vraie langue du progrès*. »

Amy haussa un sourcil. « Comme ça, les Britanniques auront encore une excuse pour ne pas apprendre les langues étrangères, fit-elle remarquer.

– Peut-être, concéda-t-il avec un sourire du coin des lèvres et des fossettes.

– Mais les Britanniques apprécient de plus en plus la

culture marocaine », souligna-t-elle. Ça marchait dans les deux sens.

« En effet. » Il hocha la tête avec enthousiasme. « Les deux pays ont renforcé leurs liens dans plusieurs domaines, l'éducation, le commerce, par exemple.

– Vraiment ? » Amy but quelques gorgées de café. Il était fort et velouté, exactement comme elle l'aimait.

« Et grâce à ces échanges, leurs liens seront de plus en plus solides.

– Je suis sûre que vous avez raison.

– Alors ce que nous recherchons… »

Amy réfléchit à ce qu'elle recherchait. Elle cherchait à saisir le caractère du lieu, ce qui le faisait fonctionner. Pour elle, la société marocaine était régie par le respect strict des préceptes religieux et les femmes n'y avaient pas les mêmes droits que les hommes. L'histoire du pays expliquait sa richesse et sa diversité. La chaleur et le paysage dictaient ce que produisait la terre. C'était un endroit lumineux et sombre à la fois. La répression était le terreau de la corruption, la répression signifiait qu'on pouvait contrôler les gens, que…

« Vous m'écoutez, Amy ? » Il passa ses mains dans ses cheveux qui se dressaient dans tous les sens. Amy fut d'abord amusée. Puis, elle décela sa tristesse.

« Bien sûr, dit-elle. Nous ne voulons pas de ces éternels clichés touristiques, je suis d'accord. Une fois sur place, je verrai ce qui se présente. »

Il fronça les sourcils. « Il serait peut-être utile de planifier un peu ? Comme je l'ai dit, j'ai fait une liste pour vous aider. » Il sortit de sa sacoche une feuille de papier couverte de caractères serrés et la lui tendit.

Elle la regarda brièvement et la rangea dans son sac. « D'accord, je l'étudierai plus tard. » Elle ne voulait pas paraître désinvolte. Ce n'était pas qu'elle ne prenait pas son travail au sérieux. Loin de là. Mais elle ne voulait pas être limitée à certains lieux géographiques ou à certaines idées. Elle ne voulait pas suivre le guide photographique de Jake Tarrant. Elle voulait errer. Elle voulait se perdre. Elle voulait entrer dans les maisons et avoir un aperçu du vrai Maroc.

« Il faut que nous travaillions en étroite collaboration, Amy. » Il se pencha de nouveau vers elle et la regarda intensément. Un peu trop intensément. Sous sa veste en cuir, il portait une chemise en coton bleu et un pull fin. Elle se surprit à regarder ses mains. Elles n'étaient presque jamais immobiles. Pas d'alliance.

« Parfait. » Elle finit son café et se leva. Elle aurait pu lui dire qu'il devrait lui faire confiance, qu'elle n'était pas une idiote, qu'elle savait ce qu'elle faisait. Mais à quoi bon ?

« Je sais que vous ne vous attendiez pas à ce qu'un organisateur d'événements vienne se rajouter au projet…

– Vraiment, ce n'est pas un problème », dit-elle.

Il sembla sur le point de dire quelque chose puis changea de tactique. « Pendant que vous serez absente, je vais organiser les ateliers dont nous avons parlé. Et la projection des films.

– D'accord. » *Et moi, je vais au Maroc pour voir comment c'est vraiment*, pensa-t-elle. C'était peut-être un homme bien, très investi dans son travail, il était peut-être triste à cause de quelque chose, mais elle n'allait certainement pas le laisser lui imposer les photos qu'elle devait prendre. Elle n'était pas ce genre de photographe. Elle préférait travailler seule.

Elle aperçut des cigognes nichant sur les tours du palais El Badi. Séduite par le contraste entre les plumes noires en éventail de leur queue, leur corps blanc et leur bec orange vif, elle s'apprêtait à les prendre en photo quand elle aperçut une des femmes de l'atelier de cuisine du « Riad Lazuli ». Elle traversait la place escortée d'un garçon. Amy fronça les sourcils. Le garçon qui l'accompagnait était jeune, d'aspect dégingandé, et avait l'air plutôt innocent, mais elle savait qu'il fallait toujours rester sur ses gardes ici. De son point de vue, plus ils semblaient innocents, plus ils étaient susceptibles de ne pas l'être.

Elle traversa la place d'un bon pas. Elle allait les intercepter. Elle avait déjà remarqué cette femme avec ses cheveux blonds frisés un peu rebelles et son grand sourire un peu hésitant. Elle lui rappelait quelqu'un, mais qui ? Elle avait quelque chose de pétillant et de triste à la fois. Ses yeux s'illuminaient puis une ombre venait ternir leur éclat. Encore cette tristesse. Amy aurait aimé la photographier mais elle n'avait pas encore eu l'occasion de lui parler.

« Salut. »

Ils s'étaient arrêtés, il lui montrait les cigognes. Elles étaient de bon augure, avait entendu Amy. Tout le monde les aimait. La femme hochait la tête et prenait des photos consciencieusement. Elle ressemblait à un agneau que l'on mène à l'abattoir.

« Salut ! cria Amy un peu plus fort.

– Oh, salut. » La femme se retourna. Elle semblait ravie de la voir. « Désolée, j'ai oublié votre prénom.

– Amy. » Elle tendit la main.

« Nell. » Elle sourit. « Je… euh… c'est Kamil. Il m'emmène dans le Mellah. »

Amy l'examina de près. Avec sa tignasse brune et son air dégingandé, il semblait plutôt gauche. Il n'avait pas l'air franchement content de la voir, ce qui ne faisait que confirmer sa théorie. Il avait dû croire que la chance lui souriait. « Pourquoi ?

– C'est là qu'on trouve les meilleures épices », dit-elle. La pauvre. « Au meilleur prix.

– Vraiment ? » Amy croisa les bras et le dévisagea.

« Oui, bien sûr, fanfaronna-t-il. Venez, vous verrez.

– Kamil vit là-bas avec sa famille, dit Nell. Il faut qu'il rentre pour le dîner. Ils mangent toujours ensemble.

– Venez », dit-il.

Tiens, tiens, pensa Amy. « Ça doit être difficile de gagner sa vie au Maroc », lui dit-elle sur le ton de la conversation tandis qu'ils se remettaient en marche. « Mais au moins vous avez les touristes. »

– Oh ! » Nell la regarda. « Vous voulez dire… ? » Elle lança un coup d'œil anxieux à son guide, qui les devançait désormais d'un ou deux pas.

Il se retourna. « Je vais vous montrer le meilleur endroit où acheter des épices, dit-il. À un bon prix.

– C'est pas le Marrakech des touristes », chuchota Amy à l'oreille de Nell derrière sa main. Elle avait entendu un nombre incalculable de vendeurs dire la même chose aux touristes, toute la journée.

Nell semblait incertaine.

Il regarda par-dessus son épaule. « C'est pas le Marrakech des touristes », dit-il.

Nell se tourna vers Amy. « Quelle idiote je fais ! » Elle ouvrit de grands yeux et s'arrêta de marcher.

« Non. » Amy passa son bras sous le sien. À l'évidence, elle avait besoin que l'on veille sur elle. « Allons-y, montrez-nous », dit-elle à Kamil qui les attendait à quelques mètres. Puis, s'adressant à Nell, elle ajouta : « Ce n'est pas grave. Il faut juste rester sur ses gardes. »

Elles suivirent Kamil sous une ouverture étroite dans le mur délabré de la ville qui conduisait au Mellah, le quartier juif, et à une rue animée, remplie d'échoppes, qui ressemblait étrangement à toutes celles qu'elle avait vues jusqu'à présent. Il s'arrêta, apparemment au hasard. « Tous les prix sont pareils, vous voyez. » Il montra du doigt les pyramides d'épices. « C'est comme ça qu'on sait qu'ils sont corrects. »

Un homme émergea de la boutique. Kamil lui serra la main. « Je ne le connais pas, dit-il à Amy et Nell. Mais je sens que c'est un honnête homme. Peut-être le plus honnête de Marrakech. »

Sa technique n'est pas encore tout à fait au point, pensa Amy. Elle échangea un regard avec Nell.

Le vendeur affichait un air modeste de circonstance. « Je vais vous montrer beaucoup de choses, promit-il.

– Il va nous offrir le thé d'une minute à l'autre, murmura Amy.

– Entrez, entrez. Je vais prendre des photos, je vais faire le thé… »

Elles en sortirent un quart d'heure plus tard en pouffant. Il leur avait fait le thé et il était délicieux – ce n'était pas du thé à la menthe, mais un breuvage plus riche et plus sucré avec de la vanille et de la rose. Il leur avait proposé tout ce qu'il avait en magasin, du curcuma en poudre à l'huile d'argan, le tout au meilleur prix et il avait essayé, en vain, de vanter les vertus d'une huile de massage en se proposant d'en faire la démonstration sur les épaules et le cou de Nell.

« Dans notre pays, on se découvre peut-être les épaules, lui avait dit Amy d'un ton désapprobateur, mais ça ne veut pas dire qu'on permet aux étrangers de les toucher. »

Pourtant, elles n'avaient que très peu dépensé et étaient désormais les heureuses propriétaires de bâtons de fenouil (les cure-dents berbères), d'une pierre ponce en terre cuite (gommage berbère) et d'un petit récipient en terre cuite à la surface creuse contenant une poudre rouge à base de pigments végétaux qu'il suffisait d'humidifier pour s'en servir (rouge à lèvres berbère). Il fallait être juste, pensa Amy. Le vendeur n'était pas content à l'évidence et son butin n'était pas assez important pour qu'il le partage avec son jeune complice, mais il était temps qu'ils réalisent que ce n'était pas dans leur intérêt d'arnaquer les touristes.

« Comment ça se fait que tu n'es pas au riad ? demanda Amy à Nell quand elles sortirent enfin du dédale de rues du Mellah. Je croyais que vous alliez tous cuisiner après le souk.

– Oui, c'est ce qu'on a fait, confirma Nell. On a passé deux heures dans la cuisine avec Hassan, puis ils nous ont laissé un peu de temps libre. » Elle regarda sa montre d'un air contrit. « Et j'aurais dû être de retour il y a cinq minutes.

– Pas de problème, voilà la place. » Amy guida Nell jusqu'à l'angle opposé de la place puis s'engagea dans les rues étroites. Elle avait déjà mémorisé l'itinéraire. Trois choses dont elle avait hérité de son père – sa grande taille, sa perception spatiale et un bon sens de l'orientation – lui étaient très utiles à Marrakech.

Nell la suivait. « Comment savais-tu que c'était une arnaque ? »

Amy haussa les épaules. « Parce qu'ils essaient souvent d'arnaquer les touristes.

– Tous ?

– La plupart. » Elle rit. « Mais n'oublie pas, ils n'ont pas grand-chose et ils pensent que nous sommes incroyablement riches. »

Nell parut déçue. C'était indubitablement une romantique. « Écoute, lui dit Amy. C'est une ville géniale. Colorée, animée, avec une ambiance particulière. L'architecture est magnifique, la nourriture délicieuse. »

Nell hocha la tête.

« Mais il vaut mieux se trimballer dans les rues comme ça. » Elle fit une démonstration : appareil photo et sac contre la poitrine, regard fixé droit devant, sans que jamais la tête ne tourne à droite ou à gauche, démarche rapide et déterminée.

Nell rit comme Amy l'avait espéré. Elle avait un beau rire. La tristesse ne lui allait pas. Amy se demanda ce qui s'était passé. Une histoire d'amour qui avait mal tourné ? Une déception professionnelle ? Elle l'ignorait, mais c'était plus fort qu'elle, il fallait qu'elle fasse quelque chose pour lui redonner le sourire.

« Parle-moi de l'exposition que tu organises ? Où va-t-elle avoir lieu ? demanda Nell.

– À Lyme Regis. » Amy lui décrivit le projet dans les grandes lignes. Mais elle ne mentionna pas Jake Tarrant. La liste qu'il lui avait donnée était restée dans sa poche comme si elle avait peur qu'elle lui brûle les doigts. Elle ne l'avait pas regardée une seule fois. Mais elle avait pensé à l'homme. Intéressant, original, avec un côté « Monsieur-je-sais-tout. » Elle n'était pas sûre de l'apprécier mais il lui faisait un certain effet. « Et toi ? demanda-t-elle.

– Je suis là pour cuisiner.

– Là, en bas, tu vois l'antiquaire, c'est ton point de repère. » Amy montra la boutique en bas de la ruelle. Première à gauche, deuxième à droite, troisième porte sur la gauche. « C'est tout ?

– Comment ça, « c'est tout » ?

– Tu es là uniquement pour la cuisine ? » Elle était certaine qu'il y avait autre chose.

Nell s'arrêta si subitement de marcher qu'Amy faillit lui rentrer dedans. « Non. Mon mari m'a payé le stage pour mon anniversaire. Il a pensé que ça m'aiderait à oublier.

– Oublier ? » Elles s'étaient remises à marcher mais plus doucement le long de la ruelle sablonneuse. Autour d'elles, les grands murs rose saumon de la médina semblaient se rapprocher et tout était dans l'ombre à nouveau.

Nell se tourna vers Amy. « Ma mère est morte, dit-elle. Subitement. Je veux dire… elle n'était pas malade, rien. C'est juste…

– Oh, je suis désolée ! » Amy posa la main sur son épaule. « Je ne voulais pas être indiscrète. Je parle toujours sans réfléchir, c'est ce qu'on me reproche souvent. »

Nell secoua la tête. « Ce n'est pas grave, dit-elle. Enfin si… » Elle redressa ses épaules. « Quand je cuisine, ça m'aide à oublier. Au moins, pendant quelque temps.

– C'est bien, mais…

– Nous y sommes. » Nell parlait d'une voix enjouée qui ne convainquit pas Amy. Elle s'en voulait. Nell avait raison. C'était la petite porte en bois du riad. Nell souleva la main de Fatma, la laissa retomber et, presque immédiatement, Ahmed ouvrit la porte pour les laisser entrer. « Bonjour, dit-il. Vous désirez un thé ? »

Nell et Amy échangèrent un sourire.

« Peut-être plus tard », dit Nell. Puis, après avoir serré le bras d'Amy, elle s'empressa d'aller rejoindre les autres.

Amy avait une idée. Elle sortit la carte postale de son sac. La photo montrait une vieille porte cintrée, peinte en bleu. La peinture écaillée laissait apparaître le bois sombre dessous. Au-dessus de l'arche, sculpté dans la pierre rosâtre du bâtiment, il y avait un emblème : une fleur à huit pétales, et deux branches symétriques entrelacées au-dessous. Les murs en pierre de part et d'autre de la porte étaient vieux et tombaient presque en ruine. La porte était légèrement entrouverte si bien que l'on voyait le carrelage noir et blanc ancien et décoloré. Il n'y avait aucune indication au verso de la carte sur le lieu où avait été prise la photo. Juste l'écriture en pattes de mouche et le timbre marocain.

« Ahmed, demanda-t-elle, vous savez où c'est ? » Elle avait déjà demandé à Marion la veille et au chauffeur de taxi qui était venu la chercher à l'aéroport. Aucun n'avait pu l'aider. Et Amy n'avait rien vu qui pût ressembler à cette porte durant son exploration de la ville.

Il fronça les sourcils. « Je ne pense pas que ce soit à Marrakech », dit-il enfin.

C'était aussi ce que pensait Amy. Il était peu probable qu'elle ait choisi précisément la même ville que Glenn. « Vous avez une idée d'où ça peut être ? »

Il secoua la tête. « Je suis désolé, non.

— Fès ? Casablanca ? » Elle n'avait pas le temps de traverser tout le Maroc.

Ahmed haussa les épaules. « Je suis désolé, mais je ne sais pas. » Il la regarda avec ses yeux sombres et sérieux. « Mais je suis sûr que vous trouverez ce que vous cherchez, dit-il. *Inch'Allah*.

— *Inch'Allah* ?

— Si Dieu le veut, expliqua-t-il. Il est présomptueux de penser que le destin nous permettra de tout faire. Ce n'est pas le destin qui contrôle la vie, ni l'homme. C'est Dieu qui décide.

— Ça me paraît plutôt commode comme philosophie, marmonna Amy en rangeant la carte dans son sac.

— En effet. » Il lui adressa un sourire inattendu. « On doit remplir tous ses engagements sociaux, bien sûr. Mais si on ne peut pas… » Il haussa les épaules.

« Ce n'est pas nécessairement notre faute, finit Amy.

— Exactement. C'est une forme de… » Il fronça les sourcils. « Comment dit-on ?

— Une clause échappatoire ?

— Oui. » Ils échangèrent un regard de connivence et pouffèrent.

« Ça ne vous dérange pas si je prends quelques photos du riad pendant qu'il n'y a personne ? demanda Amy.

– Non, allez-y. » Il inclina la tête pour marquer son assentiment.

Que Dieu le veuille ou non, Amy n'abandonnerait pas ses recherches. Elle essaierait de trouver, pour sa tante. Qui ne risque rien n'a rien. Quoi que puisse en penser sa mère.

« Ça ne sert à rien que tu l'emportes avec toi, lui avait-elle dit quand Amy lui avait montré la carte postale la veille de son départ. Même si tu trouves l'endroit où la photo a été prise, il n'y sera certainement plus.

– Et pourquoi pas ? »

Sa mère la serra brièvement dans ses bras. À l'évidence, il était temps de partir. « Chérie, sois réaliste. La carte a été envoyée il y a trente ans. C'est beaucoup. Il ne voulait pas rentrer chez lui et il ne voulait pas qu'on le retrouve. Pourquoi réussirais-tu là où un détective privé a échoué ? »

Amy haussa les épaules. Elle n'en avait encore aucune idée. Sa tante, désespérée, avait en effet engagé un détective privé pour qu'il retrouve son fils. Qui pouvait le lui reprocher ?

« Ma touche personnelle ? »

Sa mère ouvrit la porte d'entrée. Amy était passée lui dire au revoir et l'avait trouvée penchée sur ses livres de comptes, à près de vingt et une heures. Quand allait-elle enfin lever le pied ? Quand en aurait-elle assez fait ?

« On se revoit dans une semaine, maman. » Elle voulait en dire plus, elle voulait souvent en dire plus, mais quelque chose la retenait.

Sa mère hocha la tête. « Prends soin de toi, ma chérie. Tu es adorable et je sais que tu veux juste aider. Mais il faut te rendre à l'évidence, tu sais. Il est parti, d'une façon ou d'une autre…

– Tu veux dire qu'il est mort ? » Amy s'arrêta sur le

seuil. Heureusement que sa grand-tante n'était pas là pour entendre cette théorie.

« C'est possible, non ?

– Ou il a le sentiment qu'il ne peut pas rentrer chez lui, dit Amy. Pour une raison ou une autre ? » Elle attendit. Sa mère allait peut-être lui donner quelques explications.

« Si tu le dis. » Aucune aide de sa part donc.

« Tu sais pourquoi tante Lillian se sent coupable ? » C'était peut-être un secret de famille mais, dans ce cas, n'était-il pas temps qu'Amy soit enfin mise au courant ?

« J'ai ma petite idée. » Sa mère secoua la tête. « Mais je n'en suis pas certaine.

– Et tu vas me le dire ? » *Pourquoi faut-il toujours que tu te mêles de ce qui ne te regarde pas ?*

Elle secoua la tête. « Il n'y a rien à dire. Le passé est le passé. Lillian a été très gentille avec nous. Elle t'adore. Je ne veux pas remuer des choses même si…

Même si ?

« … s'il est encore en vie, il ne veut pas qu'on le retrouve. Et il pourrait être n'importe où.

– Il faut quand même que j'essaie, maman. » Amy ne pouvait pas oublier. S'il n'y avait pas eu sa grand-tante, elle n'aurait pas pu aller au Maroc, encore moins avec un appareil photo en bandoulière.

Tandis qu'elle prenait quelques photos de l'intérieur du riad, les niches bleu lapis isolées, éclairées par les verres colorés des lampes mauresques, les carreaux décoratifs et le *zouak*, le bois peint de couleurs vives des lambris et des meubles, une partie d'elle-même se concentrait sur sa tâche, l'autre repensait aux raisons qui l'avaient poussée à choisir la photographie. Elle voulait immortaliser des scènes, des paysages, des objets, sous une certaine lumière à une certaine heure du jour. Ce qui la fascinait, c'était la façon dont les objets, les endroits, les gens changeaient selon qu'ils étaient dans l'ombre ou la lumière. La photographie était un moyen d'expression, une façon de toucher le monde. Sa façon : avec l'esprit, les yeux, le cœur.

Elle avait vu des pièces entières décorées de *zouak*, du sol au plafond. C'était magnifique, mais ici, au « Riad Lazuli », le décor était beaucoup plus simple. Elle se concentra sur la lumière des lampes mauresques qui chatoyait sur le bassin bleu métallique parsemé de pétales de rose. Une jolie touche. Le sol et les bords du bassin étaient couverts de carreaux géométriques indigo et crème et au-dessus un *tadelakt* lilas, cet enduit granuleux appliqué sur du plâtre, prisé des Marocains. Dans l'avion, elle avait regardé un livre consacré à cette technique. C'était similaire au stuc italien, une sorte de mélange de sable et de chaux, poli avec une pierre rugueuse et du savon noir, avant d'être peint. Celui-ci était vieux et désormais veiné comme du marbre. Amy regarda les carreaux de plus près. Pourquoi étaient-ils toujours géométriques ? L'art de la céramique et du tissage était-il un moyen de s'échapper de la réalité ? Une façon de détourner l'attention du monde physique pour se concentrer sur la forme pure, l'ordre ? Elle commençait à comprendre que l'architecture marocaine tentait de créer un espace de tranquillité, un havre de paix, protégé du chaos extérieur. Et ça fonctionnait vraiment au « Riad Lazuli ».

Amy avait très vite découvert qu'il y avait beaucoup à apprendre sur la photographie, même avant qu'elle ne poursuive ses études de photo en licence à l'université de Kingston. Puis, elle avait pris la mesure du pouvoir du photographe. Non seulement il pouvait créer des scènes visuelles à partir de versions de la réalité, mais aussi les immortaliser, les conserver toujours. Il pouvait les utiliser pour persuader, pour influencer, pour envoyer un message. N'était-ce pas impressionnant ? La photographie d'une image permettait de mettre en évidence des détails oubliés depuis longtemps par la mémoire collective. Et une photographie pouvait inspirer une émotion des décennies après la naissance de cette émotion. Amy n'était pas intéressée par les retouches numériques. Pour elle, ce qui existait dans la réalité était toujours plus fascinant. Ce qui la motivait surtout, c'était de raconter une histoire, de reproduire une ambiance. Et le Maroc avait tout cela à offrir.

Amy replaça le bouchon d'objectif sur son appareil qu'elle rangea. *Tout est possible.* C'est ce que sa tante avait dit à sa mère quand Amy lui avait annoncé qu'elle voulait être photographe. Et Amy avait essayé d'en faire sa devise. Peut-être parviendrait-elle à trouver un indice de ce qui avait pu arriver à Glenn des années auparavant ? Tout était possible.

Amy sortit la liste de Jake de sa poche. Elle la parcourut. *Va là, fais ça, prends ces photos…* C'était censé être *son* projet, *son* exposition. Elle froissa le papier et le jeta dans la poubelle cachée derrière le bureau à la réception. C'était elle qui était sur place. Et elle devait préserver son indépendance créative. Que Jake Tarrant aille se faire voir !

Elle ne se souciait guère de ce que Duncan pensait. Il aurait dû la consulter avant d'engager un organisateur d'événements. Elle s'en tiendrait à son programme plus spontané. Et elle en assumerait les conséquences, quelles qu'elles soient.

8

Paris, 1974

L e contrat avait été rempli et arrosé d'une grande quantité de pastis. Demain, ils retourneraient à Essaouira et au « Riad La Vieille Rose ». Glenn était contre ce voyage, Howard et lui s'étaient disputés une bonne partie de la nuit. C'était trop tôt. Ça créait un précédent. Ce n'était pas ce qu'il voulait. Pourtant, au bout du compte, il avait dû s'avouer vaincu. Où trouveraient-ils l'argent sinon ?

« Qu'est-ce que tu vas faire mon pote ? » avait dit Howard, les lèvres retroussées. « Retourner chez toi ? »

Glenn ne lui avait rien dit – mais c'était comme s'il savait.

Glenn laissa Gizmo allongé sur les bords de Seine. Il ronflait et dormait à poings fermés. À côté de lui, un vieux était en train de pêcher ; son vélo – une antiquité – muni d'un panier en osier pour stocker ses prises, était appuyé contre un arbre derrière eux. À part Giz et lui, il n'y avait que quelques étudiants occupés à lire et à discuter. Il n'arriverait rien à Gizmo ici. C'était Paris. Un peu défraîchi, un peu bohème. Un endroit où l'on pouvait vivre et laisser vivre. Glenn se serait bien vu rester ici s'il avait eu assez d'argent. La vie était chère. Mais la ville leur avait été très utile, en leur fournissant des fonds justement. Ils étaient passés inaperçus. Il y avait des freaks, des hippies et d'autres voyageurs, appelez-les comme vous voulez. Mais en général, personne ne les ennuyait.

Glenn avait très envie d'explorer la ville. Il s'éloigna des rives de la Seine et ne tarda pas à déboucher dans l'étroite rue Mouffetard, une rue pavée, très animée, où se dressaient de grands bâtiments dont les fenêtres étaient munies de volets. Certains étaient défraîchis pour ne pas dire délabrés. La rue grouillait de vrais Parisiens (du moins c'était l'impression qu'ils donnaient) qui s'affairaient. En bas de la côte, un marché battait son plein. Les vendeurs criaient, riaient et brandissaient leurs produits, c'était à qui vendrait le plus. Il y avait des fleurs fraîches et colorées, encore couvertes de rosée, des piles de fruits brillants et alléchants, de longues baguettes de pain frais, et des fruits de mer dans des bacs remplis de glace. Glenn allait d'un étal à l'autre. L'odeur sucrée et forte des langoustines et des crabes se mêlait au parfum des fleurs, aux effluves de pain et de fromages coulants. Il acheta une baguette et du brie et les mangea tout en descendant la rue.

Il passa devant un jeune type, vêtu d'une chemise brodée ouverte et d'un jean délavé. Assis sous un porche, il jouait de la guitare. Le chapeau de paille usé, posé devant lui, contenait quelques francs et beaucoup de centimes. Il y avait un boucher et l'inévitable *boulangerie* au coin de la rue. Quel quartier ! Il semblait si réel. Il était tout près du cœur du Paris des années soixante-dix, pourtant il y régnait une ambiance différente, plus rustique. Les façades à la peinture cloquée, les devantures à la mode d'autrefois, en acajou avec des dorures, les grands porches, les impostes et les vieux panneaux de rue gravés, les sculptures murales et les lanternes rappelaient le Paris d'antan.

Glenn atteignit la petite place en bas de la rue. Il finit sa baguette, s'essuya la bouche et les doigts sur la fine serviette en papier dans laquelle le pain avait été enveloppé, revint sur ses pas et entra dans une librairie. Il ne pouvait jamais résister à l'envie d'aller fureter à l'intérieur et celle-ci était complètement différente des librairies qu'il connaissait aux États-Unis. Les rayonnages s'élevaient pratiquement jusqu'au plafond décoré et poussiéreux et l'espace entre les étagères était étroit. Y avait-il un rayon consacré à la littérature anglophone ? Glenn ressentit soudain le besoin de lire de la poésie, de feuilleter l'un des ouvrages qu'il avait étudiés à l'université du Wisconsin. Il pensa à son exemplaire de *L'Attrape-cœurs* de J.D. Salinger, qu'il avait oublié dans une chambre en Turquie quelques années auparavant. Ça paraissait si loin, beaucoup trop loin. Il réalisa, choqué, qu'il avait le mal du pays. Bon sang !

Dans le rayon consacré aux ouvrages en langue étrangère, il vit une fille, plongée dans un livre. Elle n'était ni grande ni petite, mais très mince. Elle portait un jean indigo, une chemise en étamine lilas et un collier de petites perles colorées. Ses longs cheveux tombaient sur ses épaules et jusqu'à la moitié du dos. Ce qui interpella surtout Glenn, c'était ce calme qui semblait l'entourer. Peut-être était-ce parce qu'elle était absorbée dans son livre ? Que lisait-elle ? Il lui était soudain impératif de le savoir.

Glenn s'approcha d'un pas mais elle ne réagit pas. Il regarda les volumes alignés sur les étagères. Il y avait de la poésie anglaise – il vit un mince volume des Romantiques et un autre d'Alfred Tennyson. Yeats. Ah ! Yeats. Il prit le recueil et le feuilleta, se concentrant à moitié sur les mots familiers parce qu'il était distrait par son parfum. Rose et vanille. Elle sentait le *thé royal*. Il sourit. « *Excusez-moi. Pardonnez-moi ?* »

Elle leva les yeux vers lui. Des yeux en amande parfaitement dessinés, de la couleur du chocolat. Sa bouche était un peu trop grande. Elle avait le teint olive. Elle avait tout d'une Française. Pourtant, elle était au rayon des ouvrages anglais.

« Oui ? » Sa voix aussi semblait française. Elle ne manifesta aucune hostilité mais elle ne sourit pas non plus.

Glenn prit son courage à deux mains. Durant son périple, il avait appris à aborder sans gêne des gens qu'il ne connaissait pas. On n'avait pas vraiment le choix quand on voyageait seul. Et elle était jolie, très jolie. « Tu parles anglais ? demanda-t-il. En fait, je me demandais ce que tu étais en train de lire ?

– *Pourquoi ?* » Elle inclina légèrement la tête sur le côté.

Bon, elle était bien française mais elle parlait parfaitement l'anglais aussi, non ? Elle l'avait compris après tout. « Pourquoi ? Parce que tu étais si… » Il chercha le terme exact. « … captivée.

– C'est l'effet qu'elle me fait.

– Elle ?

– Emily Dickinson. » Elle lui tendit le livre. Elle lisait *Certaine clarté oblique*… « Tu connais son œuvre ?

– Bien sûr. » Donc en fait, elle était anglaise mais parlait couramment le français. Glenn se surprit à vouloir l'impressionner. « Le Pressentiment/est cette ombre longue/sur la pelouse/indiquant que se couchent les soleils », dit-il.

– Signalant à l'herbe effarouchée/que les ténèbres vont envahir. » Elle soupira. « C'est magnifique. »

Comme toi, se surprit-il à penser. *Comme toi.*

« Tu habites ici ? lui demanda-t-il. À Paris ? » Dickinson avait vu juste. Le pressentiment était bien une ombre. On ne pouvait pas vraiment le définir mais il existait.

« En quelque sorte, dit-elle. C'est une longue histoire.

– J'ai tout mon temps. » Il sourit. Il espérait que le charme américain n'avait pas été complètement anéanti par les ennuis et les aventures de son périple. Il ne s'en était pas beaucoup servi au Maroc. Toutes les nanas, quand elles n'étaient pas calfeutrées chez elles pour des raisons religieuses, étaient déjà maquées avec un type.

Elle rit, coinça ses cheveux derrière son oreille.

« Et toi ? Tu vis ici ?

– Non, je suis juste de passage. » Par habitude, il regarda autour de lui pour s'assurer que personne ne regardait, ce qui était ridicule : qui pourrait bien écouter sa conversation dans une vieille librairie poussiéreuse au centre de Paris ? « En ce moment, je vis au Maroc, dit-il. Sur la côte ouest.

– Ah. » Ses yeux se mirent à briller. « La piste hippie. Le Marrakech express.

– Ouais. » Il haussa les épaules. « C'est un endroit cool. »

Elle hocha la tête. « Je suis à Paris depuis trois semaines.

– Tu parles très bien français » *Ouais, Glenn, trois mots.*

« Mon père était français. Mes parents vivaient ici quand ils se sont mariés. Avant la guerre. Puis il est parti combattre et maman a été internée dans des conditions épouvantables jusqu'à ce que les autorités découvrent qu'elle était enceinte et la relâchent. C'est alors qu'elle est retournée en Angleterre. » Elle rit. « Pourquoi est-ce que je te raconte tout ça ?

– Je m'appelle Glenn. » Il tendit la main. « Parce que tu es aimable ? Parce que le courant est tout de suite passé entre nous ? » Il haussa un sourcil. « À cause de cette clarté oblique qui ressemble un peu à l'ombre d'un pressentiment ? » Qu'est-ce qu'il était bon ! Il n'avait pas perdu son charme, pas du tout.

Elle hésita puis sourit à nouveau. « Bethany. Mais tu n'as pas besoin de me servir toutes ces foutaises. »

Ah. « Désolé, dit-il, je n'ai pas pu résister.

– C'est bon. Je suis contente qu'elle te plaise à toi aussi.

– Tu vas acheter le livre ? » Il le ferma doucement.

Le visage de la fille s'assombrit. « Pas aujourd'hui.

– Je pourrais peut-être…

– Oh non. » Ses mains s'agitèrent quand elle lui reprit le livre et le remit à sa place sur l'étagère. « Vraiment, je…

– J'insiste. » Et il reprit le livre, s'approcha du bureau où le propriétaire se prélassait sur un vieux fauteuil en rotin. « Monsieur, s'il vous plaît ? »

Le vieil homme le fusilla du regard, ouvrit la couverture usée, et montra le prix inscrit au crayon à l'intérieur.

Vieux schnock ! Glenn sortit un billet de cinq francs. « Si on prenait un café pour fêter ça ? » dit-il à Bethany. Il lui donna le livre.

« D'accord, merci. » Elle le dévisagea avec curiosité quand ils sortirent du magasin. Elle estima qu'il mesurait quinze centimètres de plus qu'elle. Si elle se tenait devant lui et inclinait légèrement la tête, il pourrait déposer un baiser sur le sommet de son crâne, sans aucun mal. « Tu es un type à part, Glenn.

– J'espère bien. » Il n'avait jamais fait ça auparavant. Il s'aventurait sur un terrain inconnu, plutôt personnel aussi. Mais il voulait vraiment lui acheter ce livre et maintenant il ne voulait pas la laisser partir. Du moins pas avant d'en avoir appris un peu plus sur elle. Comme ce qu'elle faisait à Paris et où elle avait l'intention d'aller ensuite. En Angleterre, chez elle ? Pourvu que non !

En fait, Bethany était venue à Paris avec une amie, une certaine Suzi. Suzi l'avait laissé tomber au bout de deux semaines ; elle s'était entichée d'un Français, prénommé Claude, qui l'avait emmenée à Marseille. Bethany leva les yeux au ciel quand elle raconta l'épisode et Glenn se demanda si elle était cynique. Trop cynique pour l'amour ? Non pas que l'amour fût au programme, mais *faire l'amour*, certainement. Il était convaincu que son corps serait doux, chaud et prêt. Et son esprit était plutôt intéressant aussi.

Bethany n'avait pratiquement plus d'argent, lui dit-elle. Elle faisait la plonge dans un café miteux près du Panthéon, un peu plus haut que la Mouff, comme elle appelait le quartier, mais elle détestait son job et le type qui tenait le bar essayait toujours de la peloter quand il n'y avait personne dans les parages. « Je pense qu'il va falloir que je finisse par rentrer », dit-elle. Elle afficha une mine déconfite.

« Tu n'as pas envie de rentrer. » Il se demanda ce qu'il y avait à la maison. Un père qui contrôlait le moindre de ses faits et gestes ? Une mère qui se plaignait ? Une ville suffocante qui lui donnait envie de crier ? « Tu t'entends pas avec tes vieux ?

– Oh, avec maman ça va. » Elle joua avec sa petite cuillère. « Les gens trouvent qu'elle est super intéressante. Mais là où je vis, c'est un trou perdu, il ne se passe jamais rien, tout le monde est si sérieux. Tu vois ce que je veux dire ? »

Glenn hocha la tête. Il savait. Partout dans le monde, les gamins occidentaux disaient la même chose. Ils voulaient tous s'échapper de la maison pour être un esprit libre et goûter à une vie différente.

Elle soupira. « Et en plus… pour qui je vais passer maintenant ? J'ai dit que je partais en voyage et je reviens au bout de trois semaines ! C'est terriblement embarrassant ! J'espérais aller en Thaïlande, en Inde…

En… quelque part, quoi ! Pas uniquement en France. »
Elle regarda autour d'elle, désespérée.

« Tu médites ? » lui demanda-t-il. Ce n'était pas une
question en l'air. Des tas de gamins rêvaient de suivre
l'exemple des Beatles, d'aller visiter l'Orient mystique
et de trouver un gourou en Inde. Et puis, il y avait
ce calme qui émanait d'elle et qui l'avait immédiatement attiré. Il se dit qu'elle était un peu un esprit libre,
elle aussi.

Pourtant, elle parut surprise. « Ouais, mais ce n'est
pas pour ça que je veux aller en Inde. Je veux juste
voyager, voir le monde. Prendre la route, tu vois ? Tout
le monde le fait. Regarde-toi ! Et tu es américain. »

Glenn décida que ce n'était pas le moment de lui
raconter son histoire. De lui expliquer pourquoi il avait
quitté sa maison et son pays et pourquoi il ne pouvait
pas rentrer. Malgré tout, il s'en voulait d'avoir laissé
sa mère. Il avait l'impression de l'avoir abandonnée. Il
ne se le pardonnerait jamais s'il lui était arrivé quelque
chose, mais il savait que la meilleure façon de la préserver, c'était de ne pas revenir, de ne pas même lui écrire.
Au moins le vieux n'aurait aucune raison de la punir.

Ils étaient assis à l'intérieur du Vieux Chêne, qui,
comme Bethany le lui avait expliqué, était le plus
vieux bar de Paris, un endroit où les révolutionnaires
se retrouvaient au dix-neuvième siècle jusqu'à ce qu'il
soit transformé en *bal musette* quelques décennies plus
tard. L'établissement tirait son nom du chêne sculpté
sur sa façade. Pour Glenn, il était plus facile de croire
en son passé révolutionnaire qu'en sa transformation en
club de danse. L'endroit était rempli de gamins de son
âge, ou plus jeunes, des étudiants et des voyageurs qui
buvaient un café, du vin rouge, ou fumaient. Il y avait
une ambiance particulière, des conversations animées,
des rires, le bouillonnement de la jeunesse. Elle se trom-

pait : tout le monde ne voyageait pas ; mais la plupart en rêvaient.

« Tu es allé en Inde ? lui demanda-t-elle.

– Bien sûr.

– Waouh ! Et c'était comment ?

– Plutôt cool. » Même s'il ne serait pas allé jusqu'à dire que c'était une expérience hautement spirituelle.

Elle prit un air pensif. « Paris était censé n'être que le début. Tu as de la chance.

– Mais tu ne veux pas voyager toute seule ?

– Peut-être que je ne suis pas assez courageuse. »

Glenn se sentait déjà très protecteur vis-à-vis d'elle, bizarrement. « C'est différent pour une fille », reconnut-il. En particulier une fille qui n'avait pas d'argent. Ce pourrait être dangereux et il ne voulait même pas y penser.

« Ouais, c'est vrai.

– Tu pourrais venir avec moi à Essaouira », dit-il d'un ton désinvolte. Ils ne craignaient plus grand-chose à présent. Ils s'étaient débarrassés de toute la « marchandise » et ils avaient suffisamment de pognon pour satisfaire Howard.

Il comprit qu'elle était en train d'évaluer la situation. De se demander par exemple si elle pouvait lui faire confiance. Après tout, elle ne le connaissait ni d'Ève ni d'Adam. « Qu'est-ce que tu veux dire ? demanda-t-elle enfin.

– Je te propose juste mon amitié », précisa-t-il. Il la prenait pour une idiote ou quoi ? « Ça te donnerait l'occasion de voir le Maroc au moins. Et l'Espagne, en y allant. » Il n'y avait là rien d'inhabituel. Un voyageur se joignait à d'autres voyageurs. C'était fréquent. Ça n'avait rien d'extraordinaire. *Oui, Glenn, n'oublie pas.* Ça n'a rien d'extraordinaire.

« Waouh ! » Elle serra sa tasse de café entre ses mains. « Vraiment ?

– L'endroit où on crèche n'a rien d'un palace, dit Glenn en tentant de paraître modeste. C'est une petite communauté, du moins c'est ainsi que nous essayons de vivre. » *Ou plus précisément, c'est ainsi qu'Howard voit les choses*, pensa-t-il. Ce type voulait tout contrôler, il fallait bien l'admettre.

« Et il y a une chambre pour moi ?

– En fait, non. » Il se devait d'être honnête avec elle. « Mais tu pourrais crécher avec moi. Pour le moment en tout cas. Et… »

Elle se pencha et l'embrassa délicatement sur les lèvres. « C'est cool, dit-elle.

– Vraiment ?

– Ce qui arrivera arrivera. Je t'aime bien, c'est un bon départ. »

Ouais. C'était un bon départ. Glenn avait apprécié ce baiser. Il aimait aussi son odeur de près. Il jeta un coup d'œil à sa montre. « Merde, dit-il. On ferait mieux d'aller retrouver Gizmo. » Quatre heures s'étaient écoulées depuis qu'il l'avait laissé sur les berges de la Seine.

Bethany le dévisagea. « C'est qui Gizmo ? demanda-t-elle.

– Ah, eh bien… » Il repoussa sa chaise. Il n'était pas facile de décrire Gizmo. « Il vit au riad lui aussi. À Essaouira. C'est un membre de notre communauté. » Il laissa quelques pièces sur la table.

« Très bien. » Bethany passa son sac en patchwork sur son épaule. « Mais Glenn…

– Ouais ? » Il sortit du café le premier. Il espérait que Giz ne lui ferait pas une scène quand il lui présenterait Bethany et ajouterait une quatrième personne à leur équation. Il l'imaginait déjà. *Pourquoi tu veux compli-*

quer les choses, mon pote ? *C'est qu'une fille. Tu ne sais rien d'elle.* Mais Glenn savait déjà tout ce qui comptait. Appelez ça de l'instinct. Appelez ça un pressentiment. Il savait que Bethany ne lui apporterait que du bien.

« Si tu vis au Maroc, alors qu'est-ce que tu fais à Paris ? »

9

Le lendemain, ils passèrent la majeure partie de la matinée à préparer un couscous à la courge musquée avec du safran et un zaalouk, une salade avec des tomates et des aubergines, sous l'œil vigilant d'Hassan. Marion passait dans les rangs, agitant les bras, comme un oiseau en vol bat des ailes, faisant un commentaire sur la préparation, relatant un détail historique de temps à autre. Elle leur laissa ensuite un peu de temps pour poser leurs questions.

Nell attendait justement cette occasion. Moudre les filaments de safran, les préparer en infusion pour le couscous, tous ces gestes lui avaient fait chaud au cœur. Et quand elle avait senti l'odeur familière, une senteur vive et douce à la fois, elle avait immédiatement revu la ferme à Roseland. Sa mère avait toujours maintenu que le safran, comme le raisin, tirait sa saveur du sol et Nell était convaincue que leur safran était plus mielleux, plus doux que la variété qu'ils utilisaient ici. Mais les deux étaient spéciaux.

« Pourquoi est-ce qu'on cultive le safran ? » avait demandé Nell à sa mère une fois. Personne d'autre ne le faisait dans le coin même si toutes les boulangeries locales vendaient des petits pains au safran. « On l'a toujours cultivé ?

– Ta grand-mère le cultivait, dit-elle. Et sa grand-mère avant elle. Du plus loin qu'on s'en souvienne. Autrefois, tout le monde faisait pousser un peu de safran, puis la plupart des fermiers ont arrêté, pendant un temps.

– Parce que c'était trop de travail ? »

Sa mère sourit. « Sans doute. Les modes changent. Les gens n'en voulaient plus. »

Nell ne dit rien mais elle avait du mal à y croire.

« Des alternatives moins chères et plus commodes se sont présentées. » Sa mère lui lança un regard entendu.

Nell savait ce qu'elle pensait des alternatives moins chères et plus commodes. *Cultiver des produits sains, préparer des produits frais, être naturel, ne pas aller au plus court...*

« Mais ça n'a pas arrêté notre famille. » Elle semblait en être fière. « Parfois, il faut être fidèle à ce qu'on croit, Nell. » Elle l'avait regardée, les yeux embués. À quoi croyait-elle ? Nell pensait le savoir. Elle croyait à l'amour, à l'histoire familiale. Elle croyait au tarot, à la destinée. Elle croyait à la nature et à la campagne. Et elle croyait incontestablement à la force et au pouvoir du safran. Mais qu'y avait-il d'autre ?

Qu'avait-elle refoulé, enfermé dans son passé ? À quoi avait-elle cessé de croire ?

« Et ils ont toujours cultivé le safran ici ? demanda Nell. Ils ont toujours vécu ici ?

– Du plus loin qu'on s'en souvienne, oui. » C'est ce qui en faisait leur héritage. Être fidèle à ce qu'on croit. Nell croyait aussi au safran. C'est pour ça que c'était si difficile à accepter – que bientôt la ferme et les terres autour, le petit champ de safran n'appartiendraient plus à sa famille si Callum parvenait à ses fins. *Le prix demandé...* On aurait presque dit une conspiration. Se débarrasser de Nell pendant quelques jours puis vendre, vite. *Ensuite, il faudrait bien qu'elle finisse par accepter.* Mais quels que soient leurs problèmes, Callum ne lui ferait jamais une chose pareille quand même ?

La veille au soir, elle avait lu les cartes. Le tirage avait été dominé par l'arcane majeur La Lune. La Lune, un tirage délicat. Nell avait fixé l'image et s'était concentrée. La lumière de La Lune était faible, le miroir d'eau dans le dernier tiers de la lame symbolisait le subconscient, une certaine incertitude ; il fallait qu'elle suive son instinct. Quelque chose était caché, n'avait pas encore éclaté au grand jour. Elle n'avait pas connaissance de tous faits. Il lui fallait donc avancer prudemment, éviter les décisions hâtives car tirer La Lune pouvait être une forme d'avertissement.

Elle leva la main et prit une profonde inspiration. « Je voulais vous demander des précisions sur le safran. » C'était l'occasion rêvée. Le safran avait occupé l'esprit de sa mère, au moins pendant les mois d'octobre et de novembre, durant la floraison, la récolte et le séchage. Et souvent aussi pendant les mois d'hiver, quand une pincée de safran dans un riz pilaf ou un ragoût de poulet permettait d'ajouter la touche de soleil manquante de l'été passé. Il suffisait de quelques filaments délicats pour transformer un plat ordinaire en un mets extraordinaire. Ainsi, grâce au safran, Nell pourrait peut-être en apprendre davantage sur sa mère. Que t'est-il arrivé ? Quelle expérience négative as-tu eue ? Pourquoi n'as-tu jamais pu me dire ce que j'avais besoin de savoir ? Pourquoi as-tu fait ça… ?

« Oui ?

– Pouvez-vous nous en dire davantage sur l'histoire du safran ? Comment il est cultivé au Maroc ? Dans quelles recettes il est utilisé ? »

Nell savait que le safran figurait souvent dans les recettes anglaises du seizième au début du dix-huitième siècle puis qu'il avait été supplanté en Grande-Bretagne par de « nouveaux ingrédients », tels que la vanille, le cacao et le sucre de canne. C'est à cette époque que les gens avaient arrêté de le cultiver. Plus tard, les colorants alimentaires artificiels, moins chers et plus faciles à utiliser que le safran, l'avaient définitivement remplacé, et l'arrivée des teintures chimiques avait mis un terme à son destin de teinture naturelle. Être fidèle à ce qu'on croit... Mais il était sûrement temps de le faire revenir en force en Angleterre.

« Ça fait beaucoup de questions. » Marion semblait néanmoins ravie.

« Dites-nous ce que vous pouvez », dit Nell. Elle était sûre qu'elle ne serait pas déçue. En matière de nourriture, Marion était une encyclopédie ambulante.

Marion rayonnait. « La plupart des gens pensent que le safran vient d'Orient, commença-t-elle. Et il est sans doute vrai que sa culture était largement répandue en Asie Mineure, bien avant la naissance du Christ. Mais en fait, c'est en Crète qu'il a été cultivé en premier. Et si je ne me trompe pas, la première référence historique à l'utilisation du safran nous vient de l'Égypte ancienne, où des personnages comme Cléopâtre l'utilisaient comme essence aromatique ou pour ses pouvoirs aphrodisiaques. » Elle toussa, légèrement embarrassée.

Nell réprima son envie de rire. Le safran, un aphrodisiaque ? Sa mère ne le lui avait jamais dit.

« Dans la Grèce antique, on l'utilisait comme teinture mais aussi pour ses vertus médicinales, poursuivit Marion. Et les Berbères du Maroc, qui s'en servaient aussi pour la cuisine, l'introduisirent en Espagne pendant la conquête musulmane de la péninsule ibérique au huitième siècle. Vous pouvez voir qu'il a une longue histoire dans ce pays aussi. »

Et en Angleterre, pensa Nell. Le safran avait beaucoup voyagé.

« Le terme *safran* vient du mot arabe *zafaran*, qui signifie *jaune* », dit Marion. Le *zafran*, comme on l'appelle ici au Maroc, est essentiel à notre cuisine. Vous l'avez sans doute déjà réalisé. C'est son goût que nous aimons. Mais aussi sa couleur. »

Elle regarda autour d'elle pour s'assurer que tout le monde suivait. « On l'utilise dans les tajines, le riz, le couscous, comme nous l'avons vu aujourd'hui, dans les sauces et les soupes. » Elle leva les bras en l'air comme pour remercier les cieux. « Le safran est un ingrédient imprégné d'exotisme, de sensualité et de beauté. » Elle regarda de nouveau l'assistance. « Nous cuisinerons encore avec. C'est un ingrédient spécial, précieux aussi, alors il y a beaucoup d'imitations. » Elle toucha son nez et hocha la tête d'un air entendu. « Faites attention dans les souks. Tous les *zafran* ne sont pas du vrai *zafran*.

— Ne vaut-il pas plus cher que l'or ? demanda l'une des Allemandes.

— Au poids, si.

— Et où le cultive-t-on ?

— Au Maroc, on le cultive dans des safranières. »

L'intérêt de Nell monta encore d'un cran. « Où sont-elles ? Vous avez parlé de Taliouine ?

— Oui, les plus célèbres sont situées sur les contreforts du Djebel Siroua. La plupart appartiennent encore à des familles. Mais il y en a d'autres plus près d'ici. Il est possible de faire une excursion d'une journée depuis Marrakech, dit-elle. Beaucoup de gens le font. »

Possible de… Et c'était le début du mois de novembre. En cet instant, on était peut-être en train de récolter le safran, et la récolte pouvait encore durer quelques semaines. Une occasion à ne pas manquer. Mais aucune visite de safranière n'était prévue dans le cadre de l'atelier et ils n'avaient pas assez de temps libre. C'était tentant.

Comment Nell pourrait-elle intégrer la visite d'une safra-nière dans son emploi du temps ?

« Il existe une légende autour du safran, dit Marion en se tournant vers Nell. Si vous vous intéressez au safran, vous la connaissez peut-être déjà. »

Nell secoua la tête. « Non, je ne la connais pas. » Sa mère ne lui avait jamais parlé d'une légende. Mais elle était impatiente de l'entendre.

« La légende raconte qu'un très bel homme, Krokus, suivit une nymphe nommée Smilax, dans les bois près d'Athènes, après l'avoir vue danser avec ses amies dans une clairière. » Marion sourit avec indulgence. « Il négli-gea ses amis et sa famille. Il était littéralement sous le charme de la nymphe. »

Nell se demanda si Marion était déjà tombée sous le charme d'un homme. Elle avait du mal à l'imaginer folle amoureuse : elle était beaucoup trop pragmatique.

« Smilax fut d'abord flattée par ses avances mais elle ne tarda pas à se lasser. Il insista, elle résista. Elle avait envie d'être libre de rire, de danser et de nager avec ses amies. » Marion soupira comme si elle rêvait secrète-ment de la même chose. « Elle en vint à jeter un sort au jeune homme, le transformant en fleur de safran. Ses stigmates orange flamboyant symbolisaient son amour éternel mais non partagé. Il devint une petite fleur mauve avec un cœur doré. »

Il y eut un bref silence dans la pièce puis quelqu'un s'exclama « Mon Dieu ! » Un autre rit et un autre se mit à applaudir. « Quelle belle histoire ! Vous êtes un puits de science, Marion. »

Marion rit et rougit jusqu'à la racine des cheveux.

Nell pensa aux hommes qui vivaient avec elles à la ferme. Aucun d'eux ne restait longtemps, mais tous semblaient presque ensorcelés par sa mère avec ses cartes de tarot, sa décontraction, son humour.

Ils faisaient quelques travaux dans la ferme en échange du gîte et du couvert et chaque année, à l'automne, ils repartaient. Mon Dieu, pensa-t-elle. Sa mère était Smilax.

« Tu es mariée », dit Amy.

Elles étaient au hammam, purifiant leur corps, comme le faisaient les femmes qui vivaient dans la ville, pas sous une douche avec une noix de gel. Dans le hammam, les pores se dilataient, ce qui permettait un nettoyage en profondeur. Pour être vraiment propre, apparemment, il fallait suer par tous les pores. Il y avait encore des bains publics utilisés pour la toilette matinale ordinaire. Ceci était donc plus un rituel. C'était Amy qui en avait eu l'idée.

« Il faut qu'on essaie », avait-elle dit après le déjeuner, alors que Nell s'apprêtait à lézarder sur la terrasse ensoleillée en haut du riad avec un livre. C'était ensoleillé, à l'abri du vent, et il faisait étonnamment chaud pour cette période de l'année. « Il faut qu'on se mette dans la peau des habitants du pays, littéralement. » Nell s'était souvenue que Marion avait dit approximativement la même chose à propos de la nourriture et elle avait accepté, un peu à contrecœur, de l'accompagner. Ce serait une expérience authentique et elle pourrait lire un livre au soleil une autre fois.

« Oui, je suis mariée. » Ses mots manquaient terriblement de conviction, même à son oreille. Nell pensa à Callum. L'aimait-il toujours ? L'aimait-elle toujours ? Il y avait tellement de choses dont elle n'était pas sûre. Ce qu'elle savait en revanche, c'est qu'il ne pouvait pas accepter sa tristesse, le chaos actuel dans son esprit. *Il ne la connaissait pas vraiment.* Cette pensée s'insinua en elle, traversant la chaleur, l'humidité et la vapeur. Ils étaient mariés, mais il ne savait pas vraiment ce qui se passait en elle.

« Mais comment peux-tu rester toi-même ? » La voix d'Amy était assourdie par la vapeur. Elle était en partie couverte par le son de l'eau qui coule, le cliquetis des seaux (car non seulement il fallait prendre du savon, mais aussi un seau d'eau chaude et un seau d'eau froide), et le murmure désincarné des autres femmes dans le hammam, qui bavardaient en arabe.

« Moi-même ? » Nell sentit qu'elle commençait à se relaxer. C'était presque impossible de ne pas se détendre. Elle se demanda si elle pourrait se perdre ici. Tout laisser glisser, simplement.

« Comment garder ta propre identité ? Faire ce qui te tient à cœur, par exemple la cuisine pour toi, quand il y a toujours quelqu'un à tes côtés ? »

Nell comprenait très bien ce qu'elle voulait dire. Elle ferma les yeux pendant un instant. Elle s'imprégna de l'atmosphère sensuelle. « Parfois, j'ai l'impression que je suis constituée d'une multitude de facettes », dit-elle. Elle rouvrit les yeux. Dans cette chaleur décadente, alors qu'elle sentait la crasse de la ville sortir de ses pores, elle était plus encline à parler que d'habitude. C'était une situation intime, être nue dans une pièce pleine de vapeur avec une femme qu'elle connaissait à peine, sans parler des autres femmes qu'elle connaissait encore moins. C'était révélateur, même si superficiellement, elle ne voyait pas grand-chose dans ce brouillard de chaleur et la faible lumière. Peut-être ne se débarrassait-elle pas uniquement de la crasse de ses pores ?

« Il y a en moi la fille passionnée de cuisine, poursuivit-elle. Mais aussi celle qui appartient encore à la ferme où j'ai grandi avec ma mère… » Sa voix trembla mais elle poursuivit. « Et puis il y a la fille mariée à Callum.

– Tu veux dire qu'il n'a qu'une parcelle de toi ?

– En quelque sorte. » Nell ne savait pas vraiment comment expliquer. Elle ignorait aussi si cette parcelle était importante ou non. Elle pensait que oui autrefois. Pourtant, plutôt que de s'agrandir, elle semblait diminuer avec le temps. « Parfois, j'ai l'impression d'avoir un moi secret », dit-elle l'air pensif.

Amy hocha la tête. Elle comprenait. Elle avait la tête penchée en arrière, les yeux fermés. Ses cheveux noirs courts étaient humides et collaient à son crâne, son visage luisait de sueur. « Tu crois que c'est important ? Que ça suffit ? »

Nell décida d'être honnête. « Avant, je pensais que oui. Maintenant… je ne sais plus. » Depuis combien de temps n'avaient-ils pas fait l'amour ? Longtemps, très longtemps. Elle n'en avait parlé à personne. Pas même à Lucy. Ce n'était pas normal, elle savait que ce n'était pas normal et elle ne voulait pas que Lucy le lui dise. Et ce n'était pas normal non plus que Callum et elle n'en aient même pas parlé. La désirait-il encore ? Le désirait-elle encore ? Elle regarda les murs du bâtiment qui ressemblaient à du béton lisse. Eux aussi transpiraient, ils étaient couverts de gouttes d'eau brillantes. La lumière s'infiltrait par les carreaux de verre verdâtres du plafond, il n'y avait pas d'autre ouverture sinon. Callum était toujours un homme séduisant. Elle avait toujours du désir, mais depuis la mort de sa mère, elle ne le sentait plus. Que lui était-il arrivé ? Son chagrin avait-il tué toute autre forme d'émotion en elle ?

« Hum. » Amy étira son corps long et mince et bâilla langoureusement. « C'est sans doute pour ça que je ne suis pas mariée.

– Ça ne t'a jamais tentée ? » Amy était une femme au physique saisissant. Elle n'était pas jolie, ses traits étaient trop marqués, elle n'était pas belle non plus. Son nez était peut-être trop long, son front trop large. Mais ses pommettes hautes et ses yeux intelligents lui conféraient une certaine classe, un air assuré, et sa bouche était rieuse. Nell ne s'était pas trompée. Elles avaient des affinités. Quelle chance elle avait ! Un atelier de cuisine marocaine et une nouvelle amie. Elle s'étira à son tour et s'abandonna à la brume humide et chaude. Elle avait l'impression de flotter. Rien à voir avec le sauna de la salle de sport !

Amy avait aussi insisté pour qu'elles aient toutes les deux un massage. Une femme très corpulente avait d'abord fait longuement craquer ses doigts avant de leur frotter énergiquement le corps avec un linge rêche. Elles avaient ensuite versé de l'eau sur le corps de l'autre et elles prenaient un bain de vapeur pour la dernière fois. Sa peau purifiée était déjà douce et soyeuse, mais Nell ne se réjouissait pas vraiment de l'eau glacée qui les attendait apparemment à la fin.

« Pas franchement. Je les fais tous fuir. » Amy rit mais Nell perçut la vulnérabilité derrière ses paroles. « Je suis grande, j'ai des opinions bien arrêtées. » Elle ouvrit les yeux. « Et tu ne crois pas que les deux vont ensemble quand même ? »

Nell rit avec elle. « Non, je ne crois pas. Tu es forte. J'aimerais avoir un peu de ta force. Depuis que maman est morte dans ces circonstances… » Nell laissa sa phrase inachevée. Malgré la chaleur du hammam et le plaisir de s'épancher, elle ne la connaissait pas assez, du moins pas assez pour ça, pas encore.

Mais Amy tendit le bras et serra sa main dans la sienne. Elle était chaude, humide et rassurante. « Tu vas retrouver tes marques, dit-elle. Laisse-toi le temps de faire ton deuil. De recommencer sans elle, comme une femme à part entière. »

Amy ne savait pas tout, pensa Nell. Et pourtant, elle semblait comprendre. Une femme à part entière. Nell n'avait pas réussi jusqu'à présent et elle ne savait pas par où commencer.

10

Jake lui avait conseillé de visiter les Tombeaux saadiens pour leur architecture et leurs mosaïques, mais la journée était si fraîche et si ensoleillée qu'Amy décida d'aller voir le jardin Majorelle à la place, conçu par l'artiste français Jacques Majorelle dans les années vingt et trente. Dévier du chemin tracé par Jake lui procurait un sentiment d'intense satisfaction. C'était peut-être ça son problème : elle avait toujours été une rebelle.

Elle venait de prendre l'allée bordée de grands bambous majestueux, frémissant dans la brise, quand son portable sonna. C'était un numéro inconnu. Elle décrocha et s'assit sur un banc. L'allée pavée de carreaux vernissés s'étendait devant elle comme une promesse ; le rideau de bambous était élégant et luxuriant ; et le ciel au-dessus arborait une teinte bleu clair automnale.

« Allô ! Amy ? »

Elle reconnut la voix rauque. Elle se demanda si le fait d'avoir pensé à lui avait un quelconque lien avec son appel. Si tel était le cas, elle devrait arrêter. « Comment avez-vous eu mon numéro ? » C'était la deuxième question qu'elle se posa, à voix haute cette fois. Si elle ne l'aimait pas beaucoup, était-ce parce qu'il se mêlait de son travail ? Ou y avait-il une autre raison ?

« C'est Duncan qui me l'a donné. Ça vous pose un problème ? Vous pouvez parler ? » Sa voix, chaleureuse au départ, avait changé. Il est vrai qu'elle n'avait pas été très aimable avec lui.

« Désolée, dit-elle. Je ne m'attendais pas à votre appel, c'est tout. Le projet avance bien ?

– Très bien. J'ai rendez-vous tout à l'heure, en fin de matinée, avec l'un des artistes dont je vous ai parlé. Et nous avons déjà organisé l'atelier de cuisine. » Elle perçut l'enthousiasme dans sa voix. Il s'était tout de suite lancé dans la préparation de l'événement. Duncan était sans doute ravi.

« C'est parfait.

– Et comment ça va de votre côté ?

– Bien, bien. » Amy ne parvenait plus à se souvenir d'un seul élément de la liste qu'il lui avait donnée, hormis les Tombeaux saadiens. Peut-être n'aurait-elle pas dû la jeter après tout. « Je suis au jardin Majorelle. C'est magnifique.

– Ah oui, c'est bien. » Il ne semblait pas franchement impressionné. Il pensait sans doute que l'endroit était trop touristique.

« Et j'ai pris plein de photos dans les rues hier. La ville est incroyable.

– Oui, elle m'a beaucoup plu à moi aussi.

– Vous êtes déjà allé à Marrakech ? » Mais bien sûr, il avait dit qu'il avait séjourné au Maroc ; il avait forcément visité cette ville.

« Évidemment. » Il rit. « C'est pour ça que j'ai pu vous donner quelques pistes.

– Ah. » Amy se demanda si elle n'avait pas tiré des conclusions trop hâtives à son sujet. Avait-il simplement offert son expertise, essayé de l'aider ?

« Et j'ai eu une autre idée. » Elle l'imagina en train de faire les cent pas, passant la main dans ses cheveux hirsutes. À moins qu'il ne soit assis, bien calé dans son fauteuil de bureau, les jambes tendues devant lui. Ou qu'il ne prenne des notes dans son fichu carnet.

« À quel propos ?

– Pour la musique.

– Ah oui ? » Elle se souvint qu'il en avait parlé lors de leur première rencontre.

« J'opterais pour la musique gnaoui. On l'appelle aussi musique transe. Elle fait vraiment partie de la culture là-bas. Il y a un endroit qui est particulièrement réputé au Maroc.

– De la musique transe ? » Elle n'était pas franchement convaincue.

« Je me suis dit que vous pourriez peut-être vous rendre sur place, écouter quelques concerts, parler aux musiciens, voir si certains ne seraient pas tentés de venir pour l'événement. »

Son enthousiasme était contagieux. Amy commençait à réaliser l'ampleur que Jake voulait donner à l'événement.

Et il parlait encore. « Certains ont peut-être déjà des contacts au Royaume-Uni. Qu'est-ce que vous en pensez ? »

Au moins il lui demandait son avis. Amy imagina un concert sur le front de mer ou dans l'un des pubs de Lyme. Le Marine Theatre serait peut-être intéressé. Ils pourraient facilement associer un autre lieu. « C'est une bonne idée, à première vue. » Elle ne pouvait pas le lui dire, mais elle devait aussi trouver du temps pour ses recherches personnelles. « Comment s'appelle ce lieu ?

– Essaouira.

– J'en ai entendu parler vaguement. » Elle fronça les sourcils. « Où est-ce exactement ?

– Sur la côte ouest. Jimi Hendrix s'y est rendu une fois. C'est une station balnéaire avec quelque chose en plus.

– Ça me paraît un peu touristique tout ça », fit remarquer Amy d'un ton plein de sous-entendus. Elle n'avait aucune envie d'échouer dans une ville côtière, avec de grands hôtels mais sans aucun cachet, tout ça pour écouter de la musique transe. Et ça lui prendrait beaucoup trop de temps. « Vous ne pouvez pas écouter les groupes sur YouTube et leur envoyer un message ?

– Je pense que ça serait une bonne idée d'aller sur place. » Jake semblait vouloir faire les choses à sa façon. « Vous pourriez faire un petit détour, non ?

– Il ne me reste que quelques jours. » Et elle n'avait aucune envie de les gâcher dans une station balnéaire. « Je préférerais passer un jour ou deux à Fès, dit-elle, ou même à Casablanca. » Elle imaginait que Glenn aurait plutôt atterri dans une de ces villes. Villes qui lui paraissaient beaucoup plus intéressantes pour le projet – photographiquement parlant.

Elle l'entendit soupirer. « Amy…

– Il faut que j'y aille.

– Attendez une minute, Amy.

– Désolée, au revoir. » Elle mit fin à l'appel. Essaouira ? Quoi qu'il pense, elle n'était pas à sa disposition. S'il tenait tellement à sa musique et à cette ville, il n'avait qu'à y aller lui-même.

Amy descendit l'allée, passa entre les grands palmiers, devant les pots colorés, bleu de cobalt ou jaune pastel, où poussaient des cactus ou du jasmin au parfum de miel, autour de la fontaine carrelée. Elle franchit des ponts étroits bleus, treillagés, et passa sous des pergolas en bois, couvertes de bougainvillées ou de vignes grimpantes. Elle s'arrêta devant une mare avec des nénuphars et prit quelques photos de l'eau qui ondulait au soleil et dans l'ombre. C'était la fin de la floraison mais l'endroit n'en restait pas moins un paradis tropical. Elle n'avait jamais vu de couleurs aussi vives.

Il y avait une exposition et un café. Tous les bâtiments étaient d'inspiration mauresque et peints en bleu et jaune. Amy entra dans l'un d'eux et trouva de vieilles affiches des collections d'Yves Saint Laurent des années soixante-dix, le mot « amour » entrelacé avec des images de serpents, de cœurs et de silhouettes féminines. *L'amour.* Glenn était-il un peu hippie à l'époque ? S'était-il perdu en parcourant le monde ? Était-ce pour cette raison qu'il n'était jamais rentré chez lui ? Yves Saint Laurent avait acquis le jardin en 1980 et ses cendres y avaient été dispersées à sa mort. C'était un bel endroit. Amy prit beaucoup de photos… À ce train-là, elle serait incapable de sélectionner les plus belles pour son exposition.

En voyant tout ce bleu dans le jardin, Amy repensa à la porte bleu passé de la carte postale et elle la sortit de son sac pour la regarder encore une fois. C'était pour cette raison que l'endroit était si anonyme. Le bleu semblait être la couleur nationale du Maroc. Elle était partout. Quant à la fleur sculptée au-dessus de la porte… Elle avait vu beaucoup de sculptures similaires ici à Marrakech, pas forcément de fleurs, mais d'animaux et d'étranges motifs runiques. L'ensemble de la photo formait pourtant une image inhabituelle – la porte était si vieille, la sculpture si emblématique, les carreaux et la pierre effritée si évocateurs d'une époque révolue… Et pourtant cela aurait pu être n'importe où.

Elle repensa au jour où Lillian lui avait parlé pour la première fois de Glenn. Elle avait pris la photo dans le séjour de sa grand-tante. « Qui est-ce ? avait-elle demandé.

– Mon fils.

– Tu as un fils ? » Amy, alors âgée de dix ans, s'était demandé quels liens les unissaient. Était-ce son cousin germain, son petit-cousin, son oncle ? C'était en fait le cousin germain de sa mère. « Je ne savais pas. Où est-il en ce moment ? »

Lillian avait regardé par la fenêtre du cottage à Lyme comme si elle s'attendait à le voir passer dans la rue d'une minute à l'autre. « Je n'en ai pas la moindre idée. »

Amy avait froncé les sourcils. Elle se sentait impuissante face à la tristesse de sa grand-tante. Comment pouvait-on ignorer où se trouvait son propre fils ?

« Il a quitté la maison à l'âge de vingt et un ans, avait expliqué Lillian. Pour différentes raisons. »

Amy s'était demandé quelles étaient ces raisons. « Et qu'est-ce qui s'est passé ?

– Il n'est jamais revenu. »

Amy l'avait regardée sans comprendre. Qu'il parte, passe encore. Mais pourquoi n'était-il jamais revenu ?

« Il a beaucoup voyagé. Il ne pouvait pas m'écrire. C'est trop compliqué pour que je t'explique ça maintenant, ma chérie. Mais il m'a quand même écrit une fois. Il m'a envoyé cette carte postale. » Et elle l'avait montrée à Amy.

« Ça vient d'un autre pays ? avait murmuré Amy.

– Oui. » Sa grand-tante avait retourné la carte pour lui montrer le timbre. « Du Maroc. »

Amy avait examiné l'écriture comme si elle pouvait lui donner un indice. De grosses lettres presque illisibles. Mais elle ignorait où se trouvait le Maroc.

Chère maman, pouvait-on lire. *Ces quelques mots pour te dire que je vais bien. J'espère te revoir un de ces jours. Avec toute mon affection.* Et puis il avait signé : *Glenn.*

Et maintenant ? Glenn, s'il était toujours en vie, pourrait-il deviner que sa mère était retournée en Angleterre pour s'occuper de sa sœur ? Et avait-elle vraiment été cruelle avec Mary ? Qu'avait-elle fait ? Elle était si douce, si généreuse et si gentille. Amy ne pouvait pas le concevoir. Amy était en train de boire un café et s'apprêtait à rentrer au riad pour le déjeuner quand son téléphone portable sonna de nouveau. Ne pouvait-il donc pas la laisser tranquille cinq minutes ? Elle sourit. Elle ne changerait pas d'avis. Peut-être travaillait-elle avec cet homme, mais son itinéraire ne regardait qu'elle.

Pourtant, elle vit immédiatement que c'était Duncan. « Salut, ma chérie, dit-il. Comment ça va ? » *Ton suave. Mec suave*, se surprit-elle à penser.

« Je suppose que c'est lui qui t'a demandé de m'appeler.

– Lui ?

– Jake Tarrant. » Son nom suffisait à menacer sa tranquillité d'esprit.

« Non, pourquoi ? Il s'est passé quelque chose ?

– Non. » À part qu'on ne la croyait pas capable de faire son travail, à part qu'elle n'était pas consultée, à part qu'en ignorant la voie qu'il avait tracée et en suivant la sienne, elle n'avait pas droit à l'erreur.

« J'ai juste appelé pour savoir comment tu allais, dit Duncan. Écoute, Amy, j'aurais dû te parler de Jake…

– En effet. » Amy sentit ses épaules se contracter. Ces conversations au téléphone annulaient tous les bienfaits de son passage au hammam la veille. Et elle s'était sentie si bien ! Même la douche finale à l'eau glacée avait été vivifiante.

« Mais je savais que tu n'allais pas apprécier.

– Ça n'excuse rien, dit-elle.

– Ça n'excuse rien, oui. Toi et moi, Amy… »

Toi et moi… En réalité, il n'y avait pas d'elle et de Duncan. Elle n'était qu'une distraction pour lui, elle lui offrait un peu d'amusement et d'amitié, rien de plus. Et il était une diversion pour elle, un moyen de se persuader qu'elle avait sa vie sous contrôle, que tout allait bien. Pourquoi aurait-elle besoin d'un homme dans sa vie alors que c'était sa carrière qui la passionnait ? Elle n'avait pas besoin de quelqu'un qui prendrait le contrôle de sa vie, aurait des exigences, menacerait sa propre identité. Amy n'avait pas l'intention de se faire piéger, de perdre tout ce qui la rendait unique et ce qui la faisait vibrer. Elle repensa à sa conversation de la veille avec Nell. À l'évidence, ça ne marchait pas pour elle.

« Nous avons une relation spéciale, poursuivit-il. C'est important pour moi.

– Mais la galerie aussi, fit remarquer Amy.

– Oui, bien sûr, la galerie aussi. » Elle l'entendit changer de ton.

« Ne t'inquiète pas, Duncan, dit-elle. La galerie m'importe beaucoup à moi aussi. Si j'avais su que tu voulais organiser une manifestation d'une telle ampleur, j'aurais compris la nécessité de faire appel à un organisateur d'événements.

– Vraiment ?

– Bien sûr. » *Mais tu aurais dû me le dire.* Pourquoi ne pigeait-il pas ?

« C'est bien, ma fille ! Je me sens beaucoup mieux. »

Qu'il l'appelle « ma fille » encore une fois et elle se mettrait à hurler. Ici et maintenant, dans ce décor paisible de vert tropical et de bleu de cobalt, elle ouvrirait la bouche et crierait. Fort. « Mais pour ce qui est de notre relation spéciale…

– Oui ? »

Duncan ne lui avait jamais fait de promesses. Il ne lui avait jamais laissé croire qu'il pourrait y avoir plus. En voulait-elle plus ? Au départ, elle l'avait cru. Les femmes étaient toujours censées en vouloir plus. À vrai dire, ce qui l'avait attirée chez Duncan, c'était justement ce qu'il était : suave, sexy, égocentrique ; trop absorbé par son travail pour vouloir la contrôler, trop égoïste pour l'amour. Il n'avait jamais été un prétendant sérieux et elle le savait. Avec Duncan, elle ne risquait rien. Il ne menaçait pas sa tranquillité d'esprit. Elle s'était imaginé que c'était exactement ce qu'elle voulait. Mais elle s'était trompée. Elle en voulait plus. « À partir de maintenant, j'aimerais officialiser les choses.

– Officialiser les choses ? » Il semblait déconcerté.

« Je travaille pour toi, Duncan, et je travaille avec toi. Pour le moment. » Voilà qui lui donnerait matière à réfléchir. « Mais à l'avenir, j'aimerais être consultée pour tout ce qui me concerne et j'apprécierais que tu me traites comme une employée et… » Elle chercha ses mots. « Rien de plus.

– Oh, tu veux dire… ?

– Exactement. » Elle n'aurait jamais dû se laisser entraîner dans une telle relation. C'est ce que Francine lui avait dit, et c'était la seule personne à qui Amy en avait parlé, la seule amie qui ne la jugeait pas. Le comble, c'était qu'elle le lui avait caché au départ ! Le comble, ça avait aussi été l'expression dans les yeux couleur thé de Jake Tarrant !

Il y eut un silence. « On en parlera à ton retour, Amy, ma chérie. Tu as l'air contrariée.

– Je ne suis pas contrariée », insista-t-elle. *Quoique si, un peu.*

« Mais pourquoi ? Il n'y a personne d'autre. Nous ne faisons de mal à personne. »

Et il n'y aurait jamais personne d'autre si elle laissait cette histoire s'éterniser. Ce qui n'était pas un problème. Le véritable problème, c'est que cette relation avec Duncan lui donnait le sentiment d'être malhonnête, comme si elle n'était pas fidèle à elle-même. C'était Nell et le hammam qui l'avaient amenée à cette conclusion.

Les émotions brutes de Nell, à propos de la mort de sa mère, de son mari. Elle avait des problèmes, mais au moins elle ne faisait pas semblant. « Je ne veux plus en parler, dit-elle d'une voix ferme. Au revoir, Duncan. »

Amy regarda les gros palmiers autour d'elle et la fontaine qui coulait doucement. Et elle sentit un poids en moins sur ses épaules. Chouette. Une autre forme de liberté.

11

Lillian prit le X53 jusqu'à Bridport. Il faisait froid ce jour-là et elle devait attendre à l'arrêt près de la tour de l'horloge, où l'on pouvait se laisser surprendre par une méchante bise. Mais Lillian savait où se poster pour s'en protéger et, de plus, elle était bien emmitouflée.

Elle était retournée à Bridport plusieurs fois quand elle était revenue dans le Dorset. C'était là qu'elle avait grandi et à son retour d'Amérique, elle avait d'abord eu l'intention de s'installer ici. Pourtant, quand elle vit combien Mary était malade, quand elle prit la mesure des difficultés de la famille de Mary – sa famille… –, elle décida de rester près d'eux à Lyme.

Lillian vit le bus arriver et sortit sa carte de son sac, prête à la montrer au conducteur, puis elle rangea immédiatement ses gants en cuir souple marron, un présent d'Amy ; elle ne voulait pas les perdre. Ensuite, elle n'avait guère eu de raisons d'y retourner. Il y avait un grand supermarché – mais elle n'en avait pas l'utilité. Il y avait une brocante animée, où l'on vendait des articles vintage – mais elle était suffisamment vintage elle-même pour en avoir besoin, non merci. Et il y avait son histoire. C'était quelque chose dont elle avait besoin, parfois.

Lillian se mit dans la file et monta dans le bus en prenant bien soin de tenir la rampe. Elle était plus prudente depuis sa chute, avec sa vue qui baissait, elle n'avait pas le choix. Son indépendance avait été chèrement acquise ; elle ne voulait pas la perdre maintenant. Elle montra sa carte au chauffeur de bus, regrettant brièvement l'époque où les chauffeurs avaient le temps d'échanger quelques mots aimables avec les passagers tandis qu'ils poinçonnaient leurs billets, pivotaient sur leur siège, montaient et descendaient à grand bruit l'escalier en colimaçon. En haut, décida-t-elle, prenant une profonde inspiration et posant le pied sur la première marche. Ça valait le coup de monter, pour la vue.

Lillian s'assit, posa son sac sur ses genoux et attendit que le bus attaque la côte. Elle aimait Lyme Regis aussi. Elle regarda par la vitre la campagne environnante, qui acceptait enfin l'arrivée de l'hiver. Les arbres avaient pratiquement perdu toutes leurs feuilles, les sous-bois étaient clairsemés, les fleurs avaient presque toutes disparu. Il restait quelques mûres dans les haies, mais la plupart étaient pourries ou avaient été picorées par les oiseaux. Il y avait aussi des baies de houx rouge vif et elle aperçut même quelques silènes dioïques. Mais c'était un paysage d'hiver. *De longs mois d'hiver avant le retour du printemps*, pensa-t-elle en frissonnant.

Lillian tenait un journal autrefois. Elle l'avait commencé quand la guerre avait éclaté, bien qu'elle fût encore une enfant à l'époque. Elle comprenait plus que ce que croyaient les adultes. Elle comprenait qu'il fallait garder une trace, quelque chose de plus permanent, tandis que le monde devenait plus fragile, plus précaire, plus angoissant. Mais le monde était aussi devenu plus excitant, en particulier quand les GI étaient arrivés à Bridport.

Elle laissa échapper un petit rire en y repensant, rire qu'elle se hâta de transformer en toux quand elle vit la femme de l'autre côté lui décocher un drôle de regard.

Il ne fallait surtout pas que l'on croie qu'elle parlait ou riait toute seule, grand Dieu, non ! À cette idée, Lillian faillit se remettre à rire mais elle se retint. Elle se cala dans son fauteuil. Elle avait tenu son journal jusqu'à ce que les troupes quittent la ville, elle écrivait pratiquement tous les jours. C'est à *lui* qu'elle avait écrit ensuite, ne ressentant plus dès lors le besoin de se confier à son journal. Elle l'avait détruit il y a bien longtemps avant même de partir pour l'Amérique ; c'était une partie de son enfance, de son ancienne vie. Elle n'en avait plus besoin, pensait-elle, depuis qu'elle était devenue une femme.

Ils avaient de la chance dans le Dorset, tout le monde le disait. Il n'y avait pas beaucoup de raids aériens et pratiquement aucun bombardement, mais leur père avait insisté pour qu'ils érigent leur propre abri antiaérien dans le jardin à l'arrière de la maison, avec l'aide des scouts du coin. Parfois, ils devaient courir pour se réfugier à l'intérieur, quand les sirènes retentissaient, que le dîner soit déjà sur la table ou non. Lillian détestait cet abri froid en tôle ondulée, mais leur père disait qu'il était vital et qu'ils pourraient dormir à l'intérieur si nécessaire, ce qui n'arriva jamais.

Lillian vit pourtant un bombardier allemand un jour. Deux avions arrivèrent de la mer un dimanche, alors qu'elle traversait West Allington Bridge avec son père. Ils volaient si bas qu'elle put distinguer les croix gammées, et l'un d'eux lâcha une bombe sur East Street, détruisant une rangée de maisons. Elle n'oublierait jamais le hurlement des sirènes, le fracas de l'explosion, le bruit du verre qui se brise. Son père la plaqua au sol à côté de lui et ils restèrent ainsi de longues minutes après la déflagration. Ils tremblaient tous les deux. Quelqu'un avait dit que les boches visaient Gundry, un autre la gare. Mais la bombe était tombée sur des maisons et des gens. Des gens ordinaires. Lillian soupira. Après le bombardement, le cratère s'était rempli d'eau et Lillian vit des garçons munis de bocaux et de filets tenter d'attraper des têtards. Malgré tout le reste, elle ne put s'empêcher de sourire.

Ils ne manquaient pas de nourriture, contrairement à beaucoup de leurs concitoyens, c'est du moins ce que leur mère n'arrêtait pas de leur dire. Bridport était une ville rurale, il y avait beaucoup de fermes autour où les fermiers cultivaient la terre et élevaient des animaux. Ils avaient un jardin suffisamment grand pour faire pousser leurs légumes pour leur consommation personnelle et celle de leurs voisins. Tout le monde partageait ce qu'il avait avec les autres. « Bêchez pour la victoire », leur disait-on, et ils ne se le faisaient pas dire deux fois. Ils cultivaient des tomates, des haricots grimpants, des petits pois, du brocoli violet, des betteraves, du chou et des oignons. Ils élevaient des poules pour les œufs et quand elles arrêtaient de pondre, elles faisaient un bon repas du dimanche. La mère de Lillian savait tirer le meilleur parti de ce qu'elle avait. Il y avait une laiterie à Beaminster. Et des lapins, partout. On pouvait pêcher des maquereaux et des anguilles au large de West Bay. « Ne vous inquiétez pas, disait leur mère, on ne mourra pas de faim. »

Ils devaient respecter les black-out, quiconque enfreignait les règles risquait une amende. Lillian trouvait ça lugubre et déprimant. On organisait des dîners et des concerts pour collecter des fonds, animés par les Blackout Brighteners et d'autres. Ils jouaient souvent aux cartes en famille ou s'asseyaient avec leur cacao pour écouter de la musique et des comédies comme *It's That Man Again* avec Tommy Handley, que Lillian aimait tout particulièrement.

« Pour remonter le moral de la population », disait leur père. Et il avait sans doute raison. Plus sérieusement, leur père tenait à ce qu'ils écoutent les bulletins d'information réguliers le soir, et parfois un discours de Winston Churchill ou une allocution de la Reine, incitant les femmes de Grande-Bretagne à apporter leur contribution à l'effort de guerre. Ce qu'elles faisaient.

Leur mère faisait partie du Women's Institute et travaillait pour le Women's Royal Voluntary Service, organisant des transports, distribuant des tracts et des rations de nourriture d'urgence, s'occupant des personnes âgées et des blessés. Contrairement à la plupart des hommes de Bridport qui travaillaient dans l'industrie des cordes et des filets, leur père était ingénieur dans une usine fabriquant des pièces pour les avions à l'extérieur de la ville, mais il devait quand même assurer des tours de garde jusqu'à quarante-huit heures par mois. Il n'avait pas été mobilisé à cause de son métier et aussi parce qu'il avait déjà quarante-deux ans. Et puis il y avait Mary. À dix-huit ans, elle était trop jeune en 1943 pour être enrôlée. Elle travaillait dans la même usine que leur père à la fabrication des pièces d'avion.

Lillian se souvenait du jour où les GI étaient arrivés en ville. Comment aurait-elle pu oublier ? Elle était à Bucky Doo Square et ils étaient passés juste devant elle se dirigeant vers le White Lion et la maison d'en face, où ils étaient cantonnés. *Pratique pour un demi de Palmers*, avait-elle pensé à l'époque. Ils s'étaient installés en novembre 1943 et elle ne le savait pas à l'époque, mais ils venaient pour le Débarquement au mois de juin suivant. Sans doute l'ignoraient-ils eux aussi. Ils avaient dû se demander ce qu'ils fichaient dans ce trou perdu où le temps était humide et froid, où tout était rationné et où les enfants les suivaient partout en criant « Salut, les Yankees ! » dans l'espoir qu'ils leur donnent des chewing-gums ou des bonbons.

Quelques semaines plus tard, Lillian rencontra Ted. Que disaient les gens à propos d'eux ? Trop payés, trop portés sur le sexe et trop par ici ? Il est vrai que les soldats britanniques faisaient pâle figure à côté des GI avec leurs uniformes kaki élégants et bien coupés. Les Américains ressemblaient tous à des stars de cinéma. Lillian ignorait comment son père avait rencontré ce GI en particulier ou pourquoi il était chez eux, sur le point de partager leur repas. Elle ne savait pas ce qu'il pensait de leur petite maison mitoyenne avec la vitre colorée de la porte d'entrée, les portes-fenêtres de la salle à manger qui donnaient sur le jardin, les tapis simples sur les sols en bois, le lino dans la cuisine et la salle de bains. Mais elle savait ce qu'elle pensait de lui. Elle était éblouie. Elle voyait un homme grand et large d'épaules, avec des yeux marron chaleureux, un menton ferme et ombreux, creusé d'un sillon vertical, des cheveux coupés ras. Son Rhett Butler à elle. Elle se pâmait d'admiration.

« Enchantée », bégaya-t-elle quand leur père les présenta. Pourquoi tremblait-elle ainsi ? Pourquoi était-elle hors d'haleine ?

« Moi aussi, je suis enchanté de faire votre connaissance, Lillian. » Sa voix était grave mais douce comme du velours. « Je vous ai apporté des cookies pour vous remercier de m'avoir invité chez vous aujourd'hui. Tenez. » Il lui tendit le paquet de biscuits et lui décocha un grand sourire. Puis, elle le vit remarquer quelque chose ou plutôt quelqu'un derrière elle et son expression changea immédiatement. Ted avait vu Mary. Et comme tous les autres hommes avant lui, il tomba immédiatement sous son charme.

Lillian soupira et, comme toujours, s'effaça.

« Mon Dieu ! » Mary regardait Ted avec cet air qu'elle affichait toujours, les yeux taquins. « Qu'avons-nous là ?

– Ted… je vous présente ma fille aînée, Mary, dit leur père. Les filles, nous avons de la chance que ces soldats américains courageux soient venus nous aider à gagner la guerre. C'est à nous de bien les accueillir et de leur montrer combien nous les apprécions. De leur faire goûter à la vie de famille en Grande-Bretagne.

– Et vous avez été bien accueilli ? lui demanda Mary. Vous avez été apprécié ? » Elle s'avança vers la cheminée où brûlait un feu de charbon et lui décocha un regard. Ses yeux lui disaient qu'elle pourrait faire les deux à elle toute seule. Elle rit comme si tout ça n'était qu'une blague.

Lillian vit qu'il était littéralement sous le charme. Qui ne le serait pas ? Sa sœur Mary avait dix-huit ans, elle était belle, avait une taille de guêpe mais des formes partout où il fallait. Lillian baissa les yeux et regarda son corps maigre de jeune fille de quatorze ans. N'allait-elle pas prendre un peu plus de formes, elle aussi ? Elle ressemblait encore à un garçon. Alors que Mary…

Les vêtements étaient rationnés et ils étaient tous censés « tirer le meilleur parti de ce qu'ils avaient », mais peu y parvenaient comme sa sœur. Ce soir, elle portait une robe à fleurs, un gilet en laine et des bas en rayonne. Lillian supposa qu'elle s'était changée rapidement quand elle avait réalisé qu'un bel étranger partagerait leur dîner. Ses lèvres ressemblaient à un bouton de rose cramoisi, sa peau était crémeuse, ses joues avaient une touche de rouge et elle sentait l'eau de Cologne de leur mère. Elle avait les cheveux bruns et légèrement bouclés et ses yeux étaient sombres comme des violettes. Elle ressemblait à une star de cinéma, elle aussi, pensa Lillian au comble du désespoir. Ils allaient parfaitement ensemble.

« Merci, Lillian. Je vais les ranger. » Sa mère lui prit les biscuits des mains et les emporta directement à la cuisine où elle les rationnerait sans nul doute pour les jours à venir. Lillian les regarda avec convoitise.

En attendant, Ted avait enlevé sa casquette. « C'est une ville agréable, Miss, dit-il à Mary. Nous n'avons pas à nous plaindre.

– Appelez-moi, Mary, dit-elle. Asseyez-vous. Dites-moi tout. » Sa voix était à la fois féminine et assurée. Lillian se promit de s'entraîner à cette intonation ce soir avant de se coucher. *Dites-moi tout*, murmura-t-elle en silence.

« Tout ? » Il rit, franchement et bruyamment, et toute la famille rit avec lui.

Ils étaient tous conscients, pensa Lillian à présent, que personne ne savait rien, et encore moins un GI cantonné à Bridport. Il attendait. Ils attendaient tous. Tout le monde sentait que quelque chose allait se passer mais personne ne savait quoi. Des manœuvres avaient lieu, on s'entraînait pour quelque chose. On se préparait, mais à quoi ? Tout le monde l'ignorait.

« Que pensez-vous de notre nourriture pour commencer ? lui demanda Mary.

– Eh bien… » Il s'assit sur une des chaises à torsades et posa les coudes sur la nappe blanche que leur mère avait tendue sur la table. « Certains se plaignent des choux et des choux de Bruxelles, mais pas moi, M'dame.

– Vous désirez une tasse de thé ? » lui demanda leur mère et Lillian le vit réprimer une grimace. Elle comprit que le thé anglais n'était pas plus du goût des GI que les choux de Bruxelles.

« Merci, M'dame, dit-il. Vous êtes un ange. »

Elle rit et balaya d'un geste son compliment bien qu'elle fût aussi charmée que le reste de la famille. « Ça doit être étrange pour vous, dit-elle en secouant la tête. Ce pays, ces gens, nos coutumes différentes.

– Vos routes sont plutôt étroites, admit-il. Et il n'est pas facile de trouver son chemin sans panneaux indicateurs et avec toutes ces petites rues partout. »

Leur père hocha la tête. « Tous les panneaux ont été enlevés, confirma-t-il. Pour désorienter les nazis, vous voyez.

– Oui, monsieur, dit Ted en hochant la tête à son tour.

– Avez-vous l'intention d'assurer notre sécurité à présent ? » La voix de Mary n'était qu'un murmure. « Pouvez-vous le faire ?

– Je ferais toujours de mon mieux pour remplir cette obligation. » Il fit un clin d'œil et Mary rit de nouveau jusqu'à ce que son père lui lance un regard désapprobateur. « C'est un privilège.

– C'est ce que vous dites. » Mary lui tapota le bras, l'air taquin. « Mais qu'est-ce qui nous dit que c'est vrai ? Après tout, vous êtes peut-être grand et fort, mais vous ne pouvez pas empêcher les bombes de tomber ?

– Croyez-moi, je le ferais si je pouvais. » Il la lorgnait déjà avec une admiration que Lillian avait vue chez bien d'autres avant lui.

Les hommes tombaient toujours amoureux de Mary. C'était complètement injuste. Elle avait déjà toute une cour autour d'elle. Il y avait Tony, un pilote, qui l'emmenait déjeuner au British Restaurant quand il était en permission. Michael, qui était dans la marine, et qui se « languissait littéralement » d'elle ; Tristan qui était parti en mission secrète quelque part, dont personne ne devait rien savoir... sans parler de tous les jeunes fermiers du coin, comme Johnnie Coombes, qui n'étaient pas partis à la guerre pour une raison ou une autre. C'était plus qu'assez pour une seule fille. Pourtant Mary semblait toujours vouloir ajouter quelqu'un à la longue liste de ses prétendants. En fait, Mary voulait attirer l'attention de tous les hommes qui croisaient sa route. Et elle avait une insouciance dans les yeux, une désinvolture dans sa façon de s'exprimer, qui bizarrement se mariaient bien avec ces temps de guerre.

« Hmmm. » Encore une fois, elle le jaugea, en plissant des yeux et en battant des cils. « Dans ce cas, je pense que nous allons nous entendre, GI Ted. »

Il sourit. « J'espère bien. J'espère aussi que vous me ferez l'honneur de m'accompagner au bal samedi soir ? »

Il ne perdait pas de temps lui non plus, pensa Lillian. Elle vit l'expression de son père quand il se leva, alluma le lampadaire et revint à table.

« Au bal ? » Mary semblait ignorer la tenue d'un tel événement. Comme si elle ne passait pas la semaine à se préparer pour le bal du samedi soir !

C'était une cause perdue, réalisa Lillian.

Mary avait toujours été l'enfant chérie. Elle savait comment manipuler leur père et comment plaire à leur mère. Comment s'y prenait-elle ? Oui, elle était plus jolie, plus maligne, plus assurée que Lillian. Mais elle avait quelque chose d'encore plus enivrant, elle était pétillante. Un peu comme le champagne. Dès que l'on y avait goûté, on en voulait plus.

Plus jeune, Lillian idolâtrait sa sœur. Mais Mary n'avait pas beaucoup de temps à lui consacrer. Lorsqu'elle était censée s'occuper d'elle, Mary l'emmenait simplement avec elle retrouver un garçon sur lequel elle avait jeté son dévolu ce mois-ci, et Lillian devait traîner avec eux, totalement ignorée. Elle avait naturellement le sentiment de déranger.

Et maintenant ? Lillian fixait le papier peint beige avec ses bordures ornées de fleurs sous la cimaise, le miroir biseauté au-dessus de la cheminée et les tableaux enca-drés sur les murs représentant des paysages de l'Angleterre d'autrefois. Elle regardait tout sauf Ted et Mary. C'est à peine si elle toucha au ragoût de sa mère, pourtant délicieux, et que tout le monde sinon mangea avec appétit. Elle écoutait la conversation autour d'elle. Leur père parlait de la guerre et des avions ; leur mère de son travail au sein du WVS ; Ted de l'Amérique et de ce qui était différent d'ici ; et Mary écoutait, riait et flirtait. L'intéressait-il ? Difficile à dire, Mary flirtait avec tout le monde.

Quand il partit ce soir-là, il sortit d'autres cadeaux. À l'évidence, c'était un homme généreux. Il offrit des chocolats à Mary et Lillian, et une grosse boîte de café à leur mère.

« Seigneur ! » dit-elle en la regardant avec méfiance. « Merci, Ted. »

Lillian le remercia en bafouillant et emporta ses chocolats dans sa chambre où elle put observer le départ de Ted et s'entraîner à parler comme sa sœur.

Mary le raccompagna, fermant la porte derrière eux pour préserver le black-out, une lampe torche à la main, le faisceau vers le bas, de sorte qu'ils puissent au moins voir où ils marchaient.

Lillian regarda à travers le rideau transparent dans la nuit. La lumière dans sa chambre était éteinte, la porte fermée derrière elle, elle les vit s'attarder à côté du portail. Mary parlait doucement, la main posée sur le bras de Ted, puis il dit quelque chose et Lillian la vit hocher la tête. Elle acceptait d'aller au bal avec lui. Lillian le savait.

La plupart du temps, Lillian était impatiente d'entendre les histoires de Mary quand elle revenait du bal, où l'on dansait depuis peu le jive et le lindy hop, introduits par les GI, qui l'apprenaient aux Anglaises, ce qui d'après Mary était sujet à controverse. « Les vieilles biques se plaignent, avait-elle dit à Lillian. C'est un peu olé, olé. »

« Montre-moi les pas. » Lillian voulait à tout prix une démonstration, mais Mary en avait déjà assez de son audience.

« Tu verras un jour, dit-elle. Quand tu auras seize ans. »

Le bus arrivait à la gare routière de Bridport. Lillian réalisa qu'elle avait rêvassé durant tout le trajet. Elle sortit les gants de son sac, les enfila, et referma son sac en faisant cliqueter le fermoir. *Quand tu auras seize ans.* Il ne restait plus qu'un an et quelques mois. Et maintenant, bien sûr, c'était très loin. Mais à l'époque, ça lui avait semblé une éternité.

12

Maroc, 1974

Quand ils arrivèrent au riad, Glenn essaya de le voir à travers les yeux de Bethany. Il se souvenait parfaitement de sa réaction lorsqu'il avait vu l'intérieur.

« Waouh ! » Il s'était tourné vers Gizmo et Howard, sachant que ses yeux trahissaient son enthousiasme. Pas très détaché de sa part, mais l'endroit était si cool !

« Riad La Vieille Rose », annonça fièrement Gizmo comme s'il l'avait construit de ses propres mains. « Plutôt sympa cette piaule, non ? »

Comme la plupart des riads, il ne payait pas de mine de l'extérieur. Il était situé au cœur de la médina, dans un dédale de rues étroites qui étaient toutes interconnectées comme les fils d'une toile d'araignée. Juste une porte en bois simple avec pour emblème une rose sculptée dans la pierre au-dessus. Et quand Gizmo mit la clé dans la serrure et poussa la porte de toutes ses forces, Glenn fut frappé par l'odeur de renfermé, comme si l'endroit était humide et que personne n'y avait vécu depuis des années. Mais l'intérieur…

La porte s'ouvrait sur une grande pièce à vivre, remplie de vieux meubles plus ou moins abîmés. Des méridiennes, des coussins humides et feutrés empilés sur des bancs en bois, une vieille table piquetée, imposante, des fauteuils branlants. Le musicien qui avait pieuté ici avant eux n'avait pas pris la peine de faire des travaux ou du rangement. Les volets en bois étaient sortis de leurs gonds, le plafond, quoique très haut et orné, était fissuré et couvert de taches d'humidité. Quant aux lanternes et aux lampes colorées, elles étaient sales, certaines étaient cassées. Il y avait des piliers en bois dont quelques-uns avaient été recouverts de graffitis et de symboles *peace and love*. Au-dessous, on voyait la peinture rouge et dorée appliquée sur le bois. Le sol était crasseux, les carreaux ébréchés. Mais Glenn distingua des motifs délicats sous le vernis craquelé. Comme des symboles runiques rouges et jaunes. C'était plutôt spectaculaire.

« Waouh ! » s'exclama Bethany.

Glenn sourit. L'endroit n'avait guère changé bien qu'ils aient déplacé beaucoup de meubles et nettoyé le sol. « La cuisine est par là. » Il l'entraîna vers des planches en bois, qui formaient un passage, là où les carreaux étaient un peu branlants.

« Comme si la cuisine m'intéressait ! » Bethany leva les yeux au ciel mais le suivit.

Il rit. La pièce était un véritable dépotoir quand ils avaient emménagé, mais ils l'avaient arrangée à présent. Il y avait l'eau courante si bien qu'ils pouvaient cuisiner des tajines et faire chauffer l'eau pour le bain sur le vieux brasero. Il n'y avait pas l'électricité ; ils s'éclairaient à la bougie et aux lampes à huile. Bon sang, c'était beaucoup mieux que de camper sur la plage ! « Viens, on monte. »

Il la conduisit dans la cour et lui fit emprunter l'escalier en colimaçon, en fer forgé. C'est à l'étage que le riad se montrait sous son plus beau jour. Des colonnes en pierre un peu croulantes supportaient une cour supérieure desservant trois chambres. Des ferronneries à la peinture écaillée encadraient les fenêtres comme de la dentelle.

« Viens par là. » Il lui montra sa chambre. Leur chambre.

« C'est génial. » Elle laissa tomber son sac sur le sol carrelé et s'allongea langoureusement sur le couvre-lit. Le cadre de lit en fer forgé était déjà là quand ils avaient emménagé et Glenn avait pu acheter un matelas d'occasion. L'un des types pour qui il travaillait lui avait donné un dessus-de-lit et un tapis aux couleurs passées pour le sol. Il avait mis des rideaux et récuré les carreaux rouges et jaunes jusqu'à ce qu'ils brillent. Il y avait une commode, une armoire avec des tiroirs sur le côté et un lavabo à l'autre bout de la pièce près d'une imposante baignoire en fonte. Les murs étaient couverts de mosaïques sous un lambris en cèdre abîmé.

« On dirait un palais de sultan. » Elle s'étira et ferma les yeux.

Mais Glenn voulait lui montrer la terrasse supérieure. C'était la *pièce de résistance* du riad. « Viens », dit-il.

Bethany ouvrit les yeux et se redressa. « Pourquoi s'appelle-t-il le Riad La Vieille Rose ? demanda-t-elle.

– Tu n'as pas vu l'emblème ?

– Si, si.

– C'est l'emblème de la ville. La rose à six pétales de Mogador. C'est ainsi que s'appelait Essaouira à l'époque. Elle est sculptée au-dessus des portes de beaucoup de maisons.

– Chouette. » Bethany se leva. « Ça fait combien de temps que t'habites là ?

– Sept mois à peu près. Une fois qu'on est là, on n'a plus vraiment envie de partir.

– J'imagine. »

En plus de l'intérieur surprenant du « Riad La Vieille Rose », Essaouira était l'une des villes les plus agréables à vivre pour les petits budgets. Ce n'était pas toujours joli, mais c'était réel. C'était bien beau de traîner dans les cafés et de parler de Jean-Paul Sartre ou des paroles des chansons de Leonard Cohen. Parfois, on n'avait même pas assez d'argent pour se payer un café. C'était bien beau d'écrire des poèmes et de danser sur la plage autour d'un feu de bois, et il l'avait fait bien sûr, mais ça ne suffisait pas. Sa vie, c'était à la fois plus et moins que ça. Il essayait la plupart du temps de joindre les deux bouts tant bien que mal. Grâce à sa langue maternelle, l'anglais, et à sa maîtrise correcte du français, Glenn avait trouvé quelques travaux de traduction occasionnels, il lui arrivait aussi d'enseigner l'anglais. Ici, on pouvait avoir des cheveux longs, porter des T-shirts *tie and dye* et des jeans à pattes d'éléphant sans que personne semble s'en offusquer. Les Marocains étaient polyglottes, ils parlaient un mélange constant de berbère, d'arabe (marocain) et de français, et ce côté cosmopolite se traduisait peut-être par cet accueil chaleureux réservé à tout le monde. C'était le genre d'endroit où l'on était accepté, où l'on pouvait être relax, profiter de la chaleur, de l'ambiance, de la musique, et devenir peu à peu un membre de la communauté.

C'était en tout cas l'une des facettes du Maroc qu'il appréciait. Il y avait aussi un côté plus sombre, l'aspect politique, dont il entendait parler dans les cafés, même si Gizmo et Howard ne voulaient rien savoir. Mais Glenn s'était toujours intéressé à la politique et les vieilles habitudes ont la vie dure. Le roi Hassan II dirigeait le pays d'une main de fer. Très conservateur, il se méfiait de son entourage et se montrait impitoyable avec tous ceux qui osaient s'opposer à lui. Récemment, il avait réchappé à deux tentatives d'assassinat, dont un coup d'État qui avait duré plusieurs jours.

Cette situation politique mettait Glenn mal à l'aise. D'un côté, il y avait des liens étroits et constants entre le gouvernement d'Hassan II et la CIA, qui avait aidé le roi à réorganiser les forces de sécurité du Maroc en 1960 – et Glenn n'avait pas oublié ses relations compliquées avec les autorités américaines. De l'autre, Hassan, craignant l'opposition, avait instauré une répression sans merci, les années de plomb ou *Zaman al-Rusas*, comme les appelaient les types plus politisés dans les cafés du coin. Les dissidents avaient été arrêtés, exécutés, ou ils avaient « disparu » mystérieusement. Des journaux furent supprimés, certains livres interdits ou brûlés. L'opposition politique était une activité dangereuse durant les moments les plus noirs de ces années de plomb. Les dissidents étaient systématiquement harcelés et plusieurs activistes antigouvernementaux furent emprisonnés, torturés et moururent dans des circonstances douteuses.

Ce n'était pas, à l'époque, l'endroit idéal pour un pacifiste comme Glenn. Un insoumis, dirait Howard. Mais que pouvait-il faire ? À vrai dire, l'ambiance détendue qui régnait à Essaouira permettait d'ignorer facilement la situation politique. Et c'était plus ou moins ce que faisait Glenn. Ce n'était pas son pays. Il ne s'engagerait pas. Il était déjà suffisamment dans le pétrin comme ça.

Quant au riad, le trio que formaient Glenn, Gizmo et Howard n'avait rien d'idéal non plus. Howard, qui lui avait paru correct au départ, pouvait se conduire comme un vrai salaud, et Gizmo était complètement cinglé, tout freak qu'il était, mais c'était aussi un survivant avec un cœur d'or et Glenn aimait ce type. Pour être honnête, il arrivait aussi que l'on se marre bien avec Howard et il parvenait toujours à mettre la main sur la meilleure herbe marocaine.

L'accord entre eux était tacite, mais les choses s'étaient mises en place dès le départ quand ils avaient eu des problèmes de plomberie et que Glenn et Gizmo s'étaient regardés sans savoir que faire. Howard s'occupait de tous les petits travaux. En gros, il réparait tout ce qui était cassé.

De leur côté, Glenn et Gizmo se partageaient les tâches domestiques : la cuisine, le ménage, le linge, c'était leur domaine. Et ça fonctionnait. Ils nettoyaient la cour et la terrasse à grande eau, ils mettaient à l'air les vêtements, les tapis et les draps sur le rebord des fenêtres ou les balustrades. Ils allaient faire les courses chacun à leur tour, au marché, chez le poissonnier, et celui qui cuisinait ne faisait pas la vaisselle. Simple.

Mais l'hiver venu, les choses s'étaient compliquées. Gizmo ne pouvait pas toujours jouer dans la rue, alors il était fauché. Glenn perdit ses traductions quand le type pour qui il travaillait partit passer six mois dans le sud de la France, et Howard… et Howard était tout simplement furax parce que c'était l'hiver.

« Il faut qu'on consolide tout ça. » Il s'était mis à arpenter le riad, passant d'une pièce délabrée à l'autre, examinant les fenêtres mal isolées et les portes cassées. « Il faut qu'on fasse quelques travaux, bordel. Regardez ce dépotoir !

– Ouais, mais le loyer est bas. » Gizmo le suivait comme un petit chien.

Howard s'en prit à lui. « Tu veux survivre à l'hiver ou quoi ? dit-il.

– On pourra se tenir chaud. » Glenn était particulièrement efficace quand il s'agissait de ramasser du bois. Il parcourait des kilomètres et des kilomètres pour en trouver et ils en avaient un bon stock. Le brasero chaufferait la cuisine au moins.

« Il nous faut du fric. » Howard claqua la porte de la cuisine si fort qu'elle trembla sur ses gonds rouillés. « Il faut que j'achète du matériel.

– Je suis fauché, mon pote. » Gizmo fit la grimace. « Je ne peux rien faire.

– Dans ce cas, il faut qu'on fasse un coup.

– Quel genre de coup ? » Glenn n'aimait pas l'expression du visage d'Howard. Intrigante. Et il ne voulait pas faire un coup. Dealer de la drogue, ce n'était pas une bonne idée, même au Maroc dont la réputation dans ce domaine n'était plus à faire. Il avait quitté l'Amérique pour éviter la prison. Il n'avait aucune envie de se faire coffrer dans un autre pays. Pas question.

Mais Howard insista et Gizmo prit son parti, comme d'habitude. Glenn eut beau discuter, il ne parvint pas à les faire changer d'avis. Howard avait des contacts – surprise, surprise. Il savait comment s'y prendre. Il avait même une vieille Seat 124, qu'il avait achetée en Espagne quand il avait un peu plus de pognon. C'était facile d'obtenir du haschisch au Maroc. Et tout le monde en voulait en France et en Grande-Bretagne pour ne citer que ces deux pays. « Au Maroc, il faut savoir négocier, dit-il. C'est ce qui compte. Tout le monde le fait, tout le monde comprend.

– Mais c'est pas trop risqué ? Moi et les flics, on n'est pas copains. Je ne veux pas d'histoires », dit Gizmo.

Il imita le bruit d'une sirène, si bien que Glenn faillit sauter au plafond et Howard le remballa vertement. « Tu vas la fermer, c'est pas une plaisanterie.

– Mais…

– Oublie les flics, dit Howard. Bon sang, c'est les barons de la drogue qui devraient t'inquiéter. C'est une industrie riche, qui se développe de jour en jour. Ils ne veulent pas qu'on marche sur leurs plates-bandes. Crois-moi. »

Glenn le fixa. Et c'était censé le rassurer ?

« Relax ! » Howard pressa son épaule. « On va rester modestes, on ne va pas voir trop grand. Faut pas être trop gourmand, c'est ça le truc. Faut pas être gourmand. »

Glenn n'était pas le moins du monde gourmand. Tellement pas gourmand qu'il n'avait pas envie de le faire. Mais il n'avait pas le choix manifestement.

Ils mirent en commun le peu d'argent qui leur restait et Howard acheta la came.

« Tu crois pas qu'on devrait… » Les yeux de Gizmo pétillaient.

« Laisse tomber, dit Howard. C'est du business. Et c'est de la bonne came. On n'a pas besoin d'essayer. »

Ils décidèrent de partir à deux. À trois, ils attireraient trop l'attention et paraîtraient trop menaçants. Seul, c'était trop risqué. Un homme seul ne peut pas assurer ses arrières. Deux, c'était parfait.

Et tout s'était bien passé. Cette fois. Ils avaient livré la came et gagné un peu d'argent. Howard avait fait les réparations nécessaires pour qu'ils puissent passer l'hiver au chaud. Ils avaient assez de nourriture, assez de bière et assez de ganja pour leur consommation personnelle. Le problème, c'est que le printemps suivant, Howard avait voulu recommencer…

Glenn conduisit Bethany jusqu'à la terrasse où il y avait une fontaine cassée et un vieux figuier et où l'on pouvait se détendre, écouter le chant des oiseaux ainsi que la longue plainte de l'appel à la prière. Il savait que Bethany serait éblouie. Howard avait installé un gril sur une pierre plate, et Glenn partait souvent au port muni d'un seau pour rapporter des sardines ou du maquereau qu'ils cuisaient ensuite au barbecue sur la terrasse. Howard avait bricolé une sono aussi, à l'aide d'un vieux magnétophone Sony et d'enceintes qu'il s'était procurés.

« Il faut qu'on ait du son, avait dit Gizmo, le chant des oiseaux ne suffit pas toujours. »

Gizmo était déjà en haut avec Howard qui semblait ne pas avoir bougé depuis leur départ. Il était à plat ventre sur le matelas sous la tente de fortune orange qu'il avait confectionnée à l'aide d'un couvre-lit miteux mais qui leur offrait une ombre bienvenue en été et les protégeait du vent au printemps et en automne. Il avait réparé la fontaine cependant, et l'eau coulait, quoique par intermittence, sur les carreaux bleus et craquelés au-dessous.

« Bonjour, Giz. Comment ça s'est passé ? entendit Glenn.

– Très bien, vieux. » Gizmo agita une bourse devant lui.

Glenn avait eu pour sa part quelques sueurs froides. Il s'attendait à moitié à ce que la bagnole tombe en rade, même si Howard avait toute confiance en ses capacités, mais heureusement pour eux, elle avait tenu le coup. Le passage des frontières était toujours délicat, mais Gizmo, malgré son look de freak, avait un air innocent. Il y avait même eu un barrage routier. Par chance, les policiers s'étaient contentés de hausser les épaules et les avaient laissé passer. C'était sans doute l'heure du café ou de la prière. Glenn n'avait toutefois aucune envie de recommencer. Il ne fallait pas jouer avec le feu. Il leur faudrait trouver une autre solution.

Howard prit la bourse que lui tendait Gizmo et se redressa. Il était sur le point de la vider sur la table basse à côté du matelas quand il aperçut Bethany. Il vissa la calotte qu'il portait été comme hiver sur son crâne et fronça les sourcils. « Qui est-ce ? » Il fourra la bourse dans la poche de son jean coupé.

« Bethany, je te présente Howard, dit Glenn.

– Le dernier des trois mousquetaires ? » plaisanta Bethany.

Howard lui fit un clin d'œil mais ne se leva pas. « Ils ne t'ont pas dit ? Je suis le numéro un. » Son regard alla de Bethany à Glenn et il plissa les yeux.

Bethany le considéra de son air calme et pensif. « Vous vivez dans un bel endroit. » Elle regarda autour d'elle, les vieilles chaises en fer forgé projetant leur ombre sur les tuiles, le figuier, la fontaine qui coulait goutte à goutte, la balustrade croulante et la vue sur les toits de la médina. Le ciel au-dessus. « Comme un monde séparé. Un havre de paix. »

Glenn savait exactement ce qu'elle voulait dire. C'était la sensation d'être dans un espace ouvert avec la tranquillité des murs cendrés autour d'eux et de pouvoir regarder le ciel qui s'étendait à l'infini. On était au cœur de la médina bouillonnante et pourtant on avait cette impression de tranquillité, d'intimité, de confinement. Tout dans le riad se passait en son centre. C'étaient les murs solides qui protégeaient le cœur à l'intérieur. C'était une sorte de sécurité.

Howard haussa les épaules. « Tout le monde cherche à échapper à une merde ou à une autre. »

Était-ce le fruit de l'imagination de Glenn ou lui avait-il décoché un de ces regards dont il avait le secret ?

Sachant qu'Howard n'aurait rien à manger, ils avaient apporté de la nourriture et Glenn descendit à la cuisine pour préparer un buffet froid. Ils avaient de la bière aussi. Glenn sentit une vague de chaleur se répandre dans ses veines. Il était heureux d'être de retour.

« Où est-ce que tu as rencontré ton amie ? »

Glenn leva les yeux. Howard se tenait dans l'embrasure de la porte, un gros joint entre ses doigts marron. Il repoussa ses cheveux blonds et ternes de ses yeux.

« À Paris.

– Paris ! Bon Dieu ! Et toi et elle, vous êtes ensemble maintenant ? Juste comme ça ! Hein ? Alors que tu viens de la rencontrer à Paris ? » Il tira une longue bouffée de son joint comme s'il était en colère ou jaloux.

« Pratiquement. » Pourquoi en faire toute une histoire ? Ils avaient dormi ensemble, littéralement, entassés à l'arrière de la voiture, et ils s'étaient embrassés longuement, passionnément, mais leur bécotage n'avait mené nulle part. Pas à l'arrière de la voiture avec Gizmo à l'avant. Pourtant, il savait qu'il la désirait.

Howard fronça les sourcils. « Et la petite dame sait-elle ce que tu faisais là-bas ?

– Non. » Glenn partagea le pain en plusieurs morceaux. Il en posa un sur chaque assiette. Il n'appréciait pas vraiment l'expression qu'Howard avait employée. « Petite dame. » Bethany le lui avait demandé et il avait inventé une histoire. Il n'aimait pas lui mentir mais il fallait qu'il pense aux autres aussi et ils avaient juré d'être discrets.

« Qu'est-ce que tu en penses, elle a l'intention de rester ?

– Ouais, quelque temps.

– Bon sang ! » Howard serra le poing et se détourna à moitié.

« Quoi ?

– Tu aurais pu demander. » Il laissa tomber le filtre de son joint sur le sol de la cuisine et l'écrasa sous sa chaussure.

Glenn arrêta ce qu'il était en train de faire. « C'est un problème ? Parce que si c'est un problème, on trouvera un autre endroit. » Il était fou. Pourquoi Howard faisait-il toujours des histoires ? Qu'y avait-il de mal à ramener une fille et à lui proposer de rester quelque temps ? Il aurait dû rester vivre chez ses parents à ce compte-là !

« Pas de souci. » Mais Howard secouait la tête. « On lui donnera une période d'essai. Pour voir si ça marche.

– Une période d'essai ? » Glenn n'en croyait pas ses oreilles. « Mais qu'est-ce que t'as à la fin ?

– On vit en communauté, vieux. » Howard baissa la voix. « C'est un équilibre délicat, tu sais ? » Il prit une assiette. « On est une démocratie. On se consulte, on vote, on décide ! Non ? »

Glenn haussa les épaules. Les règles d'Howard. Peut-être était-il jaloux ? Peut-être avait-il besoin d'une femme rien que pour lui ? Une femme rien que pour lui. Bonne idée. Glenn monta sur la terrasse pour la retrouver.

13

Bien que le stage de cuisine fût plutôt intensif, les organisateurs étaient conscients que les participants se trouvaient dans une ville fascinante et qu'ils avaient besoin d'un peu de temps libre pour l'explorer. Cet après-midi, ils avaient trois heures complètes si bien que Nell et Amy décidèrent d'aller faire du shopping. « Ça crée des liens, dit Amy en riant. Et c'est Marrakech. J'espère que tu as plein de place dans ta valise. »

Nell en avait. Comme elle l'avait découvert lors de leur matinée passée à acheter les ingrédients du premier repas, la partie nord de la vieille ville abritait une succession de souks, chacun spécialisé dans un domaine différent. En remontant la rue Souq as-Smarine vers le nord, elles furent bientôt entourées d'objets en cuivre, en bois, de teintures sur leur gauche ; de bijoux et d'articles en cuir sur leur droite. Les artères principales de la médina étaient plus larges, les rues plus étroites. Certaines étaient couvertes de bambous ou de joncs pour apporter un peu d'ombre. Nell apprécia. Le soleil brûlant était comme un poids sur sa tête. Il y avait tellement de bruit, tellement de monde, et si peu d'espace. Elle était à cran, comme si quelque chose allait se produire d'une minute à l'autre.

Elles s'arrêtèrent à Rahba Kedima. « Apparemment, c'est l'ancien marché aux esclaves », dit Amy en consultant le guide de la ville qu'elle avait emporté. Nell frissonna. C'était un témoin de l'histoire turbulente de la ville. Aujourd'hui, cependant, on ne vendait que des tapis, des peaux de mouton et les djellabas rêches à capuche, la plupart du temps marron, portées par de nombreux Marocains. Des monticules d'épices étaient aussi disposés sur le sol avec des produits cosmétiques et des potions.

« Pour charmer les djinns, dit le vendeur affublé d'un grand turban noir s'adressant à Nell qui regardait avec intérêt.

– Les djinns ?

– Les esprits. » Il lui décocha un sourire édenté. « Magie noire. »

Nell fut tentée de poser d'autres questions, elle se dit que le tarot était sans doute considéré par certains comme une forme de magie noire, mais il y avait tellement de choses à voir ! Ainsi, elles s'éloignèrent à contrecœur des parfums capiteux de musc, d'ambre et d'encens. Elles retrouvèrent le soleil, la lumière intense et les ombres marquées.

Elles s'éloignèrent des artères principales pour s'engouffrer dans le labyrinthe de ruelles et de cours, dans l'enchevêtrement de souks, regardant les orfèvres, les sculpteurs sur bois et les cordonniers travailler, écoutant le boniment des vendeurs. « Venez voir, ça coûte *si peu, si peu*, presque rien. » Elles suivirent leur instinct et s'engagèrent dans les rues qui leur paraissaient les plus attrayantes. Il y avait même un souk pour les teintures. Des bandes de tissu bleu roi, vieux rose et violacé étaient alignées au-dessus de leur tête, leur couleur riche filtrant la lumière du soleil. Amy sortit son appareil photo. « Cet endroit est un théâtre à ciel ouvert », murmura-t-elle.

Les choses sérieuses commencèrent au souk des Sacochiers où les artisans du cuir fabriquaient des sacs et des sacoches et où elles passèrent un long moment à discuter des mérites de la peau de chèvre par rapport à la peau de vache. L'avis du vendeur variait en fonction du sac auquel Amy s'intéressait le plus. Elle se décida finalement pour un sac de voyage traditionnel brun clair orné de ferronneries et se mit à marchander. Elle se débrouillait très bien. Finalement, elle haussa les épaules et s'éloigna.

Nell la suivit. « Tu as changé d'avis ?

– Non. » Elle sourit et à cet instant l'homme sortit en courant de sa boutique, le sac à la main. « Je vous propose le meilleur prix, deux mille dirhams » se transforma en « Vous me dépouillez, Madame » prononcé d'une voix triste quand Amy obtint finalement le sac à un prix beaucoup plus bas que celui de départ.

« Comment fais-tu ? demanda Nell.

– C'est simple, répondit Amy en lui faisant un clin d'œil. Tu décides le prix que tu veux mettre et tu t'y tiens. J'ai lu quelque part que tu peux à peu près tout acheter pour le quart du prix de départ. » Et quand elle vit l'expression sur le visage de Nell, elle ajouta : « Ne t'inquiète pas, il fait encore un bon bénéfice. »

Nell envisagea d'acheter des babouches pointues pour Callum. Elles lui plairaient. Mais…

« Il s'est passé quelque chose ? » demanda Amy. Elle était très observatrice, peut-être un peu trop. « Vous vous êtes disputés tous les deux ? »

Effectivement, ils s'étaient disputés. Et depuis, Nell était plus perturbée que jamais. Callum avait appelé plusieurs fois, mais il finissait toujours par parler de la ferme, la relançant pour la vente. À tel point qu'elle n'avait plus envie de répondre à ses appels – ce qui ne pouvait pas être normal. Et puis ce matin, avant le petit déjeuner…

« L'agent immobilier m'a rappelé, Nell, dit Callum. Il a recontacté les acheteurs et ils ne veulent pas attendre.

– Même pas quelques jours ? » Nell pensa à l'arcane majeur de La Lune. Cela ne faisait que confirmer son impression : elle devait suivre son intuition et ne pas prendre de décisions hâtives. « Pourquoi ?

– Parce qu'ils ont d'autres propriétés à voir, je suppose. » Elle comprit à l'intonation de sa voix que pour lui c'était évident. Elle comprit aussi qu'il en avait plus qu'assez. Nell ne savait pas quoi faire. La vente de la ferme importait beaucoup à Callum. Grâce à elle, ils pourraient avancer, acheter un endroit où Nell pourrait ouvrir son propre établissement, peut-être investir un peu d'argent dans l'activité de paysagiste de Callum ou racheter une partie du crédit. Et avec cette vente, Nell dirait enfin adieu – adieu à son enfance, adieu à sa mère. Elle savait pourquoi c'était si important pour lui. Mais qu'en était-il d'elle ? Qu'est-ce qui était important pour elle ?

« Ils ont probablement déjà vendu leur bien et ils veulent conclure le plus vite possible. Les gens exigent une réponse rapide, c'est normal, non ? Ils n'ont pas envie de tergiverser. »

Ni d'attendre qu'une idiote indécise prenne une décision, ajouta Nell en silence. Mais bien sûr, il ne le dit pas.

« C'est à eux de voir. » Nell sentit son côté têtu s'affirmer. « S'ils refusent d'attendre, il y aura d'autres acheteurs.

– Nell ! » Elle entendit sa frustration. « Tu veux dire que tu vas laisser partir des acquéreurs potentiels juste parce que tu ne les as pas rencontrés ? Juste parce que tu n'as pas pu voir s'ils étaient dignes de tes attentes ? »

Nell n'aimait pas vraiment cette facette de Callum. « En fait, oui, répondit-elle.

– Pourquoi ?

– Callum… » Elle essaya d'expliquer. Encore. « La ferme est dans ma famille depuis des générations. Elle m'a été confiée désormais. Je ne peux pas simplement la vendre à n'importe qui.

– Bon sang !

– C'est comme ça, un point c'est tout ! » dit-elle d'un ton abrupt. Elle reprit son souffle, marqua une pause ; ce n'était pas la faute de Callum. Il n'y pouvait rien. « Ils n'ont que quelques jours à patienter. Si ce sont les bons, je le saurai. » Le saurait-elle vraiment ? Et n'était-ce pas une façon de gagner du temps ? C'était sans aucun doute ce que pensait Callum. Que se passerait-il si elle refusait de vendre ? Le lui pardonnerait-il ?

« Et si ce sont les bons et que nous les perdons ? »

Et si je te perds, toi… « Ça ne sera pas le cas, dit-elle. Si nous les perdons, alors ce n'étaient pas les bons. » Et elle savait qu'elle ne pensait pas uniquement aux acquéreurs potentiels.

« L'agent immobilier ne comprend pas », dit Callum. Et à l'évidence, Callum non plus. Nell savait que son esprit logique n'accepterait jamais son approche fataliste. « Il trouve qu'on est fous. Il veut savoir ce qui se passe. »

Nell se rebiffa. « Et pour qui il travaille exactement ?

– Je vais lui dire de passer à l'étape suivante. »

Elle s'agrippa à son téléphone.

« Tu pourras les rencontrer à ton retour. Et si tu penses qu'ils ne conviennent pas, on pourra toujours faire marche arrière s'il le faut vraiment. » Il marqua une pause. « Mais uniquement s'il y a une bonne raison. On ne peut pas prendre le risque de les perdre, Nell. C'est de la folie.

– Non, dit-elle. On ne passe pas à l'étape suivante. Pas encore. » Impasse.

Il soupira. « C'est aussi à moi de décider, Nell. On est mariés, n'oublie pas. »

Mais pour combien de temps encore ? Cette pensée fit son chemin dans son esprit. « C'est ma maison », dit-elle.

Cette affirmation catégorique semblait suspendue au-dessus d'eux comme une épée de Damoclès.

« N'est-ce pas un bien commun ? » dit-il mielleusement au bout de quelques secondes. « Quand on est mariés, ce qui appartient à l'un appartient forcément à l'autre, non ? »

Pas la ferme, pensa-t-elle. Il essayait de prendre un ton plus léger, mais elle savait qu'elle l'avait blessé. Elle n'y pouvait rien. Il l'avait poussée à bout et elle avait réagi. « Pas la ferme, dit-elle à voix haute.

– Je vois. » Sa voix était froide soudainement, et elle lui déplut. « Au moins, on sait où on en est maintenant. Je vais appeler l'agent et lui dire ce que ma femme a décidé, d'accord ?

– D'accord. » *Quand on est mariés...*

« Mais si on les perd et qu'on ne trouve pas d'autres acheteurs, dit Callum, ne me demande surtout pas de te consoler, Nell.

– Ne t'inquiète pas, ça n'arrivera pas. » Elle essayait de paraître courageuse mais la tristesse était bien là. Quelle quantité de tristesse pouvait-on encaisser avant que l'amour ne se désagrège ?

Quand elle eut rapporté leur conversation dans les grandes lignes, sa nouvelle amie se contenta de hocher la tête et de lui presser le bras. Nell était contente qu'Amy n'ait rien dit contre Callum et qu'elle n'ait pas essayé de lui donner des conseils. Elle ne la connaissait pas depuis très longtemps mais Amy était déjà importante pour elle. Peut-être une amie pour la vie.

Elle prit néanmoins les babouches pour Callum. « Sois positive », murmura Amy. Elles étaient jaune vif, comme le soleil, et Nell dut les ranger rapidement dans son sac car elle ne voulait pas les regarder.

Amy acheta un couvre-lit rayé multicolore et deux foulards en soie végétale, un pour elle, l'autre pour Francine ; de l'eau de rose pour sa tante et de l'huile d'argan pour sa mère. Pour son père, elle trouva un petit portefeuille en cuir où il pourrait ranger ses cartes de crédit. Nell acheta aussi deux foulards, un pour elle, l'autre pour Sharon, ainsi que des chaussures en cuir souple, cousues à la main, vert olive et mauves.

Au bout de quelques heures, elles en eurent assez des souks, de la pression des vendeurs, sans parler des toussotements, des cris, des sifflements, des bruits de bisous, qui étaient apparemment des techniques de drague au Maroc.

« Si on allait boire un coup ce soir après le dîner ? » proposa Amy tandis qu'elles se dirigeaient vers la rue principale. « Il faut que je prenne quelques photos de la place le soir. »

Il fallait se perdre à Marrakech, c'était presque obligatoire, pourtant Nell était impressionnée par le sens de l'orientation d'Amy. Elles étaient déjà de retour en territoire familier. Nell repensa à ce que Marion leur avait dit sur Marrakech et Jemaa el-Fna. La place était un haut lieu de la tradition des contes au Maroc. Pendant plus de mille ans, les conteurs s'étaient rassemblés ici pour raconter d'anciennes légendes populaires, mimant les fables et les transformant en scènes de théâtre.

« Pourquoi pas ? » Ce serait sans doute amusant. Après cette dispute déroutante avec Callum, elle avait besoin de décompresser. Elle était toujours heureuse de retrouver le « Riad Lazuli » après une ou deux heures de surcharge sensorielle dans les rues de la médina. C'était réconfortant, un véritable havre de paix dans lequel se mettre à l'abri du remue-ménage de la ville. *Le calme après la tempête*, pensa-t-elle. Une oasis. Mais elle avait aussi envie de goûter à la vie nocturne de Marrakech.

« Ahmed m'a parlé d'un bar, dit Amy.

– Ah oui ? » Il n'y avait pas beaucoup de bars à Marrakech. Et un grand nombre de restaurants ne servaient pas d'alcool.

« Je lui demanderai où il se trouve exactement. »

Elles se dirigèrent vers le riad, bras dessus bras dessous. Quand elles passèrent devant un étal d'épices, Nell s'arrêta pile et montra une pyramide rouge-doré entre un monticule plus imposant de gingembre et un autre de paprika. La pyramide enchevêtrée semblait briller dans la lumière de cette fin d'après-midi. « Des filaments de safran, dit-elle. Ma mère en faisait pousser, tous les ans, et sa mère avant elle. » Instinctivement, elle se pencha pour humer l'odeur puissante et addictive. « Cette année, elle n'a pas replanté les bulbes. » Elle se retourna pour regarder Amy. « C'était la première fois. Ce qui me fait penser que…

– Penser quoi ? »

Nell secoua la tête. Elle ne pouvait pas le dire.

« Quoi, Nell ? » demanda Amy d'une voix douce.

Mais Nell ne pouvait pas répondre.

« Comment elle est morte, Nell ? Tu ne me l'as jamais dit. » Amy l'entraîna dans la ruelle rose vers l'antiquaire. Leur point de repère. Soudain, tout était calme, seul un homme tirait une charrette à bras au bout de la rue. « Tu as dit que c'était soudain. Elle est tombée malade ? C'est ça ?

– On vit à Roseland, dit Nell. C'est en Cornouailles. » Elles avancèrent dans la ruelle. L'homme avec la charrette disparut à l'angle, elles étaient seules à présent. Les hauts murs roses de la médina protégeaient la vie intérieure, pensa Nell, tout comme le voile des femmes protégeait leur visage. Amy avait raison. Les souks et les bazars et la place Jemaa el-Fna étaient une scène de théâtre. Et ça, c'était la vraie vie, les coulisses.

Amy hocha la tête. « Je connais. Et ? »

Nell inspira profondément plusieurs fois. Elle n'avait pas eu l'intention de dire tout ça. C'est en voyant le safran briller au soleil… « Ils pensent que c'est arrivé autour de minuit.

– Qu'est-ce qui s'est passé ?

– Elle marchait. Elle partait souvent marcher. Je ne sais pas où elle allait ou d'où elle revenait. Elle était sur le sentier de la falaise. Elle s'est approchée trop près du bord… » Nell hésita.

« Trop près du bord ? » Amy arrêta de marcher. « Tu veux dire qu'elle est tombée ?

– Oui, elle est tombée. »

Sauf qu'elle aurait pu sauter. Aurait-elle vraiment pu sauter ? Pour Nell, le suicide était un acte totalement égoïste. Un manque de considération et de compassion pour ceux qui restent. Sa mère était-elle si égoïste ? Était-elle malheureuse, désespérée au point de sauter ? Nell ne voulait pas le croire. Mais si elle n'avait pas sauté, si c'était juste un accident tragique… alors pourquoi n'avait-elle pas replanté les bulbes de safran cette année ?

14

Au menu de ce soir, un méchoui d'agneau. Nell avait expliqué à Amy que, traditionnellement, on le cuisait dans un trou creusé dans le sol ou à la broche au-dessus d'un feu, comme Hassan et le groupe l'avaient préparé aujourd'hui. On le mangeait avec du sel et du cumin disposés au bord de l'assiette pour parfumer les morceaux à sa guise. C'était délicieux. Quand il n'en resta plus une miette dans son assiette, Amy se cala dans son fauteuil et soupira de plaisir. Quelle chance elle avait d'être là ! Mais avec Nell, elles avaient d'autres projets. Ainsi, après avoir attendu une demi-heure par politesse, pour échanger avec les autres et digérer le festin, elles s'esquivèrent et partirent à la découverte de Jemaa el-Fna de nuit.

Il faisait doux ce soir-là. Les étoiles claires brillaient dans le ciel velouté. « *Bonjour* ! Hello ! Hello ! » Les enfants qui mendiaient dans les ruelles essayèrent de leur offrir leurs services de guides. Amy leur donna des fruits qu'elle avait pris dans la corbeille après le repas. Mais elle connaissait déjà le chemin.

La nuit, la place principale était une tout autre créature. La première chose que les deux femmes entendirent, ce fut la musique : les coups de cymbales, le battement des tambours, la cacophonie des voix qui parlaient, riaient, chantaient, emplissant la vaste place éclairée par la douce lueur des bougies et des lanternes sur les étals colorés. La place était bondée, comme toujours. C'était le cœur du Maroc mais il y avait aussi une ambiance multiculturelle, avec la présence de touristes de toutes les nationalités, mais aussi de jeunes Marocains, portant pour certains des jeans plutôt que les vêtements traditionnels. Les jeunes femmes, quant à elles, portaient malgré tout un foulard, parfois avec une casquette de base-ball par-dessus. Amy parvint à prendre une photo. Les hommes plus âgés portaient la djellaba et les sandales à lanières de cuir, ou un jean et un blouson. Ils étaient coiffés d'une chéchia, ou même d'un chapeau de paille ou d'un feutre mou.

On avait l'impression d'être sur une piste de cirque. L'intensité était intimidante. Amy et Nell s'arrêtèrent un instant pour s'imprégner de l'ambiance mais il était risqué de rester immobile trop longtemps. On pouvait se retrouver avec un serpent sur l'épaule ou un singe sur les bras en un clin d'œil. L'obscurité était imprégnée des odeurs de viande grillée et rôtie, de friture, de pâtisserie, de fumée et d'encens qui flottaient dans l'air de la nuit. Il y avait des plats remplis d'escargots à la vapeur, de petite friture, de kebab d'agneau avec de la harissa. Des étals vendaient des dattes, des figues, du jus d'orange pressée, des *citrons*, des *pamplemousses*. Les agrumes étaient empilés pour former des pyramides. Il y avait des tatoueurs de henné, des musiciens, des conteurs. Ils faisaient tous leur numéro, ils cherchaient tous à attirer les passants et leur argent vers eux.

Amy ne put pas résister au charmeur de serpents. Les mots *Charmeur de serpents* étaient inscrits sur la boîte en bois contenant les reptiles. Elle montra à Nell le dessin au-dessous : une tête de mort plutôt menaçante. Le charmeur lui-même avait de longs cheveux blancs tressés jusqu'aux épaules et un turban rouge rubis autour de la tête. Sa barbe épaisse tombait jusqu'à son torse. Il portait une chemise en lin rêche avec une longue tunique rayée par-dessus. Et quand il joua de son instrument, une sorte de flûte, un serpent se déroula doucement et se dressa docilement en dardant sa langue.

Elles achetèrent du jus d'orange et, bien que repues, elles ne purent résister à l'envie de goûter des gâteaux frits en forme de spirale saupoudrés d'épices et de graines de sésame. Délicieux. Amy se lécha les lèvres. Elles s'arrêtèrent pour regarder une danseuse. La femme dansait seule, langoureusement, comme si elle était en transe, ondulant les bras, balançant les hanches, ses membres fluides suivant le rythme de la musique.

Un vent de liberté semblait souffler sur cette place, pourtant en y regardant de plus près, Amy aperçut de petits groupes d'hommes, qui discutaient la tête penchée, comme s'ils tenaient une réunion clandestine ; des vieux regardaient la scène, mais bizarrement sans y prendre part, se contentant de fumer le narguilé ; des bandes de jeunes scrutaient la foule. Amy prenait beaucoup de photos et, ce faisant, elle eut l'impression qu'une autre scène se déroulait en parallèle, dans l'ombre. Comme si une menace était tapie dans l'obscurité. Elle chassa cette idée. Son imagination lui jouait des tours. C'était une scène. C'était un théâtre, un théâtre qui pouvait faire peur parce qu'il n'était pas réel.

Elle prit néanmoins le bras de Nell. « Allons chercher ce bar », proposa-t-elle. Nell ne semblait pas trop intimidée par cet environnement, mais Amy savait qu'elle était vulnérable et à présent elle comprenait en partie pourquoi. Nell pensait-elle que sa mère s'était suicidée ? Sûrement ! Comme ce devait être difficile pour elle de vivre avec ça. Amy et Nell ne se connaissaient pas encore très bien mais elles avaient déjà tissé des liens très forts. Amy était touchée par l'histoire de Nell, par sa quête de vérité. Elles cherchaient toutes les deux des réponses au Maroc. Amy croyait en l'amitié féminine.

Malgré ce lien, elles avaient eu une éducation très différente. Si Nell avait été couvée, protégée durant son enfance, Amy avait été plus ou moins livrée à elle-même. Elle n'en voulait pas du tout à ses parents libéraux. Mais elle se dit que ce devait être merveilleux d'être si proche de sa mère même si Nell l'avait perdue à présent. Cette proximité tenait-elle au fait qu'elles n'étaient que toutes les deux ? Malgré tout, Amy appréciait ce que ses parents avaient fait, ce qu'ils avaient voulu accomplir et le travail qu'ils avaient fourni pour y parvenir.

Tandis qu'elles retraversaient la place, Amy se souvint du jour où ils avaient emménagé dans l'hôtel à Lyme ; elle avait sept ans à l'époque. Elle repensa à l'enthousiasme de ses parents. Son père, essayant d'être pragmatique, courant dans tous les sens pour faire des réparations dans les chambres, redonnant un coup de peinture où c'était nécessaire, installant une étagère, vérifiant le réglage de la chaudière. « Tout va être différent, maintenant, ma chérie. Tu vas voir. » Il semblait si heureux, si confiant. Cela faisait bien longtemps qu'elle ne l'avait pas vu ainsi. « Oh, papa ! », dit-elle dans un élan d'amour. Elle sentit la chaleur de ses bras quand il la serra contre lui. Il n'était pas du genre à montrer ses émotions, comme s'il n'osait pas se laisser aller. Sa mère courait partout elle aussi, les yeux brillants, pleins d'enthousiasme. « Qu'est-ce que tu en dis, ma chérie ? Ça te plaît ? C'est un nouveau départ pour nous. C'est ta nouvelle maison. » Et Amy vit combien c'était important pour eux.

Elle passa d'une chambre à l'autre, explorant son nouvel environnement. Petit à petit, elle ralentit. Elle aimait la vue sur le port et le Cobb. Elle aimait le dédale des chambres, huit en tout pour les clients. Mais elle aimait avant tout l'effet que ce déménagement avait eu sur ses parents.

Au départ, ils vécurent dans l'appartement qui était petit, exigu et sombre, mais son père n'avait pas beaucoup de temps pour mieux l'aménager. Amy s'en fichait. Il était important d'arranger l'hôtel, de commencer à accueillir les clients.

Sa mère était d'accord. « À partir de maintenant, nous allons être très occupés, ma chérie », dit-elle à Amy en lui donnant une brève accolade. Comme s'ils n'avaient pas toujours été occupés.

Avant cet hôtel, ils tenaient un petit *Bed and Breakfast* à Bridport mais son père enseignait aussi à l'école primaire locale. Autant dire qu'ils n'avaient déjà pas beaucoup de temps pour Amy à l'époque. Puis son père s'était mis en arrêt de travail, plusieurs jours d'abord, et bientôt des semaines entières. Un jour, sa mère avait annoncé à Amy qu'il avait démissionné et qu'ils allaient emménager ailleurs, dans un endroit plus grand, et qu'ils géreraient l'établissement ensemble. Le métier d'enseignant était trop stressant, avait-elle dit. Dans un B&B ou un petit hôtel, les clients allaient et venaient, mais on savait toujours où l'on en était.

« Tu vas sans doute devoir rester toute seule plus souvent, dit sa mère à Amy une fois qu'ils furent installés à Lyme. Mais tu es une grande fille maintenant. Il faudra que tu t'y fasses. Comme nous. Tu te feras de nouveaux amis à l'école. Et ce n'est que pour le début. Dès qu'on pourra se le permettre, on engagera du personnel pour nous aider. »

Amy hocha la tête. Cela ne la dérangeait pas d'être livrée à elle-même. Elle était habituée, même si elle aurait aimé avoir une sœur pour partager des choses avec elle. La nouvelle école lui faisait un peu peur bien qu'elle fût aussi impatiente de la découvrir.

Pourtant, les affaires ne marchèrent pas comme ses parents l'avaient espéré. Ils souffraient de la concurrence des nombreux B&B et hôtels de Lyme Regis et le crédit qu'ils devaient rembourser était si important qu'il ne leur restait presque rien pour entreprendre tous les travaux qu'ils avaient prévus.

Ils se disputèrent. Son père devint grognon. Il avait cet air anxieux qu'Amy lui connaissait bien quand il était encore enseignant. Elle remarqua son front traversé de sillons profonds, les cernes sous ses yeux. Il était toujours fatigué. Il leur parlait d'un ton agressif et partait faire de longues promenades. Parfois, il allait même s'allonger l'après-midi. La voix de sa mère changea. Elle devint plus stridente, plus exigeante aussi, et irritait son père. Ils se disputaient à propos de l'hôtel, de l'appartement, parce que sa mère estimait qu'il ne fournissait pas sa part de travail. Ils se disputaient à propos de la grand-mère d'Amy, Mary, de plus en plus fragile et malade, et ils se disputaient à cause de l'argent. Ils envisagèrent de tout laisser tomber, de déménager et même – horreur ! – de divorcer. Amy les entendait le soir, leur chambre étant à côté de la sienne, même s'ils essayaient de parler à voix basse. « Et Amy dans tout ça ? disait sa mère. Et Amy ? »

Amy ignorait ce qui allait se passer. Elle avait vraiment peur à présent. Elle ne parvenait plus à se concentrer à l'école et elle ne voulait pas rentrer à la maison. Elle pensa même à faire une fugue mais elle ne savait pas où aller.

Puis sa grand-tante Lillian revint vivre en Angleterre et s'installa à Lyme. Elle évalua tout de suite la situation. Elle prit les choses en main et la famille était tellement désespérée qu'elle la laissa faire. Elle investit de l'argent dans l'hôtel : « J'insiste… » Et les persuada de procéder à quelques changements. « Je ne pourrais pas en faire meilleur usage », dit-elle à la mère d'Amy. Et quand ils essayaient de protester : « C'est ce qu'ils font en Amérique », répondait-elle.

Avec le recul, Amy se demandait pourquoi ils l'avaient laissée faire tout ça. Lillian avait même persuadé les parents d'Amy d'aller voir une conseillère conjugale, elle prit en charge les soins médicaux de sa sœur Mary, et cette fois, personne ne protesta. Ainsi, petit à petit, doucement, ils retrouvèrent tous le sourire. Amy rencontra une fille, Francine, qui venait d'emménager dans le coin et qui ne tarda pas à devenir sa première amie à Lyme. Lillian lui acheta un appareil photo pour son anniversaire. Ses parents se tenaient même par la main de temps à autre. Voilà pourquoi, pour Amy, sa grand-tante était un peu comme une bonne fée avec une baguette magique. Depuis qu'elle était entrée dans leur vie, tout s'était arrangé.

Le bar sur le toit-terrasse dont Ahmed avait parlé à Amy était magnifique. Au deuxième étage, une terrasse ouverte, munie d'appareils de chauffage à infrarouge, donnait sur le palais Badi et sur le Mellah ; des tables étaient dressées pour le dîner mais on pouvait aussi s'installer dans les alcôves douillettes, vieux rose, avec des coussins sur les sièges et des lanternes diffusant une lumière douce sur les rideaux, les nappes, le parquet ciré et brillant. Le jasmin d'hiver s'enroulait autour des treillages imprégnant l'air de son parfum.

L'endroit était bondé et il était difficile de trouver une place. Elles ne furent pas surprises quand, au bout d'une demi-heure, deux hommes s'installèrent à leur table. Un Anglais, la quarantaine supposa Amy, et un autre homme du même âge environ, qui semblait marocain bien que vêtu à l'européenne. D'abord, ils se contentèrent de les saluer d'un signe de tête puis poursuivirent leur conversation, mais à la première pause dans la discussion, l'Anglais, qui s'était jusqu'alors exprimé dans un mélange de français et d'arabe parfait, sourit à Amy. « Vous êtes à Marrakech depuis combien de temps ? lui demanda-t-il.

– Seulement quelques jours. Et on part bientôt. » Amy but une gorgée de son vin blanc et sourit à Nell. Elle n'avait pas envie de partir. Elle s'amusait beaucoup plus qu'elle ne l'aurait cru.

« Vous êtes des touristes ? » demanda l'autre homme. Il parlait anglais mais avec un fort accent guttural.

« En quelque sorte. » Amy leur expliqua dans les grandes lignes l'exposition qu'elle préparait. « Et Nell participe à un atelier de cuisine », ajouta-t-elle. Les deux hommes semblaient sympathiques. Elle n'avait aucune raison de ne pas se montrer aimable avec eux.

« Ah, la cuisine marocaine ! dit l'Anglais en soupirant. Je me demande parfois si ce n'est pas elle qui me retient ici depuis si longtemps. » Il jeta un coup d'œil à son compagnon. « Eh, Rafi ? Qu'est-ce que tu en penses ?

– J'en suis sûr. » L'autre homme rit. Il regardait Nell avec admiration.

« Et vous, vous êtes là depuis combien de temps ? » demanda Amy avec curiosité. L'Anglais s'exprimait très bien. Ce n'était certainement pas un simple voyageur. Il devait travailler ici dans son domaine de compétence.

« Dix ans.

– Vous ne faites pas que passer, donc, intervint Nell.

– Au départ, je voyageais juste, dit-il. Mais d'une chose à l'autre… » Il haussa les épaules.

Rafi ajouta quelque chose dans la langue dans laquelle ils communiquaient.

Il rit. « Il dit que j'ai choisi ma route à la croisée des chemins, dit-il. Les Arabes croient beaucoup en ces choses-là. »

Amy hocha la tête. « Et ils ne croient pas qu'à la croisée des chemins, murmura-t-elle.

– Mais quand on arrive à cette croisée des chemins… » Au départ, Nell semblait parler toute seule, puis elle regarda le Marocain. « Comment fait-on pour choisir sa route ? »

Il n'était pas difficile de savoir à quoi elle pensait. Ou à qui.

« Il faut écouter son cœur », dit-il. Il avait les yeux très sombres, presque noirs dans la faible lumière. Puis, il sourit, découvrant ses dents blanches, et ce sourire dissipa la tension soudaine autour de la table.

« Qu'est-ce que vous pensez du Maroc ? De Marrakech ? » demanda l'Anglais, s'adressant à Amy. Elle regarda le ciel nocturne, parsemé d'étoiles brillantes comme des paillettes, la lune bleue et blanche presque pleine, chatoyante. Que pouvait-elle dire ? Elle avait des sentiments partagés. « C'est fascinant. Les couleurs, l'animation dans les rues, les performances des artistes sur les places. Mais ce n'est pas l'endroit idéal pour les femmes.

– Qu'est-ce qui vous fait dire ça ?

– La plupart du temps elles sont voilées et ne peuvent pas sortir. Elles ne peuvent pas adresser la parole à des inconnus, elles ne peuvent parler qu'à des femmes. » Elle en avait discuté avec Nell. Amy aimait se considérer comme une femme indépendante. C'était une société machiste qui ne lui convenait pas du tout.

Rafi se tourna vers Nell. « Vous êtes silencieuse. Vous êtes d'accord ? » Il la regarda le plus sérieusement du monde.

« Bien sûr. » Elle posa les yeux sur lui puis les détourna. « Pour nous, il est inconcevable que les femmes soient traitées de cette façon. Nous avons été éduquées différemment. »

L'Anglais prit son verre de vin. « Il est vrai que les femmes ont un statut différent ici.

– Un statut de second rang, fit remarquer Amy.

– Peut-être. » Il leur servit du vin de leur bouteille dans la glacière. Leurs verres étant presque vides, elles hochèrent la tête en guise de remerciement. « Les femmes semblent être invisibles, inaudibles, n'avoir aucun pouvoir. Mais… »

Rafi l'interrompit brusquement et s'exprima en arabe.

« Il dit qu'elles ont du pouvoir, traduisit l'Anglais. À la maison. »

À la maison. Amy échangea un regard avec Nell. Elle posa son verre. « Ça ne suffit plus. Les femmes ont besoin d'être entendues en dehors de la maison. Elles en veulent plus. » Elle pensa au mari de Nell, qui lui donnait mauvaise conscience, parce qu'elle avait du mal à se séparer de la ferme dont elle avait hérité. Elle pensa à Duncan, assumant allègrement que c'était à Amy de préparer le café, de se charger d'acheter le papier toilette et les autres produits de première nécessité. Et elle pensa à Jake, prenant le contrôle de ce qui était au départ son projet, ne la croyant pas capable de faire son travail toute seule. Était-ce vraiment mieux dans leur culture ? Peut-être les politiques et tous les acteurs de la société ne manifestaient-ils qu'un intérêt de pure forme à cette idée d'égalité.

« J'admire votre esprit. » Rafi la fixa de ses yeux sombres et intenses. « Mais les femmes ici ont leur propre force, elles se réjouissent de leurs différences.

– Peut-être parce qu'elles n'ont pas le choix », répliqua Amy. Elle prit son verre et but une gorgée de vin. Il était légèrement acide mais avait des notes d'agrumes rafraîchissantes. Elle pensa à ses propres choix. Elle avait choisi une relation avec Duncan. Et elle avait choisi ainsi la facilité. Elle ne le ferait plus. La prochaine fois, s'il devait y avoir une prochaine fois, elle serait plus courageuse.

« Je m'appelle Matt. » L'Anglais tendit la main. « Et c'est Rafi. »

Amy et Nell se présentèrent à leur tour.

« Ce que j'aime dans cette ville, dit Nell en adressant un petit sourire à Rafi, c'est le mélange des cultures et des gens. Arabes, Berbères, Français…

– Vous avez raison, acquiesça Rafi. Quand les Romains sont arrivés au Maroc, ils ont appelé son peuple les « Barbares », qui avec le temps s'est transformé en « Berbères. » Ils préfèrent qu'on les appelle Amazighs.

– Hommes libres, expliqua Matt. Les musulmans et les Berbères se sont disputé le Maroc pendant très longtemps, avant même l'arrivée des Français. L'endroit était l'objet de toutes les convoitises en raison de son emplacement idéal sur la route du commerce : les oranges, les épices, les noix, les céréales, les dattes, les peaux d'animaux, les métaux précieux et j'en passe. » Il sourit.

« Et le safran, dit doucement Nell.

– Le safran, oui, bien sûr », approuva Rafi. Il prit un air pensif.

« Le mode de vie des femmes berbères vous conviendra peut-être plus, poursuivit Matt. Elles ne sont pas obligées de se voiler, du moins pas dans la même mesure. Elles ont beaucoup plus de liberté. »

Amy se dit que l'histoire d'un pays nous apprenait beaucoup de choses sur sa civilisation. La religion avait une très forte influence culturelle ici. Le Coran était le pilier de cette société. Et peut-être était-ce nécessaire à cause du nombre de batailles, à cause de tous ceux qui avaient essayé de mettre la main sur leur pays.

« Les Marocains en veulent-ils encore aux Français à cause du protectorat ? demanda Nell à Rafi.

– Et pourquoi donc ? » Il haussa les épaules mais ses

yeux noirs brillaient. « Les Français nous ont donné les routes, les voies ferrées, les cafés…

– Et quelques effusions de sang », ajouta Matt.

Amy était curieuse. Il semblait s'être parfaitement intégré ici. « Qu'est-ce qui vous a fait rester ? » demanda-t-elle.

Il réfléchit. « J'ai fait des affaires avec un Français qui vivait ici. Puis avec Rafi. Et je suis toujours là. Ça arrive parfois au Maroc. Ce pays a une façon de vous retenir. C'est difficile à expliquer.

– À quoi ressemblent les autres villes ? demanda Nell. Sont-elles toutes aussi frénétiques que Marrakech ?

– Fès est notre ville la plus historique, dit Rafi.

– C'est une cité médiévale qui nous replonge dans cette époque, ajouta Matt.

– C'est l'âme du Maroc, expliqua Rafi. Parfois, Marrakech nous fait peur, ce qu'elle est devenue du moins. »

Nell sourit et hocha la tête comme si elle savait exactement ce qu'il voulait dire. Amy se demanda si elle se faisait des idées, mais il y avait comme une étincelle entre ces deux-là. Elle espérait que Nell garderait la tête froide. Elle traversait peut-être une crise avec son mari mais leur mariage tenait encore bon. Un flirt avec un beau Marocain ne l'aiderait certainement pas à y voir plus clair.

Matt continuait à parler, apparemment il n'avait rien remarqué. « Casablanca est plus occidentalisée, plus dynamique, plus moderne. Quant à Agadir… » Il fit la grimace.

« La ville a été défigurée par le tourisme, je sais », dit Amy. Elle n'avait aucune envie de la visiter.

« Mais pour moi, c'est à Marrakech qu'on sent le mieux le pouls du pays, dit Matt. J'aime cette ville. »

Encore une fois, Amy se posa la question. Peut-être… ? Cela valait le coup d'essayer. Elle sortit la carte postale de son sac. « L'un de vous deux a-t-il une idée de l'endroit où cette photo a été prise ? » demanda-t-elle. Elle avait comme un pressentiment.

Matt examina la carte avec soin. « Je ne me souviens pas d'avoir vu cet endroit, dit-il enfin. Et toi, Rafi ? »

Lui aussi la regarda avec attention mais il secoua la tête à son tour.

« C'est important ? demanda Matt en riant. J'espère que vous avez réalisé qu'il y a beaucoup de vieilles portes et de bâtisses délabrées par ici. »

Amy était déçue. Mais elle en attendait sans doute trop. Matt avait raison. Ce n'était qu'une vieille porte et un mur en ruine. Sauf que…

« Il existe une ville où les portes et les volets sont peints en bleu, dit Rafi.

– Vraiment ? » Amy échangea un regard avec Nell. « Comment s'appelle cette ville ?

– Essaouira. »

Essaouira. Amy n'en croyait pas ses oreilles.

« C'est une ville côtière.

– Sur la côte ouest, ajouta Matt. Mais elle n'est pas très touristique. C'est plutôt un ancien repaire de hippies. »

Un ancien repaire de hippies. Jimi Hendrix, pensa-t-elle. On lui avait offert une occasion légitime d'y aller et elle avait refusé. Parce qu'elle avait encore une fois tiré les mauvaises conclusions ? « Vous pensez donc qu'il y a des chances que ce soit à Essaouira ? » demanda-t-elle. Avant de tout lâcher, de se précipiter là-bas (et de perdre la face vis-à-vis de Jake), mieux valait se faire une idée plus précise. Pourtant, au fond d'elle-même, elle était déjà convaincue. Glenn était parti dans les années soixante-dix. Ce repaire de hippies était sans doute un endroit pour lui.

Matt sortit une tablette de son sac en cuir. « Essayons de chercher cet emblème. » Il alluma sa tablette et se mit à pianoter quelque chose. Amy but une gorgée de vin et attendit. *Essaouira…*

« C'est probable, dit-il enfin. Regardez. » Il lui montra une autre sculpture qui avait quelque ressemblance avec celle de la carte postale. Au moins, c'était une fleur.

« Mais bien sûr ! s'exclama soudain Rafi. La rose de Mogador !

Amy vit les mots écrits sous la photo de l'écran. « Mogador ?

– C'est l'ancien nom de la ville, dit Rafi. Essaouira s'appelait autrefois Mogador. Et c'est sa rose. »

Elles quittèrent le bar peu de temps après et retournèrent dans les rues tortueuses de la médina, sombres et désertes la nuit, hormis un chat errant à la recherche de restes de nourriture. L'atmosphère avait complètement changé. L'obscurité semblait vraiment sinistre à présent. Les apparences étaient trompeuses dans cette ville, pensa Amy.

« Que t'a dit Rafi ? » demanda-t-elle à Nell. Il l'avait attirée dans un coin quand elles s'étaient levées pour partir, et ils avaient parlé tous les deux à voix basse.

Nell parut gênée. « Il m'a proposé de dîner avec lui.

– Il ne perd pas de temps ! » Elles continuèrent à avancer. « Et ? voulut-elle savoir.

– Et ce n'est pas une bonne idée », conclut Nell.

Elle avait tout à fait raison. Un homme comme Rafi ne ferait que désorienter encore un peu plus Nell. Amy sentit néanmoins que quelque chose avait changé chez sa nouvelle amie. Arrivées à leur point de repère, elles s'engagèrent dans les ruelles étroites au cœur de la médina.

« D'où venait la carte postale ? » lui demanda Nell. Et Amy lui raconta doucement l'histoire tandis qu'elles approchaient du riad.

« Ça veut dire que tu vas aller à Essaouira pour le retrouver ? demanda-t-elle quand Amy eut terminé.

– C'est ça. » Entre-temps, elles étaient arrivées devant la porte du « Riad Lazuli ». Amy souleva la main de Fatma et frappa. Rien ne pourrait l'arrêter. Et au moins, pensa-t-elle, elle avait un peu progressé dans sa quête.

15

L illian se dit qu'elle devrait faire un peu de ménage, mais elle en resta au stade des intentions. Sa visite à Bridport l'avait fatiguée et passer l'aspirateur n'avait jamais été bien passionnant. Quand elle était mariée, c'était autre chose. C'était à l'époque où le rôle des femmes se limitait aux tâches ménagères et à l'éducation des enfants. Aujourd'hui, c'était différent. Des jeunes filles comme Amy – plus si jeunes que ça, Amy était beaucoup plus vieille que Lillian ne l'était quand elle était partie en Amérique pour se marier – pensaient beaucoup plus à leur carrière, à leur épanouissement personnel. Était-ce une bonne chose ? Lillian pensa à Mary, à Celia. Sans doute. Quoique…

Bridport n'était pas une grande ville, pas vraiment, même si, enfant, elle la trouvait immense. Mais il y avait beaucoup à voir. Elle avait bu un café, dans un café de la gare routière, un peu trop sinistre à son goût. Il était aménagé comme un *diner* américain et elle en avait vu bien assez, merci ! Puis, elle était partie voir les lieux qui avaient compté pour elle autrefois. Le pub appelé The White Lion, la maison blanche en face où les troupes étaient cantonnées, le parking d'East Street où cette bombe avait détruit toutes ces maisons, la place et les vieux cinémas. Chaque bâtiment faisait remonter à la surface un souvenir, certains plus agréables que d'autres.

Peut-être est-ce une bonne chose de ne pas vivre ici à Bridport, se dit-elle. Peut-être n'aurait-elle pas supporté cette promiscuité avec le passé.

Après le bal du samedi soir, après le dîner durant lequel la famille avait fait la connaissance de Ted Robinson, le fringant GI, Mary n'avait pas dit grand-chose. Lillian savait pourtant que Mary le revoyait, elle le sentait.

Un soir, quelques semaines plus tard, alors que Mary se préparait pour aller au cinéma – avec une amie, avait-elle dit à leur père –, Lillian se glissa dans sa chambre. Mary était assise devant sa coiffeuse, occupée à appliquer un peu de rouge sur ses joues. Elle avait ajouté un peu d'huile d'amande douce à un vieux bâton de rouge à lèvres à cet effet. Elle haussa un sourcil parfaitement dessiné quand elle vit Lillian.

Lillian s'assit sur l'édredon en satin rose. « Où vas-tu ? demanda-t-elle innocemment. Au Lyric ?

– Au Palace », répondit Mary du tac au tac. Les deux cinémas tournaient à plein régime ; ils changeaient leur programme deux fois par semaine, et depuis l'arrivée des Américains, il arrivait qu'il y ait la queue jusque dans la rue.

« Tu vois Ted ? lui demanda Lillian de but en blanc.

– Ted ? » Les yeux foncés de Mary semblaient très loin tandis qu'elle se regardait dans le miroir. Elle étala le rouge sur ses joues.

« Ted qui est venu dîner chez nous. » Combien de Ted y avait-il ? Aucun ne soutenait la comparaison avec lui, pensa Lillian.

Mary la jaugea dans le miroir. « Peut-être. » Elle ouvrit son rouge à lèvres et traça une courbe parfaite. Les filles étaient encouragées à se maquiller à cette époque, mais Lillian était encore trop jeune pour avoir la permission de le faire. Encore une chose censée remonter le moral de la population. Le moral des hommes ou le moral des femmes ? Elle n'aurait pas su dire. En tout cas, elle ne pouvait imaginer sa sœur sans son « Insigne rouge du courage » bien qu'elle n'en eût pas besoin. Mary était belle même dans la blouse ample qu'elle devait porter à l'usine.

« Ce soir ? » Lillian retint son souffle.

« Chut ! Ne dis rien ! » Mary approcha son index de ses lèvres sans les toucher.

« Tu l'aimes ? »

Mary sécha son rouge à lèvres avec un mouchoir. « Bien sûr que oui, idiote.

– Mais tu l'aimes vraiment ? » Lillian avait envie de secouer Mary parfois, elle était si désinvolte. Elle n'avait tout simplement aucune considération pour les sentiments des hommes. D'ailleurs, la plupart du temps, Lillian s'en fichait. Tant pis pour eux s'ils étaient si bêtes, pensait-elle. Mais là, c'était de Ted qu'il s'agissait. Et tout le monde pouvait voir que Ted était spécial. Ce n'était pas uniquement sa façon de parler, même si Lillian adorait son accent traînant si sexy, ni son sourire – découvrant des dents blanches – et accompagné d'un clin d'œil coquin. Il était différent de tous les hommes qu'elle avait pu rencontrer. Et cette étincelle dans ses yeux ne l'avait pas quittée. Elle hantait ses rêves.

Mary l'observa de nouveau dans le miroir. Cette fois, ses yeux étaient froids. Elle prit sa brosse et arrangea sa coiffure. « Les GI sont ce qui pouvait arriver de mieux à cette ville, même une enfant comme toi doit s'en rendre compte. » Elle prit une pince à cheveux dans la coupe en cristal taillée trônant sur la coiffeuse et coinça une mèche avec. « C'était vraiment sinistre ici depuis le début de la guerre. » Elle adressa un sourire secret à son reflet. « Mais maintenant tout a changé. »

Les GI ? Pour Lillian, il n'y en avait qu'un bien qu'il fût difficile d'ignorer les autres, déambulant en ville comme en territoire conquis, buvant dans les pubs, riant avec les enfants, abordant les filles dans les magasins, les rues, les files devant les cinémas, partout où ils en avaient l'occasion. Ils faisaient de l'ombre aux garçons du coin.

« Ils sont si séduisants ! dit Mary en soupirant. Si romantiques ! Si… assurés ! Une fille a besoin d'un peu de glamour dans sa vie, tu sais, Lil. »

Lillian hocha la tête. Elle le savait.

« Quand tout autour de toi est terriblement ennuyeux… » Elle posa sa brosse et fronça les sourcils tout en se regardant dans le miroir. « Dès que tu te promènes au bras d'un GI… tout le monde te remarque. » Elle détendit les muscles de son visage et appliqua une dernière touche de poudre. « Parfait », annonça-t-elle. Elle s'envoya un baiser dans le miroir.

Lillian essaya de s'imaginer au bras de Ted. Elle se sentit faiblir. Non pas parce qu'elle voulait qu'on la remarque, mais parce que – et elle se l'avoua pour la première fois – elle était tombée follement amoureuse de lui. Il était entré dans leur maison et avait conquis son cœur. Depuis qu'il était venu dîner chez eux, elle avait passé des heures à arpenter la rue devant la maison blanche, en face du pub, où il était cantonné ; dans l'espoir de le voir, dans l'espoir qu'il la reconnaisse et qu'il lui parle… Mary n'avait pas besoin de faire tout ça, bien sûr. Il chercherait toujours Mary. Et maintenant, elle le voyait, elle sortait avec lui, peut-être même qu'elle l'embrassait. Lillian frémit.

« Et puis, il y a les bas en nylon. » Mary passa doucement la main sur ses jambes. Elle portait des bas avec une couture impeccable. « Et les chocolats, les foulards en soie. Tous ces petits luxes dont nous devons nous passer.

– C'est pour ça que tu le vois ? demanda Lillian en la fusillant du regard. Pour les bas en nylon et les chocolats ?

– Bien sûr que non. » Mary se retourna pour la regarder. « Et qu'est-ce que ça peut te faire de toute façon ? Tu as le béguin pour lui, c'est ça ? » Elle rit. « Oh, ma chérie, maintenant je comprends pourquoi tu es si intéressée. » Elle se leva de sa chaise, s'étira et lissa sa jupe sur la courbe de ses hanches. « Ne te fatigue pas, petite sœur, dit-elle. Tu n'es qu'un bébé. Ted ne peut pas s'intéresser à une enfant comme toi. Je te le garantis. » Et tout en riant, elle partit, redressant ses épaules et rejetant dans un geste flamboyant ses cheveux en arrière.

Lillian la regarda partir. Elle était plus malheureuse que jamais. Et le pire c'était que Mary avait raison.

N'empêche, pensait Lillian à présent. *N'empêche*... Elle avait allumé la radio tout à l'heure et regrettait de ne pas avoir choisi une station qui passait de la musique. Une musique classique et apaisante. L'homme qui parlait – qui dissertait plutôt – était un politicien, et sa voix traînante, imbue d'elle-même, était plus irritante que fascinante. Lillian était également consciente qu'elle s'était assoupie plus d'une fois (par ennui, sans doute) et que ce n'était vraiment pas bien. Pas en plein milieu de l'après-midi.

Elle décida de ne pas penser à ce qui s'était passé ensuite, pas maintenant. Elle y avait pensé bien assez souvent depuis et elle espérait avoir payé sa dette. Elle préféra se souvenir du printemps à la place.

Quand le printemps arriva et que les troupes commencèrent à se rassembler, il devint évident que quelque chose se tramait. Quelque chose d'énorme. Parfois, il était même impossible d'aller sur la plage de West Bay ; les GI effectuaient souvent des manœuvres telles que l'Exercise Yukon dont les parents de Lillian avaient parlé. La vie sinon suivait son cours normal, du moins son cours normal en temps de guerre. Quant à Ted… les sentiments de Lillian n'avaient pas changé et elle était terrifiée à l'idée de ne pas le revoir, de ne pas pouvoir lui parler. À cause de ce qui s'était passé. À cause de ce qu'elle lui avait dit ; de ce qu'elle avait fait. Et parce qu'un jour, bientôt, il partirait.

Bien sûr qu'elle se sentait coupable. Ce n'était pas son rôle. Elle avait laissé ses émotions prendre le dessus, elle avait laissé parler son cœur plutôt que sa raison. Pourtant, malgré ce qu'elle avait fait, elle savait qu'elle devait le revoir à tout prix.

Et puis l'occasion se présenta. C'était un jour pluvieux. Les troupes américaines étaient alignées le long de West Street, devant le White Lion. La propriétaire sortait des pichets de vin de sureau et en distribuait des verres aux soldats pour les réchauffer.

Lillian le vit. Ils étaient tous là. La route était pleine de camions, de jeeps et de soldats. « Ted ! Ted ! » cria-t-elle.

Elle vit son visage s'illuminer. Et elle décela l'instant précis où il comprit que ce n'était que Lillian et qu'elle était seule. « Eh, Lillian ! » Il sourit et lui fit un clin d'œil. « Comment ça va, duchesse ?

– Je vais très bien, répondit-elle, malgré son cœur qui cognait dans sa poitrine. Et vous ? »

Il rit. « Je vais bien, jeune demoiselle. Très bien. »

Lillian saisit sa chance. « Je peux vous écrire ? cria-t-elle.

– Qu'est-ce que tu dis, princesse ?

– Je peux vous écrire en Amérique ? Je peux être votre correspondante ? Je peux vous écrire et m'assurer que vous êtes rentré sain et sauf de la guerre ? »

Elle entendit les autres hommes rire et le taquiner. « Eh, Teddy, tu as fait une sacrée conquête ! » Mais elle garda les yeux rivés sur les siens, espérant qu'il verrait combien elle était sérieuse. Elle n'avait pas eu souvent l'occasion de lui parler, mais durant ces quelques moments, il lui avait permis de découvrir un autre monde, plus excitant, plus libre que celui dans lequel elle vivait. Mary faisait partie du passé, à présent – Lillian préférait ne pas y penser. Ted avait été blessé, mais il pouvait faire confiance à Lillian. Elle ne pensait qu'à son bien. Elle attachait beaucoup d'importance à l'amour.

Il sembla hésiter. Puis : « Bien sûr, pourquoi pas ? » Il prit un morceau de papier dans sa poche et griffonna quelque chose. Les camions se mettaient en route. Il mit le papier dans un paquet de chewing-gum à moitié vide qu'il lui lança. Lillian l'attrapa. Elle l'ouvrit avec précaution. Elle avait son adresse. Elle ne l'avait pas perdu. Pas encore, en tout cas.

Plus tard, elle entendit parler du débarquement. Plus tard encore, elle apprit qu'il avait débarqué à Omaha Beach. Mais pour l'heure, il était bien au chaud dans son cœur.

16

Maroc, 1974

« Qu'est-ce qui t'a poussé à t'engager ? lui demanda Bethany un jour. Avec les pacifistes, je veux dire. » C'était l'été. Elle vivait avec lui au riad depuis deux mois. Les deux plus beaux mois de sa vie, se disait Glenn à présent.

Il lui avait dit ce qu'il avait expliqué à Howard quand ils s'étaient rencontrés sur la plage, qu'il était pacifiste et qu'il s'était opposé à la guerre du Vietnam pour des raisons morales. Pourtant, il savait ce que Bethany demandait en réalité. Était-ce par lâcheté ? Était-ce parce que tu avais peur d'aller là-bas et de te battre ? Il savait parce qu'il s'était posé la même question, Dieu sait combien de fois, et il l'avait vu dans les yeux de sa mère aussi.

Sa mère. Il imagina son doux visage. Ses yeux bleu clair, ses traits fins, le mouvement de ses cheveux ondulés. Elle avait peur pour lui. Elle se fichait pas mal de la guerre du Vietnam… Non, là il était injuste. Peut-être qu'elle ne s'en fichait pas après tout. Peut-être qu'elle s'intéressait à la politique autrefois mais elle gardait ses opinions pour elle. À vrai dire, en 1962, elle se souciait plus de la guerre qui sévissait dans sa maison. Son mari et son fils étaient enfermés dans une logique d'affrontement perpétuel. La plupart du temps, les tensions bouillonnaient sous la surface comme un volcan actif. Ils en étaient tous conscients. Ainsi, elle ne participait pas aux discussions risquant de provoquer une éruption. Il fut un temps où sa mère riait. Mais elle n'avait pas ri depuis bien longtemps. Elle ne prenait pas position, elle cherchait à préserver la paix, coûte que coûte.

« Les disputes avec mon père », dit-il à Bethany. C'est en s'affrontant avec son père qu'il s'était « engagé » pour la première fois. Il était naïf. Mais il avait compris, malgré son jeune âge (quatorze ans à l'époque) qu'il était l'opposé de son père. Et il voulait se rebeller, bien qu'à cet âge, il ne sût pas vraiment contre quoi. Rebelle sans cause ? Glenn eut un sourire ironique. James Dean avait parfaitement traduit ce sentiment dans le film. Il sentait encore le désespoir du gamin, son besoin de brailler. « Rien de ce que je fais ne convient ! » Mais Glenn avait une cause. Sa cause, c'était de combattre tout ce que défendait son père ; c'était la cause de la jeunesse.

Glenn était âgé de quatorze ans quand il fut admis à la Central High School de Philadelphie. C'était un bizuth. Il découvrit un monde nouveau qui lui plut immédiatement. Il se mit à lire et bientôt il dévora des œuvres telles que *L'Attrape-cœurs* de J.D. Salinger, portant sur l'angoisse et l'aliénation de l'adolescence. Sa cause était expliquée. Il réalisa qu'il n'était pas seul. Il y en avait d'autres.

Il ne savait pratiquement rien de la guerre du Vietnam, il n'en avait pas encore compris les enjeux. Son père parlait sans cesse des autres guerres – la guerre froide, la guerre de Corée, celle à laquelle il avait lui-même participé, la Seconde Guerre mondiale. Glenn écoutait mais ça lui passait par-dessus. C'était toujours la même chose, rien de nouveau.

« Il était comment ton père ? » lui demanda Bethany.

Glenn reconstitua mentalement le portrait et la silhouette de son père : grand, sombre, droit. Avec ce que l'on appelle un maintien militaire. Des sourcils broussailleux qu'il fronçait à la moindre occasion. Il avait les yeux marron, couleur noix de muscade, avec des taches orange. « Arrogant, répondit Glenn. Mon vieux était particulièrement exigeant. Il me donnait toujours l'impression que je n'étais pas à la hauteur de ses attentes. »

C'était l'arrogance qui le hérissait surtout. L'arrogance de son père. L'arrogance de l'Amérique. Pourquoi la génération de son père était-elle si fascinée par la guerre ? À quatorze ans, Glenn se posait souvent la question. Le monde semblait s'offrir à lui et il ne comprenait pas pourquoi certains s'obstinaient à vouloir le détruire. Était-ce une lutte acharnée pour le pouvoir ? À l'école, il avait appris comment les États-Unis d'Amérique étaient nés. Il comprenait pourquoi son père était si fier de la Constitution ; de ce qu'ils avaient accompli. Lui aussi était fier, bien sûr. Mais il regardait les journaux télévisés, écoutait ce que disaient les types plus âgés au lycée et il se demandait s'ils ne risquaient pas de se laisser entraîner trop loin. Certains hommes politiques américains semblaient croire que leur pays était le garant de la démocratie dans le monde entier.

« Ç'aurait peut-être été plus facile si tu avais eu un frère, fit remarquer Bethany. Pour répartir la charge des exigences de ton père, je veux dire.

– Et toi, tu n'as pas de frères et sœurs ? » Glenn roula sur le ventre pour lui faire face.

– J'avais un frère. » Ses yeux marron en amande semblaient immenses à la douce lueur de la lampe rouge et bleue à côté du lit. Il repensa au jour où ils s'étaient rencontrés dans la librairie à Paris. Il se souvint de ce calme qui émanait d'elle et qui l'avait immédiatement attiré. Il n'aurait jamais cru qu'elle s'intégrerait aussi bien. Il n'aurait jamais osé espérer qu'elle reste si longtemps.

Elle était étonnamment indépendante. Elle avait trouvé un travail de femme de ménage à mi-temps dans un petit hôtel sur le front de mer et elle se chargeait désormais de la cuisine au riad, à la place de Glenn et Gizmo. Personne ne s'en plaignait, elle s'en sortait beaucoup mieux. Elle nageait dans l'océan Atlantique pratiquement tous les jours et pratiquait le yoga sur la plage ou parfois sur le toit-terrasse quand Howard et Gizmo n'étaient pas dans les parages. Elle déambulait dans les rues de la médina coiffée d'un chapeau mou hippie qu'elle avait acheté dans un souk durant la première semaine, portant son sac en patchwork en bandoulière, sa jupe à motifs cachemire ondulant dans la brise, ses bras fins déjà bronzés. Elle avait un mot aimable et un sourire pour tout le monde. Parfois, elle rapportait des beignets sur une feuille de palmier ; ils les trempaient dans le thé à la menthe, comme les gens du coin, et c'était délicieux. Mais elle apportait bien plus à Glenn. Il y avait chez elle une dimension spirituelle, qui le calmait. Elle était comme l'arrivée de l'été. Glenn sentit le fardeau qu'il portait sur ses épaules disparaître progressivement, remplacé par une sensation de liberté qui l'entraînait vers le ciel. Et c'était grâce à cette fille. Il avait connu quelques nanas hippies durant son périple. Mais jamais il n'avait rencontré quelqu'un comme Bethany.

« Tu avais… » Il suivit le contour de sa pommette avec le doigt. La ligne était parfaite. Au départ, il avait jugé que sa bouche était trop grande pour qu'elle fût vraiment belle. Mais depuis il avait changé d'avis.

« J'avais un frère.

– Qu'est-ce qui lui est arrivé ? » Il s'écarta légèrement pour mieux voir son visage et ne rien manquer.

« Il est mort. » Elle ne cilla pas. « Ce n'était encore qu'un bébé. Il a contracté une leucémie.

– Oh, mon Dieu, Bethany…

– On l'aimait pourtant.

– Bien sûr. » Il caressa ses cheveux sombres. Il se demandait souvent ce que l'on ressentait quand on perdait un frère, une sœur, un enfant. C'était atroce, il en était certain. Quand il était adolescent, les jeunes étaient déjà envoyés au Vietnam et bientôt tout le monde autour de lui connaissait quelqu'un qui avait perdu un fils ou un amoureux.

Au départ, personne pratiquement ne parlait du Vietnam, pourtant le conflit faisait rage déjà. Il se passait tellement d'autres choses. D'autres guerres : la guerre de Corée, la guerre froide. La déségrégation raciale, le début du Mouvement des Droits civiques, la NASA et les Mercury Seven, les premiers astronautes américains et *Spoutnik I*… Le Vietnam ne figurait pas en tête des préoccupations des Américains. Son père, cependant, suivait de près toutes les campagnes militaires et avant même l'envoi de troupes, il parlait souvent du soutien des États-Unis au Sud-Vietnam : soutien financier, conseils sur les réformes à mener, formation des militaires.

Quand Glenn lui avait demandé pourquoi, il s'était mis à rire. « Ils ne t'apprennent donc rien dans ton école ? dit-il. Parce qu'ils sont anticommunistes, voilà pourquoi. »

À l'époque, Glenn ne savait même pas ce qu'était le communisme. Mais il ne tarda pas à le découvrir. Durant sa première année au lycée, il fit la connaissance d'un certain professeur, un jeune radical du nom de Brad Stoneeigh, et se fit un nouvel ami, Al, qui avait des idées nouvelles, provenant d'une éducation libérale bien différente de celle que Glenn avait reçue. C'était une époque passionnante. Il en apprenait plus sur le monde. Et les choses changeaient. C'était encore une nouvelle décennie. Les années soixante.

Les gens appréciaient leur président charismatique John F. Kennedy. Il avait des idées nouvelles lui aussi. Plus rien ne serait comme avant.

« En quoi *croyait*-il ? lui demanda Bethany. Ton père, je veux dire. »

La réponse était évidente. « Il croyait à la guerre. » Glenn se rallongea, posant la tête sur ses mains, fixant le plafond de leur chambre, autrefois richement décoré, mais aujourd'hui complètement délabré. « Je croyais à la paix. » En repensant à sa détermination à être tout ce que son père n'était pas, il s'interrogeait à présent… Était-ce là la raison de son pacifisme ? Il espérait bien que non.

« Ton père était favorable à la guerre ? répéta Bethany. Même à la guerre du Vietnam ? »

Elle était anglaise, elle ne comprenait pas. Mais Glenn avait presque envie de dire : « Qui ne l'était pas ? » Certainement, au début des années soixante, la plupart des Américains soutenaient l'engagement des États-Unis au Vietnam et n'avaient pas peur de le dire. Jusqu'à ce que les choses tournent vraiment mal. « Surtout la guerre du Vietnam », se contenta-t-il de répondre. McCarthy avait une grosse part de responsabilité. Grâce à lui et à d'autres comme lui, le communisme était considéré comme l'incarnation du diable. Et quand le père de Glenn parlait du communisme, ce qui lui arrivait souvent, et avec le plus grand mépris, il se hérissait. Ses épaules se tendaient, sa mâchoire parfaitement rasée se tordait, et il secouait brusquement son journal pour déplier les pages comme si un « sale coco » se cachait à l'intérieur.

La situation historique du Vietnam était compliquée. Glenn l'avait appris des personnes avec qui il traînait au lycée. La lutte pour l'indépendance après la Seconde Guerre mondiale avait abouti à la formation de deux gouvernements, Nord et Sud, et à la division du pays. Le Nord-Vietnam était on ne peut plus communiste.

« Il avait une peur bleue du communisme, expliqua Glenn à Bethany. Les gens ont encore peur aujourd'hui. Il suffit qu'un pion tombe pour que les autres suivent. Les dominos, tu connais ?

– Les dominos ? » Il mima une rangée de dominos tombant les uns après les autres. On parlait même de l'effet domino. « Il pensait qu'il fallait le contenir. » Drôle de mot. Que signifiait donc ce « contenir » ? Fallait-il l'enfermer dans une boîte, le cacher, et faire comme s'il n'existait plus ?

« Est-ce juste de financer et d'encourager une guerre dans un petit pays opprimé uniquement parce que nous avons peur ? demanda-t-il à son père pendant le petit déjeuner du dimanche matin.

– Nous n'avons pas peur, fiston. » La voix de son père était calme et assurée, et contenait juste une pointe de mépris. « Nous sommes américains.

– Mais tu parles d'une guerre, papa. » Glenn aurait tellement aimé pouvoir communiquer avec lui. « Une guerre où des innocents se font tuer et où la plupart des gens ne savent même pas pourquoi ils se battent. » Il avait été choqué quand il avait lu des articles sur les violences au Vietnam. L'opinion américaine savait-elle ce qui se passait réellement ? Son père le savait-il ?

« Et que ferais-tu, toi qui es si intelligent ? » demanda son père.

Glenn sentait sa mère près de lui : nerveuse, anxieuse, s'éloignant de l'évier où elle faisait la vaisselle, prête à intervenir, ses mains jointes trahissant son angoisse. « Ted…

– Je me retirerais », dit Glenn.

L'expression de son père s'assombrit. « Tu laisserais ces fichus communistes prendre le pouvoir ? C'est pour ça qu'on s'est battus ? Et qu'est-ce que tu fais de l'honneur américain ? De l'avenir de notre pays ? De *ton* pays ?

– N'est-ce pas un peu tôt pour parler de politique ? protesta la mère de Glenn. Pourquoi ne pas profiter de ce petit déjeuner du dimanche matin avant d'aller à l'église pour parler agréablement… » Elle semblait chercher un sujet de conversation adéquat. « … d'autre chose. »

Glenn aimait sa mère mais il avait déjà compris que l'on ne pouvait pas, que l'on ne devait pas, tout balayer sous le tapis. Il fallait dire les choses. Sinon rien ne changerait jamais. Les sacro-saints dimanches en famille… des images défilèrent dans sa tête. Aller à l'église, faire les tâches ménagères, tondre la pelouse, parler aux voisins, les dîners de famille. C'était tellement commode ! Glenn avait parfois envie de crier. Les débats auxquels il participait au lycée lui avaient apporté quelque chose de nouveau. Et il voulait vivre en accord avec ses principes.

Son père repoussa une assiette qui était encore sur la table. Son geste avait quelque chose de menaçant. Du moins aux yeux de Glenn. « Nous nous sommes engagés. » La voix de son père retentit, fière et réelle. *Comme s'il se présentait à la présidence*, pensa Glenn. « L'Amérique s'est engagée. » Il se leva et se dressa au-dessus de Glenn. « Et nous avons eu raison de le faire. »

Glenn prit une profonde inspiration. « Nous avons eu tort, papa. »

Il vit sa mère s'agripper au dossier de la chaise. Il se leva, à son tour. *Au même niveau*, pensa-t-il. Presque. Il n'était pas aussi grand que son père. Pas encore. Mais un jour, il le rattraperait. Il n'en était pas loin.

« *Tort* ? » Son père lui lança un regard noir, fronçant ses sourcils broussailleux. « Qu'est-ce que tu entends par là ? Tu veux bien reformuler ta phrase ? »

Glenn s'aperçut qu'ils retenaient tous leur souffle. « Sauf votre respect, monsieur, Eisenhower n'avait pas le droit d'intervenir dans un débat interne concernant le gouvernement d'un autre pays.

– Vraiment ? » Les yeux de son père se mirent à briller.

« C'est mon avis. » Personne n'avait le droit de dicter aux autres ce qu'ils devaient faire de leur vie, en quoi ils devaient croire. Et soudain, Glenn réalisa quelque chose. Il ne répétait pas ce que Brad ou Al ou les autres gars avaient dit. Il ne recrachait pas ce qu'il avait lu sur un tract. C'était Glenn qui parlait. C'était ce qu'il croyait.

Son père jura dans sa barbe. Il passa les doigts dans ses cheveux courts et noirs. Glenn comprit qu'il était à bout. Et il aurait presque aimé qu'il explose. « Ah, c'est comme ça ? » Son père serra les poings. Il fit un pas vers Glenn. Allait-il lui décocher un coup de poing ? En était-il capable ?

« Oui, monsieur. » Glenn serra les dents et tint bon même s'il se sentait vaciller.

« Ted. » Sa mère fit un pas vers son père mais il leva la main pour l'arrêter. Et recula ; sa respiration était rapide et superficielle.

Il regarda son fils, l'air calme et pensif. « Tu as beaucoup à apprendre, mon garçon, dit-il. Contrairement à ce que tu penses, tu ne sais pas tout, loin de là. Le fait est qu'une force plus puissante doit parfois intervenir et faire ce qui est juste. » Il hocha la tête comme s'il était satisfait d'avoir eu le dernier mot, tourna les talons et sortit de la pièce.

« Nous ne pouvons pas nous retirer parce que nous ne pouvons pas perdre la face. » Glenn réalisa qu'il tremblait. « C'est ça la vérité ! C'est ça la force de notre pays ?

– Ça suffit, Glenn. » Sa mère traversa rapidement la pièce et prit ses mains dans les siennes. « Arrête ça. Ne t'emballe pas. Laisse-le. C'est tout ce que je te demande. »

Enfant, Glenn avait souvent enfoui sa tête dans sa poitrine et senti ses bras chauds s'enrouler autour de lui. Elle l'avait réconforté, soutenu sans rien demander en retour. Mais à présent…

C'était à son tour de la prendre dans ses bras. Elle paraissait si petite, si fragile. Elle avait lavé ses cheveux sombres et épais pour la messe. Ils sentaient le shampoing au citron vert. « Je ne sais pas, maman, murmurat-il à son oreille. Je ne sais pas si je peux. »

*

« C'est lui qui m'a entraîné, qui m'a poussé à m'intéresser à la politique, dit Glenn à Bethany. À m'interroger sur la guerre et sur ce que nous faisions au Vietnam. Ensuite, j'ai trouvé une partie des réponses que je cherchais au lycée. » Il regarda Bethany. Son front lisse, ses yeux dont émanait un calme qu'il ne connaîtrait jamais. Il se figurait qu'il savait beaucoup de choses. Et il voulait, plus que tout, donner tort à son père.

Une fois engagé dans la lutte politique, il n'était plus question de faire marche arrière ; ni par égard pour sa mère, ni pour préserver une harmonie familiale illusoire. Il grandissait. Et son monde, le monde de sa génération, était à des années-lumière de celui de son père.

17

L'atelier culinaire au « Riad Lazuli » touchait à sa fin et Nell était triste. En ce dernier jour, elle visitait les Tombeaux saadiens en compagnie d'Amy. C'était elle qui avait choisi ce lieu. Amy avait paru réticente, ce qui ne lui ressemblait pas. Mais Nell sentait l'impatience de son amie grandir. Car pour Amy ce n'était pas encore terminé. Elle avait hâte d'aller à Essaouira, la prochaine étape de son voyage, où elle espérait trouver ce qu'elle cherchait. Et si elle ne trouvait rien, au moins aurait-elle essayé. Et Nell sentit une pointe de jalousie. Un sentiment fugace. Que cherchait-elle ? Elle pensait le savoir mais elle n'était plus si sûre.

Elle avait aimé ce séjour à Marrakech, elle était ravie d'avoir rencontré Amy et le cours de cuisine marocaine avait surpassé ses attentes. Elle était tombée amoureuse de la nourriture de ce pays – avec ces modes de cuisson lents et réfléchis, cette précision dans l'utilisation d'épices délicates, ce mélange sucré-salé. Mais en savait-elle vraiment plus sur la vie de sa mère ? Pas franchement, non. Quant à son mariage… Les mots qu'elle avait dits à Callum l'avaient irrémédiablement éloignée de lui. Elle s'était séparée de lui d'un point de vue pratique, comme ils étaient séparés physiquement. Et après ?

Force était d'admettre que sa rencontre avec Rafi au bar la nuit dernière l'avait prise au dépourvu. Cet homme séduisant, issu d'une autre culture, semblait comprendre ce qu'elle faisait, mais aussi qui elle était réellement sans qu'elle ait besoin de le lui expliquer. Qu'est-ce que cela disait de sa relation avec Callum ? Et Nell avait été séduite par Rafi. Peut-être n'était-elle pas si « éteinte » qu'elle le croyait. Peut-être était-elle encore capable d'avoir des émotions ? L'intérêt de Rafi était flatteur et avait sans doute simplement agi comme un déclic. Elle lui avait certes dit que ce ne serait pas une bonne idée de dîner ensemble, mais à vrai dire, elle avait été tentée. N'était-ce pas de mauvais augure pour son mariage ?

Les Tombeaux saadiens près de la mosquée de la kasbah dataient de l'époque du sultan Ahmed al-Mansur. Ce complexe funéraire fut érigé en 1557 pour abriter la sépulture du fondateur de la dynastie ; il était remarquable par la qualité des matériaux utilisés et la beauté des décorations : marbre de Carrare, mosaïques et lambris en bois doré. La nécropole avait été ceinte de murs par un successeur peu admiratif et les tombeaux ne furent découverts qu'en 1917, c'est ce que Marion leur avait expliqué pendant leur déjeuner quand elles lui avaient fait part de leur intention de visiter le complexe funéraire. Nell regarda Amy sortir son appareil photo de son sac. À l'évidence, elle s'intéressait beaucoup moins à l'histoire et à la centaine de membres de la dynastie saadienne enterrés dans des tombeaux qu'au magnifique plafond de bois sculpté, aux *zelliges* colorés, à la délicate écriture arabe et aux sculptures complexes qu'elle photographiait avec un regain d'enthousiasme.

« Il ne m'avait pas dit que c'était si beau, marmonna-t-elle.

– Il ?

– Oh, juste un collègue au travail. »

Oui, oui. « Tu as changé la date de ton vol retour ? lui demanda Nell. Maintenant que tu vas à Essaouira ?

202

– Il me reste encore deux jours. Je n'ai rien changé pour le moment. Je prendrai les choses comme elles viendront. » Amy continuait à photographier les mosaïques.

Et elles étaient magnifiques. Nell avait remarqué que les motifs étaient soit géométriques, soit abstraits. Certains s'organisaient autour d'une étoile centrale, d'autres représentaient des fleurs, d'autres encore ressemblaient à des nids d'abeille. Elle recula pour admirer l'effet général.

« Toutes ces techniques anciennes qui ont été transmises et améliorées de génération en génération. » Amy secoua la tête, s'émerveillant devant un tel savoir-faire. « Et tout cela a été créé pour honorer la mémoire de quelqu'un. C'est à couper le souffle, non ? » Amy avait arrêté de prendre des photos. À présent, elle admirait l'ensemble.

« Hmmm. » On n'avait pas forcément besoin de toutes ces splendeurs pour honorer la mémoire de quelqu'un. Nell pensa à sa mère et au safran. *Qu'est-ce que ça fait de prendre les choses comme elles viennent ?* se demanda-t-elle. Les plans d'Amy étaient si fluides, si flexibles, les siens paraissaient si prévisibles, si immuables à côté. Peut-être était-ce là l'un des aspects du mariage, un aspect plutôt déprimant. Il fallait tenir compte de son partenaire, et Nell avait plutôt du mal en ce moment. Elle n'avait pas reparlé à Callum depuis leur dernière conversation. Pourtant, ils devraient bien finir par discuter. Par prendre une décision. Et elle sentit physiquement la douleur d'une perte imminente. *Trop de pertes*, pensa-t-elle.

« Ouais, je vais voir comment ça se passe à Essaouira avant de décider pour mon vol, répondit Amy après sa digression sur la beauté de l'endroit.

– Quand est-ce que tu quittes Marrakech ?

– Demain matin. » Amy lui sourit. « Je ne pouvais pas manquer le festin de ce soir. »

Nell jeta un coup d'œil à sa montre. « Ce qui me rappelle que je dois rentrer. » Heureusement qu'il y avait la cuisine. Quand elle cuisinait, elle oubliait. Au moins quelques instants.

Pour leur dernier challenge culinaire, ils préparaient tous une recette de leur choix sous la supervision d'Hassan. Elle avait choisi de cuisiner un tajine de poulet au fenouil. Elle avait opté pour le fenouil parce que non seulement elle appréciait son goût unique mais aussi parce c'était un légume de saison et elle préférait cuisiner en respectant ce critère. C'était une recette relativement simple mais qui demandait beaucoup de temps quand il fallait la préparer pour un si grand nombre de personnes. Et bien qu'elle ait déjà bien avancé dans la préparation du plat, elle voulait consacrer beaucoup de temps aux dernières étapes pour obtenir le parfum délicat qu'elle souhaitait.

« Et si tu venais avec moi ? demanda Amy les yeux brillants.

– Où ça ?

– À Essaouira, bien sûr. » Elle prit les mains de Nell dans les siennes. « Considère ça comme une aventure. Tu mérites une aventure.

– Oh, c'est impossible. » Pourtant, Nell sourit. Une aventure, c'était tentant. Et sa mère approuverait. Elle avait certainement eu sa part d'aventures, bien qu'elle en ait gardé certaines pour elle.

« Pourquoi ?

– Mon vol est réservé pour demain après-midi.

– Tu pourrais changer la date.

– Et Callum vient me chercher à l'aéroport.

– Tu pourrais l'appeler. »

Oui, mais que dirait-elle ? Qu'elle partait à l'aventure

alors que leur mariage battait de l'aile ? Qu'elle n'était pas prête à rentrer à la maison ? Qu'elle n'avait pas hâte de le revoir quoiqu'il lui manquât en réalité ? Que son séjour ici l'avait amenée à s'interroger sur leur relation et sur leur avenir ? Nell frissonna. « Et il faut que je reprenne le travail. Le vrai travail. Au restaurant.

– Ah. » Amy se tourna vers les tombeaux. « D'accord, c'était juste une idée. »

De retour au « Riad Lazuli », Nell monta se changer pour le dîner. Pourtant, au lieu d'aller dans sa chambre, elle passa devant les fenêtres treillissées et prit l'escalier qui menait au toit-terrasse.

Le ciel avait pris une teinte bleu métallique avec des nuances de rose, il se préparait pour le couchant. Les hirondelles décrivaient des demi-cercles dans le ciel, s'élevaient dans les airs puis s'élançaient au-dessus des toits de Marrakech. Elle sentait le tremblement et le battement de leurs ailes tandis qu'elles filaient au-dessus d'elle. Nell posa les mains sur la balustrade. Elle regarda en direction du minaret de la Koutoubia, datant du douzième siècle, se dressant au-dessus des toits de la médina rose, avec leurs cyprès, leurs lilas, leurs bougain-villées et leurs figuiers. Elle distingua même l'Atlas au loin, ses sommets élevés un peu dans la brume, derrière la plaine couleur cacao et les palmeraies autour des remparts de la ville. Le rose de la médina prenait une couleur presque saumon à mesure que le soleil déclinait dans le ciel et que la lumière jaune de la fin d'après-midi éclairait les toits et les murs.

Nell était contente de son plat. Hassan l'avait goûté et lui avait fait des compliments. Elle craignait qu'il désapprouve ses choix car elle avait légèrement trans-formé la recette traditionnelle. Elle avait toujours procédé ainsi. C'était lié à sa longue pratique de la cuisine, remontant à l'époque où elle cuisinait à la ferme en compagnie de sa mère. Cette fois, elle avait ajouté du safran et du gingembre au délicat mélange de fenouil et de coriandre. Cela apportait, trouvait-elle, un peu de douceur car le citron confit pouvait donner une certaine acidité à la recette. Mais aussi une touche originale. L'ajout de ces épices rehaussait le parfum tout en maintenant sa subtilité.

Hassan avait d'abord froncé les sourcils. « Vous avez du flair, avait-il dit ensuite.

– Merci. »

Il s'adressa à Marion et lui demanda de traduire.

« Il se demande ce que vous allez faire de ce talent. Êtes-vous déjà chef dans un restaurant ? Il pense en tout cas que vous devriez. Vous comprenez très vite ce qu'on vous demande. Mais vous aimez ajouter quelque chose de nouveau, quelque chose de personnel.

– Je ne connais pas d'autre façon de cuisiner », répondit Nell.

Marion traduisit. Il hocha la tête. « C'est la meilleure », confirma-t-il. Il se remit à parler en arabe.

« La meilleure façon d'exprimer votre créativité », traduisit Marion.

Nell était flattée. Elle avait une très haute opinion d'Hassan, de ses qualités de chef. Elle avait eu beaucoup de chance d'avoir un instructeur si patient et si méthodique. Et il avait accordé la même attention à chacun, peu importe son expérience ou son niveau de compétence. « Eh oui, je travaille dans un restaurant, ajouta-t-elle, mais j'espère ouvrir un jour mon propre établissement, c'est mon rêve. »

Quand Marion eut traduit, Hassan hocha la tête. « Vous le ferez, dit-il. *Inch'Allah.* » Si Dieu le veut.

Le soleil était de plus en plus bas et la lumière se parait de teintes rouges et grises. La journée avait été étonnamment douce. Marion leur avait dit qu'en novembre les températures dans la journée pouvaient varier entre quinze et vingt-trois degrés. Mais dès que le soleil se couchait, il faisait frais et l'on devait porter un pull. Nell vit de la neige sur les sommets des montagnes. Marion leur avait dit qu'elle ne fondait qu'au cœur de l'été. Elle était donc déjà de retour.

Et Nell aussi devait songer à son retour. Elle pensa à la ferme. Elle n'avait pas eu le temps de lire les cartes ces derniers jours. Ce fut presque un choc pour elle de s'en rendre compte. Elle pratiquait le tarot par intermittence depuis des années, mais tirait les cartes presque tous les jours depuis la mort de sa mère. Ici, cependant, chaque jour filait dans un tourbillon d'activités et de projets. Il y avait d'abord le petit déjeuner sur la terrasse ou dans le salon rose au rez-de-chaussée, en fonction de la température, puis les cours de cuisine et les ateliers pratiques ponctués d'anecdotes historiques de Marion. Suivait le déjeuner. Et dès qu'elle avait deux heures de libres, elle sortait avec Amy qui courait partout, prête à savourer de nouvelles expériences, à découvrir de nouveaux endroits à photographier. Elle reprenait ensuite les préparatifs en cuisine, puis il y avait le dîner. Quand Nell allait se coucher, elle était épuisée. Mais elle dormait très bien, d'un sommeil réparateur, sur l'oreiller duveteux qui sentait la cannelle. Cela ne lui était pas arrivé depuis très longtemps.

Elle vivait. Nell regarda les hirondelles, entendit leur sifflement distinctif tandis qu'elles volaient çà et là. Elles vivaient elles aussi. Elles jouaient, réalisa Nell. C'était du moins l'impression qu'elles donnaient.

Tandis que le ciel se transformait en voûte orange brillant, Nell sentit les larmes lui monter aux yeux. Peut-être était-ce simplement cet endroit ou ces quelques minutes de solitude. Sa mère était peut-être morte, mais

Nell n'était pas prête à ne plus entendre sa voix. Elle voulait en savoir plus sur cette femme qui l'avait mise au monde, elle voulait même savoir les mauvaises choses. Ces mauvaises expériences faisaient aussi partie de l'histoire de sa mère et leur appartenaient donc à toutes les deux à présent. Si elle découvrait qui était réellement sa mère, peut-être pourrait-elle enfin accepter sa mort ? Et aussi pourquoi elle avait fait ça. Car Nell n'en avait pas fini avec la vie, pas avant longtemps.

Tout commença par une note aiguë. Le muezzin, l'appel à la prière à travers un premier mégaphone dans la médina, puis un autre provenant d'un endroit différent, à quelques secondes d'intervalle, les appels finissant par se mêler, par s'amplifier pour atteindre leur paroxysme. Nell s'était habituée et pourtant ils la prenaient toujours par surprise. C'était un appel à la fois plaintif et fascinant, triste et impérieux. Les mots faisaient des méandres. C'était un chant, un bourdonnement qui ne pouvait pas être ignoré. Elle ferma les yeux et écouta.

Le ciel à la nuit tombante, l'écho de la prière immobile dans l'air, tout cela était d'une beauté à couper le souffle si bien que Nell resta jusqu'à ce que le soleil fût complètement couché, chatoyant comme de la soie changeante dans le ciel et la médina. Elle partit quand le ciel se para des couleurs de la nuit.

De retour dans sa chambre, elle se changea rapidement et passa une robe longue en jersey bleu pâle puis descendit voir Ahmed à la réception. Elle se dit que le bleu du « Riad Lazuli » était profond, presque céleste. Comme la pierre dont il portait le nom, il était parsemé de pyrites jaunes qui brillaient comme des étoiles.

Elle remarqua qu'Ahmed portait un anneau en or au petit doigt. Le lapis-lazuli enchâssé dans l'anneau était minuscule mais parfait.

Ahmed sourit quand il la vit regarder l'anneau. « C'est la pierre de l'amitié et de la vérité, dit-il.

– C'est magnifique. » Et ils avaient si bien reproduit la couleur dans le décor du riad.

Il inclina la tête. « Et que puis-je faire pour vous aider ? demanda-t-il.

– Pourrais-je utiliser votre ordinateur ? J'aimerais voir si je peux repousser mon vol.

– Ah. » Il ne parut pas surpris. « Je peux vous aider, bien sûr. Vous souhaitez rester plus longtemps dans notre pays, c'est ça ?

– Oui, dit-elle. Je veux visiter une safranière.

– Bonne idée. » Amy était derrière elle, affichant un sourire jusqu'aux oreilles. « Je te propose un truc. Tu m'accompagnes à Essaouira et je t'accompagne à la safranière. Je pense que c'est en gros dans la même direction. Marché conclu ?

– Marché conclu », dit Nell. Il y avait sa mère et il y avait Callum. La mort et la vie. Ce n'étaient que quelques jours de plus. Elle ferait d'abord ce qu'elle pourrait pour sa mère. Il le fallait. Et si Callum ne pouvait pas comprendre ce besoin, tant pis. Ensuite… elle se soucierait de son mariage.

18

L e lendemain matin, après avoir fait leurs adieux, Amy et Nell prirent un taxi jusqu'à la gare routière, non sans goûter une dernière fois aux joies de la charrette à bras du « Riad Lazuli » aux remparts de la ville.

« Mince », dit Amy une fois qu'elles eurent acheté leurs tickets et rejoint les personnes qui attendaient dehors.

« Quoi ?

– Il va falloir que je l'appelle. » Il devait savoir où elle allait, c'était censé être un déplacement professionnel, et apparemment elle devait rendre des comptes à Jake Tarrant. Elle le trouva dans la liste de ses contacts, où elle l'avait enregistré après son appel au jardin Majorelle, sous l'entrée *Thé rouge*.

« Amy ? » Elle perçut la surprise dans sa voix. Peut-être même un peu de plaisir, mais sans doute se faisait-elle des idées.

« C'est à propos d'Essaouira, dit-elle.

– Oui ? »

Ce n'était pas facile. Amy échangea un regard avec Nell. Heureusement qu'elle l'accompagnait. Elle était d'excellente compagnie et Amy se réjouissait de passer plus de temps avec elle. Une amie pour la vie ? C'était bien parti en tout cas.

« J'ai changé d'avis, dit-elle à Jake.

– Ah bon ?

– En fait, je suis en train d'attendre le bus pour Essaouira. » Elle fit un clin d'œil à Nell.

« Alors comme ça, vous voulez écouter des groupes là-bas ? » Il semblait déconcerté. Amy décida qu'il n'avait pas besoin de savoir pour la porte bleue.

« Je me suis dit que ça valait le coup d'essayer, oui.

– D'accord. » Il marqua une pause. Sembla sur le point d'en dire davantage. « Qu'est-ce qui vous a fait changer d'avis ? Duncan a-t-il…

– Non. » Elle n'avait aucune envie de parler de Duncan.

« Je ne lui en ai pas parlé. Au cas où vous vous seriez posé la question.

– Je ne me suis pas posé la question. » Amy s'écarta pour laisser passer une femme. Elle portait un bébé dans son dos et un gros sac dans les mains, et guidait deux enfants devant elle. Son mari marchait à côté d'elle. Sa responsabilité semblait se limiter aux tickets de bus qu'il avait dans les mains.

« Amy, je voulais vous parler, dit Jake. J'ai réfléchi. On est peut-être partis du mauvais pied. »

C'est le moins qu'on puisse dire en effet, pensa-t-elle.

« Vous et moi, nous travaillons ensemble sur ce projet, nous faisons équipe. Il faut que nous collaborions. »

Collaborer. Si Amy proposait son aide à la femme… Comment réagirait son mari ? Serait-il embarrassé ? furieux ? Le remarquerait-il seulement ?

« C'est Duncan qui a fait appel à moi, je sais. Mais ce projet… C'est notre bébé. Le vôtre et le mien. »

Le vôtre et le mien ? Amy ignora la chaleur du soleil du matin sur son front. La rougeur sembla se propager à tout son corps. Mais elle était trop jeune pour la ménopause et il ne faisait pas si chaud que ça. Et ce projet était à l'origine *son* bébé. Elle ne devait pas l'oublier. Elle remonta son sac sur son épaule. Pourtant, elle ne devait pas lui en garder rancune. Elle devait aller de l'avant.

Et pour être tout à fait juste avec lui, il semblait vouloir exactement la même chose. « Eh bien... » Elle l'imagina : ses cheveux hirsutes, ses fossettes, sa dent tordue, ses bottes... Elle sourit. Puis surprit Nell en train de la regarder avec curiosité et transforma immédiatement son sourire en grimace. « Oui, sans doute », dit-elle.

« Votre relation avec Duncan...

– Quoi ? » Elle faisait vraiment la grimace à présent.

– Oh, allez Amy. » Il rit. « Je ne suis pas stupide. J'admets que j'étais surpris. Une femme comme vous... Mais ça ne me regarde pas.

– En effet. » Et qu'entendait-il par une *femme comme vous* ? « Mais sachez pour votre gouverne que c'est du passé.

– Du passé ?

– Oui. Ou si vous préférez : plus d'actualité. *Finito*. Terminé. » Et jamais une décision ne lui avait paru plus justifiée.

« Je vois. » Bien qu'il n'eût pas l'air de la croire.

« Et... » Pourquoi essayait-elle de se justifier, bon sang ? Sa vie amoureuse, ou son absence de vie amoureuse, ne regardait qu'elle. La galerie aussi ne regardait qu'elle. Et Duncan. Pour qui se prenait ce Jake Tarrant à la fin ? Pour un conseiller conjugal engagé pour rétablir l'harmonie ? « Peu importe, dit-elle. Il faut que je raccroche. Le bus arrive. » Effectivement, le car s'arrêta dans la gare dans un crissement de pneus, soulevant un nuage de poussière rose, et tout le monde se précipita vers le véhicule, une marée humaine.

« Je voulais juste dire que votre histoire avec Duncan n'a rien à voir avec moi, précisa-t-il plutôt sèchement, trouva-t-elle. Je ne m'intéresse pas à votre vie personnelle. Je veux juste que cet événement autour du Maroc soit un immense succès. »

Il ne s'intéressait pas à sa vie personnelle ? Il n'avait pas à s'inquiéter. Elle ne s'intéressait pas non plus à la sienne. « C'est bien pour ça que vous paie Duncan », répliqua-t-elle tout aussi froidement.

« Et il faut que je vous dise quelque chose à propos d'Essaouira. »

Amy prit sa valise et suivit les passagers vers le côté du bus, où le chauffeur jetait au hasard les sacs dans la soute à bagages. « Quoi ?

– Il se trouve, Amy…

– Vous me direz tout ça à mon retour. » Elle en avait assez. « Il faut que je raccroche. »

Dans le car, Amy regarda le paysage défiler : les échoppes vendant des plantes et des objets en céramique et les orangeraies en dehors de la ville firent bientôt place à un paysage plus désertique, la terre rose-marron, parsemée çà et là de grands palmiers, d'oliveraies et de bambous. Il y avait quelques habitations aussi : les villages endormis se limitaient la plupart du temps à quelques huttes, mais il y avait toujours une mosquée et un café, des ânes et des charrettes, des hommes assis en train de travailler le bois ou le métal et des garçons triant des charretées de menthe fraîche.

La route était bonne et l'autocar rapide. Durant le trajet de deux heures et demie, ils doublèrent des scooters, des taxis Mercedes déglingués et des camions, en général chargés de matériaux de construction ou de caisses de melons. Plus tard, Amy vit des moutons et des chèvres dans les plaines, et une femme avec une brassée de foin sur la tête, conduisant un bœuf. L'épine dorsale du pays, les montagnes roses de l'Atlas apparaissaient vaguement à quelque distance.

Amy se rendit compte que Nell la regardait.

« Il te plaît ?

– Qui ça « il » ?

– Celui avec qui tu parlais au téléphone juste avant le départ. Jake Tarrant, non ? »

Amy la regarda à son tour. Que sous-entendait-elle ? « Il me rend dingue, dit-elle. Et avant que tu ne tires de fausses conclusions, ce n'est pas dans le bon sens du terme, d'accord ? »

Nell haussa les épaules. « C'est peut-être parce que tu veux qu'il te poursuive ? »

La poursuivre ? Malgré elle, Amy vit Jake apparaître dans son esprit. Elle serra les dents. « Certainement pas. »

Nell sourit. « Pas même un tout petit peu ?

– Eh bien… » Il était séduisant, il fallait bien le reconnaître. Et il n'avait pas été trop suffisant quand elle lui avait dit qu'elle avait changé d'avis pour Essaouira. Il était intelligent. Intéressant. Et la tristesse qu'elle avait décelée chez lui l'attirait, un petit peu. Pourquoi fallait-il toujours qu'elle soit attirée par des gens qui semblaient tristes ? « Quelque chose le rend malheureux, ajouta-t-elle. Je ne sais pas ce que c'est. »

Nell repoussa une boucle blonde de son visage. « Je suis sûre que tu vas le découvrir.

– Qui te dit que je vais essayer ? » Mais Amy ne put s'empêcher de rire. Nell rit avec elle. Elle semblait heureuse à présent, pourtant la veille au soir, durant le banquet, qui avait été un immense succès avec beaucoup de plats différents et authentiques à goûter, Amy avait vu Nell s'éclipser sans doute pour passer un coup de téléphone à son mari. Elle était revenue vingt minutes plus tard, les yeux un peu rouges, mais avec un sourire déterminé désormais familier. Ensuite, Amy avait pris des photos du groupe, elle avait déjà photographié les plats avant qu'ils ne disparaissent, et quand elle était partie à la recherche de Nell plus tard, elle ne l'avait pas trouvée dans le salon. Elle était déjà montée se coucher.

« Comment a réagi Callum ? demanda-t-elle tandis qu'elles traversaient un paysage désertique et que la poussière volait de toute part. Qu'est-ce qu'il a pensé de ton changement de programme ?

— Il a dit qu'il n'était plus sûr de savoir qui j'étais, répondit Nell en regardant par la vitre.

— C'est un peu extrême. » Elle avait simplement changé son itinéraire et repoussé son départ de deux jours. Qu'y avait-il de mal à aller visiter une safranière, surtout quand le safran jouait un rôle si important dans l'histoire familiale ?

« Peut-être. » Mais Nell ne semblait pas convaincue. « À moins qu'il n'ait raison. Amy, comment peux-tu savoir si quelqu'un te connaît réellement ? »

Bonne question. Amy pensa à Duncan, puis à Jake. Elle était plutôt mal placée pour répondre. Mais... Elle passa le bras autour des épaules de Nell. « Tu le sauras, dit-elle. En temps voulu. »

19

Maroc, 1974

C'était l'automne et le vent était frais à nouveau. Ils continuaient à dîner sur le toit-terrasse, mais ils portaient désormais des vestes et montaient des couvertures avec eux. Il n'y avait plus de pique-niques sur la plage comme en été, avec les coussins de brocart violets lavés et recousus par Bethany, le petit brasero sur trépied que Glenn avait acheté pour une bouchée de pain, la bouilloire et les en-cas délicieux que Bethany avait préparés. Il aimait ces pique-niques quand ils n'étaient que tous les deux. Ils regardaient les vagues tandis que la chaleur du soleil frémissait sur le sable, et qu'un chameau conduit par les rênes leur rappelait qu'ils étaient au Maroc. Et qu'ils étaient ici, en train de vivre un rêve.

Glenn se demanda comment Bethany allait supporter l'hiver. Elle aimait tellement le soleil. Il voulait lui proposer d'aller en Inde, de tenter leur chance, de voyager comme il l'avait fait auparavant. Mais ils n'avaient pas beaucoup d'argent. Ils vivaient au jour le jour et au moins avaient tous deux un travail ici. Bethany continuait à faire le ménage à l'hôtel et prévoyait de travailler aux champs pendant les récoltes dans un endroit en dehors de la ville. Glenn enseignait l'anglais aux enfants d'une famille française aisée qui vivait dans une villa à la périphérie de la ville. Howard ne faisait pas grand-chose mais il trouvait toujours de l'argent quelque part. Et Gizmo continuait à chanter et à jouer de la musique dans les rues près du port. Il ne gagnait presque rien mais parfois les gens le prenaient en pitié et lui achetaient à manger ou lui payaient un café arabe corsé. Cela semblait lui suffire. Tous les quatre n'étaient pas vraiment une famille mais ils formaient une petite communauté. Ça marchait. Depuis que Bethany les avait rejoints, ça marchait vraiment. Et Glenn ne voulait pas rompre cette unité, du moins pas encore.

« Tu étais où quand c'est arrivé ? » lui demanda Howard un soir, de sa voix traînante et nonchalante. Essayait-il de le prendre en défaut ? Glenn pensait souvent qu'Howard tentait de lui faire honte devant Bethany.

– Quand « quoi » est arrivé ? » Dans le ciel, les hirondelles sortaient le grand jeu. Glenn entendait le léger battement de leurs ailes, leur cri de ralliement distinctif quand elles décrivaient des cercles chaotiques dans le ciel. Elles descendaient en piqué, plongeaient, s'épuisaient, calaient en plein vol. Bientôt, elles partiraient en direction du Sahara, franchiraient l'équateur pour s'arrêter au Congo peut-être.

« L'assassinat de Kennedy, bien sûr. » Howard semblait choqué. « Je croyais que c'était ce que vous disiez toujours vous, les Amerloques. *Où tu étais quand c'est arrivé.* »

Glenn haussa les épaules. C'était vrai. Les gens en parlaient encore. Les gens posaient encore cette question. Même dans une communauté hippie au Maroc.

Gizmo se mit à jouer de la guitare, doucement. Il portait désormais des pantalons arabes amples et des tuniques. Avec ses dreadlocks noires, son bandana et les babouches jaune banane que la plupart des Arabes portaient, il aurait pu passer pour un Marocain. Il jouait les accords de la chanson de Leonard Cohen, *Birds on the Wire*. Quand l'album *Songs from a Room* était sorti, Glenn l'écoutait en boucle. Les paroles étaient à jamais gravées dans sa mémoire ; l'album était indissociablement lié à son départ. Lui aussi avait essayé à sa façon d'être libre.

« Dans ma chambre, à la maison, en train de lire. » C'était un vendredi, à l'heure du déjeuner, il aurait dû être à l'école mais il avait la grippe et était resté alité plusieurs jours. Le matin, il avait pu se lever. Son père était présent aussi, il était revenu de la banque où il travaillait, pour sa pause déjeuner.

« Qu'est-ce qui s'est passé ? » demanda Bethany en le regardant d'un air grave. Elle voulait toujours des détails. Il ne lui suffisait pas de savoir où il était quand c'était arrivé. Elle voulait savoir ce qu'il avait pensé, ce qu'il avait ressenti, de quelle façon l'événement avait affecté sa vie. Elle voulait avoir une vue d'ensemble, un aperçu émotionnel. C'était Bethany.

« J'ai entendu un cri au rez-de-chaussée. » Gizmo s'arrêta de jouer et tendit à Glenn le maigre joint qu'il avait pris dans le cendrier.

Glenn tira une bouffée. « Puis le silence.

— On ne peut pas entendre le silence, mon pote, objecta Gizmo. C'est pas possible. Le silence est là, c'est tout. »

Glenn regarda Bethany. « Si, on peut. »

Elle hocha la tête. « On peut.

— Tout est relatif », grogna Gizmo.

Howard ne dit rien. Ses yeux pâles allaient de l'un à l'autre. D'abord Glenn, puis Bethany, puis Glenn. Comme un fichu husky. Dieu sait ce qu'il pensait. Ce type était un mystère. Depuis ses protestations initiales, il n'avait plus dit un mot contre Bethany. Sa soi-disant période d'essai était arrivée à son terme, sans qu'il en fasse mention, et Bethany était tout simplement restée. Glenn se disait qu'Howard l'avait acceptée. Et après tout, elle cuisinait pour lui, non ?

« Qu'est-ce que tu as fait ? » Bethany était parfaitement immobile.

Glenn haussa les épaules. « J'ai dévalé l'escalier tout en me tenant à la rampe car la grippe m'avait affaibli… » Mais jamais il n'avait entendu un tel cri… et tous les deux l'avaient poussé en chœur.

« Et…

– Mes vieux étaient là. » Devant le poste de télévision en noir et blanc, les yeux écarquillés, bizarrement unis, cloués sur place.

Bethany hocha la tête.

« Ma mère montrait la télé du doigt en silence. » Et Glenn ne tarda pas à comprendre. Kennedy avait été assassiné dans la voiture présidentielle qui roulait au pas sur une artère du centre-ville de Dallas. Le meurtrier s'appelait Lee Harvey Oswald. Lyndon B. Johnson prêta serment à bord de l'avion, juste avant qu'il ne décolle pour Washington le même jour.

« Quel choc ! » Gizmo s'arrêta de jouer. « Ça m'a fichu un drôle de coup.

– C'est sûr. » Glenn fit passer le joint. Certains des types les plus engagés de l'école disaient que Kennedy n'était pas le président dont l'Amérique avait besoin, que malgré tous ses beaux discours sur les solutions pacifiques permettant de garantir la stabilité, il n'avait rien fait pour mettre un terme à la guerre du Vietnam. Mais… Glenn n'avait que quinze ans. Il ne savait pas ce dont l'Amérique avait besoin. Kennedy était jeune, énergique et leur avait donné à tous au moins un peu d'espoir. Le voir mourir sous les balles… Glenn était horrifié. Tout le monde était horrifié. Et cela n'avait fait qu'accroître la force de ses idées pacifistes. Comment en étaient-ils arrivés là ? Un citoyen américain abattant le président de son pays ?

« Ton père a dû être bouleversé », dit Bethany.

Son père. Même Glenn avait été surpris par la profondeur du chagrin de son père. Le dimanche suivant l'assassinat, ils avaient regardé tous les trois le transfert de Lee Harvey Oswald du siège de la police à la prison du comté, retransmis en direct à la télé. Ils avaient vu le pistolet braqué et le coup tiré à bout portant, ils avaient entendu la détonation.

« Bravo. » Le père de Glenn avait serré son poing droit et l'avait écrasé contre la paume de sa main gauche. « Bravo. » Plus tard, ils apprirent que l'assaillant était le propriétaire d'une boîte de nuit, un dénommé Jack Ruby, et qu'Oswald était mort deux heures plus tard à Parkland Hospital.

Ils suivirent aussi les funérailles de Kennedy à la télévision ; Jackie Kennedy et les deux frères du président allumèrent une flamme éternelle. Le petit John F. Kennedy Junior, dont c'était le troisième anniversaire, et qui serait traumatisé à jamais, pensait Glenn, fit un salut à son père, et pour la première et la dernière fois de sa vie, Glenn vit son propre père pleurer.

« Oui, c'était émouvant », dit-il. Il cligna des yeux. Mince, et le voilà qui pleurait, après toutes ces années.

Bethany posa sa main froide sur son bras. Elle portait souvent un cafetan ou une djellaba comme les Marocaines bien qu'elle ne cachât jamais son visage. « Ça m'aide à comprendre l'endroit, les gens, lui disait-elle. Je veux sentir ce qu'ils sentent.

– Et qu'est-ce que tu sens ? » lui demanda Glenn.

« Je sens que je suis une personne différente. »

Glenn avait souri et lui avait dit qu'il savait ce qu'elle entendait par là, mais à vrai dire il ne voulait pas qu'elle soit différente. Il aimait la personne qu'elle était déjà.

Mais c'était Bethany. Quelques jours auparavant, elle avait rencontré une femme dans le quartier des artisans et était revenue les mains couvertes de henné et de bandelettes. Ils avaient tous ri et l'avaient traitée de folle, mais quand elle avait enlevé les bandelettes de tissu, de magnifiques motifs orange foncé ornaient ses mains. Glenn n'avait jamais vu pareille beauté. « C'est magnifique », lui avait-il dit en passant les doigts sur le dessin.

« Femme qui pratique la magie noire », avait ajouté Howard en haussant un sourcil.

Et à présent, Glenn surprit une fois encore Howard en train de les observer. Qu'est-ce qu'il avait ce type ? C'était quoi son problème ?

« Tu crois que Kennedy aurait mis un terme à la guerre s'il n'avait pas été assassiné ? » demanda Bethany.

« Beaucoup de gens le pensaient. » Mais c'était facile à dire. Malgré les promesses de Kennedy, la guerre au Vietnam avait continué. Et tandis que Diem, président fantoche, perdait de plus en plus de terrain au Sud-Vietnam, les Américains continuaient à fournir des fonds, de l'aide et à envoyer des hélicoptères.

Glenn replia ses genoux et les enserra de ses bras. Le soleil se couchait et le ciel était marbré de rose et de gris. Le crépuscule. Il leur faudrait du bois pour alimenter le feu. Peut-être que Bethany et lui pourraient descendre sur la plage et chercher du bois flotté avant la tombée de la nuit.

Ces débats du lycée semblaient très loin à présent. À propos du Vietnam, de l'Amérique. Le pays était relativement jeune. Les Américains n'exploraient pas le monde, ne le colonisaient pas depuis des siècles. Ils n'avaient jamais été un empire. Était-ce pour cette raison qu'ils avaient toujours le sentiment d'avoir quelque chose à prouver ?

« Après la mort de Kennedy, la presse a durci le ton, expliqua Glenn à Bethany. Je me souviens d'un article du *New York Times*, j'avais trouvé un numéro tout froissé dans la salle commune…

– Waouh, le *New York Times* ! » Gizmo agita les bras dans tous les sens, ses dreadlocks se soulevèrent et tout le monde rit.

« Qu'est-ce qu'il disait ? » Bethany serra son écharpe autour de son cou.

Ouais, pensa-t-il. Il allait l'emmener sur la plage. Ils courraient sur le sable, le vent salé fouetterait leurs cheveux et il la tiendrait dans ses bras jusqu'à ce qu'elle n'ait plus froid. « Ils critiquaient l'incompétence criante de Diem.

– Incompétence criante, oh là là ! L'érudit ! » railla Gizmo.

Glenn lui lança un coussin en pleine figure. Howard se contenta de sourire. Toujours ce sourire nonchalant et froid.

« C'était évident qu'il ne gagnerait pas la guerre. Personne n'aimait le frère de Diem, Nhu, personne n'aimait la femme de Nhu. » Glenn pouffa. « Ils la surnommaient "La Femme Dragon".

– *Nhu*, c'est pas bon pour *nous* », marmonna Gizmo.

Bethany rit. Il y avait une étincelle dans ses yeux qui attirait Glenn. Il était persuadé qu'elle l'attirerait toujours.

« Tu veux qu'on aille chercher du bois flotté sur la plage ? » lui demanda-t-il.

Howard changea de position sur le matelas. Il étendit ses jambes. Il semblait s'ennuyer.

Bethany se leva et tendit la main.

Au riad, ce n'était pas le grand luxe. Mais la vie, pensa Glenn, était presque parfaite. Il avait entendu parler du programme d'amnistie mis en place par Ford le mois précédent. Cela signifiait-il qu'il n'était plus un réfugié politique ? Sans doute, même s'il ignorait les conditions exactes de cette amnistie. On avait parlé de travaux d'intérêt général pendant près de deux ans. Une autre forme d'emprisonnement…

De toute façon, il n'envisageait pas de rentrer chez lui, pas encore du moins. Pourquoi le ferait-il ? Ils vivaient dans l'instant présent. Les étoiles éclairaient le rideau noir du ciel et il était avec la femme qu'il aimait. Il ne voyait pas ce qui pourrait mal tourner.

20

« Entrons. » Amy s'engouffra dans la boutique qu'elle avait repérée. Les vitres étaient recouvertes de posters de Jimi Hendrix, Bob Marley et Cat Stevens. C'était un endroit minuscule rempli de disques, d'articles liés à la musique et aux artistes, et de vieux instruments de musique. Ils devaient connaître l'âge d'or d'Essaouira. Ils semblaient même vivre encore à cette époque.

Ahmed leur avait réservé une chambre dans un autre riad – comment pourraient-elles loger ailleurs, avait dit Amy –, mais elles avaient insisté pour qu'il trouve un établissement pratiquant des prix raisonnables. L'endroit était un peu délabré mais charmant. Elles y passeraient deux ou trois nuits. Tout dépendrait de ce qu'elles trouveraient…

Amy aimait cette ville, du moins ce qu'elle en avait vu. Elle était très différente de Marrakech – ouverte, aérée – avec une grande plage de sable en demi-lune sans doute très agréable en été, mais morne et venteuse en novembre malgré les chameaux et leurs selles colorées qu'elles avaient aperçus au loin. La médina était plus petite que celle de Marrakech et beaucoup moins frénétique. Elle était tout aussi animée, cependant, pensa Amy. Même romantique. Et les commerçants dans les souks sous les arches de la rue principale n'étaient pas aussi insistants. Les gens en général semblaient plus aimables. C'était un endroit moins touristique, plus réel.

Ce matin, elles avaient marché jusqu'au port où des bateaux de pêche bleus étaient amarrés. Des pêcheurs vêtus de djellabas, de jeans ou de pantalons en velours côtelé et de cirés étaient accroupis, raccommodant d'immenses chaluts, alignés le long des chemins, criant, montrant du doigt et faisant signe aux touristes et aux badauds. D'autres formaient une chaîne humaine, faisant passer de main en main des seaux remplis de poissons qu'il fallait empiler, mettre dans la glace et ranger dans des caisses. À côté de leurs échoppes, il y avait des seaux de sardines, de langoustines, d'anguilles frétillantes, des marmites de poulpes, d'araignées-crabes et de gros homards ; les caisses en plastique et les tables sur tréteaux regorgeaient de saint-pierre et de dorades coryphènes luisantes sur des tas de glace. Des gens du coin venaient avec leurs propres seaux chercher du poisson pour leur dîner. Des mouettes criaient et tournoyaient dans le ciel à la recherche de restes de poissons. Ici, même les hommes n'aimaient pas qu'Amy les prenne en photo, peut-être s'attendaient-ils à ce qu'elle les paie pour avoir le privilège de les photographier. Elle se contenta donc de quelques clichés. Dommage parce que les pêcheurs étaient intéressants avec leur visage flétri, leur barbe blanche et leurs vêtements tachés.

Mais elles cherchaient la porte bleue. Elles longèrent les remparts couleur miel, passant devant une rangée de canons où les vagues s'écrasaient contre les roches noires puis débouchèrent sur la grande place où l'on montait une scène pour le concert du soir. *Musique GNAOUI* pouvait-on lire sur une grande bannière au-dessus et Amy vit des hommes décharger un camion sur la bâche duquel étaient écrits les mots *Touareg Prod*. À l'évidence, la musique gnaoui était encore la grosse attraction ici. « Musique transe », avait dit Jake. Jake. Elle se demanda ce qu'il avait voulu lui dire.

Peu importe, cela devrait attendre, car elle n'allait certainement pas le rappeler. Si elle avait besoin de séances de conseil conjugal, elle avait Nell…

L'homme qui travaillait dans le magasin laissait les clients regarder à leur guise avant de les aborder, et ne semblait pas pressé de vendre. Amy lui parla de la manifestation sur le Maroc qu'ils organisaient à Lyme. Il maîtrisait très bien l'anglais.

« On se demandait si certains groupes gnaoua venaient jouer en Grande-Bretagne ? » demanda-t-elle. En fait, c'était plutôt Jake qui se posait la question. « Notre budget est plutôt serré mais on ne sait jamais, si certains étaient déjà en tournée…

– Ah oui, c'est possible. » Le propriétaire, la soixantaine bien tassée, fouilla dans les tiroirs de son vieux bureau, sortant des prospectus et des morceaux de papier. Il griffonna des noms et des adresses mail pour elle sur une autre feuille. « Pourquoi pas ? dit-il en hochant énergiquement la tête. Vous pouvez les contacter. Tenez.

– Merci. » Amy prit la feuille de papier. *Ou Jake Tarrant le fera*, pensa-t-elle. Cela lui donnerait l'opportunité de démontrer ses compétences et son expertise. Elle sourit sombrement.

« Vous pouvez nous en dire un peu plus sur cette musique ? demanda Nell à l'homme. Qu'est-ce que c'est ? » Elle prit une paire de castagnettes en métal noir. Il y en avait plusieurs dans le magasin, toutes de taille différente.

Amy pensa à la question de Nell. « Comment peux-tu savoir si quelqu'un te connaît vraiment ? » Elle parlait de Callum, bien sûr. *Comment en effet ?* se demandait Amy à présent. Peut-être à sa façon de comprendre ce que l'on veut. À sa façon de prévoir nos réactions, de savoir ce que l'on pense, de deviner ce que l'on va dire. C'était sans doute ça. Cet être spécial devait nous comprendre aussi bien que ça. Il devait nous *capter*. Mais elle était loin d'être une experte. À vrai dire, elle n'avait pas encore rencontré cet être spécial. Et d'ailleurs cette perspective l'effrayait. Elle n'était pas du tout sûre de souhaiter le rencontrer. Parce que si l'on avait un être comme ça dans sa vie, on dépendait de lui. Et l'on pouvait le perdre aussi.

« Ce sont des *karkabous*, dit le vendeur. La musique gnaoui est un mélange d'anciens chants religieux et de rythmes africains, berbères et arabes. C'est à la fois une prière et une célébration de la vie. » Il montra comment tenir les castagnettes entre les doigts et le pouce. « Vous voulez essayer ?

– D'accord. » Elles firent toutes les deux un essai. C'était étonnamment difficile, mais Nell se débrouillait mieux qu'Amy. Au moins la tentative de Nell ressemblait-elle vaguement à de la musique.

Il leur montra le *guembri*, qui avait des airs de luth. Il ressemblait à une grosse batte de cricket avec trois cordes. Il leur montra aussi les tambours bongo sur lesquels on pouvait taper avec la paume de la main ou que l'on pouvait effleurer doucement. « C'est une musique rituelle. Elle est souvent accompagnée de chants en arabe ou en gnaoui.

« Que chantent-ils ? demanda Nell.

– Le message est spirituel ou religieux. Un message qui a le pouvoir de guérir, dit-il.

– Mais qui sont les Gnaoua, à l'origine ?

– Des descendants de confréries d'esclaves noirs emmenés par les commerçants sur la route des caravanes. »

Amy se souvint que Rafi avait parlé de la route des caravanes. Il avait expliqué que Marrakech était devenue une ville commerciale importante. Elle supposait que Nell s'en souvenait aussi.

« À l'origine, certains d'entre eux furent enrôlés dans l'armée et formèrent la garde noire du sultan, poursuivit-il, mais on dit que lorsqu'un guérisseur musicien mystique nommé Bilal guérit la fille de Mohammed, Fatima, en lui chantant une chanson, leur rôle changea. Ils devinrent des docteurs musiciens ou ceux qui guérissent l'âme.

– Et la transe dans tout ça ? » demanda Amy. Elle aimait cette idée de guérir l'âme. C'était un peu comme un voyage en soi. Mais était-ce le pouvoir de l'histoire ou était-ce la ganja qu'ils fumaient tous probablement ?

« Un très bon musicien gnaoui peut utiliser les *karkabous* pour produire des sons qui vont mettre son public en transe. » Il prit les castagnettes tout en parlant et bougea les bras en rythme avec le claquement du métal puis il commença à se balancer.

Amy dut faire un gros effort pour rester bien droite. Elle cligna des yeux.

« Vous devez absolument écouter une chanson gnaoui. » Il choisit un CD dans un casier sur le mur et l'inséra dans le lecteur CD sur l'étagère.

La musique commençait par un gémissement et une mélodie de cordes étrangement insistante à laquelle venaient ensuite s'ajouter le claquement des castagnettes et le battement des tambours. Un chanteur interprétait la chanson, d'autres se joignaient à lui pour le refrain ; la musique était ponctuée de coups de cymbales et du cliquetis d'un tambourin. Il était presque impossible de ne pas se balancer de gauche à droite, de résister à l'intensité du rythme. Une phrase semblait être répétée à l'infini. C'était peut-être grâce à cette phrase que les personnes entraient en transe. Et la musique continuait.

Amy jeta un coup d'œil discret à sa montre. C'était certes fascinant mais elle avait d'autres chats à fouetter.

« Une chanson peut durer plusieurs heures », dit-il. Mais il sourit malicieusement et éteignit le lecteur CD. « Vous voulez acheter un CD ?

– Bien sûr. » Amy lui tendit quelques dirhams. C'était la moindre des choses après toutes les informations qu'il leur avait données. « Je peux vous poser une dernière question ? »

Il hocha la tête.

« Vous reconnaissez cet endroit ? » Amy sortit encore une fois la carte postale de son sac.

Il fronça les sourcils. « Ça pourrait être dans notre ville, oui, dit-il.

– Vous croyez ?

– Ou dans une autre ? Qui peut le dire ? »

Quelqu'un, espérait Amy.

« Mais il y a eu beaucoup de voyageurs ici ? demanda Nell. À Essaouira ? Dans les années soixante et soixante-dix ? »

Il semblait assez vieux pour s'en souvenir. Amy remarqua que Nell avait soigneusement évité de prononcer le mot « hippie ». Pourtant, la boutique était un vrai repaire hippie, avec les photos des musiciens des années soixante, les vieux albums, le gramophone poussiéreux et la collection disparate d'instruments, des tambours aux castagnettes en passant par les tambourins et les guitares.

« Oui, oui, dit-il. La plupart des gens viennent ici pour la musique, le soleil, le sable. » Il sourit. « Et la ganja.

– Pas juste Jimi Hendrix, alors », dit Nell en riant.

L'homme joignit les mains comme pour prier. « Hendrix, dit-il. Il attire beaucoup de monde ici. Il a séjourné plus au sud, sur la côte, à Diabet. Vous devez absolument visiter ce lieu.

– Je pense qu'un membre de ma famille a séjourné ici dans les années soixante-dix, dit Amy. C'est lui qui a envoyé la carte postale. Il s'appelle Glenn Robinson. Vous ne l'auriez pas croisé par hasard ? » Il y avait peu de chances. Elle aurait dû prendre la photo de Glenn avec elle ; cela l'aurait peut-être aidée. Bien sûr, quand elle avait été prise, Glenn était encore tout jeune et bien qu'elle l'eût regardée très souvent, Amy était pratiquement certaine qu'elle ne reconnaîtrait pas Glenn si elle le croisait dans la rue. De toute façon, sa grand-tante ne se serait jamais séparée de la précieuse photo de son fils unique. « Il est américain, ajouta-t-elle.

– Ah, américain. » Il hocha la tête. « Nous avons beaucoup d'Anglais, beaucoup d'Américains. Parfois, ils campent sur la plage. Ou ils vivent dans les vieux riads.

– Les riads ? » Amy était surprise.

« Les riads délabrés. Certains sont vides depuis des années.

– Il y en avait beaucoup au début des années soixante-dix ? Et maintenant ? »

Il haussa les épaules. « Bien sûr, Essaouira est une ville en constante évolution. Elle suit les mouvements de la mer et du vent. Les gens vont et viennent. Il y a un riad comme ça dans cette rue. Le numéro 21. » Il montra la direction en pointant du doigt. « Allez jeter un coup d'œil. »

Ce qu'elles firent. Quand elles arrivèrent devant la bâtisse, elles constatèrent que le numéro 21 était en piteux état mais il avait dû être magnifique en son temps, à en juger par les sculptures autour de la vieille porte et les décorations sur le portail.

« Regarde », dit Nell. L'emblème d'une fleur avait été sculpté au centre du portail mais le temps et l'érosion ayant fait leur œuvre, les contours étaient moins précis. Néanmoins…

« La rose de Mogador », annonça Amy. Elle sortit encore une fois la carte postale.

Elles l'étudièrent toutes les deux puis regardèrent le numéro 21. C'était bien l'emblème de la rose mais pas celui qu'elles cherchaient. Et bien que la porte ait été peinte en bleu autrefois, comme beaucoup de portes et de volets ici à Essaouira, ce n'était pas *la* porte bleue.

Elles déjeunèrent dans un café. Installées à une table dans une cour pavée, entourée de murs et protégée du vent, elles mangèrent des sardines fraîches. Elles poursuivirent leur exploration dans l'après-midi. Amy aborda de nombreuses personnes, mais comme il fallait s'y attendre, aucune n'avait entendu parler de Glenn, et s'il y avait beaucoup de jeunes hippies dans le coin, ceux de la vieille génération n'étaient guère nombreux. Amy comprit qu'elle allait devoir renoncer. Elles avaient sillonné tout le centre-ville et n'avaient pas trouvé la porte. Quand bien même l'auraient-elles trouvée, elles n'auraient sans doute été guère plus avancées. Il était peu probable que Glenn fût venu leur ouvrir si elles avaient sonné. C'était une photo sur une carte postale. Elle n'avait pas forcément un lien personnel avec lui si ce n'est qu'il l'avait envoyée à sa mère des années auparavant.

« Nous avons fait de notre mieux, dit-elle à Nell quand elles s'arrêtèrent dans un autre café pour boire une tasse de café arabe tellement épais qu'il les faisait larmoyer.

– Et maintenant ?

– On va aller à la safranière. » Le propriétaire du riad avait conseillé une safranière en particulier. Comme c'était le mois de novembre, un bus partait tous les matins en direction de la safranière pour une excursion d'une journée. De nombreuses personnes voulaient voir les crocus en fleur ; c'était une véritable attraction et Amy espérait que les photos qu'elle prendrait là-bas constitueraient le noyau de son exposition.

Elles quittèrent le café et reprirent le chemin du riad où elles logeaient. Dans une rue étroite, où le soleil de l'après-midi dessinait des ombres sur les murs, elles trouvèrent un autre hammam. Nell attira son attention sur la plaque apposée sur le bâtiment. « *Orson Welles a tourné ici certaines scènes d*'Othello *en 1949.*

– Encore une célébrité », murmura Amy. Jimi Hendrix, Cat Stevens, Bob Marley et les autres, tous attirés par le charme d'Essaouira. Qu'est-ce qui avait attiré Glenn ici ? se demanda-t-elle. Comment était-il ? Que cherchait-il ? Et pourquoi n'était-il jamais revenu auprès de sa famille ? En Amérique ?

Mais Nell lui prit le bras et l'entraîna avec elle. « Il faut qu'on voie ça. » Elle semblait très déterminée, aussi Amy la suivit-elle. Elles passèrent devant un panneau indiquant *Objets d'art et meubles anciens*. Puis elles entrèrent dans un vieux riad. Elles franchirent une porte en bois piqué et s'engagèrent dans un passage étroit, avec des poutres en bois au-dessus de leur tête, où régnait une odeur de renfermé. Elles débouchèrent dans une grande cour remplie d'urnes et de statues anciennes. Elles se mirent à explorer. C'était une collection fascinante, une véritable caverne aux trésors, remplie d'objets d'art et de meubles anciens répartis sur trois étages de galeries, desservant en leur centre des pièces rectangulaires consacrées chacune à un savoir-faire ou à un type d'objets particuliers. L'une exposait des tapis tendus sur les murs ou posés sur le sol en pierre, une autre des objets religieux, une autre encore des livres, des tapisseries, des tableaux. Le riad devait être magnifique autrefois, mais son heure de gloire était passée depuis bien longtemps. Le plâtre sculpté était craquelé et écaillé, les piliers s'effritaient et les tuiles étaient cassées. Des morceaux de bois de charpente étaient appuyés contre les murs et une pile de gravats prenait la poussière dans un coin, des lanternes brillantes saillaient des murs. Un immense palmier avait poussé au centre de la cour jusqu'au toit et au-delà. Il se découpait dans le carré de ciel bleu clair.

« Et la vue est magnifique. » Elles étaient montées jusqu'en haut et regardaient les rues de la ville. Amy vit le minaret et au loin l'océan avec ses vagues qui s'échouaient sur le rivage. Elle laissa son regard errer dans une petite rue où des hommes étaient occupés à décharger un camion. Elle cligna des yeux. « Nell. » Amy lui prit le bras. « Regarde là en bas. Tu vois ce que je vois ? »

Il y avait une rue pavée et un bâtiment à moitié en ruine. Et juste devant le camion de livraison…

« C'est la porte bleue ! » s'exclama Nell.

21

Bien sûr, Lillian avait immédiatement compris qu'Amy avait pris la carte postale. C'était un ange. Lillian savait qu'elle en prendrait soin. Elle avait si peu de souvenirs de son fils.

Quand elle l'avait reçue, quand elle l'avait vue sur le paillasson, elle s'était empressée de la ramasser, lisant avidement les quelques mots qu'il avait écrits, puis la serrant contre son cœur... Elle savait qu'elle aurait dû la déchirer ensuite. Par précaution. Mais elle n'avait pas pu s'y résoudre. La carte postale était son dernier lien avec lui. Bien sûr qu'elle ne pouvait pas s'en séparer.

Lillian ouvrit le tiroir de son bureau, celui du haut. C'est là qu'elle rangeait ses biens les plus précieux. Ils n'étaient pas nombreux. Ted avait détruit toutes les lettres qu'elle lui avait envoyées, toutes. Tout comme elle avait gardé les siennes, toutes. Pourquoi avait-elle pris cette peine ? Pourquoi les chérissait-elle encore après tout ce qui s'était passé ? Lillian les prit, passa les doigts sur la surface douce de l'enveloppe du haut, celle qu'il avait écrite quand... Elle détourna les yeux de l'enveloppe et regarda la rue par la fenêtre du salon, à travers les rideaux transparents. Elle les avait gardées à cause de ce qu'elles avaient signifié pour elle autrefois. Mais elle ne voulait pas les lire à présent. Elle ne voulait pas penser à ce qui aurait pu être et n'avait jamais été. Tout simplement parce que cela n'aurait jamais dû arriver.

Elle se dirigea vers son fauteuil préféré et s'assit. Elle pensa à ses lettres à elle, celles qu'elle avait écrites et envoyées chez lui en Amérique, sachant pourtant qu'il n'était pas là-bas. Il venait de quitter Bridport et elle ignorait où il allait. Elle savait seulement qu'il allait combattre, seulement qu'il partait, sans doute pour de bon. Lillian avait un endroit pour écrire ses lettres à l'époque. Elle les écrivait dans sa chambre, là où elle avait le moins de risque d'être dérangée. Elle s'agenouillait sur un coussin par terre et s'appuyait sur le rebord de la fenêtre. De là, elle pouvait regarder dehors et repenser au jour où les GI avaient quitté la ville, le jour où il lui avait dit qu'il lui écrirait. C'était aussi un bon poste d'observation. De là, elle pouvait guetter le retour de sa mère, ou de Mary. Personne ne devait savoir pour les lettres, surtout pas Mary.

Cher Ted...

Au départ, elle ne savait pas quoi écrire. Alors elle parla de Bridport et des gens qu'elle connaissait. Puis elle relut ce qu'elle avait écrit. Ennuyeux, ennuyeux, terriblement ennuyeux... Et quand recevrait-il la lettre ? Elle froissa le papier et le roula en boule. Il fallait qu'elle fasse mieux que ça. Pourquoi un homme comme Ted s'intéresserait-il aux habitants de Bridport ? Elle était censée lui montrer qui elle était réellement. Et ce n'était pas tout. Elle devait lui faire comprendre combien elle avait envie de partir. Son stylo-plume glissait sur le papier à lettres blanc crème de sa mère.

Il ne se passe jamais rien ici. C'est si calme, si ennuyeux, si... Elle chercha le terme exact... *banal. Tout est si prévisible. Parfois, j'ai l'impression que cette monotonie va me rendre folle.*

Quand la guerre serait terminée, elle ne resterait pas dans le Dorset. Lillian regarda la rue grise par la fenêtre. Elle trouverait un travail, ou voyagerait, ferait quelque chose de sa vie. Comment devait-elle signer ? « Sincèrement » semblait beaucoup trop formel. « Meilleurs souvenirs » semblait trop impersonnel et inapproprié pour ces temps de guerre. Elle se décida pour « Amitiés ».

Elle la relut une fois, pensa immédiatement à mille et une façons de la rendre plus intéressante, puis la glissa vite dans une enveloppe de sa mère qu'elle cacheta avant de changer d'avis. C'était déjà sa quatrième tentative.

L'après-midi même, Lillian se rendit au bureau de poste, la lettre dans sa poche semblait lui brûler la peau. Elle fit la queue. Quand son tour vint, elle annonça d'un ton important : « Un timbre pour l'Amérique » à Daphne Hudson qui était derrière le comptoir.

« Ah oui ? » Daphne examina d'abord la lettre avant de reporter son attention sur Lillian. Lillian sentant son regard sur elle, se mit à gigoter, mal à l'aise. On ne pouvait rien faire dans cette ville sans que tout le monde soit au courant. « Je fais une course pour quelqu'un », dit-elle, et elle se pencha pour ajouter : « C'est un secret. »

« Ah. » Daphne hocha la tête. Son corps entier vibrait sous sa robe marron foncé. « C'est sans doute pour Mary. Un des GI. »

Lillian la regarda peser l'enveloppe. Elle ouvrit son grand livre de timbres et le feuilleta. « Dis-lui de ma part qu'elle devrait utiliser des enveloppes "par avion". » Elle en prit une dans une boîte derrière elle et la fit glisser sur le comptoir. « Tu écris dessus au lieu d'utiliser une feuille de papier à lettres séparée. Puis tu la plies. »

Lillian la prit. Elle était bleue et le papier était très mince. « Oh, dit-elle, merci. »

Daphne gloussa. « Ils étaient insolents ces GI ! Mais ils ont vraiment égayé la ville, pas vrai, mon chou ? Pendant quelque temps, en tout cas.

– Oh oui », répondit Lillian en hochant la tête. *Pendant quelque temps.* « Mais vous ne…

– … direz rien ? » Daphne se retourna et posa la lettre sur le comptoir derrière. Elle porta le doigt à ses lèvres. « Oh, non ! Motus et bouche cousue.

– Motus et bouche cousue », répéta Lillian. Elle sortit du bureau de poste. Elle réécrirait la semaine prochaine, décida-t-elle. Et cette fois, elle utiliserait le papier bleu et fin. Elle était impatiente.

En mai 1945, la guerre prit fin. Lillian et sa famille écoutèrent l'allocution de la Reine, incrédules. Pourtant, ça semblait être vrai. C'était bien vrai. Même Mary, qui était à présent fiancée à Johnnie Coombes, après des semaines de conversations à voix basse avec sa mère au terme desquelles elles décidèrent de fixer une date pour le mariage dès que possible, était redevenue elle-même.

Et bientôt, ce fut l'armistice. Les magasins avaient orné leurs vitrines de rosettes, il y avait des drapeaux et des banderoles partout. Des feux de joie furent allumés, une fête de rue s'organisa, on ouvrit l'embarcadère à West Bay et des bals furent improvisés. Lillian n'avait jamais vu ça. Elle se laissa gagner par l'enthousiasme général. Une femme passa les bras autour d'elle dans la rue et un jeune fermier la fit tournoyer avant de l'embrasser sur la bouche.

Lillian écrivait encore à Ted, mais plus si souvent. Elle n'avait jamais de ses nouvelles. Pourtant, elle le voyait encore, avec ses yeux marron pétillants, ses cheveux courts, son uniforme. Elle entendait encore son « Salut, duchesse », plein d'entrain. Et elle se demandait sans cesse : *où* est-il à présent ?

22

Maroc, 1975

« Joyeux anniversaire, Glenn. »
Il ouvrit un œil. Vêtue de sa robe ample en coton et chaussée de ses sandales en cuir marocaines, Bethany portait un plateau en métal terni sur lequel trônaient une petite théière argentée et deux minuscules verres décorés. Il se redressa, s'appuyant sur un coude, et la regarda poser le plateau délicatement sur la table basse. Chacun de ses mouvements était languissant, ses longs cheveux noirs tombaient en avant comme un éventail.

« Viens là, toi. » Il tendit la main.

« *Thé royal*, dit-elle en souriant. Pour fêter ça.

– Waouh ! C'est beaucoup mieux que le champagne, ma belle. » On en trouvait au bazar. Le thé vert contenait de la menthe fraîche, de la réglisse, de la cardamome, du clou de girofle, de la vanille et de minuscules boutons de rose. Ils ne se permettaient pas ce luxe très souvent. Ainsi, quand ils avaient du *thé royal*, ils le faisaient durer le plus longtemps possible, jusqu'à ce qu'il prenne le goût d'eau chaude poussiéreuse.

Elle se laissa tomber sur le dessus-de-lit en satin usé à côté de lui et il l'attira contre lui. Sa peau sentait le parfum au musc qu'elle mettait, ses cheveux étaient doux et tombaient sur son visage, chatouillant la bouche de Glenn quand elle l'embrassa. « J'ai quelque chose pour toi, dit-elle.

– J'espère bien.

– Attends une seconde. » Elle s'écarta et il la lâcha à contrecœur. Elle traversa la pièce à pas feutrés et prit un sac de provisions marron caché sous une pile de vêtements. Il sourit. Elle revint, en portant le sac devant elle, comme une offrande.

« Qu'est-ce que c'est ?

– Ouvre, tu verras », dit-elle en riant.

À l'intérieur, il y avait du papier de soie et… Il sortit une grosse écharpe en laine rouge et un sac à bandoulière constitué de plusieurs carrés de tissus différents. Le symbole de la paix avait été cousu dessus en noir à côté d'une marguerite rose et blanche. Il rit. « Sensass… C'est toi… ?

– Bien sûr que c'est moi qui l'ai fait.

– Incroyable. » Il enroula l'écharpe rouge autour de son cou, passa la lanière du sac sur son épaule. À part ça, il était nu. « Qu'est-ce que tu en penses ? Ça me va ?

– Tu es superbe », dit-elle les yeux pétillants. Elle sourit et s'approcha de la table basse pour servir le thé.

Elle avait ouvert une fenêtre à guillotine en faisant coulisser verticalement la partie basse du châssis. Un arc de lumière éclairait les volutes de poussière et projetait des ombres sur le sol gris en pierre. La brise faisait gonfler le rideau en mousseline. Le printemps semblait entrer dans la pièce comme une promesse. « Mon meilleur anniversaire », murmura-t-il en la regardant verser le liquide doré dans deux tasses. Il enleva l'écharpe et le sac puis les posa délicatement sur la table de nuit. Comment avait-elle pu tricoter une écharpe et coudre un sac sans qu'il s'en aperçoive ?

Elle suspendit son geste et regarda par-dessus son épaule. « Ton anniversaire n'est pas encore passé. Seulement les cinq premières minutes.

– Je le sais déjà », dit-il. Il se rallongea et regarda le plafond. « Et je suis là avec toi.

– En effet. » Elle lui apporta le thé. Il se rassit dans le lit et prit le verre dans ses mains. « Et je suis là avec toi », dit-elle.

Il déposa un baiser sur son front. « Je parie que tu as eu plein de beaux anniversaires. » Elle se rassit sur le lit, repliant ses jambes nues bronzées sous ses fesses. « Par exemple quand tu étais petit ?

– Ah oui, c'est vrai, c'était chouette. »

Glenn se souvint de l'adorable visage de sa mère apportant le gâteau d'anniversaire dans la salle à manger où il jouait bruyamment avec ses copains. En général, ça se terminait par une foire d'empoigne bon enfant. Sa mère. Cela faisait six ans. Parfois, il n'arrivait pas à le croire. La reverrait-il un jour ?

« Et à l'université, poursuivit Bethany. Quand tu t'occupais de politique, qu'est-ce que tu faisais pour tes anniversaires ? Tu sortais boire un verre ? Tu t'envoyais en l'air ? » Elle rit doucement.

Glenn repensa à sa première année à l'université du Wisconsin. Il était arrivé en automne et vers la fin du semestre d'hiver, ses parents étaient venus le voir et l'avaient emmené dîner pour son anniversaire. Cette année-là, le printemps n'était pas porteur d'espoir comme d'habitude. Il y avait trop d'incertitudes. On aurait dit qu'ils étaient tous en équilibre instable, au bord d'un précipice annonçant l'apocalypse. Glenn s'était beaucoup engagé dans les mouvements politiques du campus. Et plus il s'impliquait, plus il devenait activiste.

« Mes parents sont venus me voir la première année, dit-il à Bethany. Un désastre total. »

Elle sirota son thé et le regarda par-dessus le rebord de sa tasse. « Qu'est-ce qui s'est passé ?

– Oh, les querelles habituelles. »

Glenn avait serré la main de son père, un peu maladroitement. Son père, qui se tenait toujours si droit, qui n'avait jamais perdu ce maintien militaire, était vêtu d'un costume gris, d'une chemise avec une cravate nouée autour du col. Il était rasé de près et avait les cheveux très courts. Cette fichue coupe en brosse ! Glenn avait serré sa mère dans ses bras. Elle était vraiment jolie, coiffée de sa petite toque bleu turquoise et vêtue d'un tailleur bleu marine ajusté montrant qu'elle n'avait pas perdu la ligne. Mais elle semblait fatiguée. Il se souvint qu'elle paraissait fatiguée. La peau autour de ses yeux était flétrie et noirâtre, et ses cheveux bruns et épais, quoique toujours aussi bien coiffés avec cette petite vague ondulée au bout, avaient perdu de leur éclat.

« Eh bien, fiston, dit son père, comment ça va ? »

Ils s'assirent à leur table, passèrent leur commande, mangèrent l'entrée tout en buvant une bière – un jus d'orange pour sa mère – et Glenn leur raconta comment se passait sa première année à l'université. Il étudiait la Littérature américaine et l'Imagination littéraire. Ses notes étaient moyennes. Le domaine l'intéressait mais il se passait beaucoup de choses sur le campus... qui n'avaient rien à voir avec le programme de littérature. « Et le sport ? » demanda son père plein d'espoir.

Glenn haussa les épaules.

« Tu as rencontré une jolie fille ? » s'enquit sa mère en souriant. Elle avait les mains jointes devant elle.

Glenn vit que son père était déçu et que sa mère essayait désespérément d'être fière. « Pour moi, c'est plutôt la politique », dit-il. Il avait reçu une lettre officielle de son conseil de révision quand il avait commencé ses études à l'université du Wisconsin. Elle l'informait qu'il bénéficiait d'un sursis d'appel d'incorporation jusqu'à ce qu'il obtienne son diplôme. Ses études lui avaient permis d'obtenir un sursis. Mais qu'en était-il des gars qui ne pouvaient pas se payer d'études ? Qu'en était-il des Noirs au coin des rues qui n'avaient pas le choix ?

Son père détourna le regard. Sa mère eut un petit hochement de tête, pas franchement encourageant.

Ses parents avaient glissé quelques billets dans sa carte d'anniversaire.

« On ne savait pas quoi t'offrir, dit sa mère.

– Tu pourrais commencer par te payer une coupe de cheveux décente. » Et son père laissa échapper ce rire brusque et sans humour qui le caractérisait.

La serveuse apporta leurs steaks.

Glenn passa la main dans ses cheveux. Ils étaient longs et ondulés et il était pleinement satisfait de sa coupe. « Tous les jeunes ont les cheveux longs, dit-il doucement.

– Et s'habillent comme des clochards », ajouta son père. Il se concentra sur son repas, coupant méticuleusement sa viande saignante avec son couteau, pour faire suinter le sang.

Glenn détourna les yeux. Il avait mis un T-shirt propre et son jean n'était pas si mal. Il jeta un coup d'œil à ses baskets. Il y avait de la boue séchée sur les semelles et les lacets étaient un peu effilochés. C'était le problème avec les parents. Ils étaient obsédés par l'apparence. Ce qui comptait vraiment, c'était ce qui se passait à l'intérieur. Pourquoi ne le voyaient-ils pas ?

« Allons, Ted. » La mère de Glenn, toujours dans son rôle de médiatrice, posa la main sur son bras. Glenn remarqua son alliance usée, un anneau en or très fin. À part les minuscules perles de culture à ses oreilles, c'était le seul bijou qu'elle portait.

« Et fument de la marijuana toute la journée. »

Nous y voilà, pensa Glenn. Bien sûr qu'ils fumaient de la marijuana. Tout le monde fumait de la marijuana. C'est comme ça que l'on se relaxait. Comme ça que l'on arrivait à appréhender les choses qui comptaient vraiment. Son père était si droit qu'il aurait préféré mourir plutôt que de ne pas savoir où il allait.

« Ted. » La mère de Glenn soupira. « C'est l'anniversaire de notre fils. »

Glenn haussa les épaules. En général, il ne fallait que dix minutes à son père pour commencer à l'asticoter. Il était habitué. Il prit sa fourchette et son couteau à viande. Il n'allait certainement pas laisser son vieux lui couper l'appétit.

Son père ignora sa mère. Rien de nouveau. « Tu as dû entendre parler de ces fichus activistes », dit-il en posant son couteau et sa fourchette bien droits au centre de son assiette vide. « Ces étudiants. Des freaks aux cheveux longs, des soi-disant pacifistes, ils croient tout savoir. Je ne veux pas que mon fils soit mis dans le même sac. »

Glenn le fixa et fit un gros effort pour ne pas s'énerver. Ne connaissait-il pas la vérité ? N'entendait-il pas ce que Glenn lui disait ? Ne savait-il donc pas que son fils était un de ces étudiants contestataires aux cheveux longs ? Un des freaks ? L'année précédente, mille étudiants de Yale avaient manifesté à New York et des universités partout dans le pays organisaient des conférences et des débats contre la guerre. Glenn y prenait part. Et il ne faisait plus partie d'une minorité.

« Tu crois qu'on doit rester là-bas, papa ? » Il tenta de parler d'une voix neutre. « Au Vietnam ? » *S'il n'y avait pas de soldats*, pensa Glenn, *il n'y aurait pas de guerre.* Mais il y avait des soldats et la guerre s'intensifiait. Des troupes au sol avaient été envoyées pour protéger les bases de bombardiers américains – dans la jungle, où les soldats ne seraient probablement pas capables de faire la différence entre un Viêt-Cong et un pauvre fermier innocent, bon sang ! Glenn avait lu l'ouvrage de Bernard Fall, *Street Without Joy*. L'historien avait prédit ce qui allait se passer.

Son père serra le poing puis l'ouvrit doucement un doigt à la fois. « On a eu raison d'intervenir, fiston.

— Raison ? Comment peut-on justifier une guerre contre l'humanité ? Tu ne vois donc pas… ?

— Je vois que tu n'as aucune foi dans notre pays, fiston. Et je vois que rien n'a changé. Tu n'as pas plus de jugeote qu'avant de rentrer à l'université. » La voix de son père vibrait d'émotion. « Tu restes ce que tu as toujours été. »

Malgré sa résolution, Glenn avait perdu l'appétit. Il repoussa son assiette, avec son steak à moitié mangé. Parfois, il se demandait pourquoi il prenait encore la peine de discuter avec son père. Mais cela faisait partie de la protestation, du combat, non ? C'était à eux de faire comprendre à des gens comme ses parents ce qui se passait réellement.

Son père se mit à étudier la carte des desserts.

« Tu as fini, mon chéri ? » La mère de Glenn regarda son assiette anxieusement. « Tu n'as pas faim ?

— J'ai fini. » Il n'était plus d'humeur à supporter tout ça.

Les yeux de sa mère allaient de l'un à l'autre, elle semblait désespérée. « Chaque fois, c'est pareil », murmura-t-elle. Elle n'avait pas de chance d'avoir deux hommes dans sa vie avec des points de vue si opposés.

Glenn posa la main sur les siennes. « Désolé, maman.

— J'aurais dû faire un gâteau. » Sa mère sourit faiblement. « Peut-être qu'ils mettront des bougies sur notre dessert. »

Quelque chose dans sa voix le toucha. Elle avait raison. C'était son anniversaire et il devrait au moins faire l'effort de maintenir la paix. Ainsi, après avoir jeté un dernier regard réticent à son père – pourquoi voulait-il toujours le contredire ? – Glenn ravala sa colère et choisit son dessert. Rien n'avait changé. Et pourquoi en serait-il autrement ? Son père était toujours aveugle et sa mère se cramponnait à l'illusion qu'ils formaient une vraie famille, qu'ils étaient capables de dîner et de fêter un anniversaire ensemble. Une farce, pensa-t-il. Voilà ce que c'était. Parce qu'ils faisaient tous semblant. Ils ne voulaient pas voir ce qui se passait réellement au Vietnam. À part les contestataires, tout le monde se voilait la face. Et personne ne se souciait des anniversaires là-bas, pensa-t-il.

« Tu as fait ce que tu as pu. » Bethany prit son verre et le reposa avec le sien sur le plateau. « Tu as protesté, tu as manifesté, tu as refusé d'aller à la guerre.

– Ouais. » Ils avaient manifesté, ils avaient brandi des banderoles, orné les canons des fusils de la police antié-meute de fleurs, ils avaient scandé *la paix pas la guerre*, *l'amour pas la haine*. Mais à quoi cela avait-il servi ?

« Et je suis là. » Il défit la ceinture de sa robe. Il ne voulait plus y penser. Il ne voulait plus se sentir coupable en pensant à l'homme qui avait peut-être pris sa place dans les rangs et s'était fait tuer, il ne voulait plus penser qu'il aurait pu en faire plus, qu'il aurait pu être plus courageux, faire la différence. Pas maintenant.

« Oui, tu es là. » Elle caressa son visage, sa nuque, ses épaules. « On est là. Tu ne dois pas être triste à cause de tes anniversaires passés. Pas le jour de ton anniversaire. »

Il grogna. Il avait vingt-six ans. Sa mère devait se demander où il était. Il devrait lui écrire. Lui faire savoir qu'il était encore en vie. Une carte postale peut-être. Le vieux ne la ferait quand même pas payer pour une carte postale ?

Les larmes de sa mère, les froncements de sourcils de son père, le Vietnam et la politique de l'Amérique. Il avait tout laissé derrière lui, et il était avec la femme qu'il aimait, vivant au jour le jour au sein d'une communauté dans un riad à l'ouest du Maroc. Tout avait changé, et pourtant rien n'avait changé. Il prêchait toujours la paix, pas la guerre. Il était là où il avait envie d'être. Et pourtant, tandis qu'il tenait Bethany dans ses bras, tandis qu'il la sentait s'abandonner à lui, ses yeux mi-clos brûlant de désir, sa peau douce et bronzée, son parfum de rose musquée, il n'avait qu'une envie : oublier.

23

« Tu fuis la réalité », lui avait dit Callum quand Nell lui avait annoncé qu'elle prolongeait son séjour de deux jours et qu'elle allait à Essaouira. Elle lança un coup d'œil à Amy, plongée dans ses pensées, depuis qu'elles avaient trouvé la porte bleue. Nell prit sa main dans la sienne et la serra, ce à quoi Amy répondit par un petit sourire. Elles marchaient côte à côte en direction du riad. Nell savait qu'Amy était amèrement déçue et elle comprenait parfaitement. Contre toute attente, elles avaient trouvé la porte, qui à l'évidence appartenait à un très vieux bâtiment, sans doute un riad. Mais c'était impossible à vérifier.

Elles étaient sorties en courant du riad reconverti en magasin d'antiquités, s'étaient engouffrées dans de petites rues pour atteindre la porte qu'elles avaient vue de la terrasse. Mais elle était verrouillée, bloquée, et tous les volets étaient fermés. Amy avait fait les cent pas devant le bâtiment, elle avait même frappé aux portes voisines, mais les habitants n'avaient pas su répondre à ses questions autrement que par un regard vide. Les portes et les volets semblaient fermés depuis plusieurs décennies. Plus personne n'avait dû voir les carreaux noirs et blancs qui couvraient le sol depuis bien long-temps. La peinture sur la porte était bien plus écaillée que sur la carte postale et le stuc s'effritait encore plus.

Mais c'était bien lui : l'emblème de la rose de Mogador sculpté au-dessus de la porte bleue dans une petite rue peu fréquentée à la périphérie de la médina d'Essaouira.

Elles étaient restées là une demi-heure, peut-être plus. Maintenant qu'elle avait trouvé la porte, Amy répugnait à partir.

« Et maintenant ? finit par demander Nell. On pourrait revenir avec un interprète ? Peut-être quelqu'un du riad…

– Ça ne sert à rien. » Amy semblait avoir pris sa décision. « On a trouvé la porte. Mais qu'est-ce que ça prouve ? Rien, absolument rien.

– Que Glenn est venu à Essaouira ? » Il était peu probable qu'il ait acheté la carte postale ailleurs.

« Sans doute, mais c'est bien tout. C'était il y a longtemps. Il n'a peut-être passé que quelques jours ici, qu'est-ce qu'on en sait ? »

Nell se dit qu'elle avait sans doute raison. Malgré tout, elle insista pour passer chez le disquaire sur le chemin du retour, pour qu'il demande autour de lui. Amy ne devait pas abandonner tout espoir, pas maintenant. Pourtant, la piste commençait et s'arrêtait manifestement devant cette porte bleue.

« Tu fuis la réalité. » Callum avait paru triste plutôt que furieux quand elle lui avait annoncé qu'elle restait quelques jours de plus. Nell s'était alors sentie coupable puis elle avait repensé à ce qu'il lui avait dit, à sa tentative de prendre le dessus, à son manque de sensibilité, à son incapacité à comprendre.

« Non. » Elle n'avait pas l'impression de fuir quoi que ce soit. Elle avait plutôt le sentiment de poursuivre un but, de chercher quelque chose, mais elle ne fuyait pas.

Ce matin, Nell avait encore tiré La Grande Prêtresse au tarot. La femme mystère, la carte que Nell avait toujours associée à sa mère et qui lui donna l'impression d'être plus proche d'elle que jamais. En général, elle apparaissait dans un tirage quand il fallait écouter sa voix intérieure, la suivre. Et dans cette séquence de cartes particulière, elle indiquait souvent que la vie changeait, aussi. Ce qui semblait certain autrefois ne pouvait plus être tenu pour acquis. Certains mystères pourraient s'éclaircir.

« C'est moi que tu fuis ? »

Nell retint son souffle. « Je serai de retour dans quelques jours. » Elle ne pouvait pas en dire davantage. *Et après on verra…* Elle avait juste besoin d'un peu plus de temps pour réfléchir. Même Callum savait qu'elle devait aller de l'avant, qu'elle ne pouvait pas rester comme elle était.

« Je ne sais plus vraiment qui tu es », avait dit Callum. Ses mots s'étaient insinués en elle, ils dansaient dans sa tête depuis qu'elle était arrivée à Essaouira. Peut-être, pensa Nell, était-elle tout juste en train de découvrir qui elle était réellement.

La veille au soir, après leur arrivée, elles avaient mangé un tajine de poisson Mqualli dans un restaurant local. Le poisson et les fruits de mer étaient excellents ici. Nell voulait absolument goûter ce plat car elle n'avait pas pu en manger à Marrakech. Tout en dégustant son tajine, elle avait essayé d'analyser les ingrédients et, quand elles eurent terminé, Amy l'avait persuadée de discuter avec le chef. « Vas-y, dit-elle, qu'est-ce que tu as à perdre ?

— Très bien. » Nell réalisa qu'elle avait beaucoup à apprendre si elle voulait concrétiser son projet.

Le terme « Mqualli » désignait des sauces à base de gingembre, de safran et d'huile. « Mais dans ce plat classique, c'est les *poissons*, lui dit le chef en mauvais français.

— Du poisson ?

— De l'anguille. » Elle ne connaissait pas le mot mais

il lui montra une anguille dans l'aquarium du restaurant. « On peut aussi utiliser ça, ou ça. » De l'espadon, du merlan ou de la dorade, déduisit-elle.

« On met une couche de poisson, puis une couche de *pommes de terre, de tomates et de poivrons rôtis*. » Mais Nell savait qu'il y avait autre chose encore.

« La Chermoula, dit-il. Des olives et des citrons confits pour le piquant et la saveur. »

Nell avait déjà compris que le citron et les olives étaient beaucoup utilisés dans la cuisine marocaine. Mais elle n'avait jamais entendu parler de la Chermoula.

Il l'invita à l'accompagner dans la cuisine et elle le suivit, à la fois terriblement gênée et secrètement ravie. Elle fut accueillie joyeusement par les membres du personnel occupés à remuer des sauces, à faire bouillir du riz, à laver la vaisselle. Elle comprit qu'elle avait l'attrait de la nouveauté. Le chef ouvrit le frigo et lui montra un pot à moitié rempli de liquide. Il lui fit sentir la sauce.

« *Fort*, dit-elle. *Très bon*. »

Il lui expliqua, tout en lui montrant quelques épices sur l'étagère, que la Chermoula était une marinade pour le poisson et accompagnait un grand nombre de plats marocains à base de poisson ; cette sauce était préparée avec de la coriandre fraîche, de l'ail, du paprika, du cumin, du sel, du gingembre, du piment de Cayenne, du jus de citron et, bien sûr, du safran.

« Merci beaucoup, dit Nell. *Merci beaucoup*. » Rien de tel que de parler au chef.

*

« On n'est pas obligées d'aller à la safranière demain », dit Nell à Amy. Ça ne ressemblait pas à son amie d'être aussi silencieuse. Nell était inquiète. « On peut rester encore quelques jours à Essaouira. Juste pour voir... »

Quoi ? Si la porte bleue allait s'ouvrir subitement ? Elle se demanda ce qu'elle pourrait bien dire à Callum si elle repoussait encore une fois son retour. Et Johnson ? Il n'apprécierait pas du tout. C'était bien beau d'être spontanée mais il fallait aussi être responsable.

« Pas la peine. » Amy frappa à la porte du riad et la jeune fille vint leur ouvrir.

« Vous désirez du thé ? demanda-t-elle poliment.

– Non, merci. » Amy se dirigeait déjà vers les escaliers.

« Et pour le visiteur ?

– Le visiteur ? » Nell et Amy se retournèrent en même temps. De l'autre côté du passage voûté, Nell vit un homme, assis, les jambes tendues devant lui, il semblait très décontracté comme s'il faisait partie des meubles. Elle ne le connaissait pas, mais…

« Qu'est-ce que vous fichez là ? » La voix d'Amy retentit. Et Nell comprit qui c'était.

24

C'était certes plus facile de rester assise dans son fauteuil que de se lever pour faire chauffer de l'eau et préparer le thé. C'était plus facile d'allumer la télévision pour regarder un jeu télévisé abrutissant que de lire un livre, surtout maintenant que sa vue baissait. Quant au passé… il n'y avait rien de plus difficile que de penser au passé, en particulier pour ceux qui n'avaient pas la conscience tranquille. Pourtant, ce n'est pas parce que l'on était vieux qu'il fallait toujours choisir la solution de facilité. Ce n'était pas bon. Lillian s'arma de courage et s'extirpa de son fauteuil. Elle avait encore une vie à vivre. Elle ne pouvait pas se permettre de se laisser aller.

Une fois dans la cuisine, elle remplit la bouilloire et inspecta la huche à pain. Il lui restait un quignon de pain rond dans lequel elle pourrait couper deux tranches. Un petit sandwich ferait l'affaire. Pas au fromage, cela lui donnerait des cauchemars. Mais au jambon. Une fine tranche de jambon et quelques tomates.

Elle sortit la planche à pain et son couteau. Amy avait essayé de lui faire acheter du pain déjà tranché mais ce n'était pas la même chose. Les jeunes gens ne comprenaient pas vraiment que, pour les tartines du matin, les tranches devaient être plutôt épaisses, mais pour les sandwichs elles devaient être ultrafines. Et aussi bête que cela puisse paraître, son couteau à pain avec son manche vert, qui avait appartenu à Mary et à leur mère avant ça, était l'un des garants de l'indépendance de Lillian. Si on le lui enlevait... Elle coupait encore le pain à la verticale comme le faisait sa mère autrefois. Et c'était encore autre chose.

Quand on est jeune, on ne peut pas s'imaginer être vieux. Elle étala une fine couche de beurre sur le pain. *Un petit plaisir ne peut pas faire de mal...*

Quand on est vieux, les jours déteignent les uns sur les autres et l'on n'a plus vraiment de but dans la vie. Lillian sortit une tomate du frigo et la coupa en rondelles de même épaisseur. Cela lui manquait de ne pas avoir de but, d'objectif précis. Elle avait perdu un peu de cette détermination quand Glenn était parti, puis de nouveau après la mort de Ted. Pourtant, très vite, elle avait trouvé un nouvel objectif lorsqu'elle avait réalisé qu'elle aurait peut-être une chance à présent de le retrouver... Puis, elle avait su donner un nouveau sens à sa vie en revenant habiter dans le Dorset. Elle posa le jambon sur la tranche de pain, puis les rondelles de tomate et enfin l'autre tranche de pain, si fine que l'on pouvait presque voir à travers. Elle avait toujours su trouver un objectif. *Jusqu'à présent...*

Mais au moins, Lillian avait Amy. Lillian ne lui avait pas dit pour Mary pourtant. Elle ne pouvait pas supporter l'idée qu'Amy puisse la voir d'un autre œil... Avec Amy, tout était si solide, si réel. Lillian bénissait le jour où elle était venue ici, le jour où elle avait rencontré sa petite-nièce et où elle s'était liée d'amitié avec elle. Comme Amy lui manquait. Celia était passée la veille mais uniquement pour s'assurer qu'elle allait bien. Elle avait accepté de boire un thé, en vitesse, et Lillian l'avait surprise en train de jeter un œil sur sa montre, à deux reprises. On avait besoin d'elle à l'hôtel, bien sûr. Elle était toujours occupée – c'était l'éthique de travail de Celia qui avait permis de rembourser l'investissement de Lillian (largement). C'était là l'ironie de l'histoire.

Quand on est vieux aussi, les gens sentent qu'ils ont l'obligation de venir vous voir, de prendre de vos nouvelles, et ça mettait Lillian mal à l'aise. Le devoir et la responsabilité avaient toujours eu cet effet sur elle. Ted aussi avait un sens très aigu du devoir. C'est pourquoi il n'avait jamais pu partager les vues pacifistes de Glenn ni sa position sur le Vietnam. Pour Ted, le devoir et la responsabilité passaient avant tout le reste. Il en avait toujours été ainsi. Ce qui n'était pas forcément une mauvaise chose. Il avait toujours été un homme loyal ; un homme qui faisait son devoir. Et il attendait la même loyauté en retour. Voilà pourquoi...

Celia avait regardé autour d'elle, comme un oiseau, avec sa vivacité habituelle. Elle avait demandé si elle pouvait faire quelque chose pour aider Lillian.

Lillian avait répondu que non. « Amy me manque, avait-elle ajouté. À toi aussi, naturellement.

– À moi ? » Celia parut surprise par la question. Elle passa du mode « femme d'affaires » au mode « maman » en une seconde. Ses yeux se teintèrent de mélancolie, ce que Lillian n'avait jamais vu auparavant.

« C'est ta fille », avait envie de dire Lillian. Mais cela ne la regardait pas, pas vraiment. Elle avait vu beaucoup de choses à son retour en Angleterre, notamment que les parents d'Amy n'avaient pas beaucoup de temps à consacrer à leur fille. Mais elle avait aussi vu que Celia et Ralph l'aimaient, ce qui n'était pas le problème.

« Oui, bien sûr, répondit Celia. Même si ça ne fait vraiment pas longtemps qu'elle est partie. » Elle sembla réfléchir. « C'est juste que...

– Tu es très occupée », répondit Lillian. Un peu sèchement, elle en était consciente.

« Oui. » Ce qui lui rappela qu'elle avait à faire. Celia

se leva, prit sa tasse et sa soucoupe, ainsi que celles de Lillian sur la table à côté du fauteuil. La mélancolie avait disparu de son regard. Elle emporta la vaisselle à la cuisine. Lillian l'entendit passer les tasses sous le robinet.

« Ce n'est pas la peine, dit-elle. Je le ferai plus tard.

– Pas de problème. » Celia revint dans la pièce, si vite qu'elle n'avait pas pu faire la vaisselle correctement, pensa Lillian malgré elle. C'était le problème quand on faisait les choses vite.

« Il faut que je file. » Pourtant, Celia regarda vaguement autour d'elle, comme si elle cherchait une raison de rester.

« Comment va Ralph ? » demanda Lillian. Elle se souvint des tensions qui pourrissaient leur relation quand elle était revenue en Angleterre. Elle n'avait guère d'espoir que leur mariage survive à leurs disputes. Mais c'était sans doute à cause de Ralph que Celia était ainsi. Elle se serait peut-être contentée de tenir un petit B&B à Bridport, mais Ralph en avait assez de son travail. Lillian aurait pu dire à Celia qu'un homme qui ne supportait pas le stress lié à son métier d'enseignant pourrait rencontrer les mêmes problèmes en gérant un hôtel et en s'endettant de la sorte. Mais elle n'était pas là à l'époque. Heureusement, tout s'était bien terminé, du moins l'espérait-elle. Celia avait relevé le défi et entraîné son mari avec elle.

« Il va bien. » Une ombre passa dans son regard. Et Lillian comprit. Ralph allait bien. L'hôtel rapportait de l'argent. Il faisait quelques tâches le matin et jouait au golf l'après-midi. C'était sa femme qui assumait toutes les responsabilités. Pourquoi n'irait-il pas bien ?

« Et l'hôtel ? » À vrai dire, ça ne la regardait plus vraiment. Celia et Ralph avaient remboursé ce qu'elle avait investi et c'était mieux ainsi. Ils n'avaient pas besoin d'associée et pourquoi devraient-ils écouter l'avis d'une vieille dame de quatre-vingt-cinq ans ? Encore un objectif de moins à poursuivre. « Beaucoup de clients ?

– C'est plus calme. Ça va repartir juste avant Noël, répondit Celia. Mais l'été a été très chargé. »

Lillian hocha la tête. « Si tu voulais consacrer plus de temps à autre chose… » Elle laissa sa phrase en suspens quelques secondes. « Tu pourrais toujours engager un gérant. À l'avenir, je veux dire. Déléguer un peu. » Elle la regarda.

« Oh oui, sans doute. » Celia fronça les sourcils.

« Je sais que c'est dur quand on a été habitué à tout faire soi-même. On pense que personne ne pourra s'en sortir aussi bien. »

Celia rit. « C'est tout à fait ça. » Son expression s'était adoucie depuis qu'elle était là. Lillian se demanda, comme souvent, ce que Mary avait raconté à sa fille, ce qu'elle savait exactement. Lillian était revenue pour s'occuper de Mary, mais Celia ne l'avait jamais accueillie à bras ouverts. Elle avait seulement accepté son aide – son ingérence, comme elle devait plutôt la considérer – parce qu'elle ne pouvait pas faire autrement.

« Mais merci d'être venue, dit Lillian. Ça me fait plaisir. Comme Amy n'est pas là et…

– Je devrais venir plus souvent. » Celia afficha son expression habituelle de femme surmenée.

« Non, non. » Lillian se leva et fit quelques pas dans la pièce. Elle posa la main sur le bras de Celia. « Ce n'est pas une obligation, dit-elle doucement. Je sais que tu as probablement promis à Amy de passer. Mais je vais bien comme tu peux le constater. Tu peux venir quand tu veux, naturellement. Mais ne te sens surtout pas obligée. »

Et Celia la regarda longuement, comme si elle la voyait pour la première fois. « Merci, tante Lillian, dit-elle. Je m'en souviendrai. »

La bouilloire fit un bruit de raclement et la vibration se transforma en sifflement strident qui fit sursauter Lillian. Elle coupa le gaz et la bouilloire frémit. Elle fit le thé, se coupa une petite tranche de cake et la mit sur une assiette. Elle porta le plateau d'étain noir avec précaution jusqu'au salon et le posa sur la table devant son fauteuil. Avant de s'asseoir, elle alla au bureau et ouvrit le tiroir.

Une rose couleur crème séchée dans un sac en papier froissé, voilà tout ce qui lui restait du mariage de Mary. Elle trouva le sac, sortit la fleur séchée avec précaution et posa la rose délicate dans la paume de sa main. *C'est notre lot à tous*, pensa-t-elle. Au matin de la vie, frais et pleins de vitalité, on finit tout fripés le soir venu. Elle gloussa. Bizarrement, la rose séchée n'avait rien perdu de sa beauté parce qu'elle avait été cueillie et conservée à l'apogée de sa gloire. Elle avait eu le bouquet entier à l'époque.

Lillian avait été surprise de la vitesse à laquelle tout avait été décidé pour le mariage de Mary et de Johnnie Coombes. Elle s'était même demandé… Mais si Mary semblait un peu pâle et fatiguée, son union avec Johnnie ne ressemblait pas à un mariage forcé. Alors peut-être était-ce un mariage d'amour ? Ce qui s'était passé avec Ted avait peut-être servi de leçon à Mary. Elle avait probablement arrêté de briser le cœur des hommes. Lillian n'en savait rien parce que sa sœur ne le lui avait jamais dit. Elle n'avait jamais été la confidente de Mary et c'est une chose qui n'avait pas changé.

Mary avait toutefois demandé à Lillian d'être sa fille d'honneur. Johnnie avait une sœur, Edie, l'autre fille d'honneur. Aucune des deux ne risquait de faire de l'ombre à Mary, se dit Lillian, consciente que ce n'était pas très gentil de sa part d'avoir de telles pensées.

En fait, Mary était pâle mais radieuse le jour de son mariage. Elle portait une robe de satin blanc toute simple avec un voile, des mules en satin, des gants en dentelle blanche et elle tenait un bouquet de roses rouges et blanches. Dieu sait où ils avaient trouvé tout ça, mais ils avaient sans doute mis les amis et les voisins à contribution. Tout le monde avait quelque chose à donner ou à prêter.

« Tu es heureuse ? » lui demanda Lillian tandis qu'elles faisaient les derniers préparatifs à la maison. Les cheveux de Mary étaient noirs et brillants, ses lèvres rouges, sa peau était resplendissante. Lillian scruta l'expression de sa sœur. Elle ne put s'empêcher de penser qu'elle ne connaissait pas Mary, pas vraiment.

« Bien sûr que je suis heureuse, idiote ! » Mais Lillian vit son regard indigo à la seconde où elle se tourna pour prendre son bouquet. Et ce n'était pas celui d'une future mariée, le matin du plus beau jour de sa vie.

Mary dit et fit tout ce que l'on attendait d'elle. Elle prononça les vœux du mariage d'une voix claire et distincte et elle sourit quand ce fut au tour de Johnnie de parler. Elle tendit sa main fine et blanche pour que Johnnie lui passe l'alliance et elle ferma les yeux quand enfin ils furent déclarés mari et femme et que Johnnie se pencha pour l'embrasser. Elle rit quand ils remontèrent la nef, regarda Johnnie avec adoration pour les photos, embrassa ses invités. Personne n'aurait pu interpréter ce rôle mieux qu'elle. Et quand son mari ouvrit fièrement la portière de la voiture pour sa femme, alors qu'ils s'apprêtaient à partir pour leur nouvelle vie d'époux, Mary se retourna et regarda Lillian droit dans les yeux.

« Attrape, petite sœur. » Et elle lui lança le bouquet. Était-ce l'imagination de Lillian ou ce regard avait voulu dire : « J'espère que tu auras plus de chance que moi » ?

Lillian rangea la rose dans le sachet en papier où elle était restée toutes ces années. Elle n'avait pas pu garder le bouquet entier mais elle avait fait sécher cette rose en particulier entre les pages de l'encyclopédie de son père. Cette rose était partie en Amérique et, comme elle, elle était revenue.

Cette rose faisait remonter à la surface de nombreux souvenirs de sa sœur. Et nombre d'entre eux la mettaient mal à l'aise. Lillian croyait savoir pourquoi Celia ne l'avait pas accueillie dans la famille aussi chaleureusement qu'Amy l'avait fait. Mary avait dû lui raconter ce qui s'était passé, au moins en partie. Eh oui, Lillian s'était mal conduite. Mais à l'époque, elle ne connaissait pas toute l'histoire. Mary ne lui avait rien dit, elle l'avait laissée dans l'ignorance. Lillian avait essayé de se faire pardonner. Que pouvait-elle faire d'autre ?

Lillian but son thé à petites gorgées. Si… peut-être une dernière chose.

25

À la grande surprise de Nell, Amy semblait furieuse de le voir. Elle était sans doute plus affectée qu'il n'y paraissait. À moins qu'il y ait une histoire entre eux dont elle ne savait rien.

« Eh bien… » Il se leva.

« Vous me surveillez, c'est ça ? » Amy croisa les bras. Et elle fusillait le pauvre homme du regard. Jake Tarrant. Cela ne pouvait être que lui.

« Certainement pas. » Ce fut à son tour de paraître en colère ou du moins offensé. « J'ai essayé de vous le dire au téléphone mais vous m'avez pratiquement raccroché au nez.

– Thé à la menthe ? » demanda la fille à la réception.

Amy et Jake l'ignorèrent.

« Je peux vous proposer un verre de… ?

– Oui, s'il vous plaît. (Jake)

– Non, merci. » (Amy)

Ils parlèrent en même temps. *Très bien*, pensa Nell. Elle prit une décision directoriale. « Oui, s'il vous plaît, dit-elle à la jeune fille. Ce serait très gentil. » Le thé à la menthe avait des vertus apaisantes.

« Je ne vous ai pas raccroché au nez », répliqua Amy en affichant un air boudeur. Mais elle s'approcha de quelques pas. « Le bus arrivait. » Elle chercha Nell du regard pour qu'elle confirme. « N'est-ce pas, Nell ?

– Oui. » Nell hocha la tête. Elle savait de quel côté elle était, quand c'était nécessaire.

« Et vous auriez pu m'appeler aujourd'hui, à n'importe quelle heure, pour m'avertir », dit Amy d'un ton plein de sous-entendus.

Jake plissa les yeux. Amy n'avait pas dit à Nell qu'il était si séduisant. Certes, sa beauté n'était pas conventionnelle. Il était étrangement fascinant. Et il paraissait parfaitement à l'aise. Enfin jusqu'au moment où Amy s'était déchaînée contre lui. À présent, il semblait plutôt complètement abasourdi, pauvre homme !

« Je ne savais pas que je devais vous avertir de quoi que ce soit, dit-il froidement. On est collègues, non ?

– Oui. » Amy s'assit et Nell prit place à côté d'elle. « Mais vous pourriez tout aussi bien reconnaître que vous avez essayé de me surprendre.

– De vous surprendre en train de faire quoi ? demanda-t-il doucereusement.

– De… de… bafouilla Amy.

– De ne pas faire son job correctement », suggéra Nell qui avait déjà compris l'essentiel. Amy ne voulait pas que Jake sache pour la porte bleue.

« Exactement. » Une fois encore, Amy croisa les bras.

La fille de la réception revint avec du thé à la menthe dans une théière et trois verres sur un plateau argenté.

« Merci. » Nell lui fit signe de le poser sur la table devant elle.

Jake s'assit en face d'Amy. Il fronça les sourcils. « Pourquoi ferais-je une chose pareille ? Je n'ai aucune raison de penser que vous ne faites pas votre travail correctement. Et c'est votre galerie qui organise l'événement. » Il la regarda. « La vôtre et celle de Duncan », rectifia-t-il.

Amy semblait sur le point d'exploser. « Alors pourquoi vous êtes là ? répliqua-t-elle.

– Parce que j'aime ce pays. Parce que j'avais envie de m'échapper le temps d'un week-end. Parce que je suis en train d'organiser une manifestation autour du Maroc pour votre galerie. Parce que vous m'avez dit que vous n'aviez pas l'intention de venir à Essaouira et que je voulais trouver un groupe pour l'événement. » Il tendit les jambes et se cala dans son fauteuil. Toutes ces raisons semblaient parfaitement valables. Mais comment Amy allait-elle réagir ?

« Bien, concéda-t-elle non sans une pointe de sarcasme.

– On n'est jamais mieux servi que par soi-même, dit-il en haussant les épaules.

– Ce qui sous-entend que vous ne me jugez pas capable de le faire. » Amy était coriace. Elle ne lâchait jamais le morceau, pensa Nell.

« Vous avez dit…

– Je vous ai dit… »

Ils recommencèrent à parler en même temps.

Nell décida de servir le thé.

« Je vous ai dit que j'avais changé d'avis et que j'allais venir à Essaouira. » Amy parlait d'une voix plus calme à présent, plus conciliante. Elle ne regardait pas Jake, toutefois. Elle regardait par-dessus son épaule, vers la rue animée dehors. Peut-être pensait-elle encore à la porte bleue ?

« J'avais déjà réservé mon vol », dit-il.

Impasse. Ils se fixèrent. Nell était tellement fascinée par leurs échanges animés, qu'elle continua à verser et sursauta quand elle réalisa que le thé débordait du verre et coulait sur le plateau. Elle s'empressa de l'essuyer avec une serviette en papier.

« De plus, dit-il, comme je l'ai dit, j'ai un faible pour le Maroc. »

Il aurait tout aussi bien pu ajouter : « Et j'ai un faible pour vous. » Amy ne le voyait-elle pas ? Nell soupira en donnant à chacun un verre de thé. Amy affichait toujours son air suspicieux. Apparemment non.

« Nous avons quelques contacts. » Amy posa son verre et sortit son carnet de son sac. Nell fut impressionnée par sa capacité à passer en mode professionnel, sans le moindre effort. « J'allais vous envoyer les coordonnées par mail. » Elle lui lança un regard désapprobateur comme s'il l'avait privée d'une mission particulièrement intéressante. « Mais vous pouvez les prendre tout de suite. » Elle lui tendit une feuille de papier. « On part demain matin.

– Vous partez ? » Il but quelques gorgées de thé et glissa la liste qu'elle lui avait donnée dans la poche de son jean.

« On va visiter une safranière. » Elle semblait s'attendre à ce qu'il critique ses choix. Il n'en fit rien.

« J'espère prendre quelques photos des crocus en pleine floraison.

– Bonne idée. » Il hocha la tête. « Et vous voulez bien dîner avec moi ce soir ? demanda-t-il. Toutes les deux. Peut-être qu'on pourrait écouter un peu de musique, plus tard.

– D'accord. » Amy semblait un peu moins réticente à présent.

Nell réfléchit à toute vitesse. « J'ai un peu mal à la tête, dit-elle. Je voulais me coucher tôt. Mais vous pouvez y aller tous les deux. »

Amy se retourna brusquement. « Depuis quand ? demanda-t-elle. Tu étais en pleine forme tout à l'heure. »

Ses maux de tête lui étaient venus à force de les écouter tous les deux et de les voir faire comme si le courant ne passait pas entre eux. « Eh bien…

– Il faut que tu viennes, décréta Amy. Sinon, je reste là moi aussi, pour m'occuper de toi.

– Pas la peine », concéda-t-elle. Elle fut bien obligée de s'avouer vaincue.

Elle surprit le sourire ironique de Jake. Ainsi, il était aussi désemparé qu'elle face à Amy.

« On se retrouve à dix-neuf heures trente ? » Jake haussa un sourcil tortueux.

« Parfait », dit Nell. Elle était impatiente de passer une soirée à observer ces deux-là.

« À tout à l'heure. » Jake se leva et traversa la pièce d'un pas bondissant. Nell le suivit du regard, elle ne pouvait pas s'en empêcher.

Amy lui donna un coup de coude dans les côtes. « Qu'est-ce que tu regardes ? siffla-t-elle.

– Rien. » Nell prit son air innocent.

« Tu peux me croire, dit Amy. Il est difficile. Et il ne faut pas se fier aux apparences avec lui.

– Mmm » Mais Nell était certaine d'une chose. Amy semblait beaucoup plus gaie à présent.

26

Maroc, 1977

« Je ne veux pas que Bethany soit mêlée à tout ça », dit Glenn. C'était une journée très chaude et il transpirait, mais peut-être pas uniquement à cause du soleil qui tapait sur le chapeau safari qu'il portait. Plutôt à l'idée de ce qui pourrait arriver à Bethany. C'était le mois de juillet. Bethany vivait avec eux depuis près de trois ans et ne savait rien des « livraisons » qu'ils avaient effectuées par le passé – une ou deux alors qu'elle venait d'arriver ; plus qu'une depuis, pendant qu'elle travaillait à la ferme à l'extérieur de la ville.

La dernière « livraison » ne s'était pas très bien passée. Howard connaissait un type qui fabriquait des planches de surf et il leur avait confectionné deux surfs spéciaux pour le voyage. C'était ingénieux. Howard pensait toutefois qu'il valait mieux informer le moins de personnes possible. Howard et Gizmo s'étaient chargés de la livraison sauf que les choses ne s'étaient pas vraiment déroulées comme prévu. Ils avaient rapporté un paquet de fric, mais ils avaient été arrêtés à un barrage routier et questionné pendant des heures. Howard avait fini par se disputer avec l'un des policiers et avait eu beaucoup de chance que cela n'aille pas plus loin. Comment ils avaient fait pour ne pas découvrir le magot, Dieu seul le savait.

« En fait, avait dit Howard à leur retour, ils veulent mettre un frein au trafic et vont finir par connaître toutes les combines. » Et tout en comptant le fric, il avait soupiré. « Je pense qu'il va falloir qu'on fasse profil bas pendant quelque temps. Faut qu'on fasse durer le plus longtemps possible. Qu'on trouve un autre moyen. »

À présent, il avait changé d'avis. En fait, c'était de l'argent facile – à condition que tout se passe bien pendant le transfert. C'était une tentation. Et Howard était fauché.

« Et pourquoi ? » demanda Howard. Ils étaient assis tous les trois autour de la table. Howard était en train de rouler un joint. Il avait de longs doigts, des ongles sales, et portait son uniforme d'été habituel, un jean coupé et effiloché, un T-shirt jaune ainsi que son éternelle chéchia rouge et jaune bien sûr. Quand il avait annoncé qu'ils devaient faire une autre livraison, qu'ils avaient besoin de fric, Glenn s'y était opposé. Mais comme d'habitude, il n'avait pas pu se faire entendre. Howard aimait penser que c'était lui qui commandait ici. Il n'avait pas pigé qu'au sein d'une communauté personne ne commandait, c'était justement ça le principe.

Maintenant il voulait que Bethany participe. Glenn se crispa. Ça ne lui plaisait pas, ça ne lui plaisait pas du tout.

« Elle n'a pas à être impliquée dans tout ça. » Elle n'était pas présente à la réunion, d'ailleurs. Elle était dans la cuisine en train de préparer leur dîner, du poulet avec de la semoule, des tomates et des pruneaux. Glenn sentit son ventre gargouiller. Il avait faim.

« Et pourquoi pas ? » Howard répandit un peu de tabac sur des feuilles à cigarette qu'il avait collées. Il roula les petits morceaux de tabac entre ses doigts et Glenn sentit leur odeur âcre se mêler à la vapeur du tajine de Bethany. « Elle habite là, non ? »

Il est vrai qu'à l'origine ils s'étaient mis d'accord pour que chacun fasse une livraison à son tour. Ils fonctionneraient par paire, une paire différente à chaque fois. Ils avaient décidé que le changement était le meilleur garant de leur liberté, le moyen idéal de ne pas se faire remarquer. Les schémas, les habitudes pouvaient les trahir et attirer l'attention sur eux. Mais c'était il y a longtemps. Avant l'arrivée de Bethany. Les choses avaient changé.

« Je prendrai son tour, dit Glenn. Et le mien.

— Surtout pas, mon pote. » Gizmo resserra le nœud de son bandana bleu. « Si vous tombez ensemble au tirage au sort, ça veut dire que tu partiras seul…

— C'est une fille. » Glenn prit son thé. Ils n'avaient plus de bière bien sûr. Il savait que c'était difficile de se faire du fric ici – mais il y avait des moyens, des moyens relativement légaux de gagner un peu d'argent. Faire des traductions, travailler dans les cuisines de restaurants, faire du ménage dans les hôtels, travailler dans les champs au moment des récoltes. Bethany et lui n'avaient pas grand-chose mais ils ne mourraient jamais de faim.

« Tu m'en diras tant. Qu'est-ce que ça peut faire ? dit Howard de sa voix traînante. Alors comme ça, le fait d'être une fille lui donnerait des privilèges ? »

Des privilèges… Glenn détourna les yeux.

« Les femmes sont les égales des hommes, mon pote, approuva Gizmo.

— Et la désignation des "candidats" regarde tout le monde. » Pendant une seconde, Howard leva la tête et Glenn sentit ses yeux bleu pâle le scruter. Bon sang ! Il vivait avec ce type mais il ne l'aimait pas. Il était d'une froideur ! « Et si on se trimballe avec une fille, on se fera encore moins remarquer.

— T'as raison », dit Gizmo en hochant la tête et en regardant avidement le joint qu'Howard préparait en prenant son temps. Howard déplia le papier d'aluminium, craqua une allumette et l'approcha du morceau de haschisch marron. Il en émietta un coin avec ses doigts et le répartit uniformément sur le tabac.

« Elle ne le fera pas. » Glenn essayait de rester calme. C'était trop dangereux. Il ne prendrait pas ce risque. Si elle était là avec eux, c'était parce qu'elle l'avait suivi. C'est lui qui l'avait emmenée ici. Il voulait la protéger.

Howard sentit ses doigts puis les lécha. « On devrait peut-être lui demander, non ? » Il regarda Gizmo en haussant un sourcil.

« Ouais, gloussa Gizmo. On devrait lui demander. Elle a son mot à dire après tout.

– Me demander quoi ? » Bethany était là, les mains sur les hanches, un sourire s'attardant sur ses lèvres, le visage luisant à cause de la chaleur.

« Rien », dit Glenn.

Howard roula le joint. Il lécha le papier tout en regardant Bethany. « Si tu es des nôtres, dit-il. Si tu fais partie du groupe ou si tu n'es qu'un parasite. »

Bethany regarda Glenn et il vit l'incertitude dans ses yeux. Ça le rendait fou. « Laissez-la tranquille, répliqua-t-il. Elle ne veut pas savoir.

– T'énerve pas, mon pote. » Howard tordit une des extrémités du joint. Dans l'autre, il inséra un petit rouleau de carton. Il le porta à sa bouche, alluma l'autre bout puis inspira. L'odeur sucrée et grisante emplit l'air. Ils semblèrent tous inspirer instinctivement avec lui, même Bethany. « Alors ? » Il lui tendit le joint, esquissant un sourire qui lui tordit la bouche. « Tu veux savoir, Bethany ? »

Ils étaient enlisés dans une ornière. Glenn le savait. Ils auraient dû partir avant. Il lui avait proposé plusieurs fois de partir mais il y avait toujours une raison de rester. « Où irions-nous ? avait demandé Bethany. Je n'ai aucune envie de retourner dans la grisaille de l'Angleterre, non merci. » Et Glenn ne pouvait pas envisager de retourner en Amérique.

À peine Jimmy Carter avait-il été investi dans ses fonctions qu'il avait proclamé l'amnistie totale pour tous les insoumis. Glenn aurait dû être soulagé. À présent, il pouvait rentrer à la maison. Sa mère, il en était certain, s'attendait à ce qu'il rentre. Mais il restait deux problèmes à ses yeux. D'abord, s'il demandait pardon, il admettrait qu'il avait commis un crime. Ensuite, il devrait affronter la culpabilité qu'il ressentait, d'abord parce qu'il s'était enfui, ensuite parce qu'il avait abandonné sa mère, parce qu'il ne l'avait pas protégée et n'était pas rentré chez lui dès qu'il l'avait pu. Et alors ? « On pourrait voyager un peu », suggéra Glenn.

« Mais on ne trouvera jamais un endroit aussi cool pour vivre », objecta Bethany.

Glenn était conscient qu'elle adorait vivre ici. Elle aimait la nourriture et les épices ; la chaleur et l'ambiance décontractée. L'histoire d'Essaouira l'avait séduite et attirée. Cela lui plaisait que la ville de Mogador, comme elle s'appelait à l'époque, ait été construite par les Phéniciens au sixième siècle. « Waouh ! s'exclama-t-elle. Voilà qui intéresserait beaucoup ma mère. Elle a toujours dit que notre famille avait des liens avec les Phéniciens. » Glenn l'écoutait parler avec enthousiasme de l'ancien site phénicien utilisé comme comptoir et tour de guet. Elle expliqua aussi qu'une teinture pourpre employée pour les vêtements d'apparat de la royauté en Europe était extraite d'une des espèces de crustacés de la région. Elle s'intéressait aussi à l'histoire culturelle plus récente concernant ce qu'il appelait secrètement le mythe Hendrix et le Living Theater.

Bethany était à peine arrivée à Essaouira qu'elle voulait déjà entraîner Glenn et Gizmo à Diabet. Pour elle, c'était incroyable qu'ils n'y aient encore jamais mis les pieds et elle ne comprenait pas qu'Howard ne veuille pas venir.

« Il n'y a rien là-bas », expliqua Howard. Et Glenn était secrètement d'accord avec lui.

Bethany leva les yeux au ciel. « Considérez ça comme une sorte de pèlerinage, dit-elle. J'en reviens pas les gars ! Et il y a le café.

– Le café ?

– Le café Hendrix. Et la chanson *Castles Made of Sand* a été inspirée par les ruines de la tour de guet de Bordj el-Berod, vous savez. »

Glenn s'abstint de lui dire que la chanson avait été enregistrée deux ans avant la visite de Hendrix. Et encore fallait-il qu'il soit venu jusque-là ? Sans doute, oui. Il était probablement resté deux jours. Suffisamment longtemps pour faire naître le mythe, pour qu'Essaouira s'en repaisse aussi longtemps que possible, presque plus que de raison. Pour Glenn, les habitants d'Essaouira ne s'étaient jamais véritablement remis de cette célèbre visite, et plus les mois passaient, plus les histoires que l'on racontait devenaient extraordinaires. Howard ne se gêna pas pour le dire à Bethany.

« Eh bien, c'est évident, non ? répliqua Bethany. Il y a *Purple Haze* aussi, n'oubliez pas. Ne me dites pas que c'est une coïncidence.

– Une coïncidence ?

– La pourpre, ou le murex qui fournissait une teinture rouge violacé et qui a fait la richesse du Maroc et d'Essaouira. Allez les gars, il a dû venir bien avant, en secret. »

Howard rit mais aucun argument ne put le faire changer d'avis. Ils partirent donc sans lui et découvrirent une étendue déserte, désolée, battue par les vents. *Un superbe décor de film pour un vieux western*, pensa Glenn sombrement tout en enlevant son chapeau avant que le vent ne l'emporte. Ils trouvèrent la tour de guet, une ancienne forteresse délabrée qui s'enfonçait doucement dans l'eau au sud, mais le vent soulevait le sable fin et au bout de quelques secondes ils en eurent plein les yeux. Même Bethany ne trouva rien à voir hormis deux chameaux. Ils trouvèrent le café aux couleurs criardes avec ses photos de Hendrix et ses citations. Mais il n'y avait pas de client, seulement un membre du personnel, qui dormait sur un banc en bois. Il n'y avait pas plus à manger qu'à boire. *Tu parles d'un café*, pensa Glenn. Il était temps de partir.

Glenn avait cherché d'autres endroits où loger en ville mais il n'y avait rien, du moins rien d'aussi avantageux que le riad. Voilà pourquoi ils étaient toujours là. Peut-être n'avaient-ils pas su saisir l'occasion de partir quand elle s'était présentée.

« Bien sûr que je veux participer. » Bethany ne se donna même pas la peine de regarder Glenn. Elle prit le joint que lui tendait Howard, inhala longuement, garda la fumée quelques secondes dans ses poumons puis exhala. Ensuite, elle lança un regard de défi à Glenn. « Je suis là, non ? »

Il soupira, sentit ses épaules s'affaisser.

« Cool, dit Gizmo.

– J'aime ton état d'esprit. » Le regard appréciateur d'Howard déplut fortement à Glenn.

Il serra le poing. Puis il pensa à son père. Il fit un immense effort pour le desserrer, déplia les doigts, se força à hausser les épaules nonchalamment.

Bethany fixa Glenn de ses yeux clairs.

« Glenn ?

– La décision te revient.

– Expliquez-moi de quoi il s'agit. » Elle tira une chaise branlante pour s'asseoir dessus et fit passer le joint à Gizmo.

« C'est à mon tour de faire la prochaine livraison, annonça Howard.

– Depuis quand ? demanda Glenn d'un ton abrupt.

– Depuis que je me suis porté volontaire. » Une fois encore, les yeux bleu pâle croisèrent les siens.

« Livraison ? » Bethany semblait confuse. Glenn compatit.

« Je t'explique comment ça se passe. On met en commun le fric qu'on a, on achète la came, du haschisch, à un type que je connais. » Ils la regardèrent tous, guettant sa réaction.

Elle se contenta de hausser les épaules.

« Deux d'entre nous emportent la cargaison en France, la vendent et reviennent avec le pognon. » Howard se cala dans son fauteuil.

« En France ? » Elle écarquilla les yeux. Elle regarda Glenn. « C'est pour ça que tu étais à Paris ? »

Il hocha la tête. « Mais ça fait un bout de temps qu'on n'y est pas retournés. Et tu n'es pas obligée de participer.

– Si tu as peur », ajouta Howard.

Bethany inspira profondément.

« J'irai, dit-elle. J'apporterai ma contribution, naturellement. » Elle regarda Glenn. « C'est normal, non ? »

Il secoua la tête.

« Si j'ai bien compris, t'es plutôt douée pour les langues, c'est ça ? demanda Howard.

– Ouais, je parle français.

– Parfait. » Les yeux d'Howard se mirent à briller. « Donc tu es prête à faire le trajet avec l'un de nous quand ton tour viendra ?

– Bien sûr.

– Je suis le numéro un. » Howard sourit doucement et lécha un bout de tabac coincé entre ses lèvres. « Je propose qu'on vote tout de suite pour décider qui viendra avec moi.

272

– D'accord. » Bethany hocha la tête. Elle ferma les yeux et leva son visage vers le soleil.

Elle n'avait rien compris décidément. « Je viens, dit Glenn. Je t'accompagnerai. »

Howard se tourna vers lui avec indolence. « Donc Glenn se propose de m'accompagner. Et Gizmo… ?

– Hein ? » Il cligna des yeux, revint à lui, fit passer le joint.

– Qu'est-ce que tu proposes ? » Son regard s'attarda sur Bethany dont les yeux étaient toujours fermés.

« La petite dame, répondit Gizmo en souriant. T'as tout pigé, Howie. C'est une excellente couverture.

– Votons. Que tous ceux qui sont pour Glenn lèvent la main. »

Glenn leva la main. Il était le seul.

« Pour Bethany ? » Howard sourit.

Gizmo et lui levèrent la main.

« Tu n'as pas voté, Bethany, fit remarquer Howard. Tu t'abstiens ou quoi ? »

Elle hocha la tête, désorientée.

« Dans ce cas, c'est toi qui viendras avec moi. »

Glenn se leva. Il n'avait plus faim tout à coup. Pourquoi essayait-il de la protéger ? Il avait été protégé, par sa mère, quand il avait reçu son ordre d'incorporation, et avant cela par son statut d'étudiant à l'université. Ça ne lui avait fait aucun bien. Il s'était senti encore plus coupable – que d'autres gamins soient incorporés et envoyés au combat, pour une guerre à laquelle personne ne voulait participer. Il s'était senti privilégié. Et il ne voulait pas exercer ce genre de privilèges. Ce n'était pas bien.

« Où vas-tu, chéri ? » demanda Bethany.

Il haussa les épaules. « Nulle part. »

Il quitta le riad et se dirigea vers la mer, passa devant le port bleu et blanc. Les bateaux de pêche étaient entassés sur la plage. Il donna des coups de pied dans le sable et regarda l'océan Atlantique. Ici, au moins, il y avait un peu de brise. Et il avait besoin de se rafraîchir. Il avait comme l'impression qu'Howard avait tout planifié. Son fichu numéro n'avait rien d'improvisé.

Peu de temps après le repas d'anniversaire à l'université du Wisconsin avec ses parents, vingt-cinq mille manifestants s'étaient rassemblés à Washington. Glenn faisait partie du cortège. Les propos de son père sur les freaks passaient en boucle dans sa tête. Il n'avait jamais vu une telle mobilisation. Un jeune quaker, tenant sa petite fille dans ses bras, s'était immolé par le feu sous les fenêtres du ministre de la Défense, Robert McNamara, au Pentagone. Voilà le genre d'actes désespérés qu'appelait cette guerre. Le bébé avait été mis en sécurité mais les journaux en avaient fait tout un plat. À la fin de l'année 1966, la presse écrite et les chaînes de télévision envoyèrent des correspondants sur place, au Vietnam, où il y avait de plus en plus d'appelés. Ainsi, les familles américaines pouvaient suivre l'évolution de la guerre du Vietnam en regardant les journaux télévisés du soir. Plus personne ne pouvait faire semblant de ne pas savoir.

Glenn regarda une petite troupe de chameaux se déplaçant sur le sable, de cette démarche déterminée mais gauche qui les caractérisait. Au loin, un bateau de pêche bleu se dirigeait vers le port ; il rentrait tard. C'est au moment de la marée du matin que la pêche était la meilleure. Le port, trempé par l'eau de mer, vibrait sous les cris des pêcheurs vendant leurs marchandises. Les clients marchandaient, se bousculaient. L'odeur de poisson frais imprégnait l'air, mais aussi celle plus écœurante des entrailles prisées par les mouettes.

La guerre s'éternisait pendant que Glenn poursuivait ses études. Parfois, il avait l'impression que c'était la guerre qui, bien qu'il n'y prît pas part, se chargeait de son éducation. C'était elle qui lui avait enseigné le pacifisme, c'était d'elle qu'il tirait ses convictions, bien avant que Martin Luther King et le Mouvement des Droits civiques ne s'engagent en 1967, avant aussi que les hommes ne brûlent leurs ordres d'incorporation durant les manifestations publiques. Les mouvements de protestation devenaient de plus en plus violents avec le temps. Tout le monde ne se contentait pas de rester planté en chantant *Blowin' in the Wind* de Bob Dylan. Les choses changeaient. Cette année-là, plus d'un millier d'insoumis furent attrapés et punis ; des milliers d'autres se réfugièrent au Canada. Que fallait-il faire quand on recevait un ordre d'incorporation dépourvu de toute moralité ? Les hommes commençaient à dire non.

Les esprits s'échauffaient aussi à l'université du Wisconsin. En octobre 1967, trois cents manifestants bloquèrent une usine chimique, Glenn était parmi eux. L'université du Wisconsin formait de nombreux ingénieurs et Dow Chimicals recrutait ses futurs employés dans le corps étudiant. Sauf que Dow Chimicals fabriquait du napalm. Conclusion : leur université prenait part à la guerre, à la destruction de villages vietnamiens.

Cette action coup-de-poing de grande envergure fut naturellement relayée par les médias, et les parents de Glenn ne tardèrent pas à être au courant. Protection. Privilège. Son père appela l'université, défendit le parcours scolaire de son fils et mit en avant ses perspectives d'avenir, il jura qu'il ne faisait pas partie de ces jeunes radicaux affirmant qu'on l'avait simplement détourné du droit chemin. *Détourné du droit chemin…* Glenn y était allé de son plein gré et il était content de l'avoir fait. Il se serait même laissé tabasser si cela avait pu changer le cours de la guerre au Vietnam.

S'il n'y avait pas eu sa mère, Glenn aurait tout fait pour être retenu et quand son nom serait apparu, il aurait refusé de se battre. Il avait entendu parler de types qui avaient simulé une maladie mentale, d'autres qui avaient retenu leur respiration, perdant ainsi connaissance durant la visite médicale. D'autres enfin qui avaient fait semblant d'être sourds. Il y avait une longue liste d'astuces et de feintes pour obtenir le statut 3-A. Pourtant Glenn ne voulait rien feindre, rien esquiver. Il aurait aimé quitter la fausse sécurité de l'université, il avait presque l'impression de se défiler. Mais en aucun cas, il n'irait faire la guerre.

Sa mère cependant le supplia de ne pas abandonner ses études. Il était difficile de ne pas l'écouter et même s'il avait des notes médiocres, il parvenait malgré tout à s'en sortir, sans redoubler. Connivence. Il y avait bien sûr mille et une façons de protester. Mais il savait que son heure viendrait. Quand il quitta l'université du Wisconsin, l'exemption d'incorporation pour les étudiants n'était plus en vigueur. À présent, ils étaient tous concernés. Le privilège des études ne pouvait plus sauver personne. Quelques gars de l'université cherchèrent à obtenir le statut d'objecteur de conscience. Mais aux yeux de Glenn, c'était encore une façon de travailler pour la guerre, tout en ayant un statut civil. On coopérait avec le système, on reconnaissait implicitement que la guerre était légitime. Ce n'était pas une vraie opposition. Pour Glenn, ce n'était pas ça le pacifisme.

Ainsi il rentra chez lui et attendit ce qui allait forcément arriver.

Glenn marcha un moment le long de la plage, sentant le vent et le sable dans ses cheveux rêches. Et enfin, son appétit revint.

Il retourna au riad. Bethany et les garçons étaient toujours assis autour de la table, ils semblaient beaucoup plus défoncés que lorsqu'il était parti. Ils avaient mangé et il ne restait plus que quelques miettes sombres des gâteaux au haschisch que Giz avait préparés la veille.

« Où t'étais passé mon pote ? demanda Gizmo.

– Ça va, mon amour ? » Bethany tendit la main. « Je t'ai gardé un peu de nourriture.

– Je vais bien. » Mais quelque part au fond de lui, Glenn savait. Ce n'était pas la fin, pas du tout. Mais ça pourrait être le début de la fin. Et il fallait qu'il trouve quelque chose pour éviter ça, pour protéger ce qu'ils avaient. Et cette fois, il n'avait pas le droit à l'erreur.

27

Amy n'avait pas su quoi penser quand elle l'avait vu assis là dans la salle de réception du riad, si détendu, si insouciant. Elle savait en revanche ce que pensait Nell : elle l'avait trouvée inutilement hostile, mais Nell était une bonne poire et elle ne connaissait pas aussi bien Jake qu'Amy. Ce n'était pas qu'elle ne l'appréciait pas… L'appréciait-elle ? Elle n'en était pas certaine. La question semblait beaucoup trop compliquée dès lors qu'il s'agissait de Jake Tarrant. Mais elle avait déjà été dépouillée de son projet. Amy avait besoin qu'on lui fasse confiance. Elle avait besoin de sentir qu'on lui faisait confiance. Et ce qu'avait dit Nell était ridicule : elle avait prétendu que Jake Tarrant était venu au Maroc uniquement dans l'espoir de voir Amy. Pourquoi donc alors qu'elle s'apprêtait à rentrer en Grande-Bretagne ? Et ne lui avait-il pas fait comprendre qu'il ne mélangeait pas relations professionnelles et relations personnelles ?

Force était d'admettre cependant qu'il était d'excellente compagnie. Ils avaient commandé un tajine de poulet aux dattes (Jake), du loup aux olives et au citron (Amy) et de l'agneau aux abricots (Nell), avaient partagé une assiette de semoule fumante et un plat de salade d'aubergines et de tomates. Le tout arrosé de deux bouteilles de vin rouge délicieux. Jake leur avait raconté des anecdotes sur certaines manifestations qu'il avait organisées et qui ne s'étaient pas déroulées comme prévu. Amy n'avait rien laissé paraître mais elle avait du mal à y croire, surtout l'histoire de son séjour en Australie où il travaillait pour un club de vacances à Byron Bay et où il s'était déguisé en œuf au plat pour un barbecue sur la plage au clair de lune. Nell s'était marrée comme une baleine et Amy avait fini par se détendre. Jake Tarrant l'avait surprise. Non seulement il était charmant mais il était drôle aussi.

Quand Nell quitta la table quelques secondes pour aller aux toilettes, Jake se pencha vers Amy. « Je ne suis pas là pour m'assurer que vous faites votre job correctement, Amy, dit-il. Croyez-moi. »

Hum. « Alors, pourquoi m'avoir donné cette liste ? » Elle réalisait qu'elle le taquinait, qu'elle flirtait presque avec lui. « N'avez-vous pas essayé de me dicter les endroits où je devais aller, les photos que je devais prendre ?

– Pas *dicter*. » Il fit la grimace. « Suggérer. Il y a une grande différence.

– *Suggérer* que vous saviez mieux que moi ce qu'il fallait faire.

– Amy… »

Ils se mirent à rire tous les deux. « Et qu'est-ce que vous en avez fait ? demanda-t-il. Vous l'avez jetée ? »

Comment avait-il deviné ?

Après le repas, ils avaient déambulé dans les rues pour rejoindre la place où les musiciens avaient déjà commencé à jouer.

« Je suis venu en juin pour le festival de musique gnaoui, dit Jake. C'était bondé. Les gens étaient vêtus de costumes plus extravagants les uns que les autres…

– Vous avez croisé des "œufs au plat" ? » demanda Amy.

Nell pouffa.

« C'était encore plus saugrenu que ça, dit Jake. Vous devriez venir l'année prochaine histoire de vous en rendre compte par vous-même. » Il lui lança un regard malicieux.

Était-ce une invitation ? Amy préféra ne pas y penser, pas pour le moment. Elle était repue après ce bon repas bien arrosé et elle était satisfaite. Son seul regret, c'était la porte bleue qui avait obstinément refusé de s'ouvrir cet après-midi. Elle qui espérait tellement trouver quelque chose, quelque chose qui aiderait sa grand-tante à accepter la perte de son fils, quelque chose pour la remercier de tout ce qu'elle avait fait pour la famille d'Amy. Mais peut-être *reviendrait-elle* un jour ? Amy comprenait pourquoi Jake était séduit par cet endroit. Au milieu de la place bondée, entourée des couleurs et des parfums du Maroc, bercée par sa musique, elle sentait pleinement sa magie. Les musiciens étaient vêtus de tuniques et coiffés de toques colorées et elle reconnut les instruments que Nell et elle avaient testés, avec plus ou moins de réussite, dans la boutique. Les mélodies envoûtantes étaient accompagnées d'un chant doux aux oreilles et apaisant pour les sens. C'était étrangement fascinant. Amy garda l'esprit parfaitement clair. C'était peut-être de la musique transe mais elle n'allait certainement pas entrer en transe, pas avec un homme comme Jake Tarrant dans les parages. Quand ils en eurent assez d'écouter la musique, Jake les raccompagna jusqu'au riad et, avant qu'Amy n'eût le temps de réaliser ce qu'elle faisait, Nell s'éclipsa et regagna leur chambre. Elle se retrouva seule avec lui, sur le pas de la porte.

« Bon, dit-il.

– Bon », répondit-elle. Elle sourit. Elle avait passé une soirée très agréable. Peut-être l'avait-elle mal jugé, mal compris, peut-être n'avait-il jamais douté de ses capacités, jamais eu l'intention de la surveiller. Sans doute n'aurait-elle pas dû être si méchante avec lui.

« Vous pourriez peut-être me dire quelque chose, Amy Hamilton.

– Si je peux. » Elle s'appuya contre le chambranle de la porte. *Et si je veux*, pensa-t-elle.

« De quoi avez-vous peur exactement ?

– De quoi j'ai peur ? » La question de Jake la prit au dépourvu. « Qu'est-ce qui vous fait penser que j'ai peur de quelque chose ? » Bien sûr qu'elle avait peur, elle en était consciente. Et pas seulement des araignées. *Peur d'être aimée. D'être contrôlée. De perdre ce dont elle avait le plus besoin…* Amy cligna des yeux. D'où venait tout ça ?

« Oh, vous faites comme si votre vie était parfaitement sous contrôle, dit Jake. Vous êtes capable de vous orienter dans une ville étrangère que vous ne connaissez pas, vous dirigez une galerie, vous prenez de belles photos, vous vous permettez même d'avoir une aventure avec le patron en veillant toutefois à ne pas tomber amoureuse de lui…

– Quoi ? » Amy était stupéfaite. Quel coup bas !

« Mais vous ne faites confiance à personne, Amy ? »

Amy le regarda droit dans les yeux. Même à la faible lueur du lampadaire de la rue, ils lui firent penser au rooibos. Il parut très sérieux soudain ; l'ambiance gaie, légère de la soirée s'était dissipée. Il n'était plus question de flirter. Amy et Jake Tarrant étaient seuls à présent, et manifestement il essayait de sonder son âme. « Il n'y a peut-être qu'à vous que je ne fais pas confiance », se surprit-elle à dire. Pourquoi avait-elle dit une chose pareille ? Était-ce seulement vrai ?

Il la prit par les épaules. « Pourquoi ? »

Parce que vous êtes dangereux pour ma tranquillité d'esprit. Tel était son sentiment. Mais elle ne dit rien.

Elle se contenta de le regarder tout en réfléchissant. Les relations personnelles ne l'intéressaient pas, il l'avait dit. Alors qu'est-ce qu'il lui voulait ? Avait-il les mêmes intentions que Duncan, encore une fois ?

« Amy ? »

C'était l'instant où elle aurait pu fermer les yeux et le laisser l'embrasser. Elle le savait. Elle en avait même envie. Mais quelque chose l'en empêcha. Un vieux bout d'armure, un ancien réflexe d'autodéfense. Il fallait qu'elle reprenne la situation en main, sinon elle était foutue. « Je vais me coucher, Jake, dit-elle. Bonne nuit. » Elle se pencha en avant, l'embrassa sur la joue, entra dans le riad et ferma la porte d'une main ferme.

28

Le lendemain matin, à la première heure, Nell et Amy prirent un autre bus, à destination de la safranière cette fois. Il était plein de gens de toutes nationalités tous particulièrement excités à l'idée de voir les fameux crocus en fleur. Certains semblaient avoir organisé tout leur voyage au Maroc autour de la floraison du safran. Et Nell, plus que quiconque, comprenait pourquoi. C'était une période particulière. Un spectacle qui ne durait pas longtemps. Les fleurs devaient être ramassées dès qu'elles déployaient leurs pétales, avant qu'ils ne flétrissent, sinon les stigmates vulnérables face à la lumière se dépréciaient. Nell réprima un frisson d'impatience. Elle connaissait bien la récolte du safran, mais à petite échelle, dans leur ferme en Cornouailles. Ce serait un véritable festival pour les sens.

Nell lança un regard oblique à Amy, qui avait retrouvé sa bonne humeur la nuit dernière. Mais elle était montée dans leur chambre beaucoup plus tôt que Nell ne l'avait escompté et avec une détermination farouche dans les yeux.

« Qu'est-ce qui s'est passé ? » lui demanda Nell. Elle avait espéré un interlude romantique au moins. Amy lui avait confié qu'elle avait mis un terme à sa relation avec Duncan, même si leur collaboration professionnelle se poursuivait. Jake était un beau parti et il semblait très...

« Rien. » Elle se tourna vers elle. « Je ne peux pas, Nell. » Et Nell avait lu dans ses yeux tout ce qu'elle avait besoin de savoir. Amy, comme la mère de Nell, semblait peut-être forte, mais elle était beaucoup plus vulnérable qu'elle ne le laissait paraître.

Nell regarda par la vitre du bus. Le paysage rose et poussiéreux lui était déjà étrangement familier, presque comme si elle avait vécu ici dans une autre vie. Elle n'était peut-être qu'une simple touriste, mais en quelques jours elle avait beaucoup progressé dans sa quête de sens, elle avait même appris à mieux se connaître. Et elle avait pris une décision.

« Alors, tu es accro ? lui demanda Amy.

– Accro ?

– Tu vas continuer à faire de la cuisine marocaine une fois de retour en Angleterre ? »

Nell sourit. « Oh oui ! »

Ce cours lui avait rappelé combien elle aimait cuisiner avec le safran, mais il lui avait ouvert bien d'autres portes. Elle avait découvert l'attrait des autres épices ; la précision et la cuisson lente du tajine ; la saveur des galettes et des crêpes marocaines ; les soupes comme l'harira, une préparation à base d'agneau et de pois chiches servie traditionnellement avec des dattes après le ramadan ; les délicieuses pâtisseries et les fabuleux desserts. Le safran était populaire autrefois. Peut-être pourrait-elle jouer un petit rôle dans son regain de popularité. « En fait…

– Oui ?

– Quand j'ouvrirai mon restaurant, j'aimerais me spécialiser dans la cuisine marocaine. » Ça y est, elle l'avait dit. C'était réel maintenant. Ce n'était plus un fantasme secret. C'était une intention formulée.

« Vraiment ? » Amy lui lança un regard inquisiteur.

« Et pourquoi pas ? Où trouve-t-on un restaurant marocain en dehors de Londres ?

– Je n'en connais pas, reconnut Amy.

– Dans toutes les villes, il y a un restaurant chinois, indien, thaïlandais… Pourquoi pas un restaurant marocain ?

– Pourquoi pas, en effet ? » Amy s'écarta un peu et lui sourit, comme si elle la voyait pour la première fois.

« Et je pourrais faire d'autres choses aussi.

– D'autres choses ?

– Je ne sais pas. Vendre des tajines et des céramiques marocaines ? *Servir du thé à la menthe* ?

– Et cultiver du safran, dit Amy d'un ton taquin.

– Oui. » Ce qui lui avait donné une autre idée.

« Oui ? »

Ainsi, l'héritage serait intact ; ainsi elle pourrait encore entendre la voix de sa mère. Même si elle n'osait pas imaginer la réaction de Callum. « Je pourrais l'appeler *La Maison du Safran*, dit-elle rêveusement.

– Tu veux dire… ? » Elle vit une lueur passer dans les yeux d'Amy quand elle comprit.

« Exactement », confirma-t-elle.

À l'approche des contreforts de la chaîne montagneuse, la forme des sommets devint plus distincte et quand ils arrivèrent aux abords de la vallée, le mimosa qui poussait le long des routes devint plus luxuriant, les palmiers plus grands, la végétation plus verte. Il y avait des terrasses d'amandiers, d'arganiers et d'oliviers et des touffes de thym et d'ajoncs poussaient à flanc de colline. Ils n'étaient plus très loin de la safranière. Le bus avait ralenti et le murmure des conversations avait changé de nature tandis que les passagers rassemblaient leurs affaires, fermaient leurs sacs et remontaient la fermeture Éclair de leurs vestes. Quand ils arrivèrent à la safranière, Nell s'empressa de rejoindre le groupe pour la visite guidée mais elle vit Amy rester en arrière. Elle avait déjà compris que son amie préférait fureter librement plutôt que de se joindre à un groupe et écouter une conférence. La safranière n'était pas très grande, mais elle faisait partie d'une coopérative regroupant les exploitations du coin pour la commercialisation de leurs produits et pour la protection des droits et des salaires de leurs employés. Nell fut ravie de l'apprendre. Le climat de la montagne était idéal pour la culture du safran. Il décourageait les parasites si bien que l'utilisation de fongicides et de pesticides n'était pas nécessaire. Le désherbage se faisait manuellement et la terre était binée régulièrement pour casser la croûte avant l'irrigation et limiter ainsi la quantité d'eau requise. C'était une exploitation biologique qui n'utilisait comme engrais que de la bouse de vache. Nell hocha la tête. Sa mère aussi avait toujours préconisé l'utilisation de bouse de vache qu'elle prenait à la ferme en bas de la route à Roseland.

Nell pensa au climat des Cornouailles. Elle savait que le safran était autrefois cultivé dans toute la Grande-Bretagne, une époque révolue depuis longtemps. C'était dans les comtés le plus à l'est du pays qu'il poussait le mieux. Il avait été si important pour Saffron Walden que la ville portait le nom de l'épice et continuait à l'honorer non seulement à travers les gravures encore visibles sur certains bâtiments publics et cottages, mais aussi par ses noms de rue et les enseignes de ses pubs. Les Cornouailles étaient en général considérées comme trop humides. Les terres autour de la ferme sur la péninsule de Roseland étaient ensoleillées et à l'abri du vent et de la pluie. Le champ clos était orienté au sud et légèrement en pente de sorte que le sol était naturellement bien drainé. Sa mère ajoutait du sable et de la chaux de temps en temps parce que les *Crocus sativus* préféraient un sol légèrement alcalin, disait-elle. Peut-être y avait-il un microclimat autour de la ferme, pensa Nell. À moins que le sol ne fût naturellement idéal pour la culture du safran… En tout cas, leur safran s'était toujours bien développé. Contre vents et marées. Ce qui le rendait encore plus spécial.

« Tous les safrans du monde partagent le même patrimoine génétique, dit leur guide. Ils sont issus d'un bulbe unique. »

Voilà qui faisait réfléchir. Comment les bulbes de safran étaient-ils arrivés pour la première fois en Cornouailles ? Grâce aux échanges commerciaux ? Dans la poche d'un soldat romain, peut-être ? Ou caché dans la canne évidée d'un pèlerin ? Nell aurait aimé le savoir.

Pendant la période de la récolte, des familles entières travaillaient jusqu'à vingt heures par jour pour cueillir les fleurs avant que le soleil ne soit trop haut dans le ciel. « La rose du safran s'épanouit à l'aube. Elle doit rester le moins longtemps possible dans la plante. Elle se flétrit rapidement. Les stigmates perdent leur couleur et leur arôme. »

D'abord la rose de Mogador, pensa Nell, *et maintenant la rose du safran*. Le *Crocus sativus linnaeus*, aussi appelé rose du safran.

On leur expliqua qu'une fois les fleurs de safran ramassées, des groupes – en général de femmes – s'asseyaient autour d'une table dans une pièce faiblement éclairée et séparaient les stigmates du reste de la fleur. On les faisait ensuite sécher pour obtenir la secrète épice. Pour avoir un gramme de safran séché, il fallait couper les filaments de cent cinquante fleurs.

La plupart des gens en restèrent bouche bée. Nell le savait déjà.

287

On les conduisit à l'extérieur à l'endroit où les crocus étaient en fleur. Nell s'arrêta net. Des nappes mauve clair et vertes s'étendaient à perte de vue sous le soleil. Elle en eut presque le souffle coupé. Certaines fleurs avaient déjà été récoltées, d'autres étaient cueillies à l'instant même par des femmes accroupies alors que les paniers étaient déjà pleins et que le soleil était déjà trop haut dans le ciel. Elle vit d'autres crocus sur le point de déployer leurs pétales dans une immense mer mauve. Elle ferma les yeux quelques secondes, ignorant le guide et les autres personnes. L'arôme piquant et iodé fit ressurgir une multitude de souvenirs et ses doigts se mirent à picoter.

« C'est une ambiance particulière au moment de la récolte, une étrange excitation, dit leur guide. Le temps semble en suspens et pourtant c'est justement une course contre le temps. »

Nell hocha de nouveau la tête. Elle avait connu ça elle aussi. Il fallait saisir l'instant, car cet instant ne reviendrait plus.

Leur guide montra les plantes que l'on faisait pousser à proximité pour attirer les abeilles : la lavande, la marjolaine, la menthe et la tanaisie. Il leur montra aussi les canaux d'irrigation. Les sentiers entre les différentes parcelles étaient bordés d'arbrisseaux de romarin encore en fleur. Leur odeur puissante se mêlait à celle, douce-amère, du safran. Il y avait des abris de terre et de paille pour les animaux éparpillés sur les terres alentour. Nell vit aussi des pommiers, des abricotiers, des kakis et une oliveraie dans le champ derrière.

« Au bout de combien de temps procédez-vous à l'arrachage des bulbes pour la rotation des cultures ? demanda Nell à leur guide.

– C'est un cycle de cinq ans, répondit-il. Un champ ne récupère complètement qu'au bout de sept ans de jachère.

« – Combien de bulbes pouvez-vous planter par hectare ? » demanda quelqu'un.

Le guide fronça les sourcils. « Nous plantons sept tonnes de bulbes par hectare, dit-il. Quatre hectares nous donnent cinq kilos de safran. »

Voilà pourquoi le safran est plus cher que l'or, pensa Nell.

Leur guide était aussi calé sur le safran que Marion l'était sur la culture et la nourriture marocaines. Il leur expliqua que le safran avait été utilisé par les Perses, les Arabes et les Égyptiens comme parfum et aussi pour le maquillage. Il évoqua la « guerre du safran » en Europe et les voleurs pour qui cette épice était si précieuse. Ensuite, il parla de son utilisation comme colorant. « Un vêtement plongé dans un bac de teinture au safran prendra une couleur jaune, dit-il. Aussi doré et aussi intense que le soleil. » Il parlait d'une voix mêlée de déférence et de fierté.

Nell se demanda si le safran avait été utilisé comme teinture en Angleterre aussi. Sans doute. Il suffisait de penser aux collerettes, manchettes et corsets colorés de l'Angleterre des Stuarts, à l'époque où la culture du safran était à son apogée. Si la couleur était dorée, elle convenait parfaitement aux riches, à la royauté. Et même aujourd'hui, alors que l'on prônait le retour à des pratiques plus naturelles, certains artisans devaient utiliser le safran pour ses vertus colorantes. Il faudrait qu'elle se renseigne. Pour qu'une simple épice soit si admirée, si vénérée, pensa Nell, elle devait avoir des qualités magiques.

La vue sur les sommets de l'Atlas qui se dressaient derrière la ferme était magnifique et Nell vit des aigrettes blanches voler au-dessus des champs et des bosquets, des nappes de safran mauves qui agrémentaient le paysage de leurs touches colorées et vives. Quand le reste du groupe remonta le sentier pour rejoindre un autre champ, Nell se retrouva seule et un sentiment de calme l'envahit, une tranquillité qu'elle n'avait jamais ressentie auparavant.

Que représentait le safran pour sa mère ? se demanda Nell. Était-ce juste un héritage familial qu'elle avait appris à respecter comme une vieille tradition ? Était-ce simplement une épice pouvant égayer un repas, ajouter une couleur et un goût particuliers au pain traditionnel qu'elle faisait ? Ou était-ce beaucoup plus que ça ?

Au milieu des safranières, elle se sentait petite, insignifiante et seule. Pourtant, on n'était jamais complètement seul à seul avec soi-même. Il y avait toujours un peu de quelqu'un d'autre en soi. Il y avait un peu de sa mère en elle, mais elle ne savait pas tout d'elle, et maintenant elle n'était plus là. Il y avait aussi un peu de son père. Mais qui était-ce ? Était-ce l'un de ces hommes qui venaient à la ferme en Cornouailles et partaient avant l'automne, avant la récolte ? Ou était-elle le fruit d'une histoire beaucoup plus sombre ?

Nell repensa à l'expression de sa mère chaque fois qu'elle lui posait la question. Son visage se fermait, son sourire s'évanouissait. « Je ne veux pas parler de cette époque… » Elle avait un ton catégorique qui n'acceptait aucun argument. « Ce n'est pas important. Il n'y a que nous à présent, Nell. Toi et moi. » Mais c'était important. Ce serait toujours important. C'était l'époque dont il ne restait aucun souvenir concret, pas une seule photographie, Nell le savait. C'était une mauvaise période… Malgré tout, elle avait besoin de savoir. Sinon, il lui manquerait toujours quelque chose. Elle ne pourrait jamais se sentir pleinement elle-même. Sa mère aurait dû respecter ce besoin, aurait dû la traiter comme une adulte capable d'entendre la vérité, quelle qu'elle soit… au lieu de toujours – toujours – la traiter comme une enfant. Elle ferma les yeux un instant, essayant de dissiper la tension dans son corps, d'oublier sa colère.

« Moi aussi, j'ai peur », avait-elle dit à Amy la nuit dernière. Dormait-elle ? Elle avait éteint la lampe de sa table de nuit dix minutes auparavant, mais Nell se dit qu'Amy avait aussi beaucoup de choses à ressasser.

« De quoi ? murmura Amy dans l'obscurité.

– D'être la fille de quelqu'un qui a fait du mal à ma mère, répondit-elle.

– Du mal ? Tu veux dire émotionnellement ?

– Peut-être ou…

– Physiquement ?

– Peut-être quelqu'un qui l'a forcée. » Voilà, elle l'avait dit. L'obscurité l'avait sans doute aidée. Nell l'avait pensé si souvent mais n'avait jamais formulé les mots à haute voix. Si ça n'avait été qu'une simple aventure, sa mère ne le lui aurait pas caché ? Elle n'était pas prude et n'avait jamais fait semblant de l'être.

« Violée, tu veux dire ? » Amy paraissait choquée. Nell sentit, plutôt qu'elle ne vit, qu'elle s'était redressée dans son lit, s'appuyant sur un coude. « Qu'est-ce qui te fait dire ça, Nell ? »

Nell essaya d'expliquer.

« Il y a beaucoup d'autres mauvaises choses, murmura Amy d'une voix apaisante. Ça pourrait être n'importe quoi. Peut-être que ta mère a eu une mauvaise passe avec ses parents ou au travail. Des problèmes avec un petit ami... tu sais. »

Oui, Nell savait. Mais… « C'est plus que ça. » Nell avait retourné la question dans sa tête des milliers de fois. Elle était pratiquement sûre d'avoir raison. « Si mon père n'était pas mauvais, alors qui était-ce ? Pourquoi ne l'ai-je jamais rencontré ? Pourquoi ne m'a-t-elle jamais raconté son histoire ? »

Nell repensa encore une fois aux hommes qui restaient quelque temps à la ferme. Ils n'avaient jamais été importants pour sa mère, elle l'avait toujours su. Ils ne comptaient pas. Elle profitait de leurs attentions puis… Nell repensa à la vieille légende autour du safran. Sa mère était Smilax. Mais pourquoi aucun de ces hommes n'avait-il compté pour elle ? Nell savait qu'il devait y avoir une raison.

29

Maroc, 1977

L e soir précédant leur départ, Gizmo sortit sa
guitare et se mit à jouer. Il aimait vraiment cette
musique gnaoui ; on l'appelait musique transe pour une
bonne raison : le rythme était tellement envoûtant que
l'on atteignait presque une autre dimension en l'écoutant.
Ce soir, pourtant, ça ne marchait pas du tout sur Glenn.
Il était nerveux et agité. Il aurait aimé que Bethany ne
parte pas. Durant les dernières semaines, il avait tout fait
pour la faire changer d'avis. Mais elle était incroyablement têtue. « C'est ma vie, Glenn, lui avait-elle dit. J'ai
le droit de choisir. » S'il lui arrivait quelque chose, il ne
se le pardonnerait jamais. Pire encore, s'il lui arrivait
quelque chose, il ne pourrait rien faire car il ne serait pas
là. Lui non, mais Howard oui.

Il décida de jouer cartes sur table. Quand Bethany
quitta le groupe pour faire le thé et tandis que Gizmo
chantonnait doucement, Glenn alla s'asseoir sur la pile
de coussins à côté d'Howard.

« Dis-moi, Howard…

– Qu'est-ce qu'y a ? » Howard tira une longue bouffée
de sa cigarette.

– J'ai une faveur à te demander. » Il posa la main sur

l'épaule d'Howard mais comme celui-ci ne réagissait pas, il l'enleva immédiatement.

– Quel genre de faveur ? » Il exhala doucement. La fumée s'éleva dans l'air chaud de la nuit.

« C'est à propos de Bethany. » Glenn guetta le moindre signe pouvant annoncer son retour, mais il ne remarqua rien, il n'entendit pas le bruit de ses pas dans l'escalier.

« Ouais. » Howard fronça les sourcils. « Qu'est-ce qu'elle a ?

– Elle est un peu innocente. » Glenn prit une profonde inspiration. « Veille sur elle pour moi, tu veux bien ? »

Howard tira une dernière bouffée, s'assit et écrasa son mégot dans le cendrier plein à ses pieds. « Tu lui as demandé de faire la même chose pour moi ? » Il sourit.

« La même chose ?

– Tu lui as demandé de veiller sur moi ? » Howard rit, une explosion d'hilarité qui se transforma en toux.

« Va te faire foutre. » Pourquoi se donnait-il cette peine ? Glenn se leva.

« De quoi t'as peur mon pote ? » Il y avait dans les yeux pâles et brillants d'Howard quelque chose qui rappelait à Glenn ce rat qu'il avait coincé un jour dans la cour de la maison de ses parents. « Tu crois pas qu'elle est capable de se débrouiller toute seule ?

– Qui te dit que j'ai peur ? Et je sais qu'elle est parfaitement capable de se débrouiller. C'est ma compagne. Je veille sur elle, c'est tout.

– Très bien. »

Howard n'ajouta pas d'autres commentaires. Pas la peine d'ailleurs. Ce n'était pas la première fois qu'il demandait à Glenn de quoi il avait peur, pas la première fois qu'il l'accusait d'être un dégonflé. Et Glenn savait ce qu'il pensait. Le Vietnam. La conscription. Howard ne semblait penser qu'à ça.

Glenn se rassit à côté de Gizmo. Il ferma les yeux et laissa la musique le bercer. L'héritage du Vietnam allait-il le poursuivre toute sa vie ? Il n'avait été ni blessé ni amoché par la guerre, mais elle l'avait marqué à tout jamais. Il se souvint ce qu'il avait ressenti en quittant le Wisconsin. Il était rentré à la maison et avait vécu dans l'attente. Il n'avait même pas cherché un travail. Impossible d'envisager une spécialisation en anglais. Impossible même d'envisager l'avenir. Puis, le jour était venu.

« Qu'est-ce que tu vas faire ? » demanda sa mère à voix basse quand son ordre d'incorporation arriva. C'était la fin de l'après-midi et Glenn avait passé la journée au bord de la rivière à réfléchir.

« Je ne me battrai pas », dit-il. Il avait pris sa décision. Comment pourrait-il combattre ? Cette guerre allait à l'encontre de tous ses principes. Mais il savait ce que les gens penseraient de lui. Et ce n'était jamais facile de suivre une autre route, d'aller contre le courant, de rester fidèle à ses convictions.

Il vit une myriade d'émotions se succéder sur le visage de sa mère. La peur, l'angoisse, mais surtout le soulagement.

Elle l'attira contre elle. « Où est-ce que tu vas aller ? Qu'est-ce que tu vas faire ? Tu y as réfléchi ? » Elle parlait à voix basse.

« Je vais me faire arrêter, je pense. » C'était une perspective effrayante. Ses idéaux, ses valeurs le condamnaient en l'état actuel des choses à l'incarcération. Cinq ans. Il savait au fond de lui que plus rien ne serait comme avant.

« Non. »

Il la regarda dans les yeux. Il vit les ombres autour. Cela faisait longtemps qu'il n'avait pas entendu une telle détermination dans sa voix. Elle était dévastée, il le voyait à présent. Ce constat sans appel le choqua. Dévastée par les événements, par la domination de son père, par une vie qui n'était pas celle qu'elle attendait quand elle était arrivée en Amérique alors future mariée d'un GI. Et pourtant, elle se tenait devant lui, les épaules bien droites, le regardant dans les yeux et lui disant : « Non.

– Non ?

– J'ai réfléchi. Tu dois quitter le pays. » Elle prit ses mains dans les siennes. Sa voix était pressante.

Il secoua la tête. « Non, maman. Je ne veux pas m'enfuir. Je veux défendre mes convictions. » Il avait peur néanmoins. Il fallait bien reconnaître qu'il avait peur.

Il crut voir passer dans ses yeux un éclair de colère. « Sois réaliste, Glenn. Tu ne vas pas gâcher ta vie pour défendre une cause.

– Je ne suis pas un lâche, maman. » Pourtant, il avait l'impression d'en être un en cet instant parce que les paroles de sa mère avaient provoqué une poussée d'adrénaline chez lui. L'adrénaline d'une solution possible. « Sois réaliste », avait-elle dit. Avait-elle raison ? Pourrait-il partir, quitter l'Amérique, aller au Canada comme beaucoup l'avaient fait avant lui, trouver un travail là-bas en attendant que la situation se calme, que la guerre soit finie ? Parce qu'elle finirait bien par s'arrêter. Et pourtant…

Il la considéra avec méfiance. Il y avait quelque chose en elle – un désespoir discret qui dépassait son entendement, qu'il ne pouvait pas contrôler. Il ne l'avait jamais vue ainsi.

« Ça n'a rien à voir avec de la lâcheté, Glenn. » Elle avait posé les mains sur ses épaules. Comme si elle essayait de lui transmettre ses certitudes. Sauf que ça ne marchait pas.

Tu te trompes, maman, pensa-t-il.

« C'est justement de tes convictions qu'il s'agit », dit-elle.

Il la regarda en clignant des yeux. Peut-être n'avait-il attendu que ça, pensait-il désormais. Peut-être voulait-il secrètement qu'elle le persuade de partir. C'était son échappatoire.

« Songe à tout ce que tu pourras faire pour le mouvement antiguerre si tu es libre », murmura-t-elle. Elle baissa les yeux attendant sans doute que ses paroles fassent leur effet. Elle parlait si doucement. Son père n'allait pas tarder à rentrer du travail. On aurait dit qu'elle anticipait déjà sa présence.

« Manifester, tu veux dire ? » Glenn se raccrochait désespérément à la liberté.

« Bien sûr. » Elle haussa légèrement les épaules comme si c'était évident. « Tu peux œuvrer contre la guerre. Défier les gens avec de nouvelles idées. Te faire entendre, Glenn. » Sa respiration était rapide et superficielle. « Que pourrais-tu faire si tu étais derrière les barreaux, Glenn ? Ou pire ? Comment te ferais-tu entendre ? »

Ou pire. Glenn n'était pas certain qu'il y eût pire. La liberté représentait tout pour lui. L'idée que l'on puisse la lui prendre lui coupait le souffle presque. « Je ne sais pas, maman. » Pourtant il hésitait.

« Il faut que tu partes. » Elle prit sa tête dans ses mains. « Il le faut. »

Un bruit à l'extérieur la fit se retourner. Il lut la peur dans ses yeux. Mais c'était une fausse alerte. Le chat du voisin, peut-être, la porte de quelqu'un qui claquait.

« Mais…

– Écoute-moi, Glenn. Fais-moi confiance. Tu ne peux pas gâcher cinq ans de ta vie. » Ses yeux étaient calmes, sa poigne ferme. Il sentit sa volonté, son intensité. Il comprit qu'il l'avait sous-estimée. Elle avait toujours été sa maman, pas cette force de la nature.

« Monte dans ta chambre. Prépare ton sac à dos. Ne prends que ce dont tu as besoin. » Elle traversa rapidement la pièce, sortit une boîte en étain cachée au fond du placard. Elle l'ouvrit, enleva un paquet de thé et récupéra une liasse de billets dessous.

Glenn la fixa, puis fixa les billets.

« C'est mon argent, dit-elle comme s'il lui avait fait comprendre qu'il en doutait. Il est à toi désormais. C'est tout ce que j'ai. » Elle le fourra dans la paume de sa main, le força à refermer ses doigts dessus. « Et maintenant tu dois partir. Vite avant que ton père ne rentre à la maison. Avant que… »

Elle prit la carte d'incorporation sur le plan de travail de la cuisine, juste au moment où il s'apprêtait à s'en saisir. « Je la garde. » Elle la jeta à la poubelle.

« Mais je veux…

– Pas de gestes grandioses, Glenn. Ce n'est pas comme ça que ça marche. » Elle rangea la boîte en étain dans le placard, se retourna en affichant un air de défi. « Pars pendant qu'il en est encore temps, Glenn. Avant que tout le monde ne soit au courant. Bientôt, ils pourront t'arrêter sur-le-champ. Écoute-moi. Ne laisse pas passer cette chance. Vas-y. »

Et elle le poussa jusqu'à l'escalier.

Instinctivement, il fit ce qu'elle lui avait dit. Il jeta quelques affaires – des vêtements de rechange, des baskets, un imperméable, son exemplaire de *L'Attrape-cœurs* – dans son sac à dos. Parce qu'elle avait peut-être raison. Parce qu'il serait peut-être plus utile à sa cause en restant libre qu'en croupissant dans une cellule. Sa mère lui avait donné la motivation, mais c'était Glenn qui avait les jambes pour courir.

Au rez-de-chaussée, il entendit son père de retour du travail. Leurs voix qui montaient et descendaient. Il avait l'air furieux. Glenn tendit l'oreille pour entendre ce qu'ils disaient.

« Où est-il ? En haut ? Il est au courant ?

– Je ne sais pas.

– Il est au courant. Je le vois sur ton fichu visage, femme. »

Glenn s'arrêta de préparer ses affaires, épouvanté par le ton de son père. Il l'avait déjà entendu, bien sûr. Mais il y avait quelque chose de différent aujourd'hui. Quelque chose de plus cruel. Il sortit de sa chambre, s'avança jusqu'à l'escalier et resta là, pétrifié.

« Tu me fais mal. »

Glenn prit son sac à dos et descendit les marches quatre à quatre. Une fois en bas, il jeta son sac par terre. Dans la cuisine, son père tenait le poignet de sa mère et le tordait. Hormis ses mâchoires serrées, rien ne laissait paraître qu'elle avait mal ou qu'elle avait peur.

« Lâche-la. » Il vit un bleu sur son poignet et un autre sur son bras dont le pourtour jaunissait déjà. Bon sang ! Ça durait depuis combien de temps ? Comment avait-il fait pour ne rien remarquer ? Glenn s'approcha. Il voulait frapper son père. Il était pacifiste et pourtant il leva la main et seul le regard insistant de sa mère, sa mise en garde silencieuse, l'en empêcha. Son bras retomba, inutile, le long de son corps.

« Ah. » Son père la lâcha et se retourna brusquement pour lui faire face. Glenn vit sa mère se masser le poignet, puis secouer légèrement la tête et joindre les mains. « Non, Glenn. »

« Celui qui manifeste en brandissant des banderoles pour la paix parce qu'il n'a pas le courage de se battre pour son pays n'est pas mon fils.

– Ton fils n'a pas le choix », répliqua Glenn.

Son père fronça les sourcils.

« La conscription nous a privés du droit de choisir. » Mais Glenn avait le droit de dire non. Il avait le droit de refuser de se plier aux exigences des politiciens de son pays dont la plupart étaient certainement corrompus. C'était une façon de lutter pour la démocratie. Glenn tripota le pendentif en bois représentant le symbole de la paix pendu à un cordon en cuir autour de son cou, sous sa chemise à carreaux. Cette guerre était immorale. Utiliser la guerre comme un instrument de politique nationale était immoral. Refuser le combat, c'était la seule réponse possible. Le seul moyen de protester activement.

« C'est l'événement déterminant pour ta génération, dit son père. Tu devrais être content d'y aller. De montrer à ton pays ce que tu vaux.

– C'est la guerre qui a fait de toi ce que tu es, papa ? » Glenn avait vraiment envie de savoir.

Depuis combien de temps traitait-il sa mère de cette façon ?

« La guerre fait de toi un homme. » Mais son père ne répondit pas à sa question. Peut-être ne connaissait-il pas la réponse.

« Mais quel genre d'homme ? murmura Glenn.

– Un homme mort, voilà ce qu'il deviendra. » La mère de Glenn se cramponnait au bord de l'évier. « Peut-on en vouloir à nos fils de choisir la vie ?

– Les femmes ne comprennent rien à la guerre. Elles sont beaucoup trop sentimentales. » Son père quitta la pièce d'un pas lourd.

La mère de Glenn attendit. Une fois que la porte se fut refermée derrière lui, elle saisit le bras de Glenn. « Viens avec moi. » Il la suivit dans le couloir et prit son sac à dos.

Elle ouvrit la porte d'entrée. « Fais ce que je te dis. » Et c'est alors qu'il comprit. Elle avait tout planifié.

« Eh, beauté ! » Bethany vint se blottir contre lui.

Glenn sentit qu'Howard les observait de l'autre côté de la cour. Il vit la lueur de sa cigarette dans l'obscurité.

« Rentrons.

– Qu'est-ce qui se passe ?

– Rien, il faut que je te parle. »

Sitôt dans leur chambre, ils se déshabillèrent et se mirent au lit.

« Qu'est-ce qu'il y a ? murmura-t-elle.

– Quoi qu'il arrive pendant le trajet, reste calme. Fais comme si tu étais une jeune voyageuse insouciante, juste de passage. N'aie pas l'air inquiète ou anxieuse. » Il caressa ses cheveux et elle se pelotonna contre lui. « Tu auras moins de risques de te faire contrôler comme ça.

– Et si je me fais contrôler ? » Sa voix changea.

Glenn soupira. « Tu devras improviser. Je t'avais prévenue. Mais sois prudente, Bethany. Tu es importante pour moi.

– Alors pourquoi est-ce qu'on fait ça ? » Elle s'appuya sur un coude et le regarda. Il vit ses yeux sombres en forme d'amande mais fut incapable de déchiffrer leur expression.

« Bon sang ! » Il n'en revenait pas. « J'ai essayé de t'en empêcher, je n'ai jamais voulu que tu le fasses. J'ai tout tenté pour t'en dissuader. Tous les soirs, pendant presque un mois, j'ai essayé de te faire changer d'avis.

– Je sais. » Elle détourna les yeux. Il ignorait ce qu'elle pensait. C'était exaspérant. Pourquoi maintenant ?

Elle repoussa brusquement le couvre-lit en satin usé et se leva.

« Qu'est-ce que tu fais ? » Il s'assit. « Où vas-tu ? »

Elle passa son peignoir en coton et alluma la lampe. Puis elle se tourna vers lui. « J'ai peur, Glenn. » Elle avait la voix rauque. Et alors il le vit dans ses yeux. Sa bravade avait disparu.

« Je ne veux pas faire la livraison.

– Bethany. » Il essaya de lui prendre la main mais elle s'écarta. Elle se mit à arpenter la pièce. « Tu es en train de me dire… ? » Il avait essayé de la protéger mais elle n'avait rien voulu savoir. Elle avait dit qu'elle avait le droit de choisir et maintenant ça !

« Je ne vais pas le faire, dit-elle. J'ai pris ma décision.

– Très bien. » Il était furieux contre elle et en fut lui-même surpris. Dieu sait qu'il ne voulait pas qu'elle soit mêlée à tout ça. Il ne l'avait jamais voulu. Mais pourquoi avait-elle attendu la dernière minute ? Ils avaient tout préparé. Howard serait furax et reprocherait à Glenn d'avoir tout fait pour la dissuader.

« Je peux changer d'avis. » Elle le regarda d'un air de défi mais il vit qu'elle était au bord des larmes.

Pendant quelques secondes, il hésita. D'un côté, il avait envie de la prendre dans ses bras, de lui dire que tout allait s'arranger, qu'il irait à sa place comme il en avait eu l'intention au départ, qu'il pourrait la protéger. Howard serait fou de rage mais qu'importe. Ce qui comptait, c'était la sécurité de Bethany. Howard devrait l'accepter d'une manière ou d'une autre. Ensuite, Glenn et Bethany pourraient partir, trouver un autre endroit où vivre, loin d'Howard et de ses sarcasmes. Howard avait eu raison de dire que Glenn avait peur. Il n'avait pas peur pour lui-même cependant. Il avait peur pour Bethany. Mais d'un autre côté, il pensa à sa mère. Elle l'avait protégé, elle ne l'avait pas laissé assumer ses actes, ses convictions, sa vie. Et de nouveau il sentit la colère s'emparer de lui. Pourquoi ne le lui avait-elle pas dit avant ?

« Va l'annoncer à Howard, alors. Dis-lui que tu n'y vas pas. Dis-lui maintenant.

– Je ne peux pas.

– Dans ce cas, tu ne peux pas ne pas y aller. Tu ne peux pas reculer. Pas maintenant. C'est trop tard. Tu as pris une décision, il faut t'y tenir.

– Pourtant, tu l'as fait toi. » Elle répliqua si vite qu'il réalisa qu'elle le pensait depuis longtemps.

– Qu'est-ce que tu veux dire ? » Mais il le savait parfaitement.

« Tu as reculé. Tu n'as pas défendu tes convictions jusqu'au bout. Tu as changé d'avis et tu t'es enfui. »

Pendant un long moment, Glenn la regarda. Puis il lui tourna le dos et contempla le mur. Au moins, à présent, il était fixé. Il savait ce qu'elle pensait réellement. Elle et Howard, tous les deux. Et ils avaient raison.

Elle se recoucha à côté de lui mais ils ne se réconcilièrent pas. Ils passèrent la nuit sans se toucher, sans se parler, sans dormir, et le lendemain matin elle partit tôt, se contentant de le regarder longuement et de toucher sa main. Une autre étape venait d'être franchie. Et il ne pouvait rien y faire.

30

Amy n'avait jamais aimé écouter les discours ; à l'école, pendant les réunions qui rassemblaient tous les élèves, elle passait son temps à bâiller ou à glousser. Elle évitait dans la mesure du possible les gens qui s'écoutaient parler. Elle n'appréciait ni les visites guidées, qui lui donnaient systématiquement envie de partir dans la direction opposée, ni tout ce qui était trop organisé. Ainsi, après avoir écouté cinq minutes le guide ânonner, racontant l'histoire du safran, elle se détacha discrètement du groupe pour aller explorer un autre sentier. Personne ne sembla remarquer qu'elle était partie.

Le chemin qu'elle suivit s'éloignait des safranières et traversait un verger où poussaient aussi des amandiers. Les fruits avaient été cueillis mais quelques amandes étaient encore visibles sur les arbres. Il n'y avait personne alentour, aussi flâna-t-elle tranquillement, s'imprégnant de l'atmosphère paisible, humant l'odeur de la terre, de l'herbe sèche et de la lavande qui fleurissait encore parmi les arbres. Il n'y avait eu que très peu de précipitations en ce début de saison des pluies au Maroc, et la terre desséchée semblait dans l'attente. Quand il se mettrait à pleuvoir pour de bon, Nell et elle seraient déjà parties.

Son séjour au Maroc avait vraiment été agréable. Agréable et instructif à bien des égards. Elle avait pris tellement de photos qu'elle ignorait ce qu'elle allait en faire, et elle s'était liée d'amitié avec une fille très spéciale. Quant à Jake… elle n'était pas disposée à penser à lui. Il l'avait perturbée avec ses questions inquisitrices. Qu'est-ce que ça pouvait lui faire qu'elle ait peur ? N'avait-elle pas de bonnes raisons d'avoir peur ? Et en quoi cela l'avancerait-elle de reconnaître ses peurs ? Les choses ne changeraient pas pour autant.

Elle s'assit sur un banc sous un amandier et ferma les yeux. Ce qui l'attristait le plus, c'était de n'avoir rien à dire à sa grand-tante. Elle ne pouvait même pas lui assurer que quelqu'un avait vu son fils ou l'avait connu. Juste que Glenn avait probablement visité la ville d'Essaouira quand il lui avait envoyé cette carte des années auparavant. Ce n'était peut-être pas grand-chose mais qui sait…

Au bout d'un moment, elle se leva et marcha jusqu'à un portillon en bois. Quelques chèvres et moutons broutaient l'herbe rêche. Elle souleva le loquet du portillon, l'ouvrit et le franchit. Il y avait une piste poussiéreuse qui devait servir de route et quelques cahutes éparpillées le long. Ce n'étaient pas des maisons et elle savait que le hameau se trouvait de l'autre côté de la ferme. Peut-être ces huttes servaient-elles d'abris aux travailleurs ou aux animaux. Elles avaient la couleur de la terre rose-marron caractéristique du coin et étaient probablement faites de paille aussi. Il n'y avait pas âme qui vive.

Parfait. Elle remonta la piste.

« Bonjour. »

La voix, bien que douce, la fit sursauter. Elle se croyait parfaitement seule. Il apparut derrière l'une des huttes, un garçon d'environ douze-treize ans, le teint mat (sa peau avait la couleur du tabac), les yeux noirs et un sourire malicieux. « Oh, bonjour. » Elle hésita. Devait-elle s'excuser d'être là ?

« Vous êtes perdue ? demanda-t-il poliment.

– Non. » Elle haussa les épaules. « Je faisais juste un petit tour, je prenais des photos. » Elle montra son appareil photo.

« Vous pouvez en prendre une de moi, si vous voulez, dit-il fièrement. Je m'appelle Malik.

– Eh bien, merci, Malik. » Elle réfléchit. « Peux-tu te mettre là, vers la porte de la hutte, s'il te plaît ? »

Il se posta devant la porte et Amy prit quelques photos. « Merci.

– Vous visitez la safranière ? demanda-t-il. Ils proposent une visite guidée très intéressante. On vous apprend tout sur le safran. Quand je serai plus grand, c'est moi qui ferai le guide, *Inch'Allah* », annonça-t-il fièrement.

Amy hocha la tête. « Tu devrais, en effet, ton anglais est excellent. »

Malik sourit. « J'ai un très bon professeur.

– Et tu vis dans ce village ?

– Oui. Je peux vous proposer un thé, mademoiselle ? » Il fronça les sourcils. « C'est correct de vous appeler ainsi ?

– Oui, c'est correct, mais tu peux m'appeler Amy.

– Et le thé ? demanda-t-il.

– Eh bien… » Elle aurait aimé continuer à explorer les alentours mais elle avait pris goût au thé à la menthe et elle trouvait l'arrogance malicieuse du garçon irrésistible. « Oui, merci, ça serait très gentil de ta part.

– J'ai tout ce qu'il faut là-dedans. » Il disparut dans la hutte. « C'est bien pour moi d'avoir des conversations en anglais. » Il insista particulièrement sur le mot « conversation » dont il semblait très fier.

« C'est la meilleure façon d'apprendre », confirma Amy.

Il réapparut. « Vous vous êtes ennuyée pendant notre visite guidée ? » demanda-t-il l'air sévère.

Elle sourit. « Un peu. »

Il se redressa. « Quand c'est moi qui guiderai, les gens ne s'ennuieront pas.

– Je ne crois pas, en effet.

– Beaucoup de gens s'intéressent au safran. » Il fronça les sourcils, l'air légèrement désapprobateur.

« Oui, je suis venue avec une amie, dit-elle, et je suis sûre qu'elle savoure chaque seconde de cette visite. » Amy avait un peu mauvaise conscience d'être partie si vite. Mais au moins avait-elle accompagné Nell jusqu'ici, c'était le plus important.

Malik retourna à l'intérieur pour finir de préparer le thé et revint avec deux petits verres remplis de feuilles de menthe, d'eau chaude, de sucre et probablement d'insectes. Mais Amy le remercia et but une petite gorgée, un peu hésitante. Au moins avait-elle un aperçu du Maroc authentique, ici au pied des montagnes.

« Notre pays vous intéresse ? demanda Malik.

– Oh oui ! » Il avait incontestablement du charme.

Malik hocha la tête comme si Amy lui avait donné la seule réponse possible. « Vous pouvez me demander tout ce que vous voulez », dit-il.

Alors elle l'interrogea sur l'école (oui, il avait des cours mais pas tous les jours) et sur ses parents. Son père cultivait des légumes qu'il vendait au marché et sa mère s'occupait des enfants (les plus jeunes) et travaillait à la safranière quand ils avaient besoin d'elle. La famille semblait avoir un mode de vie très traditionnel, sauf que Malik parlait anglais et devait être l'exception ici.

« Et tu aimes le goût du safran ? demanda-t-elle.

– Bien sûr, oui. » Il se mit bien droit. « C'est notre vie. »

Et votre gagne-pain, pensa Amy. « La famille de mon amie cultive aussi le safran, dit-elle en espérant que la passion de Nell excuserait sa propre défaillance dans le domaine. Depuis des générations.

– Générations ? » Il fronça les sourcils.

« D'abord la grand-mère, puis la mère, ensuite la fille… » Soudain Amy vit une petite silhouette au loin faire de grands signes. Elle distingua la crinière de cheveux blonds bouclés et la veste bleu vif. « C'est elle. » Elle se leva et agita le bras à son tour. « Tu aimerais la rencontrer, Malik ?

– Oui, s'il vous plaît, dit-il. Une conversation à trois, c'est bien meilleur.

– Mieux », corrigea Amy. Elle fit signe à Nell de les rejoindre. D'abord un paysage solitaire avec pour seule compagnie les chèvres, les moutons et les montagnes, et maintenant une causette organisée autour d'un thé.

Elle se tourna vers Malik. « Tu n'aides pas à la récolte ? » D'après ce qu'avait dit le guide au début, tout le monde était sur le pont à cette époque de l'année, même les enfants. Certes, ce petit bonhomme n'était plus vraiment un enfant. Il avait en tout cas la tête sur les épaules.

Malik jeta un coup d'œil autour de lui comme s'il s'attendait à ce que quelqu'un surgisse pour le ramener au champ. « J'ai arrêté peu après l'aube, dit-il. C'est trop tard maintenant. Regardez le soleil. » Il pointa l'astre du doigt mais Amy ne leva pas les yeux. On avait beau être en novembre, elle serait quand même aveuglée par la lumière. Et il devait faire au moins vingt-deux degrés.

Ils regardèrent Nell s'approcher.

« La visite est déjà terminée ? demanda Amy innocemment.

– Pas tout à fait. » Elle regarda Malik. « Bonjour. »

Amy fit les présentations.

« Vous vous intéressez au safran ? demanda poliment Malik.

– Oh oui ! » Le visage de Nell s'illumina. « Oh oui, j'adore le safran. Son aspect, son odeur, tout vraiment. Mais par-dessus tout, j'aime cuisiner avec. C'est étrangement captivant. » Nell lui adressa un grand sourire et Amy vit que, sans tout saisir, il était captivé lui aussi.

« Je connais un homme », commença-t-il. Il regarda en direction de la piste, derrière un arbre fougère isolé, mais Amy ne vit rien d'autre que des chèvres, des moutons et des pâturages. « C'est expert.

– C'est *un* expert, le corrigea machinalement Amy.

– Un expert ?

– Un expert du safran, précisa-t-il en hochant énergiquement la tête. Je peux vous emmener chez lui mais… » Il fronça les sourcils. « Il ne voit plus grand monde à présent.

– Qui est-ce ? demanda Nell.

– Un Anglais. » Il rit, ravi de les voir si surprises. « Oui, c'est vrai. Il est très vieux et très sage. Et il sait comment utiliser le safran pour guérir, comme un médicament.

– Comment se fait-il qu'il sache autant de choses ? » Amy était sceptique.

Malik haussa les épaules. « Ça fait des années qu'il vit ici. Il a appris. Il en a fait un loisir, un passe-temps, une… » Il sembla chercher le terme exact. « Une passion. »

Amy lança un coup d'œil à Nell. Il avait trouvé le mot qu'il fallait pour elle.

« J'aimerais le rencontrer, annonça Nell, très déterminée. C'est la personne à qui parler on dirait. »

Malik leva la main. « Il ne sera peut-être pas d'accord, les prévint-il. Et sa hutte est à trente minutes de marche dans les montagnes. » Il attendit leur décision, la tête inclinée.

Mais Amy savait que Nell l'avait déjà prise. « Tu peux nous y conduire ?

– Oui. » Il semblait très sérieux. « Je serai votre guide.

– Et tu crois qu'il va accepter de nous parler ? »

Il soupira un peu théâtralement. « Je vais essayer. Mais je ne sais pas. »

Elles échangèrent un regard. « On n'a rien à perdre, dit Amy.

– On n'a rien à perdre » confirma Nell.

31

Maroc, 1977

Ils revinrent plus tard que prévu. Gizmo était allé écouter de la musique sur la place, et Glenn était seul, allongé sur le matelas sur le toit-terrasse, en train d'observer les hirondelles en pleine séance d'acrobaties avant le coucher du soleil. Une descente en piqué par là, un arc de cercle un peu plus loin. Elles plongeaient si bas qu'elles effleuraient presque les toits, puis elles se détachaient du groupe, le rejoignaient et remontaient vers le ciel, leur sifflement râpeux emplissant l'air. Même quand il fermait les yeux, il voyait encore les taches noires des oiseaux comme brodées sur le ciel bleu clair qui pâlissait et rougeoyait au coucher du soleil. Puis il entendit le moteur de la vieille Seat qui s'engagea dans la rue en grondant. Son cerveau était programmé pour reconnaître son timbre particulier. Il se leva d'un bond et descendit l'escalier à toute vitesse.

La voiture était garée de travers, à moitié sur le trottoir. La carrosserie était si poussiéreuse que c'est à peine si l'on distinguait encore sa couleur d'origine. Ils étaient tous les deux à l'intérieur, Howard au volant. Glenn s'arrêta une seconde, vit Howard se pencher vers Bethany, un peu trop intimement à son goût, et dire quelque chose. Elle hocha la tête. Puis Howard regarda derrière lui et aperçut Glenn qui se tenait toujours dans l'ombre de la porte du riad. Il courut vers la voiture. Elle était de retour. Elle était saine et sauve. C'était tout ce qui comptait.

Quand il s'approcha, il vit Howard enfoncer sa chéchia sur sa tête. Howard ouvrit la portière et descendit de la voiture, bâillant et grognant tout en étirant ses membres. Bethany resta assise. Glenn fronça les sourcils. Qu'avait-elle ? Il salua Howard d'un hochement de tête. « Comment ça s'est passé ?

– Comme dans un rêve. » Howard sortit son sac du coffre, considéra Glenn pensivement et marcha nonchalamment en direction du riad.

Glenn ouvrit la portière côté passager. « Bethany. » Elle semblait lasse. Elle avait les cheveux emmêlés, les lèvres gercées à cause de la chaleur et un voile de sueur recouvrait son front. Mais elle était saine et sauve.

Elle descendit de la Seat sans prendre la main qu'il tendait, croisa brièvement son regard et se pencha vers lui. Il sentit son baiser effleurer sa joue. « Salut, Glenn. » À peine eut-il le temps de sentir son parfum musqué que déjà elle s'éloignait et récupérait son sac dans le coffre ouvert.

« Ça va, bébé ? » Il voulut prendre son sac mais elle repoussa sa main comme s'il s'agissait d'une mouche.

« Je vais bien. Je peux le porter. »

Il l'avait fait, réalisa-t-il. Il avait arrêté de la protéger. Ses épaules s'affaissèrent. « Comment ça s'est passé ?

– Pas trop mal. » Ses cheveux noirs cachaient son visage. « C'était fatigant, stressant parfois. Mais ne t'inquiète pas, on a l'argent. » Elle rit, sans le vouloir.

Glenn hocha la tête. Bien sûr qu'elle était fatiguée. Il ressentait la même chose lui aussi quand il revenait d'une « livraison. » Épuisé par le rôle qu'il fallait jouer, par la peur qui le tenaillait, la peur d'être arrêté, interrogé, la peur que ça tourne mal. Et un jour ça tournerait mal, il le savait.

Elle le regarda. « Je ne veux pas en parler, dit-elle. Pas maintenant. Je veux juste un bain chaud. Et du thé.

– Je vais faire chauffer l'eau. » Il voulait *faire*. Il se reprochait de lui avoir dit qu'elle ne pouvait pas changer d'avis. Il avait eu largement le temps de réfléchir pendant son absence. Réfléchir à ce qu'il voulait changer.

Dans le lit, cette nuit-là, Glenn la prit dans ses bras. Mais quand il voulut la toucher, elle s'agrippa à sa main pour l'en empêcher. « Je suis trop fatiguée, dit-elle. Je suis juste fatiguée.

– Bien sûr, je comprends. » Il caressa ses cheveux. Il ne lui posa pas beaucoup de questions. Elle parlerait quand elle l'aurait décidé.

Alors qu'il la croyait endormie, elle remua contre son épaule. « Je suis désolée, Glenn, dit-elle. Désolée pour ce que j'ai dit sur toi, sur le Vietnam.

– Moi aussi, je suis désolé, dit-il pour l'apaiser. Je n'aurais pas dû te laisser partir. »

Il la sentit se crisper. « Je comprends, dit-elle. Je comprends pourquoi tu ne t'es pas battu. Je comprends pourquoi tu es parti.

– Ça n'a plus d'importance maintenant. » Elle s'était lavé les cheveux. Il aurait aimé enfouir son visage dans sa crinière soyeuse et humer l'odeur d'eau de rose et de musc. Mais c'était Bethany qui venait de traverser une épreuve, elle qui avait besoin d'être réconfortée, pas lui. Et malgré leur proximité physique, il la sentait encore, cette nouvelle distance entre eux.

« Je comprends ce que tu ressens, poursuivit-elle dans un murmure, je sais ce que le Vietnam a fait aux gens. »

Et ce qu'il a fait à l'Amérique, pensa-t-il. C'était son lieu de naissance. Il voulait encore le considérer comme

313

son pays. Mais quand il avait découvert le côté le plus sombre de la guerre, la dévastation engendrée par les troupes américaines, la corruption qui en avait résulté, la prostitution, l'addiction à la drogue… il ne s'était plus reconnu dans ce pays. Il voyait encore certaines photos parues dans les journaux. Des hélicoptères tournoyant au-dessus de paysans dans les champs, des gros plans de leurs visages choqués, de leurs corps blessés, de leurs yeux vides. La guerre avait ravagé l'Amérique, ses forces armées, son économie, son image, son unité nationale et sa morale. Elle avait divisé des familles, dont la sienne, divisé les générations.

Nixon avait fini par les sortir de là mais, bon sang, il avait pris son temps. Les gens parlaient du nombre de victimes américaines. Les gens parlaient toujours de ça. Mais combien de Vietnamiens avaient trouvé la mort dans le conflit ? Deux millions et demi sur une population de trente-deux millions. Et beaucoup d'entre eux étaient des civils. Un pays décimé.

Mais ce n'était pas le moment d'avoir de telles pensées. Pas au beau milieu de la nuit. Pas maintenant que Bethany était de retour. Glenn bougea légèrement. Il réalisa qu'elle dormait. Il se demanda si Howard lui avait parlé du Vietnam. Bien sûr que oui. Il n'allait pas se priver d'une occasion de dénigrer Glenn.

Était-il un lâche ? Oui, parce qu'il était parti au lieu d'aller en prison. Était-il un pacifiste ? Oui, mais pas d'emblée. Il l'était devenu. Il n'avait pas peur de combattre. Il avait refusé d'aller au Vietnam parce que l'Amérique n'avait pas le droit d'intervenir là-bas. Pas le droit de semer la souffrance et la destruction dans ce pays. Pas le droit de jouer les gendarmes du monde, d'utiliser une immense puissance militaire contre un peuple de paysans. Il n'avait pas abandonné son pays. C'est l'Amérique qui l'avait abandonné. Il y avait une alternative à son obligation légale de massacrer des Vietnamiens politiquement incorrects, ainsi que leurs familles et leurs voisins, et il l'avait trouvée.

Glenn retira doucement son bras et se tourna vers le mur. Il fallait qu'il dorme. Demain ou après-demain, il parlerait de ses projets à Bethany. Tout irait bien pour eux à présent. Il veillerait à ce que tout aille bien. Sinon... Mais il ne voulait pas penser à ce qui se passerait sinon. Pas ici. Pas ce soir. Non.

32

Malik continua à parler de choses et d'autres pendant qu'ils marchaient. Il s'intéressait apparemment à tout ce qui concernait la Grande-Bretagne. Il voulait tout savoir, du genre de maisons que les Anglais habitaient au style de magasins qu'ils fréquentaient en passant par ce qu'ils mangeaient au petit déjeuner.

Amy s'arrêta quelques secondes pour boire une gorgée dans sa bouteille d'eau. C'était plutôt surréaliste de discuter des habitudes des Britanniques dans un tel contexte. « C'est encore loin ? » lui demanda-t-elle. Ils devaient marcher depuis trois quarts d'heure au moins, depuis qu'ils avaient tourné derrière l'arbre fougère d'un bleu vaporeux. Elle se demanda vaguement à quelle heure le bus allait partir pour Essaouira. Qu'est-ce qui leur avait pris de partir à la recherche d'un Anglais excentrique – car il était forcément excentrique, non ? – vivant dans une cabane de berger sur les contreforts de l'Atlas ?

« On y est presque », dit Malik qui semblait aussi frais que lorsqu'ils étaient partis.

Même Nell persévérait sans se plaindre, oublieuse, extasiée. Dès qu'on lui parlait de safran, avait remarqué Amy, elle était comme possédée.

Amy haussa les épaules et les suivit. Le paysage était beaucoup plus désolé à présent. La terre était nue, desséchée, il n'y avait ni plantes ni arbres, hormis quelques cactus piquants. Malik avait dit que cet homme voyait peu de monde. En même temps, fort peu de gens devaient s'aventurer jusqu'ici, ce n'était guère surprenant finalement. Pourtant quand elle se retourna... Au loin derrière eux, les champs de *Crocus sativus* mauves étaient illuminés par la lumière du soleil de l'après-midi. Elle poussa Nell du coude. « Regarde.

– Des champs d'améthystes », murmura Nell.

La vue était époustouflante, le rose et le brun des contreforts montagneux, les nappes de mauve au loin. Amy sortit son appareil. Quand elle eut pris quelques photos, ils se remirent à marcher.

Enfin, Malik s'arrêta. « C'est là », dit-il.

Amy plissa les yeux. Elle vit une hutte et un vieil homme dehors, assis dans une sorte de fauteuil en rotin. Il était immobile, peut-être dormait-il ?

« J'y vais d'abord, annonça Malik. Je vais lui demander. »

Amy lança un regard consterné à Nell. Elle ne voulait pas forcer qui que ce soit à l'accueillir. Mais elle se sentit faiblir à l'idée d'avoir à refaire tout le chemin en sens inverse sans même avoir pu parler à ce vieil homme...

Nell posa doucement la main sur son bras. « C'est bon, dit-elle, on attend. »

Amy fut encore une fois frappée par le changement qui s'était opéré chez Nell depuis quelques jours. Elle semblait plus forte, plus sûre d'elle. D'où tirait-elle cette nouvelle force intérieure, Amy l'ignorait.

Elles regardèrent Malik se diriger vers la hutte, il marchait deux fois plus vite que pendant leur ascension jusqu'ici. Le vieil homme leur dirait-il de décamper ? Il avait dû s'isoler ici pour une bonne raison. Il ne voulait voir personne, il voulait être seul.

Elle voyait mieux la cabane à présent. Les murs semblaient être constitués d'un mélange de boue séchée et de pierre, mais la cahute disposait d'une vraie porte en bois et d'un porche de fortune en bambou.

Elles attendirent pendant que Malik lui parlait. Manifestement, ils avaient une discussion, pourtant l'homme ne semblait pas bouger un muscle. Finalement, Malik se retourna et fit signe à Nell et Amy d'avancer d'un geste enthousiaste de son bras maigre et bronzé.

« Il va nous parler », dit Nell dans un souffle. Elle avait les yeux brillants. *Pourvu qu'elle ne soit pas déçue*, pensa Amy.

Elles s'approchèrent de la hutte. Malik vint à leur rencontre. Il souriait.

« Il dit qu'il ne veut voir personne, mais moi, Malik, j'ai pu le faire changer d'avis.

– Bien joué, Malik, dit Nell. Comment tu as fait ? »

Elle avait une façon d'être, pensa Amy, qui plaisait aux hommes. Il n'y avait rien de calculé, rien de flatteur, c'était parfaitement naturel. C'était juste une attitude qui lui était propre. Elle s'était bien entendue avec Jake aussi ; elle n'avait pas la susceptibilité d'Amy. Si Amy était plus comme elle... mais elle haussa les épaules et chassa cette pensée. Elle était comme elle était. Et si c'était à cause de cela qu'elle était célibataire, tant pis !

« Je lui ai dit que votre famille cultivait le safran en Angleterre, annonça fièrement Malik. C'est pour ça qu'il a décidé de vous parler. Il dit que c'est inhabituel. »

Amy regarda devant elle, en direction du vieil homme assis dans le fauteuil en rotin. Elle vit qu'il avait les yeux fermés. Son visage ridé était tourné vers le soleil, l'esquisse d'un sourire se dessinait sur ses lèvres. Il portait un turban rouge enroulé autour de sa tête et avait une barbe grise. Il était vêtu d'une chemise ample en tissu rêche, on aurait dit du chanvre, comme en portaient les gens du coin, et d'un pantalon arabe bouffant. Il avait les pieds nus. Sa peau était mate et burinée. Il était impossible de lui donner un âge. Il devait se situer quelque part entre cinquante-cinq et quatre-vingts ans.

Quand elles le rejoignirent, il avait les yeux ouverts et fixait Nell. *Encore un*, pensa Amy. Il ne souriait pas et il avait les yeux d'un bleu très profond.

« Merci d'avoir accepté de nous parler, dit Nell. Nous apprécions vraiment. »

Il ne répondit pas, se contentant de les regarder calmement.

« Je vais chercher des coussins ? » demanda Malik en montrant l'intérieur de la hutte. Amy vit un bout de tapis aux couleurs passées sur le sol en pierre ainsi qu'une bouilloire et quelques ustensiles de cuisine sur une petite cuisinière.

L'homme hocha la tête et Malik fonça à l'intérieur.

Il revint avec trois coussins qu'il posa délicatement par terre. « Asseyez-vous. »

Amy et Nell s'exécutèrent.

« Je fais chauffer de l'eau ? » demanda Malik. Il dansait d'un pied sur l'autre, apparemment il ne tenait pas en place. Amy se demanda si c'était l'homme qui lui avait enseigné l'anglais. Si c'était lui, ça relevait du miracle, car il n'avait pas l'air de dire grand-chose.

Encore une fois, il hocha la tête et Malik retourna à toute vitesse à l'intérieur de la hutte.

« Vous voulez du thé au safran ? » demanda-t-il enfin. *Alors, comme ça, il parle !* pensa Amy. Sa voix était profonde et douce. Elle ne parvint pas à identifier l'accent.

« Du thé au safran ? » Les yeux de Nell s'illuminèrent. Amy constata que l'homme continuait à regarder son amie. « Je n'ai jamais essayé. Je suis curieuse de goûter. »

Il sourit et Amy fut étonnée par la transformation de son visage. « Le safran a beaucoup de vertus thérapeutiques, dit-il. Mais quand on le sert en infusion, il faut ajouter un peu de cannelle et de miel, je pense, pour qu'il soit meilleur.

– Quel genre de vertus thérapeutiques ? » demanda Nell, assise sur son coussin, ses bras enserrant ses genoux. On aurait dit une enfant. Amy remua sur son coussin pour trouver la bonne position. Du thé à la menthe et maintenant du thé au safran… Et après ?

« Depuis l'Antiquité, on utilise le safran pour soigner un certain nombre de maladies, dit-il. Des problèmes de peau à la dépression. » Il marqua une pause comme pour rassembler un peu d'énergie.

Ce devait être étrange pour quelqu'un qui ne parlait presque plus de devoir tout à coup expliquer les vertus du safran à deux Anglaises dont la visite était complètement inattendue.

« Vous pouvez nous en dire plus ? » demanda doucement Nell.

Il lui décocha un regard intense quelque peu troublant. « On l'a longtemps utilisé pour faire tomber la fièvre et calmer les nerfs, dit-il. Les Perses en dispersaient sur leur lit le soir pour favoriser un sommeil réparateur et dissiper la mélancolie. »

Mon Dieu ! Peut-être qu'à cette époque, il ne valait pas plus cher que l'or, pensa Amy.

« Et la couleur ? murmura Nell. Qu'en est-il de la couleur ? » Elle semblait déjà complètement fascinée par cet homme. Amy se dit que cette rencontre dans les montagnes équivalait sans doute à une rencontre entre David Bailey et elle à une séance de photos pour *Vogue*.

« La couleur du safran vient de la crocine, un composant chimique de la fleur, expliqua-t-il.

– La crocine ?

– C'est un antioxydant. On l'utilise même comme traitement alternatif pour soigner le cancer. Certains disent qu'il permet d'empêcher la progression de la cécité.

– Ils s'avancent peut-être un peu trop », dit doucement Amy. Elle pensa à Lillian qui souffrait de dégénérescence maculaire. Peut-être pouvaient-ils tous apprendre du passé, du monde naturel, des méthodes thérapeutiques utilisées par les anciens.

L'homme haussa les épaules et la fixa cette fois de ses yeux pénétrants. Amy fut troublée. On aurait dit que cet homme savait des choses sur elle qu'elle ignorait elle-même. « Parfois, il est bon d'être cynique et sceptique, dit-il. Mais beaucoup de sages à l'époque croyaient aux vertus thérapeutiques du safran même s'ils ne comprenaient pas forcément comment ça marchait. » Il se leva et suivit Malik à l'intérieur de la hutte.

Amy cligna des yeux. « Cynique et sceptique. » Il l'avait calmée ! Était-elle vraiment cynique et sceptique ? Jake la voyait-il ainsi ? Mais le vieil homme avait sans doute raison. Pourquoi ne pas croire en quelque chose que l'on ne comprenait pas totalement ? N'était-ce pas là le principe même de la foi ?

Quand il réapparut sur le seuil, il portait un vieux plateau en étain avec quatre verres remplis d'un liquide jaunâtre. Malik revint avec un dérouleur de câble qu'il retourna pour en faire une table.

« Je peux vous poser une autre question à propos du safran ? demanda Nell.

– Oui, bien sûr. » Il se pencha pour déposer le plateau avec précaution sur la table de fortune et se rassit dans son fauteuil en rotin. Il se déplaçait péniblement, avec raideur, comme s'il souffrait.

« Le safran a-t-il été utilisé… » Elle hésita. « … à des fins spirituelles ? »

Le vieil homme ferma les yeux pendant un long moment et Amy crut d'abord qu'il n'allait pas lui répondre. Puis : « Oui, dit-il enfin. On peut appliquer un peu de safran sur le chakra du front pour influer sur la clairvoyance et l'intuition et permettre à l'énergie de circuler dans un flux continu. » Il se pencha en avant et tendit la main.

Nell s'approcha et il posa les doigts sur son front. Elle ferma les yeux. Pendant un moment, ils restèrent tous deux immobiles comme si un courant ou un flux invisible passait entre eux. Puis Nell rouvrit les yeux et il se redressa, hochant la tête, visiblement satisfait.

C'était sans doute un truc puissant. Amy décida de rompre le charme. « Je m'appelle Amy, au fait, dit-elle. Et c'est Nell. »

Il inclina la tête. « Je m'appelle Hadi. Et je suis ravi de vous rencontrer toutes les deux.

– Hadi ? » Pas très anglais comme nom. D'ailleurs, il ne semblait pas très anglais non plus. Elle en conclut qu'il avait dû beaucoup voyager.

Nell sourit et tendit la main. « Je suis ravie de faire votre connaissance. »

Il hésita un instant puis la prit dans la sienne.

« Pourquoi Hadi ? » demanda Amy. Elle ne pouvait pas s'en empêcher.

« Ça veut dire "tranquille et calme" », dit-il.

Et force était d'admettre qu'il l'était. « Mais…, commença Amy.

– C'est ainsi qu'on m'appelle à présent. » Il tendit à chacune un verre. Les verres de couleur verte et dorée étaient magnifiquement décorés. Amy esquissa un sourire. Des verres aussi délicats n'allaient pas vraiment avec un homme vivant seul dans une hutte sur les contreforts de l'Atlas.

« Vous vivez là toute l'année ? » lui demanda-t-elle. Il devait faire terriblement froid en hiver.

Il hocha la tête.

« Ça fait longtemps que vous vivez là ? » Il avait adopté les us et les coutumes des gens du coin visiblement. Il avait même un peu leur façon de parler.

Il soupira. « Vous posez beaucoup de questions.

– Je sais, je suis désolée. » Il n'était pas le premier à faire cette remarque à Amy.

« Je vis ici depuis très longtemps, oui. »

Elle se demanda ce qui l'avait amené ici. Mais qu'est-ce qui nous amenait quelque part ? Les circonstances ? Le destin, dirait sans doute Nell, avec ses cartes de tarot et sa quête de sens profond. Amy espérait qu'elle avait quand même son mot à dire dans son cheminement personnel.

Vous devez vous sentir seul. Elle le pensa mais ne dit rien. Certaines personnes choisissaient d'être seules, de se retirer du monde ; d'autres aimaient vivre ainsi.

« Je ne me sens pas seul, dit-il au bout d'un moment, comme s'il avait lu dans ses pensées. J'ai les champs et le ciel. » Il sourit. « Et à cette époque de l'année, j'ai la vue sur les *Crocus sativus* en fleur. » Ils regardèrent tous en direction de la safranière et des champs mauves au loin. Personne ne cueillait à cette heure. Mais dès l'aube, ils reviendraient pour la prochaine vague, continuant chaque jour jusqu'à ce que le tout dernier crocus fût ramassé.

« C'est délicieux », dit Nell en rayonnant. Elle leva son verre. « La cannelle compense magnifiquement l'amertume du safran. Et il faut effectivement du miel. Seulement…

– Seulement ? » Une fois encore, il la regardait intensément.

« Vous avez essayé d'ajouter quelque chose ? De la cardamome par exemple ou du gingembre ? »

Amy sourit intérieurement. Elle prit son verre et but une petite gorgée, un peu méfiante. C'était légèrement amer et épicé. Mais il y avait autre chose. Une légèreté, une délicatesse qu'elle ne pouvait pas décrire.

Hadi haussa un sourcil. « Intéressant, dit-il. Je vais essayer.

– C'était difficile de se retirer du monde ? » lui demanda Amy.

Elle savait qu'elle posait encore une fois trop de questions et c'était sans doute pour cette raison que le pauvre homme s'était retiré du monde. Mais sa curiosité était plus forte qu'elle.

« Au départ, ce n'est pas facile. » Il but quelques gorgées de thé, en fronçant légèrement les sourcils. « Mon ancienne vie me manquait, le lien avec les autres, ce qu'ils attendaient de moi… »

Que faisait-il dans son ancienne vie ? avait envie de demander Amy mais elle ne voulait pas poser des questions déplacées. « Qu'est-ce qu'ils attendaient de vous ? » demanda-t-elle à la place.

Il la considéra un moment sans parler. « Tout le monde a des exigences, des attentes précises, dit-il. Quand on se retire du monde, les seules attentes qu'on a viennent de nous et pas des autres. On n'a pas d'autres guides. »

À part si on a la foi, une quelconque croyance religieuse, pensa Amy. Dans ce cas, on a une autre forme de guide. Bien que ses parents n'aient jamais vraiment été pratiquants, elle avait fréquenté une école primaire anglicane tout simplement parce qu'ils habitaient dans son secteur de recrutement scolaire. Elle n'avait pas franchement apprécié qu'on lui impose des croyances ; plus on essayait de les lui inculquer, plus elle avait envie de les contester, d'argumenter, de résister. Et depuis, elle était devenue agnostique plutôt qu'athée. Il y avait peut-être un Dieu, il y avait peut-être autre chose. Elle n'en avait aucune idée. Elle était prête à croire à peu près n'importe quoi. Elle n'était pas si cynique que ça.

Elle avait besoin qu'on lui présente des arguments recevables, c'est tout.

« Et avec le temps, c'est plus facile ?

– Oui, dit-il. Au bout d'un moment, on ne peut plus être autrement. Un homme doit être bien dans ses bottes. »

Elle le regarda avec curiosité. « Vous voulez dire que vous ne voudriez pas retourner à la civilisation ? » Elle ne trouva pas de terme plus approprié.

Il sourit. « Je ne pourrais pas. J'ai choisi une autre route. »

Amy était intriguée. « Une autre route ?

– Un chemin intérieur.

– Mais vous avez besoin de tout ça pour y parvenir ? » dit-elle en lui montrant la terre, le ciel, les montagnes.

Il la considéra longuement. « Pour quelqu'un qui parle autant, vous êtes très perspicace. Et vous avez raison. Il faut trouver un endroit qui vous procure cette paix. *Inch'Allah.* »

Ils avaient tous fini leur thé. Malik rapporta le plateau et les verres à l'intérieur de la hutte. Il avait une attitude très protectrice vis-à-vis du vieil homme. Amy aurait aimé demander à Hadi s'il était déjà allé à Essaouira et si à tout hasard il n'aurait pas croisé un Américain nommé Glenn Robinson mais elle n'osa pas. Pas pour le moment. Elle avait déjà posé beaucoup trop de questions. Si elles étaient venues jusqu'ici, c'était avant tout pour Nell.

« Et qu'est-ce qui vous a amenée jusque-là ? » demanda Hadi s'adressant à Nell. Il la fixa de ses yeux pénétrants. « Qu'est-ce que vous cherchez ? »

Amy la vit inspirer profondément puis rougir légèrement. « Nous sommes venues jusqu'à la safranière pour voir les champs, dit-elle. Pour suivre la visite guidée et en apprendre plus sur le safran.

– Et c'est le cas ? »

Nell rit et Amy constata que son rire avait fait tressaillir Hadi. Peut-être qu'en raison de sa solitude, il n'entendait pas souvent de rires. « C'était très intéressant, dit-elle poliment, mais…

– Mais ?

– Mais je n'ai pas appris ce que je voulais vraiment savoir.

– Et qu'est-ce que vous voulez vraiment savoir ? »

Était-ce sa voix douce ou son regard pénétrant qui faisait un tel effet à Nell ? Elle sembla sur le point de parler, de balayer la question d'un geste comme elle le faisait souvent quand on s'approchait trop de son intimité, mais elle changea d'avis. « Je veux savoir ce que le safran représentait pour ma mère », dit-elle.

Il baissa la tête, un long moment. « Et vous ne pouvez plus lui demander ?

– Non. » Elle hésita. « Ce n'est pas tout. Il y a eu une période sombre dans sa vie. Une mauvaise expérience. Quelque chose dont elle ne parlait jamais… »

La tension était palpable. Amy n'aimait pas ça. Elle essayait toujours d'engager la conversation dans les soirées pour briser la glace ou abordait les étrangers qui faisaient la queue à côté d'elle au cinéma ou pour prendre le bus. Cette discussion lui semblait déplacée. Et qui était ce vieil homme après tout ? Qu'est-ce qui leur disait qu'il n'allait pas sortir un couteau et leur trancher la gorge ? Elle se cramponna à son appareil photo.

« Dans quelle région d'Angleterre votre famille cultive-t-elle le safran ? demanda-t-il doucement. Dans le Norfolk ? »

Nell le regarda droit dans les yeux. « Ma famille cultive le safran en Cornouailles, répondit-elle.

– En Cornouailles, vous dites ? »

Nell se pencha et joignit les mains comme elle le faisait souvent. Amy avait d'abord cru que ce geste trahissait sa nervosité, mais elle avait compris désormais qu'il exprimait plutôt un désir d'être entendue, la crainte de ne pas être comprise.

« Oui, dit-elle, c'est peu commun, je sais. Et c'est un endroit bien particulier. La péninsule de Roseland.

– Roseland, répéta-t-il en articulant. Je vois. Mais où votre mère a-t-elle eu cette mauvaise expérience dont vous parlez ? Avait-elle séjourné au Maroc ? » Il essayait manifestement de l'aider, reconnut Amy. Il avait l'air gentil.

« Je ne pense pas, dit-elle. Elle n'en a jamais parlé. »

Que pouvait-on dire pour l'aider ? Sa mère s'était suicidée et Nell pensait être la fille d'un violeur. Rien de ce que pourrait dire cet homme n'y changerait quoi que ce soit.

Amy jeta un coup d'œil à sa montre. « Je crois qu'on devrait songer à rebrousser chemin. » Elle se leva. « Nous sommes venues en bus. Il ne faudrait pas qu'il reparte sans nous. »

Hadi ne dit rien. Il semblait presque hébété. Il avait les yeux mi-clos et Amy se demanda si elles l'avaient fatigué. Il ne semblait pas en bonne santé et c'était une longue conversation pour quelqu'un qui ne voulait pas trop parler, pour quelqu'un qui s'était retiré du monde. Pourtant il ouvrit les yeux et gratta sa barbe grise. « J'ai quelque chose pour la jeune femme qui s'intéresse au safran, dit-il enfin. Attendez-moi là. »

Il se leva et entra dans la petite hutte en traînant les pieds. Amy et Nell regardèrent Malik qui se contenta de hausser les épaules. Il était resté pratiquement silencieux pendant toute la durée de leur visite mais il n'avait pas perdu une miette de leur conversation.

Hadi revint chargé d'un tube en métal fin et usé. Il en sortit avec précaution une feuille enroulée, une sorte de manuscrit. Il l'étala sur la table. Ce n'était pas très grand, mais très vieux à l'évidence, un parchemin sépia, sans doute une peau d'animal séchée. Il était froissé, et l'écriture au-dessus du dessin, en caractères noirs presque illisibles, ressemblait à de l'arabe ancien.

Nell resta bouche bée.

Amy comprit ce qu'elle avait vu. Les couleurs avaient passé mais on distinguait encore parfaitement les contours. Le dessin représentait une femme avec de longues tresses noires. Elle portait une robe blanche fluide et un voile jaune, et se penchait légèrement en avant au niveau de la taille dans une pose parfaitement naturelle et désinhibée. Elle avait les yeux noirs et les lèvres rouges. Sa main fine était tendue, son regard impatient. Elle était en train de cueillir une fleur de safran. La forme du crocus était parfaitement reconnaissable même si la couleur mauve avait passé. Un sourire discret se dessinait sur ses lèvres.

« D'où vient ce parchemin ? » demanda Nell dans un souffle. Elle tendit la main comme pour le toucher mais elle semblait ne pas oser.

Hadi sembla ravi de sa réaction. « Il y avait un homme qui travaillait à la safranière. La terre appartenait autrefois à sa famille, dit-il. Il a été très gentil avec moi. Je l'ai aidé aussi, je pense. Nous sommes devenus amis. Il m'a beaucoup appris. » Il marqua une pause. « Avant de mourir, il m'a donné ce parchemin. Il m'a dit qu'il appartenait à sa famille depuis des siècles. Depuis qu'ils cultivaient le safran. »

Elle fronça les sourcils. « Qu'est-ce qui est écrit ?

– *Zafaran*, dit-il.

– Et… qui est-ce ? »

Ils regardèrent tous la femme sur le dessin. Elle semblait plutôt majestueuse, pensa Amy. « Une déesse ? » hasarda-t-elle. Il y avait après tout beaucoup d'histoires sur le safran dans la mythologie grecque et romaine n'arrêtait-on pas de lui dire.

« Des fresques représentant des déesses et du safran ont été retrouvées dans de nombreux endroits, dit Hadi. En Grèce, par exemple. C'est possible… Et dans de nombreuses cultures, on utilisait du safran pour teindre les voiles des mariées en jaune. »

Nell inclina la tête de côté. « On ne dirait pas une déesse, fit-elle remarquer. Elle a l'air…

– … d'une charmeuse, un peu, ajouta Amy.

– Elle est à vous, dit Hadi. Prenez-la, s'il vous plaît. Il faut l'exposer, comme autrefois.

– Mais c'est impossible… » Amy vit que Nell était perturbée. « Le parchemin est très vieux. C'est trop. Il a peut-être même de la valeur et… » Elle chercha Amy du regard pour qu'elle vole à son secours.

« Nous vous connaissons à peine », dit Amy.

« Ce n'est pas une question d'argent, dit-il. Je ne vendrai jamais ce parchemin et vous non plus. C'est un parchemin, rien de plus. » Il écarta les mains. « Et je n'ai personne. »

Amy regarda Malik à la dérobée. Il était certain qu'il était sous la coupe du vieil homme. Mais elle se dit qu'un vieux dessin représentant une femme et un *Crocus sativus* ne l'intéressait sûrement pas. Il n'avait d'ailleurs pas pris la peine de s'approcher pour le regarder de plus près.

« Peut-être, dit Hadi à Nell, que la joie qu'a procurée le safran à votre mère l'a aidée à chasser les mauvaises expériences du passé. »

Nell avait de nouveau les mains jointes. Elle resta silencieuse quelques instants tout en regardant l'homme droit dans les yeux. « Peut-être », murmura-t-elle. Elle semblait incapable de détourner le regard. « Je pourrais vous écrire ? lui demanda-t-elle. Pouvez-vous recevoir des lettres ici ? »

Il parut surpris. « Oui, si vous mettez mon nom et si vous écrivez l'adresse de la ferme. Malik me l'apportera.

– Très bien. Et je vais vous donner mon adresse aussi. » Elle fouilla dans son sac et finit par extraire un stylo et un bout de papier.

« Oui. » C'est ce qu'il semblait attendre.

« Merci. » Nell se mit à genoux et prit les mains de l'homme. Amy regarda la scène, étrangement émouvante. Et il y avait autre chose aussi, mais elle n'arrivait pas à mettre le doigt dessus.

Ils lui dirent au revoir et Malik ouvrit la marche empruntant le même chemin pour regagner la safranière. Nell avait coincé le vieux tube en métal sous son bras. Elle regarda Amy. « Quel homme incroyable ! »

Amy hocha la tête. Quelle expérience ! Elle était presque sous le choc. Et tandis qu'ils se dirigeaient vers l'arbre fougère bleu vaporeux, elle se retourna une dernière fois. Hadi était toujours debout et les regardait s'éloigner.

33

Maroc, 1977

Il ne l'entendit même pas partir. Il se réveilla un matin et elle avait disparu. Pas de baiser, pas de mot d'adieu.

Il crut d'abord qu'elle était en train de faire le thé. Il bâilla, s'étira et attendit. Rien. Il finit par enfiler sa *kurta*, mit ses babouches et alla dans la cuisine. Personne. Il monta sur la terrasse. Parfois, l'un d'eux dormait en haut, surtout en été. C'était si agréable de dormir sous les étoiles, une brise légère les rafraîchissait, mais le matelas était étroit pour deux. À présent que les nuits étaient plus fraîches, cela paraissait peu probable. Peut-être était-elle montée pour admirer le lever de soleil, pensa Glenn, le regard trouble. Mais il n'y avait personne. Juste les restes de la veille au soir. Des bouteilles de bière vides, un cendrier rempli de filtres et de mégots, une assiette contenant quelques dattes collantes. Glenn inspecta les restes, ne put pas se résoudre à les enlever, et se détourna.

Il descendit l'escalier en colimaçon jusqu'à la galerie supérieure. Trois portes, la sienne était grande ouverte. Il retourna à l'intérieur. « Bethany ? »

Elle avait dû aller se promener. Il était tôt mais elle avait pu aller jusqu'à la plage pour faire du yoga sur le sable. Sauf que Glenn avait remarqué qu'elle ne faisait plus guère de yoga ces derniers temps. Elle était silencieuse, préoccupée, elle n'était plus la même. Où était passée la fille qu'il avait ramenée au « Riad La Vieille Rose » quatre ans auparavant ? En fait, elle n'était plus la même depuis qu'elle était revenue de la « livraison. » Elle était malheureuse. Il savait qu'elle était malheureuse. Et cela lui faisait peur.

Il ouvrit l'armoire. Une de ses chemises était pendue à l'intérieur, une chemise en denim, et un jean. Le côté réservé à Bethany, qui en général débordait sur le sien avec ses robes à motifs cachemire, ses jupes en patchwork, ses blouses blanches et ses chemisiers en étamine, était vide. Ses T-shirts n'étaient pas sur l'étagère. Il ouvrit un tiroir. Ses sous-vêtements avaient disparu eux aussi. Pas de pot de Nivea sur la commode, pas de trousse de maquillage, pas de flacon de parfum à la rose musquée. Pas de brosse à cheveux ni de brosse à dents en équilibre précaire sur le bord du lavabo. Rien. Toute trace d'elle avait disparu. Comment avait-elle fait pour enlever toutes ses affaires sans qu'il entende le moindre bruit ?

Glenn s'habilla rapidement et quitta le riad. Où pourrait-elle aller ? Vers le front de mer ? À l'hôtel ? Au port ? Elle ne pouvait quand même pas avoir quitté la ville ? Pas comme ça ? Chaque année, elle demandait quelques semaines de congé à l'hôtel pour participer à la cueillette dans une ferme en dehors de la ville, mais elle l'aurait prévenu si elle allait là-bas.

Il se rendit à l'hôtel. Ils ne l'avaient pas vue. Non, ils ne l'attendaient pas aujourd'hui. Demain, oui. Non, elle n'avait pas parlé de partir.

Elle n'était pas sur le front de mer, ni dans le quartier des artisans où elle venait souvent regarder les hommes travailler le cuir ou le *thuya*. Elle n'était pas au port guettant le retour des bateaux de pêche bleus avec des paniers remplis de poissons, luisant et brillant au soleil. Elle ne prenait pas un café sur la place.

Et si elle avait quitté la ville... Glenn scruta la longue route qui menait aux montagnes de l'Atlas et à Marrakech. Elle était peut-être déjà loin à présent.

De retour au riad, Glenn vit que la porte de la chambre d'Howard était ouverte.

« Salut, dit-il, qu'est-ce qui se passe ?

– T'aurais pas vu Bethany ?

– Si.

– Ce matin ? »

Howard parut réfléchir. « Ouais.

– Quand exactement ? » Glenn sentit l'espoir renaître. Il regarda autour de lui, s'attendant presque à la voir surgir derrière lui, riant, tournant sur elle-même, lui disant que tout ça n'était qu'une blague.

Howard haussa les épaules. « Un peu avant sept heures. Je me suis levé pour faire le thé. J'arrivais pas à dormir. J'étais pas le seul apparemment.

– Elle a dit quelque chose ?

– Tu veux savoir si elle m'a dit qu'elle partait ? » Il marqua une pause. « Nan. »

Glenn fronça les sourcils. « Alors comment tu le sais ? Qu'elle partait, je veux dire ? »

Howard s'appuya nonchalamment contre le chambranle de la porte. Pour une fois, il ne portait pas sa chéchia. Ses cheveux étaient emmêlés et l'on aurait dit qu'il ne les avait pas lavés depuis des semaines. « J'ai vu son sac, vieux. Il était plein à craquer. Elle avait pas l'air de partir en week-end si tu vois ce que je veux dire. »

Glenn ressentit une douleur intense comme s'il venait de recevoir un coup de pied dans le ventre. La tête lui tournait. Il aimait Bethany. Que s'était-il passé ?

Pourquoi était-elle partie ? « Mais pourquoi t'es pas venu me le dire, bordel ?

– C'est pas mes affaires, répondit Howard en haussant les épaules.

– Qu'est-ce qui se passe les gars ? » Gizmo sortit de sa chambre, affublé de son éternel bandana mais sinon nu comme un ver. Il avait les yeux troubles.

« Mon Dieu ! » Howard mit la main devant ses yeux. « Épargne-nous ce spectacle.

– Quoi ? » Gizmo écarta les mains. « Y a rien de plus naturel que le corps humain. Relax, mon pote. » Il avait dû voir l'expression de Glenn. « Quoi ?

– Bethany a filé, expliqua Howard. Elle a même pas eu le cran de nous dire qu'elle partait. »

Glenn s'en prit à lui. « Elle avait du cran. » Il sentit ses poings se serrer.

La bouche d'Howard se tordit. Il esquissa un sourire. « Ouais, d'accord », dit-il. Il se détourna. « Comme tu voudras. »

Glenn trouva le mot dans la cuisine, posé contre la bouilloire. Elle avait écrit son nom au stylo-feutre bleu sur l'enveloppe et ce détail presque puéril lui fit monter les larmes aux yeux. Comment avait-il pu passer à côté tout à l'heure ? Sans doute parce qu'il cherchait d'abord une fille, pas une fichue lettre. Il déchira l'enveloppe.

Cher Glenn, lut-il. Ça ne marche pas et c'est ma faute. Je rentre à la maison. J'ai passé quatre ans merveilleux, ne va surtout pas croire le contraire. Peut-être ne suis-je pas faite pour cette vie après tout. Et comme tu l'as toujours dit, il faut savoir passer à autre chose pendant qu'il en est encore temps. Alors n'essaie pas de me suivre. C'était super. Mais maintenant, *c'est fini. Je suis désolée.*

Adieu, mon amour. Bethany

Son amour, Bethany. Glenn fixa la lettre mais les mots ne changèrent pas et ne firent pas plus de sens. Si ça ne marchait pas, n'auraient-ils pas pu en parler au moins, n'auraient-ils pas pu essayer de régler les problèmes ? Il regarda autour de lui à la recherche d'un indice. Rien. Pourquoi était-elle partie comme ça ? Il avait l'estomac noué. Il ne savait plus quoi faire. Il ne pouvait pas supporter l'idée de la perdre.

Pourquoi ne lui avait-elle pas donné une chance de la faire changer d'avis ?

34

Lillian décida d'aller se promener sur le front de mer à Lyme. Aujourd'hui, l'air était froid et vif, mais au moins le soleil brillait. C'était aussi une bonne journée parce qu'Amy était de retour. Elle lui avait téléphoné et parlé brièvement avant de prendre son avion et lui avait promis de passer boire un chocolat chaud plus tard. Lillian était impatiente de la revoir. Avait-elle trouvé quelque chose ? Lillian se demandait bien ce qu'Amy pourrait faire de plus qu'un détective privé et elle avait accepté depuis longtemps qu'elle ne découvrirait jamais ce qui était arrivé à Glenn. Mais... dans son esprit, dans son cœur, il restait toujours un « mais ».

Lillian enfila un manteau bien chaud. Ne jamais se laisser berner par le soleil. Elle savait tout de l'illusion et de la réalité à présent. Ne s'était-elle pas bercée d'illusions pendant des années ? Elle songea à toutes les lettres qu'elle avait écrites à Ted Robinson en Amérique, ignorant s'il était encore en vie ou mort, lui dévoilant ses pensées et ses sentiments les plus secrets, comme si les lettres étaient un journal intime. Pauvre petite idiote. Qu'avait-il dû penser quand il était rentré chez lui et les avait lues ?

Lillian sortit de sa maison et se mit à marcher. Elle passerait par le moulin, décida-t-elle, puis continuerait jusqu'à la tour de l'horloge. Elle était vieille mais pas décatie. Il fallait au moins essayer de rester en forme et en bonne santé. Après, c'était Dieu, le Destin ou la Nature qui décidaient. Ce en quoi on croyait en somme. Lillian n'était pas certaine de croire à autre chose qu'à l'amour.

Et il avait lu ses lettres. Il était vivant. Il était rentré en Amérique et les avait lues, toutes. Il aurait pu les ignorer. Sans doute, avec le temps, elle aurait fini par se lasser d'écrire à un fantôme. Elle aurait rencontré un jeune gars comme Johnnie Coombes, l'aurait épousé et serait devenue la femme d'un fermier. Mais non. Elle vit sa sœur mariée et continua à écrire. Puis un jour…

Lillian atteignit la maison rose avec les *bay-windows* sur le front de mer. Elle avait toujours trouvé que cette rangée de bâtisses éclectiques résumait plutôt bien Lyme Regis. De jolis cottages avec des volets blancs, des maisons excentriques avec leurs gouttières élaborées et leurs sculptures autour des portes, des villas gaies et vives rappelant les cabines de plage sur la promenade inférieure, des monstruosités gothiques sombres qui, pour Lillian, ressemblaient à des asiles de fous victoriens.

Elle se souvint du jour où elle avait vu le facteur au portail. Il lui avait dit : « Une lettre pour vous, je pense, jeune demoiselle.

– Pour moi ? »

Il la lui avait tendue et l'espace d'un instant elle crut qu'elle avait arrêté de respirer. Parce que c'était une lettre d'Amérique dans une enveloppe bleue « par avion ». Elle avait laissé échapper un hoquet de surprise, avait examiné l'écriture, car c'était certainement un parent de Ted lui demandant de ne plus écrire de lettres à un homme mort. Elle avait retourné l'enveloppe dans sa main. Elle avait attendu d'être à l'intérieur pour l'ouvrir puis avait étudié l'écriture bien nette.

La lettre était longue et c'était plutôt bon signe. Elle crut que son cœur allait s'arrêter de battre. Elle chercha la signature. « Ted. » Il était en vie. Elle expira car elle venait de se rendre compte qu'elle avait retenu son souffle jusqu'à présent. Il était vivant, après tout ce temps. Elle serra la lettre contre son cœur, monta les marches quatre à quatre pour la lire dans l'intimité de sa chambre. Elle dévora chaque mot. Elle revit son sourire, ses yeux pétillants. Il était vivant.

Salut, petite, avait-il écrit. Ce n'était pas un bon début. Lillian ne voulait pas qu'on la considère comme une « petite ». Elle avait dix-sept ans. Elle avait l'âge de sortir avec des garçons, de tomber amoureuse, d'être courtisée. Elle était une femme. Pas une petite. *Merci pour toutes tes lettres. Tu ne peux pas savoir ce qu'elles représentent pour moi. Je garde un excellent souvenir de mon séjour dans le Dorset et j'y repense avec plaisir.*

Était-ce à Mary qu'il repensait avec plaisir ? se demanda Lillian.

Il ne parlait pas de la guerre. Il parlait de son retour à la maison, de ce que cela avait signifié pour lui, de ce qu'il allait faire à présent. Et Lillian lui répondit.

Bientôt, ils correspondirent régulièrement. Lillian lui parla de ses projets. Elle souhaitait aller dans une école de secrétariat, elle voulait s'établir à Londres, vivre là-bas. Elle évoquait aussi les films qu'elle avait vus, les livres qu'elle avait lus. Et elle parlait également de ce qu'elle ressentait. Sa famille ne la comprenait pas, les gens d'ici avaient l'esprit de clocher, ils n'étaient pas ouverts sur le monde. Leur vie était ennuyeuse. Elle décrivait ce qu'elle éprouvait quand elle marchait seule dans la rue la nuit au clair de lune ou quand elle se promenait dans les champs l'été alors que les moutons gambadaient au soleil, elle lui dit aussi combien elle se sentait seule quand elle se réveillait au cœur de la nuit.

Qu'est-ce que tu veux, Lillian ? lui demanda-t-il dans sa lettre, car il ne l'appelait plus « petite » à présent. *Je veux me sentir vivante*, lui répondit-elle.

Lillian marcha jusqu'au Cobb avant de rebrousser chemin. Elle s'arrêta un instant et sentit le vent dans ses cheveux. Se sentait-elle vivante à présent ? se demanda-t-elle. Certains jours, oui.

Puis, un matin, une autre lettre arriva. Lillian avait dix-huit ans. Cette lettre était une véritable surprise mais la meilleure du monde. Elle l'avait attendue secrètement, en avait rêvé, mais n'avait jamais osé croire qu'elle deviendrait un jour une réalité. Une lettre dans laquelle il l'invitait à le rejoindre en Amérique. Une lettre dans laquelle il la demandait en mariage.

Tu penses sans doute que c'est précipité, Lillian, ma chérie, écrivait-il. Sa chérie ? Pouvait-elle vraiment être sa chérie ? *Mais tu vois, j'ai appris à te connaître à travers tes lettres. En réalité, je suis tombé fou amoureux de toi. Je veux t'épouser. Veux-tu venir jusqu'à moi ? Veux-tu être ma femme ?*

Le voulait-elle ? Lillian n'avait peut-être que dix-huit ans mais elle savait ce qu'elle voulait.

Les mois suivants s'écoulèrent dans une succession de discussions, d'achats, de préparatifs. Ses parents réagirent comme elle s'y attendait puis finirent par céder comme elle l'avait prévu. Et Mary... En fait, Lillian n'avait pas vraiment pensé à Mary. Elle était mariée maintenant, bien sûr, mais...

Lillian marcha plus lentement sur le chemin du retour. Elle avait sa canne, depuis sa chute. Amy avait insisté pour qu'elle en prenne une et elle s'appuya un peu plus dessus. Elle allait rentrer et se préparer un bon thé.

L'Amérique n'avait pas été à la hauteur de ses attentes. C'était plus grand, plus terne et affreusement conventionnel. Et Ted... la magie s'évanouit en une seconde.

Pourtant, elle se souvenait parfaitement de l'expression de son visage quand il avait posé les yeux sur elle. Cette image était ancrée en elle à tout jamais.

« Salut, duchesse », avait-il dit. Déjà l'expression avait disparu. « Ravi de te revoir. » Il l'avait prise dans ses bras, l'avait serrée, mais son étreinte manquait d'enthousiasme. Où étaient l'amour, la passion, l'étincelle dans ces yeux marron chaleureux ? La guerre l'avait-elle changé à ce point ? Ou s'était-il bercé d'illusions ? Qu'est-ce que c'était ? Et Lillian se dit à présent que cela avait aussi été son problème à elle. Une imagination débordante. Il ne se comportait pas comme l'homme de ses souvenirs, il ne lui ressemblait même pas. Pensait-il ce qu'elle pensait ? *Qu'est-ce que j'ai fait... ?*

Ted aussi avait essayé de faire comme s'ils n'avaient pas commis une terrible erreur tous les deux. Il ne serait jamais revenu sur une promesse. Il ne l'aurait jamais renvoyée. Il la présenta à toute sa famille, ses parents, un oncle et une tante, une cousine et son mari – et tous l'accueillirent avec de grands sourires et des muffins à la myrtille. Vraiment, ils n'auraient pas pu être plus gentils. Ted l'avait regardée et avait souri affectueusement. Était-ce pour cela qu'elle avait parcouru tous ces kilomètres, qu'elle avait tout quitté, qu'elle avait laissé ses proches et tous les gens qu'elle aimait ? Pour épouser un homme qu'elle connaissait à peine et qui avait de l'*affection* pour elle ?

Lillian aurait voulu se blottir dans un coin et disparaître. Elle voulait embarquer sur le prochain bateau et rentrer à la maison. Elle voulait crier : « Il y a eu une terrible erreur ! Je ne suis pas à ma place ici, finalement, je ne l'ai jamais été ! » Mais elle n'en fit rien. Elle respira un grand coup et continua. Elle avait pris une décision et ne pouvait plus revenir en arrière. C'était la vie qu'elle avait choisie. Elle répondit aux attentes de la famille, docile comme un agneau.

Ted répondit aussi aux attentes de la famille – hébété, comme s'il croyait qu'un jour il découvrirait au réveil une Lillian métamorphosée en Mary, gloussant sur une échelle avec ses bas en nylon ou le taquinant en lui donnant une petite tape sur le bras et en haussant un sourcil parfaitement dessiné. Mais Lillian n'avait jamais été sa sœur. Elle était complètement différente d'elle, l'avait toujours été. Elle et Ted ne parlaient jamais de leurs lettres, de leurs épanchements, des espoirs et des rêves qui les avaient menés à cette situation. Ils ne parlaient pas de ce qui s'était passé pendant la guerre ; de ce que Ted avait vu, de ce à quoi il avait survécu, et qui les avait pourtant conduits aussi à cette situation. Ils ne parlaient même pas d'eux ou de ce qu'ils voulaient. Ils se contentèrent de préparer leur mariage.

Et un jour, ils se marièrent.

Lillian sortit sa clé de son sac et l'inséra avec précaution dans la serrure. Elle poussa la porte avec son coude et fut aussitôt attirée à l'intérieur par l'ambiance chaleureuse et douillette qui régnait chez elle. Jamais elle ne s'était sentie chez elle en Amérique. Sa maison n'avait jamais vraiment cru en elle ; peut-être savait-elle qu'elle n'était pas la personne qu'elle prétendait être.

Lillian appuya sa canne contre le porte-parapluies. Elle ôta son manteau et le pendit à la patère, résistant à l'envie de saluer verbalement sa maison comme elle aurait salué une amie perdue de vue depuis longtemps. Elle posa ses gants sur le guéridon à l'entrée et enleva ses bottes. Ses pantoufles en fausse fourrure étaient particulièrement engageantes. Elle glissa ses pieds dedans et laissa échapper un petit « ah » de satisfaction.

Et c'est ainsi que Lillian était devenue Mrs Ted Robinson. Ils vivaient dans une petite maison en

Pennsylvanie. Elle était désormais une femme mariée et décida de tout faire pour que ça marche. Elle n'avait pas le choix.

La première fois qu'ils firent l'amour, elle comprit tout de suite qu'elle l'avait déçu, une fois encore. Il y avait quelque chose qu'elle aurait dû faire, quelque chose qui manquait et dont elle ne savait rien. Qu'est-ce que c'était ? Elle n'avait personne à qui demander. Elle ne pouvait certainement pas poser la question à la mère de Ted ou à sa cousine mariée, et elle n'avait pas encore d'amies. Impossible aussi d'écrire à la maison et de demander à Mary. Le pire fut sans doute ce qu'elle ressentit ou plutôt ce qu'elle ne ressentit pas.

Quand ils s'étaient rencontrés dans le Dorset, elle aurait fait n'importe quoi pour une caresse, un baiser du beau GI dans son uniforme kaki élégant. Mais à présent... L'homme qu'elle avait connu, l'homme dont elle était tombée amoureuse, l'homme qui avait courtisé sa sœur, avait disparu. Il n'était tout simplement plus là.

Elle repensa à leurs premières rencontres, se rappela même les phrases de ses lettres, les instants où il lui avait permis d'entrevoir son cœur. Et elle réalisa, de plus en plus horrifiée, qu'il n'avait jamais été là. Ce n'était pas d'un homme dont elle était tombée amoureuse, mais d'un rêve, d'un fantasme. Son fantasme.

Ce qui l'avait attirée dans leur correspondance, c'était surtout sa réaction aux lettres qu'il lui envoyait, son désir d'être aimée, d'être indispensable à quelqu'un. La réalité, vautrée sur elle dans le lit, l'étouffant à moitié, la repoussant avec son haleine pâteuse, ses poils noirs et collés sur ses bras et son torse, le manque de reconnaissance dans ses yeux, était tout autre. Elle n'était pas amoureuse de l'homme dont elle partageait le lit, et lui n'était pas amoureux d'elle. Elle n'aimait même pas l'odeur de sa peau. C'était un homme avec qui elle n'avait aucun lien. Un étranger.

Quelle idiote elle avait été ! Lillian fit claquer sa langue. Elle alla dans la cuisine et mit la bouilloire en route. Pourtant, elle n'avait jamais songé à partir. Déjà à l'époque, elle s'était demandé si c'était sa punition pour ce qu'elle avait fait à Mary.

Quand elle découvrit qu'elle était enceinte, elle espéra avoir une fille. Ce n'était pas très loyal et elle espérait de tout cœur que Glenn ne s'en était jamais douté, mais dans son cœur elle savait que Ted aurait accepté une fille plus facilement, qu'une fille se serait glissée sans mal dans leur cellule familiale fragile et aurait garanti sa stabilité. Tout le monde savait comment les pères étaient avec leurs filles.

Pourtant, quand son enfant vint au monde… quand on déposa ce petit bébé dans ses bras, quand elle regarda ses yeux bleus qui ne voyaient rien encore, quand elle entendit son premier cri, quand elle le sentit chercher son sein réveillant un sentiment à la fois ancien et nouveau au plus profond d'elle-même… alors Lillian ne regretta pas une seconde d'avoir donné naissance à un garçon. Parce que tout le monde savait comment les mères étaient avec leurs fils.

Malgré ce qu'avait fait Lillian, Mary ne coupa pas complètement les ponts avec elle.

Après la mort de leur mère, elle lui écrivit des lettres brèves pour lui donner des nouvelles de la famille. Et bien sûr, elle lui écrivit pour lui annoncer la mort de leur père, et bien que Lillian voulût à tout prix rentrer en Angleterre pour assister à l'enterrement, Ted lui dit que c'était impossible, qu'ils ne pouvaient pas se le permettre, que sa visite devrait attendre. Il se trouve que

Ted n'avait de temps à consacrer à aucun membre de la famille de Lillian. Peut-être pas même à Mary à présent.

En réalité, ils avaient suffisamment d'argent et auraient pu se payer le voyage, mais Lillian ne le savait pas à l'époque. Tout ce qu'elle savait, c'est qu'elle n'avait pas pu dire au revoir à son père comme elle n'avait pas pu dire au revoir à sa mère et c'était sa faute parce qu'elle avait choisi sa vie, choisi Ted, choisi d'aller s'installer en Amérique.

À la naissance de Glenn, la vie de Lillian changea du tout au tout. Après avoir étouffé ses émotions pour accepter ce qu'elle ne pouvait pas changer, Ted et ce qui le hantait, la douloureuse solitude de sa vie dans un endroit où elle n'avait pas sa place, où elle n'aurait jamais sa place, elle les laissa de nouveau s'exprimer avec son bébé. Elle avait un fils à présent et elle consacrerait sa vie à cet enfant.

35

Dans l'avion qui la ramenait en Angleterre, Nell ferma les yeux et pensa à ce que ce voyage lui avait permis d'accomplir. Elle avait au moins appris quelque chose sur sa mère, peut-être rien de vraiment tangible, mais elle avait néanmoins l'impression de mieux la comprendre. En côtoyant Amy, elle avait pu admirer son assurance et son indépendance, deux qualités dont elle se sentait dépourvue et qu'Amy possédait. Elle ouvrit les yeux, remua sur son siège et vit le steward approcher avec le chariot des boissons. Elle s'était fait une amie, une amie sincère et loyale. Elles s'étaient promis de rester en contact, elles ne vivaient pas si loin l'une de l'autre, et Nell assisterait naturellement aux manifestations organisées à Lyme autour du Maroc. Elle était impatiente de voir les photos d'Amy, de revivre leur aventure marocaine.

Nell sortit son porte-monnaie de son sac. Encore plus important, elle avait pris une grande décision pour sa vie professionnelle. La plupart de ses pairs, à l'école de cuisine, avaient eu l'ambition d'ouvrir un jour leur propre restaurant. Lucy avait fait plusieurs tentatives dans ce sens, elle avait même essayé de vendre des crêpes dans une camionnette lors des festivals de musique. Mieux valait travailler pour son compte quoi qu'il en soit que travailler jusqu'à des heures indues pour un patron dans un environnement très exigeant et pour un salaire minable. Mais Nell n'avait jamais eu le courage de se lancer jusqu'à présent. Désormais, elle avait une idée précise de son projet et de l'endroit où elle voulait le mettre en œuvre. Elle sourit au steward. Elle décida de se passer d'alcool et de commander un jus de fruit plutôt. Elle pensa à Callum. Elle lui avait communiqué les horaires de son vol mais serait-il là pour l'accueillir ? Elle n'en avait aucune idée. Qu'il soit là ou non, elle avait beaucoup de choses à lui dire, mieux valait donc avoir les idées claires.

Elle acheta son jus d'airelles rouges et le posa sur la petite tablette. Une autre chose positive lui vint à l'esprit. Le présent étrange mais incroyable d'Hadi, le sage dans les montagnes, un homme qui avait trouvé la paix intérieure au Maroc, qui faisait du thé au safran et connaissait les vertus thérapeutiques de l'épice. Étonnant. Nell sirota son jus. Elle ferait encadrer le parchemin. Il aurait une place d'honneur dans son restaurant, *La Maison du Safran*. Smilax serait de nouveau visible, comme il l'avait souhaité.

Nell regarda par le hublot puis jeta un coup d'œil à sa montre. Le vieil homme sage avait-il eu raison ? Le safran avait-il aidé sa mère à éloigner ses souvenirs les plus sombres ? Si tel était le cas, il était plus important que jamais que Nell continue à cultiver les crocus de safran, qu'elle préserve l'héritage de sa mère, quels que soient les sentiments que lui inspirait son silence.

Encore une heure de vol. Sa visite de la safranière et sa rencontre avec Hadi avaient renforcé sa détermination. Elle allait garder la ferme. Elle n'en redoutait pas moins la réaction des agents immobiliers, des acheteurs. De Callum.

Il était là. Elle le vit à la seconde où elle franchit les portes. Il se tenait bien droit, un peu raide, ses yeux noisette fixaient un point, droit devant lui. Il ne savait pas trop comment se comporter visiblement. Et malgré elle, elle eut un sursaut de plaisir, de soulagement.

« Callum », articula-t-elle en silence. Il la vit, un sourire involontaire se dessina sur ses lèvres mais son air sévère réapparut immédiatement. Elle savait qu'elle l'avait affreusement contrarié et elle ignorait ce qui les attendait ou s'ils pourraient même poursuivre la route ensemble mais...

« Salut. » Elle s'avança vers lui, se mit sur la pointe des pieds et déposa un baiser hésitant quelque part entre ses lèvres et sa joue. Ce qui résumait assez bien la situation, pensa-t-elle.

« Salut, Nell », dit-il. Il s'approcha comme pour l'étreindre mais ses bras retombèrent le long de son corps.

Quel geste terrible. Nell s'appuya contre son torse, sentit sa chaleur, elle voulait retrouver leur amour et leur complicité.

Il recula, prit sa valise.

« Comment c'était ? »

Elle pressa le pas pour le rattraper.

« Bien, très bien. » À part les moments douloureux, pensa-t-elle. À part sa colère, sa peur de le perdre.

« Et qui est cette nouvelle amie, cette Amy qui t'a traînée à l'autre bout du Maroc ?

– Elle est géniale, je suis sûre que tu l'aimerais beaucoup. Et elle ne m'a pas traînée. Je voulais y aller. C'était une occasion à ne pas manquer.

– Pourquoi tu as fait ça, Nell ? » Il attendait toujours.

Ils étaient presque sortis du terminal et se dirigeaient vers le parking. Il faisait nuit et froid.

N'avait-il donc rien entendu de ce qu'elle lui avait dit ? Le plaisir qu'elle avait eu de le revoir commençait à se dissiper. « Parce que je voulais en apprendre plus sur elle, dit-elle, sur maman.

– Nell...

– Quoi ? » Ils s'étaient arrêtés vers l'horodateur. Le moment était peut-être venu de découvrir s'il la connaissait vraiment.

Il soupira. « Je ne vois pas ce que la visite d'une safranière peut t'apprendre sur ta mère. Ce n'est pas parce qu'elle cultivait la même plante qu'elle le faisait pour les mêmes raisons que les gens là-bas. Je crois que ton imagination s'emballe un peu. »

Nell fronça les sourcils. Ce n'était pas ce qu'elle voulait entendre. « C'est plus une dimension spirituelle. » Elle n'attendait pas de miracles. Elle savait que Callum n'était pas spécialement doué pour lire dans les pensées. Mais *lui* avait compris. Hadi, le vieil homme dans les montagnes. Et elle avait le sentiment que l'homme qu'elle avait rencontré à Marrakech comprenait lui aussi. Rafi. Elle ne l'avait pas dit à Amy, mais il lui avait donné son numéro de téléphone. « À l'avenir, peut-être » avait-il dit à voix basse. Et elle, Nell, avait pris le numéro.

Callum cherchait de la monnaie dans les poches de son jean. Il portait une veste en cuir fourrée et de grosses chaussures. Oui, il faisait beaucoup plus froid ici qu'au Maroc. Et elle ne pensait pas uniquement à la température extérieure.

« Alors, qu'est-ce que tu as découvert sur elle ? » demanda-t-il après avoir payé et récupéré son ticket. À moins que ce voyage ait été inutile. »

Nell n'apprécia pas le ton qu'il prenait pour lui parler. Qu'avait-elle découvert ? Que le safran était beaucoup plus mystérieux et plus précieux qu'elle ne l'avait réalisé ce qui rendait le legs de sa mère encore plus précieux. Que sa mère avait été Smilax... fantasque, elle savait. Mais elle avait dans son sac un vieux parchemin qui personnifiait cette image – du moins à ses yeux. Elle avait aussi découvert que le safran avait toutes sortes de qualités et d'applications qu'elle n'avait jamais imaginées. Les secrets de sa mère ne seraient peut-être jamais dévoilés, mais sans doute avait-elle eu de bonnes raisons de garder obstinément le silence pendant toutes ces années. Nell soupira. Elle avait encore du mal à pardonner à sa mère, mais peut-être devrait-elle tout simplement lui faire confiance.

« C'est difficile à expliquer », dit-elle à Callum. En serait-elle capable un jour ? *Il faudrait qu'il soit beaucoup plus réceptif,* pensa-t-elle.

Il appuya sur le bouton pour appeler l'ascenseur. Ils l'attendirent en silence. Ils ne s'étaient pas vus depuis une semaine et ils n'avaient pratiquement rien à se dire.

Qu'allait-il advenir d'eux ? Voulait-elle se confier à lui ? Voulait-elle l'étreindre et faire l'amour avec lui au cœur de la nuit ? Voulait-elle lui raconter tout ce qui lui était arrivé et plus ? Jusqu'à quel point voulait-elle qu'il la connaisse ? L'ascenseur arriva et ils montèrent dedans.

« J'ai réfléchi Nell, dit-il, quand les portes se refermèrent derrière eux. Tu as peut-être besoin d'aide pour te remettre de la mort de ta mère ?

– D'aide ? » répéta-t-elle. Se remettre ?

« Tu sais, tu pourrais consulter une psychologue spécialisée dans le travail de deuil. » L'ascenseur monta de deux étages.

Nell le regarda en clignant des yeux. *Je suis déjà sur la voie,* pensa-t-elle. Il ne s'agissait pas de se remettre mais de trouver un moyen de continuer à vivre sans elle.

« J'ai réalisé qu'il était difficile pour toi de vendre la ferme, c'est normal, c'est là que tu as grandi. »

C'est ma maison. Mais elle ne dit rien. L'ascenseur arriva à destination et les portes coulissèrent. Nell n'avait pas envie de descendre. Dieu sait où l'emmène-rait le cube en métal mais elle ne se sentait pas d'attaque. Elle ne voulait pas affronter le monde. Pourtant, Callum était son mari et elle le suivit. Pour cette fois.

« J'ai réalisé que tu ne pouvais pas te faire à cette idée », enchaîna-t-il. Plus rien ne semblait pouvoir l'arrêter maintenant qu'il était lancé. « C'est pour ça que tu voulais rencontrer les acheteurs… et le reste aussi. » Ils arrivèrent à la voiture et enfin il la regarda dans les yeux. Il déverrouilla les portières et mit la valise dans le coffre. « Je ne vais pas te mentir, j'étais furieux contre toi.

– Ce n'était pas pour ça que je voulais les rencontrer, dit-elle en s'installant sur le siège passager. Je voulais m'assurer qu'ils étaient appropriés.

– Appropriés ? » Il laissa échapper un rire bref, sans joie.

« Mais maintenant ce n'est plus la peine.

– Parfait. » Callum mit le contact. « Plus vite on réglera cette affaire, mieux ça sera. Tu ne veux plus les rencontrer alors ? Quel soulagement. » Il lui tapota la main. « Bien joué, ma chérie. J'aime quand tu es raisonnable. Ah, au fait, j'ai réservé une chambre dans un hôtel. Je ne voulais pas faire la route de nuit jusqu'à la maison. C'est à cinq minutes.

– Je ne veux plus les rencontrer – Nell serra les mains l'une contre l'autre – parce que j'ai changé d'avis.

– Oui ? » Ils se dirigeaient déjà vers la sortie.

Elle prit une profonde inspiration. « Tu vois Callum, je ne veux plus vendre la ferme, dit-elle. Parce que je veux retourner y vivre. »

36

Maroc, 1977

G lenn ne sut pas quoi faire au départ. Il déambula
dans la ville, continuant sans trop y croire à la
chercher. Combien de fois ne crut-il pas voir sa jupe tour-
billonner sur le marché des épices, ses cheveux brillants
parmi la foule qui se pressait dans le bazar des cuirs, son
chapeau mou au milieu des têtes ? Il entendait sa voix
dans un café, se retournait et voyait une étrangère. Une
fois, il suivit une fille pendant plus d'un kilomètre sur
la plage parce que quelque chose dans sa démarche lui
rappelait Bethany.

« Tu te morfonds, on dirait ! » lança Howard un soir
alors qu'ils étaient tous assis à l'intérieur, se réchauffant
autour du brasero. C'était le début du mois de novembre
et les jours raccourcissaient. « Qu'est-ce que t'as,
bordel ? »

Glenn haussa les épaules. Comme les deux autres, il
portait sa veste en laine de lama rêche et comme les deux
autres, il ne pouvait jamais se débarrasser de l'odeur.
Elle ne le réchauffait pas vraiment non plus. Howard
avait raison, il ne se sentait pas très bien. Il était fatigué surtout. Fatigué de vivre ainsi. Peut-être devrait-il
songer encore une fois à rentrer chez lui. Et à vrai dire,
Bethany lui manquait.

« Des nanas, il y en a à la pelle, dit Gizmo. Même si la petite dame, c'était autre chose, je sais. Ça m'a fait quelque chose à moi aussi qu'elle parte comme ça.

– Ça va, ça vient, dit Howard. Bon sang, t'es pourtant bien placé pour savoir à quel point c'est simple de s'enfuir et de tout plaquer, Glenn. »

Salaud. Mais Glenn ne s'intéressait pas aux autres filles et rien n'était simple.

Il allait quitter le « Riad La Vieille Rose », décida-t-il cette nuit-là, alors qu'il était allongé dans son lit, étrangement épuisé, mais incapable de fermer l'œil. Il le fallait. Pas uniquement à cause d'Howard, même si Howard comptait pour beaucoup dans sa décision. Pas uniquement à cause des souvenirs non plus. Il repensait surtout à ce que Bethany avait écrit dans sa lettre. Il faut savoir passer à autre chose pendant qu'il en est encore temps. Très bien. Glenn se dit que pour lui il était grand temps.

Quand enfin il s'endormit, il rêva de Bethany. Et au réveil, il sut ce qui lui restait à faire. Il allait se rendre en Angleterre. La retrouver. Il lui parlerait… Et peut-être… Le problème, c'est qu'il ne pourrait peut-être pas aller plus loin.

Le lendemain matin, Glenn ne se sentait pas mieux. Comme si la culpabilité avait élu domicile dans sa tête – parce qu'il avait refusé de combattre au Vietnam, parce qu'il avait laissé sa mère seule avec son père, affrontant à sa place les conséquences de son geste, parce qu'il avait laissé Bethany partir. Il n'avait pas les idées claires. Pourtant, il fit son sac, ne prenant que l'essentiel, donnant le reste à Gizmo.

« Faut vraiment que tu partes ? » Gizmo le regarda avec de grands yeux tristes.

Glenn hocha la tête même s'il ne quittait pas son ami de gaieté de cœur. « Je t'enverrai une adresse, Giz, dit-il. On restera en contact.

– Ouais. » Le visage de Gizmo s'illumina. « Tu peux revenir quand tu veux. Ou peut-être qu'on se croisera quelque part sur la route.

– Bien sûr. » Pourtant, quand Glenn quitta le « Riad La Vieille Rose », il sut qu'il ne reviendrait jamais.

Un Marocain d'une soixantaine d'années avec des traits forts et marqués, la peau mate et burinée, s'arrêta pour prendre Glenn sur la route qui sortait de la ville. Il portait la djellaba traditionnelle et un pantalon arabe bouffant. Glenn avait espéré qu'il pourrait l'emmener jusqu'à Marrakech. De là, il aurait pu partir pour Fès puis Tanger.

« *Viens* ! Monte. *Asseyez-vous.* » Il avait parlé en français d'abord mais quand il réalisa que Glenn avait quelques notions de berbère et d'arabe, il repassa à son dialecte habituel et Glenn eut le plus grand mal à le comprendre.

« Je m'appelle Moustapha, dit-il. Depuis combien de temps tu vis au Maroc ? »

Glenn se présenta et lui dit qu'il avait vécu dans un riad à Essaouira mais qu'il retournait à présent en Europe, peut-être en Angleterre. Tandis qu'ils roulaient sur la grande route, Glenn regarda une dernière fois la ville d'Essaouira très étendue, la mer couleur vert olive, les dunes au loin et les pins et les lauriers roses malmenés par le vent. La route très large se déroulait devant eux à perte de vue.

« *Metshar-fin*, je suis ravi de faire ta connaissance. Et tu aimes notre pays ? » demanda Moustapha.

Glenn regarda autour de lui l'immense plaine sèche, le désert brun, les montagnes roses et endormies au loin, les pentes parsemées d'eucalyptus. « Beaucoup, répondit-il.

– Et pourtant, tu pars. » Moustapha semblait perplexe. « Tu es anglais ?

– Non, américain.

– Tu as visité beaucoup de pays loin de chez toi ?

– J'ai beaucoup voyagé, oui. » *Chez lui*. Ça paraissait si loin. Parfois Glenn avait l'impression de ne plus vraiment se souvenir.

« Il y a un endroit pour toi quelque part, dit Moustapha. *Inch'Allah*. Si Dieu le veut. Qu'est-ce que tu cherches ? »

Glenn cligna des yeux. Bonne question. Avait-il cherché l'amour ? Pas vraiment. Pourtant Bethany était entrée dans sa vie et l'avait complètement chamboulée. Avait-il cherché une expérience spirituelle ? Non. L'Inde était un pays intéressant mais la méditation n'avait jamais été son truc. Ou s'était-il juste échappé, avait-il juste pris la fuite ? Howard avait-il raison ? S'agissait-il juste de cela ?

« Peut-être que tu cherches quelque chose en quoi tu pourrais croire ? » Moustapha hocha sagement la tête.

Glenn réfléchit. « Oui, c'est peut-être ce que je recherche. » Ce type avait Allah. Les chrétiens avaient Jésus-Christ. Qu'avait Glenn ? Il était athée. Il ne croyait pas en Dieu. Surtout pas en un Dieu qui permettait les guerres, la souffrance et la mort d'innocents. Alors, à quoi pouvait-il croire si ce n'était à l'amour ?

« *La. Shi ba ma kain*. Il n'y a pas de mal à ça », dit Moustapha l'air pensif.

Au bout d'un moment, le paysage devint plus agraire. Il y avait plus de plantes, des oliveraies, un tracteur au milieu d'un champ. Et de temps à autre, ils passaient devant un petit village bordé de palmiers avec des cahutes en bord de route qui vendaient des fruits et des légumes dans des cagettes et des paniers, des haricots secs et des lentilles dans des boîtes en étain ; il y avait aussi un café, de petites maisons et une mosquée couleur cuivre dont le toit était couvert de tuiles vertes vernissées. Des vaches et des chèvres broutaient au bord de la route et des ânes tirant des charrettes remplies à ras bord avançaient sur la chaussée, le plus près possible de l'accotement. Ils passèrent devant des lits de rivière à sec, où des villages avaient été abandonnés, et quand Glenn interrogea Moustapha, il lui répondit que les gens étaient partis chercher du travail ailleurs. On était en novembre mais le soleil brillait encore et Glenn sentit l'odeur du thym sauvage qui poussait au bord de la route et sur la montagne. Son parfum poivré et citronné, porté par la brise, flottait dans l'air environnant jusqu'à l'habitacle du camion dont les vitres étaient ouvertes.

« Tu as de l'argent ? lui demanda Moustapha. Tu as besoin de travailler ? Je pourrais te donner une ou deux semaines de travail pour t'aider à payer ton voyage.

– Quel genre de travail ? » Un peu d'argent en plus serait naturellement bienvenu, mais à présent qu'il avait pris la décision de partir, il voulait s'y tenir et était pressé d'en finir. Il était hésitant.

« Je vis avec Fadma, ma femme, dans un petit village au pied des montagnes de l'Atlas, dit Moustapha. On a besoin de main-d'œuvre à la ferme à cette époque de l'année. Et Fadma et moi serions très honorés si tu venais partager notre repas ce soir. Ma femme, elle adore cuisiner et...

– Merci, mais je dois poursuivre ma route. » Il remua sur son siège. Il ne pouvait pas supporter l'idée d'être retardé encore.

« Comme tu voudras. »

Glenn réalisa qu'il avait été un peu sec, impoli même. « Pardonnez-moi, mais...

– Je comprends. » Moustapha inclina la tête. « Tu n'as pas le temps. Les jeunes n'ont plus le temps aujourd'hui, je pense. »

Glenn regarda par la vitre la poussière pâle et graveleuse de la plaine hérissée de cactus et de bambous. Bien sûr qu'il avait le temps. Il avait du temps à revendre même. Et il avait besoin de cet argent. Il avait dit qu'il allait en Angleterre mais à quoi bon ? Bethany ne voulait pas qu'il la suive. C'est ce qu'elle avait écrit dans la lettre qu'elle lui avait laissée. Il aurait pu rendre visite à sa tante Mary, la sœur de sa mère, mais en avait-il vraiment envie ? Était-il prêt ? En cet instant précis, accablé par des maux de tête intenses, Glenn ne se sentait prêt à rien. « Je serais très honoré de venir chez vous, dit-il à Moustapha. *Shukran*. Merci. Et effectivement, j'ai besoin de travailler. Vous êtes très gentil. »

Les yeux de l'homme s'illuminèrent. « *Wakha*. Comme tu veux », dit-il doucement et il adressa à Glenn un sourire édenté avant de reporter son attention sur la route. Glenn se détendit. Quelle différence cela ferait-il de rester une semaine de plus ? Aucune quand on était sur la route. Et peut-être que la semaine suivante, il se sentirait plus d'attaque pour entreprendre le voyage.

« Bientôt les premières neiges vont tomber sur les montagnes, lui dit Moustapha. Et le vent, il va souffler jusqu'à nous depuis les sommets. »

L'hiver. Glenn ferma les yeux quand ils atteignirent les contreforts roses et poudreux de l'Atlas. Il ignorait où ils allaient. Il avait remis son sort entre les mains de cet homme mais Dieu seul savait où il l'emmenait. Il repensa à un livre qu'il avait lu à l'université. Il y était question d'un jeune voyageur, qui se lia d'amitié avec un habitant du Caire. Celui-ci l'invita à un somptueux festin et le jeune voyageur se fit dépouiller de tous ses biens durant la nuit, alors qu'il dormait à poings fermés après avoir trop bu. Ce n'était pas exactement une intrigue originale. Mais c'était une fable dont la morale aurait pu être « à quelque chose malheur est bon » car le jeune voyageur fut ainsi contraint d'entreprendre un périple différent. Un périple plus inspirant et fructueux. Glenn ouvrit un œil. Il avait l'avantage de ne pratiquement rien avoir sur lui et il suffisait de le regarder avec ses cheveux longs, son jean effiloché et ses Clarks usées pour s'en rendre compte, il n'avait rien à craindre.

Il avait dû s'endormir un moment car, quand il se réveilla, le camion s'était arrêté dans la poussière devant une petite maison en torchis avec clayonnage dans un *derb* rural somnolent regroupant plusieurs maisons plus ou moins identiques. Elles avaient toutes la même teinte rosâtre que les montagnes. Un immense arbrisseau de romarin poussait devant la porte. Deux poulets errants déambulaient dans la rue et un chien se mit à aboyer tout près de là. « Viens. »

Glenn prit son sac à dos et suivit Moustapha. Il gravit les marches taillées dans la terre rose-marron. Il se baissa pour franchir le seuil et se retrouva à l'intérieur. Il régnait dans la maison la même odeur animale qu'à l'extérieur, un mélange de crottin et de foin, mais elle se mêlait au parfum de la menthe fraîche et à celui de la viande en train de cuire. L'endroit était petit, dépouillé, percé de fenêtres étroites et doté d'une charpente en bois. Glenn se dit que le confort devait être minimal en hiver même si un feu brûlait déjà. Les murs épais étaient recouverts d'un enduit grossier et équipés de crochets en bois pour suspendre quelques objets décoratifs. Glenn vit un couteau avec une lame courbe, un instrument de musique primitif similaire au *guembri* et une peau de mouton. Dans la pièce à vivre, il y avait des coussins, une table basse et un tapis usé sur le sol en pierre et en terre. Une petite femme sortit d'une autre pièce.

« C'est ma femme, dit Moustapha. Elle ne parle que l'arabe

– *Metshar-fin*. » Glenn parla en arabe et baissa la tête respectueusement, se demandant si c'était bien ce qu'il fallait faire:

Fadma l'imita mais ne parla pas, ni en arabe ni dans une autre langue. Glenn avait croisé de nombreuses femmes comme elle au Maroc ; les femmes semblaient plus attachées aux traditions, les hommes sortaient davantage et paraissaient plus ouverts au changement. Mais Glenn n'aurait pas su dire si c'étaient vraiment les femmes qui décidaient de vivre ainsi. Fadma portait la longue djellaba traditionnelle avec la capuche repliée sur son front si bien que l'on ne voyait que ses yeux soulignés de noir, et elle était pratiquement silencieuse mais hochait souvent la tête, lui faisait des signes pour se faire comprendre et ses yeux noirs étaient aimables. Elle sentait l'eau de rose, elle aussi, ce qui était déconcertant car ça lui rappelait Bethany. Non pas qu'il eût besoin de cela pour penser à elle.

Moustapha disparut à l'extérieur pour se laver. « Nous devons être propres pour prier », dit-il doucement, et quand il revint, il étendit son tapis, orienté vers La Mecque, et commença la prière. Glenn resta pratiquement immobile sur les coussins. Il avait si peu d'énergie. Il avait presque l'impression qu'il ne pourrait jamais se relever. Fadma apporta du thé à la menthe, qu'elle versa dans de minuscules tasses, puis, plus tard, un tajine d'agneau avec du citron et des olives servi dans le pot conique en terre cuite qui lui était si familier à présent.

Bethany avait même acheté un tajine berbère en terre cuite pour cuisiner au riad. Bethany. Tout le ramenait à elle.

« *Bismillah* », murmura Moustapha. Merci à Allah. Puis : « Mangez, s'il vous plaît. » Fadma ne mangea pas avec eux. Glenn savait que ce n'était pas toléré. Les femmes vivaient dans des mondes séparés, protégés des hommes selon la tradition dictée par la coutume et la religion, les deux étant inextricablement liées.

Les deux hommes s'assirent sur des coussins à même le sol et mangèrent avec les doigts, de la main droite, se souvint Glenn, et quand ils eurent terminé, Fadma débarrassa le tajine et les assiettes, enleva la nappe sur la table basse, en découvrant une deuxième au-dessous, et rapporta du thé à la menthe et un plateau avec des pâtisseries au miel et du caramel.

Glenn ne s'était jamais senti aussi lourd et aussi somnolent. « *Shebaat* », dit-il. Merci. Fadma réapparut, cette fois avec de l'eau et des serviettes. Glenn se sentit coupable. Quand allait-elle enfin pouvoir manger ?

« Je vais te montrer où tu peux dormir, dit Moustapha. Il y a de la place dans nos cœurs pour toi alors il y a aussi de la place pour toi dans notre maison. »

Glenn n'eut pas la force de protester. Peu lui importait en cet instant qu'on le dépouille ou non de tout ce qu'il possédait. Il laissa Moustapha le conduire jusqu'à la chambre, lui montrer où il pouvait se laver. Il ne se souvint pas vraiment de ce qui se passa ensuite.

*

Le lendemain matin, Glenn se réveilla dans son lit étroit avec un goût de bile dans la bouche et la tête dans un étau. « Mon Dieu », marmonna-t-il. C'était la pire gueule de bois qu'il ait jamais connue sauf qu'il n'avait pas bu une goutte d'alcool. L'aurait-on drogué ? Était-ce possible ?

Il essaya de se lever mais il n'en trouva pas l'énergie. Puis il dut se rendormir car quelque temps plus tard, il se réveilla et vit Moustapha debout à côté du lit, ses yeux marron pleins d'inquiétude. « Tu es malade ? demanda-t-il.

– Non, non... »

Moustapha posa sa paume large et plate sur le front de Glenn. « Tu es malade, annonça-t-il. Tu ne peux pas travailler. Je vais chercher Fadma. »

Et Glenn réalisa que c'était vrai. Il n'était pas drogué. Comment avait-il pu penser une chose pareille alors que ces gens étaient si gentils ? Il était malade. Il ne s'était jamais senti aussi malade. Il avait chaud, il transpirait, un mal de tête atroce lui vrillait le crâne, et il se sentait incapable de se lever. Il se souvint vaguement qu'il était mal fichu ces derniers jours mais il lui était difficile de se rappeler quoi que ce soit. Cela ne faisait qu'accroître son mal de tête. Il devait couver son mal. Merde. Et maintenant, il était coincé au milieu de nulle part, incapable de travailler comme il l'avait prévu, incapable de rejoindre Bethany et l'Angleterre, incapable de bouger.

37

« Vivre là-bas ? Comment pouvons-nous vivre là-bas ? » Callum était perplexe. Il avait toujours les mains sur le volant mais ses yeux allaient de Nell à la route, et de nouveau à Nell.

« Je ne veux pas la vendre, expliqua Nell. Je veux…
– Et nos projets alors ? »

Nell ne sut pas quoi répondre. Le reproche implicite de Callum se dressait entre eux. Elle se dit que ce n'était peut-être pas le bon moment d'aborder le sujet, il était déjà une heure du matin.

Après avoir quitté l'aéroport, Callum avait conduit jusqu'à l'hôtel : un bâtiment vaste, indifférent, anonyme. Nell l'avait suivi dans le hall bien éclairé, qui semblait chercher à faire croire que c'était encore le jour. Le vol qu'elle avait réservé au départ arrivait à quinze heures. L'avion qu'elle avait pris finalement avait atterri après minuit. Raison de plus pour Callum d'être en colère ! Et de Bristol, il y avait trois heures de route jusqu'à chez eux.

« Et nos projets alors ? » répéta-t-il dès qu'ils furent dans la chambre. Il enleva son blouson et le posa sur le dossier d'un fauteuil.

Nell s'assit sur le lit et déroula son écharpe. La chambre était propre et confortable. Et peut-être était-ce préférable d'avoir cette conversation dans l'ambiance impersonnelle d'une chambre d'hôtel. « Je ne veux pas vendre la ferme, Callum, dit-elle. Elle est trop importante pour moi. Je veux y vivre.

– Mais tu veux vendre notre maison ? » Il avait le regard froid.

« Je ne sais pas. » Tout dépendait en fait de l'avenir de leur couple. « Je pensais, j'espérais, j'avais l'idée… » Sa voix flancha. Comment allait-il le prendre ? « Je voulais ouvrir un restaurant dans la ferme. »

Il la fixa. « Quoi ?

– Je pourrais me spécialiser dans la cuisine marocaine. J'ai vraiment adoré. » Elle vit bien qu'il trouvait l'idée complètement folle. Et c'est vrai que l'idée paraissait folle dans cette chambre d'hôtel au milieu de la nuit, en plein cœur de l'hiver anglais. « Et je pourrais l'appeler *La Maison du Safran.* » Elle eut un petit haussement d'épaules.

« Un restaurant ? » Il s'approcha du lit. « Mais c'est une maison, Nell.

– En fait, j'envisageais d'ouvrir un restaurant éphémère, on appelle ça un pop-up restaurant », dit-elle d'une voix un peu hésitante. Elle enleva sa veste, la plia et la déposa sur le lit à côté d'elle. « Dans la salle de séjour. » De ce qui serait sa nouvelle maison, ou leur nouvelle maison. « Elle est assez grande. » Tout juste.

« Et notre maison ? » demanda-t-il.

Nell se mordit la lèvre. « On pourrait la louer ?

– Bon sang, Nell ! » Callum alla se poster devant la fenêtre. Les stores étaient encore ouverts et elle vit les lampadaires diffusant une lumière orange devant l'hôtel, illuminant les trottoirs gris luisant à cause de la bruine qui était tombée. Il n'y avait aucun arbre en vue, seulement des voitures garées, du béton et du goudron. C'était une vue déprimante, bien différente de celle qu'elle avait laissée au Maroc. Et bien différente de ce qu'elle aimerait créer dans la ferme à Roseland.

En regardant le dos furieux de Callum, elle eut soudain envie de l'étreindre. « Le loyer nous permettrait d'avoir un revenu supplémentaire, dit-elle. Le temps que tout se mette en place. » Elle ne l'avait jamais cru intéressé par l'argent… jusqu'à ces derniers temps. Mais peut-être pensait-il à eux ? À leur avenir ?

« Qu'est-ce que c'est qu'un pop-up restaurant au fait ? grogna-t-il.

– C'est un restaurant éphémère, non permanent. Il surgit de nulle part en quelque sorte. »

Il ne rit pas et elle ne pouvait pas vraiment lui en vouloir.

« Il y a plein de gens qui font ça, surtout à Londres. » Nell tenta d'injecter dans sa voix tout l'enthousiasme qu'elle avait pour ce projet, mais c'était difficile car elle se demandait en même temps si leur couple allait survivre à tout ça.

« On n'habite pas à Londres, Nell.

– Mais en matière de cuisine, ce qui naît à Londres se propage ensuite au reste du pays, dit-elle. Il n'y a pas que les chefs professionnels qui font ça d'ailleurs.

– Vraiment. » Le ton de sa voix était sans équivoque. Il se fichait pas mal de savoir qui ouvrait des restaurants éphémères.

« Il y a toutes sortes de gens, poursuivit-elle malgré tout. Des gourmets qui veulent mettre un pied dans l'industrie de la restauration. Tous ceux qui se considèrent comme des chefs cuisiniers en herbe. » Si eux pouvaient le faire, qu'est-ce qui l'empêchait de se lancer, c'était son métier après tout.

« Hum. » Ce n'était qu'un grognement mais elle décida de l'interpréter comme un signe positif.

« Des restaurants nocturnes avec danse et spectacles ouvrent partout et il faut bien reconnaître que grâce à Internet on peut facilement se faire connaître et sans trop dépenser. » Nell avait même eu l'idée de profiter de l'exposition sur le Maroc d'Amy à Lyme pour lancer sa petite affaire. Ce serait une nouveauté. Et une fois qu'elle aurait attiré des clients… il faudrait que la nourriture soit suffisamment bonne pour leur donner envie de revenir.

Callum avait les poings serrés. « Ce n'est pas ce qu'on avait décidé », dit-il.

Nell se leva du lit et vint se poster derrière lui. Un peu hésitante, elle enroula les bras autour de sa taille et se blottit contre son dos. « Je sais, dit-elle. Et je suis désolée. » Mais la vie était ainsi. Elle évoluait, se développait et vous encourageait à faire de nouveaux projets – constamment. Elle vous persuadait finalement – n'est-ce pas – de laisser les anciens plans prendre la poussière dans le coin d'une pièce vide.

« On avait dit qu'on vendrait la ferme. On avait dit qu'on s'achèterait une nouvelle maison. » Elle percevait encore sa colère. Mais sa voix s'était adoucie.

« Je sais. Et je pensais vraiment pouvoir le faire. Et puis j'ai réalisé… » Sa voix était assourdie par le pull de Callum. « … que je ne pouvais pas. » C'était le seul lien qui lui restait avec sa mère. C'était important.

Il se retourna. Il la prit par les épaules et la regarda, attentivement, comme il le faisait autrefois, comme il ne l'avait plus fait depuis longtemps, réalisa-t-elle. « Ce n'est pas si facile que ça de transformer une maison en restaurant, Nell, tu sais, dit-il. Il faut un permis de construire. Il faut vraiment bien réfléchir.

– D'où l'intérêt d'ouvrir un restaurant éphémère. Tu n'as pas besoin de permis de construire. Tu le fais dans l'espace dont tu disposes. » Soudain, elle eut un élan d'optimisme. C'était peut-être fou, mais…

« Et tu t'imagines vivre dans un endroit où des gens viennent manger tout le temps, dit-il. Comment veux-tu avoir un moment de tranquillité ? » Il secoua la tête, au désespoir. « J'ai une entreprise à gérer, moi aussi, tu sais.

– Je sais.

– En plus, la ferme est en pleine cambrousse. Qui va bien vouloir venir manger là ? »

Nell ne releva pas la contradiction. Elle était simplement heureuse d'avoir cette conversation avec lui. « Ce n'est pas loin de St Mawes et guère plus loin de Truro, dit-elle. Une fois que nous aurons établi notre réputation, les gens voudront venir jusqu'à nous. » Elle réalisa que, quelque part dans cette chambre d'hôtel, quelque part dans cette discussion – parce qu'enfin ils parlaient, ils parlaient vraiment –, de « je » elle était passée à « nous ». Il fallait qu'elle ait confiance, confiance en ses capacités. Et il fallait qu'elle reste confiante. C'est ce que lui avait appris Amy. Ce n'était pas bien de s'avouer vaincu avant même d'avoir entrepris quoi que ce soit. Pour ce qui était des moments de tranquillité… elle gérerait le moment venu.

« Je ne sais pas, Nell », dit Callum. Mais son regard cherchait le sien comme s'il recommençait à croire en elle, enfin.

« Je sais que ça ne va pas être facile. » Naturellement, elle aurait des obstacles à surmonter avant de pouvoir réaliser son projet. Le principal étant que Callum semblait presque haïr la ferme, comme si c'était une rivale. Comment pourrait-elle la lui faire aimer ? Cela lui paraissait impossible. « Tu ne trouves pas que ça vaudrait le coup d'essayer ? »

Nell sentit les mains de Callum se resserrer autour de ses épaules. « Peut-être », marmonna-t-il.

« Tu le penses vraiment, Callum ? » Elle leva son visage vers lui. « Tu penses vraiment que ça vaut le coup d'essayer ? »

Il lâcha ses épaules et prit sa tête dans ses mains. Comme toujours, ses mains étaient chaudes et semblaient sentir la terre avec laquelle il travaillait.

Elle ferma les yeux et s'approcha. Elle sentit la force de son corps comme un aimant et s'approcha un peu plus jusqu'à ce qu'elle soit collée contre lui. *S'il vous plaît, s'il vous plaît... Pourvu que ça marche...* Elle ne voulait pas le perdre. Elle ne voulait pas renoncer à tout ce qu'ils avaient vécu.

« Si c'est si important pour toi... » Il baissa la tête. « ... Alors oui, je veux bien essayer. »

Et il se mit à l'embrasser. L'embrasser vraiment. La bouche, les lèvres, la langue. Elle retrouva son goût, son odeur, qui lui étaient si chers, si familiers. Elle sentit quelque chose se déverrouiller en elle et se remettre en place. À une place différente. Elle l'étreignit avec passion, peut-être née du désespoir, mais pourtant bien réelle. Quelques secondes plus tard, il arrachait ses vêtements, elle arrachait les siens, ressentant tous deux le besoin d'être peau contre peau. Elle voulait le sentir à côté d'elle, sur elle, en elle. Faisant partie d'elle.

Plus tard, ils dormirent. Il était presque dix heures quand Nell se réveilla et Callum dormait toujours à côté d'elle, les cheveux ébouriffés et noirs sur l'oreiller blanc, le visage paisible. Voilà bien longtemps qu'elle n'avait pas vu ses traits aussi détendus.

Avait-elle vraiment pu le convaincre aussi facilement ? Nell s'appuya sur le coude pour mieux le regarder. N'y avait-il fallu qu'un court débat et un accouplement frénétique ? Oui, frénétique et désespéré aussi. Douloureux émotionnellement – ça faisait si longtemps – mais étrangement revigorant en même temps. Quand Callum s'était rallongé à côté d'elle, il l'avait serrée dans ses bras et elle avait pleuré contre son épaule.

« Je pensais que tu ne voulais plus de moi, dit-il quand il se réveilla. Je pensais que tu m'en voulais.

– Pourquoi t'en aurais-je voulu ? » Elle passa les doigts dans ses cheveux. Comme Callum, ils étaient plus doux qu'ils n'y paraissaient.

« De t'avoir fait quitter la ferme d'abord. Et puis à cause de la mort de ta mère.

– Mais tu ne m'as pas obligée à quitter la ferme », dit-elle. Il est vrai que si Callum n'était pas entré dans sa vie, elle n'aurait pas déménagé. Ou peut-être que si. Peut-être aurait-elle dû déménager il y a longtemps. Et elle espérait que sa mère l'aurait volontiers laissée partir. *Smilax*, pensa-t-elle à nouveau. Pauvre crocus, piégé à tout jamais dans la fleur, les filaments dorés et flamboyants contenant toute son ardeur. Smilax ne voulait pas de lui mais elle ne voulait pas le libérer non plus.

« Je ne t'en veux absolument pas, Callum. Je suis contente qu'on se soit rencontrés, qu'on ait emménagé ensemble et qu'on se soit mariés. Et maintenant, j'ai besoin de toi, plus que jamais. »

Et quand il l'embrassa à nouveau, quand il la tint dans ses bras et lui refit l'amour, plus tendrement cette fois, Nell pria en silence pour que tout cela fût vrai.

38

« **A**my ! » Duncan se leva de son fauteuil et avant qu'Amy n'ait pu faire quoi que ce soit, elle se retrouva dans ses bras.

« Salut, Duncan. »

Enfin, il la lâcha. Il posa les mains sur ses épaules et recula un peu pour mieux la regarder. « Tu es rentrée quand ?

– Hier soir. » Elle était passée chez ses parents et avait dîné rapidement avec eux. Comme d'habitude, ils étaient très occupés et sa mère s'était levée deux fois pendant le repas pour répondre au téléphone. Son père avait l'air en forme même s'il avait sauté le dessert et disparu dans son bureau pour travailler sur l'ordinateur à la place. Mais au moins connaissait-elle ses deux parents, pensa-t-elle. Au moins n'était-elle pas hantée par des questions sans réponse.

« Tu as trouvé quelque chose, ma chérie ? lui demanda sa mère quand elle se leva pour partir. Sur Glenn ?

– Pas vraiment. » Elle n'avait pas trouvé Glenn. Pourtant elle avait le sentiment d'avoir trouvé des réponses et elle avait aidé Nell dans sa quête aussi. Elle embrassa sa mère et lui donna l'accolade. « Mais c'était un beau voyage. Tout s'est bien passé. Et j'ai rencontré une fille super.

– Une fille super ? » Sa mère fit semblant d'être déçue.

« Allons, maman. » Et elle lui parla de Nell. Comment allait-elle ? se demanda Amy. Comment s'étaient passées les retrouvailles avec Callum ? Lui avait-elle parlé de ses projets ? C'était bien beau de partager la vie de quelqu'un, pensa-t-elle, mais encore fallait-il qu'il partage ses rêves. Quand l'un voulait une chose et que l'autre voulait quelque chose de complètement différent, comment faisait-on ? On faisait des compromis ? On s'en allait ?

« Est-ce que papa et toi avez toujours voulu la même chose ? Vous aviez les mêmes rêves ? » demanda Amy à sa mère. À présent, ils semblaient très unis. Pourtant, elle se souvenait parfaitement de leurs disputes dans la nuit qu'elle entendait blottie dans son lit. À l'époque, ça n'allait pas entre eux. Si l'on avait les mêmes rêves que l'être aimé et que malgré tout les choses tournaient mal, quel espoir y avait-il ?

« Oui », répondit sa mère sans hésiter. Et Amy vit dans ses yeux sombres un soupçon de mélancolie, un regard qu'elle ne lui connaissait pas. « Même si nous n'étions pas toujours d'accord sur la façon d'y parvenir. Et puis les choses ne se passaient pas toujours comme prévu aussi. » Elle sourit. « Ça arrive dans un couple, il y a des hauts et des bas. Ça ne marche pas toujours comme sur des roulettes. Parfois, il faut vraiment s'accrocher pour tenir le coup. »

À quoi pensait-elle ? À l'époque où son père avait quitté son poste d'enseignant ? À l'hôtel dont la fréquentation n'avait pas été à la hauteur de leurs espoirs au départ ? Ou y avait-il autre chose qu'Amy ignorait ?

« Mais c'est comme ça quand on forme une équipe. » Elle serra Amy dans ses bras. « Tu connaîtras ça toi aussi. Dans une équipe, chacun apporte quelque chose. On se dispute, on fait des compromis. Mais tes rêves… »

De nouveau ce regard. « Si tu as de la chance, ils restent les mêmes. »

« Je suis content de te revoir, dit Duncan. Assieds-toi. Raconte-moi tout. Tu as pu prendre de belles photos au Maroc ?

– Pas mal, oui. Je me suis un peu emballée même.

– T'es passée dans ton atelier ? » La question semblait innocente mais Amy fronça les sourcils.

« Non, pourquoi ?

– Ah non, comme ça. Jake travaille là-bas naturellement et…

– J'imagine », répliqua-t-elle sèchement. Elle ne savait pas comment elle allait réagir quand elle le reverrait. C'était déjà suffisamment difficile d'affronter Duncan qui devait être au courant du voyage impromptu de Jake au Maroc. « Ça avance bien ? »

Duncan s'assit sur le bord de son bureau et tira sur les manchettes de sa chemise blanche. C'était un type bien, mais elle réalisa qu'elle n'avait fait qu'effleurer la surface de son être tout comme lui avec elle d'ailleurs. Amy ne savait pas vraiment ce qu'il pensait, ce qu'il ressentait, ce qui le passionnait. Elle se souvint de ce que Nell lui avait demandé. *Comment peux-tu savoir si quelqu'un te connaît vraiment ?* Amy connaissait la réponse à cette question dans le cas de Duncan. Tu parles de rêves communs !

« Ce n'est plus de mon ressort, dit-il. J'ai attaqué la programmation pour l'été prochain. » Il lui parla de différents événements et expositions, Amy se contentant de hocher la tête, sans vraiment enregistrer ce qu'il disait.

« Et à propos de nous…

– Hein ? » Amy fut prise au dépourvu. Elle croyait que c'était réglé.

« On était bien ensemble », murmura-t-il. Il posa sa main sur les siennes.

« Jusqu'à un certain point », dit-elle. Point au-delà duquel des sentiments auraient pu naître. Jake avait raison. En sortant avec Duncan, elle avait opté pour la facilité parce qu'elle avait peur de perdre ce qu'elle aimait.

« On travaillait bien ensemble aussi...

– Oui... » Même s'ils n'avaient jamais vraiment été à égalité. Duncan serait toujours le boss et elle serait toujours sa subordonnée. Ce qui n'était pas bon dans une relation personnelle, pas quand on voulait l'égalité. Amy pensa à Nell. Et à Francine. Parfois, elle regardait Francine avec ses enfants et son mari, Mike, et elle se demandait si elle passait à côté de quelque chose. Était-elle condamnée à être seule, ou trouverait-elle quelqu'un qui lui donnerait ce que Francine avait ? *Si tu as le courage*, murmura une petite voix.

« Je n'ai pas assez pris soin de toi, dit Duncan en affichant un air sombre.

– Je suis une femme Duncan, dit-elle. Pas une BMW. »

Ils se mirent à rire.

« En tout cas, si tu changes d'avis... » Il passa le bras autour de ses épaules.

« Je ne changerai pas d'avis », assura-t-elle. Mais au moins avaient-ils tous les deux le sourire.

On toqua à la porte qui s'ouvrit avant qu'Amy n'ait eu le temps de se dégager. La tête de Jake Tarrant et ses cheveux noirs et hirsutes apparurent dans l'embrasure. « Je vous dérange ? » demanda-t-il doucereusement.

39

Glenn n'avait jamais vraiment été malade auparavant. Il avait certes attrapé quelques maladies infantiles, des grippes et des bronchites de temps
à autre. Des maux dont on se remettait vite et que l'on
oubliait aussitôt. Il avait eu une intoxication alimentaire
en Inde aussi. Il avait eu les intestins irrités pendant un
bon moment à Goa. Mais il savait ce que c'était et que
cela allait finir par partir. Cette fois, c'était différent.

Les premiers jours, il ne quitta pas son lit. Il ignorait ce
que c'était et avait l'impression que le mal s'était installé
pour toujours. Comme si la maladie était devenue une
part de lui. Il avait des nausées, la tête dans un étau,
et planait encore plus que lorsqu'il fumait du haschisch.
Ses membres étaient lourds, ils semblaient avoir oublié
comment fonctionner, et il n'avait pas les idées claires.

Fadma et Moustapha s'occupaient de lui. Fadma lui
faisait du thé. Dieu sait ce qu'il y avait dedans, une
herbe de la région, sans doute. Le breuvage, bien que
sucré, avait un goût immonde. Parfois il se réveillait et
la trouvait accroupie à côté de son lit, le regardant avec
des yeux tristes. Elle avait un linge en flanelle humide
qu'elle posait sur son front couvert de sueur. Mais dès
qu'il se réveillait, elle quittait la pièce, aussi silencieuse

qu'une ombre. Le matin et le soir, elle lui apportait de la soupe, une sorte d'harira fade, sans viande. Il essayait d'en manger mais abandonnait en général au bout de quelques gorgées. Cela lui demandait trop d'efforts. Glenn savait qu'il était en train de perdre la notion de l'espace et du temps. Et pourtant quelque chose suintait dans sa conscience, quelque chose d'autre, quelque chose qu'il ne comprenait pas vraiment.

« Il faut que tu reprennes des forces, lui dit Moustapha. Il faut que tu manges. Il faut que tu retrouves la santé.

– Ne vous inquiétez pas. Vous serez bientôt débarrassés de moi », répondit Glenn au prix d'un immense effort. Le moindre mot prononcé l'épuisait. Il ne pourrait jamais travailler pour lui, pas dans cet état.

Pourtant Moustapha secoua tristement la tête. « Ce n'est pas ça, dit-il. On avait un fils, Fadma et moi, et Dieu nous l'a repris. S'il avait survécu, il aurait le même âge que toi maintenant, je pense. On ne veut pas perdre un autre garçon, même si ce n'est pas le nôtre. Fadma sait que tu as une mère quelque part. Elle pense à elle. »

Glenn sentit les larmes lui monter aux yeux. Mon Dieu, qu'il devait être faible ! Il voulait demander à Moustapha ce qui était arrivé à son fils, mais il n'en avait pas l'énergie. Il y repensa, cependant, allongé dans son lit, somnolant parfois ou fixant le plafond en charpente comme s'il pouvait lui dire quelque chose, lui révéler quelque vérité. C'est pour ça que Moustapha avait été si gentil avec lui sur la route, qu'il lui avait proposé du travail et qu'il l'avait invité à manger chez lui. Et ensuite, Glenn était tombé malade. Pas étonnant que Fadma l'ait soigné comme elle le pouvait, tout en respectant les usages imposés par sa foi. Pas étonnant qu'ils veuillent à tout prix qu'il guérisse. Ils avaient peur qu'il meure lui aussi.

Glenn n'avait jamais pensé à la mort. Il connaissait des types de sa ville natale qui étaient morts au Vietnam.

D'autres qui étaient revenus. Et parfois il se demandait ce qu'il y avait de pire. Quand un jeune gars partait
se battre, par goût de l'aventure, de l'action, il ne se
doutait pas de ce qui l'attendait. Il n'avait aucune idée
de cette réalité, de la mort qui le guettait sur l'épaule de
quelqu'un, sous la forme d'un fusil ou d'une grenade.
Les jeux de garçons, l'héroïsme, le frisson de la pour-
suite, du combat, de la victoire. La plupart d'entre eux
avaient vu tellement de films de guerre que cela avait dû
paraître irréel, comme un décor de film. Jusqu'à ce que,
bien sûr, ils voient quelqu'un mourir.

La mort. Glenn y pensait à présent et cela lui donnait
des sueurs froides. Il pensait à sa mère aussi. Peut-être
que Fadma ne l'aurait pas soigné avec autant de dévoue-
ment si elle avait su ce que Glenn avait fait.

Au bout de quelques jours, il se leva, pendant une
heure ou deux. Il se forçait à extirper son corps du lit.
Mais il était toujours mal fichu. Il n'avait pas une once
d'énergie. Il n'arrêtait pas de s'endormir bien que son
sommeil n'eût rien de réparateur. La nuit, en revanche,
il était parfaitement réveillé et écoutait le vent mugir. Il
se passait quelque chose cependant. Il en était conscient.
Quelque chose avait changé. Et puis, un matin, à l'aube,
il entendit des voix et plus d'activité que lors de l'appel
à la prière habituel.

« Il est temps. » Moustapha entra dans la pièce. « Il
faut que tu viennes. Il faut que tu voies.

– Que je voie quoi ? » Mais Glenn le laissa l'aider à
se lever.

Moustapha le conduisit jusqu'au toit-terrasse, où il y
avait une corde à linge, un lavabo et un four extérieur
pour le pain. « Regarde. » Il pointa le doigt.

Glenn se cramponna à la balustrade et regarda au-dessus
des toits, au-delà de la plaine vers les montagnes. Un
champ de fleurs mauves scintillait au soleil du matin. Et

un autre. Et encore un autre. Des rangées et des rangées de fleurs mauves ondoyaient jusqu'à l'horizon. Les pétales s'ouvraient sous le soleil, les stigmates rouges, des filaments dorés émergeaient du cœur des fleurs pour pointer vers le ciel. Glenn serra encore un peu plus la balustrade. Il savait ce que c'était. Il…

« Le safran », dit Moustapha. Il sentit une excitation contenue dans sa voix. « Nous devons te laisser seul aujourd'hui, mon fils. Nous devons récolter les fleurs avant qu'elles ne fanent. Tous les gens du village viennent nous aider.

– J'aimerais vous… » Mais il laissa sa phrase en suspens. Il tenait à peine debout, comment pourrait-il participer à la récolte ?

« Tu dois te reposer. » Moustapha lui prit le bras. « Tu dois retourner au lit et te reposer. C'est le seul moyen de guérir. Le corps a simplement besoin de se reposer.

– Mais qu'est-ce que j'ai ? » Glenn se tourna vers lui, au désespoir. Depuis combien de temps était-il malade ? Une semaine ? Plus ? Il détestait dépendre de quelqu'un, encore plus de ces gens si gentils qu'il ne connaissait ni d'Ève ni d'Adam. Il avait besoin de savoir quand il allait enfin reprendre des forces, quand il allait pouvoir poursuivre son voyage. Il pensa à Bethany. Comment pouvait-il ne pas penser à elle en cet instant ?

« Je ne sais pas. » Moustapha baissa la tête. « Je ne peux pas dire. »

Il lui tapota l'épaule. « Mais tu vas retrouver la santé. *Inch'Allah.* »

Ce soir-là, ils rentrèrent tard, mais Glenn sentit leur satisfaction : la satisfaction du travail accompli, d'une récolte prometteuse. C'était sans doute une part importante de leurs ressources. Ce n'était pas juste une ferme, donc. Il avait atterri dans une safranière. Il ne put s'empêcher de sourire.

Il lui fallut quatre mois pour retrouver un peu de force. Enfin, il sentit qu'il était sur la voie de la guérison, qu'un jour prochain il serait rétabli. Il se mit à faire des projets. Il pensa à tout ce qu'il allait entreprendre, à ce qu'il allait changer dans sa vie, à l'endroit où il irait, à ce qu'il essaierait d'accomplir. Il commença à travailler avec Moustapha, une ou deux heures par jour au début, effectuant des tâches autour de la ferme, travaillant à l'intérieur quand il faisait froid.

« Quand le printemps arrive, on dit que Dieu a pardonné à l'hiver, lui dit Moustapha. Et qu'il nous accorde le bonheur de voir de nouvelles pousses, des bourgeons qui vont fleurir et donner des fruits, le thym qui va couvrir les flancs des montagnes. »

Qu'il va leur redonner espoir, pensa Glenn.

Les cormes de safran avaient continué à grandir pendant l'hiver, développant leurs feuilles herbues, engrangeant l'énergie. Au cours des derniers mois, Glenn s'était souvent levé de son lit et avait observé leur croissance, regardé les plaines et les montagnes de l'Atlas et pensé à ce qu'il ferait ensuite.

Au printemps, cependant, le feuillage disparut complètement. Moustapha lui dit qu'au mois de mai toutes les parcelles de safran seraient nues, car les plantes entraient en dormance et ne sortaient de leur léthargie qu'à la fin de l'été, laissant émerger les premières pousses. Les plantes pousseraient alors bien droites, fermes et vertes dans le respect du cycle naturel. Comme il se devait. Les crocus de safran grandiraient jusqu'à ce que l'été cède la place à l'automne se préparant à fleurir pour le chant du cygne ; le dernier flamboiement de soleil intense avant le gel d'hiver.

Mais ils n'en étaient pas là. Pour l'heure, il y avait plus de travail à la ferme. Il fallait arracher les cormes, les trier, vérifier qu'ils n'avaient pas la maladie ; il fallait biner et fertiliser la terre. Glenn ne fit pas grand-chose d'abord. Mais il voulait à tout prix montrer à ses hôtes combien il leur était reconnaissant pour tout ce qu'ils avaient fait pour lui. Tous les matins, il se lavait dans la cabine de douche rudimentaire en béton avec un crochet pour pendre la serviette, un pommeau de douche en étain et un seau en plastique, puis il prenait le petit déjeuner avec Moustapha. Ils partageaient une galette sombre et moelleuse avec du miel.

Glenn avait remarqué que, quand Moustapha marchait, il allait à son rythme, un rythme tranquille, le rythme de la journée. Moustapha travaillait de la même façon. Lui et ses proches maintenaient une cadence régulière, propre à eux ; ils suivaient les mouvements du soleil, de la lune, du vent ; le temps et le rythme de la nature sans se soucier de la pendule. Soit le travail était fait, soit il n'était pas fait. C'était leur philosophie.

Tandis qu'ils creusaient des sillons et plantaient les cormes ensemble, à une profondeur de douze centimètres et à douze centimètres les uns des autres, sur des parcelles étroites séparées par des sentiers herbeux reliés entre eux, Moustapha lui parlait souvent de leur fils, Simo. Il lui expliqua qu'il avait été emporté, tout jeune, par une infection qui s'était propagée dans le village comme un feu de brousse.

« Vous n'avez pas essayé d'avoir un autre enfant ? » lui demanda Glenn. Non qu'un autre enfant ait pu remplacer celui qui avait disparu, bien sûr, mais sa présence aurait peut-être atténué leur chagrin, leur aurait donné un nouveau but.

« Dieu n'a pas voulu que nous ayons un autre enfant, dit Moustapha. Nous avons appris depuis longtemps à l'accepter.

– Oui. » Mais Glenn lut la tristesse sur le visage tanné de Moustapha et il s'interrogea. La foi permettait-elle à l'homme d'accepter une telle perte ? La mort d'un enfant ne le poussait-il pas à remettre en question cette foi ?

Il parla aussi à Moustapha de ses sentiments, des sensations oniriques qu'il avait connues pendant sa maladie, de l'impression d'intemporalité qu'il avait, de son immersion dans le présent.

« En s'ouvrant à ces sensations, on appréhende mieux la vie, dit Moustapha. C'est ça, le Maroc. »

Un jour, au début de l'été, alors que Moustapha n'avait pas besoin de lui, Glenn se leva tôt. L'aube pointait, recouvrant le ciel d'un voile violacé. Un chien aboyait au loin et l'appel à la prière du muezzin retentit : d'abord une plainte nasale alertant les sens puis le chant envoûtant qui lui était désormais familier. Il s'assit dans sa chambre et regarda le contour des arbres et de la végétation de plus en plus distinct tandis que les silhouettes des montagnes semblaient se rapprocher dans la lumière douce, gris-bleu, des premières heures du matin.

Plus tard, il rompit le jeûne seul, car les autres faisaient le ramadan, qui avait commencé avec la nouvelle lune et se prolongerait pendant vingt-huit jours. Glenn avait mis un peu de temps à s'habituer au ramadan. Il avait appris à s'adapter aux changements de rythme imposés par le jeûne, sans observer strictement ses règles. Durant la journée, pendant le ramadan, le travail à la ferme se poursuivait, comme d'habitude, mais à un rythme plus lent avec une sieste l'après-midi, et dans une ambiance plus calme liée à la fatigue. Pourtant, chaque soir ressemblait à une fête. Après l'appel à la prière au coucher du soleil, l'énergie du moment était palpable. On allumait les lampes et Fadma apportait l'harira traditionnelle, des gâteaux au miel et des œufs durs au cumin. Ils savouraient le festin, habités par un sentiment de calme et de contentement qui enveloppait aussi la campagne environnante. C'était spécial. Un moment de partage, de satisfaction, qui suffisait à les récompenser de leurs efforts. Et dès que l'aube pointait, une nouvelle journée de jeûne commençait.

Pour Glenn, cette journée avait quelque chose d'extraordinaire et il décida de suivre le sentier jusqu'à la cascade. Il n'y était jamais allé, mais l'un des hommes de la ferme lui avait montré le chemin. Aujourd'hui, il voulait faire quelque chose. Il voulait sentir la fraîcheur de la terre, il voulait sentir la brise effleurant sa peau. Il avait été enfermé pendant des jours, trop malade pour sortir. Il voulait savourer la vie.

Bien qu'il eût repris des forces, il sentait encore parfois l'apathie dans ses os, la douleur autour de sa tête, l'impression de planer, la lassitude. Il ignorait la nature de son mal, mais il savait qu'il n'était pas complètement parti. Fadma le savait aussi. Il la surprenait parfois en train de le regarder avec ses yeux sombres et sages.

À force de vivre à l'écart du monde, enfermée dans sa djellaba et sa capuche, elle avait sûrement acquis une grande sagesse, une profonde intuition, une aura spirituelle. Moustapha avait aussi ces qualités sans doute grâce au temps qu'il consacrait à la prière. Glenn aurait bien aimé avoir un peu de leur sagesse.

Le sentier à travers les rochers et l'herbe drue n'était pas facile. Plus il approchait de la cascade – il entendait déjà l'eau couler à flots –, plus le sol était glissant et plus il avait de mal à garder l'équilibre. Il réalisa que quelque chose avait changé dans sa tête. Rien n'était facile. Il traversa un pont en bois étroit et retint son souffle, incapable de regarder le gouffre au-dessous de lui. Autrefois, avant sa maladie, il aurait traversé sans hésiter.

S'il ne voyait pas encore la cascade, il l'entendait. Il sentait même des gouttes d'eau tomber de temps à autre sur sa tête tandis qu'il gravissait le sentier au-dessus de la rivière, s'arrêtant parfois pour se mettre à quatre pattes. Les rochers étaient chauds et lisses. Les montagnes s'élevaient autour de lui, sereines et intimidantes. Il était épuisé. Il s'arrêta sur un rocher plat pour reprendre son souffle et boire quelques gorgées dans sa gourde. Mon Dieu. On pouvait vraiment se perdre dans ces montagnes. Il regarda le ciel bleu printanier, écouta le chant des oiseaux et le bouillonnement de la cascade.

Enfin, il arriva. Il franchit un virage et elle surgit devant lui. La cascade, l'eau qui tombait à pic sur les roches au-dessous dans un grondement assourdissant. C'était autre chose. C'était la force de la nature. Glenn laissa échapper un cri de plaisir. C'était la vie. Il sentit une poussée d'adrénaline surgie de nulle part. Il enleva la chemise en chanvre rêche que Fadma lui avait donnée et entra dans l'eau, les poings sur les hanches. L'eau glacée pleuvait sur sa tête, ses épaules, ses bras. Et il hurla. C'était étourdissant. La fraîcheur de l'eau lui coupa presque le souffle. Mais il sentait sa pureté aussi. Bon sang… Il était vivant !

L'été avançait, il y avait fort à faire à la ferme et Glenn travaillait volontiers. Il avait découvert quelque chose de spécial ici dans les montagnes, quelque chose qui le retenait encore.

« Tu vas rester ? lui demanda Moustapha un matin. Tu vas rester avec nous ici ? »

Ça ne lui ressemblait pas de parler de l'avenir et Glenn en fut surpris. Peut-être Fadma lui avait-elle posé la question ? Peut-être était-il temps qu'il quitte leur maison et qu'il trouve un endroit pour vivre ? La plupart des gens ne comprenaient sûrement pas pourquoi il était resté si longtemps. Mais ils avaient fait tellement pour lui. Il avait le sentiment qu'ils lui avaient sauvé la vie. Et il était content ici. Il n'était pas pressé de concrétiser ses projets. Sauf qu'il y avait Bethany.

« Un jour, bientôt, je devrai partir, lui dit-il. Il faut que j'aille en Angleterre. » Il ne trouverait pas de repos tant qu'il ne saurait pas pourquoi elle l'avait quitté. Il l'aimait toujours. Elle avait touché quelque chose de profond en lui. Il croyait en elle.

Moustapha resta silencieux quelques instants puis hocha la tête avec sagesse. « Un chemin débouche sur un autre chemin et encore sur un autre, dit-il. Bientôt, il y aura un croisement. Et là, tu sauras. »

Ça lui rappelait un peu la fable qu'il avait lue sur le jeune voyageur au Caire. Glenn n'avait pas été dépouillé. Il avait perdu quelque chose et trouvé quelque chose aussi. « Je dois penser à l'avenir », dit-il. Il pensa à sa mère. Elle devait se demander ce qui lui était arrivé. Il ne pouvait pas continuer à vivre ici, comme si elle n'existait pas, comme si ses sentiments pour Bethany n'existaient pas.

Il entendit un âne braire au loin. « Dans notre religion, nous vivons dans le présent, dit Moustapha. Nous ne faisons pas de projets pour l'avenir comme vous. S'il y a beaucoup dans le présent, nous prenons ce qu'il y a, et s'il n'y a rien dans le futur, nous ne prenons rien. C'est une méditation arabe. »

Glenn sourit. Ça semblait plutôt simple. On aurait dit qu'il parlait de tranquillité d'esprit.

40

Après leur première nuit à la maison, Nell était déterminée à mettre son projet à exécution. Il fallait qu'elle fasse beaucoup de recherches sur les restaurants éphémères – elle commencerait plus tard – puis elle irait à la ferme pour prendre des mesures et réfléchir à l'agencement et à la décoration de la pièce où elle servirait ses plats. Elle était tellement excitée. Et puis il y avait la nourriture… elle était impatiente de constituer un book de recettes marocaines.

« Je vais contacter l'agent immobilier ce matin », avait dit Callum pendant qu'ils prenaient le petit déjeuner. Nell était encore en robe de chambre, pas maquillée. Elle n'allait pas travailler avant dix heures et demie. Callum, comme d'habitude, partait de bonne heure. Il défrichait un terrain en prévision de l'hiver à plus de quinze kilomètres. « Laisse-moi faire d'accord ? » Il la regarda.

Nell sourit. *Laisse-moi faire.* La devise de son mari. Sa philosophie de la vie. « Mais il faut que tu ailles travailler », dit-elle.

« Je ferai un saut. Je dois passer à Truro plus tard pour prendre du matériel de toute façon. » Il se leva, s'approcha d'elle, ébouriffa ses boucles et lui donna un rapide baiser.

Nell avait presque l'impression de vivre une seconde lune de miel. C'était trop beau pour être vrai. « Comme tu voudras », dit-elle. Elle avait largement de quoi faire de son côté.

« Je veux y aller en personne. Le type qui s'occupait de la vente ne va pas être ravi.

– Désolé, mon chéri. » Nell fit une grimace.

« Tu le vaux bien. » Il sourit. Il ressemblait tellement à l'ancien Callum que le cœur de Nell se serra.

Puis il enfila ses bottes, sa veste, sortit de la maison et disparut. Elle entendit le moteur de la camionnette gronder puis le bruit s'estompa.

Nell expira doucement. Elle était presque soulagée. Elle avait l'impression depuis son arrivée d'être dans le cœur d'une tempête. Elle avait besoin d'un peu d'espace pour respirer. Et d'un autre côté… Elle débarrassa la vaisselle du petit déjeuner. C'était bien. C'était très bien.

Une fois la cuisine rangée et nettoyée, elle monta prendre sa douche. L'eau était chaude et bientôt la salle de bains fut complètement embuée. Elle repensa à son après-midi au hammam avec Amy. Nettoyer les pores, aller directement au fond des choses… Nell ferma les yeux. Elle avait pensé alors à son moi secret et s'était demandé si elle aimait encore Callum, si elle le désirait encore. À présent, elle avait trouvé la réponse à ses questions. Oui, ils s'aimaient encore. Ils avaient été testés et avaient réussi l'épreuve. Elle leva le visage et sentit l'eau chaude couler sur elle. Et, oui, elle le désirait toujours. Son corps encore frémissant en était la preuve. Elle s'habilla rapidement et se maquilla. Elle avait le temps de faire quelques recherches sur les restaurants éphémères avant de partir au travail. Elle alla dans la salle de séjour où se trouvait l'ordinateur, trônant sur un bureau d'angle. Mais avant de l'allumer, elle vit l'annonce rédigée par l'agence pour la vente de la ferme. Bien sûr Nell avait déjà vu le document quand ils l'avaient envoyé. Elle prit la feuille de papier. « *Ferme idyllique à vendre.* » La ferme en pierres grises et en briques rouges, affublée de sa pancarte « À VENDRE » clouée sur la clôture, semblait lui reprocher de l'avoir abandonnée. *Plus maintenant*, pensa-t-elle.

Pauvre Callum. Pourquoi devrait-il essuyer le courroux de l'agent immobilier ? Nell soupira. C'était sa faute. C'était elle qui avait changé d'avis et elle devait assumer ses choix. Elle trouva le numéro de téléphone sur la fiche. Elle décida de l'appeler avant de partir au travail. Elle s'était trop reposée sur Callum depuis la mort de sa mère. Et avant cela, elle s'était trop reposée sur sa mère. N'était-il pas temps qu'elle se prenne en main ?

Ils avaient passé le trajet du retour, de Bristol à la péninsule de Roseland, à discuter de leurs projets – de ses projets. Callum avait trouvé plein d'objections, mais quand il vit sa détermination, quand il réalisa ce que le projet représentait pour elle, il se montra progressivement plus positif, un peu plus à chaque kilomètre parcouru. Nell savait que ça demanderait du temps, qu'il ne lui suffisait pas d'agiter une baguette magique. Elle voulait d'abord prendre la température et voir comment ils s'entendraient.

« Mais c'est ton projet, Nell, pas le mien, dit Callum alors qu'ils venaient de quitter Bristol. Ça n'a rien à voir avec moi, pas vraiment.

– D'accord.

– Et si ton restaurant ne marche pas, dit-il, si au bout de six mois tu n'arrives pas à faire des bénéfices… et si je ne veux plus vivre dans la ferme de ta mère…

– Oui ? » Elle savait ce qui allait venir.

« Alors, promets-moi que tu laisseras tomber. »

Nell entendait déjà leur conversation future. « Donne-moi encore trois mois Callum, s'il te plaît. » « Trois mois ? » Mais elle s'en inquiéterait plus tard. « D'accord, chéri, dit-elle.

– Tu promets ? »

Nell croisa les doigts derrière son dos. Oui, elle avait beaucoup appris d'Amy. « Je te promets », dit-elle.

Elle savait que ce n'était pas ce qu'il avait envisagé pour tous les deux. Et que, bien qu'il ait accepté de tenter le coup, c'était juste une autre forme d'accord, un accord tacite. Que disait-il ? « Si je te laisse tenter ta chance, finiras-tu par tourner la page ? » Nell n'était pas certaine d'apprécier ce genre d'accord. Elle savait seulement que lorsqu'on perdait la personne qui comptait le plus au monde à ses yeux, il fallait faire de son mieux pour trouver la force en soi. La force de continuer. C'est tout ce que l'on pouvait faire, tout ce qu'il restait. Et c'était sa façon à elle de le faire.

Nell prit le téléphone et composa le numéro. Avait-elle tort de tenir autant à son projet ? Espérons qu'avec le temps Callum deviendrait son partenaire dans tous les sens du terme. Et alors… elle sourit. Plus rien ne pourrait les arrêter.

La voix à l'autre bout du fil était celle d'une femme. Nell se présenta. « Pourrais-je parler à la personne qui s'occupe de la vente de la ferme près de St Just sur la péninsule de Roseland ? »

Callum avait dit que c'était un homme. Nell se dit qu'elle aurait dû suivre l'affaire de plus près, dès le départ. Elle ne pouvait pas en vouloir à Callum d'avoir pris les choses en main alors qu'elle passait ses soirées à pleurer jusqu'à ce qu'elle s'endorme, épuisée.

« Ah, c'est mon collègue John, dit la fille. Il n'est pas au bureau malheureusement. Je peux faire quelque chose pour vous ?

– Je pourrais rappeler plus tard ?

– Attendez une seconde. » La fille avait sûrement ouvert le fichier qui venait d'apparaître sur son écran. « Je crois que nous attendons les coordonnées du notaire.

Pourriez-vous me les donner ? Ainsi, nous les transmettrons aux notaires des acquéreurs ?

– Les notaires ? répéta Nell. Les acquéreurs ?

– C'est ça », confirma la fille. Elle devait prendre Nell pour une folle. « C'est bien ça.

– Il doit y avoir une erreur », dit Nell. Mais d'où venaient ces gens ? « Je fais référence à une offre qui a été faite la semaine dernière sur la propriété. Nous avons dit que nous avions besoin d'un peu de temps pour réfléchir.

– Hum. » Elle devait consulter le fichier. « Une offre a été faite… voyons voir… il y a trois semaines, d'après le dossier.

– Trois semaines ! » C'était avant qu'elle ne parte au Maroc. « Dans ce cas, il doit y avoir une erreur dans votre fichier », répliqua Nell sèchement. Peut-être aurait-elle dû laisser Callum s'en occuper après tout. « L'offre a été faite la semaine dernière. J'étais absente et mon mari…

– Votre mari a accepté l'offre et, pour nous, la vente suit son cours. »

Il y eut un silence terrible. Un silence durant lequel Nell essaya de comprendre ce qu'elle venait d'entendre. Mais ce n'était pas difficile. Une offre avait été faite trois semaines auparavant, Callum avait trouvé des vacances de dernière minute avec un stage de cuisine en prime pour Nell et l'avait ainsi envoyée à l'étranger. Pendant ce temps, il avait accepté l'offre et à présent la vente était engagée. Sauf que non.

« Vous êtes sûre ? » demanda-t-elle. Elle serrait si fort son portable qu'elle se demanda comment elle avait fait pour ne pas le broyer. « Vous en êtes absolument certaine ?

– Absolument certaine, oui. » Elle se mit à débiter des dates. « En fait, votre mari n'est passé à l'agence que la semaine dernière et…

– Merci, dit Nell. Mais il se trouve que la ferme n'est plus à vendre et nous allons devoir décevoir les acquéreurs. » Elle ne savait pas d'où lui venaient ces mots ni comment elle faisait pour parler d'une voix assurée. « La ferme est un legs de ma mère et elle est à mon nom. Mon mari a fait une *erreur.* » Le terme était faible. *Callum.* Comment avait-il pu lui faire ça ? Comment avait-il pu lui mentir comme ça ? Qu'est-ce qu'il avait cru ? Que pendant qu'elle était à l'étranger, il pourrait conclure la vente à la hâte ? Qu'à son retour, il pourrait la mettre devant le fait accompli ? *Qu'elle le laisserait simplement se charger de tout* ?

« Je vois », dit la fille. Le ton de sa voix laissait plutôt penser le contraire. Et qui pouvait lui en vouloir ? « J'en suis vraiment désolée. Dois-je en déduire que vous souhaitez retirer la ferme du marché ?

– Oui. » Nell avait de plus en plus de mal à parler à présent. Comment Callum avait-il pu faire une chose pareille ? Cette question monopolisait toutes ses pensées. Comment avait-il pu jouer au mari attentionné en lui offrant un stage de cuisine au Maroc alors qu'en réalité il cherchait juste à se débarrasser d'elle pour quelques jours ? Elle repensa à son regard insaisissable. Et ensuite, il avait eu le culot de l'appeler pour lui annoncer qu'une offre avait été faite – *oui, Callum, il y a presque trois semaines*. Nell ne lui connaissait pas ces talents de comédien ! Un moi secret ? Le moi secret de Nell, c'était de la gnognotte à côté ! Pas étonnant qu'il ait été si furieux quand elle était au Maroc. Elle avait, sans le savoir, fait capoter tous ses plans.

Il y eut un silence gêné. « Peut-être pourriez-vous passer à l'agence et parler à John ? lui demanda la fille. J'espère que vous comprenez. Un appel téléphonique… » Elle laissa sa phrase en suspens.

« Oui, bien sûr. » Elle pouvait être n'importe qui après tout.

Nell pensa à leur nuit dans la chambre d'hôtel. *Oh, Callum…*

Elle téléphona au restaurant et annonça à Johnson qu'elle arriverait en retard. Il se mit à jacasser et elle l'interrompit : « Je déménage, dit-elle. Je dois rassembler quelques affaires. »

Elle fourra des vêtements d'hiver et des affaires de toilette dans un sac de voyage. Elle n'avait pas encore eu le temps de laver ce qu'elle avait emporté au Maroc, mais elle n'en aurait pas besoin avant longtemps. Et elle ne prendrait pas la peine d'écrire un mot. À quoi bon ? Callum allait passer à l'agence aujourd'hui et apprendrait ce qui s'était passé. Il saurait que tout était fini entre eux.

Elle porta ses affaires jusqu'à la voiture et prit la route de la ferme. La ferme de son enfance. Elle ne voulait pas y penser. Elle n'arrivait toujours pas à y croire. Mais il l'avait fait. C'était bien arrivé. Il lui avait menti, l'avait trahie, et Nell ne pouvait pas pardonner ça. Leur mariage était fichu et elle retournait à la maison.

41

Moins d'une heure plus tard, Jake Tarrant, penché sur l'épaule d'Amy, regardait les photos sur l'écran de son ordinateur. L'atelier d'Amy était devenu *leur* atelier pendant son absence. Peut-être devait-elle s'estimer heureuse qu'il ait eu la délicatesse d'enlever ses affaires de son bureau. Mais bizarrement, elle avait le sentiment que ce n'était plus son bureau. Devait-elle démissionner ? Pouvait-elle avoir une liaison avec le patron puis s'extirper de cette situation comme si rien ne s'était passé ? Certainement pas. Duncan penserait toujours qu'il avait le droit de passer le bras autour de ses épaules ou – comble de l'horreur – de lui donner une tape sur les fesses devant les clients. Elle ne pourrait pas continuer à travailler pour lui. De plus, son portfolio était de plus en plus fourni ; elle pourrait chercher d'autres missions en free-lance et prendre son indépendance. C'était peut-être justement l'impulsion dont elle avait besoin.

« Les couleurs sont magnifiques, dit Jake pendant qu'elle faisait défiler les photos. Ce jaune pastel est si saisissant qu'on pourrait presque le goûter. Et le bleu…

– Le bleu Majorelle. Il est intense, non ? Il a utilisé la couleur dans le jardin puis a déposé la marque. » C'était évident que le jardin Majorelle était l'œuvre d'un artiste. Chaque allée, chaque pont, chaque arbre, chaque urne colorée avait sa place dans le spectacle visuel formé par le tout.

« Époustouflant », murmura-t-il dans ses cheveux. D'abord, elle s'était sentie mal à l'aise. Il n'avait pas fait allusion à ce qui s'était passé à Essaouira, pas encore. Mais il est vrai que là-bas, Nell avait joué les chaperons et avait été présente la plupart du temps. Ici, ils étaient seuls. L'atelier était petit, Jake empiétait sur son espace personnel et ne semblait pas en être conscient. En plus, il sentait le cuir et le pamplemousse, un mélange troublant.

Pourtant, au bout d'un moment, elle s'absorba tout entière dans l'histoire picturale de son séjour au Maroc. Elle en oublia presque la proximité de Jake, se concentrant sur les photos : elle en supprima certaines, en sélectionna d'autres qu'elle transféra dans un dossier constituant une liste préliminaire, et nota avec intérêt celles que Jake préférait. Il était séduit par les clichés plus techniques, plus structurés, plus construits, à l'inverse d'Amy attirée par les photos spontanées, privilégiant la couleur plutôt que la forme, celles qu'elle avait prises sans trop réfléchir. Deux visions différentes, l'une penchant pour la technicité, l'autre pour la spontanéité.

« Et celle-là ? Et celle-ci ? » Elle avait pris ce groupe de photos dans les souks de Marrakech. Visages grisonnants, bras maigres, charrettes remplies de menthe, rangées de tapis berbères. « Elles ont une bonne dynamique, vous ne trouvez pas ? »

Il fronça les sourcils. « J'aime la composition de celle-ci. » Elle avait photographié un dégradé de plantes. Au premier plan, on voyait un cactus structuré, quelques zelliges et un bout de mur. Derrière, des palmiers et des bougainvilliers aux couleurs vives, le tout se détachant sur un ciel bleu foncé sans nuages.

« C'est joli », concéda-t-elle. Et malin sans doute. Mais cela ne l'interpellait pas. Il n'y avait pas de message fort. À ses yeux, ce n'était pas sa meilleure photo.

« Vous avez pris quelques photos de tisserandes ?

– Des tisserandes ?

– Ça serait utile pour l'atelier de tissage de voir l'origine de cet art. »

Le stéréotype de la vieille femme assise devant son métier à tisser dans une maison dont elle ne sortait presque jamais, manipulant les fils avec les doigts et les pieds comme les femmes le faisaient depuis des siècles parce qu'elles n'avaient jamais été autorisées à faire autre chose ?

« Non, désolée.

– Et qu'en est-il de l'histoire de la fabrication des tapis, de la signification des motifs ?

– Euh, non.

– Bon, on pourra facilement le trouver ailleurs, dit-il. Ce n'est pas important. »

Sauf qu'à l'évidence, ça l'était. Elle soupira. « Bon, si aucune de ces photos ne vous plaît, je les utiliserai pour mon exposition. Je sais ce que je recherche. Vous vous adresserez ailleurs pour le reste. » Elle éteignit son portable et rabattit le couvercle. *Et maintenant, va-t'en*, pensa-t-elle.

Il repoussa son siège et se laissa aller en arrière à un angle plutôt dangereux. Elle se retint de lui dire de faire attention. « Amy, pourquoi êtes-vous toujours sur la défensive ? demanda-t-il.

– Sur la défensive ?

– Oui.

– Je ne sais pas. » Ils se dévisagèrent.

« Et Jake ? Pourquoi me posez-vous toujours ce genre de questions ?

– Je fais ça, moi ?

– Oui.

– Je ne sais pas. »

Au bout de quelques secondes, sa bouche se tordit et il sourit. Elle sourit à son tour. *Ah, ces fossettes* ! pensa-t-elle. *Et cette dent tordue* ! Il se balança encore un peu plus sur son siège et rit. Elle aussi. C'était libérateur.

« Laissez-moi vous montrer ce que j'ai fait pendant votre absence. » Il passa la main dans ses cheveux qui se dressèrent dans tous les sens. « J'aimerais avoir votre avis. »

La manifestation serait une réussite, elle en était certaine. Elle avait quelques idées de son côté et il tint compte de ses observations. Mais force était d'admettre qu'il excellait dans son domaine. Il avait fait des miracles en une semaine. Il avait même trouvé un groupe de musique gnaoui qui se produirait au Marine Theatre, il avait parlé à l'un des musiciens à Essaouira le jour où Nell et elle étaient parties à la safranière. Comme elle s'en était doutée, c'était le genre d'hommes qui faisait avancer les choses.

Il était dix-neuf heures quand ils arrêtèrent de travailler. Duncan était parti depuis longtemps et Jake et elle durent fermer la galerie. Ils s'étaient mis d'accord pour être en désaccord sur les photos. Amy aurait la liberté de choisir les photos de son exposition et Jake pourrait sélectionner celles qu'il désirait pour le reste de la manifestation et pour les affiches ainsi que les prospectus. Ça allait marcher, réalisa-t-elle en se levant et en prenant son manteau. Ils avaient fait des compromis et ils avaient tous les deux obtenu ce qu'ils voulaient. Peut-être parviendraient-ils finalement à former une bonne équipe ?

« Ça vous dit de prendre un verre ? » demanda-t-il quand ils sortirent de la galerie dans la nuit.

Il faisait froid. Amy remonta le col de son manteau et enroula son écharpe autour de son cou. Sa température corporelle était encore à moitié au Maroc. « Eh bien…

– À moins que vous n'ayez un rancard ? »

Elle rit. Se posait-il encore des questions sur Duncan et elle ? « Oui, j'ai rancard avec ma grand-tante. J'ai promis que je passerais boire un chocolat chaud plus tard. »

Il regarda sa montre. « Je n'ai pas beaucoup de temps non plus. Juste un petit verre en vitesse ? Je vous promets que je ne poserai pas de questions embarrassantes. »

Ils descendirent la rue en silence jusqu'au front de mer, vers la tour de l'horloge où les cottages donnant sur la baie et les maisons individuelles en pierre formaient une rangée éclectique face à la mer, puis ils poursuivirent sur la promenade supérieure jusqu'au pub Inn on the Shore. Le vent fouettait le visage d'Amy, repoussant ses cheveux en arrière. Elle écouta le grondement de la mer au-dessous, les vagues qui s'échouaient sur les galets, tandis qu'ils passaient devant les cabines de plage colorées, presque indissociables les unes des autres dans l'obscurité.

« Vous pensez que vous quitterez Lyme Regis un jour ? » lui demanda Jake.

Amy réfléchit. Elle aimait cette ville. Au-dessus d'eux, les Jubilee Gardens, des jardins en terrasse, dans les allées desquels on pouvait se promener, jouer au golf, tout en profitant d'une des plus belles vues au monde, du moins aux yeux d'Amy. Le front de mer de Lyme Regis, le port et le Cobb. « Ça me paraît difficile, admit-elle. Il faudrait vraiment qu'il y ait une bonne raison. Mais je suis sûre que je reviendrais. »

Ils étaient arrivés devant le pub. « Nous y voilà. » Jake ouvrit la porte.

Amy n'était pas fâchée d'être enfin à l'abri du vent. Il n'y avait pas grand monde ce soir. Mais elle avait toujours aimé cet endroit avec sa vue sur le port et la petite plage de sable. L'été, on pouvait s'asseoir dehors et regarder les bateaux. L'hiver, on s'amusait à regarder les vagues. Et le temps était sauvage ce soir. La houle était forte et les vagues s'écrasaient contre le Cobb. Le temps était nuageux, on ne pouvait pas distinguer grand-chose à la lueur de la lune. On entendait parfaitement en revanche.

Pendant que Jake allait commander au bar, elle trouva une petite table dans un coin, près de la cheminée. Elle enleva son écharpe, son manteau, et s'assit, parfaitement détendue.

« Vous avez encore beaucoup de choses à faire ? demanda-t-elle quand Jake revint avec deux verres de vin. Avant de rentrer à Bristol ? »

Il s'assit et étendit ses longues jambes. « J'ai presque fini », dit-il.

Amy, qui allait donc pouvoir reprendre possession de son atelier, découvrit avec surprise que la nouvelle ne la réjouissait pas tant que ça. Elle prit son verre de vin. « À la vôtre, dit-elle.

– À la vôtre. » Il choqua son verre contre le sien et but une gorgée. « Mais je reviendrai de temps à autre.

– De temps à autre ?

– Quand on aura besoin de moi. » Il la regarda par-dessus le rebord de son verre.

« Je vois.

– Et vous ? demanda-t-il.

– Moi ? » *Pas de questions embarrassantes*, se dit-elle. Elle but elle aussi une gorgée de vin. Il était dense et légèrement fruité, il avait du caractère.

« Vous allez continuer à travailler pour la galerie ? » Il approcha son verre du bord de la table.

Avait-il lu dans ses pensées tout à l'heure ? Amy tripota le pied de son verre. Le vin remua au fond. Il était vraiment bon pour un vin servi dans un pub. « Je pense qu'il est peut-être temps de passer à autre chose.

– Écoutez, Amy… »

Elle leva les yeux.

« Ça ne me regarde pas bien sûr. Mais vous êtes une photographe talentueuse. »

Elle haussa un sourcil. C'était agréable d'être complimentée. Mais que disait-il ?

« Je suis sûr que vous pourriez avoir beaucoup de commandes, que vous pourriez travailler en free-lance. Et l'exposition va sûrement contribuer à vous faire connaître.

– Ça serait bien, dit-elle en hochant la tête. Merci.

– J'ai quelques contacts… » Il marqua une pause avant de poursuivre. « Je pourrais demander. »

Elle ne méritait pas une telle sollicitude. Elle n'avait pas été très gentille avec lui depuis son arrivée à la galerie, depuis qu'il l'avait sérieusement ébranlée dans ses certitudes. Et voilà qu'il se montrait gentil avec elle. Elle n'était pas sûre d'en avoir envie. C'était beaucoup plus facile quand ils se disputaient. « Merci, mais ça va aller », dit-elle d'un ton bourru. Ça y est, c'était reparti ! Elle était encore sur la défensive. Elle prit son verre et but une gorgée. Il avait raison.

Il haussa les épaules. « Pas de problème, Amy. Je sais que vous êtes indépendante. Je respecte ça. Mais tout le monde a besoin d'un coup de main un jour ou l'autre. En particulier dans ce domaine.

– D'accord, concéda-t-elle. Merci. » Si elle voulait se lancer, il lui faudrait accepter toute l'aide qu'on lui proposerait, utiliser tous ses réseaux. Elle ne pouvait pas se permettre d'être fière ou irritable. Encore une fois, il avait raison. Comme c'était énervant. Amy soupira.

« Quant à Duncan… » Il y avait une certaine curiosité dans sa voix.

« Vous vous demandez pourquoi j'ai eu une histoire avec lui ? » Elle but une autre gorgée. Pourquoi ne pas lui dire ? Elle n'avait rien à cacher. « L'erreur classique. Une liaison avec le patron. Il était gentil, d'un grand soutien, il appréciait mon travail. » Et pas que ça, visiblement. Elle inspira profondément, le regarda puis détourna les yeux. « Je savais qu'avec lui… je ne risquais rien. »

Il hocha la tête. « On fait tous des erreurs. » Elle perçut de nouveau cette tristesse, cette vulnérabilité. « Même vous, Jake ? » Peut-être était-il temps d'en savoir un peu plus sur lui. Il posait des questions très pertinentes, mais il ne dévoilait pas grand-chose de lui.

« Bien sûr. » Il sourit. « Je ne suis pas immunisé.

– Qu'est-ce qui vous est arrivé ? Quelle a été votre erreur ?

– Ah. » Il vida son verre d'un mouvement rapide et décisif. « Mon erreur a été de tomber amoureux d'une femme, de l'épouser alors qu'elle avait un faible pour mon meilleur ami.

– Oh. » Elle le regarda et vit l'amertume dans le rictus qui lui tordait les lèvres à cet instant. À l'évidence, il ne s'en était pas remis. « Qu'est-ce qui s'est passé ?

– Comme vous l'avez si bien dit, le coup classique. Ils ont eu une liaison et ça s'est terminé dans les larmes. » Il pinça les lèvres. « Mes larmes. Pour eux tout allait bien. Ils sont partis ensemble au soleil. » Il la regarda. « Je suis content quelque part qu'on n'ait pas eu le temps de faire des enfants. J'en voulais, elle disait qu'elle aussi. Bon sang !

– Je suis désolée », murmura-t-elle. Il avait dû avoir un drôle de choc. Perdre sa femme et son meilleur ami. La déloyauté. À côté, les déceptions amoureuses d'Amy semblaient presque futiles. Elle n'avait jamais été profondément blessée, pas comme ça. Ses peurs provenaient toutes de son enfance solitaire sans doute. Elle finit son verre. Le vin lui avait donné chaud. Elle avait de la peine pour Jake mais était touchée qu'il se soit confié à elle.

« C'est du passé. J'aurais dû tourner la page depuis longtemps. » Il se leva. Il y avait quelque chose de plus dur chez lui. Elle le vit à sa mâchoire crispée, à sa bouche. C'était presque comme si elle n'était pas là. Il semblait fatigué. Il avait les cheveux ébouriffés.

Il avait perdu un peu de sa maîtrise nonchalante.

« Un autre ? »

Elle secoua la tête. Elle aurait aimé lui poser d'autres questions, mais elle savait que la conversation était terminée à présent. Il lui avait laissé entrevoir sa vulnérabilité et le regrettait probablement. Sa grand-tante devait l'attendre de toute façon. Le mieux était de le laisser un peu seul. « Il faut que j'y aille… » Peut-être un peu sec comme réponse, mais… « Merci pour le verre, Jake. » Elle se leva et tendit la main.

Il l'ignora. Il s'approcha et l'embrassa fermement sur les deux joues. Elle sentit sa barbe naissante effleurer sa peau, ses lèvres se poser tout près des siennes, huma encore une fois l'odeur de cuir et de pamplemousse.

« Tout le plaisir a été pour moi, dit-il.

– Vous… » Elle montra le bar. « … restez encore un peu ? »

Il hocha la tête. « Je vais en prendre un dernier pour la route. » Il toucha son bras. « À moins que vous n'ayez besoin que je vous accompagne quelque part ? » Sa voix se fit presque caressante et elle rougit.

« Non merci, ça ira. » Elle prit son manteau et son écharpe. Elle n'avait pas très envie de le quitter. Voilà ce qui arrivait quand les gens commençaient à se confier, on s'attachait à eux. Mais c'était un grand garçon. Il allait se ressaisir.

Il hocha la tête. « À demain alors.

– Ouais. » Elle le regarda puis détourna rapidement les yeux. *Bon sang, Amy…*

Elle sortit du pub et s'enfonça dans la nuit.

Moins de dix minutes plus tard, Amy frappait à la porte du cottage géorgien de sa grand-tante. Lillian mit un peu de temps à arriver jusqu'à la porte. Amy imagina l'itinéraire de sa grand-tante, se levant d'abord de son fauteuil confortable avec des coussins rouges, jetant un coup d'œil à travers les voiles de la fenêtre pour voir qui cela pouvait bien être, puis se dirigeant vers le vestibule et…

« Amy, ma chérie. Quel plaisir de te revoir ! » Et bientôt, elle fut enveloppée par le parfum de Lillian. Une odeur de lavande, de savon et de poudre de riz. *Rien à voir avec le cuir et le pamplemousse*, pensa-t-elle.

« Comment vas-tu ? demanda Amy contre les cheveux blancs et doux de sa grand-tante.

– Très bien, ma chérie. » Lillian recula. Pendant quelques secondes, son regard changea. Il y avait dans ses yeux bleus délavés une question, une curiosité. Amy secoua presque imperceptiblement la tête. Elle savait qu'elle comprendrait. Parfois, ce n'était pas la peine de parler.

Au salon, où brûlait un feu dans la cheminée avec brûleur au gaz, baignant la pièce d'une lueur orange et chaude, Amy sortit la carte postale de son sac qui avait fait un long voyage, plus ou moins le trajet inverse. Elle la remit à sa place à côté des photos sur le buffet, juste derrière la coupelle de fruits. « C'est Essaouira, dit-elle. Une ville de l'ouest du Maroc. Sur la côte. »

Sa grand-tante hocha la tête. « Il a toujours aimé la mer, dit-elle avec mélancolie.

– Et l'emblème, c'est la rose de Mogador. » Amy aurait aimé lui en dire davantage. Mais elle n'en savait pas plus.

« La rose de Mogador. » Lillian sembla s'attarder sur la sonorité des mots.

« Beaucoup d'Occidentaux se sont installés dans cette ville à l'époque, expliqua Amy. C'était un peu le refuge des hippies. Je suis sûre qu'il a été heureux, là-bas.

– J'espère. » Elle laissa échapper un petit soupir. « C'est tout, ma chérie ?

– C'est tout, malheureusement.

– Je vais préparer le chocolat chaud », dit-elle.

Quand elle quitta la pièce, Amy prit la photo de Glenn dans son cadre argenté. Il avait l'air si innocent mais affichait une expression préoccupée qui laissait entrevoir ce qu'il était réellement, sans doute un cérébral. Elle fronça les sourcils. Puis elle reposa la photo et regarda celle de sa grand-tante et de sa sœur aux côtés de leur mère en uniforme, l'arrière-grand-mère d'Amy.

« Tatie Lil… » Amy la suivit dans la cuisine. Quelque chose la taraudait depuis un certain temps et le moment semblait venu de poser la question qui la hantait. « Tu veux bien me dire ce que tu as fait ? demanda-t-elle. Tu m'as expliqué un jour que tu n'avais pas été gentille avec ma grand-mère, ta sœur Mary. Tu as dit que tu avais été injuste et que tu voulais te racheter. » Elle regarda sa grand-tante qui se tenait à côté la cuisinière, où du lait chauffait dans une casserole. Pas de micro-ondes pour Lillian.

Sa grand-tante se retourna. Elle semblait si triste.

Amy s'avança vers elle et prit ses mains dans les siennes. Mais cette fois-ci, elle ne la lâcherait pas. Comme sa mère disait toujours, elle ne renonçait jamais. « Qu'est-ce qui s'est passé entre vous ? Tu veux bien me le dire ? » demanda-t-elle.

42

Qu'avait-elle fait à Mary ? C'était une question qui l'avait toujours hantée.

Lillian regarda Amy, cette jeune fille – cette femme plutôt – qui était devenue si importante pour elle. Et elle réalisa qu'elle méritait de savoir la vérité. Lillian pensait être libre, mais on ne l'était jamais tant que l'on n'avait pas dit toute la vérité ; on restait prisonnier de son mensonge et de toutes ses ramifications comme un insecte pris au piège dans une toile d'araignée.

« Ted n'est pas tombé amoureux de moi, mais de Mary, dit-elle sombrement. Comme tous les autres. »

C'étaient quelques semaines après leur conversation sur les bas en nylon et les chocolats dans la chambre de Mary, alors que Ted était encore un GI cantonné à Bridport. Ce jour-là, Ted passa à l'improviste. Le père de Lillian et Mary étaient tous deux sortis ; sa mère était dans la cuisine en train de préparer le repas du soir. Lillian ouvrit la porte et le fixa, incapable de prononcer un mot. Il était encore plus beau que dans ses souvenirs.

« Salut, duchesse. » Il sourit. « T'as perdu ta langue ? »

Lillian sourit à son tour. Il semblait si content de lui, mais elle se demanda s'il se rappelait son nom. « Bonjour, Ted. »

Il jeta un coup d'œil derrière elle, dans le vestibule étroit dont les murs étaient recouverts d'un papier peint noir avec des volutes. « Ta magnifique grande sœur est dans les parages ? » Il semblait impatient, agité.

« Non, désolée. » Lillian s'appuya sur le montant de la porte. Elle savait que Mary était allée retrouver Johnnie Coombes. Avant l'arrivée de Ted et des GI, il faisait partie de ses soupirants, mais elle l'avait envoyé balader ces derniers temps. « Il ne sait pas comment s'y prendre avec les filles. C'est qu'un pauvre fermier barbant », l'avait entendue dire Lillian. Néanmoins, c'était un fermier qu'elle connaissait depuis toujours et Lillian savait que c'était un homme bien. Il était digne de confiance, il était gentil, il adorait Mary, et un jour, il hériterait de la ferme de son père et offrirait à son épouse – probablement pas Mary – une vie confortable.

« Tu sais si elle va bientôt rentrer ? » Il semblait déçu. Il posa la main sur la poche de sa veste comme pour vérifier que quelque chose – son portefeuille peut-être – était toujours là.

Lillian secoua la tête. « Je ne pense pas. » Quand elle allait à la ferme des Coombes, elle y restait des heures en général.

Ted fit mine de partir, puis se retourna. « Où est-elle ? »

Lillian ouvrit de grands yeux. Elle haussa les épaules. Mais elle ne supportait pas l'idée de lui mentir. Et elle aurait tellement voulu qu'il sache la vérité sur Mary.

« Lillian ? »

Alors il s'était souvenu de son prénom. Lillian retint son souffle. Il se tenait là, devant elle, dans son uniforme kaki élégant, calot à la main. On aurait dit une star de cinéma avec ses cheveux bruns tirés en arrière, sa chemise bien repassée, sa cravate bien serrée, ses yeux marron préoccupés. Et puis il y avait Mary... Lillian prit une profonde inspiration. « Elle est avec quelqu'un, dit-elle.

– Avec quelqu'un ? » Il fit un pas vers elle.

« Un garçon. Un gars du coin. » Elle ne pouvait pas le regarder dans les yeux. « Ils se fréquentent.

– Ils se fréquentent ?

– Ça ne veut peut-être rien dire. En général, ça ne va pas plus loin. Pas avec Mary. » Les mots lui avaient échappé. Lillian ne maîtrisait plus ce qu'elle disait, elle ne comprenait même plus pourquoi elle parlait. « Il n'est pas le seul. Il y en a d'autres. Tous ceux qu'elle croise, vraiment. Elle est comme ça. » Elle s'arrêta, épouvantée par ce qu'elle venait de dire. C'était la vérité, mais quand même…

« Tous ceux qu'elle croise ? » Elle n'aurait su dire s'il était furieux, blessé, ou les deux.

« C'est la guerre. » Lillian écarta les mains. « Il n'y a plus de stabilité. » Elle avait entendu cette phrase dans la bouche de sa mère pas plus tard que la veille. Elle n'était pas sûre d'avoir vraiment saisi, mais… « Certaines personnes ont perdu la notion du bien et du mal. » Sa mère avait dit ça aussi. Lillian ne savait pas à quoi elle faisait référence, mais cela expliquait peut-être le comportement de Mary. Elle n'était pas mauvaise. Juste…

« Oui, c'est la guerre, je suis bien placé pour le savoir. » Ted fronça les sourcils et son beau visage se crispa. Encore une fois, il posa la main sur la poche de sa veste puis son bras retomba le long du corps. « Mais, bon sang, Lillian ! Et les sentiments dans tout ça ? Et l'amour ? »

Lillian le regarda, impuissante. Elle n'avait que quatorze ans et savait encore si peu de choses. Si seulement il pouvait la voir comme elle était vraiment ou voulait être. Si seulement il pouvait sonder son cœur. Elle pourrait lui montrer ce qu'elle connaissait des sentiments et de l'amour.

« Dis-moi la vérité, Lillian. » À sa grande surprise, il s'approcha et posa les mains sur ses épaules. Elle était hypnotisée. Elle le regarda. Il la fixa avec des yeux de braise. Il respirait vite, superficiellement. « Les filles comme Mary se fichent pas mal de l'amour. »

Les filles comme Mary... Lillian pensa à sa sœur et à son besoin d'attirer l'attention sur elle. Elle pensa à Johnnie, Michael, Tristan et à tous les autres. Et elle pensa à Ted. Avant tout, elle pensa à Ted. « Je crois qu'elles s'en fichent, oui », murmura-t-elle.

Il jura doucement. Puis, il lâcha ses épaules, tourna les talons, descendit la route et disparut.

« Qui était-ce ? » demanda la mère de Lillian depuis la cuisine.

Lillian réalisa qu'elle tremblait. Elle avait l'impression que ses épaules avaient été brûlées par le contact de ses mains. « Un ami de Mary. »

Dans la cuisine, la mère de Lillian était en train d'essuyer l'égouttoir en bois et de nettoyer l'évier carré avec du Vim. Tout ça lui paraissait tellement banal et ennuyeux. Lillian se sentait mal. Sa mère portait encore son uniforme vert des WVS mais avait passé son tablier à fleurs par-dessus. Le cuit-vapeur était posé sur la petite cuisinière ainsi qu'une casserole remplie de légumes. Sa mère écarta le tissu à carreaux et sortit la cocotte du placard. « Va me chercher la viande dans le garde-manger, dit-elle à Lillian. Tu veux bien ? »

Tout le monde savait que les Américains avaient des aventures avec les Anglaises. Certains se mariaient même. Les choses étaient-elles sérieuses entre Ted et Mary ? Lillian ne le savait pas, pas à l'époque. Tout ce qu'elle savait, c'était que Ted avait raison pour Mary. Elle était avec Johnnie Coombes. Elle se fichait pas mal de l'amour.

Lillian interrompit son récit et regarda la fille devant elle. Comment Amy allait-elle réagir ? Mary était sa grand-mère. Amy pardonnerait-elle à Lillian ce qu'elle avait fait alors ? Surtout quand elle apprendrait le reste…

« Qu'est-ce qui s'est passé ensuite ? » lui demanda Amy. Elle semblait intéressée mais ne donnait pas l'impression de penser que Lillian avait fait quelque chose de très mal. Pas encore.

« Mary est rentrée de la ferme des Coombes beaucoup plus tôt que d'habitude. » Le lendemain et le surlendemain, elle semblait avoir perdu tout son entrain. Lillian essaya de lui parler mais elle lui dit de la boucler et de ficher le camp. « Qu'est-ce que tu sais ? avait-elle crié. Qu'est-ce que tu sais de la vie ? »

Et Lillian se dit qu'elle avait raison. Elle ne savait rien. Que se passait-il ? Mary avait-elle essayé de voir Ted ? Ted l'avait-il confondue en lui rapportant ce que Lillian avait dit ? Il fallait qu'elle le sache. Aussi l'interrogea-t-elle un soir alors qu'elles s'apprêtaient à se mettre au lit.

« Je ne l'ai pas vu depuis une éternité, si tu veux tout savoir. » Mary s'était démaquillée. Elle paraissait jeune et vulnérable. Elle se tourna vers sa sœur dans un rare moment de complicité. « Tu sais comment ils sont ces Amerloques ?

– Non. » Lillian secoua la tête. « Comment ils sont ?

– Ils abusent des filles, si elles les laissent faire. » Son visage se durcit. Elle repoussa Lillian. « Allez, chut, c'est l'heure d'aller se coucher. »

Lillian réfléchit à ce que sa sœur venait de lui dire. Elle en conclut que Ted avait dû rompre avec Mary à cause de ce que Lillian lui avait raconté. Elle aurait dû s'en réjouir. Mais bizarrement, non.

« Alors ils se sont séparés et tu as commencé à lui écrire. » Amy alla s'asseoir aux pieds de sa grand-tante, prit sa main et la serra dans la sienne.

Lillian se sentit quelque peu rassurée. « Oui, je lui ai écrit. Il ne m'a pas répondu, bien sûr, pas tout de suite. » Il était encore en train de combattre. Omaha Beach était plus un charnier qu'une plage. Et elle ne savait toujours pas ce que cette guerre lui avait fait. Comment il avait pu supporter de voir ses amis et ses compatriotes s'écrouler autour de lui, abattus par l'ennemi, de devoir ramper sur les blessés et les morts, d'assister à cet horrible carnage tout en essayant désespérément de quitter la plage avant d'être tué lui-même.

« Et ensuite, il est rentré de la guerre et t'a demandée en mariage ? »

Amy semblait avoir du mal à comprendre. Et il est vrai que c'était difficile à concevoir. Ted connaissait à peine Lillian. Pourquoi avait-il choisi cette jeune Anglaise qui s'épanchait dans ses lettres plutôt qu'une femme de sa ville natale qu'il connaissait depuis toujours ? L'avait-il confondue avec Mary dans son esprit embrouillé par la guerre ? Avait-il cru que la sœur de Mary pourrait lui donner ce dont il avait besoin et ce qu'il désirait ? Et pourquoi Lillian avait-elle dit oui ?

« Tout est différent en temps de guerre, ma chérie. » Lillian tapota la main d'Amy. Depuis l'âge de quatorze ans, elle se croyait follement amoureuse de Ted. Elle voulait à tout prix quitter le Dorset. Ses doutes, ses angoisses à l'idée d'aller dans un pays étranger si loin du sien pour épouser un homme qu'elle connaissait à peine avaient été balayés par le côté purement romantique de cette idylle épistolaire. « C'était une telle aventure !

– Qu'en ont pensé tes parents ? » Amy changea de position et étendit ses jambes devant elle. « Ils étaient choqués ? » Elle sourit.

« Oh, ils ont tenté de me dissuader, bien sûr. » Sa mère était contrariée et son père l'avait prise pour une folle. « Mais Mary a toujours été leur préférée.

– Et qu'a dit Mary ? »

Ah. Lillian inspira profondément. « J'ai toujours cru qu'elle s'était remise depuis longtemps du revirement de Ted. Qu'elle n'avait pas trop souffert et même que j'avais empêché Mary de briser le cœur de Ted, comme elle en avait brisé tant d'autres avant lui. » Elle lissa le tissu de sa jupe. Il fallait qu'elle soit honnête avec Amy à présent. Elle devait tout lui dire.

« Mais elle ne s'était pas remise. Elle ne l'avait pas oublié, pas du tout. Le jour de mon départ pour l'Amérique, elle m'a embrassée sur la joue et m'a dit : "Eh bien, petite sœur, on dirait que tu as fini par l'avoir, le beau GI. Bien joué."

– Qu'est-ce que tu veux dire ? » avait demandé Lillian. Elle savait ce qu'elle avait fait mais elle ignorait le reste.

« Il m'a laissé tomber alors que j'étais enceinte de lui. » Les yeux de Mary étaient durs, sans émotion. « J'ai eu de la chance que Johnnie soit là pour ramasser les morceaux.

– Mais tu n'as jamais… » Lillian fronça les sourcils, repensant à ce qui s'était passé deux mois après le départ de Ted. Les messes basses entre Mary et leur mère. La date du mariage qui avait été décidée si rapidement.

« J'ai perdu le bébé. Il n'a jamais rien su. » Et Mary avait soutenu son regard pendant un long moment. Puis elle s'était retournée et s'était éloignée.

Lillian regarda dans le vague. Aujourd'hui encore, elle revoyait parfaitement sa sœur s'éloignant d'elle.

« Oh, tatie Lil… » Amy serrait toujours sa main dans la sienne. Elle semblait comprendre. « Alors elle tenait toujours à lui ? » murmura-t-elle.

« Oui. » Lillian secoua la tête pensivement. « Elle tenait toujours à lui. » Elle hésita. « Apparemment, elle avait rompu avec tous les autres pour lui. Elle pensait sans doute avoir trouvé l'homme de sa vie. » Et ce jour-là, quand Ted était venu à la maison, quand elle lui avait parlé de Mary… Lillian avait eu l'étrange impression – une intuition vraiment – qu'il avait une bague dans sa poche.

« Mais tu ne pouvais pas savoir.

– Non. » Pourtant sa mère lui avait un jour appris, sans le vouloir, que Mary et Johnnie s'étaient séparés pendant quelque temps à l'époque où les GI étaient à Bridport. C'était pour cette raison que Mary était allée à la ferme des Coombes ce jour-là. Pour rompre avec lui. Mary était tombée amoureuse de Ted, comme de nul autre avant lui. Il était différent.

« Tout s'est bien terminé finalement, dit Amy. Ma grand-mère a été heureuse avec mon grand-père. Et toi… » Elle n'alla pas jusqu'au bout de sa phrase.

Avait-elle remarqué qu'il n'y avait pas une seule photo de Ted ici dans cette pièce ? « En vieillissant, ma chérie, on perçoit mieux l'ironie de la vie. Je ne sais pas si Mary l'aurait rendu plus heureux ou s'il aurait rendu Mary heureuse. » Elle repoussa une fine mèche de cheveux de son front. « Quoi qu'il en soit, j'ai fait beaucoup de tort à ma sœur. Je me suis mêlée de ce qui ne me regardait pas. J'ai détruit sa relation avec un homme à qui elle tenait vraiment.

– Mais tu es venue t'occuper d'elle quand elle a eu besoin de toi, fit valoir Amy.

– C'était la moindre des choses. »

Amy hocha la tête. « Je vois comment ça s'est passé. Mais Mary n'avait pas à être aussi garce !

– Amy ! » Lillian était choquée. « C'était ta grand-mère ! »

Amy haussa les épaules. « Je ne veux pas dire que je ne l'aimais pas. Mais je comprends pourquoi tu as fait ça. Et au bout du compte, tu n'as pas dû rire tous les jours avec Ted ? »

Alors elle avait remarqué. « Il ne parlait jamais de la guerre, dit Lillian comme si ça répondait à la question d'Amy. Je suis sûre que c'était un héros. Quelqu'un a dit un jour que tous les hommes qui avaient débarqué à Omaha Beach étaient des héros. Mais…

– … ça l'a traumatisé à vie. » Amy finit la phrase pour elle. Il y avait de la compassion dans ses yeux. Et de l'amour. Heureusement, il y avait de l'amour.

« Tu as peut-être raison. » Lillian y avait souvent pensé. « Je ne veux pas dire du mal de ceux qui ne sont plus là, mais il est fort possible qu'il ne m'ait jamais pardonné de ne pas être Mary. »

43

Callum déposa le paquet environ une semaine avant Noël. Nell ne s'attendait pas à le voir. Elle était à l'étage, dans la chambre du devant, en train de prendre des mesures pour les nouveaux rideaux et de penser à tout ce qui s'était passé. Et à Noël… qu'elle redoutait.

Amy l'avait invitée à passer les fêtes avec elle, à Lyme Regis, mais après les événements des dernières semaines, Nell voulait être à la maison. Elle tenta de se convaincre que tout irait bien, qu'elle survivrait à ce Noël, que c'était un défi à relever. Mais elle savait combien cela serait difficile. L'image de sa mère était partout. Elle la revoyait en train d'envelopper les cadeaux dans du papier de soie en riant, d'accrocher des cartes au-dessus de la vieille cheminée tout en chantant – faux – *The first Noel*. Elle la revoyait en train de préparer la pâte d'un gâteau de Noël rempli de fruits secs et d'amande. Elles décoraient toutes les deux le sapin avec des guirlandes, des pièces de monnaie en chocolat enveloppées dans du papier doré, et le vieil ange fragile en porcelaine.

Nell devait le faire pourtant. Alors elle alla acheter un sapin dont l'odeur imprégnerait la ferme. Elle fouilla dans les boîtes sur l'armoire dans la chambre de sa mère, qui serait bientôt la sienne, décida-t-elle, et sortit les guirlandes pour orner le sapin. Elle cueillit du houx et du lierre dans les haies environnantes. Elle envoya des cartes et fit un gâteau de Noël.

Nell vit le camion rouge descendre la route – indéniablement le camion de Callum – et quand il s'approcha, elle vit l'homme au volant – indéniablement Callum. Elle sentit son cœur s'emballer et se cramponna au rebord de la fenêtre. Il lui faisait encore de l'effet après tout ce qui s'était passé. Il mettait ses sens en émoi, remplissait son cœur et sa tête de regrets. *Ils auraient pu être si heureux…* Elle pensa au jour de leur rencontre au café, à la première fois qu'ils s'étaient parlé, à la première fois qu'ils avaient fait l'amour dans son petit appartement au bord du fleuve à Truro. Et ils avaient tout gâché.

Il avait tout gâché, rectifia-t-elle.

Le matin, elle avait quitté la maison qu'ils avaient achetée ensemble, était partie travailler et avait réussi à tenir la journée, puis elle était rentrée à la ferme. Elle l'avait trouvé là, il l'attendait. Elle n'était guère surprise, elle s'était préparée à cette confrontation tout l'après-midi.

« Nell ! » Il avait bondi de son camion et s'était précipité vers elle, essayant de la prendre dans ses bras.

Mais elle l'avait repoussé, pleurant à moitié. « Ne me touche pas…

– Il faut que je te parle. Ce n'est pas ce que tu crois. » Il était resté en arrière alors, le regard implorant, la suppliant en silence d'écouter au moins ce qu'il avait à dire.

« Ça ne m'intéresse pas. » Comme cela pouvait-il ne pas être ce qu'elle croyait ?

« Mais au moins…

– Est-ce que tu as eu une offre sur la ferme avant que je ne parte au Maroc ? lança-t-elle. Et s'il te plaît, ne mens pas. Je ne veux plus de tes mensonges. »

Elle cherchait sa clé dans son sac tout en marchant et il la suivit.

« Oui. Et je voulais t'en parler. Mais…

– Mais tu as décidé que c'était trop risqué. » Elle trouva sa clé et l'inséra dans la serrure. Ses mains tremblaient, bon sang ! « Tu as pensé que j'allais peut-être dire non.

– Oui. Non. Ce n'était pas ça. »

Elle sentit la frustration dans sa voix. Elle ouvrit la porte. À l'intérieur, il faisait chaud, comme si la maison l'avait attendue. Elle avait l'impression de n'être jamais partie. Elle inspira profondément.

« Tu n'arrivais pas à te remettre de la mort de ta mère. J'ai cru bien faire à l'époque. Je me suis dit que si je réglais tout ça, tu souffrirais moins, tu te remettrais plus vite et nous pourrions continuer à avancer. »

Nell s'appuya contre la porte de l'écurie. « Va-t'en, Callum. Je ne veux pas t'entendre et je ne veux pas te voir. Je ne veux plus te voir.

– Mais…

– Non, Callum. » Elle ne comprenait pas pourquoi il se donnait toute cette peine. Comment pouvait-on justifier des mensonges, une trahison et d'autres mensonges ? Ce n'était pas vraiment un socle solide pour un mariage.

« S'il te plaît, Nell…

– Non, je suis désolée, mais on ne peut pas revenir en arrière. Ni toi ni moi. C'est fini. »

Elle vit son expression changer. Il s'avouait vaincu. « Désolé, Nell. » Ses épaules s'affaissèrent. Il redescendit l'allée, monta dans son camion et partit.

Callum… Elle avait vraiment espéré. Et après cette nuit dans la chambre d'hôtel, elle avait fait plus que ça : elle y avait cru. Il y avait eu cette soirée à Marrakech avec Rafi, mais cela ne comptait pas. *Il* ne comptait pas. Ça n'aurait mené nulle part. C'était plus une sorte de réveil, de révélation. Elle avait compris qu'elle était encore capable de ressentir quelque chose. Mais Callum…

Nell avait fermé la porte, s'était adossée contre et avait regardé la vérité en face : elle était seule désormais.

Six semaines s'étaient écoulées depuis et elle ne l'avait pas revu. Ils avaient eu deux conversations polies au téléphone. Durant la première, Nell avait fixé avec lui un jour où elle pourrait aller récupérer ses affaires à la maison et lui avait demandé de ne pas être présent. Durant la seconde, il lui avait annoncé qu'il mettait la maison en vente pour pouvoir lui rembourser sa part. Elle ne savait pas comment il allait ni s'il voyait quelqu'un. Elle n'avait fait aucune démarche pour demander le divorce parce qu'elle ne pouvait pas en supporter l'idée, pas encore.

Et voilà qu'il descendait l'allée, un paquet marron dans les bras. Un cadeau de Noël ? Certainement pas. Il était sur le perron à présent. Elle réalisa qu'elle retenait son souffle en attendant qu'il frappe à la porte.

Sauf qu'il ne frappa jamais. Il rebroussa chemin. Il n'avait pas changé, pas vraiment du moins : ses cheveux bruns étaient un peu plus longs, sa démarche un peu moins assurée. Et il ne portait plus le paquet.

Nell dut faire un gros effort pour ne pas dévaler l'escalier, se précipiter dans l'entrée et ouvrir la porte. Elle le regarda monter dans le camion, le vit jeter un dernier coup d'œil à la ferme – l'avait-il vue ? Il ne fit pas de signe – et partir.

C'était dur de perdre sa mère et son mari en l'espace de quelques mois. Heureusement, au cours des six dernières semaines, Amy avait été là pour elle, elle avait pu compter sur son soutien. Nell l'avait appelée une première fois le soir où elle s'était réinstallée à la ferme et avait été soulagée de pouvoir tout lui raconter.

« Qu'est-ce qu'il a fait ? ». Amy était choquée, ça s'entendait.

« J'étais obligée de partir.

– Bien sûr.

– Et maintenant, il faut que je reprenne ma vie en main. » Et Nell avait jeté un regard sombre autour d'elle.

« On va dresser une liste tout de suite, pendant que je suis au téléphone avec toi. Recense toutes les choses que tu dois faire pour concrétiser ton projet. Tu allais le faire toute seule de toute façon. Donc, de ce côté-là, rien n'a changé sauf que tu n'auras plus à faire face à de multiples objections. »

Elle avait raison et Nell ne put s'empêcher de sourire.

Et c'est exactement ce qu'elle avait fait. Elle avait effectué des recherches sur les restaurants non permanents et avait réfléchi à la façon dont elle allait procéder, où elle allait l'aménager et quand elle allait organiser son premier dîner. Elle avait dressé une liste de recettes et d'idées, les avait testées en cuisinant pour deux. Elle avait mis les restes au congélateur pour une prochaine fois. Elle avait rendu visite à Amy dans le Dorset et elles s'étaient penchées toutes deux sur des nuanciers, des catalogues d'étoffes et de meubles. À la fin de la journée, Nell avait cru que ses yeux allaient sortir de leurs orbites. Elles avaient parlé du marketing, des prix et des menus. Elle avait contacté des fournisseurs et prévu les travaux nécessaires à effectuer dans la cuisine. Elle comptait garder son grand fourneau en fonte, mais prendrait aussi un four plus professionnel afin de pouvoir cuisiner pour un plus grand nombre. Elle avait même demandé un permis de construire afin de transformer la ferme en vrai restaurant, un restaurant permanent. Elle était allée voir un fonctionnaire de la mairie, d'après qui elle avait de grandes chances que son permis soit accordé. La ferme ne se trouvait pas dans un quartier résidentiel. Elle n'aurait même pas besoin d'une licence au départ. Les restaurants gagnaient beaucoup d'argent en vendant de l'alcool. Mais les gens étaient aussi attirés par des endroits où ils pouvaient garer leur voiture et apporter leur propre vin.

Petit à petit, l'idée de *La Maison du Safran*, son restaurant marocain à elle, prit forme. Et ce n'était pas tout. Il restait beaucoup de terres. Bien assez pour Nell. Au printemps, elle replanterait les bulbes de safran.

« Qu'est-ce que tu vas faire pour Callum ? lui avait demandé Amy la veille au téléphone.

– Je n'ai pas encore décidé.

– N'attends pas trop quand même. »

Nell savait pourquoi elle avait posé la question et comprenait ce qu'elle voulait dire. *Si tu veux qu'il revienne…*

Et maintenant il était là, ou plutôt il était venu. Sauf qu'il était reparti.

Nell descendit l'escalier et ouvrit la porte d'entrée. Le paquet était sur le seuil. Elle se pencha pour le ramasser. Il était épais et lourd. Qu'est-ce que ça pouvait bien être ? Et quand elle regarda l'écriture, elle comprit que cela n'avait rien à voir avec Callum. Il avait dû le recevoir à la maison et l'avait apporté. Le paquet avait été envoyé du Maroc.

Quand elle l'ouvrit, elle découvrit que c'était un journal épais, à la couverture en cuir. Les pages étaient couvertes d'une écriture peu soignée et irrégulière qui lui paraissait vaguement familière. Elle fronça les sourcils.

Nell ouvrit la lettre qui l'accompagnait. L'écriture semblait plus puérile, différente en tout cas.

Chère Madame, je vous envoie ceci car mon cher ami n'est plus de ce monde. Il a gardé l'adresse que vous lui

*aviez donnée. Il n'a personne d'autre. J'espère que vous
allez bien. Malik*

Malik… Nell se plongea dans la lecture du journal
le jour même. Au début, elle fut vaguement intéressée
puis, au fil des pages, son intérêt augmenta. Dès qu'elle
avait un instant pour elle, elle le prenait et poursuivait
sa lecture. Elle le termina trois jours plus tard. Une fois,
elle faillit appeler Amy, puis se ravisa. Elle devrait lui
dire en personne.

Quand elle lut la dernière ligne, elle était hébétée,
abasourdie. Et il y avait autre chose. Quelque chose qui
la touchait profondément.

44

Tout en inspectant son armoire, Lillian repensa à sa conversation avec Amy. Tout ce qu'elle avait raconté à Amy était vrai, mais peut-être ne lui avait-elle pas dit *toute* la vérité. Parfois, dire *toute* la vérité, c'est franchir un pas de trop.

Elle poussa sur le côté les vestes et les jupes avec une impatience croissante. Qu'allait-elle bien pouvoir porter pour le vernissage de l'exposition de photos d'Amy, la réception qui allait lancer la série d'événements organisés autour du Maroc ? Certainement pas son tailleur bleu marine, il était trop démodé, pas du tout approprié pour la grand-tante d'une photographe talentueuse et probablement bientôt célèbre. Elle fit défiler les cintres. Pas la robe mauve non plus, elle était beaucoup trop estivale. *Quelque chose de long et de fluide*, pensa-t-elle. *De discret et d'élégant à la fois.* Elle ne voulait pas qu'on l'accuse de chercher à faire plus jeune que son âge, elle ne voulait pas non plus être mal fagotée. Il n'y avait vraiment rien d'approprié. Elle fronça les sourcils. Elle aurait dû y penser avant. Était-ce trop tard pour aller s'acheter une nouvelle tenue ?

Le *toc-toc* à la porte la fit presque sursauter. Ça ne pouvait pas être Amy. Elle était beaucoup trop occupée avec l'exposition pour venir. Et le facteur ne passait pas à cette heure. Qui d'autre alors ?

Elle descendit les marches doucement puis ouvrit la porte. « Celia !

– Bonjour, tante Lillian. » Celia souriait. Elle semblait beaucoup plus détendue que la dernière fois qu'elle l'avait vue.

Lillian sourit à son tour. « Bonjour, comment vas-tu ? »

Celia inclina la tête. « J'espère que ça ne te dérange pas que je passe à l'improviste.

– Bien sûr que non. » Sauf que d'habitude, elle ne passait jamais.

« Mais je sais qu'Amy est très occupée en ce moment et je voulais parler avec toi du vernissage.

– Oh ? Entre, entre. » Lillian prit son manteau. « Tu veux un thé peut-être ? » Elle n'allait pas rester, elle était beaucoup trop occupée, elle devait retourner à l'hôtel.

Mais Celia sourit de nouveau. « Pourquoi pas ?

– Tu as le temps ? »

Celia la suivit jusqu'à la cuisine. « J'ai pris ma journée », confia-t-elle. On aurait dit une petite fille qui faisait l'école buissonnière.

Lillian gloussa. « Quelle bonne idée !

– N'est-ce pas ? » Elles échangèrent un regard presque complice.

Lillian remplit la bouilloire. « Et qui s'occupe de l'hôtel en ton absence ? Ralph ?

– Ça ne risque pas. » Elles rirent toutes les deux. « En fait, j'ai engagé quelqu'un. Je lui ai montré tout ce qu'il y avait à faire ces derniers jours, et aujourd'hui elle va se débrouiller toute seule. C'est calme en ce moment. Je suis sûre qu'elle va s'en sortir.

– Tu as engagé une gérante ? » Lillian posa la bouilloire sur le rond. « Quelle bonne idée !

– Mais c'est toi qui me l'as conseillé, plus ou moins, répondit Celia.

– Vraiment ? » Elle lui avait dit de déléguer si elle voulait plus de temps pour elle. Et c'est ce qu'avait fait Celia. *Tant mieux pour elle*, pensa Lillian. *Et tant mieux pour Amy.*

« Je me demandais si tu voulais qu'on passe te chercher pour le vernissage, reprit Celia. On a décidé de commander un taxi, d'y aller en grande pompe. »

Lillian s'était naturellement posé la question et avait envisagé d'appeler un taxi, elle aussi. « Oh, ça serait vraiment gentil de votre part. » Elle n'avait pas voulu déranger Amy.

« Et tu as déjà trouvé ta tenue pour le vernissage ? Qu'est-ce que tu vas mettre ? » Celia sortit des mugs du placard et jeta un simple sachet de thé dans chacun d'eux. Lillian avait pour habitude de prendre des tasses en porcelaine et de remplir une théière, mais elle était tellement surprise par la visite de Celia, qui avait même pris l'initiative de l'aider à faire le thé, qu'elle s'abstint de tout commentaire. Elles boiraient leur thé dans un mug. Le monde n'allait pas s'arrêter de tourner pour ça.

« Je n'en ai aucune idée, admit-elle. J'étais justement en train d'inspecter ma garde-robe quand tu es arrivée. Et je n'ai aucune tenue qui convient. Je me demandais même…

– Je pourrais t'emmener faire les magasins si tu veux, proposa Celia. Moi aussi, je cherche une tenue. On pourrait aller à Exeter, déjeuner là-bas ? »

Lillian la dévisagea.

« Je ne t'ai jamais véritablement remerciée. » Celia prit les mains de Lillian dans les siennes. « Pour toute l'aide que tu nous as apportée quand tu es revenue dans le Dorset. »

Lillian réfléchit à toute vitesse. C'était il y a si longtemps. « Mais je n'attendais pas que tu me remercies », dit-elle. À vrai dire, elle n'avait plus les idées claires.

« Ta mère et moi n'étions pas toujours d'accord, tu sais, et puis il y a aussi le fait que j'aie épousé Ted et…

– Je sais tout ça. » L'eau se mit à bouillir et Celia lâcha les mains de Lillian puis s'occupa de remplir les mugs. Elle remua rapidement les sachets de thé, ajouta du lait qu'elle prit dans le frigo sans prendre la peine d'en verser un peu dans un pot, puis enleva les sachets qu'elle posa sur le plan de travail où ils se mirent à dégouliner. Lillian fit de gros efforts pour ne pas grimacer.

« Je savais que maman t'en voulait et je pensais connaître la raison de cette rancœur. » Celia regarda Lillian. « Mais en fait, non.

– Oh. » Lillian ne savait quoi dire.

« Jusqu'à ce qu'Amy me raconte ce qui s'était réellement passé », ajouta Celia.

D'abord, Lillian fut furieuse contre Amy. Elle lui avait raconté cette histoire en pensant qu'elle n'en dirait rien à personne. Puis, elle réalisa que c'était l'histoire de Mary tout autant que la sienne et que Celia avait le droit de savoir. Peut-être aurait-elle dû le lui dire elle-même. « Je vois. »

Celia prit le plateau et le porta jusqu'au salon. « Maman me surprendra toujours. »

Vraiment ? Lillian la suivit. « Je lui ai fait du mal, Celia, vraiment.

– Tu l'as blessée dans sa fierté », répondit Celia.

Plutôt sèchement, pensa Lillian. « Peut-être, murmura-t-elle.

– J'aimais beaucoup mon père. » Celia se tourna vers elle. « Il m'a raconté que Mary était son amour d'enfance. Il l'adorait, tu sais.

– Je sais. » Johnnie Coombes avait toujours vénéré Mary, c'était vrai.

« Ton mari a failli les séparer d'après ce qu'Amy m'a raconté. Quand ils se fréquentaient, je veux dire. »

Lillian fronça les sourcils. Elle tenta de saisir cette nouvelle interprétation, plutôt inattendue, de la situation.

« Je savais qu'il y avait quelque chose, quelqu'un… » Elle lança un regard oblique à Lillian, et soudain Lillian comprit. Celia avait cru que c'était elle qui avait failli séparer Johnnie et Mary. Alors que, bizarrement, elle avait fait exactement l'inverse. À cause de ce qu'elle avait dit à Ted, elle avait sauvé l'histoire de Mary et Johnnie. Le bébé aurait peut-être changé les choses. Mais Mary avait fait une fausse couche et avait perdu le bébé de Ted. Si c'était bien le bébé de Ted.

« Oh », répéta-t-elle.

Celia sourit. « Mais ils sont restés ensemble et ils m'ont eue. »

Lillian la regarda en clignant des yeux. Vraiment, elle n'avait jamais vu les choses sous cet angle.

« Je te suis très reconnaissante, tante Lillian. Je propose donc qu'on aille à Exeter. Je t'invite à déjeuner et ensuite on cherchera une belle robe pour toi que tu pourras porter vendredi soir. »

La robe qu'elles choisirent était en soie beige rosé. Elle était douce au toucher et élégante. « Elle va bien avec tes cheveux », dit Celia.

« C'est parfait », dit Lillian. Elle pourrait la porter avec ses escarpins crème. Ils avaient un petit talon mais étaient confortables.

« Tu seras la reine du bal, dit Celia en riant.

— Maintenant, on va chercher pour toi. Comme si quelqu'un allait remarquer une vieille dame comme moi. » Mais Lillian avait bu deux verres de prosecco pendant le déjeuner et elle ne put s'empêcher de glousser.

« Peu importe, répondit Celia. Tu seras superbe quand même. »

La vérité, toute la vérité, pensa Lillian en pendant la robe dans son armoire, n'était parfois qu'une question de perspective.

Elle était revenue dans le Dorset pour s'occuper de sa sœur, ignorant ce que Mary avait dit à sa fille, ignorant ce qu'elle allait trouver. Mais finalement, elle n'avait rien fait de spécial. Lillian les avait aidés avec plaisir. Elle avait pu redonner un sens à sa vie, et c'est exactement ce qui lui manquait depuis le départ de Glenn. Et maintenant, elle avait Amy et peut-être, bizarrement, Celia aussi. Au bout du compte, pensa-t-elle en fermant la porte de son armoire, c'était plutôt à elle de les remercier.

45

La veille de Noël, Nell était dans la cuisine de la ferme en train de couper le fenouil, le bulbe et la queue, pour préparer ses fruits de mer au bouillon safrané. Ce n'était pas parce qu'elle allait passer Noël toute seule qu'elle n'allait pas faire d'efforts. Et d'une certaine façon, elle n'avait pas l'impression d'être seule. La voix de sa mère était toujours là, dans cette cuisine, dans cette maison, et Nell pouvait l'entendre quand elle le voulait.

Elle éminça finement le fenouil et l'oignon. Bizarrement, elle adorait émincer les oignons. Au bout d'un moment, bien sûr, ses yeux piquaient, pleuraient même, mais c'était tellement satisfaisant quand la lame du couteau tranchait les lamelles bien nettes et superposées qui retombaient sur le côté. Parfois, c'était un peu comme ça une dispute. Ensuite, on avait le temps de réfléchir, de penser à ce qui s'était dit. *J'essayais de t'aider à avancer*, lui avait dit Callum. Et elle avait réalisé qu'elle s'était vautrée dans son chagrin. C'était vrai. Elle avait perdu Callum de vue, tout comme elle avait oublié leur vie ensemble. Il avait donc pris des mesures désespérées.

Nell regarda par la fenêtre de la cuisine l'obscurité qui enveloppait le potager et le champ de safran. Une fois le printemps venu, il lui faudrait se hâter de planter toutes ses herbes aromatiques. Et puis il y avait le safran ; elle aurait certainement besoin d'aide pour ça. Elle sourit. Exactement comme sa mère.

Elle avait prévenu Johnson bien à l'avance, lui annonçant qu'elle partirait au printemps. Sharon allait lui manquer bien sûr. Nell ne pourrait pas engager quelqu'un à plein temps, pas tout de suite. Mais si les affaires marchaient bien, Sharon pourrait peut-être travailler pour elle, comme serveuse. Et elle espérait faire venir Lucy en été, pour quelques mois. Elle aurait bien besoin de son aide.

Elle épépina et concassa la tomate. Puis, elle hacha l'ail. Heureusement, on trouvait facilement du bon poisson et des fruits de mer en Cornouailles. Elle avait déjà choisi un fournisseur. Elle nettoya les moules qu'elle débarrassa de leur byssus. On n'associait pas forcément la cuisine marocaine aux poissons et aux fruits de mer. Mais grâce à son séjour à Essaouira, Nell avait appris que le safran et les autres épices, ainsi que la cuisson lente et délicate privilégiée par les Marocains, mettaient aussi bien le poisson et les fruits de mer en valeur que la viande. La plupart des gens avaient peur de cuisiner les fruits de mer, ils préféraient aller au restaurant pour en manger – du moins l'espérait-elle.

Elle prépara les crevettes et coupa le poisson. Elle avait choisi un beau morceau de flétan bien frais, mais n'importe quel poisson blanc épais ferait l'affaire.

Quand on frappa à la porte, elle leva la tête et cligna des yeux. *Qui était-ce ?*

Elle s'essuya les mains sur son tablier blanc et alla ouvrir.

C'était Callum. Il souriait de la façon qu'ont les gens de sourire quand ils ne sont pas certains d'être les bienvenus.

« Salut, Nell, dit-il.

– Salut. » Nell se surprit à regretter de ne pas s'être maquillée après la douche. Elle ne voulait pas qu'il la trouve blême, pâle, affligée. Elle voulait au contraire donner l'impression qu'elle profitait de la vie sans lui. *Oui, en préparant des fruits de mer au bouillon safrané pour toi toute seule la veille de Noël*, murmura une petite voix.

« Comment vas-tu ? » Il dansait d'un pied sur l'autre. *Il ne tient pas en place, il est à cran*, pensa-t-elle.

« Bien. » Elle hésita. C'était la veille de Noël. « Tu veux rentrer une minute ?

– Vraiment ? » Son visage s'illumina. « D'accord, si tu n'es pas trop occupée.

– Il fait froid dehors. » Elle ouvrit plus grand la porte et lui adressa son sourire le plus gai. « J'étais juste en train de cuisiner.

– Évidemment ! » Ils se mirent à rire.

Elle le conduisit jusqu'à la cuisine, le devançant de quelques pas, consciente de sa présence toute proche. C'était étrange. Il était toujours son mari et ils avaient passé tellement de temps ensemble. Et pourtant, il était presque déjà devenu un étranger. Elle ressentait une certaine appréhension, elle n'était plus sûre de lui.

« Je t'ai apporté ça.

– Tu veux boire quelque chose ? »

Ils parlèrent en même temps puis rirent.

« Oui, s'il te plaît. Un petit verre de vin, si tu as une bouteille ouverte. »

Elle hocha la tête. Il y avait une bouteille de vin blanc français (cépage Viognier) dans le frigo. Elle l'avait déjà goûté et avait prévu d'en boire un petit verre avec son dîner. Elle en utilisait aussi dans sa recette mais l'alcool allait s'évaporer. Elle alla chercher la bouteille et remplit la moitié d'un verre. Il conduisait. Ils devaient tous les deux limiter leur consommation.

Il lui tendit un petit paquet enveloppé dans un papier cadeau aux couleurs de Noël.

« Qu'est-ce que c'est ? » Il n'aurait pas dû lui offrir quelque chose, elle n'aurait pas dû le laisser entrer. Peu importaient les raisons qu'il pouvait invoquer, Callum lui avait menti. Il avait essayé de la contrôler et avait ensuite justifié son comportement en disant qu'il essayait de la protéger. Qu'avaient-ils donc tous à la protéger ? Du moins tous ceux dont elle était proche. D'abord sa mère, puis Callum, tous les deux déterminés à la préserver de toute confrontation avec le monde extérieur. Y avait-il quelque chose en Nell qui faisait naître cet instinct protecteur chez ses proches ? Était-ce… parce qu'elle avait besoin de grandir ?

Nell déchira le papier et une petite boîte blanche apparut. « *Souhait porté par le vent* » pouvait-on lire en lettres argentées. *Attention à ce que tu souhaites*, pensa-t-elle. Elle ouvrit la boîte.

À l'intérieur, un collier en argent fin sur un tissu couleur crème. C'était un pendentif goutte monté sur une chaîne en argent, maille filigrane. Une petite goutte en verre creux avec un minuscule couvercle en argent. Et dans la goutte, un enchevêtrement de safran, du vrai safran, des filaments rouge-doré flamboyants. Nell regarda Callum.

Il but une gorgée de vin et haussa les épaules. « Comme ça, tu en auras tout le temps sur toi… du safran.

– Mais où est-ce que tu as trouvé ça ? » Nell sortit le collier de la boîte. Pouvait-on accepter des cadeaux de son ex-mari ?

Callum prit un air modeste. « Je l'ai fait faire, dit-il. Tu te souviens de ce bijoutier que nous avions rencontré sur le marché de la création en mai dernier ? »

Nell se souvenait. *C'était la belle époque*, pensa-t-elle. Juste après leur mariage. Avant la mort de sa mère.

Et bien longtemps avant le Maroc... Il l'avait fait faire. Elle était impressionnée. Ils avaient tous les deux aimé ce bijou, réalisé avec du verre soufflé à la main et de l'argent. Mais commander un collier comme celui-ci avec du safran dans la goutte de verre...

« Il te plaît ?

– J'adore, dit-elle.

– Laisse-moi faire. » Elle n'eut pas le temps de protester que déjà il se levait de son fauteuil et passait la chaîne autour de son cou, ses mains touchant presque ses épaules mais pas tout à fait. Elle sentit son souffle, son odeur légèrement terreuse qui se mêlait à celle du gel douche à la pomme et de la nuit humide de décembre dehors.

« Merci, parvint-elle à articuler. Tu n'aurais pas dû, mais merci Callum. »

Elle s'écarta rapidement pour cacher les larmes dans ses yeux, tint le pendentif entre ses doigts pendant un moment puis sourit. « Il faut que je continue, sinon mon plat ne va pas être réussi.

– Tu veux que je parte ? » Il traversa la pièce et s'attarda dans l'entrée, visiblement gêné.

Elle secoua la tête. « Reste dîner si tu veux. » Elle ne voulait pas qu'il parte, pas encore. Elle avait quelque chose à lui dire. Et elle ne voulait pas être seule.

« Vraiment ? » Ses yeux s'illuminèrent.

« Oui, il faut qu'on parle », répondit-elle.

Elle prit quelques filaments de safran émiettés (l'équivalent d'un quart de cuillère à café) et les mélangea avec un peu de vin blanc. Ce cadeau que Callum lui avait fait... C'était comme s'il reconnaissait enfin combien cet héritage du passé était important pour elle. Le safran la transportait. Son odeur puissante et captivante, sa couleur intense. Il se dilua immédiatement dans le vin qui prit une teinte orange, comme le soleil.

« Tu seras mon cobaye », dit Nell. Elle versa une bonne dose d'huile d'olive dans la casserole et la fit chauffer.

« Je veux bien, dit-il.

– Merci de m'avoir apporté le paquet la semaine dernière. » Elle ajouta le fenouil et l'oignon dans la casserole et remua le tout avec une cuillère en bois. Elle les ferait revenir pendant cinq minutes. « C'était une vraie révélation. » Elle en parlerait à Amy quand elle la verrait dans deux jours. L'exposition et l'ensemble des manifestations autour du Maroc à Lyme commençaient le 26 décembre. Elle savait qu'ils auraient aimé que l'ensemble se déroule en décembre 2013, puisque c'était l'anniversaire des premiers liens diplomatiques entre la Grande-Bretagne et le Maroc sous le roi Jean sans Terre. Mais comme Amy l'avait si bien dit, il fallait toujours que Noël se mette en travers.

« C'est de ça que tu voulais parler ? »

Nell le regarda et remarqua l'expression dans ses yeux noisette.

« En partie. »

Elle ajouta l'ail. Elle aimait l'odeur âcre de l'ail qui cuisait dans l'huile chaude avec les oignons. Et l'anis lui donnait encore une autre dimension. Au bout d'une ou deux minutes, elle ajouta le safran et le vin puis laissa mijoter. Ils dégusteraient le bouillon avec du pain croustillant et de la salade verte fraîche.

Elle s'assit en face de lui à la vieille table de son enfance. « C'était un journal, dit-elle, écrit par un vieil homme que nous avons rencontré au Maroc. »

Et pendant que le bouillon safrané mijotait dans la casserole, le parfum amer de l'épice se mêlant à la douceur des fruits de mer emplissant la cuisine d'une odeur alléchante, elle lui raconta ce qu'elle avait lu.

« Incroyable, Nell ! dit-il quand elle eut terminé.

– Je sais. » Elle se leva. Le mélange avait bien réduit.

Elle ajouta les moules avec une demi-tasse de son bouillon de poisson spécial. Elle couvrit la casserole et laissa mijoter. Elle devait remuer de temps en temps et attendre que les moules s'ouvrent.

Callum fixa le mur opposé où Nell avait accroché son parchemin. Il irait dans le séjour quand la pièce deviendrait la salle à manger de son restaurant. Mais en attendant… *Déesse, vraiment…* Ce n'était pas une déesse. C'était la nymphe Smilax avec un sourire aguichant et ses cheveux noirs rejetés en arrière, Nell en aurait mis sa main à couper. Elle sourit.

« Elle ressemble un peu à ta mère », dit Callum.

Nell rit. Elle enleva quelques moules qui ne s'étaient pas ouvertes, ajouta les crevettes, le poisson, la tomate et le reste du bouillon puis laissa mijoter doucement.

« Le safran est ton passé, dit Callum. J'ai toujours voulu être ton avenir. »

Nell se retourna. « Mais Callum, le passé fait tout autant partie de moi que mon présent et mon avenir. C'est pareil pour tout le monde. » Elle pensa aux cartes de tarot, aux tirages qu'elle avait faits après la mort de sa mère. *Passé, présent, futur.* Elle les regardait rarement maintenant. D'abord parce qu'elle n'avait pas le temps, ensuite parce qu'elle avait appris à prendre des décisions sans elles. « On ne peut pas avoir l'un sans l'autre, dit-elle.

– Mais si le passé menace l'avenir ? N'est-ce pas le passé qui nous a détruits ? » Il avait les poings serrés.

« Non. » Elle s'approcha de lui et prit ses mains. Elle les ouvrit doucement. « Ce n'était pas le passé, c'était nous.

– Moi, tu veux dire. »

Elle secoua la tête. « Nous. » Elle avait beaucoup réfléchi. Et elle avait réalisé qu'ils étaient tous les deux responsables de la situation.

« Le passé ne peut pas se limiter à une personne, Callum. Ce n'est pas ma mère. » Car au bout du compte, c'est de cela qu'il s'agissait. Ou plutôt d'elle. Elle, ou ce qu'il restait d'elle, son souvenir, c'était la menace qu'il ressentait. Et Nell devait accepter que, pour Callum, c'était une réelle menace. Même maintenant qu'elle n'était plus là.

« Je sais, murmura-t-il. Je suis désolé.

– Et maintenant…, dit-elle.

– Et maintenant ?

– Je suis enceinte, Callum. »

Il la regarda fixement.

C'était un drôle de choc, Nell le savait. Elle n'arrivait toujours pas à y croire. Mais elle avait fait le test et c'était vrai. C'était le résultat, cela aussi elle le savait, de leur étreinte passionnée et désespérée, la nuit de son retour du Maroc.

Callum tendit les bras. Il posa ses mains larges sur le ventre de Nell. Un peu hésitant d'abord. « Oh, Nell », dit-il. Puis son expression changea. « Et tu veux qu'on essaie encore une fois. C'est ça ? Pour le bien du bébé ? »

Elle scruta son visage. « Oui, je veux qu'on essaie encore. » Elle était bien placée pour savoir que rien ne pouvait remplacer un père. Sa mère avait été la personne la plus aimante, la plus indomptable qu'elle ait jamais connue, mais même elle ne pouvait pas être deux personnes à la fois. Elle ne pouvait pas compenser la perte, ni l'expliquer. Et ce n'était pas ce que Nell voulait pour son enfant. « Mais pas uniquement pour le bien du bébé. »

Elle n'eut pas besoin d'en dire plus car il parut comprendre. Il la prit dans ses bras et l'embrassa tout doucement.

Je ne suis pas ma mère, se dit-elle. *Et je ne me laisserai pas piéger, ni par le passé ni par le présent.*

Nell retourna quelques minutes plus tard à son bouillon qui mijotait sur la cuisinière en fonte. Elle le goûta et ajusta l'assaisonnement. « Sens. » Elle tendit la cuillère. Il renifla. « Goûte. » Elle attendit. « Qu'est-ce que t'en penses ? »

Il fronça les sourcils. « Un peu salé. Un peu sucré. C'est vraiment bon, Nell. »

Elle sourit. Il allait y arriver. Un jour, il goûterait la magie.

46

Maroc, 1979

Glenn continua à s'impliquer dans la vie à la ferme et travailla dur au rythme oscillant de tous les autres hommes ici. Les heures passaient très vite. Les jours aussi. Glenn fut choqué quand il réalisa qu'il était là depuis un an.

« Je n'ai pas envie de partir, dit-il à Moustapha, mais il le faut.

– Même si tu as trouvé l'endroit qui te convient ? »

Glenn pensa à Bethany. Est-ce que ça pouvait être aussi simple ? Était-ce trop tard pour aller en Angleterre et partir à sa recherche ? Comment pouvait-il vivre sans savoir pourquoi elle l'avait quitté ?

Moustapha le regarda sereinement. Son regard disait que tout homme a le choix. « Si tu es tourmenté, pourquoi ne m'accompagnerais-tu pas à Essaouira, demain ? J'ai quelques affaires à régler là-bas. Il y aura de la musique gnaoui sur la place. On arrivera vers midi et on repartira vers minuit. »

Glenn hésita. Il n'avait pas envisagé d'y retourner. Mais à présent, il se sentait bien, en bonne santé, et il était certain que le virus, si c'en était bien un, avait quitté son corps. Il avait travaillé dur pour Moustapha et sa famille, et maintenant il devait songer à avancer. « D'accord, dit-il, pourquoi pas ? »

C'était bizarre de revenir. La ville lui paraissait à la fois familière et étrangère. Il n'en revenait pas d'avoir vécu si longtemps ici. Sur la place, il regarda les musiciens dans leurs tuniques blanches. La musique commença sur un rythme lent qui accéléra progressivement. Et comme toujours, elle s'insinuait dans la tête de ceux qui l'écoutaient jusqu'à atteindre leur âme.

« Eh, vieux… » La voix était familière. « Je croyais que tu avais quitté la ville. »

Glenn se retourna et vit Howard. Il n'avait pas vraiment changé. Son visage était peut-être plus bronzé, plus buriné, mais il portait son éternelle chéchia froissée. C'était étrange. Cela ne faisait qu'un an et pourtant ça lui paraissait beaucoup plus lointain. Glenn se demanda si le chemin qu'il avait parcouru n'était pas effectivement plus long. Ça ressemblait plus à une éternité. « Mais j'ai bien quitté la ville.

– T'es allé où ? À Fès ? Casablanca ? Marrakech ? » Howard lui offrit une cigarette.

Inversion des rôles, pensa Glenn se rappelant le jour où ils s'étaient rencontrés. Il la prit, par politesse, car il ne fumait plus beaucoup à présent. « Juste dans les montagnes. » Il agita la main en direction de l'Atlas. Howard trouverait sûrement cela bizarre, mais depuis sa maladie, Glenn ne cherchait plus vraiment la compagnie des autres. C'était déjà difficile pour lui de se retrouver sur cette place très fréquentée, au milieu de tous ces gens. Ça lui donnait la chair de poule et il se demandait s'il n'aurait pas mieux fait de rester à la ferme. Seulement… c'était la musique qui l'avait tenté. Il voulait l'entendre encore une fois. Et il voulait se prouver qu'il était capable de sortir, qu'il pouvait encore partir et aller en Angleterre pour retrouver Bethany.

« Les montagnes ? Ça alors ! » Howard secoua la tête. « Ça t'a vraiment fichu un coup, pas vrai ? » Il se pencha vers lui, sa voix était douce et bizarrement complice.

Howard était différent, réalisa Glenn. Il ne semblait plus si assuré. Il avait les yeux vitreux. Ce n'était pas le Howard que Glenn avait connu. « Quoi ? » Il fourra les mains dans les poches de son jean tentant de se concentrer encore une fois sur la musique. Mais il savait.

« La façon dont elle t'a quitté. Cette fille, Bethany. La façon dont elle est partie ce jour-là.

– Sans doute, oui. » Glenn n'avait pas franchement envie d'avoir cette conversation et certainement pas avec Howard. Il s'était souvent demandé pourquoi elle l'avait quitté et il n'en avait toujours aucune idée. Les couples qui se séparaient, il y en avait des tas. Chacun partait ensuite de son côté. Mais pourquoi ne lui avait-elle rien dit ? Ce n'était pas son genre d'être sournoise. Elle avait toujours été ouverte et franche. Il se dit que c'était sa faute. Ça ne pouvait être que sa faute. Elle se comportait bizarrement les derniers temps. Mais peut-être pensait-elle la même chose de lui. Bon sang, il suffisait de le regarder aujourd'hui. D'abord il avait attrapé cette drôle de maladie, et maintenant il vivait dans les montagnes, travaillait à la ferme, passait des heures à écrire des poèmes ou à contempler la plaine. Glenn regarda autour de lui mais Moustapha était quelque part dans un restaurant local et il ne le retrouverait pas avant minuit sur le front de mer.

« J'ai toujours cru que tu l'avais suivie en Angleterre. » Howard plissa les yeux. « J'ai toujours cru que tu avais fini par découvrir pourquoi elle était partie. » Glenn le regarda en clignant des yeux. Ses mots lui firent complètement oublier la musique et les gens autour. « Pourquoi elle était partie ? » répéta-t-il. Mais peut-être qu'Howard ne pensait pas la même chose que Glenn. Peut-être qu'Howard, lui non plus, ne savait rien. Il secoua la tête. « Non. » Pas encore du moins.

Une fois le morceau terminé, les musiciens sourirent, s'inclinèrent et annoncèrent qu'ils prenaient une courte pause.

« Et Giz ? demanda Glenn à Howard. Il est toujours par là ? » Il aurait bien aimé le revoir, une dernière fois. Ils s'étaient bien marrés quand même, tous les trois au riad, puis tous les quatre quand Bethany était venue s'installer avec eux. Pendant quelque temps, c'était… pas parfait, non, rien n'était parfait. Mais c'était sympa, très sympa. Ils travaillaient bien ensemble, ils avaient à peu près les mêmes valeurs, ils veillaient les uns sur les autres, ils mettaient en commun leurs ressources. Mais rien ne durait éternellement. Les communautés restaient malgré tout constituées d'êtres humains, d'individualités.

Howard haussa les épaules. « Il est parti il y a un mois environ.

– Il est parti où ?

– Qu'est-ce que j'en sais ? » Il semblait mal à l'aise. « Tu veux une bière ? »

Glenn ne buvait pas d'alcool à la ferme, personne n'en buvait. Il avait perdu l'habitude. Mais Howard voulait de la compagnie et ce qu'il avait dit à propos de Bethany incita Glenn à accepter. « Bien sûr. »

Glenn ne tarda pas à réaliser qu'Howard était déjà bourré quand ils s'étaient retrouvés sur la place. Lorsqu'il alla pisser après sa deuxième bière, c'est tout juste s'il tenait encore debout. À moins qu'il n'ait consommé autre chose que son herbe habituelle. Il avait les pupilles dilatées et il se comportait vraiment bizarrement. C'était étrange. Glenn n'avait jamais vu Howard dans cet état durant toutes les années qu'ils avaient passées ensemble au riad. Gizmo, oui. Glenn récupérait souvent une couverture dans sa chambre pour couvrir Gizmo quand il s'endormait n'importe où après avoir trop bu ou trop fumé. Mais Howard... Howard contrôlait toujours la situation.

« Je pourrais te le dire, vieux... » Il se pencha par-dessus la table vers Glenn.

« Quoi ? » Encore une fois, il se sentit mal à l'aise. Il voulait partir. Il voulait retourner vers ce qu'il considérait désormais comme la réalité. Mais ce n'était pas encore minuit et quelque chose de plus fort l'obligeait à rester. Il regarda les autres types du bar, la moitié d'entre eux n'étaient pas très frais, et il les observait d'un œil différent, d'un œil nouveau. L'œil d'un type qui menait désormais une vie aux antipodes de la leur.

« Pourquoi elle est partie. »

Glenn se redressa. Alors il avait eu raison finalement. Quel salaud ! Que savait-il ? « Pourquoi ? » Il tenta de parler d'une voix calme.

Howard essaya de toucher son nez avec son index mais il le loupa et atteignit sa joue à la place. « Elle était enceinte », dit-il.

Tout se mit à tourner autour de Glenn. Il fixa Howard. « Quoi ?

– Elle était enceinte.

– Enceinte ? » Glenn essaya de calculer. Était-ce possible ? C'était un an auparavant. Qu'est-ce que ça signifiait ? Qu'à présent, elle avait un bébé. Leur bébé ? Il eut une vision soudaine de Bethany, triste, vulnérable, enceinte, retournant en Angleterre pour donner naissance au bébé, seule. Pourquoi aurait-elle fait ça ? Pourquoi ne lui avait-elle rien dit ? Bon sang ! Pourquoi ne lui avait-elle rien dit ?

« Elle allait s'en débarrasser, dit Howard.

– Sale menteur ! » Pourquoi l'aurait-elle dit à Howard et pas à lui ? Ce n'était pas possible. Ça ne pouvait pas être possible. Elle n'aurait pas pu…

« C'est ce qu'elle m'a dit. Elle le voulait pas, vieux. Pas question, elle a dit. Elle avait peur de t'en parler. Elle croyait que t'allais te mettre en rogne. » Il regarda Glenn, scrutant son expression.

Glenn réalisa qu'il tremblait. « Quand ? Elle te l'a dit quand ? » Bizarrement, cela lui semblait important. Était-ce quand ils avaient fait la « livraison » ? Était-ce pour cette raison qu'elle avait soudain changé d'avis, qu'elle ne voulait plus la faire ? Il prit sa tête dans ses mains. Pourquoi ne lui avait-elle rien dit ?

Howard but une gorgée de sa bière. « C'était ce fameux matin. »

Glenn leva les yeux. « Quel matin ?

– Bordel, le matin où elle est partie. Quand je lui ai demandé pourquoi elle se cassait. »

Ce fameux matin. Glenn regarda la place. Mais quand Bethany avait-elle découvert qu'elle était enceinte ? Il fronça les sourcils, essayant de repenser à des détails qui pourraient lui donner un indice. Les musiciens jouaient encore mais la foule s'était dispersée. Ceux qui restaient se balançaient ou dansaient en rythme, fredonnant ou chantant les paroles avec le groupe. Les projecteurs illuminaient la scène et la place. Au-delà s'étendait l'obscurité lente de la mer. La musique continuait.

Glenn était surpris d'être aussi en colère. Tu parles d'une vie contemplative et paisible ! Ça s'était passé un an auparavant. Mais il était furieux. Bethany était partie parce qu'elle était enceinte. Bethany ne voulait pas de l'enfant de Glenn. Pire, elle n'avait même pas souhaité qu'il soit au courant. « Pourquoi tu ne m'as rien dit ? demanda-t-il enfin.

– Elle m'a fait promettre de ne rien dire. »

Salaud déloyal. « Tu aurais quand même pu m'en parler. Tu aurais dû. On était censés être potes, après tout. » Bien qu'ils ne l'aient jamais été. Glenn repensa aux railleries, aux commentaires, aux piques.

Howard rit. « T'as rêvé ou quoi ? railla-t-il. Toi et moi, on n'a jamais été potes, vieux. On vivait ensemble, c'est tout. »

Il avait raison. « T'as toujours eu une dent contre moi », dit Glenn. C'était un fait. Il ne savait pas pourquoi.

« Ouais, en fait… » Howard plissa les yeux. « Tu y as peut-être échappé. Mais mon frère, il s'est battu au Vietnam.

– Quoi ? » Howard était australien. Mais bien sûr, ils avaient une conscription là-bas en 1966.

« Exactement comme tous les pauvres idiots. » Howard se balança sur sa chaise, sortit un paquet de cigarettes à moitié écrasé de la poche de son jean et des allumettes. « Il croyait qu'il allait devenir un héros. » Il craqua une allumette, protégeant la flamme de la brise avec ses paumes. « Il a été envoyé là-bas pour vous aider, vous les salauds d'Amerloques, à anéantir un autre pays. »

Glenn le regarda tirer une longue bouffée. C'était donc ça ! Pas étonnant qu'il en ait fait baver à Glenn. Soudain, tout était clair. « Qu'est-ce qui lui est arrivé ? » Était-il mort sur le champ de bataille ? Pas étonnant que le type soit si amer.

Howard secoua la tête. Il but une gorgée de bière. Quelques gouttes dégoulinèrent sur son menton et il s'essuya le visage avec le dos de la main. « Il est rentré à la maison. Il était complètement ravagé. Déjà qu'il ne savait pas quoi faire de sa vie avant de partir, alors après… Il a vu des choses, vieux… » Il jeta un coup d'œil à Glenn. « Mais tu peux pas savoir, toi… Putain d'insoumis. »

Glenn resta silencieux. Que pouvait-il dire ? La culpa-bilité était un sentiment inutile. Ça n'aidait personne.

« Il a souffert. Anxiété, stress, traumatisme, la totale. Quand je suis parti, il était devenu agoraphobe et alcoo-lique. Il avait besoin de contrôler sa vie. Mais après le Vietnam, il n'était plus bon à grand-chose. »

Merde. Glenn se leva. Il était inutile de dire quoi que ce soit. C'était fait. C'était fini. C'est pour cela qu'ils avaient tous manifesté, protesté. Mais il n'allait certaine-ment pas débattre de la guerre du Vietnam avec Howard. Pourtant… « C'est raide… Personne n'aurait dû…

– Ouais, t'as raison. Personne n'aurait dû. » Howard se leva lui aussi. « Il fallait qu'elle s'en débarrasse, vieux », dit-il. Il sourit et pendant une seconde il ressembla à l'Howard d'avant. « Après tout, elle savait pas qui de nous deux était le père. »

Glenn lui envoya son poing dans la figure avant de réaliser ce qu'il allait faire. Il lut la surprise sur le visage d'Howard puis le vit s'écrouler au sol. Un filet de sang s'échappait de sa bouche. Tout pacifiste qu'il était, Glenn avait encore envie de le frapper. Il l'aurait bien piétiné, il aurait bien enfoncé son visage dans le sol pour le faire taire. Tu parles d'un pacifiste ! La colère lui brûlait les intestins et la gorge ; elle remplissait sa tête d'une flamme rouge.

Il prit une profonde inspiration, ferma les yeux quelques instants et les rouvrit. Quelqu'un aidait Howard à se relever. Ses lèvres saignaient et il chancelait, mais il avait toujours ce sourire. C'était sûrement minuit.

Glenn partit.

47

Amy jeta un dernier coup d'œil à l'exposition. Tout était prêt pour l'ouverture. Elle ne pouvait rien faire de plus. Elle avait essayé d'agencer le tout afin que le visiteur, en franchissant le seuil de la première salle, soit directement transporté au Maroc, d'abord avec les bleus et les jaunes du jardin Majorelle, puis les grandes plaines désertiques et les dunes, jusqu'aux sommets brumeux et roses de l'Atlas. Et au centre, les champs de safran mauves en pleine floraison.

Elle avait procédé différemment pour les photos d'intérieur. Elle les avait agencées de telle sorte que le visiteur ait à chaque fois l'impression d'entrer dans une pièce différente : l'intérieur d'une vieille maison berbère, la grandeur décadente du vieux riad d'Essaouira, les souks avec leurs tapis et les rangées bien nettes de babouches en cuir pailleté. Et puis il y avait les gens : les filles aux mains ornées de motifs délicats rouge-ocre au henné ; les vieux pêcheurs avec leurs filets et leurs seaux remplis de poissons frétillant au soleil ; les gamins à la peau brune jouant au foot dans les ruelles roses de la médina ; le charmeur de serpents avec sa longue barbe blanche et ses cheveux tressés entremêlés dans son turban… Tout était là. La majeure partie du moins. Amy avait choisi ses photos préférées, mais elle avait aussi créé une histoire, une narration picturale du Maroc aujourd'hui.

Et c'est ainsi qu'elle avait appelé l'exposition : « *Le Maroc aujourd'hui* ».

Jake avait fait un tour dans les salles tout à l'heure. Elle ne l'avait pas beaucoup vu ces derniers temps, mais il lui avait donné de ses nouvelles par téléphone ou mail et lui avait transmis les coordonnées de ses différents contacts qui pourraient être intéressés par son travail. Plusieurs d'entre eux viendraient à l'exposition. « Alors, soyez prête… » Elle savait ce que ça voulait dire. Elle avait son CV et son portfolio à portée de main et une enveloppe dans son sac.

Il était toutefois passé une ou deux fois. Pour voir comment ça avançait, avait-il dit. Pour la voir ? Elle n'en avait aucune idée. Elle avait toujours su avant quand un homme s'intéressait à elle – en général, il le lui faisait rapidement comprendre. Mais Jake Tarrant…

Elle savait quelque chose de son passé, mais elle ignorait s'il était célibataire en ce moment. C'était peu probable. Il était séduisant, sociable, intelligent… Pourquoi serait-il seul ? Au Maroc, elle s'était demandé ce qu'il voulait. Elle avait eu l'impression qu'il voulait tenter quelque chose. Mais à présent ? Tous les signes lui disaient qu'il considérait Amy simplement comme une amie. Ils étaient allés boire un verre un soir et avaient passé beaucoup de temps à discuter de l'exposition et des événements autour, et de pas grand-chose d'autre. Et quand il l'avait raccompagnée chez elle, il l'avait simplement embrassée sur les deux joues, comme toujours, puis s'était éloigné, seul, dans l'obscurité. Il ne s'était pas attardé. Non qu'elle veuille qu'il s'attarde. Seulement… cette odeur de cuir et de pamplemousse, cette façon qu'il avait de s'approcher un peu trop d'elle… Elle restait persuadée – relativement – qu'elle ne voulait pas de ça dans sa vie, qu'elle était bien mieux lotie ainsi. Mais ça ne l'avait pas laissée indifférente. Elle savait que ça ne l'avait pas laissée indifférente. *Quelle idiote tu fais*, se dit-elle.

« Vous avez fait un excellent travail, avait-il dit quand il avait fait le tour de son exposition dans l'après-midi. Je suis fier de vous. »

Elle avait souri. C'était le genre de commentaire qu'auraient pu faire sa mère et sa grand-tante. Elle aurait pu s'offusquer presque, ça laissait entendre qu'il n'était pas étranger à la qualité de son travail. Mais elle ne se mettait plus en rogne. Elle avait réalisé qu'elle avait réellement besoin de Jake pour travailler avec elle sur ce projet. Elle n'aurait jamais pu tout faire toute seule. C'était un homme doué, accompli, quoiqu'un peu irritant de temps à autre. Mais elle le respectait. Elle *voulait* qu'il soit fier d'elle, réalisa-t-elle. *Oh, mon Dieu* !

Dans la salle *Curcuma* (Jake avait suggéré de donner à chacune des salles de la galerie un nom d'épice utilisée dans la cuisine marocaine), il y avait l'atelier de tissage, animé non pas par une femme âgée dont la pratique du tissage correspondait à une vieille tradition, mais par une jeune fille d'une vingtaine d'années qui s'appelait Jo. Jo, qui portait un fard à paupières bleu vif et un fard à joues rose bonbon, savait comment utiliser un métier à tisser à la marocaine, et inutile de dire que son atelier était plein.

Dans la salle *Paprika*, Jake avait organisé une autre exposition rassemblant les œuvres d'artistes marocains prêtées par différents centres artistiques et musées du Royaume-Uni et d'autres pays. Le soir, trois films seraient projetés dans la salle *Gingembre*, et dans le hall de la galerie (*Cannelle*), on avait installé un stand d'information sur le Maroc en tant que destination touristique. C'était l'un des employés d'une agence de voyages de Lyme qui s'en occupait. Dans la salle *Safran*, la cuisine de la galerie, se tenait l'atelier cuisine, animé par Jenny, qui avait écrit le livre sur la cuisine marocaine illustré par les photos d'Amy. Il serait publié dans six mois. Il y avait deux fois plus de personnes que prévu et Jenny avait fort à faire dans un si petit espace. Amy avait proposé que Nell anime un autre atelier s'ils pouvaient trouver un lieu. Mais Nell avait objecté qu'elle était encore en train d'apprendre. De plus, elle était déjà bien occupée, avait-elle dit. Elle était en plein déménagement et s'occupait d'aménager son restaurant. Toutefois, elle serait là ce soir et Amy était impatiente de la revoir. Elle avait déposé quelques prospectus présentant le concept de Nell, son restaurant éphémère, au stand d'information ainsi qu'à l'atelier de cuisine, et elle en avait laissé quelques-uns aussi sur la table en verre autour de laquelle les gens pouvaient s'asseoir quelques instants et profiter des photos. Elle était certaine que cela lui ferait une bonne publicité.

Jake entra en brandissant une bouteille de champagne et deux verres. Ses cheveux hérissés se dressaient pratiquement sur sa tête et une barbe de quelques jours assombrissait sa mâchoire. Il était fatigué, réalisa-t-elle. C'était important pour lui et il avait vraiment travaillé dur pour obtenir ce résultat.

« Nous devrions boire à notre succès, dit-il pour répondre à son regard interrogateur.

– Et les autres ? » Amy devrait partir à la recherche de Duncan plus tard pour lui donner l'enveloppe dans son sac. Elle était pratiquement certaine que ça ne lui ferait rien. Elle se dit que l'on ne pouvait pas revenir en arrière de toute façon. Et dans ce cas précis, il n'y avait pas d'avenir non plus. Pas pour Duncan et elle, en tout cas.

Jake haussa les épaules. « C'est notre moment, Amy. »

Notre moment…

Il lui passa les verres. Il dégagea doucement le bouchon du goulot jusqu'à ce qu'il émette un bruit sec, « pan », suivi d'un sifflement.

Amy rit et leva les verres. Pourquoi le champagne faisait-il toujours un tel effet ? C'était irrésistible. Il vous faisait rire avant même que vous n'en ayez bu une gorgée.

Il lui prit un verre des mains. « À nous. » Et il passa son bras sous celui d'Amy. Sous la veste en cuir, elle vit les manchettes de sa chemise en lin rose pâle. Qui pouvait bien penser que le rose n'était pas une couleur virile ?

« À nous », murmura-t-elle. À nous ? Que disait-elle ? Que disait-il ? Elle ne pouvait pas se résoudre à le regarder. Il voulait sans doute juste parler du travail. « Et à l'exposition, bien sûr », dit-elle avec entrain.

Il haussa les sourcils et la regarda d'un air interrogateur. « Bien sûr », puis il sirota son champagne. La regarda avec ses yeux couleur thé. *Longs cils*, pensa-t-elle.

Une fois encore, il s'était trop approché. Amy ne savait pas quoi dire. Elle se dépêtra. Ils s'assirent à la table en verre et elle se réjouit de la distance qu'elle mettait entre eux. Trop de proximité pouvait être déconcertante. « Alors, tout est prêt pour demain ?

– Il ne manque plus que les gens. » Il lui sourit avec une telle chaleur qu'Amy eut presque la même sensation que lorsque le soleil chauffait sa peau.

« Ils viendront. » Il y avait eu des articles et des photos dans les journaux et les magazines locaux, des interviews sur les radios locales. Elle en avait fait une. L'événement avait même fait l'objet d'un article dans la presse nationale. Duncan s'était empressé de le montrer à Amy. Il n'était pas peu fier ! Jake avait réussi à éveiller l'intérêt de la population au bon moment. Il s'était servi de la date anniversaire des premiers liens diplomatiques entre le Maroc et la Grande-Bretagne, le premier émissaire marocain s'était rendu en Grande-Bretagne en 1213, pour justifier la tenue d'un tel événement et avait su atteindre son public. Trouver le bon moment, c'était le secret. Le Maroc devenait de plus en plus attrayant aux yeux des Britanniques.

Jake consulta sa montre. « Et dans une heure, nous avons le vernissage », lui rappela-t-il.

« Dans une heure ? Je ferais mieux de filer chez moi pour me changer. » Amy posa son verre. Ils avaient dressé une petite liste de convives pour le vernissage et la réception. Elle comprenait quelques proches – ses parents, sa grand-tante Lillian, Nell et Callum (Nell l'avait appelée la veille, le jour de Noël, rien de moins, pour lui annoncer d'une voix un peu voilée que Callum était de retour dans sa vie. Et Amy était contente pour elle, bien sûr), Francine et Mike – et la presse. Jake avait invité quelques personnes aussi, tout comme Duncan. Seraient également présents les artistes et les personnes qui animaient les ateliers, soit une trentaine de convives au total.

Jake posa sa main sur les siennes. « Vous êtes parfaite comme ça. »

Amy regarda ses mains, enveloppées dans la chaleur de la sienne, puis son uniforme habituel : une longue jupe blanche, un chemisier en coton blanc et un blazer cintré. « Merci, mais... » Elle voulait être un peu plus glamour.

« Amy...

– Oui ? » Il n'avait pas retiré sa main. Si elle tendait le bras par-dessus la table, elle pourrait enlever la petite poussière sur l'épaule de sa veste en cuir. Mais elle n'allait pas le faire. Bien sûr que non.

« Je n'aurai peut-être pas l'occasion de vous parler plus tard. »

Il semblait très sérieux. *Pourquoi ?* se demanda-t-elle. Seraient-ils tous les deux à ce point sollicités ? Et elle sentit une pointe de déception. Elle avait à moitié imaginé qu'elle sortirait avec lui ensuite. Qu'ils iraient dîner ensemble peut-être. Il se pencherait par-dessus la table et prendrait sa main. L'inviterait à danser. Il faudrait donc que ce soit quelque part où l'on puisse porter une longue robe du soir, dîner et danser au son d'un orchestre. Elle glisserait sur la piste de danse, il la prendrait dans ses bras, et elle inhalerait l'odeur – cette odeur – de cuir et de pamplemousse. Non, pas de cuir, parce qu'il ne porterait pas sa veste. Elle se laisserait aller dans ses bras et ils se déplaceraient gracieusement et sans effort sur la piste au son de la musique. À la fin de la soirée, il essaierait de l'embrasser mais elle l'en empê-cherait en lui donnant un petit coup d'éventail – il fallait qu'elle pense à en prendre un – et elle lui dirait. Elle lui dirait… Non. Tu n'es qu'un rêve.

« Amy ? » Il fronça les sourcils.

« Oui ? » Elle réalisa qu'il avait enlevé sa main.

« Les choses ont changé pour moi ces derniers temps, dit-il.

– Les choses ont changé ?

– Tout va très bien, maintenant. » Il soupira. « Ce que je vous ai dit l'autre soir au pub… je voulais juste que vous sachiez que ça n'a plus d'importance maintenant. »

Elle savait à quoi il faisait allusion. Sa femme qui était partie avec son meilleur ami. Mais pourquoi cela n'avait-il plus d'importance ? Qu'est-ce qui avait pu se passer ? Et qu'essayait-il de lui dire ?

« En fait, j'aimerais qu'on reste en contact, poursuivit-il. Une fois que tout ça sera terminé. »

Elle le regarda en clignant des yeux. Il n'y avait pas le moindre signe. Pas de tentative pour l'attirer contre lui. Pas de sourire. Il avait même dégagé sa main de la sienne. Et qu'avait-il essayé de lui dire à propos de son ex-femme ? De quel revirement voulait-il parler ? En quoi les choses allaient-elles mieux pour lui à présent ?

Avait-il rencontré quelqu'un ? « Je suis sûre qu'on restera en contact… Si vous avez besoin d'une photographe… »

C'était censé être une plaisanterie, mais il ne rit pas. Il se leva et elle l'imita.

« À plus tard. » Il la regarda longuement, une dernière fois, puis quitta la pièce.

Pendant quelques instants, Amy se sentit étrangement démunie. Elle prit la bouteille de champagne à moitié vide et l'emporta dans le bureau de Duncan. Il n'était pas là, aussi la posa-t-elle sur le bureau. Elle sortit ensuite l'enveloppe de son sac et l'adossa à la bouteille.

Elle s'apprêtait à quitter la pièce quand une feuille de papier attira son attention. Une liste d'invités, réalisa-t-elle. Pour la réception. Machinalement, elle la parcourut du regard. Elle connaissait la plupart des gens ou avait entendu parler d'eux ; il y avait ses invités, ceux de Duncan. Jake Tarrant, Melanie Tarrant. *Melanie Tarrant…* ? Elle se figea. Qui était Melanie Tarrant ? Une parente ? Certainement pas sa mère avec un prénom pareil ! Ça ne pouvait quand même pas être son ex ? Et pourtant, elle repensa à son expression quand il avait parlé d'elle au pub. Il ne s'était pas remis de cette séparation. Il ne l'avait pas oubliée. N'importe quel idiot s'en serait rendu compte. Que venait-il de dire ? *Les choses ont changé pour moi ces derniers temps…* Quelles choses ? Était-elle revenue dans sa vie ? C'était ça ? Il avait dit à Amy qu'il ne pourrait pas lui parler ce soir. Alors pourquoi le champagne ? Qu'est-ce qu'il tramait ? Avait-il les mêmes intentions que Duncan finalement ? Que cherchait-il ? À moins qu'il ne s'agisse que d'une relation professionnelle au bout du compte ?

Il fallait qu'elle file. Elle devait repasser chez elle pour se changer et être de retour avant l'arrivée des convives. Pourtant, elle n'était plus du tout pressée. Soudain, elle n'attendait plus la soirée avec la même impatience…

Au vernissage, Amy repéra immédiatement Melanie Tarrant. D'abord, elle était resplendissante avec ses cheveux blonds savamment remontés, quelques mèches délicates retombant sur sa nuque gracieuse, ses bijoux en or discrets, sa longue robe noire élégante et sa silhouette de rêve. Ensuite, Jake se tenait tout près d'elle, la main dans le creux de ses reins, tandis qu'il la présentait à Duncan. Ça ne pouvait pas être une parente ; ils ne se ressemblaient pas du tout. Et Jake avait un air possessif ce soir, dans son costume noir bien coupé, sa chemise crème et sa cravate marron. C'était sa femme, elle en était certaine. Amy, vêtue de sa robe rouge en soie vintage qu'elle avait trouvée si éblouissante la semaine précédente quand elle l'avait passée dans le magasin, se trouva tout à coup banale et mal fagotée. Elle aurait voulu rentrer sous terre. Au lieu de quoi, elle dut sourire, discuter, siroter son champagne tout en feignant d'avoir oublié cette autre bouteille de champagne qui avait été ouverte une heure et demie auparavant.

Puis Nell arriva. Elle semblait si heureuse ! La grossesse lui allait bien, se dit Amy. Ou il y avait autre chose. Elle s'était inquiétée quand Nell s'était confiée à elle juste avant Noël. Ce n'était pas le moment idéal pour découvrir que l'on était enceinte alors que l'on venait de se séparer de son mari. Mais déjà à l'époque, Amy avait eu le sentiment que ce n'était pas fini entre eux. Nell portait une robe bleue avec de la dentelle, des talons hauts, un collier délicat avec un pendentif en forme de goutte et des boucles d'oreilles. À ses côtés, un homme de grande taille, séduisant, respirant la santé avec son teint hâlé, la regardait d'un air protecteur. Callum.

« Amy. » Elles s'embrassèrent et Nell les présenta.

« Je suis ravi de faire ta connaissance », dit Callum. Il avait des yeux noisette chaleureux et une sincérité dans sa voix qu'Amy apprécia immédiatement. Il semblait plus calme qu'elle ne l'avait imaginé et plus détendu.

« Moi aussi, dit-elle. Bienvenue à notre exposition sur le Maroc. Je peux t'offrir quelque chose à boire ? » Elle fit signe à la serveuse qui travaillait pour eux ce soir-là.

« Merci, dit-il. C'est incroyable ce que vous avez fait là. »

Nell hocha la tête avec enthousiasme. Elle prit le bras d'Amy. « Amy, il faut qu'on parle.

– Oui, bien sûr. C'est un peu délicat en ce moment. Viens, je vais vous présenter à ma famille. »

Amy les présenta à ses parents et à sa grand-tante.

« Vous êtes une parente ? » demanda Lillian en regardant Nell avec curiosité.

C'était un ange. Amy avait eu du mal à faire correspondre l'image de Mary dans l'histoire qu'avait racontée Lillian avec celle de sa grand-mère. Et elle savait que sa grand-tante avait eu peur qu'elle lui en veuille, qu'elle ne comprenne pas. Mais Amy avait immédiatement ressenti de la compassion pour la jeune Lillian qui avait vécu dans l'ombre dorée et glamour de sa sœur aînée. Elle n'avait jamais été proche de sa grand-mère, pas comme elle l'était de Lillian. Amy avait toujours connu sa grand-mère malade ; elle était morte alors qu'Amy était encore très jeune. C'était injuste. Mais elle n'avait jamais eu l'occasion de la connaître vraiment. Quant à son grand-père, il avait trouvé la mort dans un accident sur les terres de la ferme avant la naissance d'Amy et elle savait que sa mère en avait été très affectée. Ils étaient proches. Pas étonnant que Celia se soit consacrée entièrement à son travail par la suite. C'était un moyen de s'échapper, Amy était bien placée pour le savoir.

« Juste une amie très chère, dit Amy à sa grand-tante en serrant le bras de Nell. Et voici Francine et Mike. »

Elle se pencha vers Nell. « Viens, je vais te montrer la salle *Safran*. »

Elle vit les doigts de Callum toucher ceux de Nell. « Je vais rester là un moment », dit-il. Et il se tourna vers Mike et Francine. Amy était contente qu'ils aient pu venir. Elle savait que ce n'était pas facile avec des enfants en bas âge et que chaque fois qu'ils voulaient sortir, ils devaient trouver une baby-sitter. Mais Francine était une amie très chère, elle aussi.

« Ça va ? demanda Amy à Nell tandis qu'elles se faufilaient à travers la foule. Callum…

– Oh, ce n'est pas de Callum qu'il s'agit…

– En tout cas, je suis contente pour toi. » Amy lui donna l'accolade.

« Merci », murmura Nell.

Mais la salle *Safran* était pleine à craquer elle aussi. Les journalistes prenaient des photos et Amy dut poser avec Duncan. Quand ils découvrirent qu'elle était la photographe dont les œuvres étaient exposées dans le grand hall, on la fit retourner là-bas pour qu'elle pose devant la safranière. Francine, mince et élégante dans une robe de soirée noire moulante, regardait la scène. Elle fit un clin d'œil à Amy.

« Ne restez pas si loin l'un de l'autre, approchez-vous, dit le journaliste. Voilà, comme ça c'est mieux. »

Duncan souriait de toutes ses dents et semblait particulièrement content de lui. Il passa le bras autour de la taille d'Amy qui aperçut Jake en train de les regarder. Il fronçait les sourcils. Que pouvait-elle faire ? Elle n'allait quand même pas dire : « Désolée, je ne veux pas poser avec mon patron, qui soit dit en passant est mon ancien amant. » Ce n'était pas sa faute si les journalistes attribuaient tout le mérite à Duncan et à elle plutôt qu'à l'organisateur d'événements qui avait pratiquement tout orchestré.

« Qu'est-ce qui se passe avec Jake ? » demanda Nell quand le photographe les libéra enfin. Elle était en train de regarder dans sa direction. « Et qui est cette femme avec lui ? » Elle semblait sur le point d'aller les rejoindre.

« N'y va pas. » Amy posa la main sur son bras. « C'est sa femme.

– Sa femme ?

– Ne les regarde pas. »

Nell écarquilla les yeux. « Je ne savais pas qu'il était marié.

– C'était son ex-femme, dit Amy. Jusqu'à très récemment.

– Oh, Amy.

– Ça va, Nell, je t'assure. » Elle n'avait vraiment pas envie que l'on ait pitié d'elle. Mais elle était presque surprise de découvrir que non, ça n'allait pas, ça n'allait pas du tout même.

« Tu es sûre que tu ne te fais pas des idées ? » demanda Nell. Elle regarda encore une fois dans leur direction, leur fit signe, mais resta heureusement à côté d'Amy. Amy ne voulait pas voir Nell discuter avec Mrs Melanie Tarrant. C'était plus qu'elle n'en pouvait supporter.

« Mais non, je ne me fais pas de fausses idées. Ça se voit que c'est sa femme ! » Soit elle était là, soit elle n'était pas là.

Duncan se fendit d'un petit discours. Il évoqua l'anniversaire des premiers liens diplomatiques entre l'Angleterre et le Maroc, plaisantant sur la promesse du roi Jean sans Terre de se convertir à la religion musulmane et affirmant que le Maroc était en partie responsable de la Grande Charte. L'assemblée rit poliment. Il dit aussi que la Grande-Bretagne qui avait entretenu d'étroites relations avec le Maroc pendant quatre cents ans avant la Première Guerre mondiale (pas tout à fait sept cents ans quand même) était en train de réaffirmer cette amitié en portant un nouveau regard, fort bienvenu, sur cette nation amie. Puis, il remercia Amy et Jake et tous ceux qui avaient aidé à la préparation de cet événement.

Amy parvint à passer la soirée sans trop se morfondre. Elle s'occupa de ses invités, discuta avec les gens intéressés par ses photos et prit bien soin d'éviter Jake Tarrant et sa superbe femme. Il l'avait dit lui-même : *Je n'aurai peut-être pas l'occasion de vous parler plus tard.* Pour ça, il avait eu raison !

À vingt et une heures trente, il ne restait plus grand monde. Seuls quelques convives s'attardaient encore dans les salles. La famille d'Amy était partie, mais Jake et Melanie étaient toujours là. Nell était restée loyalement aux côtés d'Amy. Au bout d'un moment, Amy n'y tint plus. « Allons manger une pizza quelque part, je meurs de faim », dit-elle à Nell.

– Dans cette robe ? » demanda Nell en la regardant fixement.

Elle haussa les épaules. Elle n'aurait jamais pensé que la soirée se terminerait de cette façon mais c'était l'inconvénient d'une imagination débordante. Mieux valait-il peut-être lire beaucoup de livres et vivre dans ses rêves.

Callum devait passer prendre quelque chose dans sa voiture, mais dès qu'il revint, ils tournèrent à l'angle de la rue pour aller dans un restaurant italien de la rue principale.

« Alors, qu'est-ce que vous en avez pensé ? » demanda Amy quand ils furent installés à une table près de la fenêtre.

« C'était merveilleux, dit Nell. On a vraiment été impressionnés. Surtout par tes photos. » Elle regarda Callum qui hocha la tête et sourit. « Et merci d'avoir mis mes prospectus. »

Amy serra sa main dans la sienne. « Je veux que *La Maison du Safran* ait beaucoup de succès », dit-elle.

Nell échangea un regard avec Callum. « Merci, dit-elle. Seulement…

– Seulement ?

– Amy, il faut que je te dise quelque chose. Que je te montre quelque chose, plus exactement. » Elle sortit un livre du sac en toile que Callum était allé récupérer dans la voiture. Un vieux livre ou plutôt un carnet relié en cuir.

« Qu'est-ce que c'est ?

– C'est un journal, dit-elle. Une histoire vraie.

– Qui l'a écrit ? » Amy était déconcertée.

« Oh, Amy. » Nell semblait excitée, perplexe, triste et heureuse, tout cela à la fois. « Il y a tellement à dire. Je ne sais vraiment pas par quoi commencer. »

48

Maroc, 2013

Glenn ne savait pas où étaient passées toutes ces années. Il savait en revanche qu'il était en train de mourir. Depuis quelque temps, il sentait un mal le ronger de l'intérieur, un cancer. Et un jour, il fut incapable de se lever le matin. Une femme du village vint s'occuper de lui. Il ne voulait rien de plus. Ni docteur ni hôpital. Il finirait par mourir de toute façon. La femme lui préparait des thés apaisants dont elle avait elle-même inventé la composition et des bouillons qu'elle lui faisait manger à la cuillère bien qu'il n'eût aucun appétit.

Malik venait le voir tous les jours. C'était un bon garçon. Il irait loin. Glenn avait essayé de lui inculquer quelques connaissances qu'il avait lui-même acquises grâce à Moustapha, la sagesse du monde. Il lui avait appris l'anglais aussi, cela lui serait utile. Mais Malik était intelligent. Lui aussi trouverait sa voie.

Glenn pourrait bientôt quitter ce monde en paix. « Paix à ton âme », murmura-t-il à Bethany. Il espérait, là où elle était désormais, qu'elle pouvait enfin l'entendre.

Il n'était pas allé en Angleterre pour la retrouver, comment aurait-il pu après ce qu'Howard lui avait raconté ce soir-là ? L'idée qu'elle ait pu désirer Howard aussi ainsi que la douleur de la trahison pesaient lourd dans son cœur. Ainsi, il retourna à la safranière avec Moustapha et s'y installa définitivement. Moustapha lui avait donné une hutte. Ce n'était pas grand-chose, mais c'était un abri, et Glenn avait appris à être pragmatique. Il avait réparé le toit et rafistolé les murs. Fadma lui avait donné quelques ustensiles de cuisine simples et un bout de tapis carré, effiloché et délavé. Il réalisa qu'il avait renoncé au monde matérialiste. Comment pourrait-il retourner en Amérique à présent ? Et que trouverait-il là-bas s'il y retournait ? La lâcheté avait toujours été sa honte secrète, mais tout cela était derrière lui à présent. De plus, il avait rompu avec sa famille depuis très longtemps, comment combler le fossé qui s'était creusé entre eux ? Pouvait-il retourner en Amérique sans risquer de mettre sa mère en danger en rappelant son existence au vieux ?

Glenn avait beaucoup réfléchi les premiers mois. Il avait pensé à son père et à ce qu'il avait dû endurer durant cette guerre dont il parlait toujours, en France, à Omaha Beach d'abord et dans les terres ensuite ; aux traces que ce conflit avait laissées. Rien ne pouvait l'excuser, mais Glenn fit de gros efforts, réfléchit beaucoup et trouva dans son cœur la force de pardonner à son père.

Il écrivit à ses parents en leur adressant des lettres séparées. Une à sa mère, dans laquelle il lui disait son amour et ses regrets. Une à son père, dans laquelle il proposait une réconciliation. Il en appela à la bonté de son père : c'était un héros de la guerre, il y avait forcément de la bonté en lui. Son père avait été son ennemi et les disputes incessantes entre eux avaient déchiré leur famille. Mais peut-être le vieil homme s'était-il adouci avec l'âge.

Glenn attendit, mais il n'y eut pas de réponse. C'était justement la réponse qu'avait trouvée son père : le silence. Et peut-être était-ce préférable ainsi. Il avait fui et mieux valait sans doute ne plus jamais revenir, rompre définitivement les liens. Son retour ne provoquerait que plus de souffrances encore. Il aurait certes aimé revoir sa mère mais il n'avait aucune envie de retourner en Amérique, même pour une simple visite. Ce pays lui était étranger. Le monde entier lui était étranger. En réalité, il n'était plus Glenn. Il avait cessé d'être Glenn depuis fort longtemps et d'être américain aussi. La décision n'avait pas été facile. Mais il avait renoncé à son pays natal à cause de ce qu'il avait fait : à lui, aux hommes qui avaient été envoyés au Vietnam, à ceux qui étaient restés en Amérique.

Il vivait à la ferme depuis vingt ans quand la femme de Moustapha, Fadma, tomba malade. Glenn fit ce qu'il put pour les aider et réalisa que Moustapha comptait de plus en plus sur lui et le traitait encore plus comme le fils qu'il avait perdu. Un jour, il dut retourner à Essaouira, il devait faire une course pour le vieil homme et c'est ce jour-là qu'il croisa Gizmo sur la place. Bizarrement, Gizmo n'avait pratiquement pas changé. Quant à Glenn, son vieil ami ne le reconnut même pas au départ.

« Cool, ne cessait-il de dire, en ouvrant de grands yeux. Cool ! Je t'avais pas dit qu'on se recroiserait un jour sur la route ? » Et il donna une tape dans le dos de Glenn.

« Si bien sûr que tu l'as dit. » Ce n'était pas vraiment « sur la route », mais Glenn ne releva pas. « Alors, comme ça, t'es resté au Maroc, Giz ? »

Il écarta les mains. « Pourquoi je serais parti ? C'est chez moi, ici. »

Glenn ne put s'empêcher de rire. « C'est vrai. » Du moins, ça l'était devenu.

« Je croyais que t'étais parti en Angleterre, poursuivit Gizmo. Bethany et toi. Vous alliez vraiment bien ensemble. Mais qu'est-ce qui s'est donc passé entre vous ? »

Glenn n'avait pas franchement envie de parler de Bethany. Ça l'avait blessé. Elle l'avait blessé. Il avait

455

tourné la page à présent, à quoi bon rouvrir d'anciennes plaies ? « Oh, tu sais… »

Pourtant Giz attendait.

« Il se trouve qu'elle avait aussi un faible pour Howard. Alors pourquoi je l'aurais suivie, pourquoi je me serais ridiculisé ? » Il marqua une pause.

« Quoi ? » Gizmo le fixait comme s'il le prenait pour un fou. « J'y crois pas une seconde, rétorqua-t-il. Elle ne s'intéressait pas à Howard. C'est lui qui avait des vues sur elle, ouais. Au fond, il était juste jaloux de vous. Derrière ses airs cool, il était aigri ce mec, tu sais.

– Ouais. » Glenn savait. « Alors pourquoi t'as quitté le riad, Giz ? »

Gizmo regarda la mer. « J'ai toujours bien aimé Howard. Mais quand t'es parti, c'était plus pareil. Il arrêtait pas de disjoncter. » Il secoua la tête. « Il était marié en Australie, tu sais…

– Vraiment ? » Glenn ne l'avait jamais su.

« Il en parlait pas beaucoup. Elle est partie avec les gamins et une bonne partie de son fric. Il a eu tellement les nerfs qu'il a fait une vasectomie.

– Qu'est-ce que t'as dit, Giz ? »

Glenn sentait le sang battre au niveau de ses tempes.

« Il a fait une vasectomie. Il a dit que ça l'intéressait plus de s'engager avec quelqu'un. Je suppose qu'il a changé d'avis quand il vous a vus si heureux Bethany et toi. »

Quand il les avait vus si heureux… C'est à cet instant que toutes les pièces du puzzle s'assemblèrent dans la tête de Glenn. C'est alors qu'il comprit.

Il était heureux d'avoir revu Gizmo. Bethany… Gizmo avait-il raison ? N'avait-elle jamais rien ressenti pour Howard ? Mais Glenn était une personne différente à présent et il ne pouvait pas partir à sa recherche après toutes ces années. Il ne pouvait pas laisser Moustapha et Fadma. Ils comptaient sur lui, ils n'avaient personne d'autre et depuis que Fadma était malade, Glenn s'inquiétait non seulement pour elle mais aussi pour la santé mentale de Moustapha. Et cette histoire était trop ancienne. C'était fini. Bethany l'avait quitté, quelle que soit la raison. Il avait renoncé à beaucoup de choses. Mais au moins, ici à la ferme, il avait trouvé sa place, cet endroit où vivre dont Moustapha lui avait parlé. Contre toute attente, ce paysage de l'Atlas avait donné à Glenn la paix qu'il avait toujours recherchée. Et il avait appris, bien sûr, comme beaucoup avant lui, que la vraie paix vient de l'intérieur. Il n'y a pas d'autre façon.

Il regarda la pile de papiers sur la table de fortune. Autrefois, il écrivait des poèmes. Quel romantique il avait été ! Il sourit. Mais à présent, il avait écrit sa propre histoire, telle qu'elle s'était passée ou du moins telle qu'il s'en souvenait parce que les souvenirs étaient clairsemés, sans substance, ils se brouillaient et changeaient avec le temps. On ne pouvait pas s'y fier. Pourtant, derrière la profusion de souvenirs superficiels, il y avait un noyau, l'essentiel, et c'était ce qui comptait. En tout cas, il avait écrit ce journal car il avait une histoire à raconter.

Moustapha se retrouva seul à la mort de sa femme et quand à son tour il partit, il légua à Glenn le peu qu'il avait. Quelques meubles de sa maison, bien que la plupart aient été vendus pour rembourser les dettes contractées quand il avait fallu soigner Fadma. Et le parchemin. Mais il lui avait donné beaucoup plus. Il avait appris à Glenn l'art de la contemplation, lui avait montré le chemin vers la paix. Et il lui avait fait découvrir toutes les vertus du safran.

Bethany. Il était une fois une jeune fille qui aimait le safran. Elle aimait ses secrets, son mystère, sa fleur qui s'épanouit en novembre à une période où la flore fait profil bas. Elle aimait les taches mauves et vertes ondoyant dans les champs, les pétales aussi délicats que les ailes d'un papillon. Elle aimait la course contre le temps, contre le jour au moment de la récolte, la séparation des filaments rouges poussiéreux de l'enveloppe florale dans des pièces à l'abri de la lumière, le murmure des voix, les chants entonnés doucement, tandis que la pile de filaments croît. Elle aimait l'arôme du safran qui sèche ; son odeur amère et surprenante. Elle aimait le parfum spécial qu'il apporte à un plat, réchauffant le cœur comme un rayon de soleil. Et par-dessus tout, elle aimait ce soupçon de magie.

À Essaouira, Bethany parlait souvent des Phéniciens et de leurs liens avec le safran. Elle se passionnait pour ça. Elle avait été ravie de découvrir qu'Essaouira était le site d'une ancienne cité phénicienne appelée Mogador. C'était le site idéal pour eux, situé près du débouché d'un estuaire avec un bon port naturel, un promontoire rocheux parfait pour les fortifications et un accès facile à la pierre comme matériau de construction. Les Phéniciens étaient des marins et des explorateurs, toujours poussés par le désir de découvrir de nouveaux territoires, nés pour écumer les mers.

« Comme toi et moi », dit Glenn.

Ses yeux noirs se mirent à briller. « Avant l'arrivée des Phéniciens sur la côte marocaine, la terre ici était peuplée de tribus berbères. »

Glenn le savait déjà. Il y avait des gens qui restaient à l'intérieur des terres comme ceux qui vivaient sur les contreforts de l'Atlas, autour de la safranière.

« Les Phéniciens étaient aussi des commerçants, lui dit Bethany. Ils ouvrirent de nouvelles routes et ils s'installèrent même pour de courtes périodes avec des natifs d'autres pays. » Elle haussa les sourcils. « Parfois, ils devaient passer l'hiver dans un pays. Alors ils amarraient leurs bateaux, réparaient les voiles, remplaçaient le bois. Parfois, ils attendaient simplement que le vent change.

– Et les indigènes, qu'est-ce qu'ils en disaient ? » lui demanda-t-il. Il ne savait pas où elle avait appris tout ça, mais il avait comme l'impression que cette histoire lui avait été enseignée par sa famille.

« Peut-être qu'ils se méfiaient d'eux, dit-elle. Peut-être qu'ils les enviaient parce qu'ils pouvaient rompre leurs attaches aussi facilement.

– Ah…

– Ou peut-être qu'ils aimaient voir les marchandises qu'ils apportaient d'endroits exotiques auxquelles personne n'avait accès sinon. Peut-être qu'ils les appréciaient. Je suis sûre qu'ils aimaient écouter leurs histoires. »

Glenn lui aussi aimait écouter ses histoires. « Tu as sans doute du sang phénicien dans les veines, dit-il pour la taquiner.

– Peut-être. » Et Bethany le regarda avec une certaine condescendance, comme si, secrètement, elle savait que c'était vrai.

« Ils sont allés en Cornouailles, alors ?

– En effet.

– Et à ton avis, quelles marchandises ont-ils apportées ? » demanda-t-il bien qu'il connût déjà sa réponse.

« Bien sûr qu'ils ont apporté du safran, dit-elle. Ils en apportaient partout, c'était l'un de leurs produits les plus recherchés. Ce n'était pas lourd, c'était très précieux, et c'était une épice aux nombreuses vertus. Tout le monde voulait en acheter ou l'échanger contre autre chose.

– Alors les habitants des Cornouailles achetaient le safran aux Phéniciens ?

– Ou l'échangeaient contre de l'étain. Probablement dès 400 av. J.-C. »

Glenn siffla. « Incroyable. »

Bethany hocha la tête. « Je suis sûre que c'est vrai. » Puis elle lui fit un clin d'œil. « Comment le safran aurait-il pu arriver là-bas sinon ? »

Comment en effet…

Bethany avait volontiers adopté le mode de vie marocain. Elle avait pris le pays en affection. Un jour, elle était allée voir une *shiwofa*, une femme qui pratique la magie. « Seulement de la bonne magie », lui avait-elle dit ensuite. *Khait zinadi*. Elle utilisait des cartes, une sorte de vieux tarot. Une boule de cristal. Et le Coran.

– Le Coran ? » répéta-t-il.

Après ça, plus rien ne put l'arrêter. Elle s'acheta un paquet de cartes de tarot et parfois, elle faisait brûler de l'encens et tirait les cartes, dérivant vers un autre monde, *son autre monde*, pensa-t-il à présent. Avec l'arrivée de l'automne, elle devenait toujours mélancolique. Elle regardait le temps et la température. Puis elle partait pour une safranière, non loin d'Essaouira, où elle participait à la récolte des *Crocus sativus* pendant quelques semaines. Elle le faisait toutes les années, et à son retour, elle était comme revigorée, d'une façon très subtile qu'il ne comprenait pas à l'époque mais qu'il pensait saisir à présent. L'héritage familial de la culture du safran était dans ses veines, elle était peut-être loin de la maison, mais elle était encore reliée à la route du safran.

Quand il avait vu cette fille… Il y avait quelque chose dans sa démarche qui lui rappelait tellement Bethany. Il avait ressenti une douleur lancinante dans la poitrine en la voyant. Et son sourire… c'était le sourire de Bethany. Quand elle parla, quand elle dit que sa famille était originaire des Cornouailles et qu'elle cultivait le safran, il avait presque été pris de vertiges. Comment était-ce possible ? Et pourtant, pourquoi cela ne le serait-il pas ?

Bien sûr, il l'avait questionnée sur sa mère, et l'annonce de sa mort avait été difficile à entendre, à concevoir même, Bethany avait tellement d'énergie, elle aimait tellement la vie. Sa Bethany n'était plus de ce monde. Ce fut peut-être le coup de grâce pour lui. *Paix à son âme.*

Il l'avait examinée attentivement. Il y avait un air de famille avec Bethany. Plus qu'une démarche et un sourire. Certes Bethany était grande, elle avait les cheveux noirs alors que cette fille était blonde et avait les yeux bleus. Comme Glenn. Comme Howard aussi, mais il se rappela qu'Howard était éliminé. Était-ce possible ? Howard avait dit que Bethany était enceinte et qu'elle n'allait pas garder le bébé. Mais Howard avait menti sur d'autres choses aussi. Howard était un homme malheureux, plein d'amertume. Il aurait aimé demander son âge à la fille. Mais ça ne se faisait pas. Il se souvenait encore des bonnes manières. Alors il resta silencieux. Peut-être y avait-il d'autres familles qui cultivaient le safran en Cornouailles. Peut-être cherchait-il des ressemblances là où il n'y en avait pas. Et au bout du compte, si elle était bien la fille de Bethany, si elle était venue jusqu'ici en raison de son amour pour le safran, de l'amour de sa mère pour le safran, alors ça suffisait.

Quand même… « Votre mère a-t-elle séjourné au Maroc ? » lui avait-il demandé parce qu'il était incapable de résister.

« Elle n'en a jamais parlé. »

Elle n'en a jamais parlé. Mais Glenn savait reconnaître ce qu'il avait devant les yeux. Ce n'était pas le fruit de son imagination. Il le savait, comme il avait toujours su le reste, au plus profond de son âme. Mais pourquoi Bethany n'aurait-elle jamais parlé du Maroc ? De lui ? Avait-il été si désagréable ? Il soupira, sentit un élancement, qui semblait accompagner chaque respiration à présent. Il devait s'affranchir de tout cela, comme il s'était affranchi de beaucoup de choses. Pourtant, dès qu'il perçut la passion de la jeune femme pour le safran, dès qu'il eut la certitude qu'elle était la fille de Bethany, si ce n'était la sienne, il décida de lui donner le parchemin. Elle comprendrait. Malik n'était pas intéressé par un vieux dessin, il le lui avait dit. Et il n'avait personne d'autre.

Il vit combien ce présent la touchait. Et ce fut sa récompense. Elle lui demanda son adresse et il en fut heureux. Peut-être prendrait-elle la peine de lui écrire à l'avenir ? Non pas qu'il eût vraiment d'avenir, mais ça, il ne voulait pas le dire. Il ne savait pas pourquoi il ne lui avait pas donné son nom de baptême. Il ignorait ce que sa mère avait pu lui dire de lui. Mais ce n'était pas la véritable raison. C'était son besoin de rester caché, sa crainte de ce que le monde pourrait encore lui réserver, son renoncement à tout ce qu'il avait un jour été. Peut-être même le fait que sa vie fût bientôt terminée. De plus, ce prénom Glenn ne signifiait presque plus rien pour lui. Cette époque-là était révolue et il était heureux de l'avoir laissée partir.

Il se demandait parfois ce qui l'avait amené ici à la safranière. Peut-être était-ce le hasard, l'ironie du sort, que Moustapha, l'homme qui l'avait pris en stop à Essaouira, vive dans un petit village qui s'était développé autour d'une safranière. Cela n'avait rien d'étrange en soi. Il y avait beaucoup de safranières dans le coin. Mais il était resté. Et c'était rassurant pour Glenn de savoir que parce qu'il était près du safran, il était près de Bethany.

Cette fille, Nell, lui avait dit qu'elle était venue jusqu'ici pour en apprendre plus sur sa mère. Il espérait l'avoir aidée un peu. Tout le monde méritait de connaître la vérité. Sa mère avait eu une mauvaise expérience dans sa vie, avait dit la fille. Un mauvais souvenir dont elle ne parlait jamais. Ça l'avait attristé.

Et puis, soudain, tout se mit en place et il comprit comme si un interrupteur avait été activé pour illuminer la vérité. L'air fanfaron d'Howard. Sa jalousie. Sa détermination à faire payer Glenn. Et pourquoi ? Parce qu'il n'était pas allé se battre au Vietnam. Parce que son frère, lui, avait combattu et qu'il était rentré complètement dévasté ? Parce que Glenn avait trouvé une femme qui l'aimait ?

D'autres choses lui revinrent à l'esprit. L'attitude de Bethany à son retour de la livraison : froide, blessée, vulnérable ; la distance qu'elle avait mise entre eux, la façon dont elle s'était détournée de lui, de leur intimité. Que s'était-il passé ? Howard avait-il abusé d'elle ? L'avait-il piégée ? L'avait-il séduite alors qu'elle avait bu trop d'alcool ou trop fumé ? Quoi ? Quand elle avait découvert qu'elle était enceinte… Glenn ferma les yeux et chercha le calme, l'espace qui l'aidait à le trouver… Il comprit ce qu'elle avait dû ressentir alors. Et Glenn sut que c'était la vérité. Il était seulement surpris d'avoir mis autant de temps à la découvrir et à la reconnaître.

Aurait-il pu agir différemment ? Cette pensée ne l'avait pas hanté depuis longtemps. Peut-être. Mais comme Moustapha le lui avait appris : on marche, on atteint un croisement, et l'on choisit la route à suivre. Ni bonne ni mauvaise. Sa route.

Cette fille, Nell, avait une façon de joindre les mains devant elle, qui l'encouragea à se souvenir. C'était il y a si longtemps. Et ensuite, elle avait souri. Il ne l'avait pas entendu depuis une éternité. Ce rire caractéristique, pétillant. Le rire de sa mère, il le savait. Il regarda encore sa silhouette et sa taille. Et il se figea.

Il l'avait écrit aussi. C'était la fin de son histoire. *Je crois que cette jeune femme est ma fille.*

49

« Tu es en train de me dire que le vieil homme dans les montagnes était ton père ? » demanda Amy en la regardant fixement. Elle avait laissé la moitié de sa pizza dans son assiette.

« Oui, c'est ça. » Nell avait été choquée elle aussi. Et elle n'avait pas encore raconté le reste à Amy.

« Je n'en reviens pas. C'est une coïncidence incroyable, Nell.

– Pas autant que tu le penses. » Nell y avait beaucoup réfléchi. « Il était amoureux de ma mère. Il l'avait rencontrée à Paris et avait vécu avec elle au Maroc pendant plusieurs années. Elle a toujours aimé le safran, elle a dû lui parler du safran de notre famille en Cornouailles, et d'après son journal, elle a travaillé toutes les années, pendant quelques semaines en octobre et novembre, dans une safranière tout le temps qu'elle est restée au Maroc.

– Alors quand il est arrivé dans cette safranière, il a décidé d'y rester. » Amy fronça les sourcils. « Juste comme ça ?

– Au départ, il y est allé pour aider à la récolte, lui dit Nell. Comme elle le faisait chaque année. C'était le début du mois de novembre. La récolte est une course contre le temps et ils essaient probablement de trouver le plus de main-d'œuvre possible. Puis il est tombé malade. » À la lecture de son récit, elle avait supposé qu'il s'agissait des séquelles d'une infection virale, peut-être un syndrome de fatigue chronique, déclenché par le stress lié au départ de sa mère, ce n'était pas impossible.

« Mais s'il l'aimait tant, pourquoi n'est-il pas venu en Angleterre pour la retrouver ? » demanda Amy. Elle mordilla distraitement la croûte de sa pizza.

Nell pensa à l'attitude d'Amy ce soir, à sa tristesse évidente à cause de Jake. Nell était triste pour elle aussi. Elle lui demanderait plus tard ce qui s'était réellement passé.

« Pourquoi aller s'enterrer dans une safranière au Maroc ? »

C'était une bonne question. Nell se demanda ce qu'aurait été sa vie s'il était venu en Cornouailles pour retrouver sa mère. Elle avait le sentiment qu'il avait été le grand amour de sa mère, comme elle l'avait été pour lui. Alors, elle aurait été ravie, Nell en était sûre. Elle aurait fini par se confier à lui. Ils auraient résolu leurs problèmes et auraient probablement été heureux. Quel terrible gâchis… Et pourtant, elle ne pouvait pas en vouloir à Glenn de ne pas être venu. « Quand il s'est rétabli… » Elle haussa les épaules. « … il a découvert que le type qui vivait avec lui, dans leur communauté, un certain Howard, avait eu… une "liaison" avec elle. Et il a aussi appris qu'elle était enceinte.

– De toi.

– De moi. » Nell n'était pas vraiment surprise d'avoir été conçue au Maroc. Le pays l'avait tellement touchée, pas uniquement à cause de sa cuisine. Maintenant qu'elle avait lu cette histoire, l'histoire de son père, elle comprenait comment c'était possible. Ses deux parents avaient ressenti la même chose.

« Ma mère avait un fort tempérament », dit-elle à Amy. Elle regarda Callum qui haussa les sourcils et sourit. « Il

465

a dû croire qu'elle était vraiment sérieuse quand elle lui a dit de ne pas la suivre. » Elle pensa à Amy. C'était l'erreur que l'on faisait parfois avec les personnes au fort caractère. On ne voyait pas leur vulnérabilité. On ne voyait pas leur besoin de se protéger de la souffrance. « Et puis il y avait Howard. » Le père de Nell avait dû être profondément blessé quand il avait découvert que la femme qu'il aimait avait eu une « liaison » avec un autre homme, encore plus avec Howard. « Quand il a appris qu'elle était enceinte et qu'il ne savait pas qui était le père... il a dû être anéanti.

– Et c'est comme ça qu'il est resté à la safranière, dit Amy.

– Il a trouvé la paix là-bas. Il avait le sentiment d'être plus près de ma mère. » Elle repensa à ce qu'il avait dit ce jour-là. *Trouver la force ailleurs.* Elle ne l'avait peut-être rencontré qu'une fois, mais il avait eu une grande importance pour elle, et maintenant qu'elle avait lu son journal, elle avait le sentiment de le comprendre aussi. Il l'avait aidée à sa façon. Il lui avait donné le vieux parchemin représentant Smilax et son safran et il lui avait fait profiter de sa sagesse aussi. Surtout, il avait donné à Nell ce qui lui manquait le plus : un père. Elle se demanda ce que savait exactement Malik, le jeune garçon. Que lui avait raconté Hadi ? Avait-il deviné que Nell était importante pour son vieil ami à la façon dont il avait parlé avec elle, et parce qu'il lui avait donné le parchemin ? Ou était-ce à cause de leurs points communs, l'Angleterre et le safran ? Malik lui avait-il vraiment envoyé le journal après la mort d'Hadi « parce qu'il n'avait personne d'autre » ?

« Et ta mère n'a jamais pu se résoudre à lui raconter ce qui s'était passé avec Howard ? lui demanda Amy. Ce qu'il lui avait fait ? »

C'était le passage le plus déchirant de l'histoire pour Nell. Elle voulait absolument connaître la vérité sur la vie de sa mère, pourtant il lui avait été difficile de lire ce journal et de conclure – comme l'avait fait son père – que sa mère avait été violée par Howard. Mais cela confirmait ce que Nell avait toujours soupçonné au fond de son cœur. Cela expliquait pourquoi sa mère ne voulait jamais parler du père de Nell. Il y avait plusieurs raisons : elle ne pouvait pas dire avec certitude qui c'était ; revivre cette expérience traumatisante aurait été trop douloureux ; elle ne voulait pas que sa fille apprenne qu'elle pouvait être l'enfant d'un violeur. Les trois raisons à la fois peut-être. Cela expliquait aussi pourquoi elle n'avait jamais parlé du Maroc et de sa vie là-bas. Cette révélation permettait de remplir toutes les cases vides dans l'album de photos, tous les trous dans la vie de sa mère. Nell avait toujours eu l'intuition qu'il y avait eu une période sombre dans sa vie, une mauvaise expérience.

Qu'avait-elle ressenti quand elle était rentrée en Cornouailles, seule, enceinte, abusée ? Nell ne voulait pas vraiment y penser. Mais il le fallait. Parce que ça expliquait une autre partie de la vie de sa mère et une facette de son caractère. Cela expliquait pourquoi elle s'était accrochée à Nell, pourquoi elle avait eu peur de la laisser partir, pourquoi elle l'avait surprotégée, pourquoi elle avait mené cette vie. Elle avait laissé les hommes aller et venir sans jamais leur ouvrir complètement son cœur. Elle avait perdu sa confiance en l'autre. Elle avait perdu beaucoup plus que ce que le père de Nell avait pu imaginer. Et bien que Nell ait souvent été furieuse contre sa mère parce qu'elle ne lui avait pas dit ce qu'elle avait besoin de savoir, elle comprenait certainement ses raisons.

« On sait tous pourquoi je tenais absolument à visiter une safranière », dit Nell aux deux autres. Callum la regardait avec attention. Les deux jours qu'elle venait de passer avec lui avaient été très particuliers. Un Noël qu'elle n'oublierait jamais et qui rejoindrait tous les souvenirs heureux des Noëls de son enfance. Elle lui avait montré des passages de l'histoire de son père et elle sentait – espérait – qu'il comprenait son besoin de faire ce qu'elle venait d'entreprendre, de préserver l'héritage de sa mère. Mais elle ne lui avait pas encore tout dit.

« C'est quand même incroyable qu'on soit tombées toutes les deux sur cette safranière en particulier.

– C'est tout près d'Essaouira. » Nell avait sa propre théorie, beaucoup moins logique. Elle n'était pas la fille de sa mère pour rien. Elle ne tirait peut-être plus les cartes aussi souvent mais elle croyait encore en leur pouvoir. Au destin. Au synchronisme.

« Essaouira… » L'expression d'Amy changea. Nell savait à quoi elle pensait. Ou à qui.

« Amy, prépare-toi à un gros choc.

– Encore un ?

– C'est là qu'Hadi vivait avec ma mère. Dans une petite communauté. Dans un riad. Et il n'était qu'à moitié anglais. »

Amy la regarda en clignant des yeux.

« Il a quitté l'Amérique à cause de la guerre du Vietnam. Il était pacifiste. Il a refusé de se battre. » Son journal avait été honnête sur ce sujet aussi. Nell, qui avait ignoré l'identité de son père pendant toutes ces années, avait soudain eu accès à toute sa vie, à ses réflexions, à ses sentiments. Elle comprenait pourquoi il avait fait ce qu'il avait fait, elle comprenait ses valeurs, ses craintes, ses regrets. D'une certaine façon, et bien qu'elle ait vécu avec elle pendant plus de vingt ans, elle en savait beaucoup moins sur la vie intérieure de sa mère que sur celle de son père. Pourtant, elle était triste de ne pas avoir pu le connaître. Son père, comme sa mère, était mort. Elle l'avait perdu lui aussi.

« Le père d'Hadi était américain et sa mère anglaise. Il a vécu aux États-Unis jusqu'à l'âge de vingt et un ans. Il est parti en 1969. »

Amy la fixait.

Nell prit ses mains dans les siennes. Sa voix n'était plus qu'un murmure.

« Avant de devenir Hadi, mon père s'appelait Glenn. »

50

Amy se tenait sur le seuil. Et il y avait une jeune femme avec elle, la femme qui était avec elle hier soir à la réception. Lillian avait cru d'abord qu'elle… mais… « Entrez, entrez » leur dit-elle. Que se passait-il ? Amy avait un drôle d'air, quelque part entre le rire et les larmes. Et son amie semblait plutôt émue aussi. Lillian les regarda.

« S'il vous plaît, s'entendit-elle dire.

– Viens t'asseoir. » Amy l'avait prise par le bras et Lillian se demandait pourquoi elle avait eu l'impression tout à coup qu'elle allait tomber. Elles n'avaient rien dit. Et peut-être était-ce justement pour cette raison. Elles n'avaient rien dit.

Elle laissa Amy la reconduire jusqu'à son fauteuil dans le salon. Amy était aux petits soins et son amie, Nell, c'était bien ça, était restée près de la porte et semblait inquiète. Lillian lui sourit pour la rassurer. Elle allait bien. Mais elle voulait savoir ce qui se passait.

« Tatie Lil. » Amy s'agenouilla à côté de son fauteuil. « Quand je t'ai dit que je n'avais rien trouvé sur Glenn au Maroc…

– Oui ? » Tous les sens de Lillian étaient en alerte.

« C'était vrai ou du moins c'est ce que je croyais. » Elle leva les yeux vers la jeune femme sur le pas de la porte, vers Nell.

Lillian suivit son regard. Elle vit que Nell tenait un carnet avec une couverture en cuir, elle le serrait même contre sa poitrine. Elle posa de nouveau les yeux sur Amy, attendant qu'elle poursuive.

« Mais en fait, on a trouvé quelque chose. » Elle hésita, prit la main de Lillian. « On l'a rencontré », murmura-t-elle.

« Vous l'avez rencontré ? demanda Lillian en la regardant fixement. Mais…

– Il vivait sous un autre nom, s'empressa d'ajouter Amy. Il s'était pour ainsi dire retiré du monde, il habitait dans une petite hutte dans une safranière.

– Une safranière ? » Lillian avait du mal à suivre. Amy l'avait rencontré. Mais elle avait utilisé le passé. *Il vivait…* Cela voulait-il dire…

– Oui. » Amy serra sa main dans la sienne. « Je suis désolée, mais il n'est plus de ce monde. »

Lillian laissa la douleur envahir sa conscience. Mais bien sûr, elle l'avait perdu depuis bien longtemps. « Pourquoi ? demanda-t-elle. Pourquoi vivait-il dans une safranière ? » Peut-être demandait-elle en réalité : *Pourquoi n'est-il jamais rentré à la maison ?*

« C'est une longue histoire », dit Amy. Elle se rassit sur ses talons. « J'ai du mal à y croire moi-même. Mais Nell dit que tout est écrit dans son journal. »

Sur quoi, Nell s'avança et tendit le carnet qu'elle tenait serré contre sa poitrine. « Je l'ai lu, dit-elle, et peut-être aimeriez-vous le lire, vous aussi ? »

Lillian hocha la tête. Elle en avait presque perdu l'usage de la parole. Son journal. Elle ne quittait plus des yeux le carnet que Nell avait déposé sur ses genoux. C'était son journal. Elle le prit avec étonnement. Elle le serra contre ses lèvres, contre son cœur. Elle ferma les yeux et murmura son nom : « Glenn. »

Quand elle rouvrit les yeux, Amy et Nell la regardaient toutes deux avec inquiétude. Craignaient-elles que le choc soit trop important pour elle ? « Pourquoi l'avez-vous lu ? » demanda-t-elle à Nell. Pourquoi était-ce si important pour elle ? Pourquoi l'avait-elle serré contre son cœur ?

Les yeux de la jeune femme se remplirent de larmes. « Il se trouve que Glenn… que Glenn…

– Je vais préparer du thé, dit Amy. Je crois qu'on va en avoir besoin. »

Il fallut quelques jours à Lillian pour lire le journal de Glenn. Autrefois, elle déchiffrait facilement sa grosse écriture peu soignée, elle l'avait vue se transformer au cours des années : d'abord une succession de lettres séparées, puis des lettres attachées et enfin son écriture d'adulte en script. Mais sa vue avait baissé et parfois elle avait besoin d'une loupe. Elle ne voulait rien manquer. Elle voulait lire et comprendre chaque mot.

Les premières pages étaient plus claires. Elle identifia immédiatement le moment où sa santé avait commencé à se détériorer, peut-être était-ce là son instinct de mère ? La période où l'écriture lui demandait de plus en plus d'efforts jusqu'à ce qu'il ne pût écrire que quelques phrases à la suite avant de devoir se reposer. Quand elle arriva à la fin du manuscrit, elle avait pleuré toutes les larmes de son corps. Des larmes qu'elle n'aurait jamais imaginé verser pour son fils. L'histoire de son fils l'avait ramenée au début de sa vie en Amérique. Elle se leva de son fauteuil avec difficulté. Ses articulations étaient raides. Elle était restée assise trop longtemps. Elle allait faire un chocolat chaud, décida-t-elle. Puis, elle s'assié-rait calmement et réfléchirait. De nos jours, les gens ne consacraient plus guère de temps à la réflexion, ils préféraient le passer devant des écrans ou au téléphone.

Glenn, lui, prenait le temps de penser. Son histoire le prouvait. Et elle en était heureuse.

Elle prit sa canne. À vrai dire, quand Glenn avait quitté leur maison, Lillian avait senti qu'elle ne le reverrait jamais. Elle l'avait regardé partir dans la nuit, cet homme grand, dégingandé avec son sac à dos, qui lui avait adressé un dernier signe. Son fils. Et elle faillit s'écrouler. Elle ne pleura pas, pourtant. Elle retourna dans sa maison et fit comme si de rien n'était, ferma son esprit et son cœur et ne changea rien à ses habitudes. Elle prépara le repas, fit la vaisselle, regarda la télévision avec son mari. Elle alla se coucher et resta immobile tandis qu'il soulageait sa frustration. Il ne lui faisait pas l'amour. Il ne lui avait jamais fait l'amour, pas même au début. Comme elle l'avait dit à Amy, il ne lui avait jamais pardonné de ne pas être Mary, c'est ce qu'elle avait toujours ressenti. Dès l'instant où elle était arrivée en Amérique et avait vu son visage – différent, marqué par quelque chose qu'il n'avait pas encore vécu quand elle l'avait rencontré en Angleterre –, elle avait su qu'elle l'avait déçu.

Lillian remit sa canne dans le porte-parapluies en allant à la cuisine. La première fois qu'il s'en était pris à elle, elle s'était dit qu'il était fatigué ; qu'il avait eu une mauvaise journée au travail. Elle n'avait pas assez salé les pommes de terre et avait trop fait cuire les côtelettes : la goutte d'eau qui avait fait déborder le vase, pour un homme qui demandait juste un bon dîner après sa journée de travail.

« Bon Dieu ! C'est donc trop demander ? » avait-il dit. Ses yeux étaient bizarrement vides de toute expression.

Lillian essaya de lui dire qu'elle était désolée mais elle n'en eut pas le temps. Il la repoussa brusquement de la table. Elle chancela un peu avant de retrouver l'équilibre. Elle était choquée. Son père avait toujours été respectueux envers sa mère. Jamais il ne l'aurait traitée de cette façon. Ted sortit dans le jardin. Il y resta une demi-heure et quand il revint, Lillian s'était calmée. Ça ne voulait rien dire. Bien sûr que ça ne voulait rien dire.

Il était plus calme lui aussi. Il prit le journal et alla s'asseoir dans l'autre pièce. Plus tard, il fit un commentaire sur un article qu'il venait de lire comme si de rien n'était. C'était comme ça pour lui, réalisa-t-elle.

La deuxième fois, c'était parce qu'elle l'avait contredit devant sa mère. Elle n'avait pas voulu lui faire honte, elle cherchait juste à rétablir la vérité. Il s'était trompé dans les dates et elle l'avait fait remarquer. Mais elle avait vu sa colère enfler ; s'il y avait bien une chose qu'il détestait, c'était de perdre la face. De retour à la maison, il lui avait saisi le poignet et l'avait tordu violemment. C'était un homme grand. Un homme fort. Il veillait ainsi à ce qu'elle comprenne. Elle l'avait regardé droit dans les yeux et avait reconnu ce regard vide, cette colère aveugle. C'était ainsi. Elle avait déjà compris.

Elle découvrit comment se comporter avec lui. Elle apprit à identifier les situations qui le mettaient en colère et à les éviter. À quoi bon contrarier un homme comme lui ? Un homme possédé par quelque chose qu'elle ne pouvait pas saisir. Elle cuisinait ce qu'il aimait manger et veillait à ce que la maison fût toujours propre et bien rangée, à ce qu'il eût toujours des chemises propres et repassées. Elle s'occupait de toutes les tâches ménagères. Quand ils sortaient, elle le laissait décider de leur destination. Elle ne se disputait pas avec lui, pleurait rarement, elle apprit non seulement à contrôler ses émotions mais aussi à ne pas les montrer du tout. Et, au fond d'elle, elle se détourna de lui. Complètement et totalement.

Elle avait fait une grave erreur et c'était sa punition. Elle devait vivre avec. Elle ne pouvait pas retourner en Angleterre, pas maintenant. Lillian n'était pas Mary. Et jamais elle n'avait cherché à lui faire du mal. Ce n'était pas ce qu'elle voulait, pas ce qu'elle attendait. Mais c'était tout ce qu'elle avait. Alors, elle continuerait à mener cette vie. Elle n'avait pas le choix.

Lillian prit le lait dans le frigo et remplit son mug à moitié. Elle versa ensuite le contenu dans la casserole et rangea la bouteille en plastique dans la porte du frigo, chassant de son esprit cette envie soudaine de lait dans les bouteilles en verre. Le lait était meilleur autrefois. Petite, elle adorait qu'on lui verse les premières gouttes d'une bouteille fraîchement ouverte sur ses céréales. Mais elle n'y avait droit que lorsque Mary n'était pas passée la première.

Au fil des ans, Lillian parvint à trouver un peu de temps pour elle, des instants où elle pouvait redevenir la personne qu'elle avait toujours été, où elle pouvait marcher, penser à sa maison en Angleterre, aux siens et aussi pleurer un peu. Elle écrivait de longues lettres à sa mère et même à Mary. Elle lisait des livres et se plongeait dans un monde différent qui n'était pas le fruit de son imagination débordante. Au lit, elle fermait les yeux, laissait ses pensées s'envoler, l'entraîner ailleurs, et elle se montrait obéissante, ne se plaignait jamais. Elle avait dû être l'épouse la plus ennuyeuse de la terre, se dit-elle à présent. Lillian fit chauffer le lait dans la casserole et sortit la boîte de cacao du placard. Elle n'avait jamais voulu de micro-ondes. À l'aide d'une petite cuillère, elle mit du cacao dans son mug et ajouta un peu de lait pour mélanger. Elle s'appuya contre la cuisinière et observa le lait en train de bouillir, presque hypnotisée par la vapeur qui montait.

Puis il y avait eu ce cadeau qui avait changé sa vie. Glenn. Elle avait pensé alors que son existence deviendrait supportable, agréable même. Et peut-être plus qu'agréable au bout du compte. Le lait se mit à monter dans la casserole et Lillian coupa le feu juste à temps.

Elle le versa dans le mug tout en tournant la cuillère de sa main libre, posa la casserole dans l'évier pour la faire refroidir et fit couler l'eau du robinet pendant une minute à cet effet. Elle posa le mug de chocolat chaud sur son petit plateau et l'emporta dans la salle de séjour.

Pourtant, à mesure que son fils grandissait, Ted devenait de plus en plus strict et conservateur. Et quand Ted et Glenn commencèrent à se disputer, Lillian dut mener une tout autre bataille. Il s'agissait pour elle de maintenir la paix. C'était un combat perdu d'avance. Elle savait que jamais elle ne remporterait cette bataille. Lillian posa le plateau sur la petite table et s'assit dans son fauteuil. Elle avait chèrement payé le départ de son fils. Ça s'était passé quelques jours plus tard. Glenn n'était pas revenu à la maison et Ted exigea la vérité.

« Dis-moi, femme, lança-t-il d'une voix rageuse. Dis-moi ce que tu as fait. »

Il la prit par le poignet et la gifla du revers de sa main libre. Ses dents semblèrent cliqueter dans sa bouche. Elle crut sentir le goût du sang. Elle savait qu'il continuerait à la battre tant qu'elle ne lui dirait rien. Peut-être n'arrêterait-il jamais de la battre de toute façon. Alors elle lui dit. Elle plongea son regard dans ses yeux vides et elle lui dit. Glenn était sûrement loin à présent. Loin et libre.

Il tremblait de colère. « Et pourquoi il ne se battrait pas ? hurla-t-il. Stupide garce ! De quoi tu te mêles ? Tu veux qu'on traite ton fils de lâche ? »

C'était donc tout ce qui importait pour lui ? « Je ne veux pas qu'il meure, cria-t-elle. Je ne veux pas qu'il soit détruit par la guerre. Comme…

— Comme moi ? » Il serra encore un peu plus son poignet et elle sentit la douleur.

À cet instant, elle sut qu'il la haïssait. Peut-être l'avait-il haïe au moment même où elle avait foulé le sol américain.

Il serra son cou entre ses mains. « Comme moi ? »

Encore une fois, elle regarda ses yeux vides. Elle l'avait vu si souvent assis, le regard perdu dans le vague. Peut-être pensait-il au passé ? Peut-être revoyait-il Omaha Beach et le reste de la guerre ? Peut-être revoyait-il Bridport et Mary ? Avait-il des flash-back ? Elle savait qu'il faisait des cauchemars de temps en temps et elle avait essayé de l'aider, de le tenir dans ses bras et de le réconforter. Mais il avait toujours résisté, toujours fait semblant, toujours raconté des histoires où il jouait le rôle du soldat courageux, où la violence résolvait tout.

« Comme toi. Oui, comme toi. » Elle avait presque réussi à l'atteindre. Elle n'avait jamais été aussi près. Pendant quelques secondes, elle lut dans ses yeux la réalité de la guerre, les massacres, ce qu'il ressentait réellement, puis il cligna des paupières pour chasser tout ça et retrouva son regard sans expression. Elle avait toujours pensé que si seulement elle pouvait l'atteindre, si seulement elle pouvait l'aider à évacuer… Mais…

« Je vais t'apprendre. »

Ce fut la seule fois où Ted se lâcha vraiment. À la fin, elle était meurtrie, couverte de bleus. Elle s'était défendue, jusqu'à un certain point. Elle s'était débattue, lui avait donné des coups de pied, mais ses tentatives ne faisaient qu'attiser sa colère. Il coinça ses bras derrière son dos et la gifla encore. Sa joue brûlait. Sa peau était en feu. Il lui envoya un coup de poing dans le ventre et elle se plia en deux de douleur. Elle crut presque qu'elle ne pourrait plus jamais respirer. Et il faillit l'étrangler. Lillian avait eu des bleus sur le cou pendant des semaines. Finalement, il l'avait laissée, écroulée sur le sol de la cuisine et était allé noyer le reste de sa colère dans l'alcool. Lillian posa machinalement la main sur son cou. Elle sentait encore la douleur. Elle ne regrettait pas ce qu'elle avait fait, pas une seconde.

Parce que Glenn n'était pas parti à la guerre. Et Lillian était heureuse de l'avoir protégé de tout ça. Peut-être valait-il mieux que Glenn ne soit jamais revenu à la maison pendant que son père était encore en vie ? Son fils aurait forcément essayé de la protéger. Ted s'en serait forcément pris à lui. Elle frissonna. Au moins leur avait-elle épargné ça, à tous les deux.

Lillian but son chocolat chaud à petites gorgées. Pendant des années, elle avait refusé de penser à cette époque. Mais elle ne craignait plus rien à présent, et en lisant l'histoire de Glenn, elle avait pu revivre un peu la sienne. Pourquoi n'avait-elle pas quitté Ted, surtout après le départ de Glenn ? Il n'y avait pas de réponse facile, évidente. De nos jours, les relations sont différentes. Mais à l'époque, comme on faisait son lit…

Ce n'était pas la faute de Ted, ce qui s'était passé, ce qui l'avait changé, ce qu'il avait enduré. Le sacrifice de Lillian avait préservé Glenn de tout ça. Mais quel genre de vie son fils avait-il mené à la place ? Elle avait cru qu'elle ne le saurait jamais. Elle lui avait dit de ne pas la contacter, à part en cas d'extrême urgence. Elle ne voulait pas courir le risque que Ted découvre où était son fils, qu'il informe les autorités. Parce qu'il l'aurait fait, elle n'avait pas le moindre doute là-dessus.

Mais un jour, elle avait reçu la carte postale. Elle la regarda, elle était posée contre l'étagère du buffet. Quel bonheur de la lire ! Elle ne la voyait pas distinctement de là où elle se trouvait mais elle connaissait la photo par cœur : la porte légèrement entrouverte, le porche, la fleur, la rose de Mogador lui avait dit Amy. Et juste quelques mots précieux de son fils.

Elle avait chéri cette carte postale, l'avait cachée dans un tiroir, la relisant dès qu'elle était seule, remerciant Dieu que son mari ne l'eût jamais vue, qu'il n'eût pas été le premier à prendre le courrier ce matin-là. La carte postale lui disait que son fils était sain et sauf. C'était tout ce dont elle avait besoin. Après l'amnistie, elle avait espéré… bien sûr qu'elle avait espéré. Mais elle n'avait jamais reçu la lettre que Glenn lui avait écrite plus tard, n'avait jamais entendu parler de celle qu'il avait envoyée à Ted, et dont il faisait mention dans son journal. Ted avait-il détruit la lettre qui lui était adressée, et celle de Lillian aussi ? C'était possible, probable même. Il n'était pas le genre d'homme à pardonner.

Lillian se souvint de l'après-midi où elle l'avait trouvé, l'après-midi de sa mort. Elle était allée faire quelques courses pendant qu'il tondait la pelouse. Il était obsédé par sa pelouse. Il fallait qu'elle soit aussi courte et aussi nette que ses cheveux sur son crâne, il fallait passer la tondeuse en dessinant des lignes verticales et couper les bordures au ciseau. Peu importe son état de fatigue, si la pelouse n'était pas parfaite à ses yeux, Ted devait s'en occuper. Cet après-midi-là aussi. « Tu dois te reposer, lui avait-elle dit.

– Je sais ce que je dois faire », avait-il maugréé.

Et Lillian l'avait laissé.

Il y avait sans doute eu un moment où il avait su qu'il devrait s'arrêter, où il avait eu conscience qu'il en faisait trop. Mais il n'aurait jamais arrêté de lui-même. Sa crise cardiaque s'en était chargée.

Lillian finit son chocolat et reposa le mug sur le plateau. À travers la fente des rideaux, elle vit la douce lumière orange du lampadaire et l'obscurité de la nuit. Il était tard. Elle se demanda ce qu'Amy faisait. C'était une fille bien et Lillian espérait qu'elle trouverait ce qu'elle recherchait. Amy connaissait à présent le secret de Lillian. Et elle l'aimait encore, malgré tout.

Lillian se leva pour rapporter le plateau dans la cuisine. Elle allait se mettre au lit à présent. La journée avait été longue et chargée en émotions. Elle se dit qu'elle avait probablement plus aimé Ted après sa mort que de son vivant. Quand il avait quitté ce monde, elle avait pu se souvenir librement des premiers temps ; pendant la guerre quand elle avait vu pour la première fois le beau GI dans son élégant uniforme kaki, quand il lui avait lancé son adresse dans un paquet de chewing-gum à moitié vide, quand il l'avait appelée « duchesse » et quand il lui avait écrit et fait part de ses espoirs, de ses tristesses, de ses rêves.

Lillian laissa le plateau dans la cuisine, s'assura que tout était bien éteint et se dirigea vers l'escalier. Amy avait parlé d'un monte-escalier, mais Lillian espérait qu'il ne faudrait pas en arriver là. Elle n'avait pas envie de déménager encore une fois mais elle le ferait si nécessaire. Un joli bungalow n'était pas totalement exclu si ce n'était pas trop tard.

Elle avait été surprise de découvrir que Ted lui avait laissé un héritage confortable. Lillian ne s'était jamais vraiment occupée des finances du foyer. Elle apprit après sa mort que les parents de Ted lui avaient laissé une somme conséquente et qu'il avait investi sagement par la suite. Ainsi… Lillian sourit. Six mois après sa mort, elle avait engagé un détective privé pour essayer de retrouver son fils.

Il n'avait rien trouvé. Lillian arriva sur le palier, souffla un peu et alla dans la salle de bains. Elle se regarda dans le miroir. Était-ce bien elle, cette vieille femme aux cheveux blancs qui la regardait avec ses yeux bleus délavés ? C'était comme si Glenn avait disparu sans laisser de traces, comme s'il faisait tout pour ne pas être retrouvé. Mais à présent… Elle avait l'impression qu'il était là avec elle. Elle s'appuya sur le lavabo. Ici même. Grâce à cette jeune femme, grâce à Nell, qui lui avait dit d'une voix chevrotante, ses yeux bleus remplis de larmes, qu'elle était sa petite-fille… Elle avait pu découvrir l'histoire de son fils.

Même Mary lui avait pardonné. Lillian en était certaine bien qu'elles n'en aient jamais parlé. Mary n'avait jamais beaucoup parlé à qui que ce fût ; c'était une femme diminuée par la maladie ; chaque fois que Lillian la regardait, cela lui brisait le cœur. Elle aussi regardait Lillian de temps en temps avec ces mêmes yeux sombres et une fois elle avait serré sa main dans la sienne. Lillian se demanda si elle pensait, si elle se souvenait. Sa sœur était si pétillante autrefois. Avait-elle été heureuse avec Johnnie Coombes ? Lillian repensa à ce que Celia lui avait dit. Elle l'espérait.

Une fois qu'elle eut fini à la salle de bains, Lillian alla se coucher. Ce soir, elle serait heureuse de se glisser sous ses draps. Elle était contente que Glenn ait trouvé la paix et un endroit où vivre. Et elle était heureuse qu'il lui ait donné une petite-fille. Plus qu'il n'aurait pu imaginer. Une part de lui qu'elle pourrait aimer, dont elle pourrait s'occuper. Une part de lui qui vivait encore.

C'était une jeune femme si aimable, si bienveillante. Et elle attendait un enfant. Lillian allait être arrière-grand-mère. Elle n'en revenait pas. Ce matin, quand elles avaient apporté le journal, quand elles lui avaient parlé de Glenn… Amy, Lillian et elle avaient discuté tout en buvant le thé. Puis elles avaient compris que Lillian avait besoin d'être seule avec son fils. Elles étaient parties et Lillian avait pris une profonde inspiration, avait ouvert le journal et enfin commencé à lire son histoire.

51

U n jour, au début du printemps, Nell alla au village pour acheter des jacinthes et en sortant de chez le fleuriste, elle croisa Tania, l'une des plus vieilles amies de sa mère. Les premiers temps, elle avait évité les connaissances de sa mère, comme Tania. Il n'y en avait pas beaucoup. Sa mère avait toujours été une âme solitaire. Néanmoins, elle trouvait du temps pour quelques amies et Tania en faisait partie. C'était une artiste – elle peignait des aquarelles qu'elle vendait dans la petite galerie de St Mawes et dans une boutique de Falmouth. Ses tableaux étaient sommaires et flous, un peu à l'image de Tania qui avait été mariée à un potier dont elle avait divorcé et qui avait tendance à errer dans les rues comme une âme en peine. Mais elle était toujours venue à la ferme au moment de la cueillette du safran. Elle faisait partie du petit cercle de femmes qui connaissaient la mère de Nell, qui ne la trouvaient pas bizarre avec son champ de *Crocus sativus* et son comportement plutôt excentrique.

Tania s'arrêta net comme si elle avait vu un fantôme. Pour la première fois, Nell réalisa que sa mère manquait à d'autres personnes aussi.

« Nell, comment vas-tu ? » Tania avait de longs cheveux blond très pâle et des cils presque invisibles. Elle posa les mains sur les épaules de Nell comme pour l'immobiliser et l'empêcher de s'enfuir. « Je voulais passer te voir. » Elle battit des paupières et Nell comprit que ce n'était pas tout à fait vrai.

« Merci. » Mais au fond, Nell était contente qu'elle ne l'ait pas fait. « Je vais bien. »

Tania recula pour mieux la regarder. Ses yeux clairs d'artiste se plissèrent. « Tu es…

– Oui. » Nell se sentit rougir. Elle était toujours surprise que les gens s'en rendent déjà compte.

« C'est pour quand ?

– Fin août. C'est encore tout récent. »

Tania prit Nell dans ses bras sans vraiment la serrer contre elle.

« Ta mère serait si heureuse.

– Oui. » Nell l'imaginait dans son rôle de grand-mère. Elle se mettrait à quatre pattes pour jouer avec le bébé, ferait des grimaces jusqu'à ce qu'il se mette à rire ou à gazouiller. Elle fabriquerait un hochet avec ce qu'elle trouverait dans sa cuisine, lui tricoterait un doudou et elle l'amuserait avec ses chansons, ses histoires et ses jeux. Elle lui chanterait des berceuses, et si le bébé se réveillait dans la nuit, elle le bercerait jusqu'à ce qu'il se rendorme au clair de lune. Elle rirait bruyamment et quand l'enfant grandirait, elle lui parlerait du safran et du tarot. Elle défierait toutes les conventions de la terre. Elle ne ressemblerait en rien à la grand-mère que Nell venait de retrouver : la minuscule Lillian, la mère de son père, qui avait perdu son fils depuis si longtemps.

Nell avait aimé d'emblée la grand-tante d'Amy. Sans doute parce qu'elle savait combien Amy l'aimait. « Vous êtes une parente? avait-elle demandé de sa voix douce et un peu chevrotante lors du vernissage de l'exposition à Lyme. Nell ne put s'empêcher de sourire en y repensant. Lillian l'avait-elle reconnue en quelque sorte ? Ou était-elle simplement désorientée ?

« Qu'est-ce qui vous a fait penser que j'étais une parente ? » lui avait demandé Nell quand Amy l'avait emmenée chez sa grand-tante le lendemain, une fois qu'elle lui eut donné le journal et pendant qu'elles prenaient le thé.

« Vous avez le regard de votre père », avait-elle répondu. Elle était peut-être vieille mais elle n'était pas du tout désorientée.

Le regard de votre père… Et Nell réalisa qu'il en allait ainsi avec les familles. On avait un peu de ci et un peu de ça. On pouvait voir l'ascendance de quelqu'un dans l'oblique d'une pommette, le battement des paupières, la courbe d'un sourire. Elle avait une grand-mère. Nell n'en revenait pas. Et elle avait d'autres parents aussi, dont Amy qui était désormais officiellement sa petite-cousine, l'avait-elle informée en jubilant. Les enfants de cousins germains – dans ce cas la mère d'Amy et le père de Nell – étaient des petits-cousins apparemment. Il n'était guère étonnant qu'elles se soient tout de suite bien entendues au Maroc, qu'elles soient devenues de si grandes amies. Nell prit un air pensif. Elle avait perdu ses parents et personne ne pourrait jamais les remplacer. Mais n'était-ce pas merveilleux d'avoir cette nouvelle famille ?

« Et qu'est-ce que tu vas faire de la ferme ? » Les yeux bleu clair de Tania trahissaient son inquiétude. « J'ai vu qu'elle était en vente l'automne dernier. Je ne peux pas imaginer…

– On s'est installés là-bas, lui dit Nell.

– Oh, mon Dieu ! » Tania secoua la tête. « C'est une excellente nouvelle ! Je voulais justement dire que je ne pouvais imaginer personne d'autre dans cette ferme. Elle serait tellement contente !

– Je pense, oui. Mais je le fais pour nous. Pour Callum et moi. On va changer certaines choses, bien sûr. »

Elle pensa aux cartes de tarot de sa mère enveloppées dans un foulard en soie mauve, toujours à leur place sur l'étagère du buffet. *Mais pas d'autres*, pensa-t-elle. Les cartes l'avaient aidée à entendre la voix de sa mère, elles l'avaient aidée à prendre des décisions, quand, accablée par le chagrin, elle n'avait plus les idées claires. Elle avait pu s'appuyer sur elles. Peut-être n'en avait-elle plus besoin à présent, mais elle les garderait toujours. « Il faut qu'on pense à l'avenir. On est une famille à présent. »

Tania hocha la tête, elle semblait comprendre.

« Et tu vas encore cultiver le safran ? »

C'était un peu une légende locale. « Oh oui ! », dit-elle. Encore une chose qui ne changerait pas. Sauf que cette année, c'est Callum qui se chargerait de la plantation, du binage et du désherbage. Il avait même dit qu'il était impatient. « J'espère que tu viendras nous aider pour la récolte.

– Oui, comme au bon vieux temps. » Tania prit un air mélancolique.

« On va ouvrir un restaurant éphémère », dit Nell. Ce qui n'était pas du tout comme au bon vieux temps.

« Dans la ferme ?

– Oui. » Nell extirpa un prospectus de son sac. Elle le tendit à Tania. « On va l'appeler *La Maison du Safran*. On va se spécialiser dans la cuisine marocaine.

– Non ?

– J'espère que tu viendras un soir ?

– Et comment ! » Tania prit un air pensif. « Ta mère est venue me voir, tu sais, dit-elle. Le soir de sa mort.

– Vraiment ? » Nell sentit un frisson remonter le long de son dos. Un pressentiment… Avait-elle envie d'entendre ça ? Elle avait enfin fait le deuil de sa mère. Elle n'avait pas envie de rouvrir des plaies. « Comment était-elle ? » Que demandait-elle exactement ? *Avait-elle l'air de vouloir se jeter dans la mer du haut d'une falaise ?*

Elle avait fini par accepter tellement de choses. Pourtant, elle ne pouvait pas encore accepter ça. Pour elle, c'était un acte si égoïste !

Tania regarda au loin, vers la mer, comme si ça pouvait l'aider à répondre à sa question. Le boulanger qui vendait des petits pains au safran sortit de sa boutique et leur fit signe. Elles le saluèrent à leur tour, comme si tout allait bien, comme si elles n'avaient pas cette conversation. « Elle avait un peu le moral en berne, dit Tania.

– Oui. » Nell trouva sa voix particulièrement sèche. En même temps, elle se demanda si Tania savait quelque chose. Elle avait au moins perçu son humeur puisqu'elle était avec elle.

« On a bu un ou deux verres de vin. Elle voulait parler. Ça ne ressemblait pas à Bethany. » Elle regarda Nell. « Tu es bien placée pour le savoir.

– De quoi avez-vous parlé ?

– Elle m'a fait promettre de ne rien dire à personne.

– Oh.

– Et j'ai pensé à l'époque… »

Nell attendit.

« … que ce n'était pas juste. Que tu ne sois pas au courant. Qu'elle ne fasse rien.

– Rien. » Nell mit sa main libre dans la poche de son manteau. Elle avait froid. Même les jacinthes bleues enveloppées dans du papier marron semblaient frissonner. Elle avait un peu peur aussi du tour que prenait la conversation.

« Elle était malade. » Tania posa la main sur son bras. « Je te le dis parce que ça t'aidera peut-être de savoir, Nell. Elle était malade.

– Qu'est-ce qu'elle avait ? » murmura Nell. Elle ne s'attendait pas à ça.

« Je n'en ai aucune idée. » Tania écarta les mains. « Elle ne l'a pas dit. Mais elle ne voulait pas se faire opérer. Elle ne voulait pas que des docteurs lui fouillent les entrailles.

– Non. » Sa mère s'était toujours méfiée des médecins. Nell repensa au refus de sa mère de replanter le safran, à sa décision de vendre quelques terres. Callum et Nell s'étaient même demandé si elle n'avait pas cherché à les punir parce que Nell était partie vivre ailleurs. Mais peut-être avait-elle compris qu'elle ne pourrait plus tout assumer seule ? Peut-être savait-elle que son temps était compté, comme l'avait su le père de Nell ? Cette pensée lui fit froid dans le dos mais elle expliquait beaucoup de choses aussi.

« Ça va, Nell ? » Tania semblait inquiète. « Tu comprends pourquoi… ?

– Non, tu as eu raison de me le dire. Merci. » Nell se détourna. Qui pouvait savoir ce que sa mère avait ? Aucune de ses autres amies, elle était trop fière. Comme Tania le lui avait dit, elle lui avait parlé dans un moment de faiblesse. Leur médecin de famille ? C'était encore plus improbable. Sa mère pouvait-elle avoir contracté une maladie au cours de ses voyages, plus jeune ? Aurait-elle pu guérir si elle avait accepté de se faire soigner ? Mais, au bout du compte… Nell soupira. Quelle importance à présent ? Elle pouvait s'en attrister, se reprocher de n'avoir rien vu venir, de ne pas avoir été là pour elle, mais c'était la décision de sa mère, et elle en portait seule la responsabilité. *Si c'était bien un acte volontaire*, pensa Nell, *et pas un accident.*

Elle monta dans sa voiture, roula jusqu'au bout de la petite route, et s'arrêta près de l'endroit où sa mère était morte. Elle descendit du véhicule et marcha jusqu'à l'endroit précis, le pot de jacinthes bleues à la main. Elle apportait des fleurs quand elle le pouvait. Elle préférait les plantes à bulbe, elles duraient plus long-temps. Celles-ci étaient plantées dans un pot marron peu profond. Elle regarda par terre. Le dernier bouquet qu'elle avait apporté avait fané. Elle le prit et le remplaça par les jacinthes après avoir enlevé le papier marron qu'elle froissa et fourra dans sa poche. Nell espéra que le vent entraînerait leur parfum vers le ciel et qu'elle le sentirait… *Souhait porté par le vent.* Elle toucha sa chaîne en argent et son pendentif en verre enfermant les pistils de safran, sous son manteau.

Le safran était le rayon de soleil de sa mère. Tout comme Nell. Sa mère avait fait des erreurs. Elle avait surprotégé Nell. Mais comment pouvait-elle lui en vouloir ? Elle l'avait fait pour les bonnes raisons, par amour. Et la part importante de sa mère… Nell l'avait toujours su. Elle avait rempli son enfance tous les jours. L'amour, le soleil, la nature. Et personne ne pourrait le lui enlever.

Nell s'approcha du bord de la falaise, presque aussi près que sa mère. Au-dessous d'elle, les vagues s'écrasaient contre les rochers. Personne ne pouvait tomber ou sauter et en réchapper. C'était impossible. La mer était gris olive, sa teinte hivernale, et se confondait presque avec la brume humide de l'horizon et le ciel de plomb au-dessus. Cette nuit-là, sa mère ne pouvait certainement pas voir l'océan, sauf si c'était la pleine lune, sauf si le ciel était parfaitement dégagé. Elle l'avait certainement entendu. Le grondement des vagues, le crépitement de l'eau contre les rochers. Elle n'avait vu que l'obscurité et la lueur huileuse, liquide de l'océan au-dessous. Elle avait sauté ou était tombée dans un néant noir, dans un vide profond d'air froid tandis que le vent tournoyait autour d'elle. Jusqu'à ce qu'elle heurte les rochers en bas.

Pourquoi ? Nell sentit les larmes chaudes sur ses joues et tourna son visage vers le vent. Elle avait réalisé que sa mère était plus fragile, émotionnellement, qu'elle ne le croyait. Elle était malade. Elle souffrait. Peut-être était-elle même en train de mourir. Était-ce pour cette raison ?

« Nell ! »

Surprise, elle se retourna. Le camion de Callum était garé à côté de sa voiture et il s'approchait d'elle à grandes enjambées. « Nell ! Qu'est-ce que tu fais ?

– Rien ! » cria-t-elle à son tour. En fait, non, pas rien. Elle apportait des fleurs. Elle essayait de voir ce que cela faisait d'être au bord de la falaise. Sa mère avait-elle ressenti la même chose ? Avait-elle sauté délibérément ? Ou s'était-elle simplement perdue ?

« Fais attention ! » Callum était hors d'haleine. « Éloigne-toi du bord.

– Je voulais me mettre à sa place, comprendre ce qu'elle avait ressenti. » Ses mots furent emportés par le vent.

« Mais tu n'es pas à sa place. » Il était à ses côtés à présent. « On n'est pas à sa place.

– Bien sûr que non. » Elle tendit la main.

« Tu n'es pas malheureuse au moins ? » Il prit doucement sa main et l'attira vers lui.

Elle s'éloigna du bord. Elle était vraiment tout près.

« À cause de nous ? Du bébé ? » Il posa la main sur son ventre.

« Oh, Callum. Bien sûr que non. » Les choses étaient différentes entre eux à présent. Et le bébé était un cadeau. C'était étonnant. La mort appelait la vie. Ainsi allait le monde.

« Mais ce n'était pas prévu. » Il fronça les sourcils. « Et… »

Nell rit. « La vie se fiche pas mal de ce qui est prévu. » De ce qui est convenu aussi. La vie prend ses propres décisions.

« Et le restaurant…Tu avais tellement d'idées.

– J'ai tellement d'idées, rectifia-t-elle. Le bébé ne change rien. » *Le bébé*. Un minuscule « il » ou « elle », un vrai petit être qui grandissait dans son ventre. Une mort, ou deux morts, et maintenant cette vie. Une pensée réconfortante à laquelle se raccrocher.

« Vraiment ? » Il la regarda en clignant des yeux.

« Bien sûr que non. » C'était dur pour Callum et son monde bien ordonné. Elle le savait. Elle prit son autre main. « Je peux déléguer. Tu as entendu parler des hommes au foyer ?

– Nell… »

Elle se mit sur la pointe des pieds pour l'embrasser. « Je plaisante. » Doigts croisés dans le dos. « Mais depuis quand la naissance d'un enfant empêche-t-elle une femme de travailler ? Je devrai peut-être prendre quelques mois de congé, c'est tout.

– Très bien », dit Callum.

« C'est très bien. » Elle lâcha ses mains. Elle s'avança de nouveau, se pencha pour toucher les jacinthes sur la tombe en haut de la falaise. « Au revoir, maman. Fais de beaux rêves. »

Bras dessus bras dessous, ils rebroussèrent chemin le long de la falaise. Le vent soulevait ses cheveux et piquait ses lèvres froides. « C'est un nouveau départ pour nous, Callum », dit Nell. Comment apprenait-on à connaître quelqu'un au fait ? On tombait amoureux de lui puis on parlait. De tout. Callum ne la connaissait pas parce qu'elle ne lui avait pas laissé la chance de la connaître. Elle gardait tout à l'intérieur, sans jamais le laisser entrer. Il y avait d'autres choses aussi. On lui donnait la priorité dans sa vie, ce qu'elle n'avait jamais vraiment fait auparavant. On passait du temps avec lui. On partageait. On grandissait. On retombait sans cesse amoureux.

« Je sais. » Il semblait très sûr de lui.

« Et pour le bébé », murmura-t-elle.

Avait-elle sauté délibérément ou s'était-elle égarée ? Nell pensait connaître la réponse. Peut-être parce qu'elle entendrait toujours la voix de sa mère – de quelque part au plus profond d'elle-même, cette part qu'elles avaient en commun. Et comme son père l'avait écrit dans ses mémoires, sa mère savait toujours quand il était temps de passer à autre chose.

52

Amy, au volant de sa Renault Clio, venait de prendre la route pour la péninsule de Roseland où elle était conviée au premier repas de Nell dans *La Maison du Safran*. Elle était chargée de prendre quelques photos de l'événement. Encore une première. Elle repensa au vernissage de l'exposition sur le Maroc. Puis elle chassa cette pensée de son esprit, préférant se concentrer sur sa conduite car elle avait quitté l'autoroute après Exeter pour prendre l'A30, la route familière qui l'amènerait en Cornouailles. Elle se dit que c'était inutile de ruminer.

C'était le début du mois de mars et les premières fleurs de printemps apparaissaient dans les haies : cerfeuil sauvage, chélidoine et même une touffe de primevères en bouton çà et là. Bien que le fond de l'air fût encore frais, on sentait les prémices du printemps, comme une promesse. *Le renouveau*, pensa-t-elle. Pour Nell et Callum avec l'ouverture de leur restaurant et l'arrivée prochaine du bébé, pour elle aussi avec le début de sa carrière free-lance. Amy était satisfaite de la façon dont se développait son activité. Duncan avait été compréhensif. Il avait accepté sans broncher qu'elle quitte la galerie. Il savait qu'il avait besoin d'une assistante à plein temps et qu'elle avait besoin de se concentrer sur sa carrière. Il n'avait pas l'intention de la retenir, avait-il prétendu, même si son regard disait un peu le contraire.

Elle dépassa Launceston et consulta sa montre. Il fallait environ deux heures et demie pour aller de Lyme Regis à Roseland. Et il faisait encore jour même si le soleil commençait à décliner dans le ciel. Une fois qu'elle aurait lancé son activité, Nell aurait surtout des touristes comme clients, se dit Amy. Il était donc important qu'elle laisse des prospectus dans tous les offices de tourisme, les campings et les hôtels du coin. Quant au repas de ce soir, Amy ne l'aurait manqué pour rien au monde. Nell faisait partie de sa famille à présent. Callum et elle lui avaient proposé de dormir chez eux ; ainsi une fois qu'elle aurait pris quelques photos pour assurer la promotion du restaurant, elle pourrait se détendre, manger, boire un ou deux verres et profiter de la soirée.

Une bruine légère commença à tomber et Amy dut mettre ses essuie-glaces. Bienvenue en Cornouailles, c'était caractéristique de la région. *Pourvu qu'il fasse beau demain*, pensa-t-elle. Elle se réjouissait de passer un peu de temps avec Nell, sa petite-cousine. Elle sourit. Elle avait beaucoup travaillé ces derniers temps, et elle avait bien besoin de quelques jours de congé. Les manifestations culturelles autour du Maroc avaient été un immense succès, comme Jake l'avait promis, et lui avaient permis d'obtenir plusieurs commandes par la suite.

Jake… Amy serra son volant un tout petit peu plus fort. Il la contactait encore de temps à autre, lui envoyait par mail des coordonnées de ses contacts et lui confiait aussi quelques travaux à l'occasion. Et elle lui était reconnaissante, il l'avait vraiment aidée. Pourtant, elle ne le voyait jamais. Une fois, elle était même passée à son bureau de Bristol pour y déposer des photos. Elle avait inspiré profondément, avait attendu que son cœur cesse de battre la chamade, puis avait frappé à la porte. Il n'était pas là. D'accord, elle avait plus d'une heure de retard par rapport à ce qu'elle avait dit. Mais elle n'avait pas pu faire autrement. Quand même… elle ne pouvait s'empêcher d'être déçue.

C'était sans doute mieux comme ça. La pluie cessa et Amy accéléra. C'était un samedi après-midi et il n'y avait pas beaucoup de circulation. C'était mieux comme ça parce qu'elle avait été choquée par sa réaction quand elle l'avait vu avec Melanie Tarrant. Vexée, jalouse, furieuse. Malgré tous ses efforts, Amy ne pouvait pas chasser les souvenirs de son esprit. Mais surtout, elle avait été profondément blessée parce qu'une petite part d'elle-même avait stupidement espéré…

Elle traversait Bodmin Moor à présent. L'un de ses endroits préférés. Morne, désolé, venteux. Et aujourd'hui ne faisait pas exception. Ce qu'elle avait ressenti aurait dû renforcer sa détermination à ne rien changer à sa conception de la vie : rester toujours sur ses gardes, se préserver des blessures et des chagrins d'amour, ne dépendre que d'une seule personne : soi-même. Pourtant, les émotions parvenaient parfois à se glisser sous son armure et à l'envelopper tout entière. Elle s'était attachée. Elle avait été rejetée. Et ça faisait mal. Comme elle l'avait dit à Nell dans le hammam à Marrakech, il lui semblait presque impossible de vivre avec un homme tout en préservant son identité, ses rêves. Elle ne voulait pas se perdre. Pour l'amour de qui que ce soit. Elle avait donc fait ce qu'il fallait. Alors pourquoi avait-elle le sentiment d'être passée à côté de quelque chose ?

En plus des contacts de Jake, elle avait trouvé du travail grâce à son exposition « *Le Maroc aujourd'hui* » et aux photos qu'elle avait prises pour illustrer le livre de cuisine de Jenny. En fait, l'éditeur lui avait déjà confié un autre travail. Elle prit la bifurcation pour Truro. Elle était en train de lancer sa carrière de photographe indépendante et c'était ce qu'elle avait toujours voulu. Il était plus de dix-huit heures quand elle arriva à *La Maison du Safran*. Le soleil se couchait et avec le soir qui tombait, l'air était de plus en plus froid. Des voitures étaient déjà garées dans la cour. Elle était venue pour la première fois quelques semaines auparavant, et elle constata que Callum avait bien avancé dans l'aménagement du jardin à l'avant et la terrasse. Nell lui avait dit qu'ils projetaient de créer un espace extérieur pour des repas champêtres en été quand le temps de Cornouailles le permettait. Mais chaque chose en son temps, il ne fallait pas brûler les étapes, surtout avec l'arrivée du bébé.

Amy sortit de la voiture, récupéra son matériel dans le coffre et se dirigea vers la porte d'entrée. Elle portait une robe crème avec des rayures obliques mauves, des boucles d'oreilles en quartz couleur lavande et un foulard en soie crème que sa grand-tante Lillian lui avait prêté. Lillian aurait aimé venir mais elle n'était pas en grande forme cette semaine, Nell avait donc invité sa grand-mère à un repas de famille plus calme dans un mois.

Amy décida de prendre quelques photos de l'extérieur. La ferme en elle-même était vieille et rustique. Les murs étaient en pierre, une pierre grise locale sans doute. Les portes et les fenêtres étaient encadrées de briques rouges et le toit était couvert d'ardoise. Des guirlandes électriques décoraient la façade aujourd'hui et des bacs de fleurs de printemps égayaient aussi la bâtisse : des narcisses, des crocus blancs et violets rappelaient le jaune et le bleu Majorelle des jardins de Marrakech. Un écriteau était accroché dehors. « *LA MAISON DU SAFRAN* », pouvait-on lire ; à l'arrière-plan on voyait un montage réalisé à partir de la photo qu'Amy avait prise de la safranière sur les contreforts de l'Atlas. Elle appuya sur la sonnette, et Nell, qui paraissait un peu stressée, vint ouvrir. « Amy. » Elle la laissa entrer et elles se donnèrent l'accolade. « Je suis tellement contente que tu sois arrivée. Tu peux prendre quelques photos avant que tout le monde ne s'installe ? J'ai passé une éternité à décorer et dresser ces tables.

– Bien sûr que je peux ! Tu es superbe au fait ! » La grossesse lui allait bien. Elle avait les yeux pétillants et la peau lumineuse. Elle portait une robe bleue avec un tablier blanc et était coiffée d'une toque blanche emprisonnant ses boucles blondes. « Comment tu te sens ?

– Je suis épuisée. » Nell coinça une mèche de cheveux rebelle sous sa toque. « Mais je suis contente. Viens. »

Nell et ceux qui travaillaient avec elle – un commis de cuisine, Callum et une serveuse, l'amie de Nell, Sharon, qui travaillait avec elle avant, apportaient la touche finale aux plats qu'ils avaient préparés, lui dit Nell. Cela sentait bon, en tout cas.

« Va vite les rejoindre, dit Amy. Je vais me débrouiller. » Et Amy la poussa doucement tandis qu'elle entrait dans la partie restaurant, l'ancienne salle de séjour de Nell et Callum.

« Waouh ! », dit-elle en regardant autour d'elle. La pièce traduisait l'essence même du Maroc grâce aux lambris en bois et aux meubles. Nell et Callum avaient réussi à reproduire les couleurs du lever et du coucher de soleil sur les murs, et dans les niches qu'ils avaient repeintes en ocre, ils avaient disposé des tajines et des bouteilles de vin. Elle avait de bonnes dimensions. Six tables de quatre étaient disposées habilement dans la salle, avec des sièges en plus dans le coin. Une banquette double-face sur laquelle étaient empilés des coussins dorés, rouge vif, moutarde occupait l'un des recoins à côté de la cheminée où brûlait un feu de bois. Amy prit quelques photos. Le sol était en chêne massif avec un tapis à motifs berbères au centre, les tables et les chaises étaient aussi en chêne. Deux murs avaient été recouverts d'un enduit terre de Sienne, deux d'un enduit ocre tandis que les niches de part et d'autre de la cheminée avaient une teinte ocre-brun, mate et chaleureuse. Pour les sets de table, Nell avait utilisé un mélange éclectique de carreaux marocains aux couleurs et aux motifs éblouissants et elle avait éparpillé des pétales de rose sur chaque table.

Amy jeta un coup d'œil circulaire dans la pièce. C'était parfait. L'éclairage créait une ambiance à la fois somptueuse et reposante. Des lampes mauresques et des lanternes en métal et en verre coloré diffusaient une lumière douce sur les murs. Au centre de la pièce, un lustre marocain argenté avec des motifs géométriques et délicats taillés dans le métal projetait des ombres allongées sur les tables et le sol. Sur le mur, au-dessus de la cheminée, le parchemin encadré : le dessin de la femme en robe blanche avec son voile jaune, cueillant la fleur de safran qu'Hadi avait donné à Nell. Hadi, le père de Nell. Glenn.

Amy secoua la tête. Elle n'arrivait toujours pas à y croire. L'histoire lui rappelait les ruelles labyrinthiques de la médina. C'était un dédale, pourtant si l'on continuait à avancer, on trouvait le chemin qui menait au cœur des choses, à la vérité.

D'autres convives arrivèrent. Parmi eux, Lucy, l'amie de Nell. Nell lui avait parlé d'elle au Maroc. Amy prit quelques photos des invités, discutant par petits groupes tout en sirotant le sauvignon blanc jaune paille marocain que Sharon apportait dans des verres sur un plateau. « J'espère que tu aimeras, murmura Sharon à Amy. Ça vient de l'Atlas. Nell cherchait un pétillant marocain mais c'est vraiment dur à trouver, visiblement. »

Amy but une gorgée. « C'est délicieux. » *Il a le goût de l'anis, de la pomme et du Maroc*, pensa-t-elle.

« Si vous voulez bien vous asseoir. » Callum était sorti de la cuisine pour prendre la direction des opérations. « Il y a un plan de table. »

Amy constata avec plaisir qu'il avait l'air heureux. Tant mieux pour lui. Comme le lui avait dit Nell au téléphone, il avait enfin parfaitement accepté l'idée de *La Maison du Safran* et s'était investi dans le projet avec son énergie habituelle. Nell devait être contente de l'avoir à ses côtés. Elle avait de la chance.

« Tu es là-bas, Amy. » Callum venait de la rejoindre et la conduisit dans le coin avec la banquette en bois et les coussins rouges et dorés illuminés par une lampe mauresque sur le mur. « C'est un poste d'observation idéal.

– Super. » Elle s'assit et il remplit son verre. Sur la table, il y avait une corbeille de galettes marocaines et un pot d'huile d'argan dans lequel les tremper.

Callum consulta sa montre et marmonna : « Il manque encore quelqu'un, mais Nell pense qu'on doit commencer. »

Amy haussa les épaules. « Allez-y. »

Mais juste au moment où il s'apprêtait à parler, la sonnerie retentit et Callum s'empressa d'aller ouvrir.

Amy prit son appareil photo, promena son regard sur la pièce puis se concentra sur la porte. Et la grande silhouette nonchalante de Jake Tarrant apparut dans le viseur.

Oh, mon… Ses mains tremblaient, bon sang ! Heureusement que son appareil photo cachait son visage. Mais que faisait-il là ?

Et bien sûr, il était assis à sa table. Naturellement. *Merci, Nell*, pensa-t-elle. Elle posa son appareil.

« Amy, bonsoir. » Il se pencha pour l'embrasser sur la joue. Elle fut assaillie par l'odeur de cuir et de pamplemousse, comme si elle n'était jamais partie. « Désolé, je suis en retard.

– Je n'étais même pas au courant que vous veniez », siffla Amy pendant que Callum appelait Nell dans la cuisine.

« Ah vraiment ?

– Ma femme aimerait dire quelques mots », annonça Callum. Tout le monde applaudit.

« Non. Qu'est-ce que vous faites là, d'ailleurs ? » Amy jaugea Jake avec méfiance.

Nell sortit de la cuisine, enleva sa toque blanche pour libérer ses boucles blondes.

Jake haussa un sourcil. « Aussi aimable et polie que d'habitude à ce que je vois. »

« Bonsoir et bienvenue, dit Nell en souriant aux différents convives. Merci d'être venus à notre première soirée marocaine à *La Maison du Safran*. La première d'une longue série, j'espère. »

Quelqu'un laissa échapper un cri enthousiaste et tout le monde rit.

« Avant de commencer, j'aimerais dire quelques mots sur la cuisine marocaine. Le Maroc, en partie en raison de sa situation sur la côte nord-ouest de l'Afrique, a été un carrefour de cultures pendant des siècles. Et sa cuisine compte donc parmi les plus variées et les plus goûteuses du monde, elle s'est nourrie des influences historiques des Romains, des Arabes, des Maures d'Espagne, des Juifs séfarades et, bien sûr, des Berbères qui peuplèrent les premiers cette région. » Elle sourit. « La terre est fertile et le climat est idéal pour les cultures. »

Nell marqua une pause. « Comme certains d'entre vous le savent déjà, nous faisons pousser du safran, ici à *La Maison du Safran*, et j'ai pris la liberté de servir des biscuits avec un glaçage particulier pour accompagner le premier plat. Ils nous rappellent que le safran était autrefois cultivé dans tout le Royaume-Uni et que de nombreux habitants exploitaient leur petit lopin comme nous le faisons aujourd'hui. Ce glaçage est une technique médiévale. On utilise un glaçage au safran et un jaune d'œuf pour dorer le biscuit. Ce n'est pas marocain, mais... » Elle haussa les épaules et prit un carreau sur la table d'à côté. « La nourriture du Maroc est aussi robuste et colorée qu'un carreau marocain, dit-elle en riant. Des douzaines d'épices et d'herbes aromatiques sont utilisées. Je vous propose un petit échantillon ce soir. J'espère que vous reviendrez pour goûter d'autres spécialités. »

Tout le monde applaudit. Nell avait pris confiance en elle depuis le stage culinaire au « Riad Lazuli », l'année précédente. Nell remit sa toque et retourna dans la cuisine au moment où Sharon apparaissait avec le premier plat. D'après le menu posé devant Amy, il s'agissait d'aubergines marinées avec une sauce tahini. L'odeur était alléchante, la présentation engageante. Quant aux biscuits dorés au centre de la table, ils avaient l'air délicieux eux aussi.

« Désolée », dit Amy à Jake. Elle sourit à Sharon pour la remercier quand elle posa une assiette devant elle. « Mais je ne savais pas que Nell vous avait invité. » Elle prit sa fourchette. Où Nell avait-elle trouvé ses coordonnées ? Ce n'était certainement pas Amy qui les lui avait données.

« Elle m'a contacté par l'intermédiaire de Duncan. »

Amy fronça les sourcils. Pourquoi avait-elle pris une telle initiative ?

« Et j'ai rencontré Callum au vernissage. » Il lui lança un regard oblique. *Comme si tu avais pu oublier.*

« Vraiment ? » Amy n'avait pas remarqué que les deux hommes s'étaient parlé. Elle se souvenait juste de ce que Jake lui avait dit, il n'aurait pas le temps de lui parler, mais aussi de l'attitude de Jake avec son invitée, Melanie Tarrant. Amy goûta l'aubergine. Riche et suave au palais, elle sentit le goût de l'ail, du piment et de la coriandre. La sauce tahini était citronnée et fraîche, et les deux se mariaient à la perfection. *Un peu comme Jake et Melanie*, pensa Amy sombrement.

« Comment va Melanie ? demanda-t-elle.

– Elle va bien, merci. » Il posa sa fourchette. « Elle travaille avec moi, à présent. »

Quand ils eurent terminé, Sharon enleva leurs assiettes avec son efficacité habituelle.

« Quelle bonne idée », dit Amy. Elle prit son appareil et fit quelques photos des convives. D'après l'expression de leurs visages, ils semblaient plutôt impressionnés par le premier plat.

« On s'est toujours bien entendus, poursuivit Jake.

– Il vaut mieux. » *Quand on est marié avec quelqu'un.* Alors que venait-il faire ici ? Voulait-il la provoquer ?

Le plat principal était un tajine – un poulet aux amandes avec une confiture au miel et au safran, servi avec de la semoule. Amy huma le plat. L'odeur était particulièrement alléchante. Elle n'allait certainement pas laisser Jake Tarrant gâcher son appétit. Elle goûta. C'était délicieux. Le poulet avait cuit lentement dans les tomates et les épices, puis avait été parfumé à la confiture au miel et au safran caramélisée et agrémenté d'amandes grillées. Nell avait parfaitement mis en valeur un des aspects fondamentaux de la cuisine marocaine, ce mélange si caractéristique entre sucré et salé, cette association entre la viande et les fruits secs ou à coque qui la rendait unique.

Callum avait sorti un vin rouge pour accompagner le plat. Il leur dit que c'était un Tandem Syrah. Un vin fruité, qui avait du corps, et qui se mariait bien avec le poulet épicé. « Des producteurs français établis de longue date se sont associés avec des domaines viticoles marocains, dit-il à Amy et Jake en remplissant leurs verres. Nous n'avons pas de licence pour vendre de l'alcool pour le moment mais quand nous l'aurons, j'établirai une carte des vins. »

Amy sourit en le voyant si enthousiaste. Elle était certaine qu'à eux deux ils parviendraient à faire de ce projet une réussite. Maintenant qu'ils formaient une équipe.

Tandis qu'ils dégustaient le plat principal, Amy commença à se détendre. Elle savoura la nourriture, le vin, l'ambiance, et Jake et elle se mirent à discuter agréablement, comme autrefois, d'un événement que Jake était en train d'organiser dans un hôtel du front de mer à Sidmouth, du travail d'Amy et des mémoires de Glenn.

« Je ne vous ai jamais vraiment remercié, dit Amy.

– Remercier de quoi ?

– Des contacts que vous m'avez transmis. De votre soutien. De toute votre aide pour l'organisation de la manifestation autour du Maroc. » Voilà, elle l'avait dit, enfin.

Il sembla surpris. « Tout le plaisir a été pour moi, Amy, dit-il. Je… » Mais son mobile bipa pour annoncer l'arrivée d'un message, et distrait, il marmonna : « Désolé. » Il y jeta un coup d'œil puis éteignit son téléphone.

« … ça n'a pas d'importance. » Mais elle ne put s'empêcher de se demander ce qu'il avait voulu dire.

Sharon débarrassa leurs assiettes. Amy se sentait bien, rassasiée. Jake avait été un partenaire difficile et ils n'avaient cessé de se disputer, se rappela-t-elle. Toute idylle entre eux se serait forcément terminée en désastre. Elle l'avait échappé belle.

Le dessert fut servi. Une tarte à la figue et au sésame avec une crème à l'orange et à la cardamome. Amy contempla son assiette. C'était magnifique et le tout avait l'air délicieux. Elle prit une petite cuillérée puis une autre. Le mélange du zeste d'orange, des figues, de la cardamome et du sésame était si bon qu'elle voulait faire durer le plaisir le plus longtemps possible.

Jake l'observait. « J'aimerais vous demander quelque chose, dit-il. D'après Nell, c'est le genre de choses qu'on doit demander quand on a la personne en face de soi.

– Vraiment ? » Nell et Callum avaient fait beaucoup de chemin depuis le Maroc. Ils assumaient pleinement leur couple à présent. Amy aussi avait compris ce dont elle avait besoin. Elle ne voulait plus d'une relation vaine, ou d'une liaison qui ne mènerait à rien. Elle voulait un partenaire. Un égal. Un ami. Quelqu'un qui la comprendrait et qui la laisserait être la personne qu'elle voulait être. Était-ce donc trop demander ?

Quand ils eurent terminé leur dessert, on servit du thé à la menthe frais. Voilà qui la ramenait directement au Maroc. Le thé à la menthe après avoir passé la journée dans les souks et dans les jardins. Le thé à la menthe pour le petit déjeuner et le thé à la menthe pour le goûter.

Jake prit sa main et se mit à jouer avec ses doigts comme si c'était la chose la plus naturelle au monde.

« Et c'était quoi ? » Elle le regarda fixement. Elle devrait enlever sa main, elle le savait. Seulement...

« Pardon ?

– Ce que vous vouliez me demander.

– Ah. » Il la regarda droit dans les yeux. *Thé rouge*, pensa-t-elle. « Amy, il y a quelqu'un d'autre ? Vous voyez quelqu'un ?

– Quelqu'un d'autre ? » Pourquoi l'intéressait-elle puisqu'il avait sa femme, la belle Melanie, la femme de ses rêves ? Elle secoua la tête.

« Dans ce cas... »

Ils furent interrompus par Sharon qui enlevait les assiettes à dessert.

Amy fut soudain méfiante. Elle retira brusquement sa main. « Pourquoi Nell vous a-t-elle invité ?

– Je crois qu'elle pensait qu'on passait à côté de quelque chose ?

– À côté de quelque chose ? » Amy fronça les sourcils. Il la draguait incontestablement. Alors qu'il était marié ! Elle se consola avec son *thé à la menthe*. Il était frais et avait des vertus apaisantes. « Qu'est-ce que vous me voulez, Jake ?

– Ça ne se voit pas ? »

Amy réfléchit. « Vous essayez de lui rendre la monnaie de sa pièce, c'est ça ? Et vous pensez que je suis la bonne personne… » Comment pouvait-elle expliquer ? Elle sentit des larmes se former quelque part au fond d'elle. Elle n'allait pas pleurer bien sûr. Elle ne pleurait jamais. C'était une chose qu'elle ne faisait pas. Mais elle ne supportait pas qu'il puisse penser ça d'elle. Duncan, c'était une erreur. Elle était déprimée et Duncan avait été là au bon moment, il l'avait encouragée, avait soutenu son travail, il lui avait dit qu'elle devait avoir foi en elle. *Foi…* Et d'une certaine façon, cela lui avait simplifié la vie. Elle pouvait oublier les hommes et se concentrer sur sa photographie. Jusqu'à l'arrivée de Jake Tarrant, bien sûr. Elle le fusilla du regard. D'abord, elle n'avait aucune intention de lui expliquer quoi que ce soit, ensuite, ça l'empêchait de pleurer.

« Amy ? Rendre la monnaie de sa pièce à qui ? De quoi parlez-vous ? »

À travers ses larmes, le visage de Jake était un peu flou. Elle but une longue gorgée de thé à la menthe, déglutit avec peine, ravala ses larmes. Ou essaya du moins.

« Melanie, répondit-elle la gorge serrée. Votre femme.

– Melanie ? » Il fronça les sourcils comme s'il essayait de comprendre. Il la considéra pendant quelques secondes. Et puis il sourit. Maudit Jake Tarrant ! Maudites fossettes ! Maudite dent tordue ! Ce n'était vraiment pas juste. « Je vois », dit-il.

« S'il vous plaît, ne…

– Désolé, c'est juste que…

– Ce n'est pas drôle. » Elle se leva.

« Amy. » Il la força à se rasseoir, sur le banc à côté de lui, et cette fois, il serra sa main bien fort. « Melanie n'est pas ma femme. »

Melanie n'était pas sa femme. Elle ne comprenait plus rien. « Alors… ?

– C'est ma sœur. »

Elle cligna des yeux. « Mais…

– Je vous ai dit qu'Emma m'avait quitté pour mon meilleur ami.

– Oui, mais… » Il ne lui avait pas dit que sa femme s'appelait Emma.

« Et que maintenant j'avais tourné la page. Je me suis remis d'elle.

– Vous n'avez pas dit ça. Vous avez dit que ce qu'elle avait fait n'avait plus d'importance. Que les choses avaient changé. » Elle pensa à cette conversation dans la galerie l'après-midi où il avait apporté du champagne et où ils avaient trinqué. « À nous. » « J'ai cru que c'était parce qu'elle était revenue. »

Il s'approcha encore un peu plus d'elle sur la banquette. Elle réalisa que c'était un autre avantage du plan de table. On pouvait s'approcher très près de quelqu'un sur une banquette. « Ça n'avait plus d'importance… » Il murmurait à son oreille d'un ton insistant… « Grâce à toi.

– Moi ?

– Les choses avaient changé pour moi parce que j'avais fait ta connaissance. Parce que tu es folle, têtue, toujours sur la défensive, tout en te berçant d'illusions et parce que tu me rends fou. »

Amy osa le regarder. Elle huma le parfum du cuir et du pamplemousse. « Et c'est une bonne chose ?

– C'est une bonne chose », dit-il.

Qu'avait dit Nell au hammam quand Amy lui avait demandé comment on faisait pour garder son identité, pour poursuivre sa carrière quand on était marié ? Elle avait parlé des différentes parts qui la constituaient. Différentes parts qui avaient besoin de choses différentes. Amy se dit qu'une grande part d'elle-même avait attendu l'arrivée de Jake Tarrant. *La foi...* Autant l'admettre à présent.

« Nell est au courant ? demanda-t-elle. C'est pour ça que... ? »

Il haussa les épaules. « J'ai présenté Callum à Melanie ce soir-là. Il savait, lui. »

Mais il n'avait pas nécessairement pensé à le mentionner à Nell. Jusqu'à ce qu'un jour, Nell dise : « Pauvre Amy, quel dommage que Jake Tarrant se soit remis avec sa femme, comme ça. » Et alors...

« Nell dit que c'est la pleine lune ce soir, reprit Jake. Et si on allait faire un tour dehors ? »

Nell dit beaucoup de choses, pensa Amy. Mais : « Pourquoi pas ? »

Les convives s'étaient levés de table et discutaient entre eux. Amy et Jake sortirent par la porte d'entrée et firent le tour de la ferme pour aller dans le potager où Nell faisait pousser des herbes aromatiques. De là, on pouvait voir le champ clos où elle cultiverait son safran cette année. Le sol était nu et prêt. Il attendait. Amy regarda en direction de la ferme et elle crut voir le visage de Nell à la fenêtre, avant de sourire et de se retourner.

« J'ai toujours pensé qu'on formait une bonne équipe, murmura Jake dans ses cheveux. J'aimerais vraiment qu'on essaie. »

Amy pensa à ce que sa mère lui avait dit. « Peu importe qu'on appréhende les choses de manière différente. Ce qui compte, c'est de vouloir la même chose, d'avoir les mêmes rêves. »

Jake avait posé les mains sur ses épaules. Il plongea ses yeux dans les siens. « On a fait de cette manifestation autour du Maroc un immense succès, Amy, dit-il.

– Mmm.

– Alors… » Il se pencha vers elle.

Amy passa les bras autour de son cou. Il était à la fois familier et inconnu. Puis elle s'arrêta de réfléchir. Elle écouta le bruissement des premières feuilles dans les arbres, perçut la lueur de la pleine lune au-dessus d'eux et sentit les lèvres de Jake sur les siennes.

« Pourquoi tu sens toujours le pamplemousse ? » murmura-t-elle.

Mais de nouveau il l'embrassait et ne parut même pas entendre.

Remerciements

J'aimerais remercier toute l'équipe de Quercus pour son soutien et son engagement, en particulier Caroline Butler, qui m'a aidée à apprivoiser les réseaux sociaux, Margot Weale, chargée des relations publiques, et Stef Bierwerth, la plus adorable des éditrices. Merci à Laura Longrigg également pour ses conseils et son soutien. Ces deux-là m'ont aidée à donner forme à ce roman et j'ai vraiment apprécié l'ensemble du processus. Je tiens également à remercier Teresa Chris pour les nombreuses années de travail et de soutien que j'apprécierai toujours. Merci à Juliet Lewis pour la façon dont elle a parlé un jour de l'art d'émincer les oignons, et à Stuart Innes pour ses souvenirs poignants du Vietnam. Un grand merci aussi à mes premiers lecteurs, Alan Fish, Sarah Sparkes et Holly Innes. Ils ont tous, en particulier Alan, été d'une grande aide.

J'ai moi-même suivi la route du safran, durant cette année, en commençant par l'excellent livre de Pat Willard, *The Secrets of Saffron*, qui m'a permis de découvrir des recettes, d'en apprendre plus sur la culture du safran, sur les mythes et les histoires associés à cette épice et plus généralement de tomber littéralement sous le charme de cet or rouge. Merci, Pat ! Mark Starte de l'office de tourisme de Saffron Walden m'a aussi été d'une grande aide. Il m'a notamment permis de prendre contact avec Norfolk Saffron, la première safranière moderne d'Angleterre. Une aide inestimable m'a été apportée par la botaniste, intelligente et généreuse, Sally

Francis, qui gère cette safranière dans le Norfolk (www. norfolksaffron.uk) où l'on peut acheter un safran délicieux d'excellente qualité, en apprendre davantage sur l'histoire de l'épice et les recettes rassemblées dans le livre de Sally, *Saffron*. On peut aussi goûter sa liqueur primée et participer à un ou deux ateliers. Sally est une experte en matière de safran et toute erreur dans ce roman est de mon fait, bien sûr.

D'autres ouvrages ont été très utiles, parmi eux : *Zohra's Ladder and Other Moroccan Tales* de Pamela Windo, *Marrakech Express* d'Esther Freud, *Border Crossings* de Daniel Peters, *Amazir* de Tom Gamble, *Called to Serve, Stories of Men and Women Confronted by the Vietnam War Draft* de Tom Weiner, *The Drifters* de James Michener, *Cinnamon City* de Miranda Innes, *Awakening* de D. Johns, *A Year in Marrakech* de Peter Mayne, ainsi que de nombreux ouvrages sur la cuisine et l'art marocains. Et enfin le brillant livre de Vivienne Sanders, *The USA and Vietnam 1945-1975*.

Enfin, merci à ma mère, Daphne Squires, à mon fils et ma belle-fille, Luke et Agata Page, à mes filles Alexa Page et Ana Henley, ainsi qu'à mon mari Grey Innes qui sont tous des supporters intrépides de mon écriture, qui m'écoutent, sont là pour moi, et qui m'aident à faire passer le mot. Merci. Je vous aime.